那时年华正好

（上册）

王　珏　著

中国财富出版社

图书在版编目（CIP）数据

那时年华正好：全2册／王珏著．—北京：中国财富出版社，2019.7

ISBN 978－7－5047－6986－2

Ⅰ．①那…　Ⅱ．①王…　Ⅲ．①长篇小说—中国—当代　Ⅳ．①I247.5

中国版本图书馆CIP数据核字（2019）第144687号

策划编辑　张彩霞　　**责任编辑**　郝婧婕　宋江伟

责任印制　梁　凡　郭紫楠　　**责任校对**　刘瑞彩　　**责任发行**　张红燕

出版发行	中国财富出版社		
社　　址	北京市丰台区南四环西路188号5区20楼	**邮政编码**	100070
电　　话	010－52227588转2098（发行部）		010－52227588转321（总编室）
	010－52227588转100（读者服务部）		010－52227588转305（质检部）
网　　址	http://www.cfpress.com.cn		
经　　销	新华书店		
印　　刷	北京京都六环印刷厂		
书　　号	ISBN 978－7－5047－6986－2/I·0292		
开　　本	710mm×1000mm　1/16	**版　　次**	2019年8月第1版
印　　张	43.25	**印　　次**	2019年8月第1次印刷
字　　数	754千字	**定　　价**	88.00元（全2册）

作者知青时代唯一的照片

1971 年作者回北京探亲时摄于木樨园照相馆

代　序
正梳妆
陈开平

如若行远方，可待正梳妆。

知青生活我没有经历过，可那样的年龄我经历过。

舞象之年，像一架葱绿的山，似一条奔腾的河。古人云："谓用干戈之小舞也!"他们舍弃故土，乃至于片段而朦胧的情爱，寻找天涯中的犁耙和白桦，桑蚕与勾藤，不同的生活环境、不同的口音、不同的坎坷经历注定会生发一系列悠远而缠绵的故事。

据统计当时上山下乡的知识青年总人数达一千六百多万，约占当时城市人口的十分之一。这是人类现代历史上一场罕见的从城市到乡村的人口大迁移。全国城市居民家庭中，几乎没有一家不和它有联系。作品中的主人公"妖怪"骨瘦如柴，由于户口多报了十三个月，不到十五岁就来到了黑龙江生产建设兵团。高高的白桦林里成就了他多彩的青春，北大荒赋予了他新的认知，给予他从自然中寻找成长所带来的真谛的机遇：每一片落叶飘飘地旋舞在半空之时，仿佛天也蓝得更透彻了，水幽幽的也更绿了，菊黄横坡，于是风变得更加抒情起来，一阵阵的清凉，令人们的心儿柔柔的更加舒展。自然环境的突变让他们对集体生活产生了从没有过的凝聚感，零下四十七摄氏度的"大烟炮"、无数次与孤狼和狼群的相遇、凌厉旋转的飓风、升腾在白桦林中的牛毛细雨，还有硕大、孤独而又含情脉脉的芍药，悲与壮、血和泪、情与思萌生在这里也丢弃在这里。

北大荒的劳动是养人的，这里的环境也是养人的，他们把生命体验最美的过程通过自然的浸润绘在这里，并赋予其情感和壮丽。面对劳动的反应，看到粮食时的热情，与异性接触从内心的惶恐到寻找和追逐，以及集体的慰藉，这一切也只有在那段时间才能寻找到。

女主人公小二姐纯真无邪，率真坦诚，就像北大荒的冰雪一样纯洁；大二姐高傲刚直中不乏情意绵绵。作者在对女人和景色的描写中提到：“直起腰看见小洋马昂着头站在那里，两条黑粗的辫子跑到了前面，露着雪白挺拔的脖颈；宽宽的肩背像盾牌一样坚实，她的背沟已经湿透，上宽下窄的汗渍延伸到腰带下面；上衣下摆裹垂在前面，勾勒出腰胯分明的曲线，愈显臀部丰硕滚圆；笔直的双腿带着健美的气息。她双臂下垂，微微向两侧张开，挽起的袖子露出如玉的手臂，在阳光下极其耀眼。她的前方是金黄的大豆和远处山林中火红的柞叶，她的上方是高远的白云和蓝天。”

“于是，男知青给中意女知青写信成风。草儿收到了很多求爱信，她都默默烧掉了。不过，有时候别的女知青先发现了这些信，常常会不守规矩地拆开取笑。这样，写这信的男知青会觉得很没面子，大骂草儿人品太差，没劲。”

作者通过翔实的笔墨描写人物的变化，发现人物在劳动锻炼中的动感之美，被自然浸润的美和心性的变化之美。将所有的沧桑搓成几缕无须羁绊的思绪，缠绕青春的年轮。年轮总是很易被烙下苍老的印记，在混沌的思维中，拂去哲学的临摹，唯有不老的传说和没有歌唱的乐音，还相伴身边。

我之所以引用大段书中的原文是因为我觉得：一个作家不谈作品是个失误。《那时年华正好》含有纪实作品的生态雏形，它里面既有严酷恶劣的自然环境，又有悲悯、苍凉的人文情怀。无奈中含有坚强，粗陋中孕有唯美，这也许是作者身在其中的又一写照。这种在自然矛盾中坚强向上的思想情怀，细心的人不难在历代生活中发现。当然，现实主义文学是文学艺术的基本创作，对现实主义的理论探讨，可以追溯到古希腊的“摹仿说”。亚里士多德在《诗学》中曾指出存在三种不同的摹仿现实的方式，第一种便是“按照事物本来的样子去摹仿”。文艺复兴时期的人文主义文艺家（阿尔贝蒂、达·芬奇、卡斯特尔韦特罗等）坚持并发展了“艺术摹仿自然”的观点。

当然，在摹仿自然的同时作家要有对自然的重新认识，并加以观点上的打磨，毕竟自然与每个人的心灵是有距离的，不然就会雷同！从另一个层面讲，《那时年华正好》是其注重事实，不受理想主义、臆测或感伤主义影响的客观结果；客观地而不凭感情地去处理思想和行动，尽管快乐的概念模糊，但它仍是快乐的。

2018 年 5 月 16 日于北京豆瓜棚书斋

（陈开平：中国当代作家，文艺评论家）

目　录

上　册

下　册

第一章　少小离家

第一节　坐了火车　又坐汽车

一九六九年，我响应号召上山下乡，八月上旬报名，八月下旬就出发了。离京的那一天我们登上了开往东北的专列，车上车下送别的场景让人永生难忘。几乎所有知青的家人倾巢出动，甚至还有他们的亲戚朋友和街坊四邻。我们是在永定门火车站发车，站台上挤满了人，后面的人想靠近车厢要挤很长时间，没挤过来的只好眼巴巴地寻找，眼巴巴地望。在火车上的知青十个人挤一个窗，探出五六个脑袋就挤得动弹不了了。还有不自觉的人，探出半个身子，那么这个车窗里的大多数人就看不到窗外了。我身边就有这样一个不自觉的男知青，在学校我们都叫他神经病。

在神经病右侧，有三个男知青挤住少半个车窗，另外五个女知青和我无法看到车窗外面。其中三个女知青一边流着眼泪，一边回到自己的座位；另外两个女知青不死心，还踮着脚寻找缝隙向外看。可哪里有啊。这两个女知青，一个叫二姑娘，我和她是同院儿同学；另一个是我小学同桌、中学同班，因为长得黑，我们叫她黑牡丹。黑牡丹有两个哥哥，家里就她一个女孩儿，很娇惯。她个子不高，胖得浑身鼓鼓囊囊。

这时车厢动了一下。

二姑娘大喊："神经病，自觉一点儿，让开！"

我急了，伸手使劲去拽神经病，根本拽不动，我再拧他的大腿，他仍然没有让开。火车移动了，二姑娘、黑牡丹哭出了声。我真急了，一口咬住神经病的屁股。神经病立即退回车内。

神经病张嘴就骂："哎哟！属狗的！"

我那一咬，是奋力的撕咬，连咬带扯，他若不退，我一定会咬下他屁股上那块肉。黑牡丹抢到窗口，二姑娘也扑了上去。随即黑牡丹高八度喊了一声"妈——"，撕心裂肺。黑牡丹的身子抖动着，努力向外探出，似要纵出窗外，我一把抓住她的裤腰。黑牡丹“啊”声又起。这声“啊”，椎心泣血，震溃了车上车下强装笑脸安抚亲人的所有伪装，车内一片号啕，车外一片悲吟。列车出站，很慢很慢，车内号哭喊叫的声浪，一浪高过一浪。

我从来没有经历过这种场面，这是对亲情离别之怨，骨肉分离之痛的疯狂发泄。少年男女单纯的情感，第一次容纳成人的情怀，忍受无情现实对脆弱、不成熟内心和感官的摧残。黑牡丹的宣泄最为强烈，列车驶出站台很远她才缩回身子，我抓着她的那只手才松开，她又开始哭个不停。

神经病一直在骂我，他见黑牡丹转身要离开，便指着我对黑牡丹说：“他要流氓，摸你屁股。”

黑牡丹正好站在神经病对面，扬起胖乎乎的小手，一巴掌打在神经病脸上说：“我愿意！”

那一巴掌，打得极其经典，像是舞台艺术的表演。黑牡丹是个非常可爱的女孩儿，虽然长得非常一般，五官只有如樱桃的小嘴可圈可点，个子矮、又黑又丰满，是个小黑妞、小胖妞。可她喜欢唱歌，嗓子又高又亮，喜欢跳舞，整个身形轻盈舒展，动作拿捏得恰到好处。一群女同学跳舞时，如果她在里面，你的目光会不由自主地转向她。她没受过专业训练，不但嗓子是天生的好，她那舞姿也是天生的，走路都像是在走台步，举手投足间流淌着秀美婀娜。她的一巴掌把神经病打愣了，没等他反应过来，我已经扑上去骑在他身上，掐住他的脖子，嘴里骂着：“神经病，我掐死你！”

我最要好的同学小瞄儿和小眼儿一人拽住我一只胳膊想把我拉开，神经病的双手抓住我的双腕拼命挣扎，我不知道自己有那么大的劲儿，两个人的力量和神经病的反抗才勉强把我移开。

我喘着粗气一边骂一边说：“神经病，我跟你没完！”

我的同院儿同学耗子，一直在踹神经病，车内空间小，耗子老是觉得踹得不解气。我已经被拉开了，耗子由踹变成踢，踢得神经病嗷嗷乱叫，但神经病始终不敢骂他。

神经病连滚带爬地逃走了，我愤怒地对小瞄儿喊道：“干吗拉我！”

小瞄儿说：“一会儿咱一块儿打他。”

我在学生这个圈子里，和学校最大流氓的弟弟发生过摩擦，但那也只是推他摔了一跤。在工厂劳动，和外校菜刀队的流氓动过一回刮刀，不但没有扎到对方还把自己的手腕扭了，除此之外没打过架。今天神经病让我的怒火久久不能散去，我心里只有一个念头——掐死他、撕烂他。我对他的愤怒源自他堵住车窗，隔开了我与亲人的道别，这口恶气堵住我的咽喉，塞在我的胸腔，当时我若有刀可能会捅了他。算神经病倒霉，遇见了我这个临时的疯子，我一直在等他回来，后来他让别人拿走了他的东西，他再也没敢过来。其实神经病很可怜，他之所以身子探出车窗外是希望看到他的家人送站，他没有找到，用背诵《毛主席语录》转移自己的悲伤引起人们的注意。他的父母是“臭老九”，他嫌弃他们给他带来的革命阻力，他几次向我们宣布和父母断绝关系，可每天还回家睡觉，一天三顿还吃他母亲做的饭，吃饱喝足了还是天天批判自己的父母。

列车出了站台速度还是起不来，知青们的悲伤来得快去得也快。车厢里仅有的几个女知青仍在抽泣，其他人变得像野蛮人似的狂躁不安：大口吞吃家人精心准备的点心、水果，见到铁路边的铁路工人、铁道口等待放行的行人就用苹果、橘子、梨向他们砸去，破口大骂，变着花样地骂。骂车外的人还不解气，又骂车内的人。对骂，像聊天儿一样随便，隔着座位骂，像对歌一样自然。好像骂人骂街是一种非常方便的宣泄。这些人就是有知识的青年。

我们的知识水平，比小学六年级高点儿，如果考核我这样的，还达不到小学六年级的水平，把“有知识”扣在我们头上太过勉强。说到我们是青年更不准确，五三年出生的占百分之九十五以上，六九年上山下乡，十六岁而已，还是少年。所以当时对我们的称呼叫作“正在学习知识的少年”比较准确。我们这些孩子突然成了上山下乡的知识青年，或以为光荣、或以为自豪的表面却扛不住与亲人分离的痛苦瞬间，扛不住光荣与自豪遭到的第一次蹂躏。

车厢里回荡着人类最肮脏的语言，他们或许不理解这些语言的真正含义，或许廉耻羞臊的心还未发育健全，或许不知道这些语言在发泄着怎样的情感，或许只是凭借幼稚内心的逆反进行着能让自己平复情感的冒险。

女知青们没有骂人。但她们也很野蛮，吞吃食物没有闺秀的样子，几近狼吞虎咽。她们大声吼叫着制止邻座男知青骂人：“别骂啦！多难听啊！”

男知青不满地大叫：“管得着吗！我乐意！”

女知青挥手将没吃完的水果向他砸去，嘴里叫着：“不要脸！不要脸！……”

男知青直着脖子骂这个女知青，女知青也不回骂，就是不断重复一句“不要脸！”其他的女知青开始帮腔，七嘴八舌，都说那个男知青骂得太难听了。“别骂了，多难听啊。”车厢里很多角落都出现了这样的骚动，很快男知青们不再骂了，车厢里的野蛮消失了。

我和小瞄儿、小眼儿一开始就加入了狂骂。

二姑娘低声喝止我们说："别跟他们学，多难听。"

我说："他们骂我我就骂他们。"

二姑娘生气地说："那你就骂吧。"

我们几个都住了声。

列车一直在缓慢行驶，车厢内的知青折腾了半个多小时方才平静。八月下旬的天气依然炎热，每个人都是汗水津津，完全打开的车窗也不能解暑。列车开始提速，建筑物、树木、车马、行人都迅速向后方倒去，车厢内很快凉爽起来。蒸汽机的轰鸣加速了知青心房的搏动，大家又开始兴奋起来，有的说说笑笑，有的打打闹闹，有的指点着窗外不时发出惊叫。有人在唱歌，有人在吹口琴，快乐的气氛在车厢内飞腾萦绕。一时间男知青女知青们冲破了在校时男女同学不敢说话的禁锢，小心地聊几句，相互的表情是羞怯的，而内心是甜蜜的。

小瞄儿和我换了位置，我坐到紧靠窗口的地方，面向列车前进的方向，窗外撞进来的风让我眯起眼睛，风顶着耳朵发出隆隆的击鼓之声。窗外，大地向后旋转而去，天空的白云与列车同行，整个世界都在动。列车不时发出几声鸣叫，"呜——呜——"。车轮撞击铁轨发出有节奏的响声，"咣当咣当"，列车遇站很少停车，有时停在前不着村儿后不着店儿的荒野之中很长时间，知青们总是在此时烦躁起来，互相询问到了什么地方。串车厢的人也多起来，认识的打个招呼聊上几句。其实也不是漫无目的地串，一是了解车上的知青都是哪个学校的，再有就是偷看留意哪儿有漂亮女知青。

小眼儿不光停车时串车厢，车不停的时候也串。他串车厢回来就找机会和小瞄儿嘀嘀咕咕，有时他俩还一起去串车厢，好像在说另一个车厢里有个女知青盘儿特靓。小眼儿中等身高，两条健壮的大腿很直，因为走路有轻微的内八字才显得有点儿罗圈；宽肩细腰，有六块腹肌，挺拔的脖子比脸只窄了那么一点点；白净脸，唇角微微上翘，总像在笑；腮轻微下陷，发亮的尖鼻子；颧骨和眉骨之间一双小丹凤眼，可惜眉毛又轻又淡，还向下拐着弯儿；一头细黄毛天生打着卷。和身形反差很大，小眼儿说话声音很小，就像自言自语，又像嘟嘟囔囔。在校时他就喜欢单双杠，翻飞自如出尽风头，越是有女同学在场越是亮相。因为眼小他得了"小眼儿"的外号。小瞄儿和小眼儿个子差不多，国字脸，浓眉大眼，左眼经常眯成一条缝，像是在瞄准，"小瞄儿"的外号由此而来。小瞄儿直鼻梁，嘴唇红润，唇线清晰。平时总爱把左手放裤兜里，即使走路很快，甚至小跑时也不拿出来。小瞄儿和小眼儿两个很投缘，经常在一起议论女生，也不避讳我，我开始也和他们议论，但多数情况下他俩奚落我狗屁不通，懒得在女生的问题上跟我争论。后来我只管听，他们说的即使不合我心，我也不搭腔了。有时他们反倒问我"那什么什么"，我就反着说，故意气他们。在校时，他们夸赞班里最有影响力的外号"将校呢"的女同学，议论去云南的最漂亮的外号"虎牙"的女同学我都不反对，因为那两个女同学人人喜欢，谈到其他的女同学，我不是不说就是顶着。他俩一起串车厢好几趟，也引起了我的好奇心。

我借口上厕所朝着他俩串车厢的方向溜去，那边车厢里的都是别的学校的，没有一个认识。我走得很慢，一排一排地看，第一次注意到知青们的穿戴。知青们的裤子以蓝色、黑色的居多，还有灰色、绿色的，也有少量劳动布的那种蓝色。女知青没有穿裙子的，上身衣服颜色、样式也很单调，因为天气炎热，长袖衣服都挂在车厢衣钩上。男知青穿的无非是红、蓝、白、黑的背心，最时髦、最扎眼的是海魂衫。个别的还有格衫，穿这类衣服的匪气足，要么是流氓、准流氓，要么是以匪气为时髦。穿白色短袖衫的很少，但应该人人都有，也与我们的身份年龄比较相符。女知青发型比男知青的一边拢和寸头丰富些，有的梳短发，比短发长一点儿的梳成刷子，比刷子长一点儿的梳成两只短辫子，梳长辫子的很少。

鞋的样式、颜色最是简单，无非是塑料底和橡胶底、系带和不系带的，黑色是主流色。白力士鞋不多，回力鞋最少。袜子几乎都是白色和黑色的线袜子。无论男女，知青们浑身上下的唯一饰品就是毛主席纪念章，颜色多样，材质不同，非常讲究。在家里我收集了六十多枚，小瞄儿更多，有一百多枚，我们非常珍惜纪念章，出门前都放在家里，每人只戴了一枚。

这样的人群在家、在学校都稀松常见，在列车上却显得新颖靓丽，他们也都是精心打扮过的，洋溢着天真烂漫的气息。虽然他们过早地步入成年，虽然不时学来龌龊的言语，他们的面目仍旧稚嫩，心里装满了对家人的款款思念，流淌出对城市的依依不舍。

我溜了三节车厢也没看到他们说的盘儿特靓的女知青。盘儿靓，是那个时代的语言，按所指对象来说应该是脸庞靓丽的姑娘。脸庞靓丽是文明人在文明时代的语言，比如现在说姑娘好看，概括称为"靓女、靓妹"。那会儿，在未成年人当中流传着很多似是而非、流里流气的语言。当时，我们称这些语言是流氓话。

我在两个车厢连接处的走廊里遇到了小眼儿和小瞄儿。

小眼儿对我说："你也坐不住了，找到盘儿靓的没有？"

小瞄儿说："他懂什么漂亮不漂亮，还是个小屁孩儿呢。"

我说："没有我看得上的。谁小屁孩儿，将来看谁找的婆子最漂亮，敢打赌吗？"

小眼儿说："这有什么不敢的。"

小瞄儿说："赌什么？"

"赌什么都行，奉陪到底。"我满不在乎地说。

虽然没有发现盘儿靓的女知青，我还是很满足，感觉在我周围都是美妙的少男少女，以后会认识他们，有的还会成为好朋友。其他车厢的女知青论长相和我们车厢里的女知青差不多，只是我与邻座的几个女知青更熟悉亲切。

黑牡丹坐在神经病的位置上和大家说笑，忽而像个小大人，忽而像个小姑娘。二姑娘的个子在我们邻座的五个女知青中是比较高的，两根乌黑发亮的长辫子绕过脖颈垂至胸前。眉很黑，眼睫毛很长且向上翘着，黑黑的眼球，看着她的眼睛，你会感觉到一种诚实和倔强。她摆弄着用手绢折成的小老鼠，使它在掌心跳动，逗邻座的女知青玩儿。她对面的一个短发女知青冷不防抢过去，试着学二姑娘的样子让小老鼠动起来。短发女知青家住离我家不远的另一个大院儿，小学我们在一个班、一个学习小组，中学还是一个班，一帮一，一对红，我是她的帮助对象，但始终没红起来。没把我帮红，她也不生气，我找她帮是找她和我们一起去玩儿。她是个大大方方的女孩儿，总是那么坦坦荡荡，很少见她生气、害羞或激动。火车开动前，她没法看家人送别，她和另外两个女知青坐在那里流泪，这是我第一次看到她情绪失常。她是个慢性子，事事不着急，梳着短发，露着白白的脖颈和丰满的腮帮，与人说话总是微微歪着头，眯着眼睛看着对方，脸上总是挂着微笑。在校时，男生女生都喜欢她。她有个门牙磕去了一半，在学校时，女同学都叫她白桃。

我们一起的另外两个女知青是比较文静的那类人，与二姑娘她们还有我们几个男知青很合得来。不时有几个到我们这儿串坐的男知青，从他们的眼神可以看出，我们邻座的五个女知青也是很扎眼的。也有女知青过来和我们打个招呼、谈谈天的，大家聊得很开心。我忽然觉得车厢里的气氛变了，没有了吵闹的烦躁，没有了骂人的喊叫。热情地寒暄，亲切地交谈，彼此谦让，彼此关怀，每个人都像是在重新认识眼前的熟人。知青们似乎几个小时就长大成人了。唯独黑牡丹那个小姑奶奶什么也没改，一会儿说我们男知青不能这样不能那样，一会儿又让我们男知青在行李架上给她拿这个拿那个，我们都一一照办。大家甚至喜欢她这样一会儿正经讲理，一会儿蛮横撒娇，把气氛搞得更有情趣。

夜幕降临，列车依然在城市和村庄间穿梭。黑牡丹情绪依然高涨，她坐在白桃身边，靠在白桃肩头晃动着身子轻轻地唱起了歌："歌声轻轻荡漾在黄昏的水面上，暮色中的工厂在远处闪着光。"其他女知青跟着一起哼唱起来："列车飞快地奔驰，车窗的灯火辉煌……"

二姑娘小声说："小点儿声，别唱词！"

我凑到黑牡丹身边说："小点儿声，唱词儿。我想学，下车前把我教会。"

火车大约行进了两天半，在北方铁道的尽头我们下了火车，换乘敞篷大卡车继续向北前进。

这么长时间歌没学会，黑牡丹踢了我一脚说："你太笨，教会你我的嗓子就别要了。"

卡车上很拥挤，屁股底下没铺任何东西，坐一会儿，屁股就被硌得疼痛难忍，每个知青脸上都流露着痛苦的表情。这不算什么，卡车在湿滑的路面上前进时，速度很慢，有时陷住，还要履带式拖拉机牵引着走一段。这时蚊子多得能把人埋起来，大家用上衣蒙住头还是抵御不了蚊子的攻击，盼望着卡车跑起来，越快越好。当卡车真的在颠簸的搓板路上跑起来时，我们只觉五脏六腑都移了位，屁股像在受棍刑，此时又希望卡车慢下来。

几十辆卡车排成长龙，在漆黑的夜里车灯显得格外耀眼，前面望不见头车，后面看不见尾车，那景象极为壮观。卡车行驶了一段时间后，开始向东行驶。借着卡车大灯的余光，公路两旁的荒凉清晰可见，野草有一人多高，密密实实的。有些路段的积水与路旁水洼相连，卡车冲过时溅起黑色的泥浆，积水挤向草丛，荒草随波摇荡。两百多公里的路程从白天跋涉到黑夜，终于到达了目的地。中途有的车队离开，有的车队继续前行。我们乘坐的六七辆大卡车陆续开进一个大空场，快被颠散架的知青们慢慢爬下车，个个像献哈达似的弓着腰。

第二节　伙食顺口　厕所发难

知青们陆续走向一个大房子，进去才看清是个食堂。灯光忽明忽暗，有两个打饭窗口，大家排着队手里拿着自己的吃饭家伙。我从随身挎包里拿出我的大花搪瓷铁碗儿，个儿很大，能装一斤米饭，一路上刷牙洗脸、喝水吃饭全靠这大花碗。窗口里面两个炊事员：一个炊事员拿着一只大铁勺，接碗盛菜，菜是倭瓜汤；一个炊事员拿着菜刀问要多大的馒头，我伸手比画出饭盒大的长度，炊事员"当"的一刀，剁了一段馒头递给我，有半斤。我早已饿得前胸贴后背，咬那馒头、喝那汤的感觉美妙至极，脑海中没有了一切，内心也是一片空白，狼吞虎咽是最恰当的比喻，几分钟全部吃完。我又去排队要了一份，那馒头比面包还要松软甘甜，那倭瓜汤比鸡蛋汤还要润滑醇香，又是几分钟就全部吃完。我再去排队要了第三份，咬一口馒头，喝一口汤，馒头在嘴里蓬松开来，汤在口中环绕回荡，喉咙又迫不及待地下咽。口齿留香又引发新的咀嚼愿望。这是我一生之中吃得最多、吃得最香、吃得最快、吃得最专注的一顿饭，虽然后来我吃过饭店、吃过酒楼，但时至今日我仍没忘记北大荒那第一顿饭。

吃的诱惑让人无法抗拒，尤其是在饥饿到一定程度的时候，吃是当务之急，一顿简单的饭让人记忆一生似是奇怪，但是就是这样一顿饭，让我记住了北大荒，记住了成长中的重要一课。从那时起，我最爱吃的是粮食，没有了对食物的任何挑剔。吃是一种生理本能，是人生存的自然需要，发生在吃上的故事比比皆是。我们为了生存生活的继续，为了吃离开了家，离开了久居的城市，这样理解虽然不成熟，但这是去掉伪装的本质，是人为财死鸟为食亡的初级形式。

有吃就有排，大多数人只听过对吃的记忆和感受，对排的感觉和印象很少议论，我吃了一顿记忆深刻的饭，没过十分钟，我又有了一次极其难忘的排，让我经历了一生中最为恐怖的厕所历险。走出食堂，没来得及刷碗，排的欲望突至。

我问小瞄儿："去厕所吗?"

他说："去。"

我俩把没刷的碗交给小眼儿就直奔厕所。厕所很大，也就比食堂小一半左右，靠墙分别有两排茅坑，我犹豫着不敢跨上去。那茅坑太宽了，比北京的茅坑宽一倍。站在旁边向下望去，黑洞洞的，看不见底，茅坑像是木板架在深渊上。

我已忍不住了，我对小瞄儿说："拉着我，拽住了啊!"

我跨上去，解开裤子慢慢下蹲，一只手抓住小瞄儿的手，另一只手抓住他的裤子，这样方才感觉安全，开始"卸车"。其实密密麻麻的蚊子早就扑到我裸露的皮肤上，因为害怕掉下去摔死或淹死，所以对蚊子的叮咬没有相应的反应，等感觉叮咬刺痛难忍时已经晚了。

从厕所出来，我什么事情也做不了了。我的两只手太忙了，挠、抓、拧、掐、拍、打、拽、拉。将我的行李拿到宿舍、支起蚊帐、铺好床铺都是我的几个同学帮忙。我钻进蚊帐，脱下裤子，褪下内裤，继续那八个动作。痒是痛苦的极端煎熬，解痒是快乐的腾云驾雾。然而，痛苦和快乐的不断快速重复，使得痛苦与快乐都逐渐麻木，感觉麻痹，知觉失踪，被咬的部位已经不是我的了。

神经的承受是有极限的，肉体的承受也是有极限的，极限的另一头是反过来的，痒变成了火烧火燎的灼痛，解痒变成了火上浇油。我的手终于停下来，我身体的最隐秘部位像是进了《圣经》中的炼狱，正在经过净化而渴望重生。那一带没有了光滑平坦，没有了正常的弹性，紧绷绷的凹凸不平，特别是突出部位体积翻倍。我害怕了，再痒也不敢动了，这时的痒不是表皮的痒，局部的痒。痒，已经深埋在用手够不到的肌肤里面，守卫着它的是疼痛。

恐惧让我的意志力大大提高，再痒也拼命忍住，我喊来小瞄儿，让他看看怎么办。他头伸进我蚊帐，看见我惨不忍睹的情形傻了眼。

他愣了片刻说："这有医院吗？我去看看。"

屋里很昏暗，知青们刚才又是哭泣又是骂街，因为住处简陋，满地泥泞，屋顶还在滴水，墙壁上的泥巴还是湿呱呱的。这是新盖的房子，还没有完全盖好就住了进来，潮湿的空气在屋中弥漫。

小瞄儿回来了，他手里拿着一个小纸盒，他说："是凡士林，卫生员给的，抹上会舒服一点儿。"

他打开纸盒，用手指挖出凡士林在我红肿的地方涂抹，虽然有丝丝疼痛，但感觉绷紧的皮肉放松了下来，我也用手指挖出凡士林，涂抹在最不舒服的地方。过了半个小时才涂抹得差不多，这时宿舍里已传出知青们沉睡的呼吸声。

我对小瞄儿说："你快去睡觉吧。"

他把我的裤子卷成一个卷，夹在我两腿膝盖间，便于两腿间通风透气。他爬上我的上铺，没过一分钟我就听出他进入了梦乡。

屋里的人都睡着了，连日三千多里的颠簸已经身心疲惫，我很快也进入沉睡。一觉醒来已是第二天傍晚。我想起床，刚刚动了一下，昨天被蚊子咬的地方又开始刺痒，稍微一碰比昨天刚咬时痒得更是钻心。大面积的红肿已经退去，剩下的患处分散成一块一块的，皮肤和肌肉仍然是紧绷绷的，一活动就痛痒交加。我想试着下床，刚一动感觉就像穿着铁裤衩，皮肤好像随时会崩裂，我赶忙又躺下。我喊小瞄儿，他也是刚刚醒来。

我说："我要尿尿，走不了。"

他慢慢从上铺下来说："用脸盆吧。"

他把我的脸盆拿来放在我床上，帮我摆成跪着的姿势，说："尿吧。"

肿胀基本已经把尿路封死，十几分钟才把尿挤完。

北大荒的第一天就让我领教了蚊子的厉害，它们个头儿不大，但是非常凶猛，不像北京的蚊子那么机警。它们没有试探、没有防范，扑上来直接叮咬，个个不怕死。你若觉得蚊子落在皮肤上，你只管拍打就是了，肯定能打中。白天在驻地，在屋子里还好些，如果是晚上或是在草丛中、树林里，蚊子会成群地围攻你。如果你只穿背心或秋衣之类的针织品衣服，在蚊子那里相当于什么都没穿，线袜子虽然很厚，也不能抵御蚊子的攻击。我吃了药，涂抹了药膏，慢慢躺下身子继续睡觉，肚子也不觉得饿，疲倦仍然战胜了一切。屋子里知青们长长的呼吸声和蚊子的嗡嗡声此起彼伏。

我又在床上尿尿，屋里几个知青发现我要在床上尿尿，不知发生了什么事儿，有的在蚊帐外向蚊帐里面看，有的把头钻进蚊帐看，他们先是大惊小怪，接着是笑个不停，说我裤裆里装着个什么壶。我顾不上许多，全神贯注地尿，太费劲啦！他们的笑声、议论声好像离我很远，我断断续续地尿了有十分钟，若不是两边有人扶着，我一定跪不了那么长时间。小瞄儿帮我端出脸盆，又去找卫生员。一会儿，卫生员来了，是个女的。我只让她看了屁股和腰间的情况。

她给了我一个纸包、一盒药膏说："快好了，把药膏涂抹在前面，其他地方不抹也没事，这几天不要着水。药一次一片，一天两次，吃三天。"

次日上午九点左右，宿舍里的知青陆续起床，开饭时间已过，几个知青拿着空饭碗回到宿舍开始骂街。骂房子、骂蚊子、骂厕所、骂倭瓜汤……骂他们能想起的一切。我起床下地慢慢活动，涂抹药膏的地方还是紧绷、疼痛。我站在床边，第一次打量我们的宿舍。屋子外墙壁是稻草和的泥抹的，屋顶是新木板钉的，不时滴着水；屋子朝南方向和朝北方向各有一个窗户，窗户是两扇，每扇窗子上有两块玻璃；门很宽，也比较高。屋子内墙是深色的泥土，窗户又小，门上没有玻璃，整个屋子显得黑乎乎的。屋子当中是一块空地，围着空地是上下层的床铺，靠门是通道，那里除了一个水缸，还有两个水桶和一根扁担。知青们骂着骂着有几个人哭起来了，我的鼻子也很酸，眼泪会随时流下来。周围陌生的一切，触动了知青们对家的思念。

思念的原因是习惯，是习惯被改变后对习惯的想念。生活是一个生存过程，这个过程不断重复，这种重复养成了活动的习惯，习惯深埋于人的潜意识中，一旦人处于陌生的环境，首先会不自觉地将陌生的景、陌生的事、陌生的人与曾经习惯的景、事、人进行对比，随后产生对以往的怀念。杰克·霍吉在《习惯的力量》中把习惯比喻为飞驰的列车，惯性使人无法停步地冲向前方。他所描述的习惯是人的行为，如果思维也算作一种行为，那么，人也会有习惯的思维，不可以把行为和思维分家。年少的知青们自幼就习惯了家里的每一个人，习惯了母亲的慈祥、父亲的严厉、兄弟姐妹的亲情，习惯了在家的饮食方式，习惯了房子、院子和街道。这些习惯的东西突然消失，而习惯无时无刻不在呼唤着回归与继续，因而，他们都会苦苦地思念。

思念是对过去的追忆，会搜索曾经的你，会因为改变而骄傲或痛苦，会因为坚持而庆幸或苦恼。过去之所以不被忘记是因为人们要求岁月的延续，随着时间的推移，加在痛苦上面的外衣也会施舍一些美丽。然而，对美好的想念向往，在血液中流淌，在呼吸间回荡，美好时光是那么短暂，只有用思念去延长，引来无尽的惆怅和忧伤。

我的宿舍里有十六个知青，分别来自四个学校。我们是铁一中的，我、小瞄儿、小眼儿、神经病和耗子是同班，还有三个同年级的同学。除了我们铁一中的，还有铁二中的、东二中的、十八中的。知青们还不是很熟，有个大脑袋小细脖的知青最活跃，好像他什么都知道，后来知青们都叫他“万事通”。

万事通说：“这三天休息，后天开始学习，介绍情况。在这儿待两三个礼拜然后确定去新建点的知青名单，好像要去不少人，留下的不多。新建点好像连房子都没有，要住帐篷。”

我一边听他说，一边劈着腿走到南窗前向外张望。房子前面是一大块空地，泥泞中踩满了脚印；南面好像是片菜地，长得高矮不一；再往南是看不见尽头的庄稼地连着天际。烈日当空，不见一片云彩，屋里没有盛夏的酷热，却潮湿得有些让人窒息。

出去的人中午时分陆续回来了，大家相互打招呼，相互介绍。还有知青一边笑一边询问我患处的情况。

一个叫老七的说：“这儿蚊子太厉害了。”

他用眼睛扫了我下边一眼接着说："没想到让蚊子咬了会肿那么大，像个紫砂壶。"

知青们都哈哈地笑了起来。

神经病这时也回来了，他问我："怎么样，消肿了?"

我瞪了他一眼说："滚蛋!"

我从下了车到刚才还没顾上看他一眼，在火车上的事我还没忘。

宿舍里知青们聊了一会儿就都拿着饭盒、饭盆去食堂了。小瞄儿帮我打来饭，我就着倭瓜汤吃了一块馒头，没饱，这是来了以后我吃的第二顿饭，虽然还能吃，但是不敢吃了，怕晚上大便。想起上厕所，我就浑身难受。我的情况应该裸着下身更有益处，天黑下来时，我又抹上药膏裸着睡了。一觉醒来又是上午九点多钟，屋里大多数知青没按时起床。

万事通端着一脸盆馒头说："我就知道你们不起，我跑了三趟，拿回这些馒头，凑合吃点儿吧。"

小眼儿说："谁还有从家里带的吃的？再不吃完该坏了。"

知青们还真有没吃完的东西，此时都拿出来了，又从床下拖出一只箱子当临时饭桌围成里外两圈。我的患处已经没什么大事了，只是弯腰或蹲着还有些不行。我的心情特别好，那是睡觉睡出来的，几天的辛苦遭遇，全靠睡觉调节修复。现在感觉头脑特别清醒，即使用蒙汗药也不见得能让我睡倒。我急切地想看看我待的是个什么样的地方。我和知青们一起出了宿舍。

我们宿舍在南面，离北面的食堂有五六十米，宿舍与食堂中间是我去过的大厕所，食堂东西两侧是成排的房子，东面还有一个篮球场，篮球场北面堆放着木材。

没办法，我又要上厕所了。从厕所出来我不再恐惧上厕所这件事了，我有了自己的一套方法：腚朝外，单手拽，排要快，动起来。

食堂后面还是一块空地，有些农用机械放在那里，空地北面是一排房子，医务室、连部、库房等都在这排房子里。房子后面是一条东西向公路，东面十里是团部，西面十五里是新建点。公路北面是麦田、树林和未开垦的荒野。这地方的老底子是个农场，农业现代化程度超过百分之五十，麦田里没有什么割麦人或拔麦人，只有拖拉机、收割机、拖车。麦田一望无际，枣红色拖拉机和收割机在金黄色小麦的海洋中款款而行，机械的轰隆声响成一团。

麦田里除了那些机械就没什么可看的了，满地都是齐刷刷被斩掉麦穗的麦秸。我们沿公路向西走了三里多地，来到那片出了驻地就能看见的树林边。

这样大的树林是我从来没有见过的，密实得像是长长的绿色挂毯挡在眼前。虽然看不见有花丛，但隐约有多种好看颜色的装点。树林离路边很近，只有几十米，我们要进入树林就要趟过眼前的荒草地。不管三七二十一，我就闯进了荒草地，其他人也跟着往里闯，没走几步大家就掉头往回跑。是蚊子，烈日当头，它们都躲在荒草中，就是它们把我们赶出了草丛，我的脸和脖子又被咬了好几处。树林风景秀丽，可要靠近它没那么容易。没意思，回宿舍吧。两次被咬，终于懂得了一个重要常识：那就是在这种地方，一定要先保护自己，随时注意躲开蚊子，这样才会少吃很多苦头。

第三节　靓女成双　丰满挺拔

午饭时我们一起去食堂打饭，人很多，排成了两行。知青不干活儿来得早，老职工和以前来的大知青即使来了也不去排队，他们就在旁边站着看。他们好像很高兴又来了这么多小知青，让小知青先吃饭是很谦让的意思。但是，他们的眼睛却很有收获，盯着小知青看毫不客气。女知青被看得很是别扭，用后背对着他们，他们像看电影那样聚精会神，还不时与同伴交头接耳。不光是女知青感觉不舒服，男知青也觉得别扭。吃完饭我们又在驻地周围转了转，没什么吸引我们的地方，便都回宿舍了。宿舍里有些闷，外面越是骄阳似火，屋里越是潮气逼人。屋顶还在滴水，墙上的泥还是不干，屋里地面仍然泥泞。多数知青都来到屋外阴凉的地方聊天儿。

太阳已经歪斜到了西边，知青们陆续回屋，只剩我一个人还在外面。我点上一支烟，刚才没有拿出来是因为人太多不够分的。忽然，与我们宿舍隔着一条土路的房子里传来悦耳的口琴声，婉转悠扬，一个音质甜美的女生在抒情歌唱。口琴声似一缕柔风、一股清泉。那女生唱得如咏如诉，甜美入心房。我心底涌出一股莫名的热流，滚烫滚烫。

忽然，口琴声止，一女中音加入，二人共唱一首，却完全不在一个调上（两个声部）：先前那女声细高亮嗓却在低位轻柔飘扬，后来女声浑厚润圆又在高位拉腔；一高一低，一锐一醇；似乎是一呼一应，一唤一答。呼唤真的是柔情万种自流淌，应答真的是百媚千娇愈悠扬。唱着唱着忽然又变成一前一后的学唱（重唱），仍然不再一个调上：前面的向后面的依依告别，后面的对前面的恋恋不舍；忽而谆谆，忽而切切；忽而哽哽，忽而咽咽。二唱合一，各自心声均爱意，相顾拳拳不分离。她们唱的好像是“一条小路曲曲弯弯细又长……爱人上战场……”这支歌曲在北京是被禁止的，这类歌曲被统称为黄色歌曲。

在那样安静的傍晚，这首歌，听得我荡气回肠，恰好与我多日思念家乡的情绪产生共鸣。其情切切，其思哀哀，正像《思归》的“暖丝无力自悠扬，牵引东风断客肠”。按我的年龄，此情此境早应泪流满面，但我没有，我只觉得凄婉中热血在奔流，有一种迎接美好的冲动，抚匀思乡的失衡。潜在的萌动，隐约告诉我失去的固然重要，而将要拥抱的也会更加美好。现在虽然夏日炎炎不是春天，没有温暖的柳枝，然而女知青那美妙的歌声就像柳丝牵来东风，使思乡甚苦的人内心暖暖，使青春萌动的人热血沸腾。

歌声停了，屋里传出稀稀落落的掌声和快乐的笑声。我又点燃一支烟，站在原地发呆，满脑子都是那歌声。忽然，女知青的房门开了，有人走出来，其中有两个梳妆打扮完全一样的女知青很是显眼。都穿着一身蓝色学生装，脚上是白色塑料底懒汉鞋，连袜子都一样是黑色的，头发都梳成两把刷子。不同的是一个丰满一些，一个略瘦一些。女知青们都在小声哼着刚才那首歌，从略瘦一些的那个女知青哼出的声音，我即刻判断出她就是那中音女知青，丰满女知青与她挽着手臂并肩而行。女知青们每人手里都拿着打饭的家伙。该吃饭了，我迅速回宿舍，拿了饭碗叫上小瞄儿去食堂。到了食堂，我没有去排队，而是和老职工、大知青一样站在墙边，寻找那两个女知青。我指着那两个正在排队的女知青，把刚才听歌的事儿告诉了小瞄儿，小瞄儿伏在我耳边说：“她们俩是圈子。”

圈子，就是女流氓的意思。我虽然不想相信她们是圈子，但是她们刚刚还在唱黄色歌曲，我无话可说。可我不认同。我不讨厌她们，也不反感她们，甚至心里还很喜欢。突然我脑子里出现了一个古怪的念头：我为什么不是男流氓？

丰满些的女知青身段曲线凹凸有致，女性之美完全绽放，虽然屋内光线昏暗，她的脸庞仍然闪光。瘦些的女知青，身条笔直，拔背鼓胸，气质张扬，脸上肤色微黄，但眉眼秀丽，释放出一股妩媚的英气。我一直看着她们打完饭走出食堂。

小瞄儿说：“她俩长得一般化，就是穿衣打扮扎眼，一个太胖一个太瘦，等着看，咱们这批女知青里有好几个盘儿靓的，还有好多没见过的女知青，时间长了就认全了。小眼儿见过一个，他说那个女知青是最好看的，我还没看见哪。”

吃完饭，我一直在男宿舍和女宿舍之间的路上来回溜达，希望看到那两个“圈子”或听到她们的歌声。天彻底黑了，蚊子越来越多，实在扛不住了，我只好回宿舍。屋子里太潮，被子、褥子都是湿漉漉的，躺在床上很不舒服。好在我有愉快的事儿可想，想那两个女知青的样子，想那美妙的歌声，辗转反侧地想，脑子里什么都没有，只有美丽女知青和她们的歌声。

口琴声响起来了，歌声响起来了，一遍又一遍，慢慢地我学会了歌词，学会了歌曲，我高兴地唱了一遍又一遍。唱着唱着又不会唱了，曲调也想不起来了。这时，落日天边还有一抹鱼肚白，昏暗中两个身影，一个丰满，一个挺拔，伴着悦耳的口琴声和悠扬的歌声款款走来。我想打个招呼，又觉得不好意思，只好呆呆地望着她们。她们一边继续吹唱，一边向我挥手，我高兴地走过去，向她们点头微笑，她们却又转身离开，我跟了上去。口琴声和歌声还是那首好听的歌，我突然又会唱了，而且在和她们一起唱，和她们不在一个调门上，我使劲拔着高调。一男一女一口琴，男高女低，男起女落，时而一前一后，时而男女相和。口琴声时而轻盈回转，时而八度和音。三种声音围着主旋律，缭绕回荡，缠绵翻滚。太好听了，我激动得几乎流泪。

突然，一个可憎的声音响起：“嘿！喊什么，睡觉呢！”

我惊醒了，心里想：浑蛋，明儿找碴儿跟他算账。这梦得续上，说不定还能和她俩聊聊。

第四节　不爱干活　打架英勇

早晨吃过饭，连里安排五十几个知青到场院帮忙晒麦子，我们两间男宿舍和两间女宿舍的知青被派过去干活儿。知青们来到场院，没人干活儿，一群一伙地到处溜达。场院占地三十多亩，像个足球场。靠南边有三个大棚，里面有些装麦子的圆囤，还有装满麦子的麻袋垛起的垛。东面空地铺满刚收回的小麦，干活儿的人都集中在西头，男的扛麻包，女的集堆装麻袋。知青们溜达够了就找地方或躺或坐，看着那些老职工和大知青忙活。

一会儿，一个领着干活儿的头头儿说：“咱们这个……咱们这个……休息会儿再干。”

干活儿的人放下手里的活儿，一堆儿一伙儿地坐下休息。那个头头儿也坐下来，旁边坐着一群妇女。头头儿和妇女们在说笑，不知为什么，头头儿和一个妇女争论起来，那妇女大喊一声像是发出口令，一群妇女扑过去把头头儿按住，解开他的裤腰带，几双手同时往他的裤裆里装小麦。头头儿被按住头，扯住胳膊，压住腿，根本动弹不得。

虽然他用尽全力喊叫，声音还是很小："咱们这个……咱们这个……是做啥子嘛!"

妇女们给他裤裆里装完麦子，又伸进几只手在里面揉搓，头头儿哇哇怪叫，开始用四川话骂人。妇女们把他的头往裤裆里按，用他的裤带系住他的脖子，然后坐在一边乐得前仰后合。头头儿被窝在那里，两只胳膊够不到腰带的死扣，像一只螃蟹挥舞着蟹爪，骂街也出不了大声，逗得所有人大笑不止。

过了半个小时，老职工和大知青们开始干活儿，一个男性老职工过去给头头儿解开裤带，头头儿的头解放了，我这才仔细看看他。他已经满头大汗，蓬乱的头发像个要饭的。他用手抹掉脸上的麦粒，露出一张黑黑的方脸，门楼儿头，突眼眶，小眼睛，大鼻头，厚鱼唇。真是丑到了极致。他没再说什么，继续干活儿。

知青们有的在瞎聊，有的干脆躺在麦堆上睡着了。

我和小瞄儿说："咱们去干点儿活儿?"

小瞄儿说："你看谁干活儿了？待着吧。"

我们同宿舍的一个知青说："你想干活儿，我和你去。"

他是这些知青里最不爱说话的人，小个子，但很结实，脸上的肉是横着的，三条抬头纹像刀刻出来的。十六岁的人，长着四十岁的脸，人特别老实。我俩走到麦堆前准备扛包，老实人的一个同学也过来要和我们一起干。他中等身材，脸长得一本正经，浓眉大眼，鼻子下面长了一撇发黑的汗毛，还戴着一顶灰帽子，一看就像工人阶级。两个搭肩的大汉，挑了一袋百十斤的麻袋轻轻放在我肩上，我弯曲的两条腿怎么也直不起来，他俩又把麻袋拿下来，把小麦倒出一半又放在我肩上，我咬牙挺起身来往前走。两个大汉一松劲儿，我就开始晃，像喝醉了一样，逗得大伙儿一个劲儿地乐。两个大汉一直跟着我，直到我上了跳板才放手，好在是一层跳，我总算晃晃悠悠地上去了。老实人和一本正经扛得比我多，扛得比我好，也不用两个大汉护送。我觉得挺不好意思，我继续排队再去扛。还是四五十斤，还是晃晃悠悠，还是被护送。我们三个一直扛到中午饭。

下午，扛麻袋仍然继续，小瞄儿劝我别去扛麻袋了，我没听。参加场院干活儿的小知青还是我们三个，我扛麻袋的重量没有增加，有几次还把肩上的麻袋掉在了地上，有时扛着扛着变成了背麻袋、抱麻袋，不管怎样我得把那几十斤麦子弄到囤里去。下班后去食堂吃完饭便倒在床上，我脑子里全是麻袋，连想那两个美女和美妙歌声的力气都没了，很快睡着了。

第二天突击扛麻袋，要把四个囤装满，连里抽调所有能扛麻袋的男职工分成四组，每组十几个人。我、老实人、一本正经也参加了，其他小知青干脆不来了，也没人管。百多人在场院干活儿，很少有人说话，也不像昨天那么松散，十分紧张甚至休息时也都很严肃。我、老实人、一本正经休息时总在一起，也累得不想说话。下午我就能扛六七十斤了，身子也不晃，麻袋在肩上也很稳当。我虽然累得不行，还是咬牙坚持，浑身上下没有不疼的地方，最难忍受的是肋骨疼，扔掉麻袋的一瞬间，像刀割那么疼，不敢直腰，要含着胸走下跳板，还没等缓过来，排队又轮到我扛了。装袋子的妇女总是准备几袋六七十斤的麻袋，是给我们三个小知青的。有时搭肩的没看清，抡起一个大包麻袋砸在我肩上，我怎么蹬腿也站不起来，有时跪地上，有时趴地上，很是狼狈。每次出现这种情况都耽误时间，可那些老职工一点儿不烦，很有耐性。我不甘示弱，跟麻袋不依不饶的，不管是连滚带爬，还是狼狈不堪，就是一个扛。在我们老家，管我的这种表现叫“逞脸”，你越关心我，我越玩命干。那么多知青只有我们三个干活儿，我们三个只有我一个在玩命。就这样连扛麻袋四天，我能扛一百三十斤，上三级跳。

我这几天吃完晚饭就把自己扔在床上，脑子里什么也不想，同宿舍里即使闹翻了天也吵不醒我。我身上脏得成了土猴，老职工和大知青扛麻袋时，每人都用一块女式头巾蒙在头上，防止尘土进到衣领子里，也防备麻袋磨伤脖子。我们新来的小知青都没有这方面的经验，我们三个人的脖子都被磨得红红的，粘上汗水火辣辣的。脸上的土和汗水和成了泥儿，像是从炮弹坑里爬出来的。今天是星期天，新来的小知青休息，老职工和大知青部分人休息，还有部分人继续上班。

我想洗洗，这里没有洗澡的地方，一般都是在宿舍洗，这会使宿舍里泥泞不干的地面更加泥泞。我带上脸盆、毛巾、肥皂，到我们宿舍南边不远的排水沟去洗。排水沟有两米多宽，水有一米来深，站在沟边淘水很费力，不小心就要滑到沟里。我到宿舍后面的篮球场旁边扛了两块跳板搭在排水沟上，脱得只剩短裤，淘水就往身上浇。水非常清澈，而且没有想象的那么凉，洗过的水流走，干净的水源源不断，真是痛快。动作还是要快，不然会有蚊子咬上几口。一会儿围过来几个男知青，在那儿议论纷纷。

小眼儿说：“你在这儿洗澡，我们在宿舍看得清清楚楚，旁边女宿舍也能看见。”

我一愣说：“看见怎么了？我又没光着。”

我猛然想起唱歌的两个女知青，心里一紧，赶快穿衣服。

换上干净衣服，把脏衣服泡在脸盆里，我出了宿舍，听到屋后篮球场很热闹，我点上烟就溜达过去看看。篮球场有很多人，男知青有十几个，女知青有十来个，还有七八个老职工。场内有六个小知青打半场篮球，都是别的学校的。场内打球的人很认真，可能因为围观的人多，再加上有很多女知青，两队人马针尖对麦芒地较上劲儿了。忽然，传球没有接住，篮球跳到场外，球蹦到一个老职工眼前，这个老职工拍着球直奔篮下，一个三步跨篮把球投向篮筐，球进了。老职工本以为自己露了一手儿，满脸笑容往场外走。

没想到，场内一个小知青开口就骂：“你臭显摆什么呀！”

老职工脸色大变，刚一回头，骂他的知青把篮球重重地砸在他的脸上，老职工捂着脸也骂起来。旁观的几个老职工看不下去了，上来抓住用球砸人的小知青。没想到这个小知青挥拳就打，一个老职工的鼻子见了血，场上的小知青都围过来拳打脚踢，场外的老职工冲进去与场内小知青对打，没几下场内小知青就扛不住了。这时场外十几个小知青冲进去，有的从球场边上的木头堆里拿来木棍木方照对方头上抡，一个老职工被打趴下了。七八个老职工受到二十几个小知青的围殴。这时从场院方向冲过来二十几个老职工参战，形势急转直下，小知青被摔趴下好几个，哇哇乱叫。这时从几间宿舍里跑来二十几个小知青，拿着棍子、扁担加入大战之中。原来是女知青去报的信儿。

四十几个知青对三十来个老职工，混战在一起难解难分，喊声叫骂声连成一片，扁担横扫，乱棍飞舞，被打趴下的挣扎着站起来继续逞勇。很多人满脸流血，嘴歪眼斜，帽子掉在地上，袖子被扯掉，衣服裤子被撕烂。本来一群孩子哪里是成年人的对手？但老职工打架不在行，要么推要么拽，完全没有章法。可大城市来的小知青，个个手黑，专拣要害招呼，这下不要紧，本来不知道怎么打架的老职工被激发出了原始野性。他们有的将知青腾空扔了出去，有的抱起知青来摔在地上，有的用拳头直接砸知青的头，有的也跑到球场旁边拿起木方、大板子向知青身上抡。两拨人像疯了一样，像两军交战时的肉搏。

搏斗持续了有二十分钟，大家都打累了，仍不罢休，你揪着我的衣领，我撕扯着你的头发，你把我按在地上，我挣扎起来又把你摔倒，个个浑身是汗，个个喘着粗气。突然听见身后喊声一片，十几个老职工从麦田方向飞奔而来，个个手里拿着铁锹、镐把、铁叉、木棍杀进来。小知青们立即崩溃四散奔逃，有几个反应慢的当场被按住。四五十个老职工冲向各个小知青宿舍去拿人，逮住了连打带骂地押走。有的小知青知道在宿舍藏不住，想逃到别的地方，老职工就追，小知青都成了惊弓之鸟，四处逃窜，有的躲进女知青宿舍也被逮出来了。

我一直在篮球场边上不远处看着，因为这些小知青我都不认识，再加上这些小知青不地道，是在欺负人，所以我没帮忙，只是抽着烟看热闹。看热闹的还有几个小知青，最后参战的那批老职工是红着眼来的，见小知青就打，这几个看热闹的也被打得抱头鼠窜。这些小知青空前的狼狈。我站在那里一直没动地方，所有的场景看在眼里，老职工拿着家伙在我身边来回追打小知青，却没碰我一根汗毛。

百来人的大战仍在继续，双方交战演变成了围捕，我还是原地没动，因为我站的位置能看到更多的战况，老职工一会儿逮着一个小知青从我身边经过，一会儿又逮着一个……不知为什么，一会儿两个老职工架着万事通的胳膊走过来。我知道万事通一直和我在一起围观，他什么也没干，抓他干什么？

我走过去挡住他们的去路说：“怎么啦，你们抓他干什么？”

一个老职工怒冲冲地说：“让开！”

我说：“干吗，看他瘦小好欺负，他又没打架，一直和我在这儿看你们打架，放了他。”

另一个老职工慢慢松了手，冲我喊叫的老职工还是不放，我气哼哼地掰他的手指，他有点儿蒙了，没想到我敢和他抢人，闹不清该不该抓万事通，我掰了几下他就顺势松手了。

我又说：“你们要去抓打架的，就找真打架的人抓，还有你们自己也该抓，谁打谁没打，我全看见了。”

那两个老职工愣了一会儿就走了。

万事通一个劲儿说：“多亏你了，多亏你了，不然把我抓了，肯定得挨打。”

我还是在原地没动，万事通在我一旁嘟囔着老职工的凶猛。他说：“刚才老职工举着棍子冲着围观的几个小知青跑过来，我一害怕，扭头就跑，没想到跑到宿舍里还是被踢了一脚，扭着胳膊让老职工架出来了，怎么解释都没用。”

一会儿，迎面过来两个老职工。

万事通说："冲咱俩来的。"

我还是没动地方，那两个老职工走过来。其中一个问我："怎么回事，你都看见了?"

这个老职工有一米八的个头儿，很魁梧，脸很白，眉很黑，眉梢向下，眼角有点儿下垂，尖下巴，下兜齿明显。我认出他了，那天集中力量扛麦子他在场，工间休息是他的口令，休息时妇女没有解他的裤腰带。我把打架的经过和他说了一遍，他听得很认真，还不时点头。

最后我说："知识青年上山下乡接受再教育，第一课就是打架的教育，在北京流氓斗殴都是这么打，这儿打架就是没有刮刀、菜刀、砖头，其他都一样。要不是我手里拿着《毛主席语录》挥舞，他们连我这个围观群众也打了。"

他又追问了一些细节，我一一回答，他又说："我想起来了，你是在场院扛过麻袋的小知青，很好，有时间咱们谈谈心，你是好样儿的。"

他走以后没多大工夫，被抓的小知青都被放出来了，没有挨打的。接着连里头头儿开会，老职工开会，到晚上又开全体会。

食堂很小，装不下三百多人，所以老职工和大知青大部分都在食堂外头站着，食堂的长条木板桌、长条凳子都给小知青们坐。屋里灯光时明时暗，因为是自己用一台柴油引擎带动发电机发电，所以电压不稳定。靠近打饭窗口是领导们发言和坐的地方，有一张两屉桌，领导坐在桌后面。桌前一排老职工在矮凳上坐着面对着知青，他们都是今天打架受伤最严重的几个人。有的眼睛被封，有的嘴肿得厚厚的，有的眼角贴着纱布，有的脸是歪的。小知青没有一个类似情况，看起来老职工吃了大亏。指导员主持大会，连长首先讲话。

他表达了几个意思：一是知青响应号召上山下乡值得老同志学习；二是知青来了以后要认真学习，积极熟悉环境和各种情况；三是互相帮助克服各种生活困难；四是白天的事件情况和处理决定，首先批评了老职工没有觉悟，不应该还手打人，其次知青骂人太难听，以后要注意，最后对参与打架的老职工处理，各排开全体会，参与打架的做深刻检查，排干部参与的还要交书面检查，态度不好的，可能要处分，知青要吸取教训，再发生这种事件也要严肃处理；五是宣布后天进入新建点小知青的名单。这个连长还真能说，操着浓重的山东口音，语调抑扬顿挫忽高忽低，嗓音忽粗忽细，语速忽快忽慢，表情随语意变化。他讲话真的很好听，是个演说高手。两三百人很安静。

这个连长太高明，把一件老大的事儿就这么解决了，还弄得知青很不好意思。打架不是事儿，打群架也不是什么事儿，有事的是老职工有组织地抓人、逮人，把打架事件演变成为政治事件，这事儿要是知青不依不饶要个说法，恐怕不好收场。老职工抓人以后，各宿舍都不约而同地要上团部去告状，知青已经意识到这件事的严重性。后来被抓的知青很快回来，被抓进库房也没挨打，连里的赤脚医生到各宿舍询问伤者，还送了药，治了伤。开完大会大家又找到了知青的感觉，事儿也就这样了。其实，老职工之所以那么沉不住气像炮仗一点就着，根本原因还是看不惯小知青的所作所为，成天不干活儿，嘴上不干净，在心理上矛盾已深；再有就是一种地缘关系，这种关系要靠时间来解决，就类似民族融合的意思，地区之间也有一个融合的过程。各大城市的知青都是一样与自己家乡的知青抱团，后来各城市知青慢慢融合，但到了很关键的问题上，还是向着和自己一起来的知青。

第五节　军刺顶胸　扬威立万

知青的地域性心理持续了很长时间，直到五六年以后，开始谈情说爱才有所突破，有时俩人闹别扭也是因为对方说了他（她）家乡或家乡人的坏话而引起不快。

开完会已经快晚上九点了，知青们没有睡觉的意思，开始议论新建点的事儿。我们宿舍的知青除了神经病都去新建点，所以话题集中。新建点是很艰苦的，大家谁也不愿意去，听说要住帐篷，没有电灯，也没有菜吃，蚊子特别多，说着说着有人哭起来，又有人开始骂街。忽然，宿舍外面来了很多人，但是没有吵闹声。

万事通出去没多会儿就回来说："是北京的知青和天津的知青要打架。"

全屋人一听是北京知青要打架，都跑出了宿舍看。北京领头的知青是我们学校的，他身后十来个知青是他们班的同学。这小子我在学校就认识他，身高一米八几，块头不小，黑红的脸上长着几个明显的黑痣，眉毛也很黑。小眼睛，大脸庞，一笑脸上两个酒窝儿。这哥们儿发怒时，看上去凶神恶煞的，高兴时眉眼都在笑，因为他的黑痣和酒窝儿，大家叫他"点窝"。天津知青领头的人也一米八往上的个头儿，长得挺精神，白净脸，眉眼清秀，就是脸消瘦得有点儿嘬腮，很薄的嘴唇，勉强盖住整齐的牙齿，一脸的傲慢。点窝和嘬腮气势汹汹，剑拔弩张。两个领头的正在最紧张时刻，突然，十几个人围进来，领头的是一个比点窝还高的知青。他一米八五以上，满头卷发，长圆脸儿，眼睛很大，是一对笑眼儿，肉头鼻子，厚嘴唇。笑眼儿手里晃着一把一尺多长的四棱军刺。

他笑着说："哥们儿，打仗啊？我就喜欢打仗，这叫啥知道不？这叫军刺。"

他站在两伙人中间很是张狂，看看这边，看看那边，得意得很。北京和天津的知青被他们突如其来的一伙人弄蒙了，都愣在那里，不知如何反应。

笑眼儿接着说："天津的哥们儿领教过了，能说不能打，天津人的嘴，能把死人说活了。北京的还没领教，不过像这哥们儿这么干瘦干瘦的，还没发育熟吧？能打仗吗？"

他一边说，一边用手指指我。

嘬腮冲着点窝说："哥们儿，你说吗都听你的，不打了，我跟哈啦比的聊聊。"

点窝接着说："天津的哥们儿，咱们和了，一块儿打丫的。"

两拨人凑上前就要动手。

我喊了一声："等会儿！"

我走到笑眼儿面前说："孙子，你刚才说谁干瘦干瘦的？说谁还没发育熟？"

笑眼儿愣住了。

我接着说："今天北京的、天津的、哈尔滨的全都靠边待着，你不是看我干瘦干瘦的吗？你不是说我没发育熟吗？今天就咱俩练。我告诉你一个北京的练法，就是你先扎我或者我先扎你，你厉害，你先扎我吧。"

我抓住他拿着军刺的手抬到我胸前，把军刺的尖儿对准我心口说："来吧。"

我感觉到，他在往回拉他自己的手，我越是把军刺使劲往我心口顶，他越是使劲往回拉那把军刺。小瞄儿、小眼儿、耗子，一左一右一后把他围在中间。一阵骚动，北京、天津的知青把我们围在中间，哈尔滨的知青根本靠不了前。拉开这样的阵势，让我本已紧张心跳的状态变成英勇的萌动，只觉得热血偾张，眼睛已经瞄准他的肚子。心里想，一定要捅他裤腰带下面，不能重蹈那年在工厂劳动时捅菜刀队那小子的覆辙，把刮刀扎在裤腰带上，扭了手腕。

我确实把笑眼儿吓着了，他从一只手握着军刺变成两只手抱着军刺。

我一边抓着他的手，一边和他商量说："你不扎我，那就该我扎你啦，把刀给我。"

笑眼儿死活不松手，嘴里急急地说："我是来看你们打仗儿的，别抢啦，别抢啦。"

周围知青笑话他："尿包一个，你真没出息。"

人群乱哄哄的。这时不远处，一个耳熟的声音高声说："这么多人干什么呢！"

连长来了。我赶紧松手，笑眼儿把军刺背到身后。连长那声音，听一回就忘不了。

知青们七嘴八舌地说："没事。聊天儿哪。快去新建点了，道个别。"

连长说："快十点了，该休息了啊。"

知青们散去了。

我对笑眼儿小声说："孙子，没完。"

回到宿舍，万事通问我："他要把刀给你，你真敢扎？"

耗子嗤了一下鼻子说："你说呢？"

万事通笑了笑说："'干瘦'这外号挺适合你的，你确实太瘦了。打架你够呛。"

小眼儿说："你知道吗，战场上三种人不好惹，出家人、女人和瘦子，李元霸瘦得跟个猴儿似的，恨天无把恨地无环，谁惹得起呀。"

当时下乡体检，我身高一米七七，体重五十二公斤，确实太瘦。

我对万事通说："'干瘦'这外号不好，以后我要长胖了呢！还是我妈给我起的外号厉害，她叫我妖怪，呵呵呵……"

万事通说："你妈还给你起外号，真新鲜。"

小瞄儿说："他从小太淘气，淘得没边儿，胆儿大，什么坏事都敢干，给他妈气得，骂他是妖怪。吃什么也不长肉，肚子里蛔虫太多，我们打虫子吃一次塔儿糖就行了，他吃了三回也没见虫子出来，最后还是去医院拿来另一种劲儿大的药才把虫子打下来，虫子打下来了，还是不长肉儿，嘿嘿。"

万事通说："瘦就别打架，不禁打呀。"

小瞄儿说："先下手为强。在工厂劳动，我让一帮菜刀队围了，妖怪知道信儿从车间抄起一把刮刀冲过来就扎那个领头的一刀，那哥们儿立刻喊'大哥服了'。可惜那一刀捅裤腰带上了，还把手腕儿扭了。"

万事通说："是，我看妖怪打架不要命，把军刺顶自己胸口，我可不敢。

把那小子也吓晕了，你们三个把那小子一围，我看他直哆嗦，他是不是和你们班的神经病是一类人，人这儿打架呢他进来找打。”

万事通问耗子：“你那么小的个儿，站他后头管什么用，动起手来你怎么打呀？打屁股？呵呵呵……”

耗子眼睛一瞪，咬着牙说：“我掏丫蛋!”

满屋知青哈哈笑了半宿。

从那儿以后，我们四个同学在知青里没人敢惹，就像后来读金庸《笑傲江湖》里面桃谷六兄弟中那最丑陋的四个。我不但瘦，而且面色发白；小瞄儿个子不高横宽，盯上你时，一只眼眯着很瘆人；耗子很黑，小脑袋瓜，窄脸，尖鼻子，尖下巴，眼睛黑亮，一米五五；小眼儿五官在脸上都不明显，想看清楚要费点儿劲儿，头像粗脖子上顶着个肉蛋。其实我还有一个铁磁同学叫老四，身高一米八四，那天他没在，他要在，估计就没那么多话了，笑眼儿可能被直接干倒。这次立威效果很好，没人敢欺负我们了。后来证明，软弱的就要给霸道的洗衣服，倒洗脚水。我们几个虽然凶狠，但从来不欺负人，也不管闲事。

第二章　大自然如诗如画

第一节　美景如画　尽收眼底

处暑将逝，白露将至，这是节气上的秋天，若在北京，这个时节仍然酷热，而此时在东北，只要不被阳光暴晒就很凉爽，一早一晚还要穿上长袖衣服。气候上知青们还算适应，如果住的不是新盖的房子，没有潮湿的折磨，只对付恶狠狠的蚊子，大概感觉会好得多。如果经受一种煎熬，一般人是可以面对，但同时被两种以上的痛苦折磨，一定会苦不堪言。潮湿和蚊子已经够苦，新建点的比这还要苦，被分配到新建点的知青的心情可想而知。第二天，吃过早饭，知青们一群一伙地与自己学校、自己班上的同学凑在一起聊新建点的事儿，这是来东北以后男女同学第一次的室外小聚会。有的男知青还吓唬女知青说，新建点喘气能吸进蚊子，狼就在帐篷边上溜达。

我和十几个同学在食堂前的空场内聊天儿，同班的老四和几个同学被留下不去新建点，其他九个同学都去。男的有我、小瞄儿、小眼儿、耗子，女的除了二姑娘、黑牡丹、白桃还有两个。一个外号叫“谦谦”，她是班里最高的女生，超过了一米七，因为水蛇腰，再加上平时走路头低得很深，总像要鞠躬，一副很谦卑的样子。另一个外号叫“小分”，她走路左脚很正，右脚外八字，两只脚脚尖方向分开，走起路来右脚一甩一甩的，不过长得很好看，又不爱说不爱道，人缘儿很好。

大家说到了写信，女知青差不多都写了，把自己的生活和工作都美化了一番，男生多数没写。神经病写了，他还给大家背诵了一句：“我们在广阔天地，与天斗，与地斗，与蚊子斗。”

他接着说：“我抓了两只蚊子装在信封里寄回去了。”

第三天吃过早饭，去新建点的知青往拖车上装行李。一百人加上行李，四辆拖拉机拉的四个大拖斗车一趟拉不完，有的车要跑两趟。我坐在第一辆拖斗车上，最先驶上公路。在公路上车速不快，但阵阵清风拂面很是凉爽，视野宽阔让人心情豁然开朗。北面是野草丛生的草地，远处的山林起伏绵延、郁郁葱葱。南面是已经开垦出的农田，一眼望不到尽头，金黄的颜色与远处湛蓝的天边相连，在那平坦的金黄中，红色的拖拉机在天地之间极其耀眼。行驶了三公里左右，公路向南弯去，拖拉机驶上土路继续向西。

土路既颠簸又泥泞，这条土路是推土机推出来的，路两边都是一堆堆的土堆，土堆上长满了荒草。路的两边都是满眼葱郁，植被极其茂盛，土路与北面森林之间有一两百米的距离，中间除了荒草覆盖还生长着一束束、一团团、一片片灌木丛。有的路段就从森林边上擦身而过，可以望见森林里的幽深叠翠。路的南面是一望无际的草甸子或叫作草原，草甸子的绿色中泛着轻淡的黄色。有时拖车爬上高一些的路段，广袤的草原看起来更为厚重粗犷。知青们在惊叹，在兴奋地议论，他们感受到了浓郁的北大荒气息。

过去所说北大荒是指我国黑龙江北部三江平原、黑龙江沿河平原和嫩江流域广袤荒芜的地区。我们所在的地区属北大荒的三江平原，又称三江低地。三江是指黑龙江、松花江和乌苏里江，是我国最大的沼泽分布区。二十世纪五十年代国家对北大荒进行有组织的开发，一九五八年十万转业官兵进入北大荒，一九五九年山东支边青年进入北大荒，一九六八年和以后的几年大城市知青进入北大荒。这块沉睡已久的大地正在慢慢苏醒。

我们进入了极其荒芜的地带，然而，这里极其荒芜却极其美丽，荒芜的一望无际的大地被高高的荒草覆盖。风起处碧浪涟漪，它们互相拥挤、互相拥抱、互相推搡，风住了，它们回到原样相互轻轻摩挲。茂密的荒草每年悄悄发芽，欢快生长，英勇倒下，正是："离离原上草，一岁一枯荣，野火烧不尽，春风吹又生。"野草丛中还有五颜六色的各种各样的小花，其中最多的是与喇叭花近似的黄花，可入药可食用，金黄的花色在绿色的海洋中，格外俏丽。在这绿的海洋中，地势较低洼处，草更绿，更整齐，就像一块块厚厚的绿色地毯，那里有的地方满地是土包，土包上长着北大荒的一宝——乌拉草。

人称东北有三宝——人参貂皮乌拉草。知青们最先看到和最先受益的就是乌拉草。乌拉草具有祛湿除味、通经活络、消除疲劳、改善血液微循环、提高免疫力的作用。乌拉草是仅存的两种能终身抵御真菌侵蚀与寄生的植物之一。还有就是防寒作用，到了冬天就知道它的好处了。初秋柔柔的风，消散在草原茂密的深处，为草原轻描淡写着生动的画卷和美妙的诗歌，知青们为草原发出阵阵慨叹、声声惊呼。草原覆盖的下面，肥沃的黑土散发着湿润的芳香，它用这芳香熏染百草百花，争香斗艳茁壮成长。

北大荒的山林覆盖在坡度极缓的丘陵地带之上，在一望无际的草甸子之中像一座座孤岛，形成特有的低矮的无一定方向的由各种岩类组成的坡面组合体，看上去山无峰，岭无棱，坡极缓，孤零零。当然，那些丘陵类的山林面积大小不一，有的方原几里，有的几十里，有的上百里，甚至还有更大面积的山林。

土路基本是直的，而山林边缘是曲折的，土路与山林时近时远，有时与山林擦身而过。坐在车上看眼前山林景色，虽然走马观花，但也感觉山林美不胜收。林中生长着参天的大杨树、柞树、椴树、黄菠萝树和其他很多种树木，其中最多的是柞树，它的树叶已经开始变色，由绿向红。山林还在被晨雾蒸腾，上午的阳光斜斜地刺穿枝叶的缝隙，像一道道金光将幽暗点亮，金光切割出山林的层次和色彩，如画如诗。

拖拉机的轰鸣声撕破草原和山林的寂静，它在草原中行驶，轰鸣声、去不复返，在森林边缘行驶，轰鸣声在四周环绕，震耳欲聋。不到五公里的路程拖拉机行驶了近一个小时，当它掠过最后一片山林时，眼前的这条土路指向一个巨大的方形空场。由北向南是很缓的坡地，空场西南有一座大房子，这是新建点的食堂，在食堂东面与之平行有两顶大帐篷；它的北面是几块方形的房屋地基；地基和森林中间是草地，由稀疏的树木和一些灌木丛过渡。森林的边缘，各种树木的叶子已被初秋渲染，浓郁的碧绿之中泛出淡淡的橘红和橘黄，你若眯起眼睛多望一会儿，便似看到一幅幽静森林的油画在眼前展开。

拖拉机停在帐篷前，那里早有十几个老职工在等候知青们的到来，拖车刚刚停稳，老职工个个笑脸相迎，帮知青打开拖车箱板，在车下伸着手帮护知青下车，有的爬上车帮着卸行李，像迎接亲人一样热情。这个新建点只有十几个老职工，连家属算上也就二十几个人，在这荒无人烟的大自然里，同类便是安慰。

这里的老职工比先前的老职工更加热情、友好、温和，这让知青很是满意，知青们先前对老职工排斥与隔阂的态度很快转变了。因为这些知青远离家乡和亲人，在陌生艰苦的环境中他们需要更多温暖和关怀，来稀释他们内心的思念和排解胸中的愁苦心结。所以知青们年少单纯的个性使他们得点儿阳光就会无比灿烂，在温暖的关爱中，就连那些参与了老连队斗殴的知青也变成了温顺的羔羊，与这些老职工迅速亲密交融，享受着长辈、长兄的款待。新建点的副指导员按名单安排着男女知青的住处，老职工跟在知青身后搬东西。那两顶巨大的帐篷，每个帐篷隔断墙也是由帆布隔开的，一半分给男知青一半分给女知青。每个帐篷里住进四十多人，安排不下的知青临时住进老职工腾出的几间房子。那几间房子是一年来开荒种地之余抽时间盖的老职工的住家，知青来了，那些住家的老职工夫妻们又分别住进集体宿舍。那时倡导先生产后生活，所以房子还没盖起几间，住宿问题成了大事。不论是住帐篷还是住在房子里，一水儿的上下铺。自然，帐篷里上下铺的空间大幅缩水，能够勉强支起蚊帐就行了。

帐篷里似乎比帐篷外还荒凉，地下是泥，床下是杂草。篷壁篷顶满是斑驳，窗小得像口锅，这和帐篷外的阳光灿烂相比，就像光线昏暗的洞穴。靠近北面的篷壁下面是湿的。帐篷隔断两边的男女互相之间可以听见，但看不见。男知青谁都有意躲避隔断处的床铺，最先进帐篷的男知青抢占了远离隔断的床位。我喜欢靠隔断墙的地方，我睡觉不老实，若睡在两边没有遮挡的床上会掉下去，更不敢睡在上铺。小瞄儿还是在我上面，靠北面与我和小瞄儿对着的上下床，上面是老实人，下面是铁二中的一个知青。这个知青比老实人更老实，老实得像个花姑娘。他长得更像花姑娘，面如银盆，脸蛋儿微微泛红，眉长且黑，大眼睛，鼻正且直，唇红齿白。他的举止比姑娘还姑娘，走路低着头，下巴含在衣领里，两只手臂轻轻后甩，笔直的双腿很长，丰硕的屁股随脚步颤动。我给他起了个外号叫“花姑娘”。花姑娘没有介意我给他起的外号，没几天这外号就在知青里叫开了。

知青们没来得及收拾好自己的东西就忙着跑到新建点的各个地方，看看这儿看看那儿。我、小瞄儿、小眼儿、老实人也到处观看。房子没有几间，虽然是新盖的，但是都很难看。房子是用一根根柞木围起来抹上泥，用杨木板钉成房顶，铺上草。环顾四周，除了人活动的地方，哪儿的景色都非常好看。这时我们才注意到新建点正南是一眼望不到边的麦田，麦子已经收割完了，地里仍然一片金黄，那是收割机剪掉麦穗以后剩下的麦秸还长在地里。在新建点西南也有一个很大的场院，里面全是麦子。

新建点地处由北向南很缓的一片坡地上。这片坡地原本是树林，这片树林是在山林的边缘，有的地方茂密，有的地方稀疏，新建点的人用大锯伐倒了缓坡上几乎所有的树木，整理出这片人生活居住的地方，从北面向南观望，能够居高临下，一览全貌。它的建设格局，东北方向为知青宿舍、老职工及家属宿舍，西南为食堂，最西面有牲口棚和工具棚，中间最大空场放着拖拉机、收割机等机械和农具。入冬前，主要有三件事：一是把收回的麦子晾干装袋运走；二是盖房子，不能在帐篷里过冬；三是割大豆。

我们听说新建点的水源来自食堂西头儿山包下面那个泉眼儿，大家都很好奇，来到泉眼儿边上观看。泉眼儿经过人的修整，直径一米多，一米多深，清澈的泉水不断涌出。泉眼儿西面有个采石场，再往西就又是山林。小瞄儿和小眼儿在泉眼儿中洗手、洗脸，我也洗手试试水温，很凉很凉，用手捧起泉水尝尝，没有怪味儿。这时从泉眼儿南面的麦田里，传来拖拉机吃力的吼声，一台东方红－54 型拖拉机拖着一台康拜因收割机由南向北开过来，拖拉机走近时声音巨大，隆隆之声和康拜因的哐哐之声混成一团，跳跃在寂静大地的上空。

第二节　群狼来了　大雨倾盆

新建点的伙食很简单，馒头和萝卜条汤。馒头仍旧是长条的，要多长给你多长；萝卜条汤的萝卜是扁萝卜，红皮白瓤，汤上面漂着一层金黄色的豆油花，这汤的味道、营养、色彩全靠这层豆油花。晚饭后，男知青一群一伙地进到帐篷后面的森林中，我们同宿舍的五六个人也走进森林里。往里走了几十米，光线越来越暗，灌木越来越密，脚下的野草越来越矮，蚊子越来越多。森林的幽静让人紧张，前行困难让人暴躁，蚊子叮咬让人愤懑。

突然，小眼儿说："我操，什么声儿？"

大家立即停住脚步，侧耳倾听。

花姑娘说："我去你的，吓我一跳，哪儿有声音，制造紧张空气吧！"

这时森林深处传来几声灌木折断的声音，小眼儿转身就往森林外面跑，其他人也跟着跑，花姑娘没跑。

他转过身来瞪着眼睛说："我去你的，又吓我一跳！"

我也没跑，也没转身，看着花姑娘笑起来。

花姑娘说："你笑什么？"

我说："看着你像花姑娘，一张口你就是一个野姑娘，哈哈哈……平时以为你是最不爱说话的人，没想到现在原形毕露。"

花姑娘说："我去你的，还不快跑，一会儿熊瞎子来了，啃死你！"

他跳到我跟前，拉着我就往森林外头跑。

小眼儿带头在前，花姑娘和我在后，大家一口气跑进帐篷，这些连跑带喘的动静让隔壁的女知青变得鸦雀无声。

片刻，隔壁女知青问："欸！怎么啦？"

男知青没动静。片刻，万事通说："森林里有动静，不知道是什么东西。"

女知青一片"哎哟"之声："是狗熊吧？是狼吧？"

小眼儿站在帐篷的小窗前向北面的森林张望着说："像狗熊，要不然怎么有灌木被踩断了的声音。"

花姑娘说："我去你的，什么都没有，瞧你那屄样儿。"

小眼儿说："我屄？有不屄的吗？你别跟着跑哇。"

这时从森林里又跑出一群男知青。

这群知青是点窝他们，一边飞奔一边回头看，生怕后面有什么东西追上来似的，他们一窝蜂跑回帐篷，看样子也是被什么动静吓着了。过了一会儿，耗子从林子里溜达着出来了，就他自己。

另一个帐篷里的男知青开骂了："耗子！你装什么孙子啊，把我吓得烟都丢了……"

耗子也不说话，慢慢悠悠地走进帐篷。

小眼儿说："是你捣的鬼？"

耗子这时哈哈大笑起来："我就知道你们肯定要往森林里钻，我就藏在灌木丛里，他们过来，我就在灌木丛里动了几下，吓得他们玩儿命往回跑。"

小眼儿说："你自己进去就不害怕？"

耗子说："害怕呀。"

小眼儿说："那你还玩儿？"

"不玩儿多没劲哪。"耗子又开始得意地大笑。

天色慢慢暗下来，蚊子上来了，即使大家聊天儿说话，蚊子来到你旁边，你仍然可以听到它们"吱吱"的叫声。知青们都钻进蚊帐，有的坐着，有的躺着。屋里完全黑下来，小眼儿点上床头的马灯。大家聊起天来，与就近的知青互相认识，介绍自己，询问对方。女知青那边也是在聊天儿。不知过了多长时间，大部分知青聊天儿的声音小了，帐篷里显得很安静。

忽然，哈尔滨的一个男知青吹起了口琴：巍巍的兴安岭啊，满山飞彩虹哎，涛涛的黑龙江朵朵金浪升……口琴吹得极为好听，比吹《小路》的挺拔女知青吹得还好，口琴声欢快跳跃，轻盈活泼，节拍清晰，爽快清脆。男女知青都不说话了，大家都在倾听。

我说："哥们儿，吹那个《山楂》，会吗？"

隔壁传来女知青的偷笑声。

小瞄儿说："《山楂树》。"

口琴声响起来，隔壁女知青紧跟着哼起来，小瞄儿、万事通也跟着哼起来，我也记起了歌的旋律也跟着哼起来。没有人唱出歌词，声调比口琴低了八度。然而，悠扬，飘逸，深沉。

夜，黑得伸手不见五指，知青们没有经历过这么黑的夜，像是厚厚的黑漆涂在瞳孔上，像厚厚的棉花堵塞了耳朵，像厚厚的铁罩子扣住脑袋。黑笼罩了一切，不管你白天如何明亮，一样被关进黑暗中毫无挣扎之力；无论你的胆量多大都会被这黑暗震慑而胆寒。黑夜中有一台拖拉机在新建点正南方的麦田里耕地，从一头儿到另一头儿要行驶一个多小时。在那一头儿时，拖拉机的灯光像萤火虫的光亮，声音几乎让人听不见；在这一头儿时，灯光好像利剑刺破这寂静漆黑的深夜，轰隆声好像炸雷。雨趁着黑暗悄悄地来了，落在帐篷顶上发出沙沙的声响。下雨了，拖拉机不能继续工作，灯光和声音消失了，夜更黑、更静了。

雨越下越大，雨点砸在帐篷顶上，乒乒乓乓，帐篷里的人都被吵醒了，大声议论着雨。帐篷里很是凉爽，盖着被子很温暖，潮湿已经被体温赶走，新奇的雨声就像催眠曲一样，知青们的兴奋逐渐减退，只有帐篷顶上的雨声依旧沸腾，知青们很快适应了。忽然，帐篷外面传来婴儿的啼哭声，这哭声显得异常刺耳。

花姑娘问："我去你的，什么声音？"

小眼儿说："是小孩儿在哭。"

花姑娘说："我去你的，是狼吧。"

老实人说："是狼！"

婴儿般的啼叫离帐篷越来越近，叫声有远有近，相互呼应。知青们一下子紧张起来，不敢大声说话，女知青那边更是安静，一个女知青嘤嘤地哭起来。

黑牡丹压着嗓子说："你们男生快想办法呀……"

万事通下床穿鞋走到帐篷门口，扒开一条缝向外张望。

小眼儿问："看见了吗？"

万事通把头缩回来说："什么也看不见，听声音就在门口。"

雨小了一些，狼的叫声更密了，原以为狼叫的声音是"嗷嗷"的，但实际听到的是"啊啊"的。声调先是跳上去，发出凄厉惨悲悠长的"啊"声，慢慢地声调降下来，声音由"啊"转"哎"，然后声调继续下降由"哎"到

“嗷”，与婴儿的号啕大哭极为相似，不同的是这叫声比婴儿的哭声大得多、长得多。虽然说像婴儿啼哭，但一听就不是婴儿啼哭，这种叫声让人毛发倒竖。

黑牡丹带着哭腔说：“我们门口有狼，快来人呀!”

吹口琴的哈尔滨知青说：“把马灯调得亮点儿，大家敲脸盆。”

一阵手忙脚乱，大家开始敲脸盆。用鞋底子敲声音不响亮，有知青说，用牙刷敲声音大。可能是因为马灯的亮光，也可能是因为敲脸盆的声音，狼离开了帐篷门口，狼叫声也逐渐远去。男知青停止敲脸盆后，女知青又敲了几分钟。

狼的叫声又近了，大家又开始敲脸盆，雨似乎又小了一些，狼就在帐篷门口，好像随时能进来。男知青们确实害怕了，谁也不吱声，帐篷里很静，狼的叫声变成了发怒的“呜呜”声，就像对帐篷里的人叫板，好像狼的嘴就顶着帐篷的棉门帘。万事通突然用力朝帐篷门帘掷出什么东西，同时他也大声地“嗷嗷”叫了几声，接着我们听见狼跑开时狼爪落地的溅水之声。但相隔片刻，又有若干头狼一边叫一边围拢过来的声音传过来。我、小瞄儿、耗子、小眼儿、花姑娘、口琴知青等十来个知青已穿上衣服鞋子，聚集在门口，知青们手里只有脸盆和牙刷。狼又来到了帐篷门口。

小眼儿小声说：“都赖万事通，你叫几声不要紧，招来好几头!”

小瞄儿说：“全是母的。”

知青们全都笑起来。

万事通大声说：“都是你家亲戚。”

知青们笑得更厉害，好像忘了门口还有好几头狼。这时我提议，把空置着的一张床板拆下来当武器，知青们立即把床上的东西搬下来，拆下床板。

我说：“万事通，你举着马灯，花姑娘和耗子掀开门帘，大家举着木板往外冲，我喊‘一二三’。一，二，三!”

我刚喊完就听见“咣咣咣”的水桶敲击声，知青们立即兴奋起来。

我大喊：“三!”

我们冲出帐篷，狼已经不见了。几个手提马灯、手拿铁锹敲击水桶的人走过来——原来连长带着几个老职工赶狼来了。

连长说：“大家安心睡觉，晚上有值班的，不用怕。”

听他这么一说，知青们心里踏实下来。

连长接着说：“今天还有大雨，一会儿我们看着，放心吧。”

有知青说："连长，那你们不睡觉了？"

连长说："我们白天睡，去吧，快睡吧。"

知青们回到帐篷里。

小眼儿说："这个连长真不错，这下踏实了，睡觉。他们肯定带着枪呢，以后还发咱们枪呢。"

万事通说："没有枪，以后也不会发枪，咱们是生产连队，只管干活儿。"

这个连长非常和气。他有五十岁了，脸上的皱纹很密，特别是围着眼睛的地方皱纹成圈儿，圈儿套着圈儿，两眼无神，手里总是握着一块手绢，隔一会儿就擦擦眼泪，后来知青给他一个外号叫"风流"。连长他们围着帐篷溜达，在帐篷里能听见他们的脚步声，知青们很快安静下来，进入梦乡。

夜仍然黑得像锅底，静得让人窒息，一切都在凝固。突然，一道闪电撕破夜空，紧接着，一声炸雷打破寂静，又是闪电接踵而至，炸雷纷至沓来，雨点像鼓槌儿砸在帐篷顶上，"咚咚咚"的声音响成一片。

大雨把知青们惊醒，说话根本听不清，大声喊叫也听不见，头顶像有千百面大鼓，被不知疲倦的手臂不停捶砸，千百只鼓槌同时落在大鼓上，中间没有停顿。帐篷顶上发出的声音还不在一个调门儿上，雨点砸在没有支撑的篷顶上，声音低沉撞击胸口；雨点砸在有支撑的棚顶上，声音脆响直冲脑仁，闷声脆声形成两个震撼的音域，让人惊慌失措。两个老职工进到男知青这边，抱着两根木杠，左右各一根，把垂得很深的篷顶积水处顶起来。女知青那边连长带着一个老职工，把那边塌陷的篷顶也支起来。帐篷北面顶上的水虽然流下去了，但倾盆的雨水和北面山坡上冲下来的水汇在一处，压向帐篷北侧。帐篷北侧篷沿儿在慢慢瘫垂下去，篷壁向内慢慢鼓起。帐篷里的积水已经没足，连长和几个老职工先在帐篷南侧挖开几个洞，然后把帐篷北侧地面慢慢扒开，水立即涌进来，冲进来的水头有半米多高。

虽然有人在护卫帐篷的安全，岌岌可危的帐篷仍然让人担心。知青哪里还有睡意？一边担心帐篷出现状况，一边担心狼会不会从排水的洞里钻进来，有的上下床已经开始倾斜，这雨闹得整个帐篷里没有睡得着觉的。

忽然有人喊："我的鞋呢！我的鞋也没了！谁穿了我的鞋！"

女知青那边也在找鞋。

连长风流喊道："鞋一定是冲走了，天亮了再找，丢不了！我们在这儿，大家休息吧！"

帐篷里的水没有多深，但是形成了很多水沟，水的流速很快。雨砸落在帐篷上的声音，依然震撼，人们吵吵嚷嚷乱乱哄哄的，我却睡着了。

早晨，太阳升得很高了，帐篷里的男女知青们还都在梦里，折腾了一夜，清晨刚刚睡下。一夜的大雨让气温下降，有些凉飕飕的，盖着被子正合适，温暖的被窝流淌着脉脉温柔，我们呼吸着湿润的空气，清爽直达心脾，真是好睡！连长风流带着一群老职工在距离帐篷五六米的地方，围着帐篷挖出一个 U 形排水沟，这些老职工非常能干，很快挖完排水沟。又把帐篷触地的部分卷起四五十厘米用于通风，又在帐篷东西面的门口排水沟上搭起跳板，便于知青出入行走。因为刚下完雨，土壤就像海绵一样饱饱地吸足了水，挖出的排水沟很快聚满了水，向地势低洼的南面流去。

近中午时，知青们陆续起床，大多都是光着脚走出帐篷，连长风流和老职工们已经找回很多只鞋，鞋是男女分开摆了两堆。知青们找到自己的鞋拎着，找地方晾起来，换上自己带来的其他的鞋。有的知青没有找到鞋，自己向水流的方向又去找。男女知青把被水淋湿的衣服拿出来找地方晾晒起来，还有湿的被子、褥子、蚊帐也拿出来，搭在帐篷北面的树林里。林中草地被雨水清洗得干干净净，树干还是湿的，树叶和草叶上还挂着水珠。这景象像是浓墨重彩的画面，被阳光照得鲜艳夺目。空气中流淌着潮湿的花草的气息，味道既清爽又新奇。

林中“咕咕咕咕”的鸟叫声悠长深远。

从山坡上淌下的雨水细流已经看不见了，新挖的排水沟里还是不停地往外流水，水非常清澈，知青们以为挖出了山泉水，欢呼雀跃。老职工告诉知青们，那不是山泉水而是山渗水，是下雨存在山坡上、土壤里的水渗出来的。我蹲在跳板上刷牙洗脸，又把大花饭碗刷洗干净，叫上小瞄儿去吃饭。

点窝已经打完饭，边吃边骂街，还发牢骚说：“来了这么长时间，一点儿肉腥儿都不见，这儿的人都不吃肉啊！”

丰满女知青正好在他旁边，冲他说：“想吃肉啦，上山打猎去吧。”

万事通接过话来说：“想吃肉，你在帐篷门口支口锅，你就能吃上野鸡肉了。”

点窝说：“你小子找抽啊！”

万事通说：“你不信？来时接知青的领导不是说‘棒打狍子瓢舀鱼，野鸡飞到饭锅里’吗？嘿嘿。”

旁边的知青都笑起来了。

丰满女知青和挺拔女知青分开了，挺拔女知青留在老连队了，丰满女知青来了新建点。看来我要想赢小瞄儿、上眼儿，追丰满女知青更方便，目前还没有发现比丰满女知青更漂亮的女知青呢。丰满女知青和黑牡丹住上下床，就和我、小瞄儿的上下床隔着帆布隔断墙。丰满女知青和黑牡丹两个人的关系越来越好，因为两人都爱唱黄色歌曲，只是没有了口琴伴奏。我心里对领导这样的分配不满意，为什么把丰满女知青和挺拔女知青分开，挺好看的一道风景就这样没有了。好在丰满女知青和黑牡丹又组合成了新的风景，丰满女知青个子大，比黑牡丹个子大一号还不止，一白一黑，都是圆乎乎的，而且平日里两个人形影不离，总在一起，所以我给丰满女知青起了个外号“白牡丹”，和黑牡丹对应。

白牡丹和点窝好像很熟悉，男女知青本是不敢轻易交谈，怕其他知青起哄，她倒不在乎别人起哄。点窝无论在学校还是在知青里，都是很霸道的主儿，轻易没人招惹，别人和他说话都很客气，唯独白牡丹对他什么都敢说，点窝只是听着，从来不生气。那次点窝和曝腮要大战一场就是因为曝腮想挂上白牡丹。白牡丹告诉了点窝，点窝立起战事，若不是小眼儿搅局，曝腮一定趴下。他俩到底是怎么回事，我不清楚，但心里非常想弄明白。

在老连队每天是倭瓜汤，到了新建点，开始喝萝卜汤，我总觉着萝卜汤不如倭瓜汤好喝，但从来没想过肉，没想过鸡蛋。经点窝这么一提，才想到自来东北以后没有任何荤腥沾过牙。

因为这场雨太大，拖拉机进不了麦地，加上从收麦子以来新建点的人没有休息过，所以放假两天。这两天没有下雨，但帐篷里一直在掉雨点，因为帐篷很旧，帆布上打的蜡时间太长了，防水功能大大减退。所以雨水漏进帆布里面把毡子浸湿，又一点儿一点儿往外渗，一渗就是好多天，恰好滴水的地方是走道不影响睡觉，只是帐篷里的地面总是泥泞不堪，直到外面的地面干了，帐篷里面还是像个泥塘，在里面居住让人心烦。狼又来过几次，但没有靠近，叫声听起来是孤狼，知青们慢慢习惯了不以为意。晚上去厕所，女知青是几个人结伴，男知青除了个别胆大的也结伴去。晚上知青们渐渐活跃起来。

知青们在天黑透了的时候，除少数人去其他宿舍找同学以外，大多数在自己住的帐篷里待着。有的在蚊帐里躺着，有的在蚊帐里坐着，昏暗的马灯照不见蚊帐里的景象，谁也看不见谁。聊天儿、斗嘴、唱歌，偶尔还有口琴声、骂人声、哭泣声，听起来就是乱乱哄哄。帐篷的另一头儿，也是乱乱哄哄，帐篷两边谁也听不清隔壁在说什么，但那些偶尔出现的大声喊叫会让帐篷的两头儿突然静下来，接着就是小声的议论猜测，大声喊叫的是谁、发生了什么事儿。只有口琴声会让大家静下来听一会儿。吹口琴的哈尔滨知青，有一双精明的眼睛、尖尖的鼻子、消瘦苍白的脸，口琴在他薄薄的嘴唇间来回滑动，美妙的口琴声在帐篷里飞扬。帐篷两头儿的知青都静下来聆听，偶尔会有男知青和女知青小声哼唱：“巡逻在风雪边疆，守卫在战斗的哨所，心眼明亮仔细搜索，战士啊你想的是什么……”一曲吹罢，赢得了隔壁女知青的几下掌声，他来了劲，喘了口气又来一曲。

第三章　新奇的生活

第一节　黑白牡丹　妖怪捆脚

鱼唇也被调来新建点任三排的副排长，排长没在连队，被团里调去参加活学活用报告团四处讲“用”。在没有分班之前，排领导都配齐了，轮流值班管理知青。雨后的第二天，鱼唇值班，他招呼知青打开帐篷所有可通风的地方，还让把帐篷接触地面的边缘撩起。下午，鱼唇和卫生员在食堂给知青发饭票，讲好明天开始使用，钱从第一个月工资里扣下。卫生员是女的，属于大知青，二十多岁，圆圆的脸蛋儿很白，但没有一点儿血色，细长的眉下一双妩媚的眼睛，鼓鼓的鼻子下那个小嘴很引人注目，就是那种樱桃小口，而且红润，与没有血色的脸形成鲜明的反差。不但男知青盯着她看，就是女知青也会多看几眼。知青们围着木板钉成的桌子问这问那，小眼儿更是没完没了地盯着卫生员问些与饭票不搭的事儿。

小眼儿是个异性迷，在学校时就是眼睛盯着漂亮女生，嘴里议论漂亮女生，心里想着漂亮女生。到了东北，各学校、各城市的女知青更让他眼花缭乱，他兴奋得不得了，白天经常跑出去。他几乎天天和小瞄儿议论他认为好看的女知青，小瞄儿本来也是个经常评论女知青的主儿，然而小眼儿的喋喋不休让小瞄儿很不耐烦，更是看不惯小眼儿随时随地盯着女知青看，所以经常奚落他。小眼儿也知道害臊，凡是忍不住时就找我悄声议论，我不烦他，而且乐于倾听。他说的好多事儿我是第一次知道，但是看法经常不一样。

小眼儿在卫生员那里待了好一会儿才过来。他悄声对我说：“她是佳木斯的，怎么样，盘儿靓吧？在咱们新建点排前几名吧。”

我点点头说：“挺好看的。”

小瞄儿说：“你看上她啦？”

小眼儿翻着小眼睛说：“啊！就怕她看不上我。”

小瞄儿斜了小眼儿一眼说：“你不知道她多大了？当你姐，当你大姐都富裕。”

小眼儿问：“她多大了？”

小瞄儿说：“她是六六年高中毕业，今年二十多了，你多大？”

小眼儿说：“哦，是大了不少，你怎么知道的？”

小瞄儿说：“我去拿药，和她聊了一会儿，是她老问我，我也问她才知道的。”

小眼儿说：“你比我还色。”

小瞄儿说：“我没像你，怎么看谁都好啊，毛都没有呢。”

小眼儿瞪眼说：“谁没有，我今天非让你看看。”

小瞄儿说：“走！”

他俩互相拽着走出食堂。我正想跟着去，被刚领完饭票走过来的二姑娘拦住了。

二姑娘说：“你给家写信了吗？”

我说：“没有。”

二姑娘说：“为什么没写？”

我说：“我忘了。”

二姑娘说：“你真是的，怎么说你呀，家里会着急的。”

二姑娘很是生气。

我说：“你写了吗？”

二姑娘说：“写了。”

我笑着说：“那就行了，你爸肯定告诉我爸，要不就是我爸去问你爸，你写不就是我写吗？”

二姑娘瞪着眼睛说：“你说什么哪，这么几天就学坏了。”

我愣了一下，不知道二姑娘为什么生气。

我小声说：“过几天我就写。”

二姑娘说：“你爱写不写，反正我把你的情况写给我们家了。”说完扭头走了。

我愣在那里想，离开家了，还有一个监视我的，以后还真得躲着她点儿。

相比之下还是黑牡丹对我好一点儿。我走出食堂，正在慢悠悠溜达着看风景找小眼儿、小瞄儿时，突然屁股上被人踹了一脚，紧接着听到背后“扑通”一声。我转身一看，是黑牡丹倒在地上，白牡丹正在扶她起来。我弯腰要扶她。

黑牡丹把手躲开说："起开，别碰我。"

我说："你干吗踹我？我招你啦！"

"踹你是轻的，"她一边说一边用她那经典的一巴掌打在我的手臂上说，"你没招我，你招白牡丹啦，夜里你为什么踹她？"

"我没……"我突然想到自己睡觉很不老实，兴许是真的。

我红着脸说："我不是……我睡觉不老实，我也不知道，不信你问我妈去。"

黑牡丹说："那你跟小瞄儿换一下。"

我说："我要睡上铺会掉下来。"

白牡丹说："算了，他不是故意的。"

黑牡丹扭头对白牡丹说："那咱俩换。"

白牡丹说："我睡觉也不老实，不定什么时候我踹他。"

黑牡丹对我说："去，滚蛋吧！"

我胡噜着屁股，一瘸一拐地慢慢走。

黑牡丹跑过来架起我的胳膊说："呦！我给你踹坏啦？"

我应声说："啊。"

黑牡丹飞起一脚踢在我腿肚子上，这下真踢疼了，黑牡丹又抬起脚，我赶紧甩开她，躲到一边。

黑牡丹说："你什么德行我不知道，再瘸，我给你踢正了！"

白牡丹已经笑得弯下腰。

我认真地说："这回真瘸了。"

黑牡丹说："活该，活该，活该！"

我看了一眼白牡丹说："你叫白牡丹，好看、好听，其实她也挺好看的，就是黑了点儿，叫黑牡丹挺好，黑白牡丹都是我先叫的，嘿嘿。"

我笑着转身瘸着走了。我不生黑牡丹的气，小学是同桌，她属于刀子嘴豆腐心那种人，我没少让她踹，她没少帮我做作业，有同学说我坏话被她知道，她一定上前吵架，有同学说黑牡丹，我准骂那同学一顿。到了中学我们不再同桌了，可见面就打招呼，有时还有说有笑斗几句，周围的同学都习以为常。

我很生白牡丹的气，以为她不正。为什么点窝帮她出头打架？点窝在学校是打架斗殴的头头儿，说他是准流氓完全够格。她和他不是一个学校，他们是怎么认识的？在学校时经常流传着本校流氓到外校拍婆子的事儿，她是不是点窝在校时拍来的?

黑牡丹踹了我一脚，因为个子太矮，抬脚过高，自己也坐在了地上，弄了一裤子泥，她回宿舍换裤子端着脸盆到排水沟的跳板上洗衣服。

二姑娘走过去说："你还真踹呀，不怕他跟你急?"

黑牡丹说："没事，他没跟我真急过。"

二姑娘说："你把他真踹坏了，也不好。"

黑牡丹笑着说："没事，没事。"

旁边过来一个女知青说："该踹，耍流氓。"

黑牡丹甩了甩手上的肥皂沫站起来说："你说什么呢，找抽啊!"

那女知青紧张起来说："是白牡丹昨天夜里说的，把我吵醒了。"

二姑娘说："她说什么了?"

那女知青说："她说耍流氓。"

黑牡丹说："她说行，你说不行，他又没踹你，你凭什么说他。"

她们虽然在帐篷门口吵嘴，帐篷另一头儿的男知青都听见了。

耗子说："妖怪，你就是流氓，你踹她哪儿了?"

我说："我哪知道，我睡着了。"

耗子说："咱俩换换，你上我这儿来。"

万事通说："别换，你拿脚踹，他拿手踹。"

耗子大声说："我打你丫的!"说着就从二层铺上下来了。

小眼儿赶紧挡住耗子说："算了，算了，开玩笑，你还真急了。"

万事通说："开玩笑，开玩笑，我赔礼了啊。"

我对耗子说："我不跟你换，掉地下摔坏了谁赔呀，不换。你一只耗子，半夜钻过去就行了，不用在这边踹。"

男知青们都大笑起来，女知青也笑起来。

耗子说："妖怪，你等着，半夜我钻你那儿咬你去。"

花姑娘说："我睡觉也不老实。"

我说："你也凑热闹，你想和耗子就伴?"

花姑娘说："我去你的，我说的是真的。"

他用手敲敲帐篷隔断说："我先说对不起啊，哪天我踹了你，别骂我流氓啊。"

对面没有回答。屋里静下来了，过了一会儿又乱乱哄哄了。睡觉前，我偷偷找到行李绳，把脚脖子捆在上下床的立柱上，捆得太紧很难睡着，于是把绳子放长了一些，这才慢慢睡着。

第二节　洋马威武　鱼唇受伤

两天的休息过去了，帐篷里还是潮湿的，帐篷外面已经干得差不多了。第三天，老职工们男的都下地了，抢收剩在地里的最后一点儿麦子，女的在场院干活儿。鱼唇招呼知青到场院干活儿，挨个儿屋子帐篷叫了一遍又一遍，知青真不给面子，没有动窝儿的。鱼唇只好报告连长，连长带着几个老职工招呼知青去场院干活儿，先是女知青，后是男知青陆续来到场院，但还是有一些知青到处躲藏，没有被连长发现，躲一会儿后又回到宿舍待着。场院有二十多亩（1 亩≈666.7m^2）地的样子，场院东西南三个方向都是麦田，麦田里的麦子差不多都收回来了，只剩下最西面一块较小的地块里还有一点儿麦子正在收割。麦田将近一万亩，这是去年老连队帮助新建点开垦，今年种植起来的，就这二十几个老职工管理，收割。麦田在山脚下，比起一望无际的草原，只不过是草原的星星点点而已，可从这边地头到那边的地头最近的距离也在一千五百米以上，最长的有两千多米。场院最中间的地方有很大的一个大棚，里面是成垛的麦子，场院地面是那种波浪形，高处堆着一垄一垄的麦子，用雨布盖着，不及时打开晾晒它就会烂掉，妇女们用木锨把麦子散开晾晒。在场院边上有一大堆新木锨，有几个女知青拿着木锨比画了几下就停下来，杵在那里四处张望。大多数知青都坐着，也有歪在麦堆上躺着的。只有我、老实人和一本正经三个男知青真正在干活儿，我们用木锨把麦子摊开，用推板推着麦子奔跑给麦子翻身，个个满头大汗。

我在奔跑时，眼睛的余光扫到一个高大的身影，禁不住停下脚步观望。我的妈呀，原来是一名妇女的身影，身高超过一米八，而且体型极其巨大，那不是臃肿而是健壮魁梧，我愣在那里。那妇女正在用木锨攘麦子，麦子被她高高抛起，一锨接一锨，比身边的鱼唇攘得还高还快，可她好像毫不费力，木锨就像一根竹竿在她手中翻飞。她梳着盖住脖子的短发，一张国字脸，眉毛很重，眼窝内陷，鼻子棱角分明，嘴微微有些鼓包，嘴唇很厚。她有点儿像大老爷们儿。

后来知道，她有个外号叫大洋马。大洋马三十多岁，丈夫比她大五六岁，身材不高，但也超过一米七，体格虽然不是彪形大汉那种，但也很健壮，人的长相也还行，说话有点儿哑巴嗓，一说话就让你立即想到哑巴的声调“啊吧，啊吧，啊吧”。又因为长了一脸雀斑，得了个外号叫花哑巴。两口子一直没有孩子，静悄悄地过日子。前些年他们一直在东北的一个村里种地，冬天进山伐木。那时都是男人出去干活儿，妇女种种园子，打理家务。一年冬天，花哑巴进山伐木、抬杠子。特大的原木有一千多斤，有时要八人抬有时六人抬，大多情况下是四人抬。花哑巴体格不如人家，很吃亏，另外三个人有意调理他，没几天他就闪了腰下不了炕了。大洋马知道了，就代替丈夫上班和那三个人一组抬杠子。

有一天该装车了，四个人抬着原木上跳板，车装得越高跳板越陡。四个人抬最后一根原木上跳板时需要拼尽全力，每个人都是高度紧张的，因为稍有闪失，脱杠砸到人非死即伤。

当四人抬原木走到跳板中央时，大洋马说：“停下，我提一下鞋。”

四人站在跳板中央停住了，大洋马左脚站立，右脚向后抬起，右手松开杠绳，手指伸进右脚后跟的鞋里，一站就是十分钟。其他人都围过来看，大气不敢出，怕稍有惊动会有人倒下。和大洋马同杠的三个兄弟，已经满头大汗，双腿颤抖。大洋马站在跳板中间不走了，他们已经知道大洋马是来较劲儿调理他们的。但是，三个人不服，就愣挺着。抬梭子杠，靠外侧的一只手要把住杠子，方法是用食指钩住杠尖，当抬起原木以后，梭子杠已将那根手指压住，那是拿不出来的。

又过了几分钟，前面的一个汉子喘着粗气说：“嫂子我错了，以后不敢了。”

大洋马没说话，又过了不到一分钟，前面另一个汉子也扛不住了断断续续地说：“嫂……嫂子，饶……饶了我们吧，我们错了。”

大洋马还是没说话。和大洋马抬一根杠子的汉子最是魁梧力大，他喘着粗气不说话。在跳板上，跳板越是陡，后面的人受力越大，受力要达到三分之二以上，再加上大洋马比他个子高，他受力就更重，这家伙硬是不服。这时，大洋马左肩向上一耸力，嘿！左脚后跟慢慢抬起。

同杠的汉子脸色立刻憋紫，吹着气说：“嫂……子……我……错……了。”

从此没人敢再欺负花哑巴了。

今天在场院干活儿，这是新建点知青们第一次聚集在一起，虽然知青们零零散散地在场院待着，但是男知青和女知青仍然是明显的分开的两群。男女知青似乎对异性知青满不在意，其实会抓住一切时机向对方望上一眼，特别是男知青更是大胆，有时还死盯着看。女知青还是很羞怯，不敢对望，当男知青有意弄出一些动静的时候，女知青也会乘机多看几眼。

中午吃完饭休息了一小时继续在场院干活儿，知青跑了一半。来场院的知青依旧是上午的状态。傍晚，知青们陆续回宿舍了，我们三个干活儿的知青见妇女们还不下班，也没有走，继续跟着干活儿。太阳就快没入西边的地平线了，妇女们劳作的身影映在场院上，长长的。这些妇女穿着厚厚的深色衣服，除了蓝的就是黑的。她们的后背已被汗水湿透，头上围着头巾，头巾上还戴着帽子，这是为了防尘土，更重要的是防蚊子和小咬。在傍晚时，小咬最是猖狂，抱着团滚着蛋地围着人的头脸转，得空就往人的头发里钻，钻进去就咬，痒得钻心。还有一些麦子没有收起来，干活儿的人们加快了速度。

雨后第四天，还是在场院干活儿，知青们不用招呼自觉来到场院，但是仍不干活儿，坐着或歪着聊天儿。下午，又出现了在老连队场院里的那一幕，新建点的妇女也在休息时把鱼唇的头捆在他的裤裆里。按说鱼唇并没有什么得罪妇女们的地方，每天领着大伙儿干活儿，基本就是两句话："咱们这个，干活儿喽；咱们这个，休息喽。"

平时鱼唇还总是一本正经的，她们没有理由对这么个人不尊重，这是知青们想不明白的事情。大洋马没有动手，如果她出手，估计鱼唇的脊椎会被压断。大洋马平时很少说话，甚至不知道她说话是个什么动静，妇女们收拾鱼唇时，她只是坐在一旁看着。这次鱼唇被捆的时间比较长，快下班的时候才有妇女给他松开。松开以后，有十几分钟他才慢慢直起腰，跪在地上喘气，过了一会儿他开始大声骂街。口音很重，说话很快，我站在他跟前也没听懂。鱼唇走路劈着腿，看来要害处受伤了。

第三节　捞麻裸腚　吓倒巨人

雨后第五天，知青们来到场院，好像总是坐着歪着也没意思，很多人开始拿着工具干活儿。女知青学着老职工的样子干活儿很吃力，男知青都是连玩带闹，你给我一下，我给他一下，拿着木锨当武器，把麦子弄得一塌糊涂，有时满场院追逐戏耍，弄得干活儿的人也停下来观看。鱼唇喊了几次也不起作用，根本没人听他的。就这样，知青们干活儿还不如不干，把场院搅了个乱七八糟，那群妇女倒是很快乐，站在那里观看，有时笑得嘎嘎的。

中午吃饭时，鱼唇说："咱们这个，下午男知青去捞麻。"

下过大雨以后天气逐渐凉爽，穿长袖衣服正合适，即使太阳暴晒也不觉炎热。微风轻抚大地和山林，草原已经褪去了丰润的翠绿被金黄色蒙上一层光影，黄红紫颜色点斑驳，点缀着郁郁葱葱的山林，秋的气息渐浓，秋的模样正在形成。

按照鱼唇的安排，男知青捞麻，抽调几个妇女去盖房子那儿帮忙，场院上由几个妇女领着女知青干活儿。下午两点多了，男知青还没有到齐，来到干活儿现场的才二十多人，鱼唇到各个宿舍去找人。

男知青还差不少人，鱼唇不再找了，他站在水坑边说："咱们这个，今天下午，这个捞麻，开始吧。"

知青问："怎么捞?"

鱼唇说："咱们这个，下去捞。"

又一个知青说："你给我们做个示范。"

鱼唇说："咱们这个，就是，我今天不太方便。"

花姑娘抢过话说："怎么不方便？是来了?"

一些知青嘿嘿地笑起来。

鱼唇说："咱们这个，是那些女子太差喽，她们，这个，把我弄伤喽。"

知青们还是不动。

我对鱼唇说："我下去。"

小瞄儿一把拉住我说："你会游泳吗?"

我说："不会呀，没事。排长，你找根绳子，把我拴上。"

鱼唇真就去找绳子了。

一本正经说："我会游泳，我去深的地方。"

老实人说："妖怪，咱俩往上递。"

麻是茎皮纤维，可以制绳索，它长在植物的茎秆上，要从茎秆上扒下来才能制绳索，要扒皮就要在水里泡，把茎秆茎皮泡开才行。捞麻，就是把泡在水里的没扒皮的茎秆捞上来。之后才开始扒皮。麻是泡在一个用推土机推出的大池塘里，池塘和山脚下的泉眼相通，泉眼流出的水进入这个池塘。

我没等鱼唇拿来绳子就脱掉裤子和上衣走进水里，老实人和一本正经也下了水。一本正经还游了几下，因为水太臭，那是茎秆腐烂发出的难闻气味，这让一本正经没能进一步发挥。在泉水进入水坑的地方有一块空地，人干活儿能施展开，其他地方没法站人。这个泉水入口处的水很凉，没过几分钟冻得我开始哆嗦，即使很卖力气仍然缓不过来。

一本正经推过来一捆麻，我和老实人就抬起来递给岸上的人，岸上的人接过来抬走，干活儿的也就十来个人，我们还得等着岸上的人。我冷得受不了了，爬上岸来活动活动，旁边的人看见我那单薄的身子骨忍不住笑起来。我故意做着扩胸运动，摆出健美运动员的造型，大家笑得更厉害，一本正经和老实人也上岸活动。

我一边活动身体一边故意出洋相，用手比画自己的肋骨做出拉手风琴的样子，嘴里哆里哆嗦地唱开了："我叫王小义，我叫买买提，今年都是十八岁，个头儿差不离哎……"

知青们乐得前仰后合。麻还没有捞上来三分之一，三个人又跳下水开始捞麻。

我对岸上的知青们大声说："你们快点儿运！不然我们仨就冻死了。"

岸上的人都动起来了，排成队传递麻捆，速度快多了，快六点钟了，麻总算捞完了。我们三个人的嘴唇已成黑紫色，没有表情，自己上不了岸了，小瞄儿和花姑娘把我拖上来，其他人把老实人和一本正经拽上来。三个人躺在地上，小瞄儿、小眼儿给我搓胳膊，其他人模仿着给老实人和一本正经搓。花姑娘搬起我的脚，抓抓我的脚心，我没有太大反应。

花姑娘说："我去你的，真冻透了，快，赶紧搓呀！你们使劲搓，我去拿毛巾，给他们洗洗。"

耗子说："洗什么呀，再洗就硬了。"

花姑娘说："我去你的，不洗熏死人。"

花姑娘说完便跑了。大多数知青看了一会儿就走了，只剩下几个人在帮我们洗澡。一会儿，花姑娘跑回来了。

耗子抢过脸盆说："我来浇水。"

花姑娘帮我脱掉裤衩，我全裸，其他知青也把老实人和一本正经给扒成全裸。耗子用脸盆在泉眼里淘水接着就往我们身上泼，正泼得三个人嗷嗷叫的时候，山弯处拐出一个高大的妇女，挑着水桶，正是大洋马。泉眼靠近那座山包的西面，挑水人是从山包东面过来的，中间有个山包挡着，两头儿互相看不见，等拐过弯就到了泉眼旁边。这时，一本正经已经穿上衣服，只有老实人和我仍然全裸，老实人立即扭转身体，只是屁股对着大洋马，我没有什么反应。大洋马已经到了眼前，看到眼前的情景，脚下一滑坐在地上，她急忙爬起来转身拖着水桶扁担跑了。

我穿完衣服对小瞄儿说："从我衣兜里拿根烟，半天没抽了，暖和暖和。"

小瞄儿递给我一根烟，划着火柴给我点烟，我嘴唇哆嗦得对不上火，小瞄儿干脆把烟拿过来点着了交给我。

往回走时小眼儿说："那女的，个儿太大啦，我从来没见过这么高大的女的。"

花姑娘说："是女的吗？别是二异子吧。"

老实人问花姑娘："什么是二异子？"

花姑娘说："就是不男不女，小屁孩儿什么都不懂。"

我们三个在泉眼光屁股洗澡成了新闻，传得人人都知道了，传着传着，成了三个人光屁股下水捞麻。传得最邪乎的是：妖怪瘦得像个骷髅，浑身没肉，肋骨像手风琴的键盘。男知青见了我，一边看一边开玩笑，女知青见了我，一边笑一边上下打量。

在食堂我遇见连长风流，他没笑，很正经地说："昨天没着凉吧？"

我说："没有，就是哆嗦了一个小时。"

连长风流笑着走了。

从食堂回宿舍的路上遇见了黑白牡丹。

黑牡丹冲着我说："你傻呀，淹死你，逞能。"

我说："没事，水特浅。"

白牡丹说："他不会游泳？"

黑牡丹说："给一个竹管淹不死。"

白牡丹问："什么竹管？"

黑牡丹说："回去跟你说。"

白牡丹对我说："这两天挺老实的，没踹我。"

我笑着说："现在我调头睡，往没人的地方踹。"

白牡丹说："其实你踹不到我，踹的是帐篷隔断，就是半夜你踹帐篷隔断吓我一跳，能把我吓醒，半天睡不着。"

黑牡丹说："再踹就换床啊。"

白牡丹不停地上下打量我，弄得我很不好意思。

第四节　麦堆如山　掸子婀娜

一万亩小麦都收回来了，场院里的麦子堆得像小山一样，这还不算拉走的，不算大棚里入垛的。麦子晒不好不敢装袋，更不敢入垛。新建点所有人都来到场院干活儿，就连开拖拉机、收割机的机务老师傅们也都来了。场院显得很是拥挤。已经晒干的麦子要往露天的粮囤里装，男的老职工和大知青都在扛麻袋，新来的小知青们还只是我、老实人和一本正经参与了。小知青们还是玩闹聊天儿为主，偶尔也拿起工具比画比画，装装样子。老职工和大知青干得非常起劲儿，就像在进行劳动表演，扛麻袋下蹲、钻头、冲肩、上跳板，把青壮年的那种顶天立地、雄壮有力表现得淋漓尽致。

慢慢地，小知青们也被这种劳动热情感染，干活儿的越来越多，从早干到晚的越来越多。有扬场的、有扛包的、有集堆的、有晾晒的、有运麻袋的、有缝口的，总之，真有热火朝天的氛围。连长风流一直和大家一起干活儿，也不怎么说话，有时和那些小头小脑的领导说话，说的都是怎么盖房子的事儿。

他总是说："不管多忙，也要盖房子，不能让大家在帐篷里过冬。"

天黑以后，新建点的人都到食堂买饭，队伍排得老长，老职工、大知青都不急着排队，而是站在食堂门口抽烟聊天儿。小知青们在食堂里吵吵嚷嚷，有的老实排队，有的加塞，乱乱哄哄。我很能吃，巴掌长的馒头早晨吃两块，中午晚上都要吃三块；萝卜汤每顿一碗，开始喝萝卜汤觉得有些苦臭味儿，喝了一段时间，倒有滋味了。每到吃饭都是越吃越香，因为怕费钱，不敢吃撑了。小瞄儿提醒过我："你干活儿不要命饭也会吃得多，也不多给你钱，别犯傻啦。"我心里想，我要和那些老职工、大知青比一下，一定要扛起满包麻袋上跳板。

司务长是上海人，个头儿不到一米六，高度近视，眼镜后面的眼睛长得很圆，眼镜片上的圈圈把他的眼睛圈得更圆。小尖鼻子，高颧骨，塌腮，极薄的嘴唇被外突的牙齿绷得紧紧的，下巴尖翘，说他尖嘴猴腮一点儿不过分，后来大家给他起个外号叫猴腮，叫着叫着变成了猴三儿。食堂开饭时，他总是站在厨房门口维持秩序。

他用生硬的普通话说："大家排好队哦，大家不要挤啊。"

根本没人听他的，但只要连长在，他就不停地喊。

这时，厨房里的一个女炊事员、猴三儿的老乡就会说："好啦好啦，连长听到啦。"

这个女知青和猴三儿同是上海人，高高的个子，宽肩细腰胸鼓臀圆，成熟女性的特点无所不在。头发比男性分头长，比女性短发短，瓜子脸，皮肤光亮，透着红润，单眼皮，眼球黑的多白的少，与她四目相对，让人觉得很舒服。她不爱说话，给人感觉很严肃，白围裙系出了丰腴优美的轮廓，干活儿肢体扭动变换着婀娜。她所在的打饭窗口男知青明显多些，老早就有男知青往里面张望她，有些男知青还与她没话找话说，她很少搭腔，唯独见了我她先说：“侬太瘦啦，多吃点儿。”我很少理她，只说要多少馒头。

心里想：早晚有一天让你看看我的胳膊有多粗，胸肌……我抬眼看看她的胸，胸可能追不上了。腰粗了不好看，现在就比她细。至于其他地方一定会比过她，我让你说我。因为她的头发太特殊，像鸡毛掸子最顶部的那一段，所以大家叫她“掸子”。掸子给我盛汤先是捞干的，然后慢慢撇上面的浮油花。

小眼儿嘟囔着说：“偏心。”

掸子听见小眼儿说话也不理他，使劲搅和完了再给他盛，小眼儿就端着碗找我比汤，我的碗里确实漂着一层黄豆油。

我说：“这有什么，咱俩换。”

小眼儿说：“我是说她对你好。”

我翻了小眼儿一眼说：“好什么呀，见了我就数落我太瘦，老把瘦挂在嘴边上，跟数落她弟弟似的。”

小眼儿说：“有这么个姐姐多好哇。我看她是新建点最漂亮的女知青，咱们就赌她吧。”

小瞄儿说：“她比咱们大五六岁呢，要追你追吧，追上也不算。”

第五节　分在九班　法洪死了

这几天，新建点又陆续来了一些老职工和大知青，听说新建点的人基本到齐，就要开始分排分班。果然，一天下午召开全体会，宣布分排分班。全连分成五个排：一、二、三排是农工排，一排一班是武装班；四排是机务排，是农机作业单位，一台车为最小建制；五排是后勤，包括炊事班、卫生室、赶大车的、库管、饲养员等。除了五个排就是连部，有连长、指导员、副连长、副指导员和一个文书。

宣布完以后，连长说：“过几天我们正式召开欢迎知青大会。散会后以排为单位开会，宣布各班的组成。”

我被分配在三排九班，还让我当了九班的副班长，知青们都很吃惊，这个新建点年龄最小的知青，也是新建点年龄最小的职工（兵团战士），居然是编制十八个人的大班的副班长。排里开完会，班里接着开会。班长是这两天刚来的老职工，四十多岁，中等身材，很魁梧，比我差不多宽一倍还多，是体壮如牛的那种；剃个大分头，头发又粗又黑，皮肤黑红，脸方得像镜框；浓眉大眼，两目无神，眼总是向下看，像是不好意思与人对视；大鼻子，厚嘴唇，得个外号叫“半头砖”。山东人，口音很重，说话声音也不大，像是在自言自语，开会时大家都认真地听他讲话，会场很安静。但是，他到底说的是什么，谁也听不清。和他同来的老职工是河南人，五十多岁，花白头发，中等偏下的个头儿，眉清目秀，眼窝很深，眼睫毛很长，如果不是满脸皱纹，一定很好看。他右手的食指、中指齐齐地没了。

半头砖说了快十分钟了，谁也没听清他说什么，我在他旁边也没听清他说什么。

大家开始议论：“说什么啊，大点儿声！”

半头砖直了直腰，声音还是没变化，只是语速慢了点儿。

我在他旁边听得满头大汗，只听懂了：“咬谈接，啊，咬谈接，啊，咬停滑，啊，咬停滑。”

有人出去遛弯儿了，有人点着烟聊天儿，乱哄哄的不像开会像是扯闲篇儿聚会。乱了一会儿会就散了，我觉得这个累呀，而且这会跟没开一样。

几个知青问我：“到底这班长说什么了？”

我说：“我只听见好像是说，要团结，要听话。”

没办法，我去问那个缺两根手指的老职工。

老职工说：“班长没说什么，就说了要团结，要听话，以后工作主要是盖房子、割大豆。”

我看看他的手问：“你的手指怎么没了？”

他一下变了脸色说：“受伤。”

万事通追着问：“怎么受的伤？伤得这么齐？”

缺手指的老职工有些不高兴地说：“为了躲抓丁。”

万事通说：“什么抓丁？”

老职工说：“国民党抓壮丁。”

万事通追问：“抓壮丁跟掉手指头有什么关系？”

老职工说：“没有了手指头拿不了枪，就不抓了。”

我拿了一根烟给这老职工，老职工没有客气，接过来就点上了。他由开始的不高兴，慢慢变得和气起来。

我说：“你讲讲是怎么回事，长点儿见识。”

老职工说："国民党抓壮丁，我们都不愿意去，害怕送了命。所以，要剁掉自己的手指头，抓丁的看你没有手指扣不了扳机就不要了。开始剁一根手指，后来缺一根手指的也抓，我们就剁两根。"

万事通说："下得去手？"

老职工说："下不去手，年轻人互相帮忙，你剁我的，我剁你的。说完他笑了笑。"

我说："你俩谁先剁的谁？"

老职工说："他先剁的我。"

我接着问："你受伤了只能拿左手去剁他，看不准，还不把他的手剁下来？"

老职工说："我还顾得上他？我疼得昏死过去了。"

我嘟囔着说："不仗义。"

老职工没听出啥意思，疑惑地看了我一眼。

万事通说："你不是躲解放军吧？"

老职工一下睁大了眼睛说："咦，可不敢这么说，让红卫兵抓走了。"

万事通也觉得说错了，赶紧说："我和你开玩笑嘛。"

老职工说："可不敢开这玩笑。"

他一直说普通话，到这时才漏出河南口音。

九班有十四个新来的小知青，两名老职工，两名大知青，共十八个人。其他男女知青班，大多十四五个人。九班的知青我只熟悉老实人、万事通、花姑娘、点窝、老七、哈尔滨吹口琴知青。口琴知青大家都管他叫"小果子"，是从大知青那里叫起来的，也不知道是什么意思，后来才知道是说他滑头，油条的意思。其他人都不是很熟悉，在食堂和干活儿时见过面，但不知名字。这个班的人好像不太好管，原因似乎是两个班长镇不住。分班以后的第二天是学习，半头砖不到八点就来到宿舍，九班以我们宿舍作为集中地点，宿舍先不调整，等盖好房子再说。其他班知青磨蹭着不走，九班的知青多数没过来，知青们依旧和往常一样干什么的都有。快九点了，其他班的班长来我们宿舍找人，知青们才陆续离开。半头砖去其他宿舍找人也回来了，磨蹭了半小时大家才开始坐稳。学习"老三篇"，半头砖把阅读的活儿交给我，我读了一会儿，交给万事通，大家听得还比较认真。

黑白牡丹被分在八班，和我同属三排。二姑娘和白桃被分在了一排二班，另外两个女同学被分在二排。小瞄儿、小眼儿被分在武装班，一本正经是班长。耗子被分在二排五班。

帐篷后面的山林更加斑驳，秋的渲染让它变得五颜六色，好看至极。柞树叶子橘红中透着金黄，榛子林一丛丛地挤在一起，褐色中透着黑绿，椴树叶子黄得耀眼。抬头向天空望去，一片蔚蓝，稀疏几朵白云高高在上。帐篷里不再那么潮湿了，晚上被子里干爽爽的，躺在里面浑身感觉光滑温润。蚊帐把每个人罩在自己的独立王国之中，蚊子隔帐飞舞歌唱。我睡觉还是把脚拴上，现在只拴靠外侧的一只脚，但也从床上掉下来几回。掉下来时迷迷糊糊，爬半天才上去，蚊子趁机钻进蚊帐，它们会吃得饱饱的。有一回我掉下来居然没醒，还是老实人发现了把我拖上床。第二天老实人讲这件事，我说不知道，可我发现腿上胳膊上有很多蚊子咬的包。

九班的大知青除了小果子，还有一个北京的。他是六八年来的，个子一米六五左右，体格健壮，和小瞄儿类似，体型横着宽，肩向内收，走起路来耸着肩，两只手臂在肚子前横着摆动，一副牛哄哄的架势。黑而粗的眉毛，双眼皮、大眼睛，非常像阿拉伯人。他说话的毛病和花姑娘一样，先来一个口头禅。花姑娘说话前先来一个“我去你的”，这大知青说话前先从牙缝里龇出一个“操”，大家给他个外号叫“臭袜子”。

摊上一个老山东的班长，可把我累死了。每天早晨吃完饭，半头砖就来到帐篷里找地儿坐着抽烟，他把信纸撕成条卷旱烟叶，等九班的知青来得差不多了，他开始布置工作。像是自言自语，谁也听不懂，我只好到他眼前一边看着他嘴型一边用耳朵听，连猜带蒙，把自己理解的意思，对着半头砖说出来，摇头不算点头算，什么时候半头砖点头，我开始分任务。一般情况下都是由老职工、大知青带着小知青干活儿。我不光干活儿，还要经常联络分散在几个地方干活儿的九班知青，传达半头砖的最新指示，要不是有个班副的官儿打着镇静剂，我早就抽他了。可气的是，半头砖没有一点儿歉意，每当我多问他几遍的时候，他还不耐烦地“嗨”一声。

这天下午，半头砖对我说：“法洪死了。”

当时就吓了我一跳，我问他：“谁死了？法洪死了，谁叫法洪？”

半头砖叹气：“嗨！法洪死了！”

我还是没弄懂。这时，半头砖从兜里拿出几张人民币，指着说：“法洪死了。”

我脑子里想的是，哪天得猛打他一顿出出火，先朝哪里下手，我瞟了一眼他衣襟下面那一堆。对，就这儿，你比我宽一倍也没用。

正当我和半头砖沟通不畅时，会计抱着工资表，副连长抱着装钱的书包走过来对我说："去把你们班的人叫来，发工资了。"

我这才明白半头砖说的"法洪死了"是说，发工资了。九班的知青很快回来了，我最后一个领了工资，一共三十五块两毛钱，其中工资三十二元，边疆补助三块两毛钱。扣去十四元饭票还剩二十一块两毛钱，这是我有生以来第一次手里拿这么多钱，我转身走出帐篷去找二姑娘。

我找到二姑娘问她，她写的信家里是否收到了，二姑娘说还没有收到回信，我又和她对了往家里写信的地址。

二姑娘问我："你准备给家里寄多少钱？"

我说："十五块。"

二姑娘说："你多寄点儿，你家比我家困难。"

我说："下月吧。哎，后天是我十五岁生日，上哪儿找碗面条？我过生日，我妈都给我做碗面条。"

二姑娘说："你事儿还挺多，面条是白面做的，馒头也是白面做的，你不是天天在吃面吗？"

我一想，也对。

我拉着二姑娘的袖子说："走，找白桃玩会儿去。"

二姑娘赶紧甩掉我的手不高兴地说："玩什么呀？跳皮筋儿啊？这可不是在家。以后不许拉拉扯扯的。"

我说："我不是和她跳皮筋儿，就是找她待会儿去。"

二姑娘说："行啦，回去吧，大小你是个副班长，注意影响。"

"什么影响？"我不解地望着二姑娘。

二姑娘说："你说什么影响，男的没事找女的待会儿，合适吗？"

我说："怎么不合适？咱俩不就是在一块儿吗？"

二姑娘红着脸说："你怎么什么也不懂啊！去去去，回去吧。"

我离开二姑娘，没有回帐篷，自己向泉眼方向漫无目的地踱着步子。

第六节　山下泉边　翘臀牡丹

我溜达到新建点的最西头儿，顺路继续往泉眼处走去，拐过山包，猛然看见黑白牡丹正在泉眼边上，哈着腰撅着屁股用扁担在泉眼里乱捅，两个滚圆滚圆的屁股不停晃动，我转身要走，可还是被黑牡丹发现了。

她大声叫起来："妖怪，快，过来！"

我只好站住："干吗！"

黑牡丹说："桶掉里了。"

我赶忙走过去，从白牡丹手里接过扁担，用扁担上的钩子钩那只掉在泉眼里的水桶，钩了几下也没钩上来。于是，我放下扁担趴在泉眼边上把手、胳膊都伸进泉眼里，还是够不着。

白牡丹伸过扁担说："加上钩子就够到了。"

我用铁钩把桶扶正，然后用铁钩钩住水桶的提梁，把扁担交给白牡丹，白牡丹一手拿扁担，一手抄住我的胳膊，帮我站起来。她的手虽然很用力，但我仍然感觉到了美妙的轻柔。我接过扁担想把装满水的桶从泉眼里提上来，一提没提动。

黑牡丹在旁边，张着两只小手，跳着脚喊："使劲！加油！"

白牡丹两手抓住扁担最前头帮忙，我看见她低头时露出雪白的脖颈，有些紧张。我俩一齐使劲才把那桶水挑上来，我一边喘气一边看着白牡丹，愣在那里。我第一次离她这么近看她，她长长的眼睫毛都看得清清楚楚。

黑牡丹拍了我一下说："看什么哪，有这么看人的吗？"

我说："我看看怎么了？她长得好看，我就多看了。"

黑牡丹噘着嘴说："不害臊。"

我故意气她说："比你好看多了。"

黑牡丹说："当然比我好看，那也不能没完没了地看啊！"

白牡丹一直在一边红着脸笑。我转身要走。

黑牡丹说："站住。"

我停住脚步说："干什么呀？"

黑牡丹说："挑上，你看不出来我们挑不动？"

我说："挑不动还来。平时你们用的水怎么来的？"

白牡丹说："我们想试试，挑不动就回去。平时是大洋马每天给我们挑的。"

我一条腿跪在地上，把另一只空桶放在泉眼里提上来多半桶水，把满桶的水倒出一些，挂上扁担，用双手托着扁担说："黑牡丹，你过来。"

黑牡丹说："干吗？"

我说："你挑。"

黑牡丹给了我一巴掌说："你知道我够不着，坏蛋！"

我笑着说："那以后你怎么办，老让别人给你挑？"

黑牡丹说："就让你挑，你不管？"

她又举起巴掌。

我赶忙说："管，管。"

这时白牡丹钻进扁担说："我试试。"

我松开手。白牡丹挑起了扁担，因为肩膀上的扁担有些靠后，前面的水桶垂下来，她用双手托着扁担找平衡，脚下像是拌蒜，没走几步就放下了。

我说："你够有劲儿的，满桶的我挑着也费劲，大半桶我行。"

我接过扁担挑起来，很是轻松，走起来一颤一颤的。

我放下担子对白牡丹说："你再试一次。"

白牡丹说："我不，硌肩膀特疼。"

我说："你用肉多的地方扛着扁担。"

我把白牡丹拉到扁担底下，把扁担放在她肩上说："你把扁担放在这儿。"

我用手按了按她靠近脖子的地方接着说："把头低下，让后背使上劲儿，你再试试。"

白牡丹把扁担挑起来了，一步一步往前迈，没有颤起来。

我一边跟着她走一边说："低头看路。挑担子，没有挺胸抬头的。"

白牡丹好像找到了要领，扁担颤起来了，迈着小碎步，鼓鼓翘翘的臀部一颠一颠的。

走了二十多米才放下。她喘着气兴奋地说："一点儿不疼，只要哈着点儿腰，就不觉硌得慌。"

黑牡丹对我说："行啊，你怎么知道的？"

我说："我回老家经常挑，我姨夫说，挑挑儿，要低头含胸小碎步，推独轮车要扬头挺胸扭屁股。"

第四章　秋　后

第一节　蹲坑革新　宽二十八

天气早晚有些凉了，场院里的小麦不时被拉走一些，地里的大豆也熟了，国庆节前应该收完。在这一周多的时间里抓紧时间盖房子成为集中力量突击的工作。盖房子开始了，缺两根手指的老职工开始大显身手，他有一套木匠工具，据说他木匠活儿不错，他指挥大家干活儿，虽然他不是什么官儿，大家很听他的，不过给他也起了外号叫“八指儿”。

在帐篷西面的一大块空地上要盖两排共八间大房子，先是挖出半米多深的沟，然后在沟里排上原木，钉上板子把原木固定住，留出门窗，在排在一起的原木上里外抹泥。八指儿带着几个人安装门窗。还有一种盖法，用原木钉出框架，用那种长得很长的野草，也掺和乌拉草裹上泥，拧成辫子，一根挨一根地缠在框架上，然后抹泥，做成的墙壁又结实又保温。

整个新建点一百多人，除去机务排的一些人和食堂的人，剩下的所有人都盖房子。知青们也都参与了，平时不干活儿的小知青也开始动起来，虽然还是不像真正的劳动者那样认真，但终究开始了他们的工作历程。出于给自己盖房子的迫切需要和对盖房子的好奇心，他们融入劳动的集体，因此体会了劳动的乐趣，越发地喜欢从劳动中体会融入集体的那种热情，体会劳动之后的自豪，体会劳动协作过程中的相互关心，体会男女在一起工作的激情。

盖房子的主力军是男女老职工和大知青，他们身边都有很多小知青可以使唤，帮他们干这干那。他们不在意小知青偷懒、不会干、怕脏、怕累，他们感觉有这么多人在一起就很快乐，处处能展示他们劳动时的矫健和敏捷。

九班和黑白牡丹所在的八班被分在一起干活儿。点窝和他的一个同学在九班，他那个同学在家排行第七，家里人叫他“老七”，院里邻居和同学也都叫他“老七”。老七一米八七，瘦高，挺精神，有点儿水蛇腰，特别是他的两排牙齿，又齐又白。他俩在学校都不是省油的灯，来了以后就更不吃亏，从不干活儿到处溜达闲扯淡，而现在他俩和泥、拧泥辫子干得一身泥水。花姑娘和他的一个同学分在九班，那家伙一天到晚皱着眉头，一说话撇着嘴翻着眼傲气十足。他的同学都管他叫“小玉”，不过那小子长得挺好看，皮肤又白又嫩，眉清目秀，嘴唇红得像是涂了胭脂。来东北以后没见他高兴过，可在盖房子的工地里，经常听见他的笑声，他干活儿还很卖力气。

九班和八班知青因为干活儿有了密切接触，有力气活儿、危险的事儿，男知青都争着抢着干，女知青在一边帮忙或嘱咐注意安全，她们那种神情是发自内心的关切。男知青说话、干活儿更认真了，工作效率明显提高。一周多的时间房子盖完了，房子盖完可还没有安齐门窗，老天开始下雨，两天的阴雨，房子没有漏雨的地方。

八指儿很是自豪，逢人便说：“还行，房子不漏。”

房顶没有油毡，没有雨布，没有洋灰，没有白灰，只有一层厚厚的、顺顺的乌拉草。房子里只留了几个会木匠活儿的老职工做门窗，装钉上下铺，其他的人准备割大豆了。九班还在八指儿的指挥下干与知青宿舍有关的活儿。

八指儿对我说：“你带一些人把厕所盖起来。”

厕所位置就在新房最后一排北面二十几米处。我来到原来场院边上的厕所仔细看了看，这个厕所太破烂，男女厕之间是用草辫子拉在框架上做成的隔断，没有抹泥。草辫子很松散，如果另一头儿有人进去，可以看到人影，且排泄之声听得清清楚楚。女知青上厕所之前要观察一阵，男厕没人时再去，在外面还要有一个放哨的。我们照葫芦画瓢，盖起一个十六坑厕所，男女各八。男女厕所之间做隔断的草辫子，紧了又紧，挤了又挤。在茅坑的宽窄问题上，我和八指儿发生了争执。

八指儿来钉茅坑的脚踏板，茅坑宽度超过四十厘米，和老连队的一样宽。

我说：“太宽了，上厕所多不安全，拆了重钉。”

八指儿疑惑地看着我问：“不安全?”

我说：“是。你看，蹲上去多难受。”

我一边说一边劈腿往下蹲，越往下蹲越吃力，最后屁股悬在半空不敢再蹲，两手还要抓住膝盖，就像足球守门员准备扑救对方的临门一脚的姿势，否则就要拿出骑马蹲裆式的功夫，没练过的就等着坐坑里吧。

八指儿说：“这边的厕所坑都这么宽，四十厘米左右。”

我问八指儿：“为什么这么宽?”

八指儿说：“窄了就容易哈在外面。”

我在平地上蹲下说："你量我的脚后跟有多宽。"

八指儿量了一下说："二十八厘米"。

我说："好，就二十八厘米。"

八指儿急了，皱着眉头说："不中，不中，太窄了。"

我大声说："什么不种不种的，拆了重钉!"

我大声发号施令不是想起了自己是副班长，而是想起了第一次在东北上厕所的经历，若没有人拽着，我一定掉下去，脱了裤子裸露的地方任凭毒蚊蹂躏，以后为能抓住什么扶手，每每调头屁股向外是何等的尴尬。

想到这里，我勃然大怒："拆！重钉！二十八厘米!"

八指儿见我急眼了，虽然很是纳闷，但也被震住了，按我的要求茅坑宽度二十八厘米。我要求茅坑也不挖太深，一米就行了，若是满了，掏就是了，深不见底的茅坑太瘆人。

新厕所很受欢迎，场院的厕所虽然把隔断修补了一下，但去那里上厕所的人还是很少，有的人宁可走远点儿也来这里上厕所。女知青也不用提前观察男厕有没有人，放哨的也撤了。如厕声音还是有的，但是，入乡随俗听惯了也就没什么了。开始很干净，过了些日子，就有人哈在外面。厕所从来没有受到重视，没人想到厕所会有什么事儿发生，将男女分开的草辫子隔断依然显得不那么重要，以至于后来出了大事，这是后话。

第二节　棺材板㞞　走板翻身

新建点离老连队十五里，老连队离团部十里（1 里 =500 米），团部离我们一个同学所在的连队十五里。前天，这个同学来了一封信，让我们几个去他那儿玩玩，我们几个一商量决定去一趟。那个同学非常老实，本来应该和我们在一起，可他父母让他去找去年来东北的姐姐，两个人有个照应。团里同意并给他办理了手续，他姐姐的连队是个老连队，条件比我们新建点好得多，我们很是羡慕。

四十里路一天打来回，我怕走夜路遇上狼，找了一把斧子带在身上。下午一点多才到，累得很疲倦，找到了我们的同学，几个人又拉又抱，这个同学还哭了一鼻子。饭点已过，他去食堂要来几个馒头，他姐姐不知从哪里找来一个咸菜疙瘩，我们馒头就咸菜喝凉水算是吃了饭。我的这个同学外号叫"走板儿"，因为和他聊天儿，聊着聊着他就跑题，聊到他感兴趣的事儿上了。

他姐姐外号“花骨朵儿”，因为长得小巧玲珑，很是顺眼，在校时有很多男生被她吸引。姐俩长得不像一家子，走板儿长得五大三粗，可人老实得像个娘儿们。几个同学坐在一堆木头上聊天儿，他姐姐站在一边。

走板儿说：“当初还不如不来这儿，和你们在一起就好了。”

小眼儿说：“和姐姐在一块儿多好啊，互相照顾，我哥要在这儿我就去找我哥。”

说完之后小眼儿看了看花骨朵儿。

走板儿说：“在这儿除了我姐，我谁都不认识，大知青有我姐同学，他们对我还行，就是咱们一批来的小知青不但不是一个学校的，而且他们都是外区的。他们老欺负我，说我姐是女流氓，说我是男流氓，他们人多我惹不起。”

说到这儿他不停地流泪。

小瞄儿说：“人少你也惹不起啊，你们姐俩老实得咱们家那一片儿谁不知道，欺负你，真不是东西。”

花骨朵儿看着脚尖不说话。

我说：“他叫什么?”

走板儿说：“他叫棺材板儿。”

耗子嘿嘿地笑起来：“怎么叫棺材板儿啊?”

走板儿说：“他前奔头后勺子，头顶特平。”

小瞄儿说：“你俩都有个‘板儿’，看来是一对。”

走板儿说：“这儿的人不知道我这外号。”

我站起身说：“妈的，找他去。”

走板儿兴奋起来：“走，我也忍不了了，跟丫拼了!”

花骨朵儿急忙拉住我说：“弟弟，听姐的，玩会儿就回去吧，他们一起好几十人哪，姐知道你在家不吃亏，在家没人敢招你，这儿可不一样。”

我说：“大姐，你别管，我们不打架，我和他认识认识。”

我甩开花骨朵儿的手，跟着走板儿去找棺材板儿。

来到棺材板儿住的宿舍，一进门，走板儿指指一个大块头说：“就是他。”

棺材板儿站起来有些纳闷地看着进来的几个人。

我心里骂着走板儿：真他妈的走板儿，这么大的块头也没说一声。

我说：“孙子，你叫棺材板儿？过来!”

我见屋里有一个当桌子用的木架子，走过去把木架子搬到屋子的中央，左手按在木架子的木板上，从腰间掏出斧子摔在木架子上说：“孙子，你不是说他们姐俩是流氓吗，他们不是，他们是假的，真的在这儿，我今天让你看看什么是真流氓！”

棺材板儿不知道是没醒过来还是吓傻了，张着嘴不说话愣在那里。宿舍里的其他几个人也早站起来了，屋外好像也来了很多人，但这些人没有一个人说话。我拿起斧子又摔向木架子，那一刻心里怦怦乱跳，血往上冲，眼里带着血丝，脸色煞白，加上我瘦得像个螳螂，完全是个索命鬼的形象。

我拿起斧子指指按在桌子上的左手说：“孙子，我的手，你是要手指头还是要一整只手？”

这时棺材板儿才醒过来说：“哥们儿，我没招你啊！”

他说话有些抖。看来我把一屋子的人震住了。

我说：“少废话，你不剁我，我剁你！”

这时从外面进来几个人，小瞄儿他们挡在我身后，我头也没回继续叫板：“操你大爷，我数三下！”

这时从外面进来的人已经绕到木架子前，一个黑黑的大个儿笑着说：“玩斧子，剁手，兄弟剁我的。”

他说完把手放在木架子上，我抡起斧子剁了下去，那黑大个儿“啊”地叫了一声，向后躲开，斧子劈碎了木架上的一块板子，我随即抡起斧子劈向黑大个儿的头。

走板儿大喊：“我姐同学！”

黑大个儿举起双手高喊：“我服了！”

我斧子收不住，斜着砍在二层铺的立柱上，转身举起斧子向棺材板儿扑去，还没等我扑到跟前，棺材板儿已经㞞了。

他大声喊道：“大哥服了！”

我没有停下，像是什么也没听见，像疯了一样，只想砍人。这时我被拦腰抱住，手臂被黑大个儿抓住，还是拼尽全力把斧子投向棺材板儿，斧子掉在地上。抱住我的是花骨朵儿，没看出来，她小小个子，力气可不小，两只胳膊勒在我肚子上，我都喘不上气来了。

黑大个儿两只手钳住我的右手高喊：“快来帮忙，要出人命了。”

那几个后进来的人赶紧过来，连抓带架把我擒出了屋，我一点儿都动不了，嘴里大骂着：“孙子！我早晚剁了你！你个㞞包！”

黑大个儿几个人一直把我架到他们宿舍，黑大个儿说：“兄弟，你差点儿把我手剁下来，没见过你这样的。”

他还要再说，我翻了他一眼。

黑大个儿说：“我服了，我是真服了。”

花骨朵儿说：“你也是欠，你不知道我这个弟弟，没剁你脑袋算你走运。”

花骨朵儿的另一个同学给大家发烟抽，黑大个儿掏出火柴给我点烟，我嘴也颤抖，手也颤抖，好不容易把烟点着了。

黑大个儿给我们每人一包烟说：“刚才我冒失了，我以为是吓唬人，兄弟别生气啊！”

小瞄儿说：“大哥，自己人，没事。”

这时黑大个儿的一个同学进来说：“他们去连部了，我把斧子捡回来了。”

他把斧子交给走板儿。

走板儿说：“那孙子去告状了。”

花骨朵儿说：“你们快走吧，别把你们抓起来。”

这时进来几个端着枪的年轻人。

从几个端枪的年轻人后面，挤进来一个中年男子，是个副连长。

他说：“是你们几个？到连部一趟。”

花骨朵儿抓住我的手腕对副连长说：“他们是我弟同学，来这儿看看我们，去连部干吗？不去不去，他们要走了，还有四十里路呢。”

副连长说：“拿着斧子砍人，不说点儿什么就走？”

我站起身说：“连部在哪儿？”

我甩掉花骨朵儿的手走出宿舍。

我们分别被关进几个屋子，副连长亲自审问，我一一回答。

副连长弄清怎么回事之后说：“你够嚣张的，跑了四十里路到这儿来打架，你犯纪律了知道吗？”

我说：“知道，我错了。可他骂我同学和他姐姐也犯纪律啦，都是犯纪律，为什么抓我不抓他？你们也是受团部领导，我们也是受团部领导，纪律只管我们不公平。”

副连长一时没说话，稍作停顿，他说：“他骂人你就用斧子砍，出人命怎么办？”

我说：“我不要他命，要他一根手指头或一只手就行了。我先让他砍，他不砍，那我就砍他。”

副连长有些哭笑不得地说：“你砍了他的手就是破坏上山下乡，开你的批斗会。”

我说：“您别给我扣帽子。我也是革命知青，响应伟大领袖号召来的。”

副连长瞪着眼说：“你还挺能说。”

我打开黑大个儿给的那包烟递给副连长一根，说：“有火吗？”

副连长掏出火柴说：“你抽这么好的烟，太阳岛。”

我说：“这烟一般，和红舞烟差不多，不如恒大和大前门，更不如我爷爷的大烟叶好抽。”

副连长说：“你说的那些烟我没抽过，太阳岛是东北最好的烟，我有烟叶，你尝尝。”

他掏出烟盒包和卷烟纸。我熟练地卷起一支，点着抽了一口说：“好抽，和我爷爷的烟叶差不多，咱俩换吧。”

我把烟叶倒在衣服口袋里，把卷烟纸也装起来，把烟盒包还给副连长，拿过他手里的火柴说：“我今儿没带火柴。”

副连长说：“你这小子这么实诚啊，行。你说我把你送团部还是让你们连来接你？”

我笑笑说：“别送团部，也别让我们连来接，我们自己回去就得了。”

副连长说：“我得和你们连部联系一下。”

副连长出去了，我在屋里卷旱烟抽，一会儿副连长带着小瞄儿他们进来。

副连长说：“和你们连长联系过了，他让你们自己回去。”

我说：“副连长，谢谢您了。”

副连长笑笑说：“我怎么也想不出来，你就是一个小孩子嘛，怎么胆子这么大，哼！还是副班长。”

他一边说，一边摇摇头。

耗子说：“他就是一个生瓜蛋子，他爸没少揍他，打不过来。”

“去你大爷的，你少挨打啦，你爸你妈俩人一块儿打。”我得意地说。

小眼儿说：“副连长，你不知道，浑蛋都是打出来的。”

一屋子的人哈哈大笑。

副连长说：“那小子也是打出来的？贫极了，以前还觉得他挺厉害，今天㞞到家了，总是欺负一些老实巴交的知青。”

我说：“我还得来，今天我也现眼了，光比画没砍着他。”

副连长说：“啊？”

我笑笑说：“没什么啊。”

从连部出来已经快三点了，花骨朵儿一直在外面等着，见弟弟走板儿和我们出来，迎上来说："没事吧？"

走板儿说："没事，他们可以回去了。"

黑大个儿几个老知青陪着花骨朵儿，见我们没事了，很关心地说："三点了，你们天黑前走不到，今天就住下吧。"

我说："不行，就放一天假，明天还要上班割大豆。"

我回头对花骨朵儿说："大姐，我们走了啊。"

花骨朵儿说："以后不要打架啊，刚才吓死我了。"

她眼里含着泪花。

走板儿说："我送你们一段。"

我们五人奔大道方向走去。拐过弯，我停下来说："走板儿，你去把棺材板儿叫来。"

走板儿说："他打我怎么办？"

小瞄儿说："我跟你一块儿去。"

我说："他要不来，你告诉他天黑了别出门，我不定什么时候剁了他。"

走板儿说："哎！"

一会儿他俩回来了，走板儿兴奋地说："给他吓傻了，他给买了一条迎春烟。"说着他晃晃手里的烟。

我说："你留着吧，我们走了。"

第三节 长途跋涉 狼群狗群

上了大道一直向西四十里，不用拐弯儿就到新建点了。中秋刚过的季节，天高云淡，太阳炙热的光芒依然耀眼，照得我们睁不开眼，只好拉低帽檐。耗子从来不戴帽子，因为脑袋太小，成人帽子没那么小的，只能戴儿童的帽子，他又不愿意戴，这下可够他难受的，他用手在眉毛上遮挡阳光，像个猴子似的。走了大约十里路，阳光几乎平射过来，拉低帽檐已经不管用了，耗子跑进路边的树林里撅了几根树杈，每人给了一根。

小瞄儿说："你怎么早没想起来？"

耗子说："我手举着太累了，还是睁不开眼，这会儿想起来也不晚。"

我说："歇会儿吧。我走不动了。"

小眼儿说："刚走多远，你就走不动了，离家还远着呢。"

我说："我的腿直发软。"

小瞄儿问："怎么回事？"

我说："我刚才抡斧子的时候，腿肚子一直发紧，可能是腿肚子转筋了，过后腿就是软的。"

小眼儿说："是吓的。"

他嘿嘿笑了起来。

耗子说："说吓得也行，说紧张是真的。在学校，我在厕所拿棍子打那个欺负我的大个儿时就腿肚子转筋了，我一直把他打得坐在茅坑里才停手，我当时叫你们把我架走，我那时连腿都抬不起来了。"

我们几个从来没有走过这么远的路，加上太阳迎面直晒，更觉得疲倦。风刮得不紧不慢，很是凉爽，睡意席卷而至，坐下来一休息就不想动了，迷迷糊糊的，互相靠着就睡着了。公路上偶尔经过的大卡车、拖拉机也没吵醒我们。这一下休息了两个多小时，天快黑下来了，蚊子也上来了，我们这才跳起来拍打蚊子，真是一巴掌一片血。我们继续向西走，走了十五里左右，到了原来的老连队。

小瞄儿说："天黑了，找老四待会儿，弄点儿东西吃。"

老连队就在路边，一拐弯儿就到了。

小瞄儿说："医务室还亮着灯，进去看看。"

小眼儿说："就知道你是奔医务室来的，好啊，进去呀。"

我说："上医务室干吗？"

小眼儿说："小瞄儿看上女大夫了。"

我不相信地问："什么时候的事儿啊？我怎么不知道。"

小瞄儿有些不好意思地说："你先进。"

小眼儿还没来得及往里走，耗子已经进去了。

我说："瞄儿，怎么回事啊？"

小瞄儿拉着我说："以后告诉你，进去就说你肚子疼。"

进到医务室，看见耗子、小眼儿正在向女大夫道歉："对不起，忘了敲门，吓着你了。"

女大夫惊叫："妈呀，又来俩，你们怎么跟鬼似的，进来没声儿，又都长成……"

她没往下说，但我们已经猜到肯定不是什么赞美之词。

我微微弯下腰，手捂着肚子说："疼死我了。"

女大夫赶紧走过来说："怎么了？我看看，你躺在床上。"

我上了那张小窄床躺下来。

女大夫站在我身边时，我不由得哆嗦了一下，她吓了我一跳。她长得太像苏联人了，整齐而平直的眉毛，深陷的眼窝，丰满的脸庞，向上微微翘起的尖尖的鼻子把上唇向上拽着，使小嘴努起来。

她撩起我的衣襟，用她有些凉的小手按在我的肚子上问："这儿疼吗?"

我说："疼。"

女大夫问："这儿呢?"

我说："也疼。"

她戴上听诊器听起来。

她直起腰说："你饿了吧？吃点儿东西吧。"

小瞄儿凑到跟前说："我们还没吃饭呢。"

女大夫说："你们等着。"

说完她出去了。一会儿她拿着几块馒头回来了，说："馒头就这儿块了，这有点儿炸酱，凑合吃点儿吧。"

小瞄儿感激地接过馒头和炸酱，一个劲儿地说"谢谢"。我还躺在小窄床上没有动，女大夫说："下来吃啊!"

我说："我太累了，就想躺着。"

女大夫说："那你就躺着吧。哎，我熏熏蚊子。"

她用手碰了碰小瞄儿，小瞄儿立即掏我的烟，我说："没烟卷，有旱烟。"

耗子说："我有。"

小瞄儿接过耗子手里的烟递给女大夫说："你说我们长得怎么了?"

女大夫吸了口烟说："像一群鬼，高的高、矮的矮、胖的胖、瘦的瘦，晒得这么黑，龇着大白牙，屋里光线暗，突然进来，差点儿吓死我，你们就像四个小鬼儿。"

我转过头，看看这几个好朋友，长得确实和一般人区别很大，个个不好看，论难看也不是，在一起好几年，看惯了不觉得谁难看。只是我们几个人长得很怪，每人都是一张看起来非常凶狠的脸。回想我们拿出亡命徒劲头儿时的样子，确实让人不寒而栗，特别是一起发飙时，无人敢敌。我们那个学校，是乱糟糟的环境，乱糟糟的教育，乱糟糟的秩序，培养了我们这些乱糟糟的人。虽然我们还未成年，但是却长出了极其锋利的牙齿，时刻警惕着反击撕咬，像一群狼崽子。

女大夫问:“你们干啥去了，这么晚才回来?”

小瞄儿说:“去东大林子看同学。”

女大夫说:“那儿离东安还有十几里，就在乌苏里江边上，你们应该去看看国界是什么样子。你们已经走了六十五里地了，还回新建点?”

小眼儿说:“回去。”

女大夫说:“我看还是住下吧，天这么黑，新建点那边野兽又多，明天再走吧!”

我说:“明天还上班呢，吃完了吗？咱走吧。”

虽然说走，可我还是躺着没动地方。

小瞄儿说:“你起来吃点儿咱就走。”

我说:“我不吃了。”

小瞄儿说:“那你起来抽支烟咱就走。”

我从床上下来，卷了一支烟点着。

出了医务室，小瞄儿回头对女大夫说:“星期天去新建点玩儿去吧。”

女大夫说:“去新建点玩儿啥呀，快走吧!”

小瞄儿还想说什么，耗子烦躁地说:“你快走吧!”

我们上了大道，十五刚过，月亮还很圆，水银般的光铺洒一地，路面像一条小河，我们就在这小河中前行，每个人的脸都是灰黑色的，唯有牙齿洁白。我和小瞄儿并排走着。

小瞄儿说:“哎，你看王大夫怎样?”

我说:“挺好的，怎么了?”

小瞄儿说:“我因为老去给你拿药，跟她很熟悉，人可好了，特别热情。她是佳木斯的大知青，是个赤脚医生。”

我说:“我看也很不错，你要干吗?”

小瞄儿说:“不干吗，从离开这儿就没回来过，就是想看看她。”

“不是想追她吧?”我看着小瞄儿问。

小瞄儿说:“没想追，就是想和她聊天儿，看她抽烟，她会抽烟。”

走了六七里路，公路向南弯去，直走就是去新建点的方向，我们继续向西。路是用推土机推出的路，推路的时候，多是由北向南推，北面是树林，南面是推土机推出的高岗，高岗上长满荒草。这条路是在树林和荒草夹缝中的一条路，白天很是美丽，但到了晚上好像四面埋伏，非常恐怖。树林里面、荒草后面，似乎有很多野兽，树林里、草丛里传出动物活动的各种声音，这种声音在黑暗中显得非常神秘。突然“嘎嘎嘎”几声鸟叫，接着就听见“扑啦啦”的翅膀拍打的声音。大家一起加快脚步往回赶，相互之间不敢说话，害怕野兽寻声而至，又怕说话听不见周围的情况。我已经忘记了疲倦，迈开双腿快步走在前面，耗子个儿小落在后面，他不时回头看看有没有什么东西跟在后面。我在前面越走越快，突然，迎面七八条黑影，瞬间来到我眼前，吓得我不知所措，感觉浑身的衣服都飞起来，离开了自己的身体，每根汗毛都已经立了起来。

那七八条黑影，从我们的腿边一穿而过，狂吠着扑向耗子身后的几头黑影。原来是新建点里老职工养的那些狗，扑向了跟在耗子身后的几头狼。我举着斧头跟在狗群后面大叫着追狼去了，小瞄儿他们也跟着追、跟着叫。

我突然停下来转身往回跑，边跑边喊：“快跑！”

小瞄儿他们不知道发生了什么事儿，但立即往回跑，这下耗子跑得最快，谁也追不上。就这样，几个人拼着最后的力气跑回宿舍，躺在床上喘气。没几分钟，那几条狗就跑回来了，一条小白狗钻进帐篷来到我脚边摇着尾巴。我来新建点以后就喂这条小白狗，小白狗老是在帐篷门口待着，有时只是它一只，有时是几只，我想方设法找馒头喂它们。

我坐起来说：“耗子，起来给狗找馒头去。”

耗子说：“都几点了，食堂早锁门了。”

我说：“锁着门也得进去拿馒头，这几条狗救了你的命，你知道吗？”

耗子说：“我看见后边跟着野兽，估计是狼，你们跑得太快我追不上，哪有喊的工夫啊！”

耗子的口气好像很生气。

小眼儿说：“追不上？妖怪说快跑，我们追不上你是真的，你怎么跑那么快？”

耗子说：“我操，我也不知道。我总觉着狼就在我身后。”

小眼儿说：“狼就挑个儿小的，你又在后面，狼爪子一搭肩膀，你一回头，咬断气管，几头狼一拖，进了草地上哪儿找你去。”

我对耗子说：“别废话，走。”

耗子跟着我来到厨房，撬开窗户进入食堂找馒头。

小白狗趴在我床前啃馒头，其他的狗叼着馒头跑了。小白狗是只母狗，和它一起的那几只都是公狗，二八月是闹狗季节，那时我还不知道闹狗是怎么回事，只看见跟在小白身边的都是公狗，跟着跟着还互相撕咬。小白狗一身白色，但是不纯，身上有一些芝麻似的黑点，嘴巴比一般的狗短一些，耳朵很小，垂着，跑起来耳朵一扇一扇的。司务长猴三儿不让拿馒头喂狗，可我和花姑娘不听那一套，到处找馒头。黑牡丹找馒头特积极。

天天听见黑牡丹说："喂！谁有剩馒头？"

有了馒头她还得亲自喂，她说她没来东北前没见过狗，因为动物园里有狼没有狗。

第四节　大豆摇铃　全体腰疼

秋天已经占领了整个东北，柞树叶红得像火焰，野草变成金黄，天空透亮蔚蓝，渠水清澈涓涓，风动豆摇铃，鸟鸣余音远。东北的秋天来得突然，好像一夜之间就来到你面前。

早晨吃过饭，新建点的大部分人集合去割大豆，头天发的镰刀是花姑娘替我领的。割大豆的地点离我们昨天遇狼群和狗群的地方不远。来到地头，由半头砖给大家做示范，他讲了几句话，谁也没听懂，看他比画的意思是割大豆的技巧。老职工和大知青没听他讲就去分垄开镰，每人拿四垄，半头砖还没示范完，老职工已经割出几十米远。小知青们拉开距离，每人拿两垄。

我也弯腰开始割大豆，这一弯腰弯得浑身痛。昨天八十里路，走得腿肚子疼、腰疼，大哈腰纠得身上的肉像拽着筋那么疼。

大豆长在垄上，割大豆双脚站在垄沟里，弯腰骑在垄上向前走。镰刀割多远，脚步跟上，一手镰刀割，一手抓住大豆向镰刀反向按去，再把割倒的大豆集在身边，形成一个小堆，将来再集成大堆。割大豆是边走边割，头向前一探一探的，肩膀和双脚形成四十五度角以上，上身完全靠腰儿拉着。我割不了几步远腰就酸痛，想多坚持一会儿，可腰真的受不了。小知青们都是这样，割不了几步就要站直身子歇会儿。老职工和大知青已经割出了上百米，他们也累，但只直腰几秒钟就算休息了。小知青们最远的也没超过二十米就得休息，一直腰就歇几分钟，有的干脆坐下来休息。我几乎是最后一名，在我旁边的是八班女知青，靠得最近的黑白牡丹都超过我十多米。

黑牡丹不停地叫唤："哎哟，又扎手了。"

我问她："哎，你没戴手套？"

黑牡丹说："没有，我们俩都没有。"

我摘下帆布手套，左手的给了黑牡丹，右手的给了白牡丹，黑牡丹没客气，接过来就戴在左手上。白牡丹执意不用。

我说："我今天腰疼，我不想干了。"

白牡丹这才把手套戴在左手上，因为是反手套，抓握很吃力，但也比扎手好受得多。我站了一会儿又开始割起来，大豆的豆荚上有非常尖的角刺，扎一下还真疼。

白牡丹见我又干起来，她把手套扔给我说："你不是不干了吗？"

我说："你用吧，我就是比画比画。"

白牡丹说："我不干了，你是副班长，你不干不好。"

我急红了脸说："我还有。"

白牡丹说："哪儿呢？"

我立即坐在地上，脱掉左脚的鞋，扒下袜子说："我这袜子是线袜子，很厚，你摸摸。"

白牡丹笑着说："臭不臭啊？"

黑牡丹说："肯定臭。"

我瞪了黑牡丹一眼说："臭也没让你戴，我自己戴。"

白牡丹摸了摸袜子说："还真厚。"

我利落地把袜子戴在手上。

白牡丹哈哈笑出了声。

我故意用左手抓挠，白牡丹左手捂着肚子笑，直到笑出眼泪。看着她笑得像一朵盛开的牡丹，我也欢快地笑起来，忘记了点窝替她出头的不快。

我与黑白牡丹之间是九班长半头砖，我突然发现，这家伙竟然搂着八垄大豆往前割去。他有节奏地探着身子，他的脚步与所有人不一样，大家都是劈着腿向前迈步子，两脚平行。而他，除了脚步向前还穿插着"之"字步、交叉步，很像练八卦掌的步伐和动作。他健壮的身形像一辆小坦克，又像一台小型收割机，他身后留出一条宽宽的、被割秃的土地，像一条小马路那么宽。更不可思议的是他的速度，不比拿着四垄的老职工和大知青们慢，他一直在割，没见他直过腰。

我想，他不愧是班长，就割大豆，恐怕这个新建点里无人能及。我是副班长，不能落在班里其他人的后头，我一咬牙，模仿着半头砖的动作，身子一探一探地向前割去，腰疼也不直腰，实在坚持不住时就把两只胳膊顶在膝盖上休息一下腰。不怕慢就怕站，眼看很快就追上跑在第一的小知青了。

我一口气追上了跑在最前面的小知青，那是一班长一本正经。他远远望见我追上来有意识地加快速度，我紧咬着追，两个人僵持着并行前进。忽然我前面有十来米的大豆让人割了，我得以超过一本正经。又一会儿，我前面的大豆又少了十几米，我在小知青里已经第一了，抬头望见半头砖正在搂着十二垄向前割。天哪，原来半头砖割一会儿八垄，割一会儿十二垄，他也在帮白牡丹割大豆。这个班长神了，他怎么能割得这么快？

大家原地休息了半个小时，半头砖没有休息一直在割，一千五百米长的大豆地，他已经前进了一多半，他快要追上那些老职工和大知青了。到了中午吃饭的时候，他已经割到地头了，他调头往回又是搂着八垄割，这八垄是帮八班女知青割。这时送饭的来了，到了吃饭时间，割到地头的人走回来，大家坐在地中间吃饭。

自从我们从走板儿那儿回来以后没几天，我在那儿要光棍的事儿就传出来了，虽然我们自己没说，传言还是成了走样的小故事。九班的知青对我有两种反应：大多数是佩服、服气；有两个人不服气，一个是点窝，一个是臭袜子。点窝在学校就知道我，我也认识他，来到东北我们互相很是客气，但不是刚刚认识的那种朋友、哥们儿的感觉，而是情感大大保留的那种生分。臭袜子则是一百个不服气，本来我小他五六岁当他的副班长，让他很是恼火，再加上这又是他没有亲见的故事，他越来越想亲眼看见或亲自领教我的张狂。他时时以挑衅的言语和行为流露他的不屑。我对他俩的心态没有任何警觉，只觉得是个人秉性问题不作理会。九班长半头砖没在九班干几天就被调走了，班里加上我剩下十七个人，我开始独立领导十六个人，能够直接参加连长召开的工作会议，回到班里向大家布置安排工作反而比过去更觉顺畅轻松。唯一不快的是，点窝、臭袜子不配合，这让我也很恼火。

点窝与大多数知青不同，遇事总想拔个尖儿，整天骂骂咧咧，叫这个给他打饭，叫那个给他洗衣服，见谁都要烟抽。万事通成了他的使唤“丫头”，被指使得团团转，很是可怜。有时点窝也指使老实人，老实人不理他他就骂，老实人还是不理他。

点窝有时威胁老实人说：“我看你丫是找打。”

老实人仍然和没听见一样，我几次想制止，还是顾忌在班里和点窝打架不方便。

点窝也想使唤我，我只是不阴不阳地说：“你老实待着吧。”

每当此时，我便怒火中烧，浑身颤抖，心里想，我要不是副班长，一定和他大打一场。好在点窝对我不敢太嚣张，说话很少带脏字，我就一个原则——针尖对麦芒，对点窝毫不客气，点窝也很恼火，似乎时刻有与我一决雌雄的架势。

割大豆到了第三天，腰痛的人越来越多，有的知青从早上上班到中午吃饭几乎是原地未动，弯不下腰，腰弯到四十五度时就像折了一样痛不可挡。好像女知青比男知青更能吃苦，她们虽然动作慢，但停下的时候比男知青少，今天很多女知青远远跑到了男知青前面。男知青弯腰费劲，有的人不时蹲着割几刀，坚持不了多长时间又站起来和近处的人聊几句，眼睛懒懒地四处张望，离女知青近的男知青都有偷望女知青的意图。女知青割大豆的动作模仿男人，岔开双腿，移动脚步的速度都很快，那些仍然保持姿态并拢双腿的女知青移动脚步的速度要慢很多。男知青偷窥的不是脚步，而是她们高高翘起的滚圆的臀部。女知青好像觉察到男知青的偷窥，都尽量跑得远些。

第五节　脚陷泥泞　冰冷刺骨

秋风从远远的西北而来，所到之处一派萧瑟，山林大地动容失色，飞禽走兽畏畏缩缩。新盖的房子已经基本干透，知青们盼望已久的住上房子的愿望实现了。每间房子可容纳十七八个知青，前排四间是女知青，后排四间是男知青，一班不动仍旧住帐篷，把原来帐篷里的隔断去掉，把两排上下铺改成大通铺，帐篷显得明亮了许多。

我没有抢到下铺，等我搬东西时，九班知青已经都搬完了，只给我留了一个上铺，那根捆脚的绳子改成了防备从床上掉下来的围栏绳。新房很宽敞，上下床铺有十八个，还有一个放行李、箱子、杂物的架子，点窝抢占了靠里面的一张下铺。屋子中间有一座火墙式的炉子。

天凉了，蚊子不知道跑到哪里去了，大家把蚊帐都收起来了。以前知青们在蚊帐里聊天儿，谁也看不见谁，现在聊天儿可以看见对方的表情动作，聊天儿生动活泼，你看着我我看着你，新奇快乐。食堂的伙食没有什么变化，新建点不知道为什么没有种菜，还是从外面拉回来的大萝卜。连里在山脚下盖了一间菜窖，整车的萝卜往里装。点窝天天骂街，骂伙食、骂萝卜汤。在帐篷里顾忌隔壁女知青，特别是顾忌白牡丹听见，搬家以后他好像突然变得加倍凶恶，我听到他骂人心里就非常不舒服，小瞄儿、小眼儿也都很生气，耗子几次要暗算点窝，打算用袭击的办法招呼他，被大家拦住，因为点窝背后也有一群兄弟。

臭袜子还是不阴不阳，他抢到了西头儿的下铺，和点窝各占一头儿。割大豆让他更是骄傲得不行，偶尔也使唤新来的小知青干这干那，老实人对他也是不说话。但老实人割大豆已经追上了老职工，他是新来小知青里割大豆最快的几个之一。他和小眼儿、耗子关系很好，小瞄儿和他也说得来。在九班，老实人除了和我亲密，就是和花姑娘最热情。在新房子住了没几天，花姑娘就和我旁边的知青换了床位，为的是和我聊天儿方便，忘了我睡觉乱蹬乱踹的毛病。

在还有五分之一的大豆没有割完的时候下了两次小雨，大豆地里非常泥泞，原本收割机还能在条件好的地里收割一点儿大豆，因为收割剪不能垂得太低，所以浪费很大，机械作用不能有效发挥。加上雨后地湿压出很深的车辙，收割机割豆不但浪费严重，还把平整的地块压得乱七八糟。这样，就只能完全使用人工了。在一些低洼地段，人也会陷在泥里，鞋袜都被浸湿，晚上回到宿舍还要刷鞋。后来大部分男知青晚上不刷了，第二天湿着穿上下地。没几天工夫宿舍里臭鞋的味道弥漫，呛得人喘不过气来。进入十月，大地开始结冰，还有一点儿大豆没有割完，早上踩着冰霜割大豆，薄薄的冰层禁不住人踩踏的重量，脚陷在泥水中冰冷刺骨。

现在知青们割大豆的速度都很快，虽然割大豆是比较艰苦和劳累的活儿，但是男男女女在一起，男的都希望早些完成自己的那一份，回头帮女知青的忙，赢得对方一笑就是急速飞镰的动力。男知青接应女知青要张望一阵，看看对面是谁，也有接应错了的，但第二天依旧帮女知青。小瞄儿、小眼儿是在武装班，离二姑娘的二班很近，每天他俩都抢着接应二姑娘，两下碰头时还能聊上几句。二班有一个女知青和二姑娘关系很好，是哈尔滨人，比二姑娘漂亮，这让小瞄儿、小眼儿很兴奋。

哈尔滨的这个女知青，下地干活儿总穿着一双红色雨鞋，大家叫她小红鞋。她那葡萄珠般的大眼睛被长长的眼睫毛映衬，翘翘的小鼻子，红红的小嘴，一脸幼稚，像童话里的小姑娘。

小瞄儿对小眼儿说：“我看见她就心跳加快，不敢正眼看她。”

小瞄儿本想接应二姑娘，有时接应错了，赶上小红鞋，他总是闪望她一眼扭头就躲到一边心跳去了。小眼儿刚好相反，他一定要和小红鞋聊几句，小红鞋起初不好意思先走，后来一见小眼儿没完没了，也就不客气地打个招呼转身就走了。小眼儿是出名的色迷，见一个喜欢一个，女知青对他有些反感。

我根本不在乎他们俩谁能把小红鞋追到手，因为在我眼里，小红鞋没有白牡丹漂亮。

耗子在五班，割大豆的速度和女知青差不多，有时也能比女知青快一点儿，他谁都不接应，独自歇着。平时和女知青不讲话，见了女知青就躲开，他也知道女知青很难看上他，他个子小，又黑又瘦，长得也丑，索性对女知青不理不睬，也很少议论这些话题。小瞄儿、小眼儿却是见面三句话不离“本行”——议论女知青。为这耗子与他俩几乎无话可说了。耗子和花姑娘关系还不错，原因是花姑娘对女知青经常讥讽，挑女知青的毛病，几乎是苛刻，耗子经常附和，很是痛快，他与花姑娘一唱一和，经常让不同意见者小眼儿说不出话来。说也奇怪，耗子迎合花姑娘，花姑娘从来不拿耗子当回事，两人议论挖苦女知青时，耗子就要享受花姑娘“我去你的”的口头禅，耗子也不理会，若换了别人他一定不干。

第五章　云彩的中间

第一节　排长讲话　哭声打断

傍晚吃完饭，副排长鱼唇通知三排在九班开全体会。九班屋里很乱，到处都是臭球鞋味儿，我把七班男知青放进来，把八班女知青拦在外面。九班的人赶紧收拾屋子，把臭鞋、臭袜子扔到床底下，把散乱的床铺整理一下，这才让女知青进来。九班、七班男知青都挤在靠东面床上坐着。万事通吃完晚饭就躺下了，他体力比较差，连续割大豆的工作他早就吃不消了，一躺下就睡着了，大家收拾屋子也没把他吵醒，男知青坐在床边正好把他围起来。女知青鱼贯而入，个个低着头不敢往男知青这边看，男知青眼睛聚焦在一个个女知青身上，屋里鸦雀无声。最后进来的是副排长鱼唇和一个我们没见过的女知青，这个女知青就是三排长。

鱼唇说："咱们这个，开个会喽，咱们这个，排长从团里回来了，咱们这个，今后在一起工作。她一直是活学活用的典型，咱们这个，前些日子参加团里活学活用宣讲团，到各个地方宣讲，现在回来喽，咱们这个，以热烈掌声欢迎排长讲话。"

三排知青噼里啪啦地拍了一阵巴掌。

排长站在屋子中间，两手捏握垂在肚子前面，操着浓重的天津口音，说话慢条斯理，温柔甜美："战友们，今天第一次见面，我心里非常高兴……"

她讲话太好听了，不像新建点里的其他天津的大知青说话声音又大、语速又快，吵得不行。

排长有一对弯弯的眉，一双黑黑亮亮的大眼睛，双眼皮像假的一样十分扎眼，白里透红的脸庞丰满柔润，两点酒窝像针刺出的那么尖、深，不但好看极了而且甜蜜极了。

排长是个美人儿，虽然嘴唇有点儿厚，但是形状像画出来的那样分明。牙齿洁白得闪闪发光，她的笑使她的眼睛、酒窝、牙齿都透出甜蜜、亲切、干净、漂亮。她是个大个子，超过一米七，而且非常健壮，宽宽的肩膀端着，厚厚的胸鼓鼓的，上衣最上面的三个扣子紧绷绷的，让人担心会崩开。上衣下摆很松，被浑圆的臀胯顶起一道横着的褶皱，隐约可见矫健的腰腹，长腿健壮，虽然滚圆丰满但不觉丝毫臃肿。她比白牡丹漂亮，但她的年龄似乎与掸子相仿。

排长还真是个大个儿美人，我儿脑子里浮现出大洋马的身影，心里想，这是个好看的“小洋马”啊！

她继续说：“以后我们就要在一起战天斗地，在这广阔天地里，在这东北平原，在这三江平原上，建设边疆，保卫边疆，大有作为。”

我虽然在听她讲话，但也时常向女知青的方向张望。突然，我看见一个女知青的侧影，看得目瞪口呆。

这个女知青的侧脸是那么熟悉，和我上小学时的班主任，那个被红卫兵批斗过的女老师很像，从侧面看她那眼睫毛、眼窝、鼻梁、唇尖、下巴、脖颈简直一模一样。我身子动了一下，就要走过去看个究竟，但还是忍住了，因为屋里人太多、空间很小，再要走进女知青堆儿里，大家会以为出了什么事儿似的。我不自觉地看了一下周围的男知青，发现很多男知青的目光都望向那个方向，就连鱼唇的眼睛也是直勾勾地望着她。我想，这女知青应该是全新建点最漂亮的女知青，追到她才会赢得彻底。我目不转睛地望着那女知青，突然，听见身后有呜呜的哭声。

原来是一直在睡觉的万事通在哭，我转身问花姑娘：“怎么了？”

花姑娘掀开万事通身上被子的一角让我看。

我赶忙说：“快盖上！”

这时，排长走过来正要探头往里看，我站直身子挡住她说：“你不能看！”

排长愣在那里有些恼火，表情严肃。鱼唇过来了，我扶着排长，意思是让她躲开让鱼唇看，排长的表情缓和下来，花姑娘还是掀开被子一角让鱼唇看了一眼。

鱼唇转身说：“咱们这个，今天的会就开到这儿，散会！”

满屋子里没人动地方，大家不知发生了什么事儿，沉寂片刻，男知青们都围上来看。

花姑娘大声说：“我去你的，等女的走了再看！”

第二节　下半截紫　上半截蓝

花姑娘这句“等女的走了再看”，比鱼唇说“散会”还管用，女知青们起身陆续往外走，但走得很慢，她们都扭着头往这边看，除了表情，其他看上去像是在追悼会场上的遗体告别。女知青走干净了以后，花姑娘掀开了万事通身上的被子，全屋知青哈哈大笑起来。只见万事通的短裤在膝盖下面，一根白线绳勒在他下身的龟头沟槽里，边上还渗着血渍，白线绳的另一头儿系在窗户的拉手上。那个东西呈紫红色，比正常人粗大很多，一些知青一边笑一边走了。不一会儿就听见屋外“噔噔”的跑步声，其他排的男知青也跑来看热闹，小瞄儿、小眼儿、耗子都到了。他们和万事通在一个宿舍住了一个多月，关系很好，万事通是个很得人缘儿的知青，很招大家喜欢。这时，花姑娘已经解下窗子把手上的线绳，正在解龟头上的线绳，他摸摸这儿，弄弄那儿，不知如何下手。

我说：“去叫卫生员吧。”

万事通说：“别去，这么难看多丢人，你们快想办法啊！”

这时有人在敲门。

万事通大叫：“别进来！”

屋外一个女人的声音说：“我是卫生员，你们排长让我来看看怎么回事。”

万事通说：“没事！”

我出去了，告诉卫生员怎么回事，说的时候结结巴巴，非常难为情。

卫生员说：“这种情况我也不知道怎么办。先抹上一些药水，防止感染，再给他一些消炎药，要是线绳解不开就送医院吧，别让他喝水啊。”

说完她就走了。

万事通的那玩意儿好像又大了一些，大家现在都不笑了，花姑娘一直守在万事通边上，一只手拿着一把剪刀，一只手来回摆弄万事通，可就是没办法。万事通的小弟弟始终立着。

点窝说：“色劲儿真大，都流血了还立着。”

小眼儿说：“花姑娘，你老摸就解不开了。”

花姑娘转头对着小眼儿说：“我去你的，跟我有什么关系，这是肿了。”

八指儿说：“给他腿里夹把斧子可能好点儿，这是断子绝孙的玩笑，不是闹着玩的，缺德呀。”

听八指儿这么一说，知青们你看我、我看你，互相问："谁干的？谁干的？"

臭袜子坐在角落里没有说话，花姑娘把耗子递过来的斧子插在万事通两腿之间，斧子的头儿顶住万事通的小弟弟。

万事通被斧子冰得哇哇大叫："哎哟，凉死我了。"

是啊，屋外夜间已经结冰了，斧子即使在屋里也很凉。过了一会儿，万事通的小弟弟缩小了很多，但是几个大小伙子还是没办法解开线绳。

这时臭袜子拿着一把指甲刀过来说："我试试。"

他用拇指和食指捏住万事通的小弟弟，捏在前面的手指轻轻一掰，看见了白线绳。

万事通"啊"的一声，又哭起来："让我断子绝孙，我跟你丫没完！呜呜，啊哦……"

花姑娘用指甲刀夹住白线绳，没有夹断，又夹了一次才断，所有的人都松了一口气。

我拿出卫生员送来的紫药水递给花姑娘，告诉他抹在流血的地方，花姑娘接过紫药水和棉签开始在万事通的小弟弟上涂抹。

万事通吸着凉气说："啊哦，轻点儿……"

紫药水涂抹在小弟弟的上半截儿，给人怪怪的感觉，一段蓝蓝的，一段紫紫的，在场的知青哈哈大笑起来。那东西像个小长紫茄子，还在一蹦一蹦地动，知青们笑得前仰后合，有的笑得蹲在地上站不起来了，有的笑疼了肚子，一个劲儿地"哎哟"，只有臭袜子一直没笑。

副排长鱼唇来了，问我："咱们这个，怎么样喽？这是搞啥子嘛，开这种玩笑，咱们这个，太过分喽。"

我说："线绳解开了，就是还肿着。"

鱼唇说："连长、排长都没有休息，在等消息，我去告诉他们。有啥子事去找卫生员，咱们这个领导安排她盯着，车也准备好喽，随时出发，走喽。"

鱼唇走了。万事通正在仔细观察他的小弟弟，自言自语地说："这怎么穿裤衩啊，还不染蓝了？我就两条裤衩。"

知青们本来笑累了，都在喘着气，他这么一说，大家又笑起来。

点窝说："那你就垫上纸，就染不上了。"

万事通感激地说："对对，好主意。"

知青们笑得更厉害了，有的干脆坐在地上笑，笑声逐渐变成"哎哟"声，大家的肚子都笑疼了。

我心里想，垫纸是个好主意，这有什么可笑的？连长风流来了，他走到床边看见万事通的小弟弟也忍不住笑了。

他问万事通："疼得厉害吗？"

万事通眼泪一下子流了出来，带着哭腔说："好多了。"

连长见他哭了，伸手摸摸他的头说："小伙子，坚强点儿，明天就好了。"

风流转过身问："是谁开的这种玩笑，搞不好严重了要死人的，这还算万幸，如果残废了，我们怎么向家长交代？怎么向上级交代？怎么向群众交代？是谁做的，明天到连部找我。"

连长说完转头对万事通说："好好休息。"

连长又对我说："有什么情况马上找我，你们安排值班人员照看他。"

我说："好，连长您放心吧。"

连长走了以后，屋里静了下来。

花姑娘皱着眉头说："我去你的，这是谁干的，太损了，要是万事通翻身猛点儿，那是什么后果？肯定废了。谁干的呀？"

臭袜子从他的床上站起身走过来说："是我。"

花姑娘不说话了。

我转身走到臭袜子面前说："欺负人有点儿过了吧，怎么着你说。"

这时小眼儿、小瞄儿、耗子已经把臭袜子围起来了。

耗子在臭袜子身后说："妖怪，打丫的，我看他敢动，我捏碎他蛋！"

臭袜子不自觉地夹起双腿说："怎么着，还想打我一顿？"

我怒火上冲，已经控制不住了。

突然，点窝一把拉住我说："别急，让他说，怎么赔。"

臭袜子赶紧接过话来说："我赔。"

点窝说："怎么赔法？"

臭袜子走到万事通床前说："兄弟，都是我错了，对不起啊，我给你买三条迎春、十个鸡蛋行不行？"

万事通说："没事。还有鸡蛋，我从来了就没见过鸡蛋。行，行，你上哪儿找鸡蛋去？"

臭袜子说："你别管了。"

他转过脸来问我："这总行了吧？"

我说："万事通说行就行。另外，以后知青别欺负知青。点窝，你老使唤万事通，也不合适吧。”

点窝说：“那我也没干损事啊，跟你有什么关系呀？”

花姑娘说：“我去你的，行啦，你们俩较什么劲儿啊！”

我冷冷地看着点窝说：“你也该给万事通道个歉。”

点窝眉头拧在一起眉毛立起，说：“别装孙子了。”

可他突然又说：“万事通，对不起啊，以后不使唤你了。”

原来，他看见我已经挨到床边，右手握着万事通两腿之间的斧子。

第三节 举起斧头 劈向点窝

最开始分班时，点窝和耗子在一起，老七在九班。当连里知道点窝和耗子这俩人都不是省油的灯后，又特意把他俩分开，点窝调到九班又和老七在一起了。点窝霸气得很，无人敢惹，他一来就把最里面的床占了，那床上的知青没敢言语只好去了上铺。老七见点窝来了，也开始狐假虎威。把点窝调来我很不愿意，但这是领导的安排没有办法，心里有火也一直忍着。我知道和点窝迟早会有一战，要不是副班长的角色捆着，我可忍不了这么久。我和点窝叫板时老七出去了，过了一会儿他带着点窝的兄弟们来了。

老七说：“想打架，来吧。”

这时，耗子反应很快，在墙角拿了把铁锹蹿上二层铺，居高临下端着铁锹。

耗子的姿势像端着鱼叉似的，他大声说：“谁敢动，我铲丫脑袋。”

小瞄儿、小眼儿一左一右站在我身边，他们知道，只要我手脚灵活不被制住，我的斧子抡起来谁都害怕。点窝刚才已经输了，老七带人来也打不起精神了。老七是个干吓唬不敢动的人，他眼睛一直望着点窝。

点窝无奈硬撑着说：“就你们这几个小崽子找打呀！”

我说：“要不是‘副班长’的头衔儿捆着我，早灭你了。”

我浑身颤抖，脸色煞白，血液冲顶，那股拼命劲儿来了，我把斧子扔在地上说：“来，你们挑一个人先砍我。”

花姑娘说：“我去你的，先下手为强。先砍老七，孙子的，㞞包一个，还打架。”

这时，小玉说：“你们欺负人还有理啦？都离家好几千里地，忍心吗？”

小玉眉眼拧在一起指向八点二十。

我说："你们不是一直想知道我在走板儿那儿怎么干的吗？今天我就告诉你们我怎么干的。"

我突然捡起斧子劈向点窝。

点窝虽然嘴上从来没有说过怕谁，但对我还是有所忌惮的，他的意识中已有准备，向后急退躲闪劈面而来的斧子，情急之下钻过火墙与墙壁的空当跑到火墙另一端。他躲过了我的斧子，却忘了居高临下的耗子，一股凉风灌顶，铁锹铲在了火墙上。因为铁锹把儿长，碰到屋顶，使铁锹头儿变了向。点窝猫腰就往门口跑，我从另一侧围堵，但因炉子挡着够不着。

这时，花姑娘搂住我喊："别砍死啦！"

老七他们这群兄弟没人敢动，点窝跑到门口抄起了挑水的扁担，他的那帮兄弟拦住他排成一排挡在我与点窝之间，对两边说好话劝架。

点窝的兄弟们不敢动，是因为小眼儿和小瞄儿每人举着一把锋利的镰刀。是花姑娘小声告诉他俩床下有镰刀的。知青的镰刀非常锋利，每天都要磨，曾经有人割大豆时不小心割到胶鞋上，镰刀不但割破了鞋，也顺带割破了脚趾。镰刀举起来寒光袭人，比斧子还可怕。我用力挣脱花姑娘的搂抱，没想到他死死抱住就是不松开，这时万事通光着屁股跳下床，站在我和点窝那帮兄弟之间。

万事通两手张开说："大哥，大哥，都赖我，都赖我，别打啦！"

他光着屁股本就很滑稽，两腿之间那东西又粗又壮还有一段是蓝的，他的样子使在场的人全都由怒转笑。

小玉说："你赶紧上去，小心混战给你那宝贝削下来。"

不知什么时候，小玉手里也举着一把镰刀。

小玉是个很仗义的人，看着不公平的事儿免不了要说话。我和他不是一个学校的，他在铁二中学也有一点儿小名气。平时虽然也很傲慢，但是从不欺负人，他早就看不惯点窝使唤万事通了，也和点窝发生过口角，但始终因点窝哥们儿多而有所顾忌，今天终于有了出气的机会。真要动起手来，他绝不会手软。

这时我扔了斧子，和花姑娘扶着万事通让他上床，万事通"啊哦"地呻吟，大家七手八脚把他弄上床，这小子在众人面前也不觉得难为情，他躺在床上后，知青们又笑了一阵才平静下来，只有点窝一人不笑，脸色铁青。

我对点窝、老七他们说："想打我随时都行，趁我不注意从背后打也行，要打就把我打死，不然你就得死，半夜我把你脑袋剁下来。"

点窝说："吹吧。"

我说："不信就试试吧。今天看在万事通的分上，不打啦，睡觉。"

后来的一个冬天，在森林里伐木时，我和点窝打了一回，打得天翻地覆。这是后话。

我说："都回去睡觉吧。花姑娘，你辛苦啦，今晚你照顾他，明天白天你睡觉。不许给他水喝，尿不出尿来就憋死了。"

小果子说："现在就该给他捂上被子发汗，等尿不出来就晚了。"

万事通让花姑娘把棉袄棉裤都拿出来穿上还盖上被子，棉裤没有完全提上来，棉被也留出了空儿，用毛巾盖住，万事通开始发汗了。

我也很困了，头沾上枕头就睡着了。

第四节　异样感觉　新颖恐慌

早晨，太阳还没有爬上来，天空已经亮亮的了，阳光跃出地平线时世界灿烂。小鸟早已经不在枝头跳跃，很多天前就已经在阳光照耀又背风的地方安家落户了，晨时的鸣叫不再响彻林谷，只有窝前的吱吱细语，寒冷的冬天降临了。

花姑娘大声说："我去你的妖怪，该起床了，我一宿没睡，该换班儿了。"

我穿上衣服，问："消肿了吗?"

花姑娘说："你自己看吧。"

我看了看万事通的伤势，好多了。

臭袜子请了一天事假，吃完早饭就走了。

在食堂，鱼唇和三排长小洋马找到我问："你早上怎么不汇报呢?"

我说："汇报？汇报什么?"

小洋马说："万事通怎么样了？这么大的事儿，你是班长，一早就该汇报，连长还等着呢。"

我说："哦，好些了，但是还有点儿肿。"

卫生员在稍远的一旁问："能上厕所了吗?"

我说："不知道，我没问，昨天就给他发汗，不让他喝水。"

鱼唇说："我去看看。"

排长小洋马说："今天下班你来找我，我跟你谈谈。"

我说："哦。"

知青们开始下地割大豆，大豆早已干透，握在手里，豆子撞击豆荚的声音清脆响亮，脚下的冰碴儿被踩得“咯吱咯吱”作响，到了低洼积水处，脚踩破冰层陷在泥泞里，冰冷刺骨。虽然全力干活儿，但大家没有汗流浃背，脚下仍是寒凉彻骨，若是不卖力气，几乎难以支撑。所以，知青们割大豆的速度都很快。

我割完自己的两行大豆，向女知青的地头走去，我想接应黑白牡丹，这时排长小洋马已经开始接应女知青了，位置就在黑白牡丹附近。她高撅着圆圆的臀部，一左一右地扭动，丰满的大腿随脚步移动而变换位置，两手动作迅速有力。没想到她今年第一次割大豆就这样快，经过几天热身一定会快得惊人，我从心底里很是佩服。

我在挨着小洋马旁边的两垄大豆地里割起来，憋足力气用最快速度奋力追赶，虽然越来越近，但是距离缩短得很慢。虽然我很想再看看她那圆圆的高耸的臀部和那舒展洒脱的美妙身形，但又觉得能追上她会更高兴，于是我身子压得更低，探向地面，这样可以减轻后背和腰的受力，使上身垂下去，增加腰的提拉力，减弱承重力，腰只累不疼。这是半个多月以来摸索出来的，这种姿势可以让我割出三五百米不用直腰休息。

终于，我追到小洋马身后了，直起腰看见小洋马昂着头站在那里，两条黑粗的辫子跑到了前面，露着雪白挺拔的脖颈；宽宽的肩背像盾牌一样坚实，她的背沟已经湿透，上宽下窄的汗渍延伸到腰带下面；上衣下摆裹垂在前面，勾勒出腰胯分明的曲线，愈显臀部丰硕滚圆；笔直的双腿带着健美的气息。她双臂下垂，微微向两侧张开，挽起的袖子露出如玉的手臂，在阳光下极其耀眼。她的前方是金黄的大豆和远处山林中火红的柞叶，她的上方是高远的白云和蓝天。我感觉眼前的人、物、景就像一幅天人合一的绝美油画，绝美无比。

我呆立住了，一动不动，仿佛凝固了，小洋马也凝固了，豆田凝固了。山林和蓝天凝固了，整个世界凝固了。我的眼睛是愣愣的，眼球是不动的，但是我能同时看到小洋马身上的每条曲线和每处凹凸，看到每一株大豆的欢快摇动，看到山林中的每一处色彩，看到浩渺天空的每一层湛蓝，这是我心灵的眼睛看到的全景。我微微颤抖，身上的血液在心头碰撞。眼前的小洋马让我有了一种从来没有过的异样感觉，那感觉新颖而恐慌。

黑白牡丹和另外两个八班的女知青来到近前，其他接应的男知青也与其他女知青碰面，大家高兴地欢呼。我们一起往回走，我和老实人跟在后面。

白牡丹与排长小洋马、黑牡丹和其他几个女知青并行，一路说说笑笑，一些男知青快步超到她们前面走了，我和老实人还是落在后面。

我不时向她们望望，我和老实人不远不近地跟着排长她们，好像心不在焉，其实心里想的是偷看几眼。

我猛然问老实人："你说，新建点女知青谁最好看?"

我问完老实人也觉得不好意思，因为我们之间还没有过这种议论，平时都是旁听别人的议论。

老实人不假思索地回答："老太太。"

老太太是去年和小果子一起来的哈尔滨女知青，中上等个子，将近一米七，微微长圆的脸，是那种欧洲人的雪白肤色，微微泛黄的细发梳拢得很紧，显得额头饱满。细淡的眉毛平直伸至鬓角，丹凤眼，眼皮前半段单，后半段双，有一种冷峻的妩媚。挺拔的鼻子下面，一张湿润的小嘴泛着光。她身段美妙，经常穿的是深黄色的将校呢子上衣和褐色的条绒裤子。论相貌、论形体都是美人，叫她老太太完全是因为她走路的样子。她有比较明显的外八字，走路时脚掌同时着地，膝盖只是微微弯曲，好像不会打弯儿似的。走起路来一顿一顿的，笔挺的双腿推动鼓鼓的屁股一震一震的。老实人说老太太最好看，这倒提醒我作了比较，突然感觉老太太确实超过龅牙，超过白牡丹，超过所有的女知青。我抬眼望望走在前面的白牡丹与小洋马，只是大一号小一号的事儿。

老太太父母都是高干，她的气质里藏有一种高傲的华贵，使我脑海中出现了保尔·柯察金的初恋冬妮娅的影子，即使完全风马牛不相及，可这样的形象感觉却挥之不去。

我说："还真是的，她确实好看，你还真有眼力。"

老实人说："那是。"

我问："八班来新人了，昨天开会我看见一个从来没见过的女知青，她是谁呀?"

老实人说："好像是，我也不知道，好像长得挺漂亮。"

我说："我看见一个侧脸，比老太太好看，她可能是新建点最漂亮的女知青。"

老实人没有抬杠。快到宿舍的时候，黑白牡丹停下来，等我和老实人走到跟前。

黑牡丹说："男的走路快都超过去了，你跟在后头磨蹭什么呢!"

我不假思索地说："看你们走路。"

说完之后也觉得有些不对劲儿。

黑牡丹说："走路有什么可看的？"

我心里说：可看的地方多着呢。嘴上岔开话题说："有事儿吗？"

白牡丹说："你昨晚和点窝打架了？"

我听她问起点窝，心中很不愉快，说："啊。怎么啦？那王八蛋，早晚砍他两斧子。"

黑牡丹说："嘿，你还打架，都当了班长了，得有表率作用，老打架，班长怎么能当好？"

我说："我可不愿意当班长，好多事儿我还得忍着。"

白牡丹说："为什么打呀？"

我说："他老欺负人，让这个洗衣服，让那个倒洗脚水，什么东西。你还跟他好，你就是个傻子。"

白牡丹的脸一下憋得红红的说："你胡说什么哪，谁和他好了？"

我说："没跟他好，他能为你出头和嘬腮打架？"

白牡丹说："嘬腮对我胡说八道，我才告诉点窝的，点窝他哥和我哥是同学，来之前我哥让他照顾我，别让人欺负，所以我告诉点窝了，他去打架我也说他了。"

我说："那你为什么不找我，我也能打。"

白牡丹翻着眼睛说："那时候我认得你是谁呀！"

我也觉得自己说错了，不好意思地说："哦，我晕了，反正我不高兴你和点窝太近。"

黑白牡丹几乎同时说："你管得着吗！"

我心想，白牡丹，你别臭美，老太太和草儿确实比你漂亮，我追她们。

我气呼呼地拉着老实人往宿舍走，没走几步又停下来问黑牡丹说："你们班是不是新来了一个女知青？"

黑白牡丹又几乎是同时说："你管得着吗！"

说完，她俩呵呵地笑着要走。

我一把抓住黑牡丹的肩膀说："你看她像不像咱班主任？"

黑牡丹"哎哟"了一声，甩掉我的手。

白牡丹说："你管得着吗！"

俩人哈哈笑起来，黑牡丹走出几步后，回头说："啊，啊，对，对，真的很像。”

我追着问：“她叫什么，是哪儿的？”

黑白牡丹一字一顿地齐声说：“你——管——得——着——吗！”

她俩哈哈大笑，边笑边走，好像非常开心。

晚饭后臭袜子回来了，给了万事通五条迎春烟，原本答应三条，不知是他忘了还是觉得三条说不过去。又拿出一个饭盒，里面有十个荷包蛋，万事通晚上已经吃过饭了，可他像饿狼一样吃起来。臭袜子给屋里的人分了一盒，这时其他宿舍的男知青为了抽不花钱的烟，也都跑来，我们屋里坐满了人。就在分烟点烟的工夫，十个荷包蛋被万事通吃了个精光。小瞄儿、小眼儿、耗子、花姑娘、小果子、老七、点窝，等等，很多人看着他吃，他却一点儿感觉都没有，等吃光了荷包蛋才发现全屋子的人都在看着他，看得他有些发毛。

他说：“还没尝到滋味就没了，也没什么好吃的，花姑娘给弄点儿水喝，我有点儿恶心。”

花姑娘说：“没有。”

小眼儿说：“你真行，连让都不让，被窝放屁独吞了。”

小瞄儿说：“吃多了就恶心，你都吐了才好呢，正好喂小白，小白怀孕了需要营养。”

小瞄儿说完出去，喊来小白抱进屋。

小眼儿问：“我讲个小时候的事儿，你们愿意听吗？忆苦思甜，是我亲身经历。”

知青们七嘴八舌地说：“讲吧，听听，说吧。”

小眼儿坐在万事通床边开始讲故事。

小眼儿说：“现在吃不上鸡蛋、吃不上肉算什么，天天有馒头吃就很不错了，反正我很知足。粮食困难那年，天天有窝头、天天有粮食吃就是最高兴的事儿了。有一回，我们家好几天没有粮食吃，饿得眼冒金星，每天喝菜汤。不知道我爸从哪儿弄来好多小鱼儿，就煮着吃，没有油星儿，就放了点儿盐，吃着还特香。我哥也不怕烫，也不怎么吐刺，一会儿就连汤带鱼干掉一大碗。我也饿得厉害，怕烫吃得慢，把鱼刺吐了。我妈又给了我哥一点儿，这回他把鱼刺吐了。因为没东西吃，几天才上一次厕所拉一回屎。”

万事通说：“哥们儿，我正恶心呢，你说拉屎。别说了。”

小眼儿接着说：“吃了两天小鱼儿，我哥上厕所，出来进去好几趟就是拉不出，他给我一根自行车条让我帮忙。他撅着屁股哭着说：‘弟弟呀，哥再拉不出来就活不了了。我肚子疼得厉害，又拉不出来，不是疼死就是憋死，呜呜……’我一听我哥哭就急了，我一边哭一边用车条抠，用手抠。突然我哥大声说：‘快躲开！’我看见那情景，又看我双手，一阵恶心狂吐不止。”

万事通开始恶心，他使劲忍着说：“大哥，求你别讲了。”

小眼儿流着眼泪说：“太难受，一辈子忘不了。我妈看见我们的样子问怎么了，我指着我哥拉的说，这是我哥吐的，指着我吐的说，这是我拉的。我妈把晚上喝的菜粥都喷出来了。”

万事通听到这里侧身狂吐，小瞄儿放开小白，小白狂吞，那声音刺激万事通吐了个人仰马翻。他不但吐出了荷包蛋，把晚上的萝卜汤也翻出来了，他一边吐一边摸到迎春烟递给小眼儿、小瞄儿每人一条。小瞄儿胳肢窝夹着烟，把小白弄出宿舍，花姑娘给万事通端来一碗凉水漱口。

万事通又拿出两条烟说：“我留一条行了吧，你们分了这两条。”

知青们开始抢烟，乱成一团，臭袜子始终在他的床铺上歪着抽烟。万事通把最后一条烟给了花姑娘。

花姑娘说：“我去你的，想害我，我不抽烟。”

他转手把烟递给我。我掰开烟的包装拿了一盒说：“我爱抽葡萄的，剩下的你留着吧。”

第五节　排长动粗　妖怪尿了

那天晚上，排长小洋马也没有找我谈话，我也把这事儿给忘了。第二天小洋马找到我说：“你昨天为嘛没来找我呢？”

我说：“你没有叫我，我也不知道你是不是还要跟我谈话。”

小洋马说：“晚上我等了你很长时间，都快十点啦，我们宿舍熄灯我就睡觉了。”

小洋马接着说：“那就今天晚上吧，你吃完饭直接过来找我，我在八班宿舍住。”

这两天，臭袜子一直张罗着给万事通买饭，有时是花姑娘帮着把饭捎回来，臭袜子还帮万事通洗了一条裤子。花姑娘虽然说话不是很讲究，但是对人都很好，除非他非常讨厌的人。花姑娘对每个知青都很好，但他要是觉得谁不好，基本上就不与这人主动说话。他对臭袜子就是这样，不爱理他。这两天花姑娘看臭袜子有很大改变，也稍微改变了一些态度。

我晚上吃过饭，抽完烟，又在宿舍外溜达了一会儿才去八班门前叫门。

我轻轻地敲了几下门，里面传出了黑牡丹的声音："谁呀？请进。"

我进屋站在门口，宿舍里虽然有两盏马灯，但是仍然显得很昏暗，小洋马正在用毛巾擦头发。她刚刚洗完头，因为头发是散开的，显得非常浓密。宿舍的上下床里，女知青自己干自己的事儿，对有人进屋没有太大反应。

小洋马说："你等一会儿，我马上就穿衣服。"

这时我才看到，小洋马上身只穿着一件短袖的白汗衫，白汗衫衣襟松散在裤子外面，侧身对着我，她用毛巾裹着头发用两只手搓。我看见它白白的脸蛋儿下，白白的脖颈与白白的肩膀相连，看起来与白天完全不同，我看得有些不好意思，赶紧转头看别处，但是，到处是女知青。

我说："排长，我到外面等你吧。"

小洋马说："好，我马上来。"

我跟着小洋马来到连部，她掏出火柴点燃马灯，我们两人在一张桌子前对脸坐下来。马灯照在她的头发和脸上，显得皮肤红润，像是浓妆艳抹地化了妆，蓬松浓密的头发遮住少半个脸庞。我看直了眼。

小洋马说："我说，你看嘛哪。"

我仍然盯着她说："我没看什么，我是在看你。"

小洋马说："我有嘛好看的，别死盯着看。"

我说："你是我的排长，还怕我看你，我是看你白，白天看你的白和晚上的白不一样。"

小洋马说："嗨，我不怕你看，要看你就看，你是班长别嫩么（那么）没正行啊。再说我也不白，跟别人比还差得远，我不怕你看，你愿意看就看吧。"

小洋马浓重的、纯正的天津话，加上她不急不慌、慢慢悠悠的腔调非常好听，像在唱歌儿。我突然想起一首当时很流行的歌曲："月亮在白莲花般的云朵里穿行，晚风吹来一阵阵快乐的歌声，我们坐在高高的谷堆旁边，听妈妈讲那过去的事情……"

小洋马的酒窝一闪一闪的，嘴里慢条斯理地说："以后我们就要在一起，在这广阔的东北平原、三江平原，战天斗地，保卫边疆，建设边疆，我们应该互相帮助，这是我们知青之间应该提倡的。"

她接着说："万事通怎么（怎么）样了？不会有嘛大事吧？"

我说：“昨天晚上肿得很厉害，疼了一宿，他说他也没怎么睡觉，得休息几天。”

排长说：“我也不好去看他，你替我说一声，就说让他好好休息，好利落了再上班。”

她问：“是臭袜子干的？”

我说：“是啊，你怎么知道的？”

小洋马说：“事儿一出我猜就是他，这个臭袜子没正行，没有大知青的样儿，这事儿我也不好说他，让副排长好好说说他吧。连长也找他谈话了。”

小洋马话锋一转说：“现在我得说你几句。”

我说：“我怎么了？”

小洋马说：“你们班的知青够调皮的，开玩笑都没边儿了，听说你也够调皮的。”

我不明白她在指什么，疑惑地说：“我怎么了？”

小洋马说：“你跑到别的连队去打架，武装排要把你扣起来，要把你送到团部，当时我就在团部。”

我想解释一下，又一想事情已经过去了，还说它干吗。

小洋马接着说：“当班长，要有表率作用，除了干活儿作表率，其他方面也要作表率。”

我一会儿观察她一闪一闪的大眼睛，一会儿又看着它一闪一闪的酒窝儿。我还是第一次这么近地看着她说话。她的天津话，真是炉火纯青，说得慢慢悠悠，腔调总是像在提问题，又自言自语地回答问题，好像音乐里的“哆瑞咪发梭拉西哆”她都用上了，笑的时候两个酒窝儿更是耀眼，会让你感到很亲切。

她说：“在知青里，你的年龄最小，又当了副班长，班长调走了，你就有班长的责任，这对你确实有难度，除了表率作用，你还要学习工作方法。要讲究团结，我们都是来自五湖四海，为了一个共同的革命目标走到一起来了，打架不能解决问题，要做思想工作，讲道理明是非。”

我感觉，小洋马像是在唱歌儿，又像是在读文件，感觉又好听，又有些别扭。

小洋马说：“我说你怎么回事，你眼睛干嘛呢？不老实。”

我说：“你挺好看的。”

小洋马瞪起眼睛说：“你怎么没有正行，和你谈正事，你怎么胡扯呢？”

我争辩说：“我没有胡扯，我说的是真的，你是新建点里最漂亮的，白牡丹没你好看，二姑娘也没你好看，还有小红鞋、白桃、卫生员都没你好看。”

排长说：“你没事老琢磨女知青，你问题不小啊。”

我说：“我没说完哪。你和掸子、老太太差不多，你们算是最好看的，还有新来的那个八班女知青。新建点真是美女如云，你在云彩里靠中间。”

小洋马生气地说：“你这死孩子，没正行，再胡说我撕你的嘴。”

她生气的样子一点儿也不可怕，倒像是在着急。

她接着说：“以后别再议论女知青谁好看谁不好看，这是资产阶级思想，要批判。”

她叹了口气说：“你年龄太小了，班长不好当，你以后有嘛事儿，直接找我吧。跟你谈也谈不出嘛来，回去吧。”

万事通休息的第三天，小眼儿被小洋马叫到连部，晚上吃饭时才离开。他吃完饭来九班，一脸的愁容。

我问他怎么回事，小眼儿说：“排长和副指导员审了我一天，中午就给了一个馒头，问我有什么社会关系，问我们家有没有被关押的，有没有被批斗的，还让我写检查，说我对社会主义不满。”

我说：“到底为什么呀？”

小眼儿说：“排长是因为前天晚上我讲的故事，她说是污蔑社会主义制度，还让我写检查，说写不好就处分。”

我转身直奔八班宿舍去找小洋马，敲过门后听见里面说：“找谁呀！”

我说：“我找排长。”

一会儿小洋马出来了，她问：“嘛事儿找我？”

我有点儿紧张，一时不知道说什么好，红着脸说：“我有事儿和你说。”

小洋马出了宿舍，我俩在宿舍外面对面站着，突然，我想起一句话顺嘴就冒出来：“小眼儿是个好同志！”

小洋马愣了一下说：“哪儿好？他讲故事没有阶级立场，旧社会吃草根、树皮，新社会没饭吃，政治立场哪儿去了？”

我说：“什么阶级立场、政治立场我不懂，有时间你给我们讲讲。我也有吃不上饭的时候，我们没粮食的时候，还吃过菜根、树叶。树叶我们院里的人都吃过，好多人都浮肿了，这跟新社会旧社会有什么关系？”

我喘了口气又说：“你们天津人没吃过树叶？”

排长小洋马有些吃惊地看着我，脸上的酒窝消失了，她有些生气：“你说你恁么学习的，连这个都不懂，你跟我来，上连部我和你好好谈谈！”

我们一前一后往连部走，小洋马走在前面，像个女兵，胳膊摆动有力。

来到连部，我刚刚坐下，小洋马就说：“你这个班长，当得不够格，这么简单的道理你都不懂，在社会主义国家，老百姓吃树叶，能体现社会主义优越性吗？你那意思是，我没吃过树叶就不是劳苦出身？”

我说：“没说你不是劳苦出身。”

小洋马说：“我们家，除了我大爷是军人，我是兵团战士，其他人都是工人阶级。我没吃过树叶，我也没吃过菜根。毛主席领导闹革命，建立了社会主义新中国，让劳动人民翻身解放过上了好日子。小眼儿没有阶级立场，把社会主义说得还不如旧社会，这是攻击社会主义，他讲的是让阶级敌人拍手称快的事儿。这么严重的问题你不汇报，还替他说话，不要忘记阶级斗争！”

我说：“吃了就吃了，不信你就去我们家那边问问，这和阶级立场、阶级斗争有什么关系？你没吃过，不等于别人都没吃过。”

小洋马一时说不出话。但看得出来，她很不高兴。

小洋马说：“我上回恁么跟你说的，当班长要处处带头，你可倒好，处处是毛病，你的思想有问题，也要好好检讨。”

我说：“我不检讨，这个副班长我不当了，除了多干活儿、多操心，有什么好处！”

小洋马摇着头说：“你瞧瞧你，你说的是嘛？我们上山下乡是干革命来了，不是找好处来了，当班长，是要作贡献，不是捞好处。班长不是说当就当，说不当就不当的，就你这思想，一定得检讨。”

我不说话了，心里想这么简单的道理，排长怎么不懂呢？

过了一会儿，小洋马见我不说话，态度有点儿不耐烦了：“恁么不说话？你要不检讨你的思想，今天就别回去睡觉！”

我听她这么一说，站起身来就往外走，小洋马站起来，一把拽住我的胳膊说：“嘛去？你脾气还不小，想要耍浑哪，跟我抡斧子？”

我挣扎了几下，愣没有挣脱，感到特别尴尬，不知是羞还是恼，脑子里出现了大洋马的影子，嘴里不由自主地嘟囔了一句：“你就是个小洋马！”

小洋马把我的身子扭正了面对着她：“你说嘛呢，大声点儿，什么马？”

我被她的双手钳住，根本动弹不了，我从尴尬不好意思转为愤怒，大声说：“小洋马，你……你就是个小洋马！”

排长松开手不解地问：“你说的是什么意思？你说的什么意思？什么叫小

洋马？”

我不由自主地向后退了两步说：“你和大洋马一样，只不过你没她个儿大，所以你是小洋马。”

排长愣在那里，半天没有动，一会儿她长出了一口气，坐在桌子边上说：“你们男知青就是这么看我的？就是这么说我的？”

她低下头有意无意地瞟了几眼自己鼓鼓的胸和滚圆滚圆的大腿，嘴里嘟囔着：“我就那么难看？就是胖点儿，也不至于像大洋马呀。”

她突然抬起头问：“谁这么缺德，给我起的这个外号？”

我昂起脖子英勇地说：“我起的，就是刚才起的。”

排长眼睛一亮，听我这么说，她不但没有爆发，反而有些兴奋：“你刚才起的？”

我说：“啊，是啊！”

排长长出了一口气，不急也不恼：“你说，我怹么得罪你了，我问你，你有姐姐妹妹吗？”

我点点头。

排长接着说：“假如你姐姐也是知青，男知青给她起外号，你心里舒服吗？”

我不语。

排长又说：“怹么不说话了？你明白了吧。”

我看看排长，觉得她好像比刚才火气消了，虽然脸上没有了酒窝，但是刚才瞪起来的大眼睛，现在眯起来了，妩媚的眼睛水汪汪的。

我不那么理直气壮地说：“给你起外号是我不对，可你让我检讨，还什么阶级的，我弄不明白，反正觉得很严重。”

排长赶忙接过话来说：“我嘛时候说严重了？我就是说你思想有问题，谁的思想都有问题，我的思想也会有问题，有了问题认识了就完了，有嘛严重？”

我说：“不严重就别让我检讨了，我以后注意不就行了吗？”

“哎，这就对啦，这不就完了吗。”排长很高兴地对我笑着说。

排长接着又说：“你不用检讨了，小眼儿还得批评他！不过这个任务交给你了，你看行吗？”

我点着头说：“行是行，不过我不会批评人。”

排长说：“这有嘛，就是说他两句就行啦。让他别再讲吃糠咽菜的事儿，多讲过年吃好的、穿新衣的事儿。”

我转身要走，排长拦住说：“你先别走啊！我的外号恁么办？”

我说：“挺好听的，我觉着挺像的。”

排长脸通红，瞪大眼睛说：“哎！你个死孩子！”

我赶忙说：“我不是骂你，我觉得，挺好听，我说了全新建点没有几个能比你更漂亮的，和你差不多的有撣子、老太太，你们几个就是新建点最好看的女知青。”

排长眯起眼睛说：“没听说过，都成小洋马了还好看？”

我说：“真的挺好听的我觉得，也挺像的。那我再给你起个别的外号，叫大美妞！”

排长小洋马脸上又出现了酒窝，她笑着说：“你个死孩子，再胡说我撕你的嘴，你才多大呀，恁么嫩么坏呢！”

我认真地说：“我是说真话。”

排长说：“嘛真话，这要是在连里传开了，多不好意思啊。我跟你说，从现在开始，‘大美妞’‘小洋马’一个都不许说出去！你要是说出去了，我跟你玩儿命，你听见了吗？从职务上说我是排长，你是班长，从年龄上说我是你姐姐！”

我心里想，她倒是有点儿像我姐，我姐脸上也有酒窝，我想起了姐姐去了三线，不知道生活得怎么样。

排长小洋马大声说：“哎！哎！你想嘛呢，你听见我说什么了吗？”

我说：“听见了，忘不了！”

第六节　等候美人　貌似天仙

小瞄儿自从看见了小红鞋，就总是找机会多看她几眼，经常打完饭就站在食堂门口吃，除了干活儿偶尔能见到小红鞋，在食堂看见她的机会最多。小眼儿自然跟着，他要看的人太多了，一边看一边议论，谁谁眼睛好看，谁谁嘴唇好看，谁谁个子高，谁谁身条好。他俩经常在食堂门口“站岗”。小瞄儿如果看到了小红鞋会立即转身走开，小眼儿则是眼睛直勾勾地望着，直到看不见了为止。经常是小瞄儿跑过去用脚踹他，他才能转过神儿来。我、耗了、花姑娘和万事通，很有女知青缘儿，一些女知青遇着我们，总是和我们打招呼说几句。见到我要么叫“妖怪”，要么叫“九班副”，管耗子叫“小耗子儿”，耗子就跟没听见一样，一副不卑不亢的样子。万事通总是首先和女知青打招呼，女知青要么笑笑，要么“哼”一声了事。花姑娘总是低着头走路，比淑女还淑女，总是一副臊得不行的样子，别说和女知青打招呼，连看都不敢看，女知青看见他总是偷偷笑他。

这两天，我也加入小瞄儿、小眼儿在食堂门口“站岗”的行列，也开始等，我要等那个八班新来的女知青，说来也奇怪，连续两天六顿饭，早来晚走愣是没看见。

花姑娘问我：“你也犯色，你想看谁呀？”

我说：“我想看八班新来的那个女知青。”

耗子说：“我他妈还想看哪，我可不在这儿站岗。”

花姑娘说：“我去你的，什么新来的女知青，我怎么不知道？”

万事通说：“就是八班新来的，北京的，好像是东二中的，特漂亮！”

万事通接着说：“今天晚上，演电影儿，革命样板戏，快走吧！”

听说要演电影，我拔腿就往宿舍跑，这是来东北的第一场电影，又是我酷爱的样板戏，我一下兴奋起来，要洗洗头，干干净净的，提前抢个好位置。我从床下拿出脸盆，又飞奔到水房去打开水。水房高高的炉子旁边，站着两个女知青，其中一个就是我等了两天一直没等到的那个女知青。我呼呼喘着气血液沸腾，心头像有一把大锤猛烈地敲击，我愣愣地看着那个女知青，她美得像天仙，我僵直在门口。

那个女知青咯咯地笑起来说：“这就是九班副吧，你怎么这么喘呢？”

我只是呆呆地看着她，脑子里一片空白，明明听见她在和自己说话，但又不知道开口。

她端着一盆热水来到我身旁说：“九班副，让一让。”

我机械地靠在门框上，那女知青要强行挤过，瞬间身子实实抵在我身上，她故意靠在我身上一下和我闹，一团温柔让我几乎窒息，一股芬芳让我几乎晕眩，我心头剧烈激荡，她却只留下一串娇脆欢爽的笑声。另一个女知青也走了，我呆愣了好一阵儿才醒来，给了自己一记耳光，这么好的机会让自己错过了。她长得太美了。

第六章　天冷了

第一节　大豆脱粒　尘土飞扬

天气已经很冷了，早晨的霜厚厚地铺在地上，风变得非常锋利，宿舍门外的院子里，知青泼的废水已经结冰。目前，全连的主要工作是给割倒在地里的大豆脱粒、机械的保养过冬和人畜过冬准备。

二排和三排负责跟随两台康拜因干活儿，配合大豆脱粒工作，两个排分别分成白班和夜班。知青们，把小堆儿割倒的大豆，积成大堆儿后，履带式拖拉机拖拽着康拜因收割机停在旁边，知青们用铁叉和木叉把大豆叉进输送带，伴随着康拜因的轰鸣声，大豆被脱粒，秸秆儿被粉碎。机器的灯光刺眼，轰鸣声震耳欲聋，知青们围着康拜因用叉子叉，用双手抱，把没有脱粒的大豆往输送带里扔。康拜因四周尘土飞扬，女知青都戴着口罩，口罩外面有两块呼吸时被过滤在外面的重重的尘土印记，如果没有口罩，这些尘土一定会被吸到肚子里。男知青们很少戴口罩，每个人的脸上都有厚厚的尘土。干活儿出汗，尘土和汗水混在一起在脸上流淌，男知青的脸个个像油彩画出来的小鬼儿。

排长小洋马一开始就冲在前面，双手握着一把木叉将大豆堆儿大团大团地叉起，甩进康拜因的输送带。她戴了一顶绿色军帽，把头发都罩在帽子里，口罩已经滑落在鼻子下面，额头上满是汗珠，冒着热气，她比男知青更能干。

看她满身尘土挥舞着木叉，一会儿都不歇着，胸前后背的衣服被汗水浸透，我有些过意不去，走到她身边，拉着她的胳膊大声喊：“咱俩换换！”

排长小洋马眯起眼睛看了我一眼，回身继续抡起木叉。我很固执地站在那里没动，拽着她的胳膊没有松手，我的胳膊随着她的胳膊摆动。小洋马又抡了几下木叉，见我还没有动地方，没办法，她把木叉交给我，自己退到干活儿的人们围成的圈儿外大口喘气。

我也想像小洋马那样抡着木叉，但是，挑起大豆秸秆的那一瞬间木叉极其沉重，我咬牙坚持努力找寻排长的速度和频率，没多一会儿就满头大汗、衣服湿透了。老实人、花姑娘、小玉，轮流替换。能干十几分钟的男知青没几个。万事通也想试一把，用木叉挑起大豆，他那要坐在地上似的姿势让人发笑。吃夜班饭的时候，我看着小洋马，感觉她似乎很疲惫。

夜班饭是炸馒头片儿和萝卜条汤，炸馒头片儿是大家都爱吃的，再加上干活儿很累，知青们吃起来津津有味，每个人都吃了不少。

吃完夜班饭，大家围着康拜因的灯光一群一伙儿地休息，女知青们都是背对着男知青，她们怕男知青看见自己灰头土脸的样子，她们用手绢儿不停地擦拭脸上的灰尘。我咳出的痰，颜色都是黑的，因为抡木叉的地方离康拜因最近，烟尘非常大，吃土最多，我感觉到衣领里、裤腰里，到处都是尘土和大豆秸秆儿末子，身上刺痒得难受。

男知青、女知青各自围成圈儿聊天儿说笑，在大豆秸秆上有坐着的，有躺着的，有歪着的。排长小洋马半躺在秸秆堆儿上，闭着眼睛休息，好像睡着了。

我环顾四周时发现一个身影，那一定是新来的女知青。她穿着黑色的夹克上衣，黑色的条绒裤子，头上戴着一顶灰色的八角帽，帽子把头发都罩在里面。一条红色的围脖在下巴前系成十字，戴脏的口罩已经不见了，换成了新的。她的脸只露出帽檐下和口罩之间的一条缝隙，缝隙中闪烁着清澈的眼光。虽然，在水房我没有记住她穿的衣服，但是她的眼光似乎早已印在我的脑海里，即使没有清楚地看到她的眼睛，我也能感受到她眼中的光芒。我直直地望着她，她把头扭开了。

休息时间过了，开始干活儿。知青们懒洋洋地站起来，拖拉机和康拜因又开始吼叫起来，排长小洋马又抢了一把木叉，另外还剩两把没人拿。副排长鱼唇只好拿起一把，我也拿起一把。

我把木叉塞到点窝手里大声说：“你用这把木叉，你劲儿大，一会儿换你!”

点窝翻着眼瞪了我一眼，他接过木叉开始干活儿。我走到排长小洋马跟前。小洋马挥动木叉的姿势和吃饭前大不相同，木叉叉起秸秆的时候，要用握叉的右手在大腿上垫一下，手和腿同时使劲，还要使劲扭着身子才能挑起来。我不由分说把木叉抢在手里，挥动胳膊干起来，头也不抬。小洋马也没有再与我争抢。

小洋马没有了木叉，开始用双手抱，又过了一会儿，两个女知青扶着小洋马坐在秸秆堆儿上，收工时两个女知青扶着小洋马走在最后。我想，小洋马一定是病了。我故意放慢脚步等小洋马她们过来。

我问："排长，你生病了?"

小洋马说："我没生病，就是难受，你走吧。"

我还想说点什么，没等我说出来小洋马就不耐烦地说："去，去，去，有嘛毛病也用不着你，早点儿回去睡觉!"

我一溜烟儿地走了。

知青们干活儿并不发怵，发怵的是干完活儿洗澡，早晨用开水的人多，水房的水不见得是热的，还要排队等。我们索性就用凉水洗澡，从结了冰的泉眼中挑回冷水，男知青们光着屁股开洗。洗冰点的凉水澡，感觉不到凉，像是针扎。洗完头，那水已经是黑色的了，再换一盆。也顾不得有没有人看见，推开门光着屁股泼脏水，那时谁也顾不得谁，没有人帮忙，自己顾自己，你光着泼完了，我光着泼，最后一盆都留着，哆里哆嗦地爬上床，搂着被子接着哆嗦。

臭袜子和小果子这两个九班的大知青早已进入梦乡，夜班干活儿，这两个人根本不往康拜因跟前凑，身上的土很少，回到宿舍擦擦脸就睡了。小知青们看在眼里，心里很不平衡，有的在心里骂，有的就骂出了声。

点窝就忍不住，大声地骂着："妈的，偷奸耍滑，我让你们睡!"说着把水倒在臭袜子的床底下，把脸盆扔得叮咣响，钻进被窝儿一边哆嗦，一边嘟囔着继续骂。

我也很想骂一顿，可在被窝儿里哆嗦得乱七八糟，上牙打下牙，顾不上骂人了。我一边哆嗦一边回想夜班的情形，排长小洋马挥舞木叉的样子，被女知青搀扶瘫坐在大豆秸秆上的情形，新来的女知青把头扭开的情形，我想象她的眼睛，那是我以前见过的一双眼睛，现在既熟悉又陌生……

第二节　排长感动　九班仗义

下午三点多钟，隔壁七班的知青们回来了，因为康拜因要在天亮前保养完，夜班才能接着干活儿。隔壁又是挑水，又是洗澡，桶、盆儿叮咣乱响吵醒了九班的知青们。我醒来以后觉得浑身的骨头都疼。

点窝也醒了，他嘴里还是骂骂咧咧："妖怪，你真孙子，说换我你他妈换排长去了，真会拍马屁，我上了你的当了。"

我笑着说：“她是女的，女的里就她一个抡木叉，她好像是生病了。”

点窝说：“活该！当官儿的，就得多干活儿，有病也是装的，你丫的就是他妈的拍马屁，小心拍一手血！”

我沉下脸说：“你别把‘你丫的’‘他妈的’放在嘴边上，不理你就完了；不愿意抡木叉就别抡了，你有本事就坐在旁边看着。”

臭袜子在一边不阴不阳地对点窝说：“你坐旁边看清楚了告诉班长，哪个拍了没事，哪个一拍一手血。”

点窝瞪了臭袜子一眼说：“去你妈的，有你什么事儿？”

臭袜子不冷不热地说：“说话嘴干净点儿，眼睛不大看得还挺清楚，眼睛小每天都看这个，看也没用，帮不上忙，嘿嘿嘿……”

点窝瞪眼骂起来：“装什么孙子，你帮得上忙！”

臭袜子站起来说：“你才装孙子呢！”

臭袜子和点窝两个人开始往一起凑，准备动手。

我拦住点窝说：“你先别动，你把他给我留着，我俩打完了你再打，上次欺负万事通，虽然买了烟、买了鸡蛋了事，今天的事儿我看他怎么了。”

臭袜子听我这么瞧不起他，气得怒发冲冠，立刻要扑上来。

我说：“别急！我昨天干活儿累了，浑身疼，打起来你占便宜，等我有劲儿了，你挑地儿。”

臭袜子大声说：“就今天！”

这时，万事通拦住臭袜子说：“你又没怎么干活儿，现在打你占便宜，改天你们另约，你先给我讲讲，都说拍马屁拍不好拍在马蹄子上，怎么会一拍一手血？”

臭袜子不耐烦地说：“回家问你姐姐。”

万事通说：“我没有姐姐。”

臭袜子说：“那问你妹妹。”

万事通说：“我也没有妹妹。”

臭袜子说：“那没办法，回去问你妈吧。”

万事通立刻回答说：“我也没有妈。”

乱糟糟的宿舍，刚才还被他俩的对话逗得哈哈大笑的知青们立刻静下来了，大家谁也不笑了，都默默地看着万事通，万事通还是一本正经地看着臭袜子。他看臭袜子没有说话，便扭过头来望望大家，看见屋子里的人都在看他。

他似乎明白了："哦，我真的没有，我妈早没了，我已经记不起她长什么样儿了，我三岁时我妈就没了，我家就我爸、我奶、我哥，我哥去了内蒙古兵团。"

臭袜子这回一本正经地对万事通说："那你只能问点窝了。"

点窝的火气好像没了，他说："万事通，你还是问臭袜子吧。"

臭袜子严肃地说："女的长大了，一个月一次，排长肯定是来了，我听老职工说过，她和别的女的不一样，特别多。昨天点窝看见了，我也看见了，老职工们都看见了，她的裤子都透了。"

万事通说："怎么了？"

花姑娘大声说："我去你的，来月经了。"

万事通说："什么叫月经？"

这也是我想问的。

臭袜子说："就是流血了，流那么多血，你想想她还能和平常一样吗？等于在生病，应该休息。等有时间我再跟你说。"

晚上干活儿，共有五把铁叉和木叉，排长小洋马一把也没有抢到，都被九班的男知青抢在手里，九班的知青分为三拨，轮换着干活儿，人人满头大汗。

吃夜班饭的时候我对排长说："排长，你不舒服就回宿舍吧，养好病再干活儿。"

副排长鱼唇还在吧唧吧唧地吃饭，一句话也不说，花姑娘生气地说："我去你的，怎么跟傻帽儿似的呀。"

老实人也愤怒地说："抽丫的。"

点窝直着脖子喊："你他妈的吃起没完啦，你是猪啊。"

鱼唇这才抬起头来疑惑地看着大家说："咱们这个……咱们这个……"

还没等他说完，九班知青都围了上来。我说："排长病了，你怎么连个屁都不放，还让她上班干活儿？"

花姑娘说："别跟他废话，打这孙子的。"

排长小洋马走过来说："恁么啦？你们在说嘛呢？"

我说："你病了，他什么话都不说，还让你来干活儿，我们班的知青都看不过去了，要拍他！"

排长说："我没事，这不关他的事。"

点窝说："关我们的事，他他妈的老职工什么不懂啊，孙子的，连句话都不说，什么东西!”

我说：“排长，你要不回去我们就拍他一顿。”

“对！你要不回去我们就拍他。”男知青们附和着说。

排长有些激动地说：“行，行，那我跟车回去，你们老实干活儿别闹事啊。”

给大豆脱粒一干就是半个多月，滚圆金黄的大豆从康拜因输送带中如瀑布一样流进拖拉机的拖斗中，一车一车地运进场院，不用晒几天就干了，它们在脱粒之前，在豆荚里就已经干得差不多了，干透的大豆被直接装入麻袋封口，嘎斯汽车（对苏联“高尔基”汽车厂生产的汽车的称呼）一车一车地拉走了，大豆好像比小麦更金贵。

排长身体早已经恢复，又开始大声地指挥知青们，她浑身是劲儿，我看着她矫健的样子心里很高兴。她虽然还是泼泼辣辣地和男知青打交道，但是现在对男知青的态度有了很大的转变，关怀爱护更多，赞许表扬更多，她越是这样，大家越是干劲儿十足。男知青都是顺毛驴，禁不住三句好话。

这几天一直在刮风，原来高高的天空被刮得昏昏暗暗。风，卷着小雪纷纷扬扬吹过，这些雪很碎，就像小小的白色沙粒，落在地上被吹得到处乱滚。

晚饭后，我找到小瞄儿和他商量怎么对付臭袜子，小眼儿、耗子都在场。

小眼儿说：“咱们一起上，打丫一顿，打服了算。”

小瞄儿说：“不行，几个人打一个，领导一定不会向着我们，你要抓住理儿才能动手，你打不过他，咱们再一起上，就说大知青欺负年龄最小的知青。”

万事通也探过头来说：“对！你打架得占理儿，不然单位有纪律，违反纪律领导都不高兴，你们两个如果打起来，我马上给他们几个送信儿。”

耗子说：“先下手为强，专门儿打要害，踹蛋，封眼，戳喉结。”

我说：“不拿家伙我没打过架，得预备两个家伙，镰刀或斧子都行。”

万事通说：“动铁为凶，还是用反修棒吧！你们的反修棒都是杨木的，我的反修棒是柞木的，可沉了，打在脑袋上能把他打晕。”

我说：“你们别管了，我等他睡着了再动手。”

我们还没商量完，万事通就回九班宿舍了，他把臭袜子叫到门外，把我们商量如何打他、我要等他睡觉时用斧子砍他的话，都告诉了臭袜子。臭袜子脸色大变。

等我回到宿舍，臭袜子说：“操！等我睡着了再打，那不是本事，有本事就白天找个地方咱俩打!”

我理都没理他就上床睡觉了。

从那天开始臭袜子睡觉睁一只眼闭一只眼的，非常紧张，我越是不理他，他越发紧张，但也确实老实了许多。

万事通告诉小瞄儿说：“我把你们说的话都告诉臭袜子了，把他吓得不敢睡觉，这几天熬得他够呛。呵呵呵，回头我还要吓吓他，我就说妖怪磨了一把非常快的斧子，不知道藏在哪儿了。”

果然，臭袜子更是紧张，他也找了一把斧子磨得飞快，还当着我的面大声说：“操！谁怕谁呀！我这斧子是用坦克的链轨销子做成的，是锰钢的，跟我玩儿斧子你还嫩点儿!”

小瞄儿问万事通：“他不是给你道歉了吗？还给你买了烟、买了鸡蛋，你为什么还恨他?”

万事通说：“我这辈子忘不了他，我也恨他一辈子，他让我太丢人了，以前见了女的我还能说几句话，现在，说话前她们先笑我，我和她们都不说话了，真抬不起头来。”

进入十二月以后，气温骤降，比北京最冷的天还冷，大风降温至零下二十多摄氏度，但知青的宿舍里却是温暖如春，炉子烧得很旺。这两天，新建点开始发棉大衣，说是发，每人要交十五块钱。棉大衣和解放军的棉大衣一样，还有棉胶鞋，棉胶鞋的号码最大的是四十六号。我穿四十四号的，最好是四十五号棉胶鞋，那样就可以在鞋里垫上厚厚的乌拉草，再裹上一块绒布，再冷的天也不会冻脚了。但是大号的棉胶鞋都被抢完了，我连小号的都没有，我只好穿着叔叔给的一双坦克兵皮靴。皮靴的上半截已经被剪掉，成了矮腰皮靴，总算还能出门。

第三节　妖怪被砸　真是命大

近半个月来又下了好几场雪，特别是从昨天开始，下了一场鹅毛大雪，大大的雪片儿好像不着急落地一样，一片儿一片儿地在空中东飘西荡，让知青们见识了什么叫“鹅毛大雪”。雪片儿密密实实地从天上压下来，抬头望去，远远下降的雪片儿越来越近，越来越大，到了眼前却突然又飘走，更不知道从哪儿冒出来一片儿雪花盖在你的眼上。整个天空是白的，大地是白的，所有的一切都被这白白的鹅毛大雪所覆盖。乌鸡钻进以前下的雪里，一动不动地等着大雪把它们埋了，它们要在雪地里过冬。鹅毛大雪盖住了它们的痕迹，远远望去什么都没有。人走得太近了，它们就会从雪地里蹿出来飞走，知青们试着轻轻地走过去还是被它们发觉了，想逮住它们非常不容易。

大雪过后，男知青们被安排到距离宿舍后面几十米的地方伐树，那是一片平缓的山坡。一来，可以用伐来的木头烧火取暖；二来，是为了清出更大的地块，明年还要在这里盖房子。因为参加伐木的人很多，需要有伐木的规矩，保证安全。一般说来，伐木需要两个人拉大锯，这两个人在树的两侧，第三个人站在大树将要倾倒的方向后面，树要倒的时候大声喊出："顺山倒喽！"

在这片平缓的山坡上，到处都是伐木的知青们，每个老职工带着三四个知青。知青们没有伐过树，老职工手把手地教，很快知青们学会了怎样拉大锯，怎样推倒将要被锯断的大树。知青们越干越快，越干越来精神，三五分钟就能伐倒一棵，"顺山倒"的呼声此起彼伏，大树折断的声音清脆响亮。

我穿着那双被剪去靴筒的坦克兵皮靴，在雪地里每走一步都要寻找别人踏出的脚印，否则皮靴里就会灌进积雪，积雪会越灌越满，把脚越塞越紧，慢慢地就把鞋和脚冻在一起了。为了不让积雪灌进鞋里，我在走路的时候躲躲闪闪，行动极为不便，就这样鞋里已经灌进很多雪了。

突然，我身后传来一声巨响，一棵十多米高的大柞树倒下来，树尖像鞭子一样，重重地抽在我的头顶，我重重地坐在了地上。

有人大叫："砸到人啦！"

在场的人都向这里跑过来。我坐在地上眼冒金花，周围的人在我的眼睛里看起来都很小，我就像置身小人国一样。所有的老职工、知青都围在我身边，有人摘下我的帽子看我的头顶。

花姑娘说："我去你的，也没破也没有大包，估计得脑震荡。"

我说："脑震荡是什么样儿？"

有人看我能说话了，说得还挺明白，便说："看来没事。"

大家议论着："没事？真没有事？谁敢说。"

我眼睛恢复了正常，自己站了起来，摸摸这儿摸摸那儿，觉得哪儿都不疼，就连头也不疼。

八指儿说："真命大！脑袋没事？"他接着说："赶马车的鞭子，抽磅秤，鞭梢能抽起六百斤，十多米高的树梢有三指粗，应该是把脑袋抽碎了，他竟然没事，也没个包、也没出血、也不头痛、也不头晕，我真的想不通是怎么回事。”

花姑娘说：“我去你的，你还希望把他的脑袋抽碎了？命大，就是命大。老天保佑。”

八指儿说：“不是老天保佑还真是说不通，班长有灵气呀！”

卫生员来了，他给我听了听，又让我做了几个动作说：“暂时没什么事儿。过两天再检查检查，你要不放心，我看你还是上团部卫生队看看，仔细检查检查，你自己拿主意。”

我说：“我好像没事。”

这时连长来了，他看了一会儿那棵放倒的大柞树，又看看我的头说：“真是命大，也是巧合。一是你站的地势比那棵树的地势要高，树梢下抽的力道减弱；二是你的棉帽子的帽耳朵没有放下来，帽子厚度加大卸掉了一部分力；三是你的两个膝盖没有较劲儿，是放松状态，顺势坐在地上，这几种巧合卸掉了伤害你的力量，我看不用去卫生队了。”

第四节　冻坏双脚　大家呵护

我对花姑娘说：“你赶快用爬犁把我拉回宿舍。”

花姑娘说：“怎么了？”

我说：“我的鞋里灌满了雪，脚冻住了，我现在没法儿走路。”

花姑娘说：“我去你的，你怎么不早说呀！你们快点儿过来，把爬犁拉过来！”

连长说：“把他抬上去。”

我被抬上爬犁，花姑娘、万事通一个拉，一个推，爬犁飞快地跑起来，一会儿就来到了宿舍门前，俩人把我搀扶进宿舍。

我说：“快！找把剪子，把我的鞋剪开，现在我的脚已经没有知觉了。”

万事通说：“那多可惜，多棒的一双皮靴呀？”

花姑娘说：“快找！”

他们到处找剪子没有找到。

花姑娘从床下拿出一把镰刀说：“用镰刀把它割开。”

他让我趴在床上，他俯下身子用镰刀去割皮靴的背面，把我的脚放在他两腿间夹住，正好得劲儿。

万事通喊着：“真割呀，想想有没有别的办法？”

花姑娘说："我去你的，滚一边去！脚没了，鞋再漂亮有什么用！"

皮靴被割开了，还是脱不下来，里面的雪都变成了冰，把脚卡得死死的。花姑娘和万事通每人抱住我的一只脚，用筷子和汤勺的勺把儿把冰抠出来，两个人费了九牛二虎之力，终于把我的脚从皮靴里弄了出来。

花姑娘抄起脸盆儿跑到宿舍外面端回来一盆积雪，两个人开始给我搓脚。我的脚逐渐有了知觉，这种知觉是一种来自肌肤深处的麻痛，这种麻痛逐渐从里往外延伸到了皮肤，一会儿双脚又像放进了开水里，是一种滚烫的灼痛。

晚上，小洋马来到九班宿舍，她来到我的二层铺下。

小洋马说："我看看你的脚。"

我坐起来把双脚垂下来，小洋马让老实人把马灯提过来，她用双手托着我的两只脚仔细观看。一会儿，她用双手握住双脚，在脚趾部位轻轻地捏了两下，我感觉到那是一双柔软温暖的手，暖暖的、痒痒的。她加力握住脚的前脚掌，又慢慢地松开，反复几次。我只觉得小洋马双手触碰之痒和冻脚之痒交织在一起，入骨三分，她双手一握一松，解痒之快感如飞如腾，是难以形容的舒服。

她说："痒得厉害的时候，就自己用手这样用力握再放开，千万不要挠，那样会挠破皮肤引起感染。"

她又问："你的头怎么样？"

我说："有点儿晕，别的没什么感觉。"

小洋马说："你是从头坏到了脚啊。"

宿舍里的知青们都被她逗笑了。

她问我："你那双皮靴呢？"

我说："就在床下。"

她弯腰拿起那双后面被割开的皮靴说："我看能不能把鞋修上。"

说完她提着鞋走了。

我的脚红红的并且肿起来了，自从被花姑娘、万事通用雪搓热以后就奇痒难耐，那不是被蚊虫叮咬之后的痒，那痒处让你找不到。脚上每处的肉都在痒，肉痒和皮痒是不一样的，皮痒上头顶肉痒钻心。为了解痒，我用一只脚去蹬搓另一只脚，这样可以两只脚同时解痒，当痒得更厉害的时候，只好用手抓、用手掐、用手拧。

花姑娘在旁边说："炉子上的水已经很热了，要不然你烫烫脚？"

我说："可以试试，不知道会不会把脚烫掉了？"

花姑娘说："你的脚都已经缓过来这么长时间了，没事。"

我俩一左一右下了床，花姑娘倒了一盆热水，我慢慢地把脚往里放，开始非常疼痛，过了一会儿果然舒服多了。

我说："你这招儿还挺灵。"

花姑娘说："水凉了叫我，我再给你续热水。"

就这样热水泡脚泡了一个多小时，脚刚从热水盆里拿出来，就又开始刺痒。好在我爱睡觉，为了解痒使出的浑身解数使我筋疲力尽，困劲儿上来时，自然也就进入了梦乡。

我睡觉睡得死是出了名儿的，只要睡着了屋里不论怎样折腾，就是敲锣打鼓我都醒不了。早晨起床，我很少是自己醒来的。从当了九班副开始，天天都是老实人叫起床。我身边的花姑娘睡觉也很死，有时花姑娘早晨自己醒来，但他就是不起床，等到我起床了，他才慢条斯理地穿衣服。

第二天，我自己睡醒了，没有人叫。屋里静悄悄的没有一点儿声音，九班的知青都不在屋里。我的脚已经不那么刺痒了，脚肿得比昨天还要厉害。我坐起来，翻身下床，用脚蹬住下铺的床时，双脚胀痛像是有小刀在割脚上的肉。我坐在下铺上正在想今天穿什么鞋，低头寻找时看到床下的那双坦克兵皮靴，整齐地摆着。我拿起皮靴看见被割开的地方已经用线绳缝起来了，用的是那种白色的小线绳，鞋和线绳还被黑皮鞋油擦拭过了，不仔细看很难发现被缝过的痕迹。我想，一定是排长小洋马缝的。坦克兵皮靴使用的是甲级牛皮制作的，后跟儿硬得像铁皮一样，里面是厚厚的毡子还有两层很厚的帆布，要用缝鞋的锥子把它扎透需要很大的力气，我回想起排长小洋马那柔软温暖的双手，那一闪一闪的眼睛和甜美酒窝。

我的脚肿得很大，坦克兵靴子是穿不进去的，看看其他的鞋，又脏又臭，我只好拽出一双臭球鞋趿拉着。想尿尿，屋子外面太冷，我害怕把脚再冻着，于是在床底下找了一个破瓶子。完事之后，想打开后窗扔出去，后窗被冻得结结实实的，只好开前面的窗户，前面的窗户也被冻住了，推了几次才"咔嚓"一声推开了，看看没人，我把瓶子扔了出去。刚扔完瓶子没多会儿，知青们陆陆续续地回来了。

花姑娘抢着说："你的靴子是排长让八班长送来的，好像是排长给缝上的。排长说，让你这两天在宿舍休息，不要出屋，买饭让我们几个帮着你买。"

万事通说："连长也交代了，让你休息几天，等你好点儿了就去厨房帮厨。”

九班的知青都围过来看我的脚，就连臭袜子，也凑过来看。

他说：“冻得还真厉害，真悬。”

我问：“现在是什么时候?”

臭袜子说：“快十二点了。”

我说：“我睡了这么长时间，我刚起来。”

花姑娘说：“你等着，我去给你买饭。”

还没等花姑娘出门，小瞄儿、小眼儿、耗子端着饭进来了。

小眼儿说：“大树砸到人这么大的事儿，我们昨天愣不知道，今天早晨才听说。想过来看看你，他们说你没事，知道你早上得睡懒觉没吃饭，把饭给你买回来了，吃吧。”

耗子说：“你怎么那么笨，后面有树倒下来，你都不知道？如果你被砸死了，怎么跟你们家交代，真吓得我够呛。”

我说：“我也没长着后眼，他们也没喊‘顺山倒’。”

耗子说：“是谁他妈干的?”

我说：“他们也不是故意的，别那么多事儿。”

这时有人在外面敲门，原来是食堂的掸子来了。掸子进屋，脸上没有笑容，还像在食堂一样，对周围的人不理不睬。

她直接问我说：“你要不要吃病号饭?”

我还没来得及回答，万事通、花姑娘抢着说：“要，要，要!”

掸子说：“我又没问你们。”

万事通还问：“病号饭是什么饭?”

掸子不耐烦地说：“面条。”

我说：“我最恨吃面条，我总觉得吃不饱。”

掸子说：“吃吧，是连长让我来问你的。”

我忙说：“真的不用。”

掸子说：“连长估计你今天会头晕、恶心，不想吃东西。”

我说：“没有。”

掸子说：“还是吃吧，晚上我给你送过来，你没有鞋子。”

这时臭袜子很紧张地对掸子说：“刚才还吃了两块馒头呢，没事，不用麻烦你们了。”

掸子说：“我听连长的，还是听你的？我不怕麻烦。”

她对我说："听说你的脚冻坏了，我看看。"

我坐在床上，抬起两只脚，让抻子看。

抻子说："哎哟乖乖，很厉害啊！"

她用一根手指按了按我脚上最红的地方，那地方立刻出现一个白白的点儿，抻子抬起手指时那个白点才慢慢消失，又变成了原来的红色。

抻子说："不要出门哦！好好养着，我晚上给你做面条，要不然我给你烙一张饼。"

我说："好，好，我喜欢吃烙饼。"

这个时候臭袜子一直站在一边看着抻子，抻子没有系围裙，穿一条劳动布裤子，上面是红色的高领毛衣，外面披着军大衣，显得非常得体好看。

抻子走了，耗子说："这女的不错，人挺好的，看着冷冰冰的，心眼儿不错。"

臭袜子说："当然，她属于刀子嘴豆腐心那种人。"

我忽然觉得有点儿恶心，想呕吐，但使劲忍住了，爬上床躺下来，感觉脚又刺痒得钻心，我一边蹭搓着两脚，一边迷迷糊糊地又睡着了。

我被屋里大声说话的知青们吵醒了，大家在宿舍里一边吃饭，一边议论着抻子，猜测她会送面条，还是送烙饼，都在议论着是吃面条好，还是吃烙饼好。知青们一直没有吃过肉和鸡蛋，想吃肉、想吃鱼、想吃鸡蛋的心和想家的感觉差不多。一个多月以前，新建点不知道从哪里弄来几头半大的小猪崽儿，当时小猪崽儿受到了空前的关注。很多知青往猪圈跑，有的把馒头扔进猪圈，有的把萝卜条汤倒进猪食槽子，希望它们快快长大，但是一个多月下来也没见它们有多大变化。

负责喂猪的是一个老职工和一个男知青，老职工有些驼背，大家叫他罗锅。男知青是个大个子，哪儿都很精神，就是罗圈儿腿，所以外号"罗圈儿腿"。大家一说"猪圈二罗"就是指他们两个。因为小猪长得慢，他俩受了很多埋怨，俩人经常蹲在猪圈里看着小猪们瑟瑟发抖的样子发愁，如果小猪春节还过不了百斤，知青们会把他俩吃了。连长已经严令，加强保温，不能冻死小猪。他俩往猪圈里抱了很多草，又用雪把猪圈围起来筑成雪墙，挡住冷风的侵入。猪圈取暖的炉子一天也不敢怠慢，猪和人吃的一样，每天喂的是煮熟的小麦、豆饼和萝卜，只是制作方法不一样而已。

有人敲门，万事通应声说："进来！"

连长风流，司务长猴三儿，还有抻子。抻子手里端着一个瓷盆。

连长笑着问我："怎么样？头还晕吗？"

我说："有一点儿，不过我觉得没事。"

掸子说："快来吃饭吧。"

知青们立刻围了过来，看看自己猜得准不准。瓷盆里有一个碗，碗里装着面条，瓷盆里还有一张烙饼，知青们谁也没有猜对。

我把瓷盆接在手里，觉得非常不好意思。

掸子说："快吃吧，一会儿凉了，侬太瘦了。"

我感激地望了她一眼，她眼睛红红的，似乎要流出眼泪，不知怎的，我鼻子也有些发酸，掸子转身快步走出了九班宿舍。

连长问猴三儿："她怎么了？"

猴三儿对连长小声说："掸子觉得妖怪像她弟，她总是说快两年了没见到她弟弟了。"

连长和司务长走了，我还端着瓷盆呆呆地坐在那里，烙饼的香味儿和面条的香味儿在宿舍中飘荡。

万事通说："你快吃吧。"

我说："我不想吃，你们吃了吧。"

万事通一把接过瓷盆说："真的？"

万事通拿起烙饼说："是用大豆油烙的，焦黄焦黄的，咱们把烙饼分了都尝尝。"

几秒钟，烙饼和面条就被抢光了，臭袜子没有抢，但是他走过来拿过瓷盆说："我把盆儿给食堂送去。"

白天睡多了晚上容易醒来，这天晚上我处于半失眠状态，一会儿睡着一会儿醒来。宿舍外面刮起了呜呜的狂风，一会儿像万马奔腾，一会儿像怪兽路过，一会儿又像温柔的呼唤。风声确实也能够震撼人心！如果你想听，就屏住气，辨别它们的呼吸、它们的呻吟、它们的诉说、它们的温柔、它们的怒吼和它们的狂暴。风最能撕扯人的神经，它会把你托上高高的天空，也会把你甩进深深的峡谷，也会轻轻扶着你在空中飘游，可以脉脉地抚摸你，更可以突然地撞击你，它还可能猛烈地鞭挞你！但是那需要心境和"风情"的统一。

我的内心随着屋外的风声起伏激荡。我感谢排长小洋马、掸子、连长的关心，着迷女知青的新异，憎恶鱼唇、臭袜子的龌龊，欣喜小瞄儿、小眼儿、耗子、花姑娘、万事通、老实人的友谊。忽而，我还想起了将校呢女同学的音容，美丽女同学微露虎牙的笑貌。忽而，我脑子里又闪过父亲的暴打，母亲的絮叨和姐妹兄弟的哭笑。屋外的风还在时缓时急、时强时弱地刮着。我忽而醒来，忽而睡着，就这样在暖暖的被窝里，甜甜的，乱乱的，美美的。

第二天，九班的知青又去伐木了，只剩我自己在屋里，炉子上的饭碗里有两块馒头和一点儿用萝卜拌的咸菜，我没有食欲，坐在临窗的床铺上看着外面的景色。宿舍门前知青泼的废水，已经冻成了一座小小的冰山，几条狗偶尔从窗前跑过，麻雀和一种灰色的小鸟在空地上跳跃，它们在知青扔掉的垃圾堆里寻找食物，偶尔抬起头来向前跳两下，又继续找食。

我无聊地望着窗外，突然想起这两天没有看见排长小洋马，也没有听见她的声音，如果她再来了，一定要当面谢谢她为我修好了皮靴。我又想起了八班新来的女知青，我知道了她的名字，可女知青都管她叫“草儿”，据说她喜欢一种草，这算是她自己给自己取的小名儿，大家就这么叫开了。我努力回想她的样子，但是怎么也想不清楚，明明自己在水房清清楚楚地和她打过照面，又听到了她的声音，可怎么也想不起来她的具体模样。一想到她，眼前就会出现我小学班主任老师的模样，我无法把她俩分开，就连她们那“咯咯”的笑声都无法辨别。越是这样，我越是想再仔细看看她。

中午小瞄儿和花姑娘都没有给我买饭，花姑娘说：“掸子说了，她给你做病号饭，她自己送来。”

大家吃完饭休息了一会儿，就又去上班了，出门的时候碰见掸子来送饭。掸子没有披大衣，还是那条劳动布裤子，裹在两条曲线挺拔的腿上，红色的毛衣勾勒出她秀美的胸腰。那些刚刚出门的男知青，都回头望向她的身后。掸子用手捧着一个小铝盆，里面装着面条。

她把面条递到我手里说：“吃啊。”

我感激地说：“谢谢你啊。”

掸子说：“客气啊。”

我笑了笑，就大口大口地吃起来。

掸子问：“你今年几岁啦？”

我说：“十五岁了。”

掸子说：“比我弟弟大一岁。”

我说：“你弟弟什么样儿？”

掸子笑着说：“很像你，吃东西的样子很像老婆婆。”

说完她呵呵地笑起来。我最不喜欢人家说我像老太太，我低下头不和她说话。

掸子说："你为什么让臭袜子去送瓷盆?"

我说："我没让他去，是他自己要去的。"

掸子说："可讨厌啦，小瘪三。"

我说："是讨厌，我早晚得拍他一顿。"

掸子说："是该打，但我怕你打不过他的。"

我说："那也得打。"

掸子认真地说："你打他的时候，一定要喊我来帮忙啊。"

我说："不用你，以后有谁欺负你，告诉我，我一定帮你出气。"

掸子笑着说："好的，好的。"

她笑得脸上开了花，一扫往日的冷傲。我看着她开心的样子，说："你平时谁都不理，知青都说你傲气得很，我和耗子几个人都觉得你好，喜欢和你说话，喜欢到你窗口买饭。"

掸子说："在食堂什么人都能遇见，要是和来吃饭的贫嘴打交道，有时能气个半死，臭袜子就是这种人。"

我说："你们食堂有个小胖子，特像黑牡丹，但不像黑牡丹那么黑，爱说爱笑的，也是上海人?"

掸子摇着头说："不是。"

我说："我听她的口音和你差不多。"

掸子说："她是杭州人，性格好，跟谁都合得来，其他人就不一定了哦。"

我和掸子聊得轻松自然，越看她越觉得顺眼，无论她坐着还是站着，她的曲线都是那样好看，她动起来时，那些曲线又变换出新的美丽曲线。我顺手拿起一件大衣站起来，展开大衣准备给她披上，她一侧身自己钻了进来，头发触到了我的脸。

掸子和我聊了很长时间，我们讲自己家里的事儿，讲自己家里的亲人，讲自己的亲戚和同学。她说话时语速很快，眉飞色舞，她的两只手掌合在一起，一会儿捂住嘴笑，一会儿又夹在两腿间。她说呀说呀，我几乎插不上嘴。但是我非常愉快地听她诉说，她的声音悦耳，普通话很好，特别是她那明媚的眼睛，一会儿弯弯的，一会儿大大的。她那过长的分头，随着她的动作瑟瑟飘动。

她说："我弟弟从小不好好吃饭，很瘦很瘦的，可你比他还瘦。"

我说："我现在长肉了，觉得胳膊长粗了很多。"

掸子伸手抓住我的手腕举到我眼前说："两根手指就能掐过来还用不完。"

我不好意思地夺回了自己的手。

她接着说："再看看腿，你看我的腿，一条腿要比你两条粗。"

我说："我也想胖一点儿，胖一点儿多好看。"

掸子说："就是嘛。"

我说："你看你就特好看。"

掸子说："我是练过舞蹈的，后来因为我个子太高，说我没有发展，我就去练田径，把头发都剪了，要不是'文化大革命'，我会成为运动员的。"

我说："不当运动员了，怎么还留这么短的头发？"

掸子说："我是习惯了，短头发很好，洗起来方便，总之，好处很多的，所以我就一直这个样子。我要去上班了，以后没有病号饭了。"

我说："没关系，不用。过两天我去食堂帮厨，我们再聊。"

掸子高兴地说："好的，好的，太好了。走啦。"

她拿下大衣盖在我腿上，走到门前拉开门，回头对我笑笑，摆摆手走了出去。

我赶紧凑到窗前望着她，直到她那矫健身影没入前排房子的拐角处。

天气很冷，晴朗的天气太阳还是温暖的，但也只能把向阳玻璃上的冰花化开那么一点点。我的脚上没有合适的鞋子，那双皮靴虽然已经缝好了，可我根本穿不进去，只能趿拉着那双破球鞋。我把球鞋的鞋带儿完全打开并解下来，把脚放进去，用两件破衣服把脚裹住，用鞋带系上，这才敢去外面上厕所，从厕所回来还是觉得脚冰凉冰凉的。脚只要是凉的就不会刺痒，但是脚上的冻伤更加不容易恢复。

第七章　处事毛愣

第一节　得到棉鞋　快乐帮厨

这两天，指挥九班干活儿的是八指儿，他根本指挥不动点窝、臭袜子和小果子。臭袜子这两天对我格外的冷漠，同时还带有仇视，那是因为掸子的缘故。大家都看得出来臭袜子对掸子有意思，我知道掸子不喜欢臭袜子，很想把那天下午我们的对话告诉他，让他死了这条心。可是，我心里又有所不忍，因为臭袜子在掸子面前像个无辜的孩子那么乖巧。臭袜子看到掸子对我格外的好，他不知道那里因为掸子对她弟弟的想念。臭袜子在掸子面前很小心翼翼，但仍然得不到掸子的笑脸。

我慢慢发现，新建点的女知青都很漂亮，除了几个性格怪异的，都非常招人喜欢。男知青和女知青慢慢地越来越生分，原因是彼此更加在乎对方，生怕自己惹对方不高兴，特别是遇到自己看中的人，更手足无措，就像臭袜子那样，见了掸子就不知如何是好。小瞄儿特别在意小红鞋，小眼儿谁都在乎，花姑娘特别在意白牡丹，老实人总是那样不爱说话，心里在意的是老太太。但是自从八班新来了女知青草儿，好像每个男知青都在意她，只要她从男知青身边经过，或者远远地出现，男知青都会向着她的方向看去，直到她消失为止，男知青也没有人议论她，好像她不用议论。

第三天的中午，新建点来了一辆五十五马力的大拖拉机，大大的胶皮轱辘快有一人高了，路上的积雪太厚，只有大拖拉机才能行驶。三排长小洋马从车上下来，径直来到九班宿舍敲门。

我说：“请进来。”

小洋马走进宿舍，把手里用方头巾系成的一个小包袱扔在床上说：“打开，试试。”

我解开包袱，看到里面是一双大号的黑色棉胶鞋，高兴地说：“排长，这下我可以出门了！”

我接着说："谢谢你啊，排长，你真好!"

她高兴地说："得啦，得啦，快试试。"

鞋里有东西，原来是一副绑腿、两块绒布，鞋窝里还有干的乌拉草。

我几乎喊了起来："当初我要有这些，天再冷也没事啊!"

我把脚包上绒布，穿进鞋子，感觉里面软绵绵的非常舒服。

我抬头说："排长，我也有绑腿，就是绑不住皮靴，皮靴的口儿太粗，又滑，试了几次都不行。"

小洋马说："你那皮靴太厚，皮子坚硬，缝起来可费劲了，我把钉子磨细，用锤子钉出眼儿才能缝上。"

我说："不是团里没有棉胶鞋了吗，你哪儿弄来的?"

小洋马说："别提了，我请首长亲自出面找来的，棉胶鞋有，就是大号的没有，我足足等了三天，不过便宜你了，没要我钱。"

我看见她笑得酒窝深深的。

小洋马说："这两天班里没嘛事儿吧?"

我说："听八指儿说多数人听话，就是臭袜子、点窝和小果子不好好干活儿。"

小洋马说："这三个人不好管，你好好歇着吧。"

我说："排长，连长让我好点儿了就去帮厨，我去吗?"

小洋马说："去吧，等好了再去，九班我先带着。"

晚上，小瞄儿他们又来了。

小瞄儿说："二姑娘，白桃，小分，黑白牡丹，她们要来看你，特别是黑牡丹，见了我就问，妖怪的脚还在不?要是掉了，我就帮他做双拐。"

屋里的知青们都哈哈大笑起来。

第五天早晨七点半我准时到食堂上班，杭州的女知青说："九班副，吃饭啊?"

我说："我来帮厨。"

她说："哦，要帮厨就要四点半起床，五点上班的。"

我说："我起不来。"

掸子对小杭州说："去去去，干你的事情，帮厨是来帮忙，不是来当炊事员。"

小杭州脸又白又圆，小眼睛，小鼻子，小嘴，都不占很大面积，所以，显得腮帮子很丰满，因为她的嘴不管是生气还是高兴，上下嘴唇总是抿着，所以，有人叫她“噘嘴”。我更喜欢叫她“小杭州”。小杭州性格外向，一天到晚总是快快乐乐的，只要身边有人就能听见她快乐的笑声。据说她没有任何亲人，就她自己一个人，她的亲人是怎么回事没人知道，你要是问她，她高高兴兴地回答你说“不知道呀”。紧接着就是一阵“呵呵”的笑声，就因为她这种性格，知青们买饭的时候总爱和她臭贫一阵儿，她会高高兴兴地应对这些人。

其实，吃饭的人也是七点多到了食堂，炊事员忙着给大家盛饭，只听见锅碗瓢盆儿一阵碰撞，快八点的时候吃饭的人就都走光了。食堂的炊事员吃饭，然后开始收拾卫生，刷锅、洗盆儿、挑水、抬萝卜、和面。我想要挑水，没有抢到扁担，我要洗萝卜，小杭州说“这是我的活儿”。我不知道干什么好。

掸子说：“你去烧火，把锅里的水烧开。”

靠近门边有两个并排的灶台，灶眼儿和农村家庭灶台的灶眼儿方向相反，为的是炊事员干活儿时和烧火的人互不影响。从烧火的位置可以看到整个厨房的情形。

厨房炊事员一共五个人，这五个人要做一百五十多人的饭。也是因为在这里做饭没有什么复杂的，就是和面蒸馒头，把萝卜洗干净切成丝，每顿饭都是如此，所以，炊事员每天就是这点儿事儿不断重复，非常熟练。

炊事员都是女知青，她们罩衣里面都不穿棉袄棉裤，都穿的是毛衣毛裤，因为食堂里温度很高，再加上干活儿要洗洗涮涮、和面切菜，衣服穿厚了干活儿不方便，而且还会出汗。她们每天穿着大衣来到厨房，把大衣挂在食堂里，换上围裙。除了脚上的鞋是棉的，其他的都是春秋季穿的。

烧火很简单，把劈好的木头板子抱进来往灶眼儿里扔就是了，扔进去的木头板子很抗烧，半个小时加一次都行。我烤着炉火，脚又开始刺痒，我站起来侧身，把身体的重量压在一只脚上，两脚轮换着解痒。炊事员在屋里忙碌着，来回奔走，跨步、弯腰、侧身、挥动手臂，特别是掸子，她的动作协调自然，一举一动都美得不行。

突然，掸子像一阵风似的飘过来，给了我屁股一脚，小声说：“你在干什么？”

我听错了以为她说“你在看什么”。我说：“看你踢我的地方。”

掸子愣住了，没弄明白。

我说：“满屋都是，不过我只看你的。”

掸子突然明白了，她双手捂着嘴笑出了眼泪，炊事员们都围过来问怎么回事。

我说："她说我不好好干活儿，踢了我一脚，没想到踢出了一个屁。"

炊事员们都哈哈大笑起来，掸子笑得蹲在了地上。

要说耍贫嘴我可不白给，在学校曾经气哭过小学老师和中学老师，贫起来没完没了，现在因为当了个班副，这么个小官儿就把我管住了。到了食堂，自己不是什么官儿，是个干活儿的小伙计，贫嘴的毛病就犯了。几个炊事员有事没事就找我瞎聊，上午干活儿到十点来钟，就可以休息一会儿，平时她们都是回宿舍休息，自从我来了，她们就在食堂里头胡扯瞎聊。

她们问我："妖怪，你们男知青晚上在屋里都干什么？"

我说："骂街，吵架，聊天儿，想家。"

她们问："为什么要骂街，为什么要吵架？"

我说："因为没事干，闲的。"

我反问说："你们女知青呢？就不骂、不吵架吗？"

她们回答说："好像也有，很少。"

我说："男知青把骂街、吵架当成是聊天儿。"

食堂的炊事班长是天津人，她是和小洋马一起来的大知青，她的身高中等偏上，长得也很好看，比掸子更加丰满，比小洋马又苗条一些，身形本应很好，但是她的肉很松弛，人显得卸了咣当的。虽然体型很适中，但没有小洋马、掸子她们看着舒服，甚至比黑白牡丹都差得远，说起话来嗓门儿很大，因为她老穿着一件大花格子衣服，大家给她起个外号叫大被单儿。她的嘴像老太太一样，但她并不是下兜齿，而是扁嘴，因此下巴显得很尖。

新建点二排五班班长是个北京来的大知青，他和大被单儿很是要好，虽然两个人从来没有承认过，但传言不断，他们两个似乎彼此心照不宣。因为他们都不承认，所以新建点的领导也没有理由批评和处理他们，但是知青们私下议论得很热闹，说他们请假到有同学的连队去见面。两个人都是班长，年龄相近，但不准谈恋爱的要求是不能逾越的，所以两个人也从来不敢约会，平时只能用眼光互相交流。议论归议论，谁也没有他们要好或谈恋爱的证据。

我帮厨的这几天，每天上午大家坐在一起都要聊上一个多小时，自然这里面少不了掸子，掸子也很少说话只是听。有时她捂着嘴笑，有时翻着眼睛瞪我儿眼，但是她很认同我说的"听胡说八道长知识，看吵架长本事"的奇谈怪论，我有时也很夸张地给她们讲些鬼呀怪呀的小故事，但最吸引她们的还是男知青的话题。

我的脚丫子大部分已经恢复到原来的颜色，恢复得快，这可能与花姑娘每天晚上帮着我烫脚有关，现在只有脚豆儿和脚后跟儿还比较严重，晚上仍然刺痒难熬。帮厨虽然很好玩儿，但我不可能总在食堂帮厨，我有自己该去的地方。临走前，我有点儿舍不得这几个炊事员。她们几乎不让我干活儿，只让我烧炉子，有时大家还帮助往炉子边上抱劈柴。和她们聊天儿非常愉快，我喜欢听女知青说话，北方的、南方的、中原地区的，各有特点。她们慢声细语，笑起来就像潺潺的流水，加上花容月貌，连看带听，在女知青堆儿里只能用一个字来形容，那就是：美！

第二节　与狼肉搏　开除罗锅

罗锅和罗圈儿腿养的猪仍然没有多大起色，一天三顿地喂，长个儿却很慢，意外的是猪圈竟还遭到了大狼的袭击。

一天夜里，罗锅和罗圈儿腿已经睡觉了，突然听到猪圈里有声音，紧接着传来小猪“吱吱”的乱叫声。

罗圈儿腿问罗锅：“这是什么声音?”

罗锅说：“是狗和猪在抢食吃呢。”

罗圈儿腿想：本来小猪长得就慢，狗要再跟它抢食，更会影响小猪的生长。

他起身穿鞋要去猪圈撵狗，只穿了一身绒衣绒裤就跳进了猪圈。只见一个巨大的黑影摁着小猪撕咬，听见动静，巨大的黑影立刻扑了过来，两只前爪搭住了罗圈儿腿的肩膀，伸过巨大的嘴巴，企图咬罗圈儿腿的喉咙。罗圈儿腿已经来不及分辨，伸手抓住了巨大黑影的脖子。这时才知道这不是一条狗，而是一头巨大的恶狼，这巨狼立起来比他还高。罗圈儿腿双手死死地钳住巨狼的脖子，巨狼的两只前爪不停地撕抓罗圈儿腿的胳膊。幸好够不着罗圈儿腿的脸。罗圈儿腿的头努力向后仰着，巨狼的后腿不停地蹬挠罗圈儿腿的前胸、肚子和大腿。罗圈儿腿也顾不得疼痛，和巨狼就这样僵持着。

那头巨狼也渐渐地头向后仰，罗圈儿腿的双手越来越使劲，他没有发出任何喊叫之声，头脑中一片空白，只有一个念头——掐住，掐住。那头巨狼呼呼地喘着粗气。这时罗锅手里拿着一把铁锹跑来了，他爬上猪圈外围的雪墙，看到罗圈儿腿与巨狼的情形，举起铁锹拍向巨狼的头顶，巨狼看到铁锹飞过来，用力一挺挣脱了罗圈儿腿的双手，从猪圈的另一侧窜了出去。铁锹拍在罗圈儿腿的肩头，罗圈儿腿一屁股瘫软在猪圈里。罗锅儿扶着罗圈儿腿爬出猪圈，罗圈儿腿的身上全是血。罗锅跑去找连长汇报，连长让机务排出一台履带式拖拉机送罗圈儿腿去医院，并打电话请医院派救护车在公路上接应。

第二天早晨，昨晚发生的罗圈儿腿与狼肉搏的事儿在食堂传开了，罗圈儿腿的几个同学放下饭碗，没有请假便直奔团部卫生队。路很难走，但他们还是在中午前到了团部卫生队，罗圈儿腿刚刚从手术室出来，昨晚被送到医院后，据说缝了一百多针。他的两个手臂已经被狼抓得乱七八糟，肚子上也被狼的后腿蹬出了几条大口子，他的胸部也被抓了几下，丢了一个奶头。罗圈儿腿的命根子也被抓了一下，但是不用缝针，没有大碍。最严重的是左肋被狼抓得露出了骨头，那里缝合的时间最长。肚子和大腿上被抓出的几条大口子像刀割的一样，肉向外翻着。听医生说，肚子上的伤口再深一点儿的话，肠子就出来了。这样的手术，团卫生队做起来有些勉强，当时卫生队里有一个医生胆子非常大，他认为再跋山涉水地把罗圈儿腿送走是有很大危险的，所以他冒险为罗圈儿腿做了缝合手术。手术还是很成功的，缝合了多少针也数不过来，没有缝合的地方做了处理，上了药，用纱布把罗圈儿腿捆得像个粽子。

晚饭前罗圈儿腿的几个同学回到了新建点，他们没有去食堂，直接奔罗锅和罗圈儿腿的住处。罗锅正在熬猪食，罗圈儿腿的同学不由分说把罗锅围在中间拳打脚踢，罗锅抱着头夹着腿蜷缩在屋子的角落里。罗圈儿腿的同学打累了，就在旁边骂，什么难听的话都骂出来了。罗锅在墙角里一声不吭，只是在擦拭着鼻子和嘴角的血迹。罗圈儿腿的同学，骂着骂着火气又上来了，又是一顿暴打。打到了该吃饭的时候，这些知青才回宿舍，拿饭盆到食堂吃饭。在食堂，罗圈儿腿的同学把罗圈儿腿的现状告诉了在场的人，只听食堂里骂声一片，在食堂吃饭的老职工都不敢抬头。一群男知青又直奔猪圈而去。一晚上一拨儿一拨儿的男知青去了四五拨儿，把罗锅打了一遍又一遍，骂了一顿又一顿。第二天早晨，一拨儿一拨儿的知青去团部卫生队看望罗圈儿腿。下午一拨儿一拨儿的知青回来了，又一拨儿一拨儿地去打罗锅，罗锅已经被打得不成样子了。新建点里的知青们几乎失控。

副连长找到连长说：“这事儿你得管呀，你要是不管，罗锅得被打死。”

连长说：“打就打吧，打不死算他命大。”

副连长说："咱们怎么能允许这么打人呢？"

连长说："那是他自找的。如果罗圈儿腿被狼咬死了，我们想管都管不了，我们都得被关起来，就是关起来我们也对不起罗圈儿腿的家人。打吧！让知青们出气，气出完了也就安静了，但不能让事态扩大。"

指导员和副指导员也已经从团卫生队回来了，指导员说："太惨了，太惨了，好危险，听大夫说肚子上如果抓得再深点儿，罗圈儿腿的肠子就出来了。"

副连长说："那罗锅已经被打得不成样子了，知青们再打罗锅，我们管不管？"

指导员说："该打，打吧。要让他接受教训，我都想去打。知青犯错误可以谅解，因为他们不懂，我们老职工明明知道那是狼，不教他们还调理他们。我们要给老职工开会，大多数知青是十五六岁的孩子，这话为什么不敢说，怕犯错误？不实事求是才要犯大错误。"

等副指导员和副连长走了以后，连长说："看看明天是不是把罗锅送走，我们就说，把他送到一个地方去反省错误、接受改造了。"

指导员说："好吧，明天再打一天，可能会把他打死，今天还说不好要被打几回哪。"

连长和指导员一商量，召集排长、班长开会，讨论对这件事情的处理方案。

在会上连长首先说："罗圈儿腿被狼抓一事，完全是我们老职工的问题，这叫损人不利己，现在罗锅尝到了苦头。不怀好意的一句话，把自己送进了炼狱，知青们打他、骂他都是他自找的。知青们到边疆来，是要建设边疆，保卫边疆，接受再教育，我们的老职工就是这样的教育法儿？就这件事来说，说他是反动分子也不为过，说他破坏知识青年上山下乡毫不夸张吧？这些知青还都是孩子，有的只有十五六岁，他们根本不知道什么是野兽，就拿狼来说，他们可能从来都没有见过，见过的恐怕也只是在大城市的动物园里。第一，通过这件事，我们这些连、排干部要检查自己的言行，在政治上、生活上、工作上是不是真正关心了知青，知青可能满身的毛病，缺点很多，但是都是可以原谅的。你们也看到了，很多知青工作上积极努力，任劳任怨，干起活儿来还真有那么一股子愚公移山的精神，有那么一种'一不怕苦，二不怕死'的精神。第二，我们现在要开展一次新老兵团战士互帮互爱的活动，每个连、排干部，老职工，要有自己明确的联络对象，主要是关心他们，看在生活上有没有需要帮助的地方，如果有，我们要尽力解决，我们自己解决不了的，大家一起想办法。另外，副连长，你联系一下打猎队，让他们来人在我们这里转几天，放几枪，这样，那头狼可能会被吓跑。据说这头狼非常大，如果不是罗圈儿腿而是另外一个小个子，或者体质弱的知青，那我们这些人就不可能再坐在这儿了，都得上军事法庭。所以大家要认真对待这件事。最后，对罗锅的处理，我们建议把他送回老家，按照开除处理。下面请指导员说说。如果大家没有意见就召开支委会作出决议。”

指导员说：“我同意连长刚才的讲话，通过这件事我们要好好地检讨我们的思想，对知青，我们是不是发自心底地关心他们、爱护他们、帮助他们。他们是青年人，是早晨八九点钟的太阳。我们可能讨厌他们的一些缺点、毛病，他们有缺点、有毛病，我们不能改造他们、帮助他们，那就是我们的无能，就是我们的错误和问题。他们是一棵棵正在茁壮成长的树苗，他们是革命事业的接班人。所以，我们要在他们中间开展组织活动，党支部、团支部都要把工作做在前头。下面，我和副指导员还有文书，研究一个互帮互助的名单，等研究决定后通知大家。在没有确定名单之前，我们要做的中心工作是抚平知青们的愤怒心情。这几天，凡是去团部看望罗圈儿腿的，都不要记事假，更不能记旷工，我们可以把知青组织起来去看望罗圈儿腿，像现在这样自由散漫地去，在路上也有可能发生想不到的事情。”

小瞄儿、小眼儿、耗子他们也去团卫生队看过了罗圈儿腿，我因为脚不方便走那么远的路，所以没去。

小瞄儿他们回来后找到我说：“走，咱们也打丫一顿去！”

我们四个人一起来到猪圈，进了罗锅住的屋里，看见罗锅正在那里哭，脑袋已经变了形，两只眼睛都被封上了，乌黑乌黑的。嘴唇肿得老高，向外翻着，耗子冲过去就要打，被小瞄儿一把拉住了。

耗子说：“干吗？”

小瞄儿说：“出来再说。”

他把我、小眼儿、耗子都叫出来了。

小眼儿说：“怎么了，干吗不打了？”

小瞄儿说：“要是咱们打的时候他死了，就是出了人命，你看丫那样子，还经得住咱们打吗？”

小眼儿说：“我看也是，不能再打了，人家牵驴，咱们拔橛的事儿别干。

看他那德行，也不值得咱们打一顿。”

小瞄儿说：“对，反正有的是人打他，咱们不用亲自动手。”说罢，四人哈哈大笑地走了。

迎面碰到一群女知青，为首的对我说：“你们也去了？打完了！”

我说：“没有，再打就打死了，你们女知青也想打他一顿？”

女知青们说：“我们不打，我们就是去骂他几句。”

耗子说：“光是骂他不解气呀！我告诉你们一个办法，你们一人接一盆水，用水泼。”

女知青们说：“对对对，走，回去拿盆儿。”

晚上连长和指导员正在连部屋里说事，罗锅像奄奄一息的瞎子摸进来，进屋后带着哭腔说：“连长，指导员，你们救救我吧。”

他向着连长、指导员坐的桌子旁边走过来，这时指导员抬腿一脚踹在他肚子上，嘴里大骂：“你给我们惹了多大的事儿啊！怎么没打死你！滚犊子，让知青们打死完事！”

连长说：“团里明天要我们两人去，明天我们还不知道怎么向领导交代，罗圈儿腿要是死了或者残了怎么交代？明天我们不在，可能还有很多人要打你，把你打死了，我们也管不了。”

罗锅说：“你们救救我，要不我真的会被打死的！”

连长说：“这样吧，明天你跟我们一起走，给你找个安全的地方，但你要写一份检讨，按我说的写，你写不写？”

罗锅说：“我写，我写。”

连长说：“那今天晚上你就睡在连部，写完检查送你回老家，行不行？”

罗锅儿说：“行，行，我回老家，我回老家。”

罗锅到连部求救，是因为他知道了其他连队的知青也在往这里赶来，第一拨儿已经到了，听说等天亮了再来招呼他，这回可把他吓尿了。

第三节　野猪诱惑　屡战屡败

团里的打猎队来了四五天也没有找到那头巨狼。打猎队的人走了以后，第二天又来了一个打猎队的人，这个人分明就是一个小孩儿，刚刚十四岁。但是，他却背着一支当时最先进的半自动步枪。他脚蹬着滑雪板，到食堂要了几个馒头就走了，半天的工夫他又回来了。

他和新建点的人说："我打到了一头野猪，你们去拉回来把它吃了吧。"

大被单儿问他："多大的一头野猪？"

那个小猎人说："大概四百多斤。"

知青们一听这么大，立刻沸腾了，几十个人拉着一个爬犁，顺着小猎人滑雪板的痕迹，很快找到了：果然是一头巨大的野猪躺在那里，走到近前一看，野猪被开了膛，野猪的心、肝和肚子里的两块板油不在了，那一定是小猎人带走了。几十人手里没有工具，要把四百多斤的一头野猪装上爬犁也不是一件容易的事儿，大家费了九牛二虎之力，总算把它拖回来了。连长找来了几个老职工帮助食堂收拾这头野猪，忙到半夜才算完活儿。

这头野猪让新建点的人吃了两天。

我从小就不吃肉，就连过年也不吃，只吃带鱼。这次试着吃了两块，还是不适应。掸子专门给我做了烙饼算是补偿。连长派人给罗圈儿腿送了两饭盒炖肉，又过了两天，食堂的锅都被刷干净了指导员才回来。他去送罗锅回老家，回来以后听说野猪肉的事儿气得够呛。

他说："我不知道为啥，把罗锅送到村里，我就想削他一顿，实在没忍住还是动了手，村里的人也没说什么。野猪肉没吃上，就当是对我打人的惩罚。"

大被单儿说："恁么跟小孩儿似的，连长给你留着呢，一会儿给你炖。"

指导员一听，真的像小孩一样，乐得抓耳挠腮。

小猎人，打到了一头四百多斤的野猪，这让所有的知青折服。据说，小猎人只用了两枪，第一枪把野猪打了个跟斗，野猪爬起来向他冲过来，他第二枪就结果了大野猪，两枪都打在了头部。大家不光佩服他的枪法，更佩服他的胆量，一个人在深山老林里和野猪对抗，而且才十四岁，如果不是亲眼看到了这个孩子，人们一定会认为这是编造的故事。知青们得了吃野猪肉的恩惠，就更是念他的好，都说那是个了不起的孩子。

知青们几个月都没有吃到肉，第一次吃到的却是野猪肉，大家说野猪肉很香就是有点儿柴，特别是瘦肉嚼着比较费劲。懂行的人说，四百多斤的猪起码是五岁了，如果是小猪崽儿，那就会完全不同了。野猪肉只吃了两天，议论野猪肉的时间却超过了半个月。

有一天，万事通在宿舍说："现在大豆地里每天都要过几群野猪，少的几十头，多的上百头。它们在大豆地里找豆子吃，快中午了来，太阳落山就走，要是能逮住一头，咱们炖一盆该多好！"

点窝说："那咱们就去呀，弄一头去。谁去？"

花姑娘说："我去。"

老七是点窝的小兄弟，自然他也去。

八指儿说："野猪是抓不住的，只能用斧子砍，你们还是别去了，很危险的。"

点窝说："有什么危险的？"

八指儿说："野猪群领头的都有四五百斤，拱一下就受不了，你们要用斧子砍，把前面的大猪让过去，砍后面的小猪。"

点窝说："你跟着去吧。"

八指儿说："我的手砍野猪？开玩笑，我的手也没有劲儿，我就不去了。"

人还是有点儿少，点窝说："妖怪，你去不去呀？"

我说："我也不吃肉，我也不馋肉。"

点窝说："你就当帮忙。"

我说："行，去就去。"

老实人说："那我也去。"

花姑娘说："那咱们得到各班去借斧头。"

九班的知青借来了几把斧子，晚上开始用磨刀石磨斧子。小瞄儿、小眼儿、耗子也知道了这件事，他们也要参加。

第二天是星期天，吃完早饭，要去抓野猪的知青们在九班集中，八点多钟他们向离新建点最远的一块大豆地进发。有四五里地，我们走了一个小时。到了大豆地里，我们发现确实有很多野猪的痕迹，我们选择了低凹处埋伏，由耗子和万事通用雪把大家埋起来，然后他俩再拱进雪堆。今天天气很好，没有风，有太阳。虽然还是零下十几摄氏度的气温，却感觉不到寒冷。

这时，万事通说："快看，那边的地头！"

野猪群果然在大豆地的另一头儿出现，黑压压的一片，像一大堆乌云慢慢地向这里飘过来。野猪群越走越近，头猪很大很大。

万事通说："我的妈呀！赶紧跑吧！"

花姑娘说："我去你的，别出声，都这么近了跑得了吗？"

几头头猪在雪地里奔跑，蹚起的雪花满天飞腾，就像海里的快艇冲开了海水掀起的巨浪。头猪的身躯像黑压压的小山一样巨大！比小猎人打到的大野猪还要大很多，我感觉到整个大地在轰轰地颤抖，野猪群的叫声震耳欲聋。我脑子里出现了奇怪的幻觉，像是进入了古代的战场，有无数人马在奔腾咆哮！我浑身有些颤抖，脑子里默念着：对不起，不是我要吃你们，是我的兄弟们要吃你们，我是来帮忙的。野猪群的中间部队也都是巨大身躯的野猪，这个野猪群何止有几十头，少说也要有两三百头，野猪群的大部队已经过去，后面跟着的都是一些小猪，说是小猪，个头儿仍然不小。

这时突然听见一声呐喊："杀呀！"

只见耗子纵身冲入野猪群。接着是小眼儿、点窝、老实人，所有在场的人都大喊着："冲啊！杀呀！"

大家奋勇扑进了野猪群。我扔掉了斧子，向一头小野猪扑去。

只有几秒钟的时间，所有的野猪都跑光了，没有一个人砍到小野猪，只有我抱着一头小野猪在雪地里翻滚。

我大喊着："快来帮忙啊！我要抓不住了！"

被抓住的小野猪拼命地拖着我向前跑，大家围过来，小瞄儿扑上去，抓住了那头野猪的耳朵，没几下野猪就摇头挣脱了，小瞄儿被摔倒在地上，小瞄儿翻身又扑上来去抓野猪鬃毛。这时小眼儿跳起来用双膝砸向小猪的后背，小猪动作迟缓下来，还在原地挣扎。

这是小眼儿第一次显露他的武功。

大家围上来，七手八脚地摁住了这头小野猪，但是，谁也没有带绳子，老实人带的一双棉手套是用一根线绳连起来的，他就用这根线绳捆住了小野猪的嘴巴。老实人又解下了裹腿，捆住了小野猪的前后腿。这时大家松了一口气，直起腰来休息休息。

点窝说："我砍中了一头，可还是让它跑了，再想砍就追不上了。"

耗子说："我也砍中了一头，就是没砍到要害，砍在小野猪的屁股上了。"

大家抬起头看看野猪跑过的雪地上，确实有几行血迹被阳光照得鲜红鲜红的。

花姑娘说："跟着血迹追，说不定就能找到被砍伤的小野猪。"

万事通说："行啦，别去追了，快吓死我了，要是头猪掉头回来，还不把咱们都踩烂了。"

知青们想把这头小野猪抬回来，没想到还挺沉，一个人把它抱起来都很费劲，小野猪的体重差不多有一百多斤。他们拖着野猪的两条后腿往回走。

九班的这群人和小瞄儿他们拉着这头小野猪回到新建点，他们把小野猪的腿解开，把它扔进了猪圈。

点窝对新调来喂猪的老职工说："别说出去啊，回头给你肉吃，我们晚上过来杀猪。你会杀猪吗?”

老职工说:“不会。”

我站在猪圈边上闭上眼睛,心里默默地说:对不起,对不起,不是我要吃你,是我的兄弟们要吃你,别怨我啊。我又想起了一句话:“阿弥陀佛!”

花姑娘走过来,踢了我一脚说:“干吗呢,还不走!”

我说:“我跟它说几句话。”

花姑娘问:“说什么呀?它能听懂你说什么?”

我说:“我本来是不杀生的,今天是我抓住的这头小野猪,我不愿意让臭袜子笑话咱们无能。”

花姑娘说:“你还迷信哪?”

我说:“我不是迷信,我是不杀生,今天破戒了。”

花姑娘说:“我去你的,你才多大,什么杀生不杀生呀。”

回到宿舍,大家准备杀猪要用的东西,但是这些人里没有一个会杀猪的,掰着手指数了数老职工,他们当中也好像没有会杀猪的。

点窝说:“找不着人,咱们自己杀,把脑袋切下来,把肚子割开,肠子掏出来扔了就完了。”

九班的知青怕被别班的知青发现,天黑透了才提着马灯去猪圈,大家来到猪圈,发现里面的野猪没了。用马灯一照,原来这头野猪拱掉了围栏上的一根木头钻出去了,雪墙也被拱出了一个大豁口儿,知青们骂声一片。我心里却很高兴,心里想:看来还是老天成全了我不杀生。

花姑娘说:“这回你高兴了东郭先生。”

我说:“什么东郭先生,他干的事儿和我不杀生是两回事,他是不分好坏,我是能分出好坏,我和他正好相反。”

我的脚已经完全好了,就是每天睡觉前脚要刺痒一阵儿。现在脚上的这点儿刺痒与刚开始时相比,对我来说已经不算事儿了。据说只要脚被冻伤一次,年年都会冻脚,每逢冬天脚都会刺痒。

自从我帮厨回来,新建点里就传出了一个笑话:妖怪被掸子踢出了屁。臭袜子对这个传言感到非常兴奋。背着我说:“操,给丫送了两次病号饭,他就不知道自己姓什么了,在食堂不定干什么了,让掸子把屁都踢出来了。”

我听他这么说也不生气,也不解释。耗子不干了。

耗子问我:“她为什么踢你?我去骂她一顿。”

我说:“你千万别骂她,那是我们俩好,她是和我闹着玩儿呢。”

耗子说："哦，你们俩好？闹着玩儿？她人倒是不错，可让一个女的踢屁股多丢人哪。"

我说："她和黑牡丹一样，虽然踢我，但是我一点儿都不生气，反而觉得挺好玩儿的，你别瞎掺和啊。"

耗子说："你是不是喜欢她呀？她挺漂亮的。"

我说："当然喜欢，新建点有几个比她漂亮的？身条第一好看。"

耗子说："原来以为你不懂男女的事儿，看来你眼睛还挺毒，你是假装的？"

我说："人长得好看跟懂不懂没关系，咱小学时那女老师多漂亮啊，你也说过她最好看，你那时候多大，你懂个屁。好好对掸子，那天我还当着她的面说你夸她，她可高兴了，以后谁欺负她，咱俩一块儿上。臭袜子，早晚我砍了他"。

耗子说："现在就去，突然下手，准让他趴下。"

我说："别急，小瞄儿说了，要占理，这叫'师出有名'。"

现在全新建点的主要工作就是伐木。男知青负责把大树伐倒，用斧头砍掉树枝，把大树干锯成一段儿一段儿的。女知青负责拽爬犁，两个人拽一个，往回运木头。

森林里有很厚的积雪，每伐一棵树前，都要先把树根周围的雪用脚蹚开，露出树干的最底部，这时再用伐树的大锯开始伐树，有的知青比较懒，直接就在树干露出雪地的部位下锯，树干最粗的部分留在雪地里有半米左右。伐木没有任何要求，想怎么伐就怎么伐。每天进出森林，都是走一条路，厚厚的积雪被踩平，经过女知青拖拽的爬犁每天来回碾压，路面被磨得光滑如镜。有男知青专门负责为女知青装爬犁，一个爬犁上装一根大木头，小一点儿的木头装两根或三根，用爬犁上的绳子把木头捆住，两个女知青拽着绳子就把装着木头的爬犁拖走了，拖到堆积圆木的地方，又有男知青和老职工负责在那里卸爬犁。

森林里非常安静，即使有人在里面活动，拉大锯的声音、斧子劈断树枝的声音非常清脆响亮，但你都不会觉得吵闹，即使响动就在眼前，仍然觉得声音很远很弱。声音向四周散去，去得一干二净，又被山和树林弱弱地顶回来，而新的声音还在继续散去。森林里非常干净，积雪厚厚地覆盖了大地，包裹着它能包裹的一切，树干像一根根木桩伫立在茫茫的雪地里。

九班的知青们打了一次野猪，事情已经过去了，大家把这件事都忘了，唯有万事通一直念念不忘。万事通找老职工学习了如何给野猪下套的本领，如何给野兔子下套的本领。下了班，他就自己琢磨这些东西，弄明白了以后，就跑到大豆地里下了几个野猪套。他用爬犁拉了几根大木头，把木头放在大豆地里，在那几根木头上绑上铁丝套。

下完野猪套，他又到森林里寻找野兔子经常出没的老道儿，给野兔下套。

有一天，他跑回宿舍大声喊："我的野猪套套住野猪了，快跟我去追野猪。"

他把大家说蒙了，万事通把下野猪套的事儿一五一十地解释了一遍，他是怎么下的野猪套、兔子套，等等。大家兴奋起来，跟着他跑到大豆地里准备往回扛野猪，没想到地里只有一个没有被破坏的野猪套，其他什么都没有了。

臭袜子说："操，你耍我们哪！"

万事通说："我下了三个套，现在只剩一个，有两根木头被拖走了。咱们顺着痕迹一直追下去，保证能追上。"

我们顺着痕迹追去，追着追着看见了一根木头，上面的铁丝是断了的。继续追，又见另一根木头被扔在一边，也是铁丝断了。

万事通说："肯定是野猪太大了，这是套住了，它力气太大又挣脱了。"

花姑娘看着断开的铁丝说："哪儿找的破铁丝，上边全是锈，能不断吗？"

第四节　打臭袜子　她想当姐

自从我被掸子踢出屁的笑话传开以后，臭袜子一直津津乐道地讲这个笑话，讲得久了便没人听了。

有人反问他："掸子为什么踢妖怪？"

他回答不上来，只是说："一定是干了什么坏事。"

对方再问："干了什么坏事了？"

臭袜子说："不知道。"

对方说："你都不知道为什么，还讲什么呀，等你弄清楚了再讲吧。我们知道的是另一个故事，是妖怪踢掸子的时候没夹住屁，放出了声儿。哈哈哈……"

臭袜子气得呼呼喘气。他总想问问我到底是怎么回事，不管臭袜子是哄是骗，我就是不理他，只是自己笑。每当这时我脑海里就会出现掸子优美的样子和她最好看的部位。我笑而不答正是沉浸在那种快乐之中。这让臭袜子非常恼火。

这一天，连里要求以班为单位，组织政治学习，学习“老三篇”。采取的方法是先学习其中一篇，然后进行讨论，联系自己的思想实际，谈谈学习体会。我采取的方法是，大家轮流朗读一段，整篇朗读完了挨个儿发言。

轮到臭袜子发言了，他没有说学习内容，而是问我：“人家把你踢出屁了，你该讲讲，为什么要踢你？你得把这件事联系思想实际好好谈谈。”

我笑笑说：“现在是政治学习，不要说与学习无关的事情。”

臭袜子说：“这是联系思想实际呀，被人家踢出屁了，还不是实际吗?”

我说：“你如果不想发言，就不用发言，让下边的人发言。”

臭袜子说：“我要发言，现在是讨论，我为什么不能发言?”

我沉下脸说：“你是在捣乱。”

这时臭袜子拿着两只棉手套的连接绳摆弄棉手套，棉手套像钟摆一样来回悠荡，他故意把手套悠荡到我面前，又故意悠荡手套碰我的脸。

我脸色煞白，浑身颤抖，想起了和小瞄儿他们一起商量怎样对付臭袜子的时候说好的，动手前一定要占理。我心想，好，我现在占理。我回身抄起一块劈柴板子，迎面向臭袜子砸去。臭袜子还真不白给，他已经意识到我拿劈柴板子砸他，随即向后一跃，顺手抄起他刚才坐的板凳，向我的头顶砸过来。我伸出左手，把板凳挡飞。臭袜子又抄起墙角的扁担劈向我的头顶，我又用左手和左臂把扁担裹进腋下。我趁臭袜子寻找家伙的空当，把已经抢过来的扁担扔在地上，左脚助力，右腿弯曲用膝盖顶向臭袜子的上身，臭袜子感觉到我已袭来，转身迎敌，被我膝盖顶个正着，胸口被重重地击中。他踉跄后退靠在墙上，我双脚刚刚落地，臭袜子已将我拦腰抱住。他想把我抱起来扔出去，我双手抓住他的头发，右腿插在臭袜子的两腿之间，因为我个子高，左脚始终没有离地，所以臭袜子没法将我扔出去。两个人就这样扭在一起，扭打到两个上下床中间的空当旁边，臭袜子用力搂住我的腰，拼全力踮起脚尖儿向前一扑，准备将我生撅摔倒，我始终左脚着地，但也禁不住臭袜子全力一扑，身子向后平倒。若是这样平摔，自己的重量加上臭袜子的重量，不但必败无疑，而且可能被摔伤。我知道这是摔跤里的招式，吓得我左脚全力一蹬，身子拼力一拧，双手一掰臭袜子的头，两个人侧摔在两个床铺之间的空当里，臭袜子着地的面积更大一些。同时，我的右腿，顶到了臭袜子的肚子，臭袜子的两手松开了，又想去捂肚子，又想防备我的袭击，正在犹豫之际，我已经坐起身子，用右脚顶住他的两腿之间，用力将他蹬进床下。臭袜子因为被蹬了要害，很配合地缩进床下，我抽回右腿，低下头扑进床下把臭袜子压在身下。我用肘撞击臭袜子的头、脸、耳。因为两个人的脸，几乎是贴在一起，挥拳殴打施展不开。臭袜子用手护住自己的头，寻找机会反击。但是我借助床板做后盾，想把我推下来是不可能的，臭袜子用力一点儿一点儿地把身子拧过来，趴在了地上，若是没有床板，我早就从臭袜子身上掉下来了。这时臭袜子拼尽全力一挺，只听“咔嚓”一声，床板被掀起来了，两个人一边撕扭，一边从床下站起来了。

我用右手臂勒住臭袜子的脖子，右膝盖顶住臭袜子的后腰，把臭袜子死死地顶在墙上。我左手抓住右手的手腕拼尽全力勒臭袜子的脖子，臭袜子用双手掰我的手臂，我却越勒越紧，臭袜子的脸变成了紫色。臭袜子身子向后仰着，根本使不出力气，我却越来越有劲儿。我可不是刚来时的软绵绵的我了，现在别看我瘦，浑身是肌肉。扛麻袋、割大豆、伐树、抬木头，从不偷懒，现在已经锻炼得浑身是劲儿了。

这时花姑娘、老实人、点窝、小果子都围上来掰我的胳膊和手指。

小果子说：“快松开！他都翻白眼儿啦！”

我说：“我他妈的就是要勒死他！”

花姑娘的手还真有劲儿，掰开了我的手指，几个人把我拉开。

我不依不饶，还一个劲儿地往上蹿，同时破口大骂：“我今天非勒死你丫的！砍死你丫的！”

我一边骂一边想从几个人的拉扯中挣扎出来。

臭袜子一只手捂着脖子一只手撑着膝盖喘粗气，喘了几下他就踉踉跄跄地向屋外走去。我看着他的背影，突然想起掸子说的话，一买饭就和她臭贫，讨厌死啦，小瘪三。我怒火又起，用力一挣，甩掉了拉扯我的人，从床下抄起一把斧子，向屋外冲去。

花姑娘、老实人从后面拽住了我。这时，门打开了，小瞄儿、小眼儿、耗子，已经被万事通叫来了。

他们见到我就说：“算了，那小子也没什么出息，现在在屋后面自己哭呢。”

我听说臭袜子在后面哭，一下泄了气，扔掉斧子躺在床上呼呼喘气。我感觉浑身软绵绵的，一点儿力气都没有，就像剧烈运动以后那种瘫软的感觉，没多一会儿就睡着了。中午，花姑娘把饭给带回来，我没有吃。下午，别的班在政治学习，而我还在睡觉，全班的人有睡觉的，有聊天儿的，还有吹口琴的。中午前，连长就来到九班，向其他人问了问情况就把臭袜子叫走了。下午连长、排长都没有过来，九班的人也都知趣，没有乱窜的，都老老实实地在屋待着。

连长叫走臭袜子，其实是把他带到连部，三排长正在那里等着他。整整一下午，三排长一直在训他，从刚来时的表现一直说到现在的表现，列举了他的种种不是，臭袜子一声不吭地听着。

小洋马说："连长说了，你必须作深刻的检查，要不然就开你的会。你先写一个书面的我看。"

晚上天黑了，臭袜子才回到宿舍，他一声不响地倒在床上。

过了一会儿，万事通凑了过去小声对臭袜子说："你俩打完架，你出去了，妖怪拿着斧子要追着砍你，被我们拦住了。他枕头底下，现在就放着一把斧子，他说了，他要不砍了你，他砍他自己。"

臭袜子很是紧张。

万事通说："你睡觉的时候可要小心一点儿，别睡得那么死。"

第二天早晨我没有去上班，还是觉得浑身发软，最后一个到食堂去买饭。

几个炊事员围了上来七嘴八舌地问我："你昨天和臭袜子打架啦？你打得过他吗？"

我没有说话。

大家又问："你们为什么打呀？"

我还是不说话。

大被单儿说："你们男的就是爱骂人、爱打架。"

我说："人不犯我，我不犯人。"

大被单儿说："为嘛打架呀？"

我看见掸子后就对着她笑。

我笑着说："还不是因为掸子踢出我屁来的事儿，他没完没了地说。"

掸子笑着说："我踢到你了吗？"

我说："踢到了，要不然那屁是吓出来的？那不是更没面子吗？"

食堂的女知青们笑得前仰后合。

大被单儿大声喊着："干活儿去啦！"

她把大家都轰走了。

一会儿，掸子一个人偷偷跑出来问："你吃亏了？为什么不叫我？"

我笑着跟她说："哪儿用得着我姐呀，我一个人就把他打哭了。你兄弟还行吧？"

掸子拍着手说："好的，好的，兄弟好厉害呦，呵呵呵……"

突然我问掸子："你是不是喜欢他呀？"

掸子一听，拧着眉毛说："胡说！这里没有我喜欢的人。"

我说："你如果要喜欢他，以后我就不找他麻烦了，大被单儿和五班长他们偷偷好也没什么，我觉得他是喜欢你。"

掸子说："我讨厌他，以后再听到你这样讲话，我永远不理你！我讨厌你。"

我说："我知道就行了，我知道就行了。"

掸子笑着说："你刚才说，我是你姐？你是我兄弟？"

我说："啊。"

掸子说："那你应该叫我姐姐呀。"

我说："兄弟肯定是兄弟，姐姐也是姐姐，叫出来就免了，你刚才还说你讨厌我。"

掸子堆着笑脸说："我不讨厌你，我喜欢你，叫姐姐啊。"

我说："你不像我姐，像我哥。"

掸子瞪着眼睛说："去！你哥什么样子？像我？"

我说："我没哥。"

掸子疑惑地问："那你为什么这么说？"

我走到食堂门口回头说："你的脾气像个小子，呵呵呵……"

掸子抬腿做了一个踢的动作，我赶紧跑了。

我找卫生员开了个假条，休息了一天。

吃完晚饭，指导员找到我说："今天晚上要搞紧急集合，你带两个人到山上藏起来，作为假设敌，全连的人找你们，你一定要做到保密。"

我说："好，什么时候开始？"

指导员说："晚上九点钟，你们八点半出发，你们要注意安全，也不要走得太远。"

指导员又说："行啊妖怪，你挺能打呀。"

我有点儿不好意思，没有搭腔。

指导员说："我要不是指导员，我早就削他了。注意安全啊！"

我说："您放心吧。"

吃完了晚饭，我还像平时一样躺在床上和大家聊天儿。

聊着聊着感觉有些困倦了，突然我睁开眼睛大声问："几点了？"

臭袜子回答说："八点半了。"

九班只有臭袜子和八指儿有手表，八指儿的手表还老偷停。臭袜子好像有些变化，与我有和好的意思，也可能是别人没有手表，他习惯了报时。

我小声对老实人和花姑娘说："你们两个跟我出来一下。"

花姑娘说："干吗呀？这么晚了。"

我说："小声点儿，把衣服穿好，带上裹腿，手套。每人拿把斧子。"

我把裹腿装在兜里，又抱起自己的被子走出宿舍。老实人和花姑娘非常纳闷，他们戴上帽子和手套，拿着裹腿和斧子跟着出来了。

他们问："怎么啦？这是要干吗？"

我说："今天晚上紧急集合，咱们三个是假设敌，要藏起来，不能被他们找到。"

花姑娘说："那你等会儿，我去告诉万事通一声。"

我说："你告诉他不等于全连都知道了，指导员交代了，一定要保密，如果泄密，咱们就是犯错误。"

老实人和花姑娘两个人立刻兴奋起来："那咱们藏哪儿啊？"

我说："上山呗。"

花姑娘说："我去你的，山上有狗熊，还有那头大狼。"

我说："你们拿着斧子呢。"

老实人说："你抱被子干什么用？"

我说："咱们一会儿找个地方，躺在雪地里，被里儿朝外盖上，被里儿和雪都是白色，晚上不容易被看见。"

全新建点一百多人紧急集合！用了半个多小时人还没集齐。

第八章　积　雪

第一节　紧急集合　夜入深山

紧急集合的要求是穿好衣服，戴上手套和帽子，绑好裹腿。每个人拿上自己的反修棒。反修棒是一根木棍子，两米来长，手腕粗细，这就是知青们保卫边疆的武器，多是用小杨树做的，很轻很轻的。也有一些人比较认真，反修棒是用柞木制成的，拿着很重。万事通的就是用柞木制成的，手拿得时间长了很累，他就扛着。有的女知青没有按要求制作反修棒，她们拿着手指粗细一米来长的小木棍，很像学校老师使用的教鞭。

臭袜子是最后一个来集合的，他迷迷糊糊的，走路踉踉跄跄。

连长开始讲话，他说："同志们，今天有几个敌特潜入我们新建点一带进行破坏活动，我们现在就去搜索敌特，抓住他们。"

队伍里有人说："我们没有枪啊，怎么打得过敌特？敌特肯定有枪啊。"

连长说："敌特是假设敌，由九班副带着两个人装扮，我们是演习。"

队伍里又有人说："九班副比猴儿还精，我估计找不着他。"

连长说："敌特分子会更狡猾。"

紧张的气氛一下松弛下来，有人说："原来是演习，不就是在家玩儿的捉迷藏吗？"

我们是第一次在夜间进入深山老林，顺着上班伐木进山林的路向原始森林中走去。走了两里多路，路边就是比较陡峭的山坡。

我说："咱们就爬上这个山坡吧。"

我们三个人顺着山坡向上爬。爬了有五十多米陡坡后，地势变得比较平缓了，我们就在这里躺下来，盖上棉被，白色被里朝外和雪融为一体，别说远看，就是近看都很难看出来。我们躺着没事干，开始闲聊。

花姑娘说："听说苏联向我们这边派来很多特务，这些特务的本事很大，能在树尖上飞跑，据说还能在电线上跑，特别快，有人看见他们在电线上跑的时候就像飞一样。”

老实人说：“我不相信。”

花姑娘说：“有信号弹你总相信吧？”

老实人说：“反正我没看见。”

花姑娘说：“连长都说过有，我有点儿害怕，我去你的，这林子里太安静了，有点儿瘆得慌，万一遇上苏联特务怎么办？”

我说：“那咱就跟他聊聊呗。”

老实人说：“你说聊什么？”

我说：“问问他们，苏联娘儿们会不会骂人。”

花姑娘说：“会，肯定会。”

我说：“那美国娘儿们也会骂人？”

花姑娘说：“美国娘儿们也会。”

我说：“那日本娘儿们呢？”

花姑娘说：“日本娘儿们肯定也会。”

老实人说：“你怎么知道？”

花姑娘说：“我怎么知道？是人就会骂人。你说，咱们新建点有不骂人的人吗？”

老实人说：“男的我找不出来。女的，我没听见过。”

花姑娘说：“没当着你骂，你就以为女的不骂呀。”

我说：“别人我说不好，反正没听二姑娘骂过人。”

花姑娘说：“肯定骂，我们的几个女同学，爱骂‘他妈的’，我都听见过。”

老实人说：“白牡丹也骂？”

花姑娘说：“我听见过，不过到这儿以后好像没听她骂过人。”

三个人躺在雪地里就这样聊着无聊的话题，时间过了多久也不知道。三个人慢慢地都睡着了。

冬天夜里的森林简单而厚重，简单是说它的色彩非白即黑，没有其他的颜色；厚重是说它色彩的纯正分明。虽然森林处在黑夜之中，但是，在白雪的映衬下，树木的轮廓、颜色都很清晰。

我们三个也不知道睡了多长时间，花姑娘醒过来推醒我和老实人说：“嘿嘿！快起来吧，都几点了！”

老实人反问花姑娘：“几点了？”

花姑娘说：“我哪知道几点了，反正都睡着了，我看有半夜了。”

我说：“咱们回去吧。”

花姑娘说：“那不是自己送上门儿了？他们现在找不到咱们，咱们就在这儿待着，让他们找。”

我说：“如果活动结束了找不着咱们，他们会着急的。”

花姑娘说：“没事，他们的活儿就是找咱们，找不着咱们他们也别睡觉。我看在这儿睡觉不错，在雪窝子里头又暖和，盖着被子一点儿也不冷，空气还好！在宿舍里睡觉，暖和是暖和，每天烟熏火燎，早晨起来鼻子里都是黑的，我不想睡上铺了。”

我说：“那你就跟想睡上铺的人换到下铺呗。”

花姑娘说：“谁换哪，谁愿意换上铺啊？不方便，晚上又被抽烟的熏。”

我说：“那咱们自己钉个床铺怎么样？窗户那儿的地方大，咱们在那儿钉一个大的床。”

花姑娘说：“行啊！”

全连分成两路大军，一路从宿舍的屋后向北进入森林，另一路从泉眼的西侧向北进入森林。两路人马以班为单位，开始地毯式地搜索，森林里和山上到处都是人。连长要求向北推进五里，然后再返回，不能有掉队的，班长要随时清点人数。三排副鱼唇负责指挥九班的知青。大队人马搜索到我们藏身的地点附近，因为山坡太陡，谁也没有往上爬，而是绕道过去了。这样他们没有发现我们的藏身之地。推进了五里之后，这些人又原路返回，这时我们睡得正香，大家回到新建点，各班报告没有发现敌情！

指导员说：“坏了，我只跟他们说了出发的时间，没有说结束的时间，如果这几个人只想藏着不出来，就不知道他们什么时候回来了。怎么办？”

连长说：“这是我们指挥不当，计划不周。这样吧，女同志都回去睡觉，男同志继续寻找。”

几十人的队伍还是一字排开，地毯式搜索，这次的任务很明确，找到这三个人，回来睡觉。可以敲水桶、脸盆，可以呼喊，可以使用火把、马灯。

我们三个人正在琢磨什么时候离开这里回去。这时，看到有马灯、有火把，所有人都在呼唤我们三个人的名字。

我说：“他们是不是找不到咱们着急了，叫咱们回去呀？”

花姑娘说：“肯定不是，这是他们用的阴谋诡计，引咱们自己出去，然后他们就大功告成。”

老实人说："那咱们就中他们的阴谋诡计吧，这样好早点儿回去睡觉。"

我说："行。"

我们正要喊叫的时候，从上面的山坡上冲下一个巨大的黑影，离我们越来越近。

花姑娘低声叫喊："是黑瞎子！"

老实人、花姑娘举起手里的斧子，准备应战。

我说："你们俩一左一右我在中间，趁它扑我，你们砍它的头。"

说时迟那时快，黑影来到眼前，撞在树上停下来。

只听那个黑影说："哎哟，我操，撞死我了。"

原来是万事通。

花姑娘说："怎么是你呀，你们发现我们了？"

万事通说："哎哟，哎哟，快，挡住我，别再滚下去了。"

他一边喘气一边说："现在全连都在找你们知道不？真的找不着你们了，演习结束了。"

接着他大喊："他们在这儿！找到啦！"

第二节　白兔累死　点窝叫板

又下雪了，雪片不急不缓地慢慢落下来，碰到地上发出沙沙的声音，树枝上零星挂着几片枯叶，雪花落在它们身上发出的声音最是响亮。树枝已经不堪厚雪的重负，有的深深地弯下腰来。大杨树的树枝在冬天非常脆弱，有的被积雪压断挂在树干上。杨树最高的树杈在冬天会长出一些冻青，冻青的叶子可以泡脚治冻伤。冻青上还长着一簇簇红色果实，个头儿像酸枣，颜色像樱桃，吃起来是甜甜的、黏黏的。

伐木的人想吃冻青果子，就伐倒几棵参天大杨树，随着大树倾倒的巨响，大家围上来争着品尝又红又圆的冻青果子，掉在雪地上的果子被白雪映衬得像红色宝石一样闪闪发光。

老职工总是捏几粒尝尝，我们知青却是大口大口地往嘴里塞。

八指儿说："吃多了，哈不出屎。"

花姑娘问："为什么？"

八指儿说："你没见果子有多黏？"

我们有些担心真的哈不出屎来，恋恋不舍地停下来。

突然，点窝大喊：“兔子！”

果然有一只极大的白兔子在树林里奔跑，它奔向北面，北面伐木的人把它拦截回南面，南面的人又把它轰到了西面，西面的人又把它赶到了东面。这只倒霉的大兔子正处于伐木人的包围圈之中，它左冲右突就是不敢越到人的面前。这只大白兔通体纯白，只有耳尖有一个黄豆大的黑点，四只蹄子也有对称黑点，简直太漂亮了。刚刚下的雪层绊住了它的腿脚，虽然它有力地腾跃，但速度仍然不及在坚实地面上的十分之一。它有时陷在雪里，再拼命窜出来。伐树的人们一边挥舞着手臂，一边大声地喊叫。兔子被吓晕了，它在人的包围中转着圈地跑，消耗了极大的体力，它的速度越来越慢。突然，它终于趁人不备，从花姑娘的身旁窜出了包围。大家静下来议论这只兔子的美丽和速度。过了一会儿，又有人喊起来，原来那只兔子又跳回来了。刚才兔子逃走方向还有一拨儿伐木的人，他们把它又吓回来了，它又冲入了我们的包围圈。这次点窝、老七、花姑娘、老实人、万事通等，很多人都朝这只兔子追去。这只兔子已经累得跑不动了，窜一下停一下。到了最后这只兔子窜出去四条腿是劈开的，四条腿向外张开趴在地上。等人追到跟前时，它才收回腿再跃出去。追兔子的人也已经累垮，有的躺在雪地里，有的跪在雪地里，有的趴在雪地里。只有老七和老实人还站着，但他们已经迈不开脚步了。兔子窜一下，他们迈一步，他们累得几乎喘不过气来。终于，老七的最后一扑抓住了兔子。

大白兔有四五斤重，被老七抓到了，老七一边呼呼喘气一边说，今天有兔子肉吃了。他一只手抓着兔子的耳朵，一只手托着兔子的屁股，兔子一下儿也没有挣扎。老七正在臭美，兔子大小便失禁，连拉带尿弄了老七一身，大白兔死了。老七还是怕兔子跑了，手始终没有松开。老七手提着大白兔，知青们凑过来都想摸摸这只死了的大白兔。大白兔毛茸茸的，光滑柔软。

万事通摸着兔子大声说：“这兔子是我的。”

老七一脸怒气地说：“这么多人都看见了，是我抓住了。”

万事通说：“你摸摸它的脖子，脖子上有铁丝勒着，这是我下的兔子套套住的兔子。”

大家都在摸兔子的脖子。老七把兔子抱住，身子扭开不让人再摸大白兔了。

万事通说：“是这个兔子太大，它挣脱了铁丝套跑了，如果没有这个铁丝勒着怎么会被抓住，这兔子应该是我的。”

老七说："滚蛋！这么多人都在场，是我亲手抓住的，怎么能是你的呢？"

两个人争吵不休。有的人说谁抓住是谁的，有人说应该是万事通的，有人说他两个人一人一半，还有人说大家都有份儿。

小果子说："如果没有万事通的铁丝勒着，兔子呼吸不畅，根本抓不住它；如果没有所有人围着追，靠一个人还是抓不到。有铁丝勒着，有大伙儿一起追，没有你老七抓，别人也会抓住它，所以，这兔子应该是大伙儿的。"

花姑娘迎合说："对呀，你是从我们大伙儿手里抢的，不能算你的。"

点窝说："谁抢先抓住就是谁的，有本事你先抢到手啊！"

这时拉原木的一些女知青也围过来看这只大白兔，她们摘下手套伸手来摸，一片唏嘘之声，老七美得不行。男知青还在争论兔子应该是谁的。

我说："你们俩把兔子分了就完了。"

万事通说："怎么分？"

还没等我说怎么分，点窝说："去你大爷，就是老七一人儿的。"

我说："你骂我？"

点窝说："我骂你了，怎么着？"

我说："行，你先骂着，我等会儿跟你算账。"

点窝还真的继续骂。女知青似乎感觉气氛不好，摸摸大白兔就都走了。

女知青都走了，只剩下男知青和老职工了。

点窝说："孙子，你要怎么着？"

我说："我没想怎么着。"

点窝说："你不是说你等会儿吗？你是骂我还是打我？"

我说："现在是上班，还得干活儿。"

点窝说："你装什么孙子呀？你怕啦。"

我说："怕还不至于，抓了半天兔子没干活儿，先干活儿。"

我又开始和老实人伐树。

点窝说："我他妈就不干活儿，怎么着吧？"

点窝不但不干活儿，反而追着我挑衅。

我说："你要真想打架，就等下班了我跟你打。你先在一边歇着，歇足了也就该下班了。"

说话时我还在继续干活儿，不再理点窝，气得点窝拿着一根树杈假装向我身上打来，我毫无反应，还是继续干活儿，树杈打在树上。点窝没辙，就跟在我身后骂街。点窝的行为引来了一阵阵笑声。

第三节　雪中大战　男俊女俏

我知道和点窝这一仗迟早是要打的，点窝不服我。他的不服主要是我当班长总指挥他，他不服，还有打架上不服。

那天看我和臭袜子打架，点窝是这样评论的："臭袜子，是笨蛋一个。"

点窝看不起臭袜子，认为臭袜子太笨，根本不会打架，如果是他的话，就不会吃那么大的亏。他早就憋着想啥时候和我干一仗，但又找不到理由挑起战事，今天有了一个不是理由的理由，向我下了战书。我不是不想打，我是在找一个有利于自己的战机。我追兔子时已经筋疲力尽，我本想自己抓着兔子，然后养着，有机会就放掉，所以拼力追赶，后来追不动了才停下来，体力消耗很大。点窝只追了一会儿就不追了，所以他还保持着体力。在这种情况下动手我会吃大亏。

下班了，点窝还是没完没了地纠缠着我，一边骂着一边跟在我身后。其猖狂无理的程度空前，所有人看在眼里，现在动手我占理，但追兔子已经到了体力极限，又加上追完兔子继续伐木干活儿，一直没有停歇，所以我非常疲倦，不太想打这一架。可是，从与臭袜子交锋的经验来看，要占理，这是个很好的时机，点窝的挑衅让我也很愤怒！

我说："今天我累了，不打了，改天再说吧。"

没想到点窝不干，一把抓住我肩膀，把我拽了个趔趄。我肩膀上扛着的是伐树的大锯片，点窝这一拽差点儿没给我拽个跟斗。我怒火上冲，浑身发紧，双手握住大锯片的一端，身子猛地一拧，锯片平着横扫点窝。这一扫不要紧，大锯片削向了点窝的脑袋。点窝猝不及防，情急之下用手上的斧子一挡，那大锯片削到了斧子把儿上，把斧子把儿削出了几块大缺口。

点窝的斧子被震落，我的大锯片也用不上了，两个人扭在了一起，在雪地上翻滚。我被点窝压在身下的时候多，但我总能够挣脱出来，谁也压不住谁。点窝被压在下面时，我很快就被掀下来，我的力量不够、重量不够，根本压不住点窝。两个人都没有机会动手打到对方。点窝总想把我制服以后再动手，但是我就像条泥鳅一样总是能够摆脱，围观的几个知青本来想好好看看这场憋了很久的大战，却只见两个人不停地翻滚，就像两个孩子闹着玩，都觉得没劲，大家又着急回去吃饭休息，有人拿我们的锯片和斧子走了。没有了围观的人，我们扭打的速度慢下来，但是仍然无法将对方制服。

点窝的体力下降了，他的耐力不够，我已经累过劲儿了，反而不觉得累了。

点窝上气不接下气地说："咱们脱了大衣再打。"

我们脱了大衣棉袄。

点窝说："咱俩摔跤，三跤定胜负。"

我没说话，两个人的胳膊架在一起。

点窝连续三次将我摔倒，喘着粗气说："三比零，你输了！"

我说："去你大爷，我没同意。"

点窝说："你大爷的，我非打死你丫的！"

我说："吹吧你，有本事你就打。"

点窝抡起拳头砸向我的肩膀、后背，我挨了几下，也不示弱，挥拳打向点窝的头，但是没有打着。

点窝说："天都黑了，咱俩赶快结束，要不这样，每人打三拳。"

我说："行，你站好，我打。"

说着，我举拳就打。

点窝大吼一声："等会儿！"

我说："怎么了？不敢打啦？"

点窝说："为什么你先打？"

我说："是你先提出来的，所以，我就得先打。"

点窝说："那不行，我还想先打哪，咱俩摔跤，赢了的先打。"

我说："不行，我摔不过你。"

点窝说："那咱们就脆钉壳（方言，即石头剪刀布的意思），赢了的优先。"

我说："好。"

点窝出的布，我出的剪子。

我说："我先打。"

冷不防我的拳头已经打在点窝脸上，点窝向后倒在地上。

他一边骂一边喊："你大爷，三局两胜！"

我说："谁跟你三局两胜啊，咱俩还是使家伙吧，要不然得打到什么时候？"

点窝说："行，你打我一拳了，我也得打你一拳，先打完这拳。"

我已经找了一根树杈当棍子，劈头砸向点窝，点窝头一歪躲过，但肩膀重重地挨了一下。他扭头就跑去找棍子，我追着他打，棍子不断砸在他身上。点窝紧张起来，他感觉我每一棍子都砸向他的脑袋，每一棍子都要置他于死地。他慌了，害怕了，越是慌乱越是找不到可以当武器的家伙。终于，他找到一根大腿粗细的树杈，虽然挥动很是费劲，但总算能抵挡我的攻击了。点窝翻身举起杠子一样的木棍架住我迎面砸下的木棍，我的棍子太细，被震得虎口生疼。我知道不能和他硬碰，要找机会和他周旋。点窝已经受了轻伤，他找棍子的时候一只手臂已经被砸得不轻，举棍费力，后腰也被砸伤，行动不便，即使这样点窝仍然奋勇，他已经被打得极其愤怒，恨不得把我撕碎。

两个人开始棍棒之战。我们在雪地上来回奔跑翻滚，树林里平整的积雪被我们践踏得一片狼藉。点窝被我打中了几棍，最重的一下是打在了他的肩膀上。点窝的那根树杈非常沉重，很不灵活，他就想一棍子把我砸倒，但就是打不着。我总是在他棍子落下之前躲开，有时转到他身后，点窝举着棍子找不到人。气得他骂声不断，哇哇乱叫，这时我反倒觉得挺好玩儿。

我找机会在点窝身后把棍子插进他的两腿间，往上一挑，说：“孙子，蛋要不要了？”

点窝举着棍子呆立着。这时过来一群人，原来那些说回去的知青根本没走，而是藏在一边看热闹。这是小果子出的主意，把斧子锯片拿走看我们能打成什么样儿。

我扔下棍子说：“天都黑了，一会儿食堂没饭了。”

点窝觉得没面子，在我身后举起棍子，砸向我的头。他以为我会防着然后翻身再打，没想到我根本没有转头看他，他偏移棍子向边上劈下来，我仍旧没有看他，点窝还要举棍，被人拦住了，点窝借台阶就下了，他不想打了，他领教了我的力量和敏捷。他很窝气特别是挑蛋之辱，但是感觉再打下去可能还是占不到便宜。

小果子说：“两个人打架，如果边上有旁观的，一定会打得很凶，如果没有人看，一会儿也就不打了。没想到你俩打了这半天，点窝全是蛮力，再打也占不到便宜。”

他嘴上是这么说，实际上我猜得出他心里想的是我和点窝继续打。如果点窝把我给打了，点窝一定会受到处罚，他能出口气。因为，平时点窝根本不把小果子放在眼里，话里话外的总是对他不敬。小果子虽然比臭袜子来得晚，但比我们来得早，在我们眼里，他应该享受到大知青的尊重。点窝不只对我挑衅，凡是他认为牛哄哄的他都挑衅。平时，小果子一说话点窝就噎他，点窝噎人有一套，连噎带骂非常气人。如果我被打伤，班里没人管了，他能过几天松散自由的日子。

我和点窝都累了，也就不打了，大家各自回去。

北大荒最冷的日子，也是积雪最厚的日子，山林里显得光秃秃的，平原上更是如此。最冷的季节，平原被白雪完全覆盖，除了零星的几棵孤树，再就是一些一人多高的榛子林，这些孤树和榛子林很不显眼，若不走近，真能把它们当作雪堆、雪坡。成群结队的狍子在平原上破雪寻草，几十只的，几百只的，甚至有上千只的。狍子群由几只高大的雄性头儿领着，发现危险就带头奔跑，在厚厚的积雪上奔腾跳跃，蹚起的积雪四处飞溅，只见白色雪雾一片，它们犹如腾云驾雾一般，经过它们踩踏，很快雪地上就出现一条很宽的道路，雪被踩得坚坚实实的如同坚冰。一般跟在最后面的是一些雌性狍子和小狍子。特别大的狍子群，领头的已经跑出去很远了，后面的还没有动地方。

据说狍子是可以吃的，个头儿比老七捉住的那只兔子要大得多，像梅花鹿。

我和点窝打架的那天晚上，老七用一把镰刀给那只兔子扒皮，虽然他很小心，但是仍然割破了兔子皮。老七给兔子扒皮扒到了半夜，他还是按照大家说的，把兔子肉分给了万事通，万事通就在炉子上放上自己的脸盆，倒上水，把兔子放在里面。知青们都没有睡觉，等着吃兔子肉。煮的时候有人说，要放盐，不放盐没法吃；有的说得放油，没有油也不香；有人说得放花椒大料，没有花椒大料去不了动物身上的腥味儿；有的说应该放点儿菜，炖出来的菜比肉好吃。大家说的东西都没有，只有酱油膏，放了一点儿，煮了有半个多小时，兔子肉颜色变了，而且那些肉都缩在了一起，一团儿一团儿的。有人开始用筷子捞起来尝尝，有的用勺子，有的用叉子，不知不觉你一块我一块，这只兔子就被尝干净了，大家还说真香。

我一直是半睡半醒状态，太累了，追兔子、伐木、打架，累得身上像散了架，我也不吃肉，所以也没什么惦记的，屋里热热闹闹地尝兔子肉，对我没太大影响，一会儿我就彻底睡着了。

北大荒的冬天真美，不但雪景美，而且到处干干净净的没有一点儿沙尘，那是一种洁净到极致的美。大自然美，人也美。男知青们的脸被雪映照得很白，皮肤显得非常光滑饱满。女知青的脸被口罩挡住，口罩是用来防寒的，因为她们要拉着爬犁走路，即使是迎着微风，在零下十几二十几摄氏度的天气里，一不小心就会把脸冻伤。女知青的脸本来就很白，被冻的地方也是一块一块的白色，与肤色很难分辨，发现晚了就会被冻伤，到那时，被冻白的脸会变成一块一块的红色，严重的还可能溃烂。偶尔，女知青也会摘下口罩来，她们的肤色就好像刚刚用热气蒸过一样，显得白白嫩嫩、柔柔润润的。

知青们大多是十六七岁，皮肤自然光润，他们都很欣赏自己，很多人兜里都揣着小镜子，趁人不注意就掏出来照一照，男知青照得还少一些，女知青一天要照好几遍。知青们不但欣赏自己，也偷偷地欣赏异性。那飞去的眼光，就像犯了错一样，偷偷地看，小心翼翼地瞧，如果眼光和对方碰上，又会立刻避开。他们都怀着一种忐忑的心情，不知道对方投过来的目光是欣赏还是讨厌，还是随便一看。对于自己心仪的人，对方如果在笑或者目光中带有一丝笑意，那他（她）一定会美滋滋地“甜”好几天。

环境干净，知青们的语言也干净多了，来了快半年了，知青们似乎改变了不少，骂人的越来越少或者说骂人的频率越来越低。过去很多知青不骂人不说话，一说话就骂人，现在大家懂得了互相尊重，凡是骂人都是有原因的，和过去不一样了。过去有事没事地乱骂一通，现在就连特别爱骂的臭袜子、点窝、花姑娘都改变了很多，张嘴就骂的习惯改了不少。他们现在是特高兴的时候骂人，特生气的时候骂人。

知青们的体魄也改变了很多，个个都很健壮，身上的肉又硬又实，一般的知青长个十斤八斤的肉很正常。食堂由吃活伙变成吃死伙，就是不用饭票了，每月交十四块钱随便吃。现在吃的东西虽然单调，但可以吃撑，再加上每天劳动，锻炼了体质，发育了身形。劳动养人啊！

冬天的伐木工作一直会延续到开春，伐木很枯燥，每天就是拉大锯扯大锯，用斧子把树枝砍下来，然后再拉大锯扯大锯，把放倒的大树截成一段一段的原木。在大雪覆盖的山林之中，虽然树木繁密，但是没有树叶，你随时可以看到晴朗的天空，在那个空间中感觉非常敞亮、痛快。有的知青喜欢唱歌，可以放开喉咙使劲地唱，歌声传得远远的。有的知青不光是为了自己痛快，还有意识地想唱给其他人听。那时候什么黄色歌曲、禁唱歌曲一概不管，只要高兴了就唱，会唱就唱。管事的都假装没听见，没有人认为这种歌曲不该唱。点窝就很爱唱歌，但是他的嗓子非常差，嗓子眼儿里像含着棉花套子。他会唱的歌却很多，只要有人唱歌，他一定跟着搅和，搅得别人不唱了他继续独自唱。他经常唱的是：“深深的海洋，你为何不平静……”每当他唱歌时，其他男知青都龇牙咧嘴偷着笑，女知青听了和同伴对望摇头。有时他还唱：“蓝蓝的天上白云飘，白云下面马儿跑……”还有，“十五的月亮升上了天空哟……”还有，“在那遥远的地方，有位好姑娘……”

每当点窝唱得累了时，我就挖苦他说：“嗓子像棉花套子，往高里拔拔试试。”

点窝回敬说：“你管着吗？我愿意。”

自从点窝和我打了一架以后，我似乎总想再度挑起战争，所以经常对他讽刺挖苦，说来也怪，点窝除了骂两句，没有要战的意思。

每当点窝一个人唱歌的时候，九班有一个知青会小声地说：“臭德行，哗众取宠。”

如果有女知青拉爬犁过来，这个知青就会大声说出这个成语，有时被点窝听到，点窝就破口大骂，甚至要动手打这个知青。这个知青长得前奔儿头后勺子，特别是他的后脑勺很大，所以大家管他叫勺子。他一九六四年升入高中，按说是六七届的高中毕业生，但他高中没毕业。不过仍然比我们小学都没上完的所谓初中生要有文化得多。他在学校学习特别好，是个优等生。我感觉这些知青里，只有他能够说出这么高雅的成语。每当听他说出这个成语我就觉得特解气、特带劲儿。有时也跟着重复：“对，哗众取宠！”

这个时候我总是叫万事通一起唱《山楂树》，因为点窝不会。没想到勺子竟然会唱，而且能唱出全部歌词。在他的带动下，七八个知青都能跟着哼唱。男声唱起这首歌似乎比女声还有感染力，深沉、辽阔、悠远。

第四节 炖狍子肉 米饭插葱

勺子是第一批报考大学的知青，很轻松地就考过了，考试中他的作文写得最好，那篇作文被评为入学考试的范文，放进了陈列馆，作文的主人公竟然是我，这是后话。

勺子个头儿不高，长得很精神，皮肤有些糟，脸上零星挂着几个痘痘，他总是把两个拇指插进坎肩儿袖子里，在屋里来回溜达，学着某个伟人的样子，学着电影里伟人说的台词，也的确有几分神似，他只是没有谢顶，不然更像。他满肚子都是故事，光他自己家的故事就讲个没完。

他父亲是北京一个古建筑修缮单位的书记，懂得很多，是个非常有文化的人，在父亲的熏陶之下，勺子还未得真传就已经满腹经纶了。大多数知青都很羡慕他有这样一位了不起的父亲，能够去修缮如故宫、天坛、天安门，等等，这些伟大的建筑。他大爷解放初期就是大校军衔了，勺子总是讲他大爷在抗日的时候，如何出入刀光剑影杀日本鬼子。勺子还有一个大爷又聋又哑，日本鬼子进村儿的时候他啥也不知道，日本鬼子见他在大街上溜达，一枪射杀了他。勺子说直到他下乡的时候，他的父亲和他那个大校的大爷还在要求政府追责日本。

九班现在比较稳定了，除了勺子和点窝有时发生一些口角，其他人都是和平相处，我分配工作大家也都很认可，只有小果子总想干那些舒服一点儿的工作。花姑娘总是嚷嚷着要钉新床铺，因为他每天晚上都要被我踹几脚，我睡觉太不老实，我们商量着下个星期开始钉床铺。

这些日子又轮到九班夜里在菜窖值班烧炉子。菜窖是在山坡上掏了一个洞，外面用房子罩住，里面生了一个炉子，每天晚上都有人值班，像部队站岗一样一个小时换一次人。以前我排班儿都排在了前面，所以睡觉前去那儿烧一个钟头就没事了。这次排下来我轮到了后半夜，本来不想睡，想熬到值班的钟点，烧完炉子再睡，可是大家都睡了，我歪着歪着就着了。

早晨六点钟连长来到屋里大声说："昨天晚上，菜窖为什么没有人烧火?!"

大家被连长的叫声惊醒，挨个儿数人头看是不是叫了下一班儿，等轮到了我就停住了。我还在睡觉，连长踩着下铺把头探上我睡觉的二层铺，看看我还在呼呼大睡。

连长捅捅我大声说："你还在睡，菜窖的萝卜都冻了！"

我没有醒。连长又捅，冷不防我一脚蹬在连长风流脸上。连长风流从床上摔了下来。这一下，把连长气坏了。

他一边捂着脸一边大叫："来人！把他给我捆起来！"

老七从床下拿出一根绳子，他看别人没有动就和点窝说："咱俩捆。"

点窝说："滚蛋，要捆你自己捆。"

花姑娘说："捆他有什么用，把他吊起来他也醒不了，每天晚上他都踹我，我拧他掐他，他都没醒过。你看他给我踹的。花姑娘脱下裤子，只剩个裤衩，他大腿上真有两块淤青。"

连长说："等他醒了，告诉他上午去连部找我，今天罚你们继续烧炉子，如果不是我发现得早，一冬天全新建点没菜吃。"

上午万事通把早晨的事儿和我学了一遍，我去了连部，连长说："马上就要过年了，打猎队来了两个人，帮助咱们打几只狍子，我们新建点从外地买了一些肉，还有大米。过年能让大家吃上一顿大米饭，吃上一顿饺子。打猎队的人准备住在你们班，你们把两个闲床上的东西腾一腾，明天他们就来了。”

连长没有和我发火，我提心吊胆地等了半天，连长根本没提踹他的事儿。

我非常兴奋地说：“连长您放心，我们一定照顾好这两个人。对不起啊连长，我踹了你不是故意的，下回再这样，你就猛打我一顿，我扛打。”

中午吃饭时，我把来人住在九班的事儿跟大家说了，大家都来帮忙，很快把那两个闲置的床铺收拾了出来。不用的箱子尽量往床底下塞，塞不下了大家就找来梯子，把箱子从房子两头山墙的通风口放进了顶棚。还从菜窖里找来了草帘子，每个床上厚厚地铺了一层。连文书送来了两套行李，床铺得软软乎乎的。

万事通很关心我是不是被连长训斥了，我说：“连长根本没提那事儿。”

万事通说：“那这事儿可真怪了，你把连长从床上踹下来，他却没有对你发火?”

万事通接着说：“要不是花姑娘给你说好话，肯定把你捆上了。”

我非常感激花姑娘，说：“我看看你的腿。”

花姑娘说：“以后你少踹我两脚就行了。”

我说：“我给你揉揉。”

花姑娘说：“这还差不多，那你就连后背一块儿给我揉揉。”

花姑娘趴在床上，我从他后背到腰到腿揉了个遍。

揉完了，我趴在花姑娘身上对他说：“我怎么觉得揉你真跟揉花姑娘似的，呵呵呵……”

花姑娘说：“我去你的，找抽吧。”

万事通说：“你揉过花姑娘啊?”

我说：“没有哇。”

万事通说：“那怎么知道揉他像揉花姑娘?”

我说：“他就是花姑娘啊。”

第二天打猎队的两个人到了，我给他们打来了中午饭，下午陪他们聊天儿，又给了他们每人两盒迎春烟。吃完晚饭两个人就走了，半夜十点多钟他们回来了，他们打到了八只狍子。他们告诉我狍子猎获后的存放地点。我把炉子上正热着的饭菜让给他们吃，然后带着全班的人拽着爬犁，按照猎人所说的地点，出发前去拉狍子。我们走了一个多小时，陆陆续续找到了七只狍子，还差一只。我们在附近寻找，远远看见一群狼正叼着那只狍子撕咬，我一边喊一边向那群狼跑，大家也都跟着一边喊一边往狼群跟前冲，狼群大概有七八头，我们十几个人一齐冲了上去。狼群向后退开，但仍有两头不肯退，它们叼着狍子拖着走，我、臭袜子拽着狍子两条腿往回拉，那两头狼就是叼着不放，九班的其他知青也都冲上来，那两头狼才松嘴，跑到一边哼哼个不停。抢过来的这只狍子只剩下两条腿和一张皮了。回到宿舍打猎队的人已经睡了，他俩见我们拉回了狍子，就起床开始用匕首给狍子扒皮，知青们都很兴奋，只有少数知青洗洗睡了，其他人都在床上看着打猎队的人干活儿。我、老实人、花姑娘没睡，帮着清垃圾，烧热水，不时还点根烟放在他们嘴里。

已经是清晨了，我们也睡了，这两个人一直干到早晨八九点，他们把收拾好的狍子送到食堂就睡觉了。九班很多人都睡到了中午。我吃完午饭无事可做，看见墙角里戳着两副滑雪板，我扛起一副就出来了，花姑娘也跟着跑了出来。

花姑娘说：“你去干吗?”

我说：“去学滑雪。”

我们两个来到宿舍后面的雪地上，我穿上滑雪板，用两根撑杆儿滑雪，怎么也撑不动。试了很多办法，就是跑不起来。

花姑娘说：“你爬上山，往下溜肯定行。”

我扛起滑雪板爬上山坡，穿上滑雪板向下滑，开始速度还很慢，越到后来，速度越快，非常好玩儿。花姑娘也试着滑了几次，花姑娘提议上到最高的地方再往下滑，我扛着滑雪板往高处爬，爬了有十多分钟终于来到了那个山坡的最高处，我开始向下滑行。速度越来越快，只感觉耳边风声呼呼地响，突然我感觉脚下滑雪板受到了撞击，身子晃了一下整个人飞了起来，我看到树尖就在眼前，腾空的感觉像是快乐的晕眩，我忘记了害怕，然后斜斜地摔在山坡上向下滚，脚上的滑雪板，劈我的腿扭我的脚，很快就停了下来。原来有一棵朽木横倒在山坡上，被雪埋住，滑雪板撞击朽木时受到阻力，把我整个人弹起。雪很厚，穿的衣服也厚，所以我没有被摔坏，最大的危险是失去平衡，劈了腿或扭了脚。花姑娘以为我被摔坏了赶紧跑过来，看见我满脸、满脖子里都是雪，哈哈大笑，帮我把脖子里的雪给掏出来。我又扛着滑雪板上到原来的起点，开始往下溜，这一次躲开了朽木。我反复地一次一次地从山上滑到山下，花姑娘有些不耐烦已经走了。我一直滑，爬上那个山坡的最顶峰，发现山顶的另一端也有一片宽阔的山坡，这片山坡更远，我穿上滑雪板向这个山坡滑下去。我已经掌握了平衡不摔跤了。天快黑了，我自己玩得不亦乐乎，心里不停下决心"这是最后一次，这次滑完就回去"，可到了山下又总是扛起滑雪板往山坡上爬。这一次我又爬上山坡向下滑，到了山坡最下面时，眼睛的余光发现旁边的树林里有两个人抱在一起。

这一次我真的不滑了，也不想再扛着滑雪板爬山，我想扛着滑雪板绕过山包再回宿舍。刚才搂在一起的两个人现在已经分开了，我认出来一个是五班长，另一个是大被单儿。在这么冷的天儿，他们两个在树林里干什么，我很奇怪。于是，我向着他们两个人所在的方向走去。

我问："五班长，这么冷的天儿，怎么跑这儿来了？"

五班长说："找猴头儿。你干吗呢？"

我说："我在滑雪。找到猴头儿了吗？"

五班长说："找到一个，要爬树才够得到。她家来信想要咱们这里的猴头儿，我来和她一起找。找到一个还在挺高的树上，你会爬树吗？"

我说："我会爬，但是我今天太累了，老爬山了，估计爬不上去，等明天吧，明天我给你把猴头儿摘下来，天快黑了还不回宿舍？"

五班长说："好，走吧。"

我们三个一块儿回来了。

五班长问："打猎队的滑雪板？"

我说："是。"

大被单儿始终没有说话，不像平时总是咋咋呼呼的。

分手前五班长把我拉到一边说："我们两个去采猴头儿的事儿，不要和别人说，会有人说闲话。"

我说："说什么闲话？说你俩好？"

五班长点点头。

我说："你俩好就好呗，我看挺好，挺合适的。我和掸子也挺好，还有二姑娘，还有黑牡丹，还有我们排长。"

五班长说："那不一样，你不说最好。"

我说："你放心吧，我不会说的。"

我回头看看大被单儿，大被单儿冲我笑了笑，我也冲她笑了笑就走了。

我没有直接回宿舍，而是去找小瞄儿，让小瞄儿找了两盒迎春烟给我，然后才回到宿舍，把滑雪板放在原处。

万事通说："你干吗去了？这时候才回来，人家打猎队的人早就想要走了。”

我笑笑说：“忘了时间了。”

我递给打猎队的人一人一盒烟说：“我去滑雪了，挺好玩儿的。”

万事通说：“学会了吗？”

我说：“没有，我就是从山坡上往下溜。”

打猎队的人说：“在平地上谁也滑不起来，只是为了脚不陷在雪地里，穿着它就是为了在雪上走路省力气。”

打猎队的人要走了，对我说：“谢谢你这两天的照顾，狍子肉已经送到食堂，这些狍子皮，我们要带走，这有一张被狼啃了的，有一些破洞，我们收拾了一下，给你吧，你可以铺上，比老羊皮还好。”

我兴奋地说：“真的！那就谢谢你们了！”

打猎队的人把狍子皮装到一个小爬犁上说：“这个爬犁，是你们连长给的，以后有机会我们再把它送回来。”

我送走了打猎队的人，回来看看那张狍子皮，虽然有几个大口子，但是打猎队的人把它钉在木板上，看上去也非常的平整。

花姑娘说：“等皮子干了，咱俩横着铺啊。”

我说：“行。”

我快累死了，费了很大的劲儿上了床。爬山滑雪上下几十趟山坡，躺在床上的时候还感觉身子是飘飘荡荡、忽忽悠悠的，我很快睡着了。

我从山坡上乘着滑雪板飞驰而下，正在追一群狍子。好快的狍子，我已经两耳生风，可还是追不上。我用力滑雪，无论怎么用力也不过是距离狍子很近而已，根本够不到它们。我一边滑雪一边端起枪射击，但总是打不中。狍子越跑越远，这时我看见树林里有很多人在给我加油，五班长和大被单儿、臭袜子和掸子、点窝和白牡丹、小瞄儿和二姑娘，我心里不高兴臭袜子和点窝在那儿，似乎看到掸子拧眉噘嘴，白牡丹愁眉苦脸，我想过去用枪吓走那两个家伙。

这时，我看到一只小狍子掉队了，就在眼前，我扑上去搂住那只小狍子。谁知那只小狍子突然变成了黑牡丹，跳起来狠狠踢了我两脚。

黑牡丹大声说：“你抱我干吗！我要掉队了，快滚开！”

我非常庆幸，如果刚才放枪打中了黑牡丹，那怎么办哪！这时打猎队的两个人也端着枪，向狍子群射击。

我赶紧大喊：“别开枪，别开枪，那是我同学！”

“我去你的，快起来都几点了，你开什么枪啊，做什么梦呢?”

我被花姑娘捶了两拳清醒了，原来刚才是做了一个梦。我起身穿衣服，感觉浑身没有不疼的地方，特别是两条腿根本不敢动，一动就疼得要命。费了九牛二虎之力穿上了衣服，想下床却下不来了，只要一用力，腿肚子、大腿肌肉和后腰同时剧烈疼痛。

花姑娘问：“你怎么了?”

我说：“昨天爬了几十次山坡，这两条腿累过劲儿了，昨天只觉得累，今天是疼，我一点儿都不敢动。”

花姑娘帮助我下床，我在屋里走了走，特别是腿，疼得总要摔跟头。

我呆呆地坐在床边，等着花姑娘买饭回来，梦里的情景在脑海中萦绕，就像刚刚发生的真事一样。我可以清晰地回忆起每一帧镜头，掸子和白牡丹那痛苦的表情就像真的在我眼前出现过，我的内心难过而苦涩。小瞄儿和二姑娘、五班长和大被单儿那种快乐的样子让我感受到甜蜜和美好。

在整个新建点里，我能把男女捆绑在一起的就这么几对，但就这么几对也在悄悄地发生变化，原本这些男知青对自己倾慕的女知青喜欢得不行，但是自从草儿来了以后，好像这些男知青都拿出更大的精气神儿去注意草儿。这种精气神儿在暗处奔流，超过了对自己一直向往的女知青的关注。好像他们随时可以像那首歌曲表述的那样，“我愿做一只小羊，跟在她身旁……愿她拿着细细的皮鞭，不断轻轻打在我身上……”只有小瞄儿认为小红鞋是整个新建点最漂亮的。至于小眼儿看上了谁，谁也不知道，在他那里女知青都是漂亮的，除草儿、老太太、掸子、白牡丹、二姑娘、白桃之外还有好几个或者十几二十多个都漂亮得不行。当然还包括小洋马，只是小眼儿怕她怕得厉害，小眼儿和我说过，有一次小洋马大声吓唬他一回，小眼儿差点儿尿了裤子。耗子从来对女知青不感兴趣，大家也猜不出花姑娘的心里有谁，他想的是谁只有我一个人知道。花姑娘喜欢白牡丹和老太太，他让我必须给他保密，谁都不能说。我心想，老实人看上的也是老太太，可能还有很多人，小果子也是其中的一个。

一天，小瞄儿、小眼儿和我又说起打赌的事儿。

小瞄儿说：“现在新建点的女知青咱们差不多都见过了，我就追小红鞋，我觉得她是最最漂亮的。追到手就是我赢了。”

小眼儿说：“我估计我要输，好像女知青对我都不感兴趣。”

我说：“你不看看自己长什么德行，新建点除了耗子就你最难看，还想追最漂亮的，你连黄粱梦都不会有。我和小瞄儿还有希望，你肯定得输。就看我和小瞄儿了，我要追到比小红鞋还漂亮的，就是我赢。”

小瞄儿说：“现在也不让交女朋友搞对象啊，从哪儿下手呢?”

我说：“咱们打赌也没规定时间，我比你们还小，怎么也得两三年以后了，这也不是着急的事儿。”

小瞄儿对小眼儿说：“不限时间，也没准最好看的女知青就死追你呢？世界这么奇妙，说不定你小子运气好就碰上了呢。”

我说：“碰南墙吧，而且一堵南墙接着一堵南墙，没头没尾。”

我和小瞄儿大笑起来。

这样的生活环境让知青们的头脑都非常简单，他们只能想想周围的男知青，想想女知青，想想每天干的活儿，想想家，还有什么可想的就不知道了。我偶尔会想起在家时相处过的人和看过的小说里的人物，自觉不自觉地将他们比较一番，不光是外貌的比较，还把性格硬生生地往一起凑。老太太像苏联小说里的冬妮娅，我就把一种高贵、一种娇气往老太太身上套。二姑娘总是那么热情但又古板，像孙二娘？不，她没有那么野蛮，小瞄儿他俩挺好。小红鞋像谁？潘金莲？不，不好，感觉她那双深潭似的大眼睛，有点儿像我去了云南的那个漂亮女同学虎牙，她和小瞄儿不一定能成一对。捭子像扈三娘？妈的！王英太差劲儿，不行，如果将来捭子的男朋友像王英我得搅和。草儿像我的老师，我会想起她对我的关心爱护，自然有一种亲切感，草儿若是真的有与我的老师一模一样的外貌，那也不输三国里的貂蝉和江东二乔。

说来也怪，几个月我都没有认真仔细看草儿的机会，这让我很是郁闷。正当我胡思乱想的时候，花姑娘回来了。

他非常兴奋地说：“今天中午要吃大米饭，上午放假，谁会做大米饭，谁就到食堂去。”

不到九点食堂去了一大堆人，不管会不会做大米饭，来了很多人，大多数是来看热闹的。

我找到捭子问：“你们炊事员怎么不会做大米饭呢?”

捭子说：“小锅的会做，这么大的锅没做过，谁敢说会，做煳了怎么办？来这里就没有见过大米饭。做煳了会被骂死。”

从早晨九点一直到十点多，已经一个多小时了，还是没有决定谁来做大米饭。

食堂有三口大锅，两口大锅是用来蒸馒头的，还有一口大锅是用来炒菜的。大米饭要用蒸馒头的两口大锅同时做，这么两大锅米饭还不够新建点的人吃的。炒菜的锅已经炖上了狍子肉，那是大被单儿亲自下手。她是天津人，天津人很讲究吃，所以天津人做饭都有两下子，炒个菜、炖个肉不算难事。大被单儿下手炖狍子肉是发挥她的优势，但是她说不会做大米饭。

最后由连长指派一个广东来的老职工，给大家做大米饭，三排长小洋马第一个反对。

掸子也说："他要做大米饭，我不吃！"

花姑娘说："我去你的，他做大米饭怎么吃啊！"

几乎所有人都反对这个广东人做大米饭。

连长说："我的安排不对，那好，由他来指挥，不让他动手，你们看怎么样？"

这样一说，大家才算勉强同意了。

这个广东人个子不高，皮肤白白的，四十五六岁，光棍儿一个，脑袋特别大，超过了勺子。他谢顶很厉害，只有与两耳平行的一圈儿长着头发，像戴着一个铁马掌。头顶上空空如也，头皮闪闪发光。他相貌长得很怪，眉毛很轻很淡，几乎看不出来有眉毛，眉骨突出，眼睛很大。我第一次见到这个人就给他起了个外号叫"屁股帘儿"，后来很快简称为"屁帘儿"。因为他头顶的那一圈儿头发，就像我小时候系在腰上的屁股帘儿一样，是怕小孩屁股、肚脐着风受凉挡风用的。屁帘儿人很好，对谁都和和气气的，有事问他，他会非常耐心地给你解答，如果你听不懂广东话，他会尽量用普通话给你解释，所以人缘不错，脾气性格好，干工作也非常好。但是大家都远离他，见了他就像见了瘟神一样躲着。

屁帘儿之所以让大家这样唯恐避之不及，是因为他吃老鼠。东北的老鼠本来也没有很大，但是有人住的地方，老鼠的个头儿就非常大，可见的有一斤多重因为这里的大豆小麦它们可劲儿糟蹋，根本不愁没得吃。屁帘儿吃老鼠，还对外声称谁抓住老鼠就给他。他住的房子的门上挂满了老鼠，有人见过他吃老鼠的情景，极其享受，再加上他的怪模样，别说是女性，就是男人也极度恐惧他的怪癖。想起他无形中就觉得恶心，即使他除了吃老鼠没有任何缺点，但仍然没有朋友，甚至没有人和他聊天儿。他每天除了工作时和别人有一些交流以外就只剩自己，让人觉得他是个既讨厌又可怜的家伙。

大米没有洗就下锅了，屁帘儿指挥烧火的人把火烧得很旺，当大米在锅里变成了粥，他让人把柴火撤出来，里边只留着少量火炭文火煮。大米的香味儿很快就出来了，但是锅里不是米饭还是大米粥。

自从大米下锅，万事通就站在卖饭窗口排在了第一个，在两口大锅周围，炊事班的人都在帮忙，食堂的其他地方和食堂外面都站着人，很快有人喊，我闻到煳味儿了。屁帘儿听有人说闻到了煳味儿，他叫食堂的人把锅盖掀开，确实有一股味儿，但是大米粥变成了大米饭，大米饭总算是做成了。他叫食堂的人往大米饭上插大葱，那是他事先让食堂准备好的两捆大葱。在当时，大葱是非常珍贵的，每天的萝卜条汤全靠切些大葱放在里面提味儿。这两捆大葱，几乎快把新建点所有的大葱提前用完了，掸子她们几个炊事员赶快往锅里插大葱，一个锅里插了一捆儿大葱。

大家一看大米饭做成了，都蜂拥到买饭窗口排队。

屁帘儿说："米饭做成了，就是有点儿煳了，插上大葱就没味了。"

大被单儿问他："现在可以吃了吗？"

屁帘儿说："可以了。"

食堂的人开始把米饭、炖好的狍子肉装进大盆端到卖饭窗口。大米饭是定量的，每人三勺，够与不够就这些了。万事通第一个吃到大米饭，他没说大米饭香，他说狍子肉真香。

第九章　尾　冬

第一节　老鼠咬人　争上大床

晚上大家都在睡梦中，突然臭袜子一声喊叫："操，耗子咬我了！"

紧接着是挨着他的人也被咬了，万事通被咬了下巴，老实人被咬了脚趾。一晚上一层铺的人都被咬了，大家都坐起来，不敢睡了。

万事通找了一个笔记本，一边撕纸一边擦，还一边骂："耗子为什么咬人哪！是不是耗子疯了？明天我找耗子夹子，非逮住它不可！还真他妈疼！"

老七说："我同意把他妈给你。"

万事通本来被耗子咬了之后血流不止，心里就非常郁闷，听老七这么一说，不禁发怒，大骂："给你爹，给你爷！"

两个人互相骂起来。

我说："老七，装什么孙子啊，大半夜的。"

勺子说："幸灾乐祸。"

我说："对，幸灾乐祸，别人被咬，你高兴什么呀？你和耗子是一家子呀？"

点窝说："你们不睡觉啊！"

万事通说："咬哪儿不行，非咬我下巴。"

我说："要不把卫生员叫来给上点儿药？"

我穿上衣服。

老实人说："都几点了，你去叫她，她们宿舍的人都得被吵醒。"

我说："吵就吵吧，老流血也不行啊，万一得了鼠疫怎么办？"

被咬的人都说："对，对，对，赶紧叫她来吧。"

我和老实人去叫卫生员，卫生员来到九班给大家上了药说："明天你们都要去卫生队看看，每人要打防疫针。"

被咬的知青没有一个愿意去的。

我和花姑娘酝酿已久的钉个大床的计划开始实施，参与的人有老实人，还有一个外号叫“疖子包”的北京知青。这个知青比我稍微丰满一点儿，身高一米七六，来时体重一百一十多斤，他的脸非常消瘦。他还有个毛病，爱长疖子，他长的疖子非常大，最大的疖子能有碗口大小，碗口那么大一片红肿的中央有一个脓肿的包。长疖子是非常疼的，他长的疖子个儿太大，疼得受不了，什么也不能干，每次闹疖子他都要歇十来天。除了这个毛病，小伙儿特别精神，长得酷似苏联小伙儿，深陷的眼窝，尖尖的鼻子，瘪瘪的小嘴，笑起来特别好看。

快过春节了，这几天连里也没有安排什么硬指标的任务，主要就是准备准备过春节。宿舍备足取暖的劈柴，然后就是搞搞卫生，各排准备准备文艺节目，好像要开个联欢会。趁这个空当，我、花姑娘、老实人和疖子包准备钉大床用的材料，干了一上午就备齐了，下午开始钉大床铺，很快就钉完了，能睡下四个人，还很宽敞。床的高度超过了窗台，这是为了防止老鼠爬上来咬人。

大床钉好了以后，点窝找老实人商量，让老实人睡他的下铺，老实人没有同意那天点窝被耗子咬了肩膀，不过咬得很浅，他也怕耗子再咬他。找疖子包换，疖子包也不同意，和我、花姑娘换床他知道没可能，所以也没开口。这个大床，用的木料都非常好，所以非常结实，床下面还能放好多东西。火道上还能烤袜子，烤棉鞋。火道离床板还有很高的距离，这样就不会把木板烤着。为了保持温暖我们刨来一堆土，找来土坯把炉子扩大了一倍，那个炉子能装差不多一手推车儿的劈柴，封火时间长，可以一直着到天亮，不必半夜起来加柴火。烟筒的抽劲儿很大，每天晚上封火要是把炉盖儿打开，炉子里发出轰轰的响声，像火车飞驰发出的声音。很多知青都来看，羡慕不已。

花姑娘不想挨着我睡，我睡觉不老实乱蹬乱踹大家都知道，老实人、疖子包不和他换位置，没办法花姑娘还是把行李放在了我旁边。我靠着窗户，躺着睡觉时头和窗户很近，院子里的景象看得很清楚。床的另一边是老实人，他的床头下面放一个板凳，大家上下床，就蹬那个板凳上来或者是纵身跳起来才能上床。大床上非常宽敞，可以睡五个人，但若真的睡五个人，就会有些挤了，我不再让其他任何人上这个床睡。

第二节 春节联欢 思亲想家

排练文艺节目，三排长小洋马嘱咐我好好配合八班女知青排练。这是我盼望已久的事情，我要借这个机会仔细看看草儿。八班长负责组织节目，由她点名选择男知青和女知青参加演出，节目由她们女知青来编导。本来是想召集男女知青到食堂排练，但是食堂已经被一排和二排占领，三排再进去就没有地方了，所以八班长临时决定在八班的宿舍排练节目。八班的女宿舍围着墙三面都是上下床，炉子在中间，靠近窗户的地方一直到门边是一块比较大的空地。男知青不用一起进八班宿舍，该谁排练谁就进去，没轮到排练的等着招呼。最先排练的男知青是我、万事通、小玉，我们和三个女知青排练一个舞蹈，八班长来教大家。跳舞，我理解的就是蹬腿抡胳膊，在学校就学过。我还不理解舞蹈的真正意义是肢体的语言、身形的摆动和变化，生活中很少出现或者没出现过的姿态表达出的意境才是舞蹈的独到之处，胜于语言，强于歌。

就凭八班长的身段和她平时的动作，我感觉她跳舞一定很好看。来到八班女宿舍，万事通和小玉都低着头不敢乱看，我东张西望，想看到要看的人。我发现除了跳舞的三个女知青和八班长，其他女知青都在自己的床上。宿舍里乱糟糟的和男宿舍一样，有的地方比男宿舍还乱，而且上铺与下铺之间，床铺的立柱之间到处拴着绳子，晾着花花绿绿的衬衣衬裤、上衣长裤、毛巾床单什么的。屋里的两只马灯，一左一右挂在屋中间的空地两旁，把跳舞的人照得清清楚楚。床上的女知青们在黑暗的背影里，在晾晒的衣物后面，我谁也看不见，这让我很失望。黑牡丹把挡在她前面的衣服拨开看我们跳舞。

我说："你怎么不来跳舞?"

黑牡丹噘着嘴说："没选上，人家个子太矮。"

我说："可惜了，在学校你跳舞是最好看的，你不跳，当个教练应该没问题。"

黑牡丹说："得了吧，不要取笑我了。"

我说："是不是安排你跳个独舞?"

黑牡丹说："去!"

一些女知青很附和我的说法，一边说"对，对，对"，一边拍着巴掌。

除了黑牡丹，其他的女知青也在看我们跳舞，但都是在挂着的衣服缝隙当中观瞧。

八班长说：“咱们现在开始吧，我一边唱一边做动作，你们跟着我一起学。”

她伸出右手掌心向上举起，同时唱着：“哎……《毛主席语录》手中拿，耳边响起毛主席的话……”

八班长下达口令：“预备起！”

六个知青一起举手并唱：“哎……”

小玉说：“妖怪，你干吗呢！吓了我一跳。”

他这样说，全屋的女知青笑声一片。我唱的时候，故意使出全身的劲儿，声音特别大。

八班长说：“九班副，不用那么大声音。”

我说：“我是真心的，声音还能更大。”

女知青们还在笑。

八班长说：“别笑了，有什么可笑的，正在练节目，干正事。”

女知青们立即安静下来没人再笑，看来八班长真能镇住八班的女知青。

八班长说：“你声音要小一点儿。”

突然，从角落里传来一个女知青的声音，她说：“如果每个人都像他这么大的声音，那才叫表演节目，不信你们试试。”

听到这声音，我一下愣住了，这声音让我感到浑身不自在，头皮发紧，我呆呆地看着声音的方向，忘掉了一切。这声音很好听，她一定是北京人，但没有京腔，说的是收音机里的那种普通话，声音如新莺出谷，清脆悠扬，语调如贯珠扣玉，娓娓动听。我只觉得洋洋盈耳，袅袅余音。从八班回来，那女知青的声音在我耳中、脑中萦绕不绝，何止三日！

我感觉那声音一定是草儿，那声音像火热的熨斗在我的心头蹚过，留下来一道重重的印记。她的声音跟我小学的班主任老师的是如此相近，但比我的班主任老师更带有一些娇婉之音。语言有普通话的工整，去掉了京腔那些拐弯抹角的调门儿，取而代之的是与南方人细腻的发声混合在一起的美妙。简单的两句话，让我颠倒了好几天，现在我的感觉已经不是单纯的对那位我敬爱的班主任女老师的甜美回忆，另有一种莫名的向往，幻想着能和她在一起聊天儿，让她美妙的声音常常在耳畔响起，注视她那讲话时的表情与神态。我的这些感觉支离破碎，总是不能完整地与一个我想念中的人完全吻合。我需要仔细地看她一回记住她。

春节联欢晚会没有几个节目，非常简单，有诗歌朗诵、天津快板儿、三句半，没有独唱，也没有独舞，最得到认可的节目就是三排的六人舞蹈。其实也没什么特殊的，主要是这六个人一开始唱的那个“哎”，嗓门儿放开了，在拥挤的食堂里特别响亮，再加上三排的男女知青在下面帮唱，把晚会气氛推到了高峰。就像草儿说的那样，那才是表演，大声歌唱产生了极大的震撼力。三排除了这个节目还有勺子编的一个三句半，由七班男知青表演，效果也不错。叫小果子口琴独奏，他说什么也不干。

还有一个哈尔滨的知青会弹月琴，但是他说：“让我弹月琴，我弹什么曲子啊？无曲可弹。”

新建点里还有会吹笛子、会拉胡琴的，但都没有上，整个联欢晚会就是干跳干唱，草草收场。最让大家兴奋的事儿是男女知青能够有机会在一起相互多看几眼，但是屋里的灯光很昏暗，再加上大家都朝着一个方向看，所以自己想看的人，最多也只能看个背影。每个知青都尽量把自己打扮得精神一点儿，虽然食堂很冷，但是知青们穿大衣的很少，也不戴棉帽子。

春节只有两件事：一件事是吃饭，一件事是想家。想家是一哭、二闹、三骂街。勺子、疖子包属于哭泣那种，小果子、老七属于闹的那种，花姑娘、点窝和臭袜子属于骂街的那种，而黑牡丹则是三种都占了。

一天，小瞄儿、小眼儿、耗子、我坐在一起边抽烟边聊天儿。

小眼儿说：“大年初一，黑牡丹闹得厉害，八班长都劝不住，妖怪你不去劝劝她？”

我说：“我劝管用吗？”

小眼儿说：“好歹你们是小学同学，比我们时间长，可能好点儿。”

我说：“她逮机会就踢我，她能听我的？让二姑娘她们去吧。”

大家都不出声了，坐在那里一个劲儿抽烟。

生活很枯燥，要没有排练文艺节目那几天的兴奋，过年几乎和平时没什么两样，平时的业余文化生活就是相互开玩笑、相互取笑、聊聊天儿、骂骂人、议论议论女知青、议论议论一些让人讨厌的领导。最严肃的文化生活是读书写字，就是读“红宝书”和写家信。

最普遍的景象是躺在床上睁着眼睛想事情，大家都在想什么？好像大家都在想其他人在想什么。有时，一屋子人都醒着，竟然没有人说话，都在想什么呢？

躺在床上发呆，是经常出现的场景。晚饭时宿舍里会热闹一阵子，等到了八九点钟，大部分人就已经上床，歪在床上聊天儿；或者是躺着发呆，眼睛望着上面，两手搂在胸前，或双手枕在脑后，眼睛是亮亮的。他们想着经历过的一切，想那些最快乐或最痛苦的时候，而且他们苦思冥想着将来可能发生的事情。他们会想什么时候能够回家探亲；什么时候会和一个或者一群漂亮的女知青在一起说笑、劳动、快乐游戏；什么时候和大家一起享受好吃的东西，穿上漂亮衣服和鞋子；的确良、懒汉鞋，似乎已经与每月三十多元的工资收入不太匹配；哪里能买到迪卡料子和牛皮鞋……

第三节 恶治疖子 现《山鬼图》

大家都是躺着或者歪着，只有疖子包是趴着，因为最近他的腰和屁股之间长了一个疖子包，这个疖子包太大，而且每天还在不停地生长，越来越大，大到有吃饭碗的碗口那么大。疖子四周红红的，越是靠近疖子包的中心越红，靠近疖子头的地方，那些肉的颜色是紫红色，紫红色的肉不像想象的那样肿得发亮，相反，那肉看上去很松弛，褶皱不平。疖子中央有一个鼓鼓的头儿，颜色发青，这个疖子头是亮亮的，这样的疖子看一眼就让人觉得毛骨悚然。

疖子包疼得痛不欲生，夜里又哭又叫，闹得全班都睡不了觉，大家也只好忍着。我找来卫生员，卫生员也没有办法。

她说："这样大的疖子我也没见过，可能要做开刀手术。疖子不冒头，里面是脓血并且还在不停地溃脓，越来越深，不放出脓血好不了。到团卫生队需要二十五里，这一路颠簸可能要疼死他，我真的没有办法。"

疖子包已经快熬不住了，他说："你们谁把我宰了得了，我不想活了。"

耗子经常过来观看那个疖子，他问卫生员："是不是拉个口子把脓放出来就好了？"

卫生员说："是啊。"

耗子说："拿刀来，我给他拉。"

耗子见卫生员不动，瞪起眼睛说："拿手术刀啊！"

卫生员说："我都不敢拉，你敢啊？"

耗子说："我在家时长疖子去医院拉过，把脓放出来就好了，咱们这里没有拔毒膏，有拔毒膏一贴就好，咱这里有药膏没有？有就不儿用拉。"

卫生员说："没有。"

她从药箱里拿出手术刀说："没有麻药。"

耗子说："麻药不管用，肉都烂了，麻药往哪儿使劲？"

卫生员说："还是我拉吧，但是，你们不能让他动。"

我说："来几个人，按住他。"

卫生员用酒精给手术刀消毒，她的手有些抖。

耗子说："你要是没学过也肯定没试过，你要不敢我来！"

卫生员说："我不敢下手，你敢下手那也不能让你拉，出了事情，我责任就太大了。"

卫生员对疖子包说："我用刀给你拉开你同意吗？"

疖子包说："同意，同意，就是死了与你没关系，我保证。就是千万别让耗子给我拉，丫狠着呢。"

卫生员说："这疖子最怕感染，弄不好感染了可麻烦了，也会死人。"

疖子包说："我吃消炎药就没事。"

卫生员说："没办法，没有麻药，你们按住了啊，按住他的胳膊腿，别让他乱动。"

我和六七个男知青把疖子包紧紧按住，卫生员在疖子上擦酒精，用过的酒精棉球被耗子接在手里。耗子手里还拿着一个空的玻璃罐头瓶和一个汽油打火机。卫生员咬着牙去拉疖子头。

只听一声惨叫，如锥穿肺，天都暗下来了。

卫生员一刀下去，把疖子头拉开了一道浅浅的口子，因为她不敢用力，刀口很浅，那个疖子头表面的亮皮被拉开了一条缝，疖子头里面露出了白色，像个粉笔头堵在那里。拉疖子头时刀口要比疖子头宽出一些，便于把疖子头挤出来，但是，卫生员拉的一道小口，连血都没有流出来更别说脓了。脓还被疖子头堵在里面。

这时候耗子说："看我的！"

他用打火机把酒精棉球点着扔在了罐头瓶里，酒精棉球在瓶子里燃烧了数秒之后，他把被烧黑的酒精棉球倒出来，举起罐头瓶，嘴里喊着："按住他！"一把扣在疖子包的中央，只听一声惨叫："妈呀！"

被罐头瓶扣住的疖子包，一下鼓了起来，疖子头瞬间蹦出，撞到瓶子底儿后掉了下来，紧接着没了堵头儿的疖子口儿像火山喷发一样，脓血向外奔涌而出。

疖子包哭喊着说："哎呀！我的妈呀，耗子，你丫真狠啊！哎哟，不过我谢谢你呀，不疼了。"

疖子包满身透汗。他哆嗦着对卫生员说："谢谢谢谢谢谢！"

卫生员突然哭了，她一边哭一边给他擦拭伤口，拿出纱布说："你们还得按着他，要在伤口里塞一些纱布进去，这样，肉能长平，不会留下坑。"

疖子包说："大姐，你千万慢点儿啊！"

卫生员往疖子留下的洞里塞纱布，疖子包说："不用按着我，这个疼得不厉害，我能忍，你们快把我的胳膊腿按折了。"

处理完伤口，卫生员说："明天我再来看看，每天换一次纱布。"

她转身对耗子说："你跟谁学的拔罐子，拔罐子治疥子我听都没听说过。"

耗子说："拔罐子我会，我妈给我爸拔罐儿时教过我，疖子能拔罐儿我知道，但今天是第一次。他长的这个疖子，叫缠腰龙，不治会死人。"

勺子说："什么缠腰龙，缠腰龙是围着腰长好几个。"

疖子包说："别扯淡了，长好几个，我就得死。"

勺子说："你行，你够棒的，要是你这样的疖子搁我身上，我自个儿就去死，不受这罪。我可没有你那么坚强，你快比上关公了，刮骨疗毒，就差手里拿一本《春秋》了。"

疖子包说："什么他妈刮骨疗毒，反正我比你们能忍疼。"

花姑娘说："把你弄到白公馆或渣滓洞，你保证是个坚强的共产党，打死都不说！"

疖子包说："我不知道能不能坚持，反正刚才用刀子拉的时候，让我干吗都行，只要不疼。"

万事通说："要是往你手指盖儿里钉竹签儿，给你搂着烧红的烙铁，给你坐老虎凳，给你灌辣椒水儿，你招不招？"

"能不招吗？"花姑娘说。

花姑娘接着说："我看你肯定扛不住，当然招供，别说他们钉竹签儿，抱烧红的烙铁，就是我妈打我我也受不了，让我说什么我就说什么。"

耗子说："那你肯定当叛徒。"

老实人说："咱们这些人有几个不当叛徒的？"

耗子说："反正看当时的情况，我要是生气了，怎么打我我也不会说；我没生气，说不定就说了。"

勺子说："那给你个妞儿，你肯定禁不住糖衣炮弹。"

耗子说："照你这么说，直接给你俩妞儿，你更得招供啦。"

勺子说："这招儿都是国民党、日本鬼子使的，所以国民党败了、日本鬼子败了。肉体摧残不能解决根本问题，所以，国民党叛徒更多，不用打就投降了。”

万事通说：“要是在打仗的时候，你们都牺牲了，只剩我一个，受了伤，敌人把我抓住了，我说服他们放下枪投降，大部队赶到，我立了大功，回去就给我个师长旅长的干干，那多棒。”

疖子包说：“我们都死了，没人看着你，你肯定第一个投降。你都没有给敌人使用糖衣炮弹的机会，国民党妞儿省了、日本娘儿们也省了。”

疖子包的伤口很快痊愈了，卫生员去了几次九班宿舍给他换纱布，她已经和九班的人特别熟了，她一进宿舍大家抢着和她说话、帮她做事。疖子包成了九班的红人，耗子更是往九班跑得勤，几乎和疖子包形影不离，每天很晚才回自己的宿舍，只要卫生员来，耗子就能遇上，卫生员也总是先和耗子打招呼，耗子则围着卫生员伺候她工作。

自从耗子用罐头瓶给疖子包拔脓之后，大家便对耗子另眼看待，除了知道他心狠手黑现在又有稀奇古怪的办法治疖子，而且这方法很奏效，有人想这小子说不定还有什么其他新鲜玩意儿没露哪。耗子和我说：“会治疖子没什么，这疖子如果长在肚子上，他也是不敢下手的，那可能把肠子拔出来；若长在了肉少的地方，比如颈椎附近，他也不敢动手的，这个疖子包偏偏长在肉比较多的屁股边上，估计也出不了什么事儿，所以才敢下手。”

耗子说：“再遇上这种事一定不管了。”

耗子说，自己下手给疖子包拔罐子，因为他和疖子包关系很好。即使把疖子包弄疼了，疖子包也不会怪他，更主要的是他觉得好玩儿，这是他下手的最强烈动机。在这里确实没什么好玩儿的，玩玩好朋友的疖子包一定很刺激。于是，他天天来看疖子包的疖子长大，疖子每大一圈，他就兴奋一分。他没想过让卫生员拉那一刀，那是他见卫生员为难的临时起意。事后让他感到高兴和骄傲的是卫生员此后与他碰面时的热情，主动和他打招呼。有时在食堂等着买饭，两人就一直聊，卫生员也不忌讳其他人看见，这让耗子格外惊异。卫生员除了个子小，其他方面都非常出色，特别是那红红的小嘴，在她圆圆的脸上闪动，那是任何其他女知青没有的俊秀，耗子高兴得几乎睡不着觉，天天在想卫生员和他说笑的情景。小眼儿非常嫉妒。

小眼儿和小瞄儿说：“你说卫生员那么漂亮，怎么就看上他了？”

万事通说：“他俩在一起就是一幅《山鬼图》。”

勺子说：“《山鬼图》美女旁边是老虎，咱们的《山鬼图》，美女旁边是耗子。”

小瞄儿说：“你找死，让耗子知道你这么说，非打折你的腿不可。”

勺子说：“我死不承认我说过。”

万事通说：“到时候我证明。”

勺子说：“你真不够意思。”

万事通说：“你给我买盒烟，我就证明你没说。”

我说：“你们别看着眼红，我看他们就是好朋友，就像我和掸子、黑牡丹、排长一样。卫生员见了我也打招呼，你多生儿回病，你也和她熟了。”

没想到第二天小眼儿真病了。

小眼儿得的是腰疼病，他让一班长去叫卫生员，一班长非常不耐烦地说：“叫什么叫，休息一下就好了。”

他又叫小瞄儿帮他叫，小瞄儿去叫了。

卫生员说：“腰疼也没什么有效的药，给他带几贴伤湿止痛膏试试吧。”

小眼儿以为他腰疼，卫生员一定会来看看他，说不定会用她那轻柔的小手给他揉揉，没想到小瞄儿带回了几贴膏药，让他很是沮丧，感觉像是被人骂了一顿。

小眼儿对我说：“有什么了不起，从全新建点来看比卫生员漂亮的女知青太多了，个子还那么矮，和耗子就是一对矮子，他俩再合适不过了。可你说，即使卫生员是女知青里最丑的，也不应该和耗子在一起，耗子是天下最难看的小子，妈的，耗子是怎么了？”

他正生气呢，耗子领着卫生员来了，这让小眼儿大吃一惊。

耗子说：“小眼儿是我的铁哥们儿，你给好好看看。”

小眼儿说：“没事了，可能是累着了，休息休息就好了。你们在这儿歇会儿，我和妖怪出去活动活动啊。”

第四节　大风降温　彪子挨踹

又是大风降温了。北风呼呼地奔来，震动了整个原野，呼啸着撕扯着森林，大树的枝干抵抗着强劲的冷风。狂风的冲击与抵抗的森林汇成了严冬的咆哮。积雪被扬起，漫天飞舞，昏暗的天空沉沉地压在头顶。整个新建点被风雪包裹。这样的天气也是要上班的，知青们靠战天斗地的豪情、人定胜天的意志，成群结队地出没在风雪中。他们又进山伐木了。

在这种日子里，女知青要比男知青艰苦得多，男知青在树林的深处伐木，树林里靠近地面的地方没有什么风，大风只是在头顶呼啸，树枝发出甩鞭子一样的哨音嗖嗖作响，干活儿的地方只是气温有些干冷。男知青干起活儿身上很快暖和起来，也不觉得寒冷难耐，但是女知青要拉着原木从树林里走出来，树林边缘地带大约有一里的路程没有任何遮挡，她们要走过正刮着大烟炮的地带。零下三十多摄氏度的气温，寒气很快就能刺破厚厚的冬衣，侵袭到身体。几乎所有的女知青都戴着口罩，口罩与棉帽子之间露着一双眼。呼吸的哈气经过这条缝隙，瞬间结成了白白的冰霜，而且白霜不断扩散到四周，整个头的正面好似一个冰坨。女知青们就这样一趟一趟地出入树林与大风之间。只有少数几个女知青不戴口罩，这几个女知青都是佳木斯或哈尔滨来的，这几天她们几个当中也有脸被冻白的情况，因为发现得早及时治疗，没有冻伤。

下班回来的路上，小玉的脸冻白了一块，花姑娘、万事通给他用雪搓红。我和老实人往炉子里填了很多柴，屋子中间的炉子和我们床头的炉子都烧得轰轰作响，宿舍很是温暖，这要比只有一个炉子取暖的其他宿舍暖和得多。其他宿舍的一些知青也来九班宿舍待着，自然少不了小瞄儿、小眼儿。耗子不常来了，听说他总是躺在床上瞪着眼睛想事。

九班的宿舍每天晚上都很热闹，三个一群五个一伙地聊天儿逗贫嘴，小果子不时吹吹口琴，小玉和我非常想学吹口琴，总是让小果子吹我们喜欢的歌曲，宿舍里说笑声不断，口琴声悦耳动听。

这天晚上，九班来了一个三班的知青，哈尔滨人，他外号叫“疯彪子”。平时做事认死理，是一条道走到黑的那类人。他思想进步，工作积极，做事经常让人感觉是彪乎乎的。特愿意骑马发疯，新建点有一匹瞎马雪白高大，疯彪子折腾它半个多月学会了骑马。之后他开始骑不瞎的马，没有马鞍的光屁股马不好骑，他经常被摔，昨天抻了肠子，今天蹾了蛋，浑身伤痕累累，但他还是骑，终于能骑稳了。有一次骑马出去，来回六十多里，磨破了屁股蹾肿了蛋，歇了一周才缓过来。

他父母都是当官的，其中一个官还挺大，是东北一个大城市的革委会委员，受其影响他也很有革命思想。

疯彪子说：“你们屋子里真暖和呀。”

万事通说：“那当然了，两个炉子能不暖和吗？而且我们的炉子都特别好烧。”

疯彪子说："你们这是搞特殊。"

屋里乱糟糟的声音突然静下来。

疯彪子说："别的宿舍都是一个炉子，唯独你们九班两个炉子。"

万事通说："炉子是我们自己砌的。"

疯彪子说："别人也能砌，为什么别人没有砌？"

花姑娘说："我去你的，你们太懒。"

疯彪子说："你们搞特殊化，这是资产阶级的东西。"

我说："不愿意待着滚蛋。"

疯彪子说："你骂谁呢？"

我说："我骂你呢，滚！"

点窝、老七、小玉都说："滚蛋！"

勺子说："今天风衣扣没扣严，把你漏出来了，以后别往这儿来。"

疯彪子这下可下不来台了，他说："妖怪，你是班长，搞特殊，我提意见你不接受，还骂我。咋地，想称王称霸呀？"

我说："别在这儿废话，滚！"

疯彪子本想找台阶下来走人，没有找到台阶直接被赶，恼羞成怒，举起一块烧火用的板子向我冲过来。

疯彪子冲到我面前，我正坐在自己新钉的床上，居高临下抬起脚踹在他胸口上，疯彪子被踹了个屁股蹲儿。我从床上下来顺手从床下抄起一把斧子，准备和疯彪子干一场。小瞄儿、小眼儿一左一右抱住了刚刚爬起来的疯彪子。

俩人劝他说："别打了，别打了，怎么回事啊，算了，算了。"

疯彪子丢了面子，又挨了一脚，不依不饶，一个劲儿要扑上来找我拼命。疯彪子折腾了一会儿没个结果，嘴里还不停地骂。

我说："快该睡觉了，要想打找个时间找个地儿咱俩再打。"

宿舍里的人也都冷嘲热讽地说他。疯彪子有人拦着想打打不了，想说也说不过这帮人，找台阶就下了。

疯彪子说："这事儿我跟你没完。"

疯彪子是个好面子的人，因为他说的话犯了众怒，他也知道自己很孤立，在这儿他占不着便宜，但是他也从来没吃过这样的亏。所以他一定要出这口气，于是，他去告状告到了连长那儿。

第二天三排长小洋马找到我说："你和谁打架不行，非跟他打，他能善罢甘休吗？"

我说："我也不愿意和他打架，可他说话太气人，他总把自己装扮成革命的左派，我就讨厌他这样的。"

小洋马说："这下好啦，他告到连长那儿了，连长让我找你谈谈。"

我说："谈谈就是聊天儿呗，好，上连部？好长时间没跟你说几句话了。"

小洋马说："聊嘛聊，我就告诉你以后别招他。连里领导研究了，每个宿舍可以生两个炉子，愿意砌炉子就自己解决。"

我说："大冷天儿，冰冻三尺，上哪儿去找泥土啊。"

小洋马说："那你就别管了。天气太冷，连里决定从今天开始安排值班，专门给各个宿舍烧火，晚上不能灭火。"

我就怕夜里站岗值班的事儿，这回倒是自己引出来的，自作自受哇。

小洋马说："现在都说我护着九班，护着你，你没听说？这闲话传得有鼻子有眼的，这叫嘛事儿啊。所以，你蔫悄儿的，别再惹事了，把工作搞好喽。"

我说："好，好，好，以后保证不打架了，您放心吧。"

我一边说，一边盯着小洋马那冻得发红的脸和好像汪在一湖水中的黑黑的眼睛，感觉到她比刚见时更加有活力，青春喷放着浓郁的热情，年华流淌着醉人的芬芳。她轻声慢语、亲切温暖、和风细雨、妩媚灿烂。浓重的天津口音在她嘴中流淌如咏如歌，我只看得痴迷心怡。

小洋马杵了我一拳说："你个小屁孩儿，眼神儿怎么不对呢。"

三排长小洋马经常出去，大多是参加活学活用报告团，每次出去都要十天半月。在新建点里，她是比较有威信的排长，连里领导也对她另眼看待，就是她的副排长鱼唇不太露脸，经常处理问题失当，小洋马外出回来，如果有事那一定与鱼唇有关。副排长的思想水平、工作能力确实很一般，在排里没有什么威信，他说话大家都不爱听，班长们硬着头皮凑合听。这半年多以来，小洋马说话的口气有了很大的变化，不再像过去那样总是拿腔拿调地讲政治，指手画脚讲教育。现在有时候也学会了和知青们逗逗贫嘴、开个玩笑，越是这样大家与她的关系越是亲近。她安排的工作，班里都积极地去完成，就连大家与鱼唇的关系、对鱼唇的态度都碍着小洋马的面子凑合着过得去，小洋马也从来不批评鱼唇，对他很尊重，也可能是不屑。总之，小洋马受到大多数人的喜欢，据说团里早就要调她去机关工作，但她不去，理由是她还要在基层锻炼，继续与工农相结合。因为条件好的地方她不去、升官她不去，大家就更佩服她了。不光三排，全连也基本上没有和三排长较劲的。背地里也很少有人讲她的坏话，就连小果子、臭袜子，也很少说她不好，有些时候反而乐于谈论她的优点。但是，最近有人说她护着九班，护着九班副是怎么回事？我找机会和班里的知青说了这事儿，九班一片哗然，商量着找出说这话的人整整。

第五节　夫妻痛哭　改邪为正

万事通很快知道了事情的来龙去脉。原来三排长小洋马是新建点的团支部书记，按上级要求在新来的知青里发展一批团员。开会的时候小洋马提出来重点培养的人，九班占了仨，小玉、老实人和我，其他班平均不到一个。在新来的知青当中表现比较突出的就数一班长一本正经和九班的这几个人了，另外也考虑三排团员少，特别是九班没有一个团员，其他班都有一两个团员。一排的副排长——大洋马的丈夫花哑巴和其他几个党员是小洋马邀请来征求意见的，花哑巴不合规矩地提出了几个发展对象，认为九班的这几个人表现也并不怎么突出。小洋马发表了自己的不同意见，认为花哑巴说的几个知青与九班的这几个知青有一定差距，花哑巴见自己的提名遇阻，一急之下发表了小洋马护着九班和九班副的议论。花哑巴是个爱张罗事儿的人，是事儿都愿意参与，大洋马只求安安心心地过日子，两人的性格大不同。在家里，花哑巴有时还要摆出大男子主义的架势，平时大洋马不跟他计较，但如果真让大洋马生气了，大洋马一定会揍他。

大洋马揍花哑巴，是先把他抓过来，用两条粗壮的大腿夹住花哑巴那两根烧火棍似的腿，左手连脖子带脑袋按下去，花哑巴没有几两肉的屁股就弓了出来，大洋马抡起蒲扇般的巴掌开始呱呱地抽打，打得花哑巴“啊吧啊吧”地大叫。日久天长，花哑巴也学乖了，每当他要要大男子主义时就先跑到门口，占据有利地形，只要大洋马稍微一动他扭头就跑。

因为一排一班是个武装班，大家对一班感觉很神秘。但是，武装班不但没有枪，连把刀都没有，每人一根反修棒，把那反修棒当枪。一排的人也因为自己排里有个武装班感到很有面子。一排副排长花哑巴更是觉得自己很牛，工作上的艰巨任务如果轮到副排长拿主意，他就把这任务派给一班。特别是工作需要几个班参加的情况下，他要求武装班必定冲在一排前面，冲在其他排前面，所以武装班无非是干活儿的主力。一班有几次和九班的人一起干活儿，装卸大卡车、搬运木头、伐树都比试过，但是一班就是干不过九班。九班的人遇到其他班还无所谓，只要一听是武装班，不用鼓劲儿，拦都拦不住地拼命干活儿。表面看九班的人有些自由散漫、狂傲不羁，但干起活儿都是一个赛一个的好手。

大家早就看不惯一排副排长了，厌恶他的个性，谁对他都没什么好气儿，他自己还觉得活得挺带劲，说话咋咋呼呼，老不在点子上，时不时的还挺“左”。九班的几个知青商量着要整整他。

我说：“看他那身子板儿，不抗打呀。”

花姑娘说：“给他扒光了扔院子里冻上。”

因为前几天的寒流，新建点唯一的泉眼被冻住了。说是泉眼，其实就是山渗水。没有水不要紧，到处可以找到冰雪，食堂每天都要化很多冰雪用来做饭。各宿舍也要化雪，为了洗漱和洗衣。雪是很干净的，雪被化成水以后里面没有任何脏东西，水非常清澈。

我和老实人拉着爬犁和镐头到泉眼的下游刨冰放在水桶里，在宿舍里一晚上就能化开，这样，早上大家就不用那么紧张地忙着化雪洗漱。

回到宿舍，我们看见花哑巴一丝不挂地被捆在一把木质的椅子上，他正在不停地骂街。

花姑娘过来对我说：“不费劲，三个人就把他捆上了。”

原本，我还以为花哑巴是很魁梧的汉子，可是看着眼前的花哑巴体型奇特，宽宽的肩膀，胸肌还算发达，就是下身，那两条腿确实细得跟烧火棍一样，上下身很不对称。

花姑娘对我说：“万事通去叫他老婆了。”

一会儿，万事通回来了，他说：“大洋马不来，我说你爷们儿腰疼让你扶他回来，她说，腰疼连家也回不来了，那就别回来了。”

大家围着被裸捆的花哑巴取笑，说他光着比穿着衣服好看，一年四季总穿着一身黑衣服，显得又老又埋汰，没个青壮年的样儿。

花哑巴喊着说：“我都快四十了，碍着你们什么事儿了！我没得罪你们，为什么这样！”

臭袜子说：“操，你是老爷们儿吗？老让你老婆打，在外边还牛哄哄的，管这管那，先管好你老婆！”

正在此时，大洋马破门而入，她听见了臭袜子的话。她扒拉开众人，看见她爷们儿这般情景，脸一下变成了紫色。

我上前说：“对不起，对不起，我们和排长闹着玩呢。快解开，快解开。”

大洋马什么也没说，转身疾步而去。花哑巴见大洋马来了，根本不敢抬头，他哭起来了，我和万事通赶紧帮着花哑巴解绳子，花哑巴一边哭一边穿衣服。这时整个宿舍的人好像都感觉到把比自己大二十多岁的人脱光了捆起来是很过分的。

我和花姑娘说："怎么说捆就捆，还真给扒光了，大洋马看了多难为情。"

点窝说："我也觉得很过意不去，是我先动的手，谁知道还去叫他老婆了，这主意谁出的？"

臭袜子说："我出的主意，当时怎么没人反对，现在觉得不好，晚了。"

点窝说："是谁把一排副叫来的？"

老七说："我。"

点窝说："谁让你把他叫来的？"

万事通说："我。"

点窝对万事通说："是你让老七把他叫来的，大洋马是你叫来的，这等于他两口子都是你叫来的，你解决。"

万事通说："我怎么解决？"

我说："去赔个不是，道个歉。我跟你去，还有花姑娘、老七，一起去。"

小玉说："我觉得不应该去叫他老婆，给他扒光了让他老婆看有点儿损。这等于是让他和他老婆一起出丑。"

说到这里，大家都不说话。

我说："走啊。"

屋里十几个人没有人说话。

我说："花姑娘，你去不去？"

花姑娘说："咱们去了，大洋马还不把咱们一个个扔出来？"

老七说："她要打咱们一顿怎么办？"

我说："打就挨两下，让人家出出气，这事儿也就完了。"

小玉说："打一顿是轻的。"

小果子说："让人家以后怎么出门见人？我们一群光棍儿咋地都行，人家是成家的人，过分啦。"

万事通说："咱宿舍，咱男知青让人看瓜的还少啊，怎么轮到他这么多事儿，你们给我看瓜的时候，怎么没这么多感想？以后谁再看我的瓜，我和谁拼命。好，去就去。"

我、花姑娘、万事通、老七来到花哑巴家门口，敲了敲门，推门就进去了。

屋里大洋马和花哑巴两个人都在哭。

万事通终究没敢进大洋马家屋里。家属宿舍房子不大，也很矮，靠北面是土炕，不像农村土炕靠着窗户。土炕的东面放着两个箱子，箱子很新，箱子上放着几床叠好的被子，花花绿绿的。靠近窗户的地方有一张方形桌，桌子周围有三个实木方凳，墙角有几个口袋，不知装的什么东西。大洋马坐在靠近窗户的一张方凳上，因为屋子小，她坐在那里显得极其庞大。花哑巴坐在炕角，头靠着墙，两个人都在默默地流泪。

我感觉这件事比自己想象的严重。他们两个人这么伤心，大洋马双眼红红的，脸色难看，不时往地下甩一把鼻涕，没有哭声只是流泪。大洋马虽然高大，但她整个人各个部位比例匀称，不像一般巨人那样大脑袋、宽腮、长下巴。她除了手掌显得大些、厚些，其余地方没有任何畸形，她若小两号，身形不输小洋马。花哑巴不时抽泣，还伴有叹气，这是哭的时间过长的表现，他的脸、鼻子、眼睛都是红红的，两只手搓在一起很是伤心。我见到这种情景，更是觉得对不起人家，特别是对不起大洋马。她是个不爱说话，一心努力工作的妇女，平时谁都招惹不到，连热闹都不看，怕别人笑话她太过高大，她能陪着花哑巴哭，说不定是为丈夫委屈。我突然想到，大洋马打她丈夫的传言不一定准确。

我说："对不起，我们平时闹着玩儿闹习惯了，一排长和我们关系不错，所以我们就和他没大没小了，今天太过分了，我们来认错道歉。"

大洋马听我这么说，身子微微动了动，花哑巴没有任何反应。我捅捅花姑娘，花姑娘始终低着头，站在门边。

老七倒是挺能说，他说："嫂子，对不起啊，我们和大哥闹着玩儿，闹得有点儿过分了，以后我们一定注意，不会再和大哥这么闹了。你们两口子都是老实人，也都是好人，我们这么闹，好像有点儿欺负人，其实我们是没拿大哥当外人。我们知青宿舍里，谁的人缘儿好，谁被看瓜的次数就多，我们几个被班里的其他知青看瓜是经常的事儿，您别往心里去啊。"

虽然我们劝了很长时间，但两口子仍然不说话，大洋马仍然低着头。花哑巴从起初的抽泣，逐渐变成了叹气，我们三个人待了一会儿，就灰溜溜地出来了。

回到宿舍，知青们询问情况，都想知道两口子现在怎么样了。

老七说："今天这事儿咱们办得不怎么样，这玩笑开在咱们知青身上还可以，和老职工开这种玩笑就不是玩笑了，妈的，就是觉得别扭。”

我问花姑娘：“如果给你看瓜，然后把你扔到食堂让女知青们看见，你会怎么样?”

花姑娘说：“我去你的，那我就死了。”

我问万事通：“你呢?”

万事通说：“那就不能活了。”

我问小玉：“你呢?”

小玉说：“把给我看瓜的人都宰了我再死。”

我说：“以后这种玩笑在咱们九班不再开了，到别的宿舍我不管。今天我突然觉得衣服对人来说第一重要，我今天看了他们两口子，好像比死还难受。从今天开始，谁要是再开这种玩笑，我就给他扒光了扔食堂里。”

我这是第一次在班里说这么霸道的话。

点窝说：“假正经。”

我说：“还是那句话，不信就试试。”

我回过头来对万事通说：“如果不是让你去叫他老婆，是让你去叫几个女知青来看，你会去吗?”

万事通愣在那里，没有回答。

我接着说：“他差点儿让你断子绝孙，你忘啦，他满肚子坏水，谁听他的谁倒霉。”

臭袜子说：“你满肚子坏水，怎么着，找碴儿?”

我翻着白眼说：“懒得搭理你。”

臭袜子骂了两句不吱声了。

平时知青们在宿舍里洗洗涮涮，大多数人再懒，十天半月也会洗一次澡，洗澡一般只用两盆水，一盆洗头洗脸，另一盆是把洗完的头再涮一遍，然后洗下身。洗澡的时候，也不在乎同屋的知青看，就是花姑娘洗澡时也不在乎，他只不过用屁股对着人多的地方。其他的知青完全无所谓。

九班的知青大多数被同屋的知青看过瓜，就连点窝这么霸道的人也没逃脱。几个知青想给老实人看瓜，老实人连动都没动，大家看他不挣扎觉得没趣，所以只给他看了一半，老实人就那么躺着。小果子没有被看瓜，他从不参加知青的嬉闹。花姑娘没有被看瓜，那是我护着他。

第一次点窝发起要给花姑娘看瓜，我说：“你色劲儿犯了，想拿假姑娘当真姑娘。”

给我看瓜最省事，我说："我自己来。"大家也觉着没意思。

被看瓜最多的是万事通和老七。知青们晚上真的没事干，只是聊天儿、哼哼小曲儿已不能消耗掉他们从少年到青年迅速膨胀的激情。

后来我听说，我们道完歉走了以后，大洋马对花哑巴说："他们来道歉了，知道自己做错了，我看就算了嘛，你也别难受。"

花哑巴说："不是他们干的，动手的没来。我本来想去报告连长，让连长来解决，可九班副他们来了，我都不知道怎么办了。这下我可丢人了，还让你跟着丢人。"

大洋马说："这事儿不能怨你，你又没招他们，可能是因为我长了这么个大个子，像个怪物一样，他们才欺负你，实际上还不是在笑话我。"

花哑巴说："跟你有啥关系呀？你长得个子大是天生的，这也不是你的错，个子大有个子大的好处，我感觉他们还是对我有意见，我只是个副排长，跟他们也没有什么直接的工作来往，这事儿就这么算了？"

大洋马说："算了，越吵吵知道的人越多。"

原来，大洋马和花哑巴都很自卑。一个是大洋马的身高体重超过一般人很多，大洋马的外号是公开的，说她像一匹高大的外国马；一个是花哑巴上边奇宽下身奇窄的那种怪异体型，他们两口子最怕别人笑话他们。当他们看到一批批新来的城市知青，一个个长得精致又好看，知青来得越多，他们就越不愿意出门，也不愿意参与集体干活儿。大洋马总是找领导安排她干那些少接触人的工作，哪怕苦点儿累点儿她也毫无怨言，为的是躲避知青们那惊讶的唏嘘和利刃一样的目光。他们的外貌给他们形成了巨大的心理压力。

晚上，吃完饭确实没事干，天一黑，早早上炕。夜很长，人很忙，只种地，不打粮。他们结婚快十年了，没有一点儿动静，他们想要孩子，又怕孩子像他们一样怪异，心理压力可能起到了避孕的效果。

从扒光花哑巴事件以后，九班没有了这种低级趣味，给同伴儿看瓜的玩笑消失了。这半年多以来，知青骂人的现象越来越少，特别是那种极其难听的骂人的话，不是在真急眼的吵架中，也不会出现。知青之间更多的是，相互关照、彼此帮助，情同兄弟的味道更浓，这完全不同于在校期间讲哥们儿义气的那一套。现在的这种兄弟情分是遇事不只考虑自己，在处理问题的过程中也考虑到了别人的感受，遇事会掂量一下别人会怎么想，这样做对别人有什么影响。这就从一群哥们儿兄弟的那种江湖习气，转变成一种战友同事的情感和集体观念。

公平的处事被越来越多的人接受，那种极端自私的行为，只在少数人身上偶尔出现。知青们正在不经意间修炼着成人的素养，虽然这并不是有意识的行为，但是，他们在与自然界打交道的过程中，逐渐懂得了成长的顺序，懂得了自然界是按照一定的法则运行，人的成长是这法则中的一部分。他们的内心和身体不断地被自然界所滋润，他们的思维和行为轨迹被劳动需要所统一。渐渐地，他们懂得了要生活就要生产，要生产就要尊重自然，自然是不可抗拒的，生存就要依赖自然，适应自然是判定人的行为的唯一准则。与工农相结合，本质上是与生活生产结合，因为工农就是普通人，他们照样骂人，照样有低级趣味，只是他们有更多的生活生产技能。就像天冷就要生炉子取暖，饿了要吃东西填饱肚子，这是自然强行引导人们进行的选择，如果不这样选择，那就要被冻死，就要被饿死。知青们就是这样在生活生产中学会选择正确，纠正错误的。

第十章　初生牛犊

第一节　边疆小镇　望山跑马

现在，大部分知青相比过去的自己要富足很多，每月三十五块两毛的工资，节省的人每月消耗一半就足以生活，那些抽烟的知青也能剩下十五元左右，知青们把剩余的钱大都寄回了家里。因为没有业余生活的花费，新建点也没有商店，想吃的东西、想穿的衣服，有钱也没地方买。听说新建点正南方七十里有一个小镇，那里什么都有，特别是有很多知青想吃的罐头。小玉很想去，多次和我、花姑娘念叨，经过反复商量，我们几个下定决心去一趟。班里的人都支持这样的采购活动，希望帮他们带回一些好吃的东西，主要都是想吃肉罐头。这支队伍由我、小玉、花姑娘、老实人、老七、万事通组成。后来小瞄儿、小眼儿听说了也坚持要去，于是我们一行八人凌晨四点就出发了。

我们要走的七十里，是积雪没膝没有路的荒野。

从宿舍出来，我们奔正南方向前进，经过场院进入小麦地。这块麦田非常大，从地的这一头儿到另一头儿大概有两千米。走出麦田就进入了沼泽地，这里的地势比较低，在夏季这片沼泽地人是不敢轻易进来的，开荒也只能到这里。然而，这里比较平坦，在月光照耀下犹如一池平静的湖水，抬眼望去茫茫一片，没有边际。我们排成一队，打头的人先要蹚开积雪，深一脚浅一脚地蹒跚向前，其他人跟在后面鱼贯而行，当最后的那个人走过，后面就出现了一条坚实的小路，在我们回来的时候，这条路不仅好走省力，更重要的是指引着方向。离沼泽地不远，在很长的一段荒野中积雪坚实能站住人，大家可以行走在积雪上面，偶尔也会陷下去，但还是很省力的。行进的速度非常慢，天都亮了回过头来再看新建点，轮廓仍然清清楚楚，估计也就走出了不到十里路。大家已经气喘吁吁，虽然清晨寒气袭人，但奋力行走使我们身上慢慢地热起来。小玉一直走在前面，这让他消耗了很大的体力，他头上脸上都是汗水，摘掉帽子时头顶上热气腾腾。接着小眼儿开始打头，小玉跑到了最后。就这样大家轮换着在前面开道。之后，我们遇到了最难走的地方，那是布满俗称塔头墩子的地方。塔头墩子其实就是土包，个头儿大的像洗衣服的大盆扣在那里，小的也有大西瓜的个头儿，上面长满了三棱形的乌拉草，夏天看上去就像一个巨大的刺猬。乌拉草被积雪压倒垂向四周，踩上去身体重心稍有偏差就会滑下来，特别容易崴脚。

万事通走在前面的时候非常吃力。但他的习惯是在任何情况下都能东张西望。突然他大声喊："哎，你们看前面有一片小树林儿！我们到那儿去弄堆火休息休息。"

小瞄儿说："现在就休息，你今天还想不想回来了?"

万事通说："现在不休息，一会儿休息没有树枝点火啦，到没有树林的地方休息，上什么地方找柴火生火取暖?"

老实人说："休息什么，上后边去，知道你走不动了。"

正说着，只见那片树林动起来了，树林看上去是在原地打转。再走近一些的时候才看出来，这片树林其实是一个大的狍子群。这时只见一头雄性狍子飞腾而出，它后面跟着的都是雄性狍子，领头的狍子奋力奔跑，冲起一团团的白色雪雾。狍子在我们的正前方跑过，像是表演它们的奔跑技能似的，灵动欢快，然后又折返向正南方奔去。前面的狍子已经跑出去几百米远了，后面的狍子还在原地打转，越是后面的狍子，跑起来越是轻松，有的腾空而起，能越出十几米远，后面那些小狍子也模仿着前面的大狍子腾空跳跃奋力向前。这些狍子跑起来，好像非常有秩序。健壮的成年雄性在前面轮番开路，后面紧跟的是成年雌性，跑在最后面的是老弱病残，可能还有怀孕的狍子。这番景象非常壮观，这群狍子有几百只。

老实人来到狍子经过的地方大声喊："快看！这就是一条小马路啊！哈哈!"

果然，狍子经过的地方有两米多宽的被踩得实实的路面，可以容两个人并肩行走。

蹚雪的艰难突然变成了走在坚实道路上的轻松，我们一下子兴奋起来，向前行进的速度即时加快。不但行走的速度加快了，而且还能两个人并肩而行，边走边聊。我们多么希望这条小路能够一直通向那个边远小镇。

万事通和花姑娘走在前面，小瞄儿和小眼儿紧跟其后，我和小玉在第三排，老实人和老七在最后。这条由狍子踩出的小路基本是直的，偶尔有一些弧形的弯曲。小路在没被踩过的雪原当中像一条壕沟，这条壕沟有时深到齐腰，有时没过膝盖。脚下应该是荒无人烟的草原，方圆几十里没有人迹。因为周围布满沼泽，这里没有人类到达过的迹象，只有我们最先到达了这里，而且，只能是在严寒的冬季。

万事通说：“没想到在东北的雪原上心情会这么好，感觉特别痛快、特别敞亮，这是我来这儿以后感觉最好的一天。森林树木、野草花朵都好看，但是这雪原更能让人心胸辽阔。你看它，好像就是一片白色，没什么可看的，但这白色中有很多变化，有很多不同的白色，有时还能看到阳光照耀出五色的光芒。不光是表面，厚厚的积雪每一层都不一样，有结晶的颗粒，有粘连在一起的棉絮，有像冰一样的东西薄如蝉翼。往大处看辽阔，往小处看精致，太舒服了！”

花姑娘在后面说：“我还是觉得夏天的树林比较好看，可就是蚊子太多了，如果没有蚊子，在树林里溜达，满眼是郁郁葱葱，心情会更好。”

小瞄儿说：“我感觉还是树林边缘到草原过渡的缓坡地带比较好看，既有大草原的宽阔，又有林木的青翠，还有五颜六色的野花。比大草原更多变化，比森林更宽广，这是东北最好看的地方。进入森林也很好看，但相互遮挡住了，没有在外面看得更加丰富。”

小眼儿回过头来说：“我喜欢大豆地。”

大家听他这么说都笑起来，万事通说：“傻了吧，大豆地有什么好看的？”

小眼儿说：“大豆地不怎么好看，但是一加上人就好看了？”

万事通说：“加上人怎么就好看了？”

小眼儿说：“加上女知青在大豆地里割大豆，一片女知青的屁股一扭一扭的，这样的景色比什么景色都好看。”

大家哈哈大笑起来。

花姑娘说：“我去你的，你小子就是一流氓。”

小眼儿说：“你不看？我不信。你们别笑，你们谁不看？你们就是不敢说，这也没别人，都是男的还装什么呀。”

大家又笑起来。我脑海里浮现出白牡丹、黑牡丹、小洋马、老太太、二姑娘、白桃这些女知青割大豆的样子。

万事通说：“妖怪，你想谁的屁股呢？”

我说：“我想你……”

我本来想说想你母亲，但是想到万事通没有，这样说他有些太伤人。

我说："我在想那匹大白瞎马的屁股，可惜让疯彪子给占了。"

大家又哈哈大笑起来。

万事通说："干脆你就去放马得了，可以天天看。"

可惜狍子踩出的这条路，向正南延伸了五六里后，拐向了西方。在大约两里远的地方，有一片小树林，方圆不过两三里。茫茫的雪原之中，这片树林就像茫茫大海中的一叶扁舟。

万事通坚持要到树林里去看看，他说："这个地方肯定没有人来过，说不定里头到处都是猱头（一种皮毛很珍贵的小动物，大小如中型狗），咱们每人弄一顶帽子。"

知青们知道，万事通说的这种帽子是每个在严寒条件下工作的人都想拥有的东西。我们对这片茫茫雪原中的一片树林孤岛也确实产生了好奇，而且几百只狍子跑到这里来，它们在干什么？去树林也就是多走了两三里路，在靠近小树林的雪地上，雪被踩踏得一片狼藉。这片树林真正的树木很少，里面大多是一人来高的灌木。

我们眼前是一片榛子林，这片榛子林长得密密实实，刚才狍子经过想进到里面去，把那些灌木踩得东倒西歪，这才露出一些缝隙，我们可以勉强往里钻。

没往里走多远，老七就喊："我不进去了，太费劲了。"

老实人说："我也不进去了。"

只有万事通和我没有停下，继续往里钻了进去，其他人都留在了原地。万事通和我进入榛子林里，除了偶尔遇到一两棵大树，其余的都是灌木和杂草。有些地方的灌木比较稀疏，这些地方被狍子踩得更是乱七八糟，雪也被拱得一堆一堆的，雪地里露出一些杂草，好像狍子是到这里面来找东西吃的。最密实的灌木丛上面的榛子还有一些，我顺手摘了几个，榛子外壳已经裂开，里面的果实很饱满，嚼起来先甜后香，我一边吃一边采摘装进兜里。再往里走发现了一些洞穴，万事通判断是猱头洞。洞口像脸盆口大小，里面黑乎乎的什么也看不见。洞口向西，周围被狍子踩得乱七八糟，看不出有猱头活动的痕迹。这一片灌木丛非常稀疏，地表面很不平坦，这地方的洞穴有十几个，再往里走可能会更多。

万事通说："我去叫他们，你在这儿等着。"

说完他就一头扎进灌木丛。我在洞穴旁边采榛子，一会儿我趴到洞口往里望望又听听，什么也看不见什么也听不见。我又到灌木比较密集的地方去采榛子，我的两个衣兜已经装满了，我又转回来看着那些洞穴。突然一个念头跳进脑海，这如果不是獾头洞而是狼居住的地方，要是同时蹿出十几头狼，我瞬间就会被狼撕成碎片。想到这里，我浑身的汗毛都炸起来了，我想起罗圈儿腿那么强壮，对付一头狼尚且被抓得半死，出来一群狼，我就死定了。我越想越害怕，转身离开，边走边回头看那些洞穴，脚步尽量放得很轻。这时，万事通他们都回来了。

我说："万事通你再仔细看看，是獾头洞还是狼窝。"

万事通说："这哪是什么狼窝啊，狼有窝吗？"

在场的人谁都不知道狼有没有窝。

花姑娘说："你有窝没窝？你要有窝狼就有窝，狼那么聪明的动物能没有窝吗？不过这些洞口太小了，狼钻进去很费劲，应该不是狼窝。"

万事通说："就是獾头洞，如果一个洞里抓到了一只，就够我们分的了，洞很深不知道里面有没有獾头，怎么把它们弄出来？谁有好办法？"

小瞄儿说："老职工抓獾头都带着狗，是狗钻进洞里把獾头拖出来，我们没有狗怎么办？"

花姑娘说："找柴火点火用烟熏，把它们熏出来。"

八个知青，只有老实人带了一把斧子。

我说："咱们就在这儿休息一会儿，砍柴烧火取暖，熏獾头就算啦，你们又不是没有帽子，最好不杀生。"

火堆点起来了，老实人带了几个人砍了一些灌木，又砍倒了两棵树，很快柴火够用了。他们把灌木捆成一捆一捆的，烧得旺旺的，然后塞进每一个洞里，大家则围坐在火堆旁抽烟。那些洞穴却没有一点儿动静，一把一把的柴火扔进去，也不见有獾头出来，索性也就不理它了。大家走了很远的路，有三十里左右，时间也应该差不多上午十点钟了，离要去的那个小镇还有大半的路程。

万事通说："如果咱们逮到了獾头就不去买东西了，以后再去。"

花姑娘说："哪有獾头啊，熏了这么半天没有一只跑出来，所以这些洞都是空的，看来这地方有人来过，已经把獾头全都抓走了。"

小眼儿说："咱们今天别去买东西了，就在这儿抓獾头，熏它一天看它出不出来。"

万事通说："我同意，咱们今天就在这儿采榛子、抓獾头也挺好。"

我说："谁采了榛子都拿出来，让大家尝尝。"

我掏出兜里的榛子。

老实人说："不用了，我们的兜里都满了，你们进来的时候我们就在外边采了好多，这儿的榛子真好吃，又香又甜，吃的时候你再抓一把雪塞在嘴里就更美了。"

如果我们八个按照这个主意就此停步，就不会经受后来的那番折磨，就不会面临生死的危险，就不会了解大自然还有极其残酷的另一面，就不会体会在困境面前最重要的是同伴。

一个多小时过去了，没见有东西从洞里出来。说是在这里休息，其实我们一直在忙活。

我问："是去买东西还是回去？"

小玉说："去呀，怎么能半截变卦啊？"

我问："我怎么都行，看大多数人意见。"

除了万事通、老七不想去了，其他人都同意继续向南，小眼儿原来也不想去，听小玉说那个小镇里也应该有各城市的知青，也没准有认识的，小眼儿动心了。小眼儿平时只喜欢单双杠，现在没有单双杠只好举举木头杠子活动活动身体，除此没有其他事情干。但他最大的毛病是对女知青的兴趣奇浓，有机会就看、有人愿意就聊、有时间就想，简直着迷了，这个毛病他也不遮掩，因此反倒没人笑话他。他听说小镇里可能有女知青，欣然同意继续向南。我们从小树林边上绕过去蹚雪向南，还是轮流开道，这样就没有了聊天儿扯淡的工夫，只顾着呼呼喘气。一口气走了有十几里，大家都累得喘不过气来，站在原地休息。

小瞄儿说："右边好像有一条沟，我去看看。"

右侧十几米处小瞄儿大声喊："这儿有路！"

大家跑过来一看，还是那群狍子踩出来的小路，原来，我们从小树林出来就与这条小路并肩而行，等发现时，这条路又陡直地向西远去了。大家都说倒霉没福气，傻乎乎的，怎么就没想到找一下路呢？

小玉说："骂也晚了。"

他边说边去开路，大家跟在他后面继续向南，没走几里被一条大河挡住了去路。

河宽七八十米，河岸与河底成九十度直角，有一房多深，大家在岸边四处张望，不知道怎么下去。

万事通说："还是找那条狍子踩出的路吧，它们好像是要过河。"

大家觉得有道理，向西寻找狍子踩出的路。这个时候反倒没有人提出返回，所有人脑子里想的都是怎么过河。我们这些小知青还是少不更事，头脑简单，做事一根筋，如果天气突变，别说刮起大烟炮，只要气温再降几摄氏度，我们就会很危险。时间已经过了中午，每个人都饥肠辘辘，采的榛子早已吃完，我们不时抓一把雪塞进嘴里。

向西走了很远，大家一边怀疑万事通的猜想，一边无奈地跟着走，走了七八里路找到了狍子踩出的路，狍子果然下河了，那是塌方形成的一个大的不规则台阶，被狍子踩得坚实光滑，像半个大馒头挤在岸边，要下去也不容易。

小眼儿说："解下裹腿接上，我在上面拉着。"

小眼儿是最后一个下来的，没人在上面拉着他，他走到河岸与塌方的夹角处跳了下来，还做了一个雄鹰展翅的亮相，夹角处积雪很厚，加上狍子碰落的积雪，成了小眼表演的保护垫。

下到河里才有人想起上岸的问题。

花姑娘说："我去你的，怎么上去呀，咱回去吧。"

小眼儿说："怎么回去呀？"

花姑娘说："原路返回。"

小眼儿说："刚才是能下来，要从那儿上去是不可能的，那就是一个没有扶手的大滑梯。"

我说："快走吧，耽误一个钟头了。"

我们要去的小镇就是以这条河命名的。在河底的最中间三四十米宽的位置是最深的地方，没封冻之前还有水，现在已经结冰，被厚厚的积雪覆盖，河道现在成了真正的河道，上面的积雪被过往的拖拉机、爬犁碾压得实实的，而且还有汽车轮碾压的痕迹。河的对岸也都如同悬崖一般的陡峭，但这回我们知道怎么上岸了——寻找河岸的塌方。

说着容易，找起来难，眼望之处哪有塌方呢？

万事通说："还跟着狍子群走吧，它们下来就得上去。"

老七说："它们要不上去呢，河道上多好走，就狍子的速度，在河道里跑俩小时一百里，咱得走一天。"

万事通说："那你说往哪儿走？"

老七不说话了。

小瞄儿说："咱们已经跟着狍子向西有一个小时了，再向西不知道还有多远，可离小镇方向就更远了，咱们往东找，离小镇就近了。”

万事通说：“跟着狍子才有可能找到上去的地方，反正我跟着狍子走。”

老七说：“跟着狍子找不到怎么办？”

万事通说：“打赌。”

老七说：“赌什么？”

万事通说：“每人一瓶肉罐头。”

老七说：“好。”

老实人说：“那你们得说个距离，要不然走多远算完啊。”

大家说：“对对对，多远？”

万事通说：“十里路。”

老七说：“成。”

小瞄儿问我：“往哪边走？”

我说：“我觉得向东走对，但是他俩打赌，就向西吧。”

小眼儿说：“万事通，你要输了，除了给我罐头，我还得踹你两脚。”

花姑娘说：“我一脚就行。”

万事通问我：“妖怪，现在几点了？”

我掏出借来的手表看看说：“你别管了，我和老实人当裁判掐时间。”

最后大家一致通过，万事通输了，一瓶肉罐头，外加让每人踹一脚。大家继续向西。

万事通在前面走得飞快，后面的要甩开大步疾行才能跟得上，论走路的功夫万事通一般，可他现在却使出吃奶的力气猛走。小眼儿嚷嚷着跟不上。

老七说：“花姑娘，你在小眼儿前面走他就能跟上。”

小玉说：“那是怎么回事啊？”

老七说：“看花姑娘屁股哇，哈哈哈……”

花姑娘追着给了老七一脚说：“你屁股比我大多了。”

小眼儿说：“花姑娘的屁股真就像女的，可穿着棉裤跟汽油桶似的看不见。别说看屁股想看个整脸都费劲，到冬天人的模样都跟熊瞎子似的没看头儿。”

走了半个多小时，河的南岸有一块塌方的地方。

万事通说：“我赢了。”

老七说：“狍子没从这儿上去呀。”

万事通说：“耍赖呀，你们大家说谁赢了？”

我说："先看看能不能上去再说输赢。"

万事通说："上去了就是我赢。"

我说："那当然。"

老七说："上去了也不算，他说的是跟着狍子踩出的路上去，没有狍子踩出的路是我赢了。"

小眼儿说："不管谁输谁赢，反正得给我一瓶肉罐头。"

小瞄儿说："应该往东走，跟着你们冒险向西就为的这瓶肉罐头，反正得有我的。"

小玉说："也得有我的，那一脚就算了。"

花姑娘说："妖怪，你定吧，谁买罐头?"

我说："老七买。"

老七说："你偏心，不公平。"

我说："我没说完哪，你买罐头，万事通挨每人一脚。"

除了老七都说好，老七不服，但也没办法。

我说："你俩每人拿出二十块，上去了退万事通，上不去退老七。"

万事通痛快地掏出二十块交给我，老七不掏，小瞄儿、小眼儿抓住老七胳膊，花姑娘翻兜，拿了二十块钱交给我。

那块塌方真的向着万事通，大家你拉我拽的总算爬上去了，二十块钱老七是要不回去了。

万事通对我说："退我那二十。"

我说："踢完了再退。"

万事通说："那就踢吧。"

我说："踢完了还能走道吗？回宿舍踢，钱我先拿着。"

爬上岸来我们看见了前进的目标——那个小镇旁边的那座小山，这是指引方向的基准点，在新建点是可以看到那座小山的。在山的东侧便是我们要去的小镇，本来在河的北岸直线距离还有二十多里，因为我们向西绕道了将近二十里，现在要折回来，绕回这二十里，就是说我们还要走将近四十里路才能到达那个小镇。现在我们都非常疲倦，但是仍然咬牙坚持。开始时，打头的人蹚雪两三百米才换下一个人，现在蹚不了一百米就蹚不动了，好在我们路过的这片地不是沼泽地，所以没有那些难走的塔头墩子，地表还算平坦。

有人开始掉队，等回去找那个人时，他一定是在雪堆里躺着，大家都累得确实走不动了。

天已经慢慢地暗下来，到了下午四点多钟好歹进入了小镇，但还没来得及看清小镇的全貌，天就黑下来了，我们找了一家饭馆。饭馆里没有客人，突然来了我们八个人，饭馆里的服务员显得很高兴。

其中一个梳大辫子的姑娘问："从哪儿来的?"

小眼儿说："新建点来的。"

姑娘问："哪儿的新建点?"

小玉说："一会儿再说，一天没吃饭了，我们先吃饭。有肉罐头吗?"

姑娘说："有。"

小玉说："一个人来一瓶罐头、四个馒头。"

姑娘说："馒头有热的，罐头是凉的。"

小玉说："你先给我们凉罐头和热馒头，再开八瓶热上，一瓶不够吃。"

我说："七瓶，我不要，你们这儿还有什么菜？有咸菜就行。"

姑娘说："你不吃猪肉?"

我说："不吃。"

姑娘问："吃鱼吗?"

我说："吃。"

姑娘说："有狗鱼，吃过吗?"

我说："没吃过。"

姑娘说："你们等着，马上就好。"

服务员把两张桌子并在一起，拿来六条板凳，大家围坐在桌子旁等着吃饭。我坐在板凳上，双手伏在桌面上，头枕着手想睡一觉但又怕睡着了醒不了，就暂且闭上眼睛休息一会儿。过了一会儿服务员拿来了打开的罐头，每人一瓶，又给每个人拿了一个大碗，大碗里面装了三个馒头。

大辫子姑娘说："吃完再拿。"

她用一个铝盆端着四条狗鱼放在炉盘上。

花姑娘踹了我一脚说："醒醒，该吃饭了。"

我有点儿迷糊，不想理他。

他转头跟小玉他们说："这下坏了，妖怪要睡着了叫不醒啊。"

老七说："没事，一会儿我叫他，你看他醒不醒。"

这些人开始狼吞虎咽地吃起来，虽然罐头是凉的，但是夹在刚出锅的馒头里越吃越香，他们把我忘在一边，大辫子姑娘在炉子边上摆弄着那几条狗鱼，过了一会儿鱼熟了。

她走过来推推我的肩膀说："知道你还没睡着，鱼熟了，快起来吃吧。"

我迷迷糊糊的还是没有反应。老七说："看我的。"

老七把鱼装在盘子里，伸到我的鼻子旁边，我仍然没睁开眼，老七一看我不醒，有点儿下不来台。他用滚烫的鱼触碰我的嘴唇，我一下就精神了，正要开骂，看到了眼前的鱼才反应过来还没有吃饭。

大辫子姑娘说："你过来，在炉子边上一边烤一边吃，那才好吃呢。"

我站起来，晃晃悠悠地搬着凳子，感觉两条腿像灌了铅，抬不起来了，每动一下浑身都疼。我坐在炉子边上，大辫子姑娘用小刀在鱼身上割了几个口子，掰开一个馒头，把从鱼身上撕下的肉一条一条地夹在馒头里递给我。

她说："快吃吧，保证比他们的罐头还好吃。"

我接过馒头送到嘴边，一股浓浓的鱼香扑进五脏六腑，我完全醒了，埋头就咬。真的太香了，好像这辈子从来没吃过这么香的鱼，我只咬了四口，这个馒头就不见了。大辫子姑娘刚刚把第二个馒头夹好，我就抢在手里狂咬。

大辫子姑娘说："你慢点儿，噎着你。"

我看了她一眼，顾不上说话，连续吃了四个馒头，才有点儿不好意思地说："还有馒头吗？"

大辫子姑娘说："有，你等着。"

她一转身，又拿来两个大馒头，我又全给吃了。

另一个服务员端来一盆汤。

大辫子姑娘说："喝点儿萝卜汤吧。"

我说："又是萝卜汤，我最恨萝卜汤。"

大辫子姑娘说："你尝尝再说。"

我喝了一口，果然和新建点的汤大不一样，是萝卜鱼汤。这时，我才想起仔细看看这姑娘。大辫子姑娘个子不高，比黑牡丹猛一点儿，身材很结实，圆圆的脸粉扑扑的，红红的小嘴里含着两颗白白的大门牙，笑的时候也不知道捂着点儿。眼白如雪，眼仁如墨，我心想，从没有见过这么干净的眼睛。

我问她："你还在上学啊？"

姑娘说："早不上了，总是学政治，不学文化，还不如上班。上班学的和学校学的差不多，上班还有工资。"

除了万事通吃了三个半馒头，其他人都吃了五六个馒头，本来一瓶凉罐头、三个馒头，基本就差不多了，没想到热的肉罐头太香了，所以每人又加了两到三个馒头。俗话说，半大小子吃死老子，这八个人就是一群正在长身体的半大小子，肚子都是橡皮做的，多装几个馒头根本就不算事儿。

除了我，其他的七个人都伏在桌子上睡着了，有的连汤都没喝完。另一个服务员也坐在炉子边上，我们聊起天来。

那个服务员说："你们是什么地方的？"

我说："我们就在你们正北面的那座山下，是个新建点。"

那个服务员说："我知道了，那边有个农场，但是不在山底下。"

大辫子姑娘说："新建点，新建点，那就是刚建的呗。你们那儿都是知青吗？"

我说："还有几十个老职工，是来得比较早的，有转业官兵，有支边青年，本地人也有几户。"

大辫子姑娘问："那你是哪儿的人呢？"

我说："我是北京人，我们那儿还有天津人、哈尔滨人、佳木斯人，还有上海人、杭州人，还有些人是哪儿的我也不知道，反正说话口音五花八门。"

我问她："你们是哪儿的人呢？"

大辫子姑娘说："我们就是本地人。"

我说："可是听你们口音不像东北人。"

大辫子姑娘说："我们老家是南方，来了很多年了，我就是在这儿出生的，这儿哪儿的口音都有。我长这么大没出去过，不知道你们大城市是什么样子。有时候看个电影，发现城市那么大，我真想去看看，可是太远了，听说到北京去得走几天几夜，换好几次车，我怕走丢了。"

我说："你要是想去，等我探亲的时候带你去，我们四年有一次探亲假。"

大辫子姑娘问我："你来了多长时间了？"

我回答说："半年多了。"

大辫子姑娘红着脸说："哎呀，那还要等三年多，再过三年我就二十了。"

我说："你现在多大？"

大辫子姑娘说："我属小龙。"

我说："那你比我大一岁，我是属马的。"

大辫子姑娘说："看出来了，在这里边就属你最小，也最瘦，呵呵呵……是不是你瘦得奇怪才叫你妖怪啊？"

她俩开心地笑起来。

我说："不是。我现在胖多了，刚来的时候才一百零几斤。"

那个服务员说："可你吃得一点儿都不比他们少，六个馒头。"

她咂咂嘴。

我说："他们只比我大一岁，我们差不太多。"

大辫子姑娘说："就你们这些人走七十里，到这儿来买东西，这是不要命啦呀，天气一变没准儿就冻死你们了。另外，你来时那条河中间的地方有很多冰窟窿，看上去雪是平平的，但是下面有很多捞鱼的人刨的洞，上面盖了很厚的雪，所以冰冻得不够厚，要是近几天打的冰，掉到冰窟窿里就出不来了，不过你要是不怕水就没关系，现在河里的水也就是一米深，只要你能站起来就没事。不过掉下去了衣服就湿了，等不到换完衣服就冻死啦！"

我说："中间不好走，我们走的是爬犁印儿。"

大辫子姑娘接着说："开春的时候最深的地方能有七八米，河里的水都是满满的。"

我说："你别在那儿吓唬我，动不动就死了死了，你们这儿有什么好玩儿的地儿？"

大辫子姑娘说："我们这儿跟你们那儿差不多，好像还不如你们那儿，你们那儿还有个电影院，我们这儿放电影，就是在外面挂块白布，冬天没有电影，夏天蚊子咬死人。"

我说："有什么好吃的东西吗？"

大辫子姑娘说："吃的东西我们这儿还行，除了肉罐头，还有几种水果罐头，我们这里的猴头木耳特别好。"

大辫子姑娘用手碰了碰我的手说："哎，你们那里要人吗？我特别想去你们那里。"

我说："我们那儿可能要人，但是不知道要不要你。"

大辫子姑娘说："可能不要，只要知青。"

我说："我们那儿有什么好，连个商店都没有。"

大辫子姑娘说："那我也愿意去你们那儿，你们那儿年轻人多，都是城里来的，和你们在一起也长见识，没事了你们可以给我们讲讲城市里边的事儿，还有就是因为你们那儿的工资也比我们高。"

我说："工资高是高，但是真艰苦啊，干活儿特别累，你下地干过活儿吗？"

她俩互相看了看说："没有。"

大辫子姑娘说："我上班时间不长，还不到一年，每天就是卖卖东西，搞搞卫生，做做饭，可没意思了。"

我在饭前迷糊了半个小时，现在一点儿困倦都没有了，虽然休息的时间很短，却感觉好像很精神，只是浑身上下都有那种疲劳的疼痛，特别是胳膊腿一动就疼。

我对她俩说："把钱算一算，应该交多少钱？"

我掏出老七和万事通每人的二十块交给她们说："看看够不够？"

一会儿她们两个把账算出来了，四十块没用完，还找回来几块钱。

我问："我吃的鱼多少钱？"

大辫子姑娘说："六毛钱。"

我说："还有吗？我想带点儿回去。"

大辫子姑娘说："有，要多少？你还是自己看看吧。"

我跟随她们两个来到另一个小屋里，屋里面装着很多东西，除了罐头，还有一些日用品。在一个大筐里，装着很多狗鱼，一捆儿一捆儿的，一捆儿大概有五六斤重。

我说："给我两捆儿吧。"

大辫子姑娘说："一捆儿一块五，狗鱼是腌好晒干的，坏不了，一顿吃一条就不少了，你吃多了会口渴。"

我见还有高粱饴，问大辫子姑娘："高粱饴多少钱一斤？"

大辫子姑娘说："一块。"

我说："要两斤。"

大辫子姑娘一边嘱咐我，尽量把她知道的都告诉我，一边忙活着拿东西。我点点头，给了她五块钱。

我回到吃饭的屋里开始拍桌子，大声说："该起来啦，该起来啦！"

大辫子姑娘说："你们今天还回去啊？你们还不得走一宿啊，估计天亮了你们都走不到，要不然就住在这儿吧，前面有个招待所，你们有介绍信吗？"

我说："不住了，明天还要上班。"

大辫子姑娘说："估计晚上要变天，真的太危险了，而且野地里还有狼群。"

我说："今天就休息一天，明天还得上班，这么多人一下不上班，连长知道了那就坏啦，我们出来时连里也不知道，所以得趁着天黑赶紧回去，明天一早上班。"

大家陆续起来了，一边伸懒腰，一边哎哟哎哟地哼哼，这个说腿疼，那个说屁股疼，有的说腰疼。

我说："赶紧起来，现在都几点了，再晚了明天就耽误上班了!"

老七说："明天还上班？再走七十里，不对，再走一百里，回去还上班？我明天请假。"

我说："请假是要扣你工资的。"

老七说："扣就扣吧，我知道那么多请事假的，也没见扣过谁的钱。"

我说："你们买什么东西，那边的小屋里头，自己去看看买完了就走。"

这些人买了很多东西，但是没有人买罐头。

我说："还有肉罐头你们为什么不买了？"

小玉说："背着太沉了，而且吃一次就得了，一块多一瓶儿也挺贵的。"

万事通买了一个搪瓷脸盆，有人买了搪瓷大花碗，因为用铝制饭盒吃饭刷起来很费劲，摔得变了形，也盖不上盖儿，吃饭拿着看上去很脏。大辫子姑娘把我买的鱼用牛皮纸捆上，还拴了一个绳子套，可以背在身上，像个背包。老实人和另一个姑娘在说着什么。

我接过那包鱼握着她的手说："你真好，谢谢你！我们走啦，以后有时间到我们那儿去玩儿。"

大辫子姑娘说："你们以后还来吗？"

我说："说不定明年我们那儿有了商店，可能就来不了了，这地方太远、太不好走了。"

大辫子姑娘小声说："你可以写信，我们这儿既是饭馆又是供销社，写我的名字就行了。"

我说："好，到时候你帮忙给我寄点儿狗鱼。"

第二节　雪地杀场　筋疲力尽

我们一行八个人顺原路往回走，大家走得很慢，还不时地哎哟哎哟地呻吟。

小眼儿走到我的身后说："新建点那么多漂亮女知青，你跑这儿找媳妇来了？"

我说："你说什么呢？"

小眼儿说："你们一直在聊，临走了还拉着手，还让你给他写信，你这不是到这儿挂了个婆子吗？"

我说："滚蛋吧你，握手是礼节，你懂不懂？写信怎么了，想吃烤鱼了我一定给她写信，再寄点钱。你知道那狗鱼多香吗？”

小眼儿说：“你背的这是狗鱼？咱说好了，回去我得尝尝。”

我说：“你就别想了，你胡说八道！给谁吃也不给你。”

小眼儿说：“其实我就是问问你有没有那意思，那女孩挺好的，就是太能说了，你交这么个女朋友也不丢人，她要是跟我，我肯定没意见。要写信你就写吧，她当你的女朋友我拥护。”

我说：“那不可能，她比我大。”

小眼儿说：“新建点女知青都比你大，你将来就不找女朋友吗？过几年大家都到了找媳妇的年龄，你就不找了？”

我说：“我的女朋友不在这儿，我的媳妇也不在这儿。有谁愿意找比她们小的？”

小眼儿说：“有，肯定有。”

我说：“那你帮我找一个，我说谁你就给我找谁。”

小眼儿说：“那可不行，违反纪律，知青不让搞对象，想想就得了，玩真的我可不敢。”

我说：“你还挺清醒，你要玩真的，我告诉三排长吓出你尿来。”

天早已黑透，连积雪都呈现出灰白色，我们路过小镇西侧的山林，里面是一派严冬肃杀的夜景，但仍有不明声响不时传出，将静静的雪夜惊醒。黑森森的山林足以覆盖邪恶和凶残，没有人探究那声响的源头发生了什么，唯有恐怖是最后的结论。人离开光明，身心被恐惧包围，会在黑暗中自己吓唬自己，但危险实实在在存在于黑暗之中时，人会吓得麻木，只会想着快些离开，然后就是疾走飞奔。

没走出几百米，大家没有了呻吟，脚步如飞，摔倒了马上爬起来再走，一声都不吭。因为害怕，没有人愿意断后，我在最后一个，几乎小跑才能跟上。

到了向西的拐弯儿处，万事通说：“是原路走还是直插？”

小瞄儿说：“原路返回，直插迷路怎么办？”

万事通说：“那要走一百里。”

花姑娘说：“我去你的，想想红军两万五。”

几句话确定了原路返回，因为不用蹚雪，虽比不上狍子开出的路好走，但还是省劲儿多了。走在最后，路面更是平坦。

我说：“谁累了走最后，后边好走。”

没人响应，我只好保持原位，不时回头看一眼后面，怕有什么东西在后面伺机伤害我。我感觉不累，但非常紧张。因为来东北后听过这样的传说，如果正在尿尿，有东西扶你肩膀，千万不能回头，你要回头正好把脖子暴露给了扶你肩膀的恶狼，一口就玩儿完。我一直在想，如果有东西搭肩膀，先把头缩进棉袄里，再向后蹬踹一脚。蹬踹什么部位呢？我试着向后蹬踹，试了几回也不满意，我被落在后面，赶紧跑一阵追上，追上了又练向后蹬踹。

八个人个个成了飞毛腿，没有人闲聊说话，只有橡胶鞋碾踏积雪的声音，咯吱咯吱地持续不停，不时伴有身上携带的盆碗的碰撞声。我练了一会儿后蹬，突然觉得没用，如果它是一只爪子扶肩膀而身子扭在一旁，我肯定蹬不着，最有效的应该是扫堂腿，向下一蹲，手扶地面，以一条腿为轴，一条腿迅速横扫一百八十度，既能避开咬脖子，又能把它扫翻。我突然下蹲，向后面扫了一腿，迅速有力。我高兴起来，感觉这一腿不比练过武术的行家差。我不像刚才那么害怕了，就好像已经掌握了避开恶狼攻击的本领。虽然不害怕了，但开始为难，我在想狼被扫翻了之后怎么办，是用拳头打还是用脚踢。我想起武松打虎才用了三拳，一头狼武松一拳就能打死它，可要换成我，哎，估计得打一个钟头。看来还是掐死它更快，罗圈儿腿就是掐住了狼的脖子，它要是用爪子抓我肚子，没关系我穿的是皮袄，里面还有绒衣，没等它抓透就把它掐死了，想到这儿我完全没有了恐惧。

突然，我们同时听到一片哗哗的积雪飞溅之声，隐约有一群黑影在奔跑跳跃。

小眼儿大喊："狼！"

跳跃的黑影腾空有两三米高，越出有十米左右，后面又出现一群黑影，前行速度也很快，就像海豚在水面时隐时现地游动。

小瞄儿说："前面是狍子，后面的才是狼。"

我感觉自己的汗毛全都立起来了，感觉不到身上的衣服，就像是裸体在寒风中，我的帽子似乎被头发顶起来了。我突然觉得，怒发冲冠是错的，应该是惊发冲冠。

万事通问："怎么办哪？"

老实人说："围过来，把马灯点上。"

老实人从身上拿下一盏马灯，大家异口同声地喊道："我操！你真伟大！"

我也回过神儿来，感觉老实人太可爱了，原来太爱一个人的时候，是要先骂他两句才能释放这种最爱。老七拿出火柴点灯，划了几次都没划着，他的手在抖。

花姑娘说："你多拿几根儿。"

马灯点着了，都抢着拿，最后决定由老七拿着，因为他个子高，超过一米八五，所谓高灯下亮。

马灯能在白雪的环境中照亮很远的地方，周围三四十米如有黑影或活动的东西都能照见，但同时也能在更远的地方窥视亮光处。灯光使周围亮起来，使每个人的胆子壮起来，这是人类的特权，但是这光亮如果不能吓退窥视者，那么就为它们提供了最好的攻击条件。大家走得更快了，万事通已经开始小跑。

我大喊："别跑，跑就把狼招来了。"

这时，从远远的左侧奔来一群黑影，它们的眼睛发出绿色的荧光，像黑夜中抱成团的萤火虫，在空中飘荡，又像冥界的鬼魂，在空气中跳跃。原来是一大群狍子向亮光处跑来。东北人叫狍子为傻狍子，它们遇到危险除了逃跑就是寻找光明，马灯把它们引过来了，跑到近前发现是人群，掉头又逃，逃了没多远又返回来寻找光明，它们就在这周围一两百米处来回折腾。这时不远处传来尖厉凄惨的叫声，咩——咩——紧接着撕咬吼吠声如在耳畔，接着又一处，紧接着又一处，最后，凶猛残暴的撕咬吼吠之声与咩——咩——惨叫之声连成一片，被这种情状包围的人也感到了被撕咬的绝望。

万事通说："我受不了了。"

小眼儿说："我也不行了，我的腿软了。"

我感觉腿肚子也在转筋。

花姑娘带着哭腔说："我去你的，尿包！咬死就咬死，是不是男子汉！"

我说："还没探过亲，谁都不能死。"

突然，我脑子里闪过一个念头，还没有仔细看过草儿，不行，不能死。

花姑娘说："是啊，没探过亲，狼要是过来我和它拼了。"

小玉说："要是狼来了，咱们按着一头打。"

小瞄儿说："对，狼群也只能咬咱们的屁股，一时半会儿咬不死。怎么也得弄死它一两头。"

万事通说："咱们唱个歌儿吧，弄出点儿动静来壮壮胆。"

小眼儿说："唱什么歌儿？"

小瞄儿说："唱有劲儿的。"

万事通说："《国际歌》？"

花姑娘说："你真要赴刑场啊？唱《下定决心》啊。"

八个人边走边唱："下定决心，不怕牺牲，排除万难，去争取胜利……"歌声在弥漫的黑夜中传出很远，压倒了撕咬吼吠之声。

万事通兴奋地大叫："到岸边啦!"

我们找到来时上岸的地方，也没用裹腿，连滚带爬的一下都到了下面，接着爬起来冲过河心，到了北岸下边。我这才想起大辫子姑娘说的，河心有冰窟窿。

我们被惊吓激发出惊人的速度，两小时走了三十里，那是凹凸不平的三十里，人的潜能在惊吓中也能达到极致。

我们刚刚离开狼群围捕傻狍子的雪地杀场，又来到了两边悬崖峭壁似的河床。白天河道中的景象显得光怪陆离，夜晚看起来却是阴森恐怖，它弯曲攀附在地下，像一条巨蟒潜伏，在它上面行走会感觉身前身后都是未知的危机，身左身右都是绝望。

北岸被踩踏得像馒头似的塌方很明显，非常好找。

来到近前，老七说："坏了，怎么上去呀？孙子小玉，全是你的馊主意，吃他妈肉罐头，这回咱们都成了肉罐头。"

小玉说："哥们儿，是我错了，这回都赖我，要是活着回去，每人一条迎春烟。"

老实人说："真的？"

小玉说："真的，你不抽烟也给。"

老实人说："看我的。"

他从腰里抽出斧子，在土包上砍起来，几下就砍出了一个可以蹬踏的土坑，大家欢呼起来，七嘴八舌地骂着老实人，以表达对他的最爱。大家轮流挥动斧子，很快砍出了七八个土坑，又在塌方顶部砍出麻面以便站稳。塌方距岸上还有一米来高，小玉和小瞄儿当人梯，把大家一个一个送上去，最后他俩被拉上来，大家继续向西。到了来时发现的与狍子并肩的地方，万事通说："走狍子踩出的路还是走咱们自己踩出的路？"几个人出现分歧，要走狍子踩出的路的占多数。

小玉说："妖怪，听你的。"

我说："谁能保证狍子是直着跑来的，要是它们向西挪了一个二三十里的弯儿，那就亏大了，走自己开的路吧。"

我们这支队伍行进的速度明显慢下来，上岸以后一直是小玉打头，万事通已经落在倒数第二的位置。

万事通扭头对我说："我走不动了，一点劲儿都没了。"说完便倒在地上喘粗气。

我也一下跪坐在地上说："我也没劲儿了，还得坚持到小树林拢堆火休息。"

万事通试着要爬起来，可他像做俯卧撑一样又趴下了，他喘着粗气说："不行，起不来了。"

我说："我扶你。"

费了很大的劲儿，我俩站起来往前走，看见其他人也都或卧或趴地倒在雪地里。

茫茫夜空，漫漫雪原，一派死寂，唯有我们八人的喘息之声，干冷的空气钻进身体，消耗着已经不多的热能。很快我周身冰凉，寒冷透骨，似乎传达出死亡的信息。

这十几里的路程我们竟然走了三个多小时，仍然不见小树林的踪影。我意识到，这样待下去一定会被冻死。

我放下万事通大声喊："快起来，一会儿都冻死了。"

没有人理会我的叫喊，我真的急眼了，拿雪擦擦脸，又塞嘴里点儿就精神了，我来回地跑到每个人面前，在他们脸上捂雪，仍然没有动静。我快急哭了。我知道我死不了，因为我还没有筋疲力尽的感觉，我只是极度疲劳，这是我一直断后的结果。我还能走，然而他们都死了，我会很孤单，我舍不得这些人，他们是我的快乐、是我的希望、是我的生活。我不敢想象要一个人走完这漫长的黑夜。不行，得想办法让他们起来一起走。

我开始破口大骂："你妈的小瞄儿，你弟弟管你要乒乓球拍儿你给买了吗！你妈的花姑娘，这月给你妈写信了吗！小眼儿，你个㞞包，新建点谁的屁股最好看，你根本不知道！装什么孙子，起来呀！"

这时花姑娘有气无力地笑出了声："我去你的，你精神头儿还挺足的。"

我说："不足行吗？狼群又来了，你听啊！"

果然又听见一片哗哗积雪飞溅之声。

倒在地上的人，拼命挣扎着起来，路的西侧，绿绿的一片全是动物的眼睛，有成百上千双，它们来到近前约五十米处站立不动。

小瞄儿说："是狍子群，可能是咱们白天看见的那一大群。"

万事通说："那后面一定有狼群啦？"

小瞄儿说："傻狍子是追亮儿来的，狼是追着狍子来的。"

我说："快走，到小树林生火。"

八个人趺趺撞撞地走，没有速度只是在走着而已。那些傻狍子还是站立不动，它们像是在检阅这群筋疲力尽的人类。

终于，到了小树林，来到我们点火熏獾头的地方。我、老实人归摞起柴火点燃，又把白天剩下的粗树干砍成几段架在火堆上，其他人已经睡着，我和老实人也瘫坐下来，火堆把四周照得通明，猛然我看见那些獾头洞黑漆漆的很瘆人，如果这是狼窝……我又感觉好像衣服不在身上了。

我想告诉大家，可这些人竟没有一个醒着，我也困得睁不开眼睛，但不敢睡，我要看着火堆不让它灭了，我要看着那些洞里有没有荧光出现。我想，眼前的情况都能看见，如果背后攻击肯定避不开，于是站起来提着马灯走出这片洼地，想把马灯挂在最高的地方，照亮更大的面积，这样可能会起到吓跑狼群的作用。我在树林边缘的地方把马灯挂在一棵树上，抬头望望正南新建点方向黑漆漆一片，什么也没有，隐约像是有一点亮光，也可能是错觉，因为那个亮光太小，小得像一个针尖儿。

我想起孙悟空画个圈，他师父师弟就得到了保护，我也要画点儿什么，我折断一根树枝，在雪地上乱画起来。听老职工说过，如果遇上狼，你在地上画画，摆点儿东西或做几个古怪动作，狼疑心大它就不敢轻易出击。我画了一阵儿又回到火堆旁，人困得不行了，使劲睁眼，看那些黑漆漆的洞穴有没有荧光。荧光出现了，绿绿的荧光里带有蓝色光晕，真是狼！狼慢慢匍匐着向花姑娘背后靠近。一头，两头，一大群高大凶猛的狼围上来，我拼命呼喊可发不出声，我想爬起来但怎么也起不来。我也睡着了，在做噩梦。

第三节　领导救命　全部累瘫

我被人弄醒，睁开眼睛看见连长和指导员几个人蹲在我身边呼唤，其他人都起来了。原来，晚上小洋马听勺子说我们一行八人去了小镇还没有回来。

她赶紧找连长报告，并且说："这天气走不动了，一歇着就得冻死，快呀连长！"

于是他们循着我们踩出的足迹开拖拉机来寻找，看树林外挂着马灯才发现了我们。

履带式拖拉机五挡的最高时速十公里多一点儿，在积雪极厚的地上跑起来很平稳，爬犁上就更是稳当，只有那段沼泽边缘布满塔头墩子的路让拖拉机哐当了一阵子，天亮时到了食堂门前。大家各回宿舍。

掸子站在厨房门口向这边张望，看见我她招手让我过去，我走进食堂坐下来。

掸子说："你还好吧？我们都担心你们出事。"

我说："我没事。"

我掏出一个牛皮纸口袋说："给你的高粱饴。"

掸子说："我不要，你自己留着吧。"

我说："还有一斤，那合作社就剩两斤了，我都买了，和我一起去的都不知道，这包你帮我给我们排长。"

掸子说："为什么？"

我说："没她找我们，我们就都冻死了，她还白给过我一双棉胶鞋呢。"

掸子指指我背着的纸包问："那是什么？"

我说："狗鱼。"

掸子说："我更喜欢吃鱼，把糖给你，给我鱼。"

我说："那就都给你吧。"

掸子打开牛皮纸包，拿了五六条狗鱼，凑到鼻子边上深深地吸了一口气说："真好闻。"

她把一斤高粱饴装进我口袋说："这斤糖和这鱼，我分她一多半。"

她要把剩下的十来条鱼包上，我说："你再拿几条，一人一半。"

掸子又拿了三条狗鱼，她把剩下的包好交给我说："你们九班还有一群狼等着吃呢。"

我从食堂出来歪斜蹒跚着往宿舍走，黑白牡丹迎面过来。

黑牡丹冲着我就喊："上哪儿去了？饿啦？打饭也没到时间哪。想看看你怎么样了，找不着人。"

我说："今天别踢我啊，能把我踢趴下，我太累了。"

黑牡丹说："太累了还瞎跑。"

我掏出纸口袋递给她说："高粱饴。"

黑牡丹说："不错，还想着我呢。"

我说："别独吞，还有白牡丹，别忘了二姑娘她们。"

黑牡丹把高粱饴递给白牡丹，伸手抢过来那包鱼的纸包问："这是什么？"

我说："狗鱼，给我们宿舍知青的。"

黑牡丹说："好吧，我不要。"

她把纸包还给我。

白牡丹说："狗鱼？没见过，更没吃过，就一条。"

我把纸包递过去："分你们一半。"

白牡丹从里面抽出一条狗鱼。我告诉她怎么吃，又抽出三条狗鱼交给白牡丹，白牡丹也没再客气。

黑牡丹说："高粱饴多钱一斤？"

我说："一块钱。问这干吗？"

黑牡丹说："有人问，我就说给钱了，呵呵呵……"

回到宿舍，我把剩下的几条狗鱼扔在桌上说："在炉子上烤着吃。"

我脱掉皮袄，想爬上床，但没有力气上去，我不是很困，却很饿，坐在炉子边上烤火，等着打饭的时间。小玉已经第二次给全屋的人发烟，满屋是烟，遭到了勺子他们几个不抽烟的人的抗议，有人已经把屋门打开放烟了。我们床前的炉子已经灭了，疖子包正在那里点炉子，炉子也在冒烟。

到了打饭时间，点窝他们没去小镇的知青正要给我们去打饭，大被单儿和掸子来了，端着一大铝盆面条和一盆馒头。

大被单儿说："连长交代的，说你们冻了一天一宿，吃点儿软和的。"

掸子补了一句说："中午就没有啦。"

面条汤里飘着一层金黄色的豆油花，食堂缺什么都不缺豆油。点窝他们也跑去食堂拿来馒头，吃生狗鱼就着馒头，还大叫："香！"

吃完饭，我们几个去小镇的知青被大家一个一个托上床，这几个人的腿都抬不起来了。朦胧中听见副排长鱼唇来了，说了一大堆，我只听见一句"连长说让你们今天休息一天"。

一觉醒来已经是第二天的凌晨，我想起来却就是起不来，浑身疼痛犹如抽筋，特别是两条腿稍微一动就疼痛难忍，两个腿肚子就像被人钉了钉子，稍微一动就像连肉带筋地被搅动，两条大腿根本不听使唤，一用劲儿肌肉就像被撕扯、被刀锯。我爬到床边，掉过身子往下溜，脚一着地，疼得险些摔倒。

万事通也醒了，就是不敢动，在那儿躺着哼哼，他嘟囔着说："我腿疼站不起来了。"

我说："要是浑身疼，就别起，继续睡。"

万事通说："睡什么呀，我得上厕所。"

我说："我也是去上厕所，要不然我也不起。我发愁怎么蹲下去，我的两条腿根本不听使唤。"

我俩的交谈吵醒了其他人，小玉、老实人、老七、花姑娘都醒了，大家也都想起床，但是，都起不来，都在喊："我的腿啊，呀，啊，呦……"

万事通说："哥们儿，帮我个忙，把我的脸盆递给我。"

我说："干吗，在盆里尿?"

万事通说："我真不想在盆里尿，可我下不了床。"

我费了很大劲儿把万事通的脸盆递给他，说："尿完了我可不管。"

万事通费了九牛二虎之力才跪起身子，一手端盆，一手尿尿。这时屋里骂声四起，原来大家都醒着，听万事通在脸盆里尿尿，大家都开始骂起来。尽管骂声一片，但仍压不住脸盆发出的清脆声响，看来他早憋急了。你骂你的我尿我的，万事通一声不吱，眯着眼睛享受着排泄的快感。

尿完了，他对我说："大哥，帮咱放床底下。"

我说："我说了尿完我不管。"

万事通说："叫你大哥了，大哥。"

我无奈地瞪了他一眼，帮他把脸盆放在床底下，这时花姑娘和老七也起来了，花姑娘说："快帮我一下，我下不来床。"我扶着花姑娘从床上出溜下来，看花姑娘龇牙咧嘴的表情就知道他的腿有多疼。

万事通说："你要尿尿就在我脸盆里尿吧，不过你得负责倒了。"

花姑娘说："我去你的，我他妈拉屎!"

我和花姑娘互相搀扶着出了宿舍，老七跟在后面，我们到了宿舍屋后。

我说："厕所还有好几十米远呢，就这儿吧。"

老七说："蹲不下去呀。"

我说："脱了裤子跪下，手抓着这棵小树。"

吃过早饭，我们一瘸一拐地去上班，到了伐木场也无法干活儿，找个地方坐了下来。

勺子说："昨天连长把咱排长给训了一顿，因为你们这件事，又出了新的规定，原来是上班时间出门需要请假批准，现在星期天出门也要请假经过批准！并且，单独一个人不能出远门。"

拉木头的女知青一趟一趟地拉着截好的原木，排长小洋马经过时，我向她挥挥手，小洋马望了我一眼，因为戴着口罩看不到她的脸，不知道她是什么表情，她也没有摆手。这让我有点儿犯嘀咕。

晚饭后小洋马来敲门说："找九班副说点儿事儿。"我起身要出去。

勺子说："你等着挨训吧，肯定是。"

我说："训就训吧。"

我跟着小洋马走到宿舍的山墙处，小洋马说："就在这儿跟你说两句吧。"

排长说："谢谢你想着我，给我的鱼和糖，好吃，谢谢啊！"

我说："不用谢这是应该的，没有你我们这些人就都冻死了。"

小洋马说："不见得，话不能嫩么说，我们去的时候那个火堆还是挺旺的，一两个小时没有问题，除非你们一觉不醒，那就麻烦了。"

我说："反正我们大伙儿都感谢你。"

小洋马说："你不是因为这个给我糖给我鱼吧？"

我说："不是，我到那儿见了这些东西，就想着给你买点儿。"

小洋马笑呵呵地说："这还差不多。那你给我嫩么多干嘛，尝尝就得了，你买了多少？"

我说："鱼给了掸子八九条，糖一斤；还给了黑牡丹一斤糖、白牡丹四条鱼；剩下的五六条鱼，给我们宿舍的知青吃了。"

小洋马说："你为嘛让掸子给我，为嘛不自己给我？"

我说："我怕当着很多人给你，人家说我拍马屁。"

说完我自己也笑了。

排长说："你个死孩子，心眼儿还挺多，没事，以后办事要正大光明。"

小洋马接着说："给我四条鱼太多了，糖她一块都没留。"

我心想，掸子还挺仗义。

小洋马说："你回去吧，早点儿休息！你们的腿一瘸一拐的，因为你们回来没有烫脚，回来那天你们要烫烫脚就好了，今天晚上一定烫烫脚啊！"

我说："没别的事儿了？"

小洋马说："没了，还有嘛事儿？"

我说："你不训我啦，听说你让连长训了一顿。"

小洋马说："听谁说的？没人训我，连长表扬我了，说我这个排长认真负责，连有人出门都注意到了，特别是晚上没回来能够及时发现，避免了出大事。"

我说："男知青都说连长训你一顿，你也得训我。"

小洋马笑笑说："我训你干嘛，不过得提醒你，人家伙儿在这里一定要注意安全。你们这群孩子也是，七十多里路，你们说走就走，来回就是一百四十里。在这里待了很多年的老职工也不敢像你们这样，你们真是初生牛犊不怕虎哇，你们去之前就没想过这些事儿?”

我说：“我们算计着一个小时走十里，十四个小时就回来了。”

小洋马说：“这就是脱离实际的表现，理论联系实际，你们算计每小时十里，实际情况你们要蹚着雪走，嫩么难走的路一个小时能走十里吗？再如果天气变化迷了路，那就出大事了。以后可不能这样了。”

我看她脸上的酒窝一闪一闪的。

小洋马又说：“连长说了，天暖和了把食堂东面隔出一小间当小卖部，买东西的事儿就解决了。”

第四节　妖怪被砍　美了九班

这些日子九班有六个人腿疼加浑身疼，都一周的时间了还没有完全恢复，走路还像拉了胯。在此之前，宿舍里取暖的劈柴已经不多了，早就应该组织全班锯劈柴，今天一点儿劈柴都没有了，天气越是临近春天越感觉寒冷，气温仍然零下二十几摄氏度，白天又开始刮起了大风。我请示排长调后勤的马车拉了一车木头，傍晚天刚黑的时候，全班出动锯劈柴。因为天气很冷，所以每个人都在紧紧张张地干活儿，八个人拉大锯，把木头锯成一段一段的木墩，四个人抡斧子，把木墩劈成四瓣，剩下的人往屋里头抱劈柴。四把大锯拉起来“咣咣”之声响成一片，没有人开玩笑，也没有人逗贫嘴，大家都在认真干活儿抢时间，早点儿干完好进屋取暖。我拿了一把斧子，也在劈劈柴，剩下最后几个木墩的时候，我伸手正要扶起一个木墩，感觉头顶剧痛，眼前一黑昏过去不省人事了。

我的头顶挨了一斧子，卫生员来了，大家把我放在床上。

卫生员说：“过一会儿不醒就赶快送团卫生队。”

小瞄儿、小眼儿、耗子都来了。把我砍昏过去的是从一班调过来的一名大知青，他是和小果子一起来的哈尔滨知青，大家都叫他“毛毛”。他身材中等，一米七五、七六的样子。他瘦瘦的，但总爱端着个肩膀，整个身体呈个T字形。他的脸也是窄长的，但是脸上五官的距离都很适当。一头卷发像一团钢丝球，他在家的时候去理发店理发，孩子五分，成人一毛，但是他给人家五毛都没人愿意给他理发，太硬了，推子一推就卡住。他长得像外国人，但不是苏联那种外国人，而是另一种说不上来的外国人。小眼睛不难看，大鼻子不寒碜，长下巴不兜齿，嘴唇很厚，上嘴唇厚度超过下嘴唇，嘴很小，两片嘴唇合上嘴是圆的。他平时很少说话，也不爱和大家开玩笑，偶尔发表意见总拿出一副老谋深算的范儿，自我感觉很有分量，但却表现得轻描淡写。自从我们八个人去小镇回来，八个人就成了铁哥们儿，又挂着耗子这么个小尾巴，九个人互相关心照应的程度犹如亲兄弟一般。毛毛砍了我，虽然不是故意的，但八个人放出话来：如果妖怪有大事，先打折他的两条腿再说。毛毛找到小果子想办法，小果子根本不敢说话。

一个小时过去了，我晕晕乎乎地听见卫生员说："赶紧送团里的卫生队吧，脑震荡。"

机务排准备了一辆拖拉机，后面拉着一个大爬犁，上面铺了稻草和两床被子，大家七手八脚地抬我出宿舍。

我努力睁开眼睛说："别碰我，我头疼死了。"

小瞄儿问："怎么样?"

我说："放下，别让我动，太疼了，别跟我说话，我一说话，我的头就疼。"

卫生员说："没事了，可以不送他，他属于轻微脑震荡，人还清醒。"

就这样我又迷迷糊糊地不知道是睡了还是又昏迷了。到了第二天的早晨，我才醒过来。

花姑娘说："你怎么样？有事儿吗?"

我说："我有事儿，我的头太疼了，头疼得就像要裂开一样。"

花姑娘、老实人、勺子、万事通、疖子包、点窝、老七等人围着我像在看一个怪物。

老实人问："你吃饭吗？食堂每顿饭都给你送面条。"

我说："我不想吃，我现在恶心，想吐。"

花姑娘拉拉我的手说："那你喝点儿水吧。"

我说："水也不想喝。"

说完我又迷迷糊糊地睡过去了。到了晚上我还是坐不起来，老实人、花姑娘扶着喂了我一些面条汤，最后还是吐出来了。

都第四天了，我的头仍然疼痛欲裂，勉强可以在地下走走，稍微有点儿震动哪怕动作大一点儿就疼得难以忍受。但是，我的意识还是清醒的。

勺子说："你这次非常幸运，如果你把棉帽子的耳朵放下来，你的脑袋会被劈碎；如果你在向上抬头时被劈中，你的头也会被劈碎，正是因为你帽耳朵的保护和你脑袋向下用力救了你，这两样缺少一样，你不死也得成个傻帽儿。”

我说：“我的脑袋太疼了，这辈子受的疼都没有这回难受，太疼了，我说话都疼。”

毛毛走过来，眯着小眼，咧着小嘴，笑呵呵地说：“你得感谢我吧？没有我你能吃上病号饭？你虽然不吃，可是大家都抢着吃你的病号饭，大家伙儿也得感谢我。”

我听他说完，脑袋一阵剧烈的疼痛，我颤抖着望望放在墙角的那把大斧，慢慢地躺下，闭上了眼睛，心里想：等我好了，一定要打这孙子一顿，现在一定要忍住！我知道，不忍着也不行，因为头太疼了，生气都疼。

从今天开始我才能吃点儿饭，但是只能喝一些汤，甚至不能吃面条，因为忍受不了咀嚼带来的大脑剧烈疼痛。现在恶心的症状减轻了很多，汤喝下去也不再吐了。

我甚至不能抽烟，第五天试着点燃一支烟，刚刚抽了一口，大脑一阵晕眩，头又开始剧烈疼痛，我赶紧把烟扔了。

小玉给去小镇的其他七个人，一人买了一条烟，还多买了两条给屋里的人分了。他说：“要是那天死了，要钱有什么用。”

他一路上都在想这个问题：如果活着回去，一定要买，要兑现承诺。

从小镇回来以后大家对老实人刮目相看，因为那天只有他带了一把斧子，在离开那个小镇临走的时候，怎么就想起用自己的钱买了一盏马灯，还灌满了煤油？这两件东西发挥了巨大作用，那盏马灯是不是起到了救命的作用也说不定：谁知道狼群是不是因为有这盏马灯才不敢围攻我们；没有这盏马灯，领导又是否能顺利找到我们？

星期天，在其他连队的我的同学来看我，一大群人。他们买了几瓶水果罐头，主要还是买烟的多。小瞄儿、小眼儿、耗子也都来了，屋里装满了人。

我的同学老四转身问：“谁砍的？”

毛毛没敢说话。

耗子一边指着毛毛一边说：“是这小子砍的。”

毛毛满脸的恐惧。

老四冲着毛毛说：“你瞎啦！怎么往脑袋上砍，平时和他有仇故意的吧？”

毛毛说：“我……我……我不是故意的。”

他说话有些颤抖，还有些结巴。

这时小果子走出了宿舍。

老四说："你要是故意的，现在你的脑袋就搬家了。"

老四接着说："看你这样子也不禁打，饶了你有什么表示吗?"

毛毛说："啥……啥表示?你说啥表示?哦，我给他端病号饭了。"

老四说："衣服你也得洗呀，另外应该买点儿吃的慰问慰问，我们没砍的都带了慰问品，你这砍人的不应该有所表示吗?"

毛毛说："这儿没有商店。"

老四说："你还明白呀，知道应该表示慰问，这事儿交给我们了，我们那儿有商店，你拿钱我们帮你去买。"

这时，小果子和新建点的几个哈尔滨知青来到屋里，疯彪子也来了，显然是来给毛毛撑腰的，但毛毛冲他们摇摇头。毛毛知道，不用说老四将近一米八五的个头儿，来的这群家伙好像都是大块头的知青，像是专门来打架的，要是再加上那七个一起去过小镇的人，他们几个哈尔滨的知青都是白给。

但是小果子不想哈尔滨知青丢面子，他冲着我说："毛毛不是故意的，咋地?还没完了?"

小果子平时在班里一直自我感觉是作壁上观的世外高人，说起话来总是想达到一鸣惊人的效果。

老四可不管那一套，指着小果子说："找抽吧你!"说着就分开人群来到小果子面前。

小果子说："想干仗?"

话没说完就被老四抓住胸口拎起来摔在身边的床上，老四用膝盖顶住小果子的肚子，一只手制住他的右手，挥拳就打，小果子根本动不了。

我大喊："别打!"

老四的拳头砸在床上说："较劲儿，较劲儿我就真打你丫的。"

其他几个哈尔滨知青，被一屋子人挤住，根本动不了地方。

我说："算啦，松开他，都是我们班的。"

三排长差不多每天都来看看我怎么样了，掸子差不多每顿都来送病号饭，卫生员是每天都过来一两次。二姑娘、小分、白桃也来过两次，还与毛毛大吵了一架。毛毛开始也没回嘴，表现出一副不跟你们一般见识的那种高傲、没有一点儿愧疚的样子。这让二姑娘她们非常愤怒，开始骂他臭德行、不要脸，这让毛毛很生气，那种装出来的非凡气度消失了，也开始回骂，黑牡丹知道吵起来了，跑过来参战。小玉、点窝、花姑娘也开始臭骂毛毛，毛毛不吱声了。

因为我被砍，闹腾的九班每天都有女知青出出进进，这让九班男知青很是兴奋，宿舍脏乱一点儿马上就有人收拾，点窝简直就是卫生值班员，谁那儿脏乱他骂谁，臭袜子床上床下收拾得利利落落的。大家对我也是异常的关心，如果女知青询问我情况，男知青抢着回答，这样就能和前来的女知青聊天儿成为熟人。今后如果在其他场合相遇就能显得很自然地打个招呼，能有这样的机会，见面笑一笑点点头，那该是多么愉快的日子。

因为天天有女知青来关心我，小眼儿简直羡慕死了，如果可以他非常愿意代替我挨上这斧子。他这些日子除了上班，把所有时间都耗在九班，耗在我身边。可是来的女知青都不愿意和他说话，即使他主动介绍情况，人家也不怎么理他，而是问小玉、万事通、勺子和点窝。看得出来，小玉很招女知青喜欢，但小玉很是矜持，其次就是万事通和勺子了，说起话来没完没了。花姑娘一见有女知青来就很兴奋，但女知青一进来，他却表现得比女知青还羞臊，跑到一边低着头红着脸不吱声。但他还是忍不住要偷看来人一眼，然后目光迅速躲开。如果有女知青和他说话，他就更是羞得不行，不知道怎么回答，没等想好其他人就已经抢答了。

我被砍的这件事发生以后，三排长小洋马和我说，她找连长谈这件事的时候说："是不是不应该让妖怪当副班长？现在九班没有正班长，九班就靠妖怪拢着，可在妖怪身上老出大事。"

连长说："可能是我们只看到了妖怪的表面，积极肯干，但妖怪的大脑跟不上，思想简单，最可怕的是妖怪不知道躲避危险，这样下去早晚要出大事。"

小洋马说："别人都不干活儿他干活儿，不会游泳就敢第一个跳下水里去捞麻，跑四十里去帮同学打架，跑一百四十里去买罐头，让大树砸趴下，又差点儿把脚冻坏了，这次又被斧子砍了头，恁么这些事儿都出在他身上？真是个倒霉孩子。"

小洋马又说："要不然给他换个工作岗位？"

连长说："让他去干什么？"

小洋马说："让他到连部当文书？"

连长说："连部当文书？那我得天天看着他。我算着他半年打了五回架了。"

小洋马说："要不然让他去学开拖拉机？"

连长摇摇头说：“他那脾气，敢开拖拉机撞人。再观察观察，如果能稳当俩月，就让他当班长。你别说，目前能镇住九班的人也只有他，那几个不好管的差不多都在他那儿，浑蛋管浑蛋，哈哈哈……”

小洋马笑着说：“连长，这话伤人哪。”

连长说：“这不是就咱俩吗，你还能上外边说去？不过我很喜欢这小子，如果再有事，就让他上康拜因，学开收割机。”

小洋马对我说：“这是我和连长说的，你准备去机务排学技术吧。”

这些日子小果子吹口琴特别勤，恨不得一天三次，只要有时间，他就躺在床上吹。有女知青进来的时候还装作不知道，继续吹一会儿再停下来，好几次有女知青夸他口琴吹得好，小果子总是说：“没事待着干啥呀，就是吹口琴消磨时间。”

现在新建点传开了，小果子口琴吹得最好听。

晚上吃饭的时候，掸子来给我送病号饭，小果子正在吹口琴。

掸子说：“吃饭的时间你怎么老在吹口琴？”

小果子说：“每天都要坚持练习一会儿，要不然就都生了，毛毛给我打饭去了。”

我问：“口琴难学吗？”

小果子说：“学会了容易，吹好了难。”

我说：“那我就跟你学学，你教教我。”

小果子说：“没问题。”

小玉说：“也算我一个。”

小果子说：“行，行。”

小果子答应得非常痛快。

小玉问：“上哪儿去买口琴？咱们这儿也没有卖的，北京有，我写信让家里给寄一个。”

小果子问：“你喜欢啥调儿的？”

小玉问：“什么啥调儿？”

小果子说：“口琴有好几种，有单音的，有重音的，还有回声的，等等。又分基调儿、易调儿，等等。”

我问：“你的口琴是什么调儿？”

小果子说：“我的口琴是易调儿。”

小玉说：“那就买和你一样的调儿。”

小果子说："行，如果你们学会了，咱们还可以一起进行小合奏。"

我对小玉说："你让你家寄口琴，帮我也寄一个。"

小玉说："行，我一会儿就给家里写信。"

掸子说："只说口琴，不吃饭呀。"

我说："吃，吃，吃，嘿嘿嘿……"

第五节　指点美女　妖怪臭贫

我对掸子说："明天不用做病号饭了。"

掸子说："怎么，吃腻了？"

我说："不是，面条有滋有味的，我用面条汤就馒头，比萝卜汤强多了。"

掸子说："没吃腻就接着吃，没关系。"

我说："都麻烦你们一个多星期了。"

掸子凑到我耳边说："不麻烦，我们也吃。"

我说："哦，那就接着做。"

小眼儿对掸子说："以后你做好了我就去端，省得你来回跑很辛苦。"

掸子说："不要，你不要多事，在屋里干活儿几个钟头，出来透透气挺舒服的。"

小眼儿说："食堂里那么热，突然出来会着凉。"

掸子对花姑娘说："哎，每次来不见你说一句话，躲在一边跟受气包似的，他们怎么你了？"

花姑娘迅速地瞟了一眼掸子，眼神又迅速避开说："啊……哎……嗯……"

他吭哧了半天说了一句："他们都抢着说，没我插嘴的份儿。"

掸子笑呵呵地说："我们女知青都觉得你真像个女的，谁给你取的外号，真取对了。"

花姑娘指着我说："他，臭……"

掸子说："我们还听说你爱骂人。"

花姑娘不好意思地低着头说："嗯……啊……哎……我没有。偶尔谁不骂人呢？"

掸子笑着说："我们都觉得你挺有意思的。"

臭袜子说："装的。"

掸子说："就你不装，天生就是流里流气的。"

臭袜子脸憋得通红没有说出话来。

花姑娘翻了臭袜子一眼说：“成天拿着流氓相，我都起鸡皮疙瘩。”

我说：“花姑娘长得比你们好多女知青都好看，这可装不出来。流氓相可是装出来的。其实，真的流氓大家都见过，有的流氓相挺好看的，就是装出来的让人觉得难受恶心。”

掸子瞪着我说：“流氓相怎么会好看，奇谈怪论。”

九班去打饭的知青陆陆续续都回来了，万事通给了我两个馒头，我给万事通分了一半面条。

万事通说：“花姑娘，过来吃饭。”

花姑娘说：“我等会儿。”

万事通对掸子说：“你也没吃呢吧？和我们一块儿吃吧！”

掸子说：“食堂的人都是最后吃饭，我一会儿回去吃，食堂人还多吗？”

万事通说：“人不多了。”

这时九班的知青基本上都回来了，见掸子在屋里坐着，他们都很安静地找地方坐下吃饭。大家把馒头放在炉子上烤着，烤出嘎巴好吃。

疖子包说：“食堂能不能弄点儿别的菜呀？除了萝卜就是萝卜，老吃一样菜。改善改善，萝卜太难吃了。”

掸子说：“凑合吃吧，有的地方萝卜都没有，每天馒头就黄豆。萝卜去火，你不吃萝卜还不得天天长疖子包。”

掸子说完用一只手捂着嘴笑起来，屋里的人也都笑起来。

疖子包也跟着笑了。

勺子说：“哦，就是咱们食堂有时候炸的黄豆，放上盐，挺好吃的，十天半月的才炸一回。”

掸子说：“一个星期，没良心。”

点窝说：“差不多是一个星期。”

点窝又说：“这萝卜在我们没来之前，你们也一直吃吗？”

掸子说：“是的，我们吃萝卜的时间当然比你们长，不过那时候有一些土豆、茄子，你们来的时候就只剩下萝卜了。明年，明年可能就好一些了，新建点要开辟一块菜园了，要种一些其他的蔬菜，那时就好了，你们耐心等着吧。”

掸子又说：“连长正在向上级申请，从打鱼队分一些鱼给咱们，但是不知道什么时候能分到。我走了。”

掸子拿起送饭盆开门出去了，十几双男知青的目光送她出门。

掸子走了没几分钟，花姑娘就开骂了："我去你的，我装，你最能装，装孙子！妈的全新建点走路最装孙子的姿势，要在北京早他妈让人打瘸了。"

臭袜子说："找碴儿打架?"

花姑娘说："找碴儿了，怎么着？借你个胆儿。"

小眼儿说："掸子来送饭，人花姑娘和掸子说话，跟你有什么关系？老想给掸子献殷勤，人家根本不爱搭理你，拿花姑娘说事，踩祸人家花姑娘不仗义。"

臭袜子说："孙子，管得着吗?"

小眼儿立刻回骂了一句。俩人都站起来了。

花姑娘人缘儿很好，乐于助人，对谁都很好，知青打架永远和他不沾边，他总是那个劝架的。他从来也不怕谁，即使是点窝那种霸道的人，他也是想说就说想骂就骂，但从来没有谁有一丝要和他动手的念头。而且，每次都以花姑娘占上风而结束。他不会打架，就那种气势，让你想不起来要和他动手。而臭袜子、小眼儿这样的，是说动手就动手的人。万事通、勺子各拉住一个将这两个人劝开。

小眼儿早就对臭袜子一肚子不满，臭袜子挖苦小眼儿老来九班是想和女知青套近乎，有女知青在场时，小眼儿一张嘴，臭袜子就说一些讽刺的话，小眼儿气得不行，这回忍不住和臭袜子叫板，他从心里想跟臭袜子干一架。

点窝说："装孙子就是找打，让他们打，谁被打了就是装孙子。"

小果子说："当着女知青应该注意大家的面子，一个人丢了面子，等于咱们一屋人的面子都丢了，以后大伙儿都注意就行了，你们为这事儿打架，传出去不好听。"

我说："动不动就要打，有几个怕你打的，以后别把这个打字放嘴边上，你那都是假厉害，有多少真想打你的你知道吗?"

臭袜子说："我不知道。"

我说："小心哪天挨一闷棍。"

我又说："知青不准谈恋爱你又不是不知道，你追人家掸子我们都清楚，可人家不喜欢你，说你流里流气的，你没听见?"

屋里很多人都在偷着笑，弄得臭袜子满脸通红。

臭袜子气急败坏地对我骂起来："你他妈流里流气的，你就一流氓。"

我说："流里流气不是我说的，是你喜欢的人说的。就你走路的姿势一看就不是好人。"

臭袜子说："你走路好看。"

我说："真的，你走路的姿势，就是找抽的姿势，自己还觉得挺美，真不好看，跟缩脖坛子是的，呵呵呵……"

架是打不起来了，现在成了我和臭袜子吵嘴架。自从我和臭袜子打架以后，臭袜子的狂劲儿没了，但还是劲儿劲儿的。我知道他喜欢掸子以后就是死看不上他，也从不给他面子，所以，我俩几乎成了仇人。

臭袜子脸色发白，气得直哆嗦："别装孙子了，谁追她啦，你别造谣。"

点窝说："妖怪你夸他，他说你造谣，这反差挺大的，到底你们谁说的对？"

我说："当然我说的对，我说的正确。不过我告诉你臭袜子，将来因为你要让掸子有什么不好，你就算活到头儿了。"

花姑娘对我说："瞅你那德行，发育太快了吧，你也想追她，小心给你处分。"

我说："我没追她是她追我，追着我送病号饭；卫生员追我，追着我看病；还有好多追我的，八班的、二班的、我同学，都是她们追我。"

勺子说："要是把你砍死了，开追悼会来的人更多。"

一屋子知青都被勺子逗乐了。

我说："去你大校的大爷的，淘粪勺子。"

我斜了臭袜子一眼接着说："反正追掸子的是个特精神的、我特喜欢的就帮他；要是流里流气的，我废他，让他一辈子打光棍儿。"

花姑娘说："我行吗？"

我说："你不行，你追我吧，你是我媳妇。"

花姑娘说："我去你的。"

知青们都哈哈大笑起来。

臭袜子已经被气得晕头转向，他骂着街冲出宿舍。

我说："北京知青怎么出这么个东西，真的丢人现眼。"

小果子说："这种人就是怕你瞧不起他，自己总是拿着个劲儿。"

点窝说："原来我一直想打他一顿，后来觉得没劲，不值得我打，他除了耍贫嘴，什么都不行。"

小眼儿说："论耍贫嘴，三个臭袜子加一块儿也不是妖怪的个儿，在我们班、我们学校耍贫嘴都有名，把老师说哭了，差点儿进学习班。"

我说："我现在不行了，总是话到嘴边又不想说了，好像特迟钝，耍贫嘴不会了。我现在觉得要贫嘴挺讨厌的。”

万事通说：“你说精神的你帮他，咱新建点男知青谁最精神？”

屋里一下安静了很多。

我张嘴就说：“小玉呀。”

万事通说：“那小玉追撣子你帮他。”

我说：“不过小玉太小了，这怨他爹妈，小眼儿带他上厕所，看看他长毛了吗？哈哈哈……”

小玉说：“去你大爷的，找抽啊。”

小玉过来勒住我的脖子。

我一个劲儿说：“大哥，我服了，我服了。”

小玉虽然这么反应，但看得出来，他心里很高兴。

万事通说：“那只能是大知青了，大知青谁最精神？”

我心中一沉，心想，大知青里真没有几个精神的，五班长是最好的，可他有了大被单儿。

万事通说：“五班长还行。”

我说：“好像是。”

我望着花姑娘说：“我有点儿晕，媳妇扶我上炕。”

知青们哈哈大笑。

花姑娘也笑起来说：“好，媳妇我扶你上炕。”

我说：“你是我媳妇，我是你媳妇，都一样，以后你不叫我爷们儿，叫我媳妇也行。”

花姑娘托着我上炕，使劲抠了我一下。

我大叫：“哎哟，媳妇，你没有三从四德，抓死我了，不但不从还缺德……”

我的头如果有剧烈震动，仍会很疼，而且经常一阵儿一阵儿地晕眩，我躺在床上听到屋里你一言我一语地议论女知青。

万事通对躺着的我说：“那你觉得谁能和小玉相配？”

我说：“最好的。”

小眼儿说：“白牡丹挺漂亮。”

勺子说：“黑牡丹也不难看哪。”

万事通说：“就黑白牡丹，你挑一个吧。”

我说：“不行，换别人吧。”

万事通说：“为什么不行？”

我说："那两位是我姑奶奶。"

话音刚落，满屋子的人哈哈大笑。

万事通说："其实你们班的几个女同学都挺漂亮的，最好看的是白桃，唯一的毛病少半个门牙，说话跑风漏气的。"

老七说："我觉得她不是最漂亮，而是看着最顺眼、最舒服的，你们别老说人家说话跑风漏气，不就是牙豁了一块吗？"

我说："好啊，老七，你嫌'白桃'不好听，给她新起了一个外号'豁牙儿'，你太有水平了，有机会我告诉她。"

老七急了："我没有，是你起的，你千万别说是我，大伙儿能证明。"

点窝笑着说："谁给你证明。"

我说："我不告诉她也行，那就是不许你惦记她。"

老七一时不知道怎么说才好。

我说："没你什么事，那是我的'一对红'。"

大家又笑起来。

花姑娘说："你是说和你相配？"

我说："她是领导，她帮我，我挺怕她，因为她从来不说我，老表扬我。"

万事通说："那就二姑娘吧。"

我说："不行，换别人吧。"

万事通说："又为什么呀？"

我说："她是我大姑奶奶。"

大家又笑起来。

我说："真的，我最怕她，怕她给我告状，她爸和我爸老在一块儿，我怕她写信时说我的事儿。换一个换一个啊。"

疖子包说："老太太比你们说的那几个都漂亮。"

我说："不行，换一个。"

万事通说："又为什么呀？她是哈尔滨的，跟你也有关系？"

我说："小玉不会跳舞，你没见她一边走路一边扭秧歌吗？她和疖子包合适，疖子包外八字和她有一拼。"

大家又是一片笑声。

勺子说："小玉，将来在这儿谈恋爱，你就别想了，你得去别的连队。"

我说："那不成，还得在这儿谈。"

小眼儿说："这个不成那个不成，去外边还不成，怎么才成呢？"

我说："等着人家找他呀，只要准许谈恋爱了，还等他找？他早就让人找啦。"

花姑娘说："有道理，看来你有经验。"

我说："这不叫经验，这叫预见，媳妇。"

知青们又笑开了。

小果子像是很认真地说："你们北京的就找北京的吧，还惦记我们哈尔滨的，别太狂了哈。"

万事通大声说："呦，还分什么北京上海天津哈尔滨，没听说过。"

小果子喜欢老太太等于不打自招。

我说："老太太给你留着，趁着还有时间，你把水蛇腰早点儿整直喽。"

满屋子人大笑起来。

小果子说："整事儿吧？"

我说："没有没有，说真话，谁敢和你整事儿，还想和你学口琴哪，我是说你俩好了，她不让你抱，她总让你背着，就和你后背的弯儿，哈哈哈……"

一屋人哈哈大笑。

小果子又气又高兴："你等着，早晚收拾你。"

我说："最精神的男知青都在咱班哪，最漂亮的女知青都是你们的。"

万事通说："没有你呀。"

我说："没我，我得等以后来的知青，明年来的不行，后年的也大点儿，大后年来的差不多，那时多漂亮的都是我的，谁也别和我争，比我小个一岁两岁的合适，比我大的人家也不带我玩啊，呵呵呵……你们都行，不光小玉精神，疖子包就是稍微瘦了点儿，疖子多了点儿。点窝又高又壮，长得大大方方，要是没有雀子，也是最精神的。"

点窝说："你大爷的，有病吧。"

我说："我操，我把老七给忘了，你那两排牙齿后退一厘米，比小玉还精神。"

老七说："你大爷的！拿我开涮啊。"

我接着说："老实人把抬头纹去了，比勺子强十倍。"

老实人一下蹿到床上抓住我的脚丫子，使劲挠我的脚心。

我一边笑一边大叫："大哥！服了！大哥！"

宿舍里的笑声不断。

我一个多星期不怎么说话，今天的贫劲儿上来了，逗得大家总是发笑，我以为是我的耍贫嘴功夫仍在，其实我自己没有发现，是人缘儿越来越好了。因为倒霉的事儿经常在我身上发生，大家或多或少有些同情。更主要的是，我有事儿就有女知青光顾，这给很少有业余文化生活、处处被男性氛围环绕的枯燥生活增添了极大的乐趣。

在严冬，我们晚上除了上厕所，几乎不在外面逗留，一群男知青在一间房子里真的无事可做，除了扯淡就是发呆。吹吹口琴、哼哼歌曲是解闷，这不叫业余文化生活，说沾点儿业余文化生活的边儿也行。这方面不如有家室的老职工，他们晚上吃完饭早早吹灯上炕，开始他们的业余文化生活。

这一斧子让我半个多月不能上班，过了一个多月才感觉彻底没事，当初卫生员还生怕留下后遗症，总算幸运没有出现任何不良症状。

第十一章　积雪融化

第一节　妖怪杀生　一塘鲶鱼

天气渐渐转暖，积雪经过了一个多月的白天解冻晚上再冻的过程开始慢慢融化，这段时间是最难熬的。这样的日子里鞋和手套白天干活儿时都会湿透，到晚上必须烤干，不然第二天就没得穿、没得戴。所以到了晚上都要换上单鞋，把棉鞋放在炉子边上烘烤，十几双棉胶鞋散发的味道难以形容。

积雪在不断地融化，表层已不是原来的雪白，似有一层铁灰不均匀地覆盖在上面，积雪的中间已经越来越糠，融化的积雪变成了潺潺的细流淌去地势低洼的南面，宽大的排水沟里满满的都是融水和高处的渗水，向着南面奔流而去，进入那片茫茫的沼泽。

副排长鱼唇让九班出十个人，跟着拖拉机爬犁去割条子，割回来的条子编筐用。适合编筐用的条子一般是生长在小树林里。在新建点的东南面有一片小树林，这片小树林和我们去小镇途中经过的小树林类似，因为距离新建点比较近，所以割条子就到这里。

大约有十里的路程，拖拉机拉着爬犁一个小时就到了。干活儿有两个小时就够了，下午就不去了，一天就这一趟活儿。如果条子不够就抽时间再去割。拖拉机拉着大爬犁，只能在小树林的边上停放，因为灌木太茂盛车开不进去。大家下了爬犁顺着已经走出的小路进到里面，走上几十米就有可以编筐的条子，但大家为了提高效率，都想找成片的齐刷刷的灌木丛。特整齐的早已经没有了，因为这个地方处于几个连队的中间地带，所以是一个大家都去的地方，没人管理，没有规划，想在哪儿割就在哪儿割。

我们割了有一个小时，直直腰休息时，有人发现在榛子林的深处有一个大大的水坑，水坑有不到两百平方米的样子，像个大柴锅，里面还结着冰，只剩下几十平方米的冰面。大坑向阳的一面已经解冻没有了冰雪，因为供水充沛，大坑的四周不但灌木茂盛，还生长着一些杨树和柞树。

我问开拖拉机的老师傅："这冰底下有鱼吗？"

老师傅说："夏天应该有，冬天还不都冻死了。"

我说："我们听说北大荒是'棒打狍子瓢舀鱼，野鸡飞到饭锅里'，从我来了一件这样的事儿也没碰上过。坑里夏天有鱼，冬天水要不干就应该有鱼，就是水干了只要有冰，鱼会不会冻在冰里？"

老师傅说："不知道。"

我说："把冰砸开看看有没有鱼。"

老师傅从车上拿来一把六棱钢撬杠，我顺着坑底土壤与冰的结合处开始戳冰，冰已经不坚硬了，很快戳到了有水的地方，冰的厚度不足半米，都是立碴儿的，撬杠一戳就有一大块冰崩裂开，冰面被打开了七八平方米，冰下的水有一米多深，非常清澈，能看见水底的一切。

老师傅突然大声喊叫起来："我的妈呀，下面全是鱼！"

果然，水的下面全是鱼，一层压一层的，趴着不动，宽宽的鱼头，黑黑的鱼身子，没有鱼鳞，它们紧挨着水面。我趴在冰上一把抓上来一条扔在冰上，鱼有三四斤重。

老师傅大喊："是鲶鱼！"

我凿冰窟窿的时候，花姑娘、小玉他们过来看了看，都说我在冒傻气，这地方在树林里，怎么会有鱼呢？老师傅大喊'全是鱼'的时候，所有人都放下手里的活儿跑过来看。这冰窟窿像沙丁鱼罐头一样，里面挤满了鱼，大家开始下手抓鱼。抓着很费劲总是抓不住，我告诉大家要抓鱼鳃。水非常凉，后来点窝用镰刀在鱼身上连砍带钩，冰面上鱼流的血哪儿哪儿都是，这样弄上来的鱼很不好看，浑身是刀口，有的肠子都出来了，有的脑袋耷拉着，冰窟窿里的鱼意识到了危险，向里面拥挤。

我到拖拉机的爬犁上卸了一块厚板子，将木板插到水里把水搅浑，搅和成泥汤子后，鱼开始浮上来喘气，用木板一挑，鱼就被挑上岸了。老实人继续用撬杠扩大冰窟窿，越来越多的鱼浮上水面呼吸，我们就用木板把它们挑上来。一会儿工夫被挑上来的鱼有几十条，大家兴奋得不得了，抢着搅浑水，抢着往上捞鱼，冰面上一片鲶鱼在翻滚扭动。除了鲶鱼还有少量鲤鱼和鲫鱼。爬犁上没有口袋，没有大筐，只有绳子，知青们用割下来编筐的条子和绳子穿上鱼鳃，拎着装爬犁。就这样大家忘记了时间，过了吃饭的点儿也没觉得饿。鱼真有大的，最大的能有六七斤重。一般的也有四五斤重，这让我们非常兴奋，大家一边忙活一边欢呼。

冰面被戳开二十多平方米，整个儿坑底的水都被搅浑了，后来，水面再也看不见上来喘气的鱼了。我们把鱼装上爬犁，鱼少说也有五百多斤。我们该干的活儿没干多少，编筐的条子没割几捆，满爬犁装的都是鱼。下午快三点了才往回走，我们把鱼拉到了食堂门口，炊事班的人已经上班了，见到这么多鱼，司务长猴三儿更是高兴得不得了。因为食堂伙食不改善，知青们都骂他，突然有这么多鱼，可以改善一下伙食，猴三儿别提多高兴了。

炊事班长大被单儿说："明天中午吃炸鱼。"

掸子说："这下可有活儿干了。"连长听说弄回好多鱼，跑到食堂看鱼，又跑到九班，表扬了一番。连里抽调了几个人帮厨，他们和食堂的炊事员加班到半夜。

黄豆油炸鲶鱼，很香。

花姑娘问我："你今天杀生了，而且大开杀戒。"

我说："鱼是水做的，谁都要喝水，水里的各种细菌成千上万，这样看杀生就知道世界上没有不杀生的人，所以杀鱼就是在杀细菌，杀大个儿的细菌。所以，杀鱼不是杀生，明白？媳妇。"

花姑娘说："我去你的，胡说八道，哪儿学来的。"

第二节　男女搭配　干活很累

雪在不断地融化，新建点房屋周围凡是有人活动的地方都是一片泥泞，新建点的道路都像泥塘一样。这个时候大家都不走路，走在路旁边的草地里反而更干净。只是人不常活动的地方不平坦，有的地方表面是杂草，下面是水坑。水坑大小不一，赶上大的踩上去可能一下就没了脚脖子。在草地里走久了就会弄湿棉裤，在泥泞中走不至于湿了裤子。听老职工说，去年刚刚挖了一些排水沟，排水的主干道已经规划出来了，开沟器拉出四条主干道，新建点附近有三条。听老职工说，有了这几条排水沟，比去年这个时候强多了，去年基本是在泥浆里行走，每天裤子湿半截，可见最先来到新建点的那几十人不但吃了很多苦，也遭了很多罪。春天的阳光还是很充足的，它不但融化了积雪，还蒸发着土壤中的水分，阳光不但把天空照耀得蔚蓝，还创造出簇簇白云，它融化着冰封了五个多月的三江平原，敦促着万物的复苏与生长。

开春了，新建点的工作进行了重新调整，一排总是干最重要、最艰苦的的工作——打石头铺路。二排在木料场工作，用电锯破木板木方，手拉大锯破跳板和有特殊需要的木材。三排负责准备种子、化肥和播种的其他准备工作。机务排修理机械和保养农具，抽出一台拖拉机装上皮带轮供电锯使用。

一排由副连长带领打石头，懂得使用炸药的人不多，副连长最有经验，所以他是总体指挥。一班长一本正经工作很让人放心，所以一班主要负责打炮眼，装炸药，放炮。小瞄儿、小眼儿在一班不算特别突出，但也很优秀。采石场选定在离泉眼不远的西侧山坡底下，去年已经开采了一些石头，山坡坡陡五六十度。

随着工作的调整，新建点的人员编制也进行了相应的调整，今年上级要给新建点配齐五辆履带式拖拉机、两台牵引式康拜因收割机、一台自动化收割机、一台二十八马力的胶皮轱辘的拖拉机。现在机务排只有十多个人，还要从大小知青当中选二十多人补充到机务排。被狼抓伤痊愈的罗圈儿腿已经被安排在机务排开履带式拖拉机。罗锅走了以后又安排了一名老职工喂猪，安排小瞄儿最喜欢的女知青小红鞋协助喂猪。后勤排增加了一个种菜组，一个养蜂组。

冰雪已经融化，屋檐下的冰凌不见了。农田到处都是乌黑的颜色，被融了的冰雪滋润得蓬松柔软；未开垦的荒草甸子呈现着土黄色，那是去年枯萎的厚厚荒草；山林都是湿漉漉的，满眼望去到处都是一派斑驳陆离的景象。

连里经常召开工作汇报会，一排的工作情况得到大家认可。

一排在山脚下打石头，要先去掉山坡地表一米多厚的泥土，下面才有风化石层露出。地表半米处还没有彻底解冻，所以采石场一开始就是打炮眼放炮。第一波放了有十来炮，崩下来十几棵大树、几十方土。一排开始清理采石场，把树木截好送木料场。用筐抬、用筐挑，把土运到采石场四周，铺垫出工作的平台。

男知青争先恐后地干最重的活儿，女知青也不甘示弱。说是男女搭配干活儿不累，其实干活儿特累。因为无论是男知青还是女知青干活儿都不敢放松，不光是怕被看不起，也为尽量显示自己的能力。不愿意在异性面前落下一个偷奸耍滑的印象，更是为了让近在咫尺的异性高看一眼，从而得到欣赏。

副连长兼任一排排长职务，负责采石场的总体指挥，一班长负责采石场的现场指挥，二班长负责采石场清理搬运工作。这个时候副排长花哑巴和二班长带着男三班来清理疏通田间的排水沟，整理田间被机械作业碾轧出的凹凸不平的地方。

副连长中等个头儿，很黑的皮肤，最大的特点是长着一个大大的鹰钩鼻子，两只手总是插在袖口里，常常把手套系在后腰上。他掌握着雷管和导火索，这两样东西交给谁他都不放心，炮眼装药装雷管时他一定在场，就连一班长他也不放心，装炮的工作他事必躬亲。

一班长一本正经带着班里的男知青用钢钎大锤打炮眼，他研究的是炮眼深度在哪儿才能崩下更多的土方。炮眼打深了，炸药在风化石上炸开，炸药的力量就会钻入石缝；炮眼打浅了，会崩出个坑，浮土满天开花，崩不下几方土，效率很低。

二班长是佳木斯大知青，外号大皮球，长得很北方也很好看，与二姑娘、白桃站在一起一看就是一个民族的，属于一个类型，她就是比二姑娘和白桃宽了很多。脸似银盆一点儿都不夸张，大胸大屁股非常扎眼，冬天穿上棉衣，整个人是圆的。说话愣得直来直去，谁都怕她那张口无遮拦的嘴，不知道给人留面子，经常挂在嘴边的是“谁呀，咋地啦，干哈（干什么）呀”。虽然这样，大家还都挺喜欢她。她欺负的对象是一班长和男知青，谁在她这儿也占不到便宜。

一班长，全靠自己的一身正气管理着武装班，干工作的技术技巧没有他不会的，也没有一个能干过他的。他处理问题非常公平、公正，加上武装班的知青是经过挑选的，所以武装班在他的管理下还算是新建点的样板集体。二班长大皮球也是工作上处处带头当表率，但是她对她喜欢的人和不喜欢的人不一样，如果她不喜欢的人犯了错她会大声训斥，毫不留情。

打石头是很艰苦的一种劳动，特别是现场开辟和清理工作，既要找到可用的石头又要保证安全。除了第一波放炮崩下来的大树，还要把将来有可能塌方的地方的大树全部放倒。那是长在阳坡上的大树，棵棵高大粗壮，这些大柞树长了几十年甚至一两百年才能长成这样。崩塌下来的泥土中饱含着水分，看上去是土，折腾两遍就会变成泥，所以没有见到石头的时候无论是打炮眼还是清理现场都是一身泥水。

现场没有清理出来的时候，不能打炮眼，所以一班也要跟着一同清理现场。用筐抬、用筐挑走泥土，黑黝黝的泥土粘得满筐都是，倒不干净，即使是空筐也是很重的。大皮球也和一班长一样干活儿，和女知青相比，谁都干不过她，弱一点儿的男知青也不是她的对手。

男女知青三十多人在百多平方米的狭小范围内工作，干起活儿来简直是比肩接踵，彼此脸上的汗珠都看得清清楚楚。这个时候两个班长的带头作用更为明显，他们的工作方法也得当，表扬多批评少。开始是男知青帮着女知青装筐，后来就变成了男知青抬筐、挑筐。等休息时间女知青都主动地把大家用的铁锹、大筐清理得干干净净，为的是再次使用的时候轻松一些。下班之后，男知青走了，女知青仍然在清理这些工具，弄得男知青很不好意思。再以后，到了下班时间，男知青也跟着一起清理工具。

和女知青一起干活儿的都向自己最好的哥们儿表白过心理。小眼儿、小瞄儿经常找我们聊他们上班的情况。他们近距离地和女知青在一起干活儿，这让小眼儿只恨自己的眼睛小，看看这个看看那个，看了哪个都好。他干活儿非常卖力气，他原本体格就很棒，只要肯卖力气，很少有能干过他的，自从开始打石头，他表现就特别突出。如果有女知青关心他一下、鼓励他一下，那就会让他的力量倍增，干活儿更加不要命。但是小眼儿是没有目标、没有重点地喜欢女知青，他的快乐来自周围所有女知青。他不像小瞄儿和大多数男知青那样只会盯着一个人，男知青对自己喜欢的女知青，要么找机会往近前凑合，要么就躲得远远地瞄着不时偷看一眼。

小瞄儿和小眼儿正好相反，在新建点小瞄儿心心念念地想着一个人，那就是小红鞋。虽然在采石场干活儿的也算是美女如云，但他总是视而不见，只在那里闷头干活儿、低头想事儿。他脑子里总是闪现出小红鞋那双明亮的大眼睛，那光润如脂的面庞，那雪白整齐的牙齿，那苗条精致的身材。她和他说过话，他听到过她美妙的声音，他想起她走路的样子和她劳动时的样子就会心跳不已。他一根筋地迷上了小红鞋，其他女知青在他脑子里根本没有空间，就连所有男知青公认的全新建点最漂亮美丽的草儿也被他排在了小红鞋后面。他心里有一个问题不能释怀：为什么会叫小红鞋去喂猪？还是和一名正当壮年的老职工搭档。他很是嫉妒，他想如果让他去，那该有多好。虽然小红鞋每天到上班时间去猪圈干活儿，到了下班时间还回自己原来的宿舍，小瞄儿想这终究不妥，就是自己去也比现在的安排要好。

小瞄儿、小眼儿也随时观察一班长。一班长一本正经确实是正人君子，是个好青年。他对谁都一样，你看不出他喜欢谁讨厌谁，见了比较熟悉的就微笑一下，见了不熟悉的总是那种不卑不亢的表情。对于班里知青的表现他会及时作出反应，谁表现得好他能够马上表扬，谁表现得不好他马上就说出来，所以班里的知青都比较畏惧他的原则性，大家没有反对他的理由，只是与他不是很亲近。小眼儿和小瞄儿搞小动作尽量背着他，但总是当着他不说想说的话也很憋屈，所以也当着他议论女知青，议论一些人和事。一本正经一般不参与议论只是听着，如果不是很过分，有时他也简单发表一下自己的看法。他是全新建点干活儿最卖力气的知青之一，不管有人没人从不偷懒，有了苦累的工作准冲在前面。就这样，他半年多来体格变化极大，成为一个健壮的小伙子。当春天脱掉了棉衣，他展现出矫健的身姿，不光是知青，就连老职工也会多看他几眼。硬硬的腮帮、耿耿的脖颈、宽宽的肩膀、圆圆的虎头、浑厚的胸肌、粗壮的大手、平坦的小腹、健壮的大腿，从体型上看他在小知青里是最先成熟的。

采石场上的泥土被清除得差不多了，山坡露出了黄褐色的风化石，最表层的风化石比土坷垃硬不到哪儿去，用脚就能踩碎。采石场被垫起的平台越来越高、越来越大，三十多人在上面干活儿一点儿都不拥挤。新清出来的风化石垫在表层，也没有泥浆黏脚，抬着筐、挑着筐走起来很轻松，工作进度也加快了很多。

在采石场东面十几米的地方就是泉眼，时而出现食堂掸子她们挑水的身影，男女知青偶尔会抬起头来看一眼。谁渴了就走到泉眼边上的水沟里或到泉眼处洗洗手，然后用手捧起泉水喝个痛快。刚开春时的泉水又凉又硬，但知青们早已经习惯了喝凉水，他们的胃个个都是铁打的，无论怎么喝也没有闹肚子的。泉水很甘甜，稍微带有一些土腥味儿。

休息时大皮球坐在一本正经身边说："一班长，你们男知青打锤放炮之后又帮我们清理现场，也让我们帮你们打打大锤呗。"

一班长说："行，就怕你们不坚持。"

大皮球说："试试看。"

她招呼女知青来几个扶钢钎的和抡大锤的，刚开始扶钢钎的还能扶稳，没过几分钟就不行了，钢钎乱晃，抡锤的就没了准头，也不敢使劲砸。大皮球一直抡大锤，抡着抡着就没了准头。

一班长说："别砸着！"

男知青纷纷过来指导女知青，女知青们非常乐意被指导。主要问题出在扶钢钎的人身上，本来女知青手的握力不如男知青，臂力也不行，所以一会儿就累了。最重要的是，怕大锤砸到脑袋。胳膊是直的，身子距离钢钎太远，使不上劲儿。而男知青扶钢钎的胳膊弯曲，双臂之间形成四十五度角，头离钢钎也就是三十厘米，钢钎抱得很稳。抡锤的是在空中翻一个滚落在钢钎上，这叫打活锤，又有力又省劲儿。男知青作了示范，女知青很快学会了。男知青不怕被砸到脑袋，给女知青扶的钢钎很稳很稳，女知青扶钢钎男知青砸得很准很准。就这样，劳动的场面极其活跃，大皮球和一班长在一旁相互微笑。

时间都过得快了，只觉得一会儿就到下班的时候了。

第三节　美丽诱惑　优秀青年

从那以后打眼放炮、清理采石场没有死板的分工，而是很灵活的男女搭配，有重点的突击工作，效率有了很大提升，两个班长几乎是无为而治，快乐和激情点缀着枯燥的采石工作。

大皮球除了干活儿，每天都要凑到一班长身边，有话没话地待一会儿，大家也很少注意他们这两个班长，大家全神贯注注意的是最近的眼前的她和他。

一本正经完全能感觉到大皮球的内心，只是装糊涂罢了。一本正经很喜欢大皮球敞亮的性格、无拘无束的奔放热情，很多男性都自愧不如；一本正经也不讨厌大皮球的外貌，她是那种胖美人的外表，身体每个部分都强调着女性的特征，那种极其丰满的温柔中蕴藏着如男性般的刚硬，她是柔中带刚、刚中带柔的完美融合。她不但受到男性的尊重，也受到女性的喜爱，是那种两性通吃的类型，所以威信高，人缘儿好。

一本正经对付大皮球的办法是，聊工作特认真，开玩笑只是置之一笑，所以无论谈工作、闲聊绝不推波助澜、男女情调，总是把自己置于巧妙的被动之中。论长相，一排中的女知青比大皮球漂亮的太多了，首先就是二姑娘和白桃，但是她们对一本正经的注意或是其他想法，绝不会被别人看出来。

没有多长时间，一排就把山坡表面的树木、土壤全部清除干净，土壤下面的风化石也已经清理干净了，风化石下面露出了那些黄灰色的石头，石头表面像是包着一层水锈，副连长说，这样的石头还属于风化石的性质，只不过比上面靠近土壤的风化层坚硬得多，可以用来铺路了。副连长表扬了一排的工作进度，安全生产也做得非常好，没有人受伤。这一天大皮球在休息的时候和一本正经聊天儿。

她说：“哎！现在大家干劲儿都很足，男女靠得很近，不会出啥问题吧？”

一本正经说：“出什么问题？”

大皮球说：“今天连长表扬了我们，说男女知青各自发挥了自己的长处，弥补了对方的短处，对工作有很大的促进作用，这是排里安排得好，这叫科学合理的指挥，他没说有啥不好。”

一本正经说：“那你还担心什么？”

大皮球说："我担心年龄比较大的知青出点儿啥事儿。"

一本正经说："出什么事儿？"

大皮球说："你装啥呀，你不知道啊，过去虽然男女知青都在一块儿干活儿，但很少说话，现在一边聊着天儿，一边干活儿，男女之间聊着聊着恐怕就聊出感情了。"

一本正经说："不会。"

大皮球说："不会？你不觉得我们俩比以前更熟了吗？说话更随便了吗？"

一本正经好像是在想什么，没有说话。

一本正经非常明白大皮球的意思，但是他不给对方任何机会。听完大皮球说的话，他愣在那里，假装想事情不吱声，大皮球见到这种情况也不好再往深里说，两个人在那里默默地坐着。

只有小眼儿侦破了一本正经的内心。其实一班长一本正经和小瞄儿一样，他在想着另外的人，他最喜欢的女知青是哈尔滨来的老太太，现在又加上一个后出现的草儿。老太太和草儿的身形很相似，但是草儿不是外八字，两只脚走起来不偏不斜，她们两个最大的差别是略有区别的面庞，草儿长得更美，老太太长得更高贵。平时一班长见到女知青，熟悉的点点头微笑一下，不熟悉的他总是摆出一副一本正经的面孔。他与老太太和草儿出现不熟悉，但是当遇到她们的时候，他一定会露出微笑，当老太太和草儿出现在他的视野范围，他一定会张望到看不见她们为止。

一班长一本正经的这种表现大家都看得很清楚，有的还在背后悄悄地议论他，认为他看上了这两个女知青中的一个，或者是两个都看上了。有时候和他比较好的知青也把这种议论告诉他，他只是微笑，也不作其他解释，他的好朋友就问他，你怎么无动于衷呢？他还是微笑。

基于为人和表现，一班长在新建点的威信很高，大家都认为他是正人君子，是个优秀的青年，连长也是经常这样表扬他，唯独在这个问题上没有人认为他的这种表现很正常。老太太和草儿好像也听说了点儿什么，见了一班长一本正经对她们微笑，她们也回以微笑，而且笑得更加灿烂，这让一本正经更加想入非非，他的头脑中总是浮现这两个美人的身影和音容笑貌，他变得比过去更加的沉稳、更加的深沉、更加的心重，因为他想她们的时间越来越多了。

老太太和草儿确实是新建点女知青里绝美的两种类型，一个美得让人仰慕，另一个美得让人叹服。

天气已经变得很暖和了，大多数女知青只穿着毛衣，外面罩个外套，整个轮廓显露得清清楚楚。老太太微微发黄的头发，配上那张白净的脸就已然鹤立鸡群了，那种洋气高贵不可侵犯。她那膨起的胸坚挺高耸，翘起的臀紧收浑圆。她总是昂首挺胸的姿态，有种傲视一切的居高临下。她走起路来两条笔直的长腿踩踏出浑身庄严而抑扬顿挫的节奏，表现出拘谨的羞臊、矜持的俊朗，若换上一身男装，会让年轻人不论男女全都疯狂。

老太太的美丽是表情上的冷峻孤傲，是气质上的压倒一切，是谈吐上的咄咄逼人，然而她也不能摆脱同其他知青一样要从事的各种劳动。她也要弯下腰去搬要搬的东西，也要蹲下身子去拿要拿的东西，也要弓着身子去拉要拉的东西。但是，她不像其他知青那样，不会的会慢慢学会，她不但总是学不会，而且身体在劳动中很不协调，她的动作总是那么僵硬，就像从来没有干过活儿坐了一辈子机关被下放的干部一样。抱一根木头像搂着一杆枪，背着背筐就像背着挎包，虽然她的这些生疏的劳动姿态放在一般人身上可能是一种愚蠢，但是在她身上却体现出一种另类之美，又像是舞台上夸张的表演。她对任何工作都不着急，拿不动的东西她就放在那里等着别人，不会干的就去告诉别人，别人教她她学得也很认真，但还是学不会。她让周围的人无可奈何，想帮她的人觉得她傲气不好接近，只想敬而远之，不想靠近她，也在意她无情地折射出自己的不如。但在一起工作生活又不忍心不管她，还要带着她一起向前不让她掉队。她的劳动姿态对男知青来说，无疑是一种异性的剧烈诱惑。弯腰时胸部的颤动，下蹲时臀部绷紧的坚实，迈步时大腿曲线的伸展，都让男知青总是处在非常想看而又怕看到引起内心狂跳的境地。无论怎样，人长得漂亮，她的一切都是漂亮的。

一本正经虽然是班长，但确实没有机会接触到二排的老太太，虽然他是出了名的正人君子，也不怕周围男女知青的议论，也不在乎别人说什么。然而，真的没有机会，哪怕是打个招呼的机会都没有，如果有打招呼聊天儿的机会，即使大家都指指点点他也不在乎。一排打石头男女在一起干活儿这种机会是很少的，这样特殊的工作，再加上两个班长别出心裁，男女知青混在一起干活儿，才让男女知青有机会接触。其他排的男女知青相互打招呼的机会都没有，还都互相躲闪，那是怎样的一种心态？说不清楚。有人说是封建思想作怪，还不能完全说明问题。一班长既然没有这样的机会接触他喜欢的人，那么远远地望着就已经很可怜了。

第四节　树上拉屎　不带手纸

最近团里通知各连队上交橡子，橡子是柞树上生长的一种果实，经过一个冬天，基本上都掉在了地上，在新的杂草没有长出来之前是捡拾的最佳时机，只要弯腰捡拾就行了，如果是秋天，还要上树或者用长杆子打。橡子有点儿像栗子，栗子三面是圆的，有一面是平的，橡子和栗子大小差不多，是椭圆的，没有栗子身上的那个平面。据说日本侵略东北时抓来劳工让他们吃的橡子面儿就是这东西磨成的，日本殖民统治下的老百姓也要吃橡子面儿。橡子面儿其实能做什么知青们不知道，好像是用在工业上，做什么配料。还没听说橡子能当食品的，牲口都不吃，据说人吃橡子面儿拉不出屎来。

连里安排二排、三排暂时放下手里的工作，突击几天捡拾橡子。采石场西面是橡子最密集的地方，那里的柞树林面积很大，很少其他树种，柞树与柞树之间灌木也很少，便于捡拾。

这片柞树林非常典型，树干粗壮高大，树枝伸展丰满，树冠形状如伞，树下有一层厚厚的树叶，踩上去软绵绵的。七八十人，三五成群地分散在森林中捡橡子，谈笑之声此起彼伏，这是既新鲜又好玩的工作，知青们都很快乐。

一排还是打眼、放炮、清理碎石铺路，放炮前在捡拾橡子的方向派出警戒哨。

突然，森林里有男知青大喊："快看树上的大白屁股喽！"接着是周围男知青的一片笑声。

在树上的知青叫铁子，这和他的外貌很不相符。铁子是北京来的小知青，是草儿的同学，他的父亲和草儿的父亲是七级部里的干部。铁子白白的皮肤显得特别干净，大大的眼睛显得特真诚，国字脸没有胡子，微微有些下兜齿，笑起来嘴咧得很大。身高有一米八，但看上去也就是一米七八的样子，这是因为他是标准的水蛇腰，胸总是挺不起来，加上脖子前伸，个子缩去不少，下身收着屁股让你找不着，膝盖无论是走还是跑都伸不直。

铁子人很随和，人缘儿特好，他对谁都很和气，和谁都聊得来。人很大方，自己不抽烟，有时买些烟分给大家抽。说话很文明从不骂人，也不背后议论人的不是，肚子里还有好多谜语和小故事。来到东北他生出了一个毛病，如果附近没有厕所，他一定找一个高处，收拾出一块地儿拉屎，或者土岗，或者土包，如果是在树林里，他就上树解决。他不怕男知青看，暴露隐秘部位就像喝凉水一样自然，这种时候他躲避女知青非常马虎，只要他觉得躲避了即可。

有人问他："为什么非在高处？"

他说："我怕虫子。"

有人问："你不怕别人看见？"

他说："不怕，看见就看见，谁不拉屎撒尿啊。"

他严肃地说："再高贵的人、再讲究的人也要拉屎撒尿，这么明白的事儿，谁不理解，谁会大惊小怪？我总不能怕别人看见就拉在裤子里吧？"

铁子在树上使劲，周围其他的男知青四散奔逃，远处的女知青也停止了说笑。树上掉下来的东西砸在软绵绵的树叶上声音本不该很大，但森林里太静了就连放个屁都传得很远，何况是翻江倒海。

完事之后他叫喊同屋住的男知青，压低了声音："嗨！谁带手纸了？"

远处的男知青说："谁也没带。"

铁子点名喊五班长："班长，你肯定带着呢！"

五班长笑着说："我也没带！我就是带了怎么递给你呀？"

铁子说："我给你裤腰带，你用裤腰带缠住，扔上来！"

五班长一边笑一边找其他人要手纸，然后蹑手蹑脚地走到树下说："把皮带扔下来。"

五班长说："铁子呀铁子，下回出门前检查一下带没带手纸，你不知道自己上厕所的规律？"

铁子说："这两天肚子不好，没有规律，谢谢班长。"

铁子这种行为放在一般人身上早就招来一片骂声了，但是发生在他身上却没有人反感，反而成了快乐的小插曲，让大家笑了好一阵子。女知青好像知道这边发生的事情，早就远远地钻进森林深处。

寂静的森林在知青们的欢声笑语中悄悄地萌动起来，冬季厚厚的冰雪融化之后，水分已经把肥沃的大地浸得满满的，一脚踩下去地面就会冒出水来，树根和植物的种子被这肥沃和湿润所包裹，它们只是等待着太阳把大地照射得更加温暖。原来藏在厚厚积雪中的或是藏在密密的草丛中的鸟儿，也已经搬离原来的藏身之所，它们在树枝上搭起窝，每天从清晨到傍晚不断地呼唤着春天的到来。阳光透过树枝的缝隙，普照着所有的角落，在阳光的抚爱中森林蕴藏着无限生机。

捡拾橡子的人群不断地向森林深处探索，橡子越来越多，很快就能完成任务了。

第五节　炮声隆隆　伫立其中

这一天，一排一早上班就开始用自制炸药装填昨天打好的炮眼，女知青清理碎石铺路。十点多钟，炮眼装填完毕，副连长指挥一班留几个放炮有经验的男知青准备点炮，又向东西方向各派出三个警戒哨，防止西边捡拾橡子的人往回走时被炸，防止东边来挑水和路过的人被炸到。副连长又安排一排女知青回宿舍休息，半小时后回来清理碎石。

一切安排就绪，装填炸药雷管导火索，副连长下令点炮，几个男知青把烟点燃，用燃烧的烟头点燃导火索。很快十几个炮眼的导火索被点燃，导火索喷射着淡淡的蓝烟，发出刺刺的声音。副连长下令撤离，大家到正南方向水塘南边土堆的后面躲藏起来，等待爆破炸起来的碎石落地后再回采石场。

水塘南面那些土堆距离采石场几十米，很安全。大家都喜欢看采石场爆破时碎石四面开花的景象。知青们一边抽着烟，一边聊着天，一边望着采石场。突然从森林中跑出来一个女知青，她环顾四周之后跑进采石场，急急地解下裤腰带蹲了下去。

躲在土堆后面的副连长一下蹿了出去，躲在土堆后面的知青们也都跳上土堆挥手大喊。

副连长一边挥手，一边大声喊着冲向采石场：“快跑，就要炸啦！快跑，就要炸啦！”

那个女知青没有抬头，从土堆方向看去，看不见她的身子，她只露着半个头，但那头是低着的，她下蹲的地方离放炮的地方只有十多米远。不知为什么她没有看到身后导火索冒着的蓝烟，也没有听到导火索刺耳的刺刺声，可能露在外面的导火索已经燃尽，正在炮眼内燃烧。

副连长和男知青们的喊叫她也没听见。当时正有三四级的东南风，喊叫的人正是在正南方向应该是顺风，但当时土堆位置却是顶风，这是因为东南风被采石场的那座山挡住，形成了风的局部变向。

副连长跑到距离采石场大约五十米的地方也不敢再向前跑了，因为炮就要响了。这时那个女知青站起来了，正在系裤腰带的时候炮响了，一声接着一声震天动地，爆炸的冲击波掀起滚滚沙尘，被崩起的石头漫天飞舞，铺天盖地。副连长没地方躲藏，他仰着头观察着半空中飞来的碎石，双手捂着脑门，身体不停地躲闪，就这样还是被砸中了手腕流了很多血。其他男知青在几十米以外也都抬着头望着天空，躲避零星飞来的碎石。

采石场里的那个女知青被一团烟尘淹没，飞石落尽烟尘散去后，只见那个女知青虽然满身尘埃却依然伫立未倒，还如方才站立起来时的样子一动没动，还是双手提着裤子的姿势，如同雕塑一般。副连长和男知青们跑到采石场，呆呆地看着她。

副连长声音颤抖带着哭腔问：“你哪儿受伤了？”

他一边问一边哆里哆嗦迈着颤巍巍的脚步慢慢地围着女知青转，用眼睛“扒拉”她的衣服，寻找被爆炸弄伤的地方。其他男知青挨在副连长身后同样地寻找。那个女知青是个瘦高个子，瘦得像个男孩子，大家都叫她枝儿，是树枝儿的意思。

这时去休息的女知青们回来了，她们跑着围过来，男知青急忙向后躲闪让开地方。

大皮球喊叫着：“咋地啦！”

小眼儿说：“刚才炮响的时候，她就站在这儿。”

几个女知青同时惊叹：“哎哟，我的妈呀！哪儿受伤了？”

大皮球上前一把架住枝儿的胳膊，这一架不要紧，枝儿“哇”的一声大哭起来，两手一松，裤子开始下滑。

还是大皮球反应快，她一把抓住枝儿的裤子，嘴里喊着：“快伸手帮忙啊！”

枝儿真是命大。大皮球这些女知青把她送回宿舍，在她身上翻过来调过去地寻找，也没有见到哪受伤。只是她的耳朵被震得暂时失聪，过了一会儿，耳朵也好了。按说她相距爆炸点十多米远，不在爆炸的真正死角之内，她背后的山也会将射向它的碎石反弹到相反方向使她受伤。然而，没有一粒碎石碰到她，所有人都认为太神奇。所有听说这件事的人都说：“命真大，是真的吗？”

枝儿是和一班长一本正经一个学校的，年级比他低，年龄在女知青里也是最小的。也可能是因为只长个子，影响了身体其他部位的发育，所以瘦瘦的高高的，没有明显的女性特征。虽然还没有发育成熟，但是样貌却是个美人的坯子，谁也没有想到两年以后，她就出落成新建点里最漂亮的女知青之一，她与草儿、老太太相比又是另一种极致的美。

枝儿并没有沉浸在逃过一劫的惊恐之中，也没有庆幸刚刚死里逃生，让她耿耿于怀的是，她小解时都被谁看见了。那么多人看着她蹲下、起来，她越想越是难为情，捂着脸不说话。大家说，只听说有震聋了的，还没听说有震哑的。

连长、指导员、卫生员来看望枝儿，还有很多女知青也来看她。

枝儿终于说话了："我没事，哪儿也没受伤，耳朵也没事。"

但她还是低着头，眼睛看着地面。中午，同屋的知青给她打回饭菜，下午她又去上班了，唯一的变化是低着头走路，不像过去走路时满不在乎地东张西望了。这恐怕也是一种经历造就的一点儿成熟，俏不俏，一身臊，低下头，多了一点儿臊，添了一分俏。

捡拾橡子的最后几天又出事了。

两个老职工平时矛盾很深，一个老职工故意大喊："快看哪，那个猴头真大，像小脸盆似的。"

另一个老职工很贪财，立刻就往那边跑，中间要穿过一片灌木丛，他毫不犹豫地钻了进去。灌木丛里坐着一只大黑瞎子，他差点儿没撞进大黑瞎子怀里，吓得他扭头就跑。大黑瞎子先是一愣紧跟着就追，老职工一看跑不过大黑瞎子赶紧上树。大黑瞎子也跟着往树上爬，吓得老职工尿了裤子。因为那棵柞树不是很粗，大黑瞎子抱不住又滑下来，于是大黑瞎子又是用身子撞，又是用爪子推，又是抱着晃，又是用牙啃，那老职工几次差点儿掉下来。

他大喊："救命啊！救命啊！黄！黄！黄！"

黄是他养的一条老狗。老狗看见主人被困树上扭头就跑了，它去找其他的狗帮忙。一会儿它带来十几条狗围着大黑瞎子扑咬，黄非常英勇，而且扑咬的地方让大黑瞎子不得不顾忌。黄钻到大黑瞎子的两只后腿之间咬，其他的狗也英勇向前。老职工乘机跑了。

遇见副指导员，副指导员问他："怎么回事？"

他说："大黑瞎子！"

副指导员也跟着跑，一边跑一边喊："快跑，有黑瞎子！"

很快所有捡橡子的人都跑出树林，清点人数一个不少。捡橡子工作就此停止。那群狗被大黑瞎子打死一条，黄和另外一条狗重伤。从此两个老职工结仇更深了。

第六节　追播种机　累坏学员

东北种植小麦是在春天，叫春小麦，华北地区种植小麦是在秋天，叫冬小麦。因为气候原因，种植的时间完全不同，所以农家谚语完全不一样。种春小麦曰“清明忙种麦，谷雨种大田”；种冬小麦曰“白露早，寒露迟，秋分麦子正当时”。

从三月下旬开始，所有拖拉机开始咆哮，它们拉着轻耙和自制耙地工具在麦田里奔跑，大片麦田从白雪皑皑逐渐变得斑驳陆离。播种的所有准备工作已经就绪。

四月中下旬，春风明显升温，三四级的风又温暖又干燥，几乎天天刮。履带式拖拉机挂着三组播种机，以四挡的速度奔跑在麦地里播种。

春播前，新建点进行了大规模的人员调整，九班的花姑娘、小玉、万事通、疖子包被分到了机务排开拖拉机，我和毛毛被分到了机务排开康拜因，点窝到烘炉房学打铁。全新建点有近二十人被调整到机务排，铁子也被分到拖拉机上当学员。

机务排得到空前壮大，可谓兵强马壮。自然，机务排是春播的主力，由车长或师傅（副驾驶员）开车，其他人给播种机上种子和化肥，把播种箱装满保证不漏播。

然而，灌装播种箱的工作差点儿没让这些新来的学员累吐血。在麦田的地头，每台拖拉机分别牵引着三组播种机，开拖拉机的是车长或副驾驶员，一名学员随车听车长或副驾指挥。每组播种机上站一个人，每台拖拉机除了这三个人以外，还配有六个到七个人在地面伺候。这六七个人，由其中的一两名老职工带领，其余的都是新调入机务排的学员，这些人负责给播种机装填种子和化肥。机务排的排长在现场进行指挥。大家七手八脚地把每组播种机装满麦种和化肥，拖拉机一声长鸣卷着烟尘奔驰而去。

我们几个学员在地头坐在麻袋上抽烟聊天儿，觉得这活儿还不错，歇着的时间比干活儿时间长得多。地头风很大，大概有三四级，刮得人没地儿躲没地儿藏的，早晨风还是很凉，感觉有点儿冷。

拖拉机起步四挡，中途不换挡，速度很慢，大概相当于慢速骑自行车，麦田从这头儿到那头儿大约两千米，拖拉机四五十分钟就能够跑一圈儿。

拖拉机离地头还有几百米的时候，排长开始分配任务。

他说：“一会儿拖拉机拐过弯儿以后，每人扛一个麻袋给播种机填种子和化肥，拖拉机是不停的，他们只是收一收油门，我们要扛着麻袋上去，一个钟头就拼这一回。如果追不上拖拉机，停下来装填种子和化肥那样浪费很大，播种机会漏掉很多种子和化肥。”

铁子说："是不是把大包麻袋分成小袋？拖拉机快到了，赶快分袋啊。"

排长说："不分袋，就扛着大包上。"

铁子说："我扛得起来扛不起来还不知道，还追拖拉机？还是停下装吧。"

拖拉机距离地头还有大约一百米，排长大喊："把麻袋扛起来！"

大家开始就位。铁子、万事通、疖子包、花姑娘、毛毛抢着给扛麻袋的人搭肩，他们知道自己的体力不行，扛麻袋跑上播种机那是很难办到的。我第一个扛起了麻袋，麻袋里装的麦子有一百二三十斤的样子。一个老职工扛起了一个麻袋，还差一个人。铁子看看万事通他们比自己还弱，没有办法他也扛起一包麻袋。

排长对万事通他们说："你们几个跟在他们身后，上播种机的时候推他们一把。"

拖拉机开始拐弯儿，扛着麻袋的人等播种机刚刚拐过半个身子，小跑着往上冲。说是扛着麻袋小跑，实际上根本跑不动，麦田经过重耙、轻耙一通折腾，早就十分松软，一脚下去陷过脚面。在这软绵绵的土地上扛着一百二三十斤重的麻袋跑，除非体力特别好的壮汉，即使是壮汉也不见得能跑几步远。

我想跑起来，但是怎么也跑不起来，只能是小碎步快走。但是拖拉机的速度相当于人快走的速度，我虽然奋力追赶仍然只是与拖拉机的速度持平。要想追上它，速度还要加快，刚刚追了十几米我就已经上气不接下气了。

距离播种机的脚踏板只有四五米的距离了，但是就这四五米的距离却似乎无法跨越。万事通和疖子包跟在我身后，他们已经发觉我快没有力气了，他们伸出手推在我的后背上，这一推确实管用。我又跑出十几米总算追上了播种机，我憋足了劲儿跨出一大步，万事通和疖子包总算能看出火候来，在我的最后一步，他们也拼命地一推，我登上了播种机。我把麻袋扔在了播种机的箱盖上，打开箱盖把种子倒进了种子箱里，然后提着空麻袋跳下了播种机，没想到两腿一软摔在了地上。

我躺在地上，感觉心脏剧烈跳动，好像要从胸腔里蹦出来一样，觉得浑身的血液都冲向头顶，头上的每一根血管都在蹦，汗珠汇成细流四下里流淌。

铁子没有登上播种机，但是他也是满头大汗躺在地上喘着粗气，那个老职工自己就把麻袋弄上了播种机。我和铁子回到了地头，看了一下跳下播种机到地头的距离，我们追出了有四五十米，毛毛和花姑娘没有把扛着麻袋的铁子送上播种机，他们把那袋种子拖到了地头。

铁子上气不接下气地说："我不行，我干不了，我还是回农工排吧。"

我说："我也没能力追上播种机，要不是万事通他们使劲推我，我根本就上不去。让我再这么追一回，恐怕我连麻包都扛不起来了。"

排长说："我是要看看你们到底有多大的本事，刚开始干这活儿我没有把大麻袋分装成两袋，扛大袋的后面再跟着一个人，我觉得应该没有问题，没想到你们软成这样。"

我说："往播种机上跨的时候，虽然播种机脚踏板不高，但是扛着东西想把腿迈上去真的抬不起脚来。"

铁子说："当初我就说半袋，还能容易点儿，你们不听不信。"

排长说："历年都是这样，每人扛一百二三十斤的麻袋，上一次种子可以休息两圈儿，上得少就要一圈儿上一次，万一有一圈儿上不去，就要漏播，要是出现漏播这就是大事故了。"

排长接着说："机务排一向是新建点的主力，人强马壮干什么都不落后，没想到你们新来的这些知青这么弱，这次调到机务排的知青就更弱。"

铁子说："排长，没办法就这么弱，不把麻袋变小我就不干了，这不是要命吗？"

排长笑着说："好，一袋变两袋。"

虽然一袋变两袋，然而每次扛着六七十斤的麻袋，在软绵绵的土地上追拖拉机，那也不是一件轻松的事儿。平均一个小时一趟，从天一亮到天黑，一天下来也是十几趟，这十几趟把大家累得人仰马翻连话都懒得说，回宿舍路上腿肚子一个劲儿哆嗦，浑身发软。

机务排的这些人回到宿舍饭吃得都少了，洗吧洗吧就睡了，这种活儿简直太累了，数量大、时间长、强度高，小知青们还要慢慢成长，不能和老职工们相比。打架可以不服，干活儿必须服气，那些机务排的老职工，干了一天活儿什么事儿都没有。

春播小麦只是三排参与了，负责准备种子化肥，并且运到地头。一排依旧是打石头铺路，二排的人依旧是锯木头、破板子。播种也很快，不到半个月一万多亩地的小麦就播完了。这时还没有到五一劳动节，森林中的树木依旧是光秃秃的，田野上也没有任何绿草鲜花发芽的迹象，天气一早一晚仍然是凉飕飕的。

北大荒的春天来得太迟，也下了那么一点儿春雨，但是这里春天的土壤并不缺少水分，最需要的是光和热。虽然白天的阳光已经非常温暖了，但是不等太阳下山，温度就已经降下去了，到大地彻底地温暖起来还有一段距离。

第七节　机务排强　老九班散

这次新建点人员调整，九班是被拆得最乱的一个班。我、花姑娘、小玉、万事通、疖子包、毛毛、老七去了机务排。点窝被调到烘炉房当了打铁师傅的徒弟，八指儿和勺子去种菜。九班有十来个人被调走，连里又从其他男班调入七八个人补充九班，班长由鱼唇兼任。九班的宿舍改成了机务排宿舍，九班被调整到机务排的人连床位都没动。

机务排是新建点最精干的一支队伍，老中青三结合，都是素质比较高的。只有表现好的才能够到机务排，没去成机务排的知青们还是非常羡慕的，虽然嘴上不承认，但是大部分知青心里都想着去机务排学点儿技术，让周围的人和家里的人另眼看待。

机务排的排长是个非常精明的人，四十上下，个子高高的瘦瘦的，他的帽子总是压得很低紧挨着眉毛，帽子后面露着全部的后脑勺。有点儿内陷的眼窝里眼睛不大但很亮，与他对视时你会有一种被他看穿内心的感觉。带点儿鹰钩的鼻子下留了一抹黑黑的小胡子，他脸上的其他地方都刮得干干净净。上下牙齿都有点儿外鼓，笑的时候两排牙齿都露得清清楚楚，年轻时一定是个很精明帅气的小伙儿，现在虽然四十岁了，仍然很有年轻人的活力。他平常很严肃，上下嘴唇并拢的时候嘴有些外鼓，像是和谁在生气。他不光是机务排长，同时还兼着康拜因收割机的车长，他也是我和毛毛的师傅。我和毛毛两个在排长的直接指挥下工作，排长说什么我俩就干什么。

我对这次的人事调整非常不满意，因为没有让我去开能跑能动的拖拉机，而是让我上了不能自己动弹的康拜因收割机。我非常不喜欢这个排长，不知道什么原因，总觉得这个人的心眼儿太多，就是俗话所说的那种太尖太滑。从对工作的爱好上，我当然喜欢开拖拉机，但是并不是因为没有开上拖拉机而不喜欢这个排长。到底为什么不喜欢也说不清楚，完全是感觉，是主观臆断，或许是对没有让老实人、小瞄儿、小眼儿、秏子他们上机务排的安排有意见。

五月上旬，小麦播种后不久便开始播大豆，和北方地区的清明前后种瓜点豆的节气相比，大概要晚一个月。大豆大部分种在新开垦出来的地块里，没有小麦地块平整，但要更加肥沃。大豆播完了，我和毛毛每天在康拜因上维修保养这台新机器。指挥我们两个人的是排长，排长不在的时候指挥我俩的是副驾驶肥猴儿。肥猴儿指挥我和毛毛干活儿，他却总是坐在我俩附近抽着烟和我俩聊天儿，问这问那。毛毛不喜欢他老是发问，后来毛毛开始主动发问，肥猴儿有的回答有的不回答就转移了话题。肥猴儿总以参加过珍宝岛自卫反击战为荣。

肥猴儿说："因为我膀大腰圆被选中，在边界地区以百姓身份保卫边疆。白天黑夜轮班在边界地区装成老百姓干活儿，有苏联人闯进来我们就上前阻止，语言不通就用手比画，比画比画就动手打起来了，中国人个头儿、体质比不过他们，所以一动手就吃亏。"

毛毛说："你这么大块头还吃亏？"

肥猴儿说："吃亏，光挨打没有还手的机会，那老毛子一脚把我踢出好几米远，我只能夹着腿抱着头挨踢。"

他的表情有点儿不好意思，他说："他们那边选的人更强壮，比我高一头还多，得仰着头看他们，你说能打得过？像你俩这体格麻秆似的，一脚能给你们踢死。后来从沈阳调来一个侦察大队，也扮成老百姓，把老毛子整惨了，他们会卸胳膊卸腿。"

肥猴儿身高一米七七，体重一百七八十斤，大大的圆脸上都是横肉，满脸粉刺又大又密，我很少正眼看他的脸，那样我会浑身硌硬。我最怕的是与他面对面地抬东西或说话，即使不正眼相对，我也难受得不行。所以，在肥猴儿眼里我不爱干活儿、不机灵、架子大、性格怪，没有毛毛招人喜欢。

毛毛与肥猴儿很聊得来，毛毛对肥猴儿说话是连损带挖苦，大多数时候肥猴儿听不出来，逐渐地肥猴儿经常被毛毛训斥，肥猴儿也不介意。按说肥猴儿也是我俩的师傅，但是他没有得到我俩的尊重，没能享受到其他师傅那样的待遇。毛毛背地里说他没有老爷们儿的脾气，后来当着面就敢说他窝囊废。

肥猴儿又说他去珍宝岛的事儿时，毛毛就说："别说了，熊的身体，羊的脾气，要是我打不过也得掰折他一根手指头。"

肥猴儿已经三十好几了，仍然没有人跟他结婚。原来九班的宿舍现在是机务排宿舍，肥猴儿搬来以后成了全屋岁数最大的青年。他是六四年来的，但他又不是山东支边青年，说话接近标准的普通话，知青们还以为他是北京来的大知青。

排长训肥猴儿比训自己的儿子还凶，有时还骂他两句，很明显排长死看不上他。肥猴儿见了排长就像老鼠见了猫那样惊恐害怕，他背地里也不敢说排长坏话。排长经常说他：“看你那熊样儿，你这辈子打光棍儿去吧，谁看上你就是个瞎子。”

肥猴儿非常想有个媳妇，像其他已婚老职工那样下班回自己家，而不是住在吵吵嚷嚷的集体宿舍里，因为他住集体宿舍太久了。自从这批小知青来了以后他非常兴奋，对男知青都很客气，愿意主动和他们说话聊天儿。在能见到女知青的地方，他的眼睛就不够使了。新建点里有几个大龄青年，机务排就有三个。除肥猴儿之外，还有一个叫老毛子的拖拉机副驾驶，现在也住在九班的宿舍里，还有一个叫大笸箩的拖拉机顶班驾驶，仨人都没有媳妇。大笸箩是北京大知青还不太着急，而肥猴儿和老毛子则不同，一见到女知青就没有了克制力，会很露骨地表现出对女性的向往，只要视线之内出现女知青，他们会不顾忌任何人的议论而张望。有一次在食堂门口我发现，肥猴儿看那些女知青排队买饭，竟然看直了眼，口水流了很长自己还没感觉到。我顺着他的眼光看去，发现他目不转睛看着的是草儿。

第十二章　春的萌动

第一节　悄悄暗恋　审美差异

自从那次在水房草儿从我身边经过以后，到如今已经有半年多的时间了，我仍然没有机会近距离地看她，每次都是远远地望见，即使是在食堂相遇，也没有机会盯着她仔细看。半年的时间在其他男知青观望草儿的反应的影响下，最重要的是在不同距离见到她的瞬间，我都为她那种无法形容的美丽而晕眩，这让我对草儿有了类似对班主任的敬爱之外的另一种感觉。

越是这样，我越是极力地掩饰，以至于小瞄儿、小眼儿和花姑娘他们都没有发觉。

小眼儿多次对我说："我从来没有见过比草儿更漂亮的女的，她是我长这么大见过的最美的女的。"

我只是附和着"哼啊哈呀"地搪塞几句，小眼儿对我的反应很不满意，以为我笑话他没见识。

他很恼火地说："你没看见男知青看她的眼光有多特别，那种目光平时很少看到，那眼光都是紧张。"

我当然感觉到了，草儿所到之处，男知青眼光中的紧张、年龄大的男职工眼光中的惊喜都是那么明显。我与草儿有几次擦肩而过的机会，但是根本就没有去看她，我想在擦肩而过的瞬间，内心慌乱中见到的美丽是记不清楚的。我只想找机会近距离仔细看看，弄清楚那种敬爱之外的是一种怎样的感觉、为什么说不清。

因为大多数男知青看草儿的眼光都是男性对女性美丽的欣赏和爱恋，而我是对敬爱的班主任老师的回忆和思念，现在我对草儿有了新鲜异样的感觉，她为什么会对自己有这样深刻的触动？这让我念念不忘并耿耿于怀。

一本正经和大皮球的两个班的男女知青，除枝儿那件事以外，一直都非常稳定，放炮的时候加强了警戒，所有的人都参与警戒，警戒线向外延伸两百米。如果西面的森林里有人干活儿，就采取暂时不放炮，等干活儿的人走干净了才放炮的策略。

现在，打眼放炮的活儿、打大锤扶钢钎的活儿、搬石头清渣土的活儿已经不分男女了，哪里需要大家就一起上，谁那边活儿急就先干那边的活儿。这样一来，男女知青之间接触非常密切。虽然有的时候女知青扶钢钎，女知青打大锤，但是男女搭配的时候更多一些，知青们都非常快乐地工作着。

一班长一本正经和二班班长大皮球说话聊天儿也更多了，不像原来那样说到关键的地方一本正经就不言声儿了。现在，一本正经有时还会和大皮球开开玩笑，这使大皮球的热情很是高涨，每天快乐得不行。一班长一本正经只不过因为他们越来越熟悉而放松了严谨地对待女知青的方式，他因为大家更加熟悉产生了友谊，而不是产生了男女之间的倾慕之情，他心里念的还是草儿。

小瞄儿和二姑娘干活儿在一起的时候比较多，两个人在一起打大锤相互配合的时候也比较多，有什么事情时，二姑娘第一个还是喊小瞄儿。表面看上去两人非常要好，因为是同学，所以也没有人说什么出圈儿的话。但是小瞄儿心里装着的女知青只有小红鞋一个人，在他眼里，什么草儿、老太太都没有小红鞋吸引他，他就是这么一种个性，看准的轻易不会改变。小瞄儿和小红鞋工作不在一起，也没有其他接触的机会，只有到食堂打饭的时候，有可能碰到小红鞋，这是小瞄儿最高兴的时候，能看上几眼就心花怒放了。再有就是竖起耳朵打听有关小红鞋的事情，与她有关的任何事情他都感兴趣。然后他把这些支离破碎的消息按照自己的意愿拼凑起来，在他眼里小红鞋没有不好的地方，越看越喜欢，并且把他的美好愿望与她的温柔善良往一起揉搓，揉搓到满意为止。

小眼儿是经常地往白桃跟前凑合，白桃是个好脾气，做事不急不恼，对谁都是一脸的满意。她也乐于和小眼儿一块儿干活儿，因为小眼儿干活儿非常照顾她，从来不让她打大锤，也不让她搬大块儿的石头，小眼儿照顾白桃就像照顾自己的姐妹一样。白桃也很会说话，经常夸奖感谢小眼儿为她所做的一切。小眼儿自然知道白桃不是最漂亮的，但是小眼儿非常知足，只要身边有女知青对他好他就满足了。

虽然两个班在一起干活儿的时候有说有笑，就像兄弟姐妹一样，但是只要离开采石场，两个班的男女知青就像换了人一样，谁也不和谁说话，胆大一点儿的也就是互相看一眼微笑一下。这种现象也不知道是什么时候开始的，男女知青见面不打招呼不说话。

路已经铺了快两百米了，距离小红鞋干活儿的猪圈非常近了，小瞄儿这几天别的活儿都不干，就干装车卸车的活儿，这是因为在猪圈附近卸车，增加了见到小红鞋的概率。

装石子和卸石子是采石场里最难干的活儿之一，铁锹铲石子很费劲，比抡大锤和扶钢钎还要磨手还要费力，所以这个活儿是大家轮流来干。干了几天，班长安排别的知青替换。

小瞄儿说："不用了，我还行。"

二姑娘说："你以前最不愿意装车卸车，你干了好几天了，该换换班儿啦！你倒来劲儿了，要干你干吧，我得歇几天，我的手都磨起泡了。"

小瞄儿说："没事我不用换。哎！小眼儿，你来和我一班儿。"

小眼儿很不乐意，但他知道小瞄儿心里想的是什么，没办法，是哥们儿就得成全他。

每天装车卸车也是很枯燥的事儿，声音很吵不像干其他活儿还能聊几句，装卸石子能吵死人。这一天，石子终于要在猪圈附近卸车铺路了。

车卸了不到一半，小瞄儿喊："我渴了，看看屋里有没有水喝!"

他扔下铁锹走进了猪圈旁边的喂猪房。喂猪房一共是三间，一间住人，一间放饲料，中间的房子放了一些零碎工具和杂物。小瞄儿进来看见小红鞋坐在里屋炕沿儿上，老职工坐在对面的桌子旁边，一边抽着纸卷的旱烟一边和小红鞋聊天儿，那旱烟味儿熏得小瞄儿直皱眉头。

他来到屋里，老职工和小红鞋两人同时望着他。小瞄儿有点儿紧张。

老职工客气地说："来坐会儿。"

小瞄儿搓着手说："不坐了，一会还要干活儿。"

老职工说："那就抽支烟吧。"

小瞄儿说："我从来不抽烟，不会。"

小红鞋说："有什么事儿?"

小瞄儿说："铺路的石子运到你们猪圈门口了，你们是不是卸儿车？铺在与大路相接的地方、经常活动的地方，以免雨天泥泞难走。铺上石子，走路又干净又省力。你们这里卸儿车才够?"

老职工说："哎呀，谢谢你，你想得真周到，是应该铺上一些。"

小红鞋说："不用了，反正喂猪这种活儿，上班就得换上雨鞋，铺石子也不见得好，铺上石子路容易硌脚。"

老职工说："铺上石子，踩上一段时间就平了。下雨天这里泥泞得很，有时把雨鞋都粘住拔不出来，踩泥走路太费劲了，还是铺上好。"

小红鞋说："那好吧，听你的。"

老职工对小瞄儿说："那你们在门口卸两车就够了，我们每天铺一点儿，每天铺一点儿，用不了多少日子就铺完了。你们先卸车吧，我给你们烧点儿水喝，那就麻烦你们了。"

小红鞋对老职工说："那多费劲呀，我也没劲儿，全靠你一个人那样就太辛苦了，还是让他们铺吧。"

小瞄儿听到这里，不知道为什么心里一个劲儿地发酸，但是他仍然很不乐意老职工的说法。

小瞄儿说："人多力量大，还是让我们几个来铺吧，你们有时间就平整平整。"

小瞄儿说完，看了一眼小红鞋，小红鞋没有看他，又在和老职工说话。

小瞄儿和我们学舌这些情况的时候，难过得眼泪差点儿没流出来。

从那以后，小瞄儿一想起小红鞋那天的态度，快乐的心情就会大打折扣，总是感觉有一种阴影笼罩着自己，有时会在随身携带的小镜子里看着自己想：我有那么难看吗？小红鞋那种不屑的样子，小瞄儿想起来就心酸，那种爱答不理的态度就像钢针刺痛他的心。

小眼儿劝小瞄儿既然这样就不要太认真。

小瞄儿想，采石场干活儿的时候，那些女知青对自己都很好，没有一个像小红鞋对自己这样傲慢的，他觉得有的女知青甚至主动靠近他，这让他对自己将来能和小红鞋熟悉起来信心满满。现在的情况却严重打击了他的自信，他那种会被小红鞋喜欢的信心像失舵的小船在波浪中起伏摇曳。但是他喜欢小红鞋的那种感觉反而更加深刻，她那种傲慢和不屑似乎又将他和小红鞋的差距拉开很多，他感觉到小红鞋有点儿高不可攀，越是这样他就越觉得她的一举一动、一言一语都更加地叫人喜欢。小红鞋显示出高傲中的杰出、不屑中的纯净，越是这样小瞄儿越觉得她有让人无法抗拒的全新魅力。如果以后再发生几次这样的事情，小瞄儿会完全被她折服，甚至会完全地丧失自己。

小眼儿说："反正你别让她把你弄神经了，另外也别灰心，刚是头一次接触，她又不认识你，可能都不知道你叫什么，新建点里所有人的名字你能叫全吗？还是接触得太少，以后接触多了可能就会有转变的，不用着急。你没发现，现在男知青和女知青之间都很少说话了，我觉得好像是双方都非常不好意思，谁先跟谁打招呼就好像犯错误似的。另外也可能怕别人起哄说怪话。还有，知青是禁止搞对象谈恋爱的，弄不好就给你扣上这帽子。以后慢慢儿再说吧，就算现在她喜欢你又能怎么着。”

小瞄儿说：“没想到你个大色鬼，话说得挺明白呀。”

我们几个关系好的哥们儿有机会就劝小瞄儿，对她不要心太重，边走边看最好。

星期天，我、耗子、小瞄儿、小眼儿在一起抽烟聊天儿的时候，我说：“小红鞋好看也不至于让你神经了，新建点的女知青比她漂亮的可太多了，草儿、老太太、枝儿，还有好几个我叫不上名字的，还有食堂的掸子、卫生员，还有三排长都挺好看，不用说别人，就说咱们班的白桃都比她强好多。”

耗子说：“你说草儿、老太太我承认比小红鞋好看，剩下的都不行。”

小眼儿说：“小红鞋除了两只眼睛，其他地方都一般化，个头儿不高，体形就没法儿说了，不是难看就是太一般了。”

四个人形成两派，我、小眼儿认为小红鞋一般化，小瞄儿、耗子觉得小红鞋美得不行。

我对耗子说：“高个儿的你是看不上，你看人是不是先看个头儿？个儿又高又大的，你都说不好？”

耗子说：“去你的吧，你他妈懂什么，你在这方面比我差远了，你属于什么都不懂的小孩儿，不说别人就说枝儿，那就是一根柴火，挺高的个头儿瘦得一点儿肉都没有，你说她好看，你懂个毛。”

五月，春天真的来了，北大荒好像一夜之间披上了春色。早晨起来你会突然发现，山林大地变成了青绿的王国，雾气茫茫笼罩一切，给初现的春光披上了一层薄薄的白纱。嫩嫩的芽、青青的叶与混浊的枝干、败腐的荒草相呼应，一岁一枯荣展示着顽强的生命力。慢慢地鲜红的太阳跳出来，望向四周，望向整个世界微笑，笑到灿烂时发出万道金光，光芒所到之处热情洋溢，敦促着万物生长。转瞬间雾气化作雨露滋润万千，慢慢地与山间之水汇合，变成潺潺小溪欢快淋漓，慢慢地小溪汇成小河，哗哗啦啦地唱起了歌。

第二节　自然发育　劳动解闷

春的色彩是那么简单、朴素，像少女一样单纯、恬静，然而她散发着强烈的迷人气息，诱惑着你去她怀中探秘，你会急切地期盼她款款而来，她有亦景亦画亦诗亦歌的美丽。这是知青们来这里遇到的第一个春天，那种奔放、自由、广阔、美丽的感觉简直像浑身爆炸一般。第一次爆炸是从家长、学校的束缚中挣脱出来，像野马一样用骂声咆哮、用打架发泄、用奔跑呼啸。他们的身体和思想在大自然的抚育下，在大家庭的熏陶中，在劳动的锻炼中迅速成长。他们在发育，他们在成熟，在这方面无论你的表现好坏，无论你有怎样的政治思想都不能阻挡。小瞄儿因为生日大，已经过完十七岁进入十八岁的成人阶段。他是新来的这些小知青里最先要爆炸的几个人之一，他对小红鞋的苦思冥想只是一个由头，如果没有小红鞋，他还会以其他的人为由头，开启他的爆炸青春。他满脑子都是小红鞋的影子，他饭量减了，眼神发直，性情热烈而暴躁。

春天大家不但褪去厚厚的冬衣，毛衣毛裤或绒衣绒裤也都褪去了，只剩下单衣单裤。小瞄儿虽然是中等的个头儿，但和刚来时相比大不相同，他的脖子比腮稍微窄些，脖根敦实的线条与肩膀浑圆的弧线呼应，膨胀摊开的胸肌，凹凸不平的肚腹，坚实的臀部，粗壮的大腿，那肌肤有青少年的光润，那健壮有成年人的铿锵，他已经成长为一个青年了。青春期的各种萌动，像没头的苍蝇四处乱撞，他对一个女性的久久思念，偶尔也会偏转到其他女性身上。春天融化了他僵硬固执的感官，他也看到了除小红鞋之外的女性的美丽，不过，那种爆炸仍在他体内激荡。

一天，小眼儿嘲笑小瞄儿："二八月闹狗闹猫季。"

万事通煽风点火："我们宿舍那几个老职工，在被窝里自己就腾云驾雾了。"

小瞄儿不解，愣愣地望着他们。

万事通说："真不懂?"

耗子说："别废话了，教教他!"

三个人一起按住了小瞄儿……

小眼儿没有爆炸，也没有被爆炸，他非常自然平静地快乐着每一天，或许他还没有成熟起来，但是论自然发育、意识成长，他一定比小瞄儿更应该爆炸。小眼儿的知识和阅历，甚至身体的发育，肯定超过小瞄儿，一身的腱子肉，即使相貌不俊仍然常被女知青端详。

然而，小眼儿经常和我们絮絮叨叨，知道哪几个女知青最漂亮，但他更知道哪些女知青更可爱。他现在觉得白桃是女知青里最可爱的，渐渐地他感觉她也是新建点里最漂亮的女知青之一了。而这个最漂亮的之一每天都和自己在一起劳动，他每天都有帮助她的机会，每天都能看到她对自己微笑，他觉得他是个非常一般的人，能作为最漂亮之一的女知青的劳动同伴还有什么不知足的？所以，他吃得饱睡得香，要论担心他只担心自己生病，等他病好了回来会有人代替他与白桃搭帮干活儿。当然，小眼儿也经常想以后呢？他不止一次地梦想着与白桃永远在一起。

知青们除了上班确实无事可做。聊天儿也觉得枯燥了，话题聊来聊去就是不断地重复。即使聊最近在身边发生的，道听途说的东西都很少，因为在这里待着很闭塞，外界的干扰很少。大家白天上班，月底领的是工资，钱又没地方花，很多女知青把钱都存起来，放在哪儿的都有。男知青除了抽烟，把钱也存起来。也有的知青每月或者隔一两个月就往家里寄钱。大家都没觉得钱有多重要，因为有的吃有的穿，在这里花钱很难，要走很远的路才能把钱花出去，所以，花钱成了一件很艰苦的事儿。

星期天不上班也不想动弹，那才叫百无聊赖。星期天很多知青换上干干净净的衣服，把自己打扮得漂漂亮亮的，意思是让别人看自己有多漂亮、多精神。然而，只有到食堂打饭那么一会儿才有机会被异性看见，为了多待一会儿让别人看看，他们就在食堂聊一阵子，前言不搭后语的，眼睛不停地搜寻，看看有没有他想看到的人出现。天儿好，去外面遛遛弯儿又害怕人家议论说他臭美。也是因为无聊，大家就通过工作排解，所以说谁懒、谁勤快都是相对的。真正公平地衡量每一个人，大家干得都不差，因为这是解决无聊的重要途径和方法。

第三节　寻书夜读　排长结仇

这一天我溜达到五班，找五班长借把手锯，五班长非常热情，请我坐在他的床上嘘寒问暖。我们两个聊了一会儿，无意中我发现他手里有一本书。

我问："看的什么书？"

五班长小声神秘地说："是小说。"

我说："借我看看行吗？"

五班长说："行，现在有好几个人排队。想看，等我看完了先借给你看。"

接着他又说："干脆你现在就拿走，看完以后马上还给我，千万不要给任何人。"

我感动地点着头把书揣在怀里回自己宿舍了。

自从我拿到了这本书，突然发现各宿舍有些知青晚上点灯熬油都是在看书，不爱看书的知青也不去打扰他们。五班长给我的这本书，虽然书皮包得很好，但是打开一看，没有封皮。我两个晚上就把书看完了，白天依旧上班，但连续两个晚上没有睡觉。第三天晚上我一觉睡到了次日中午。

机务排长知道了这件事很不高兴地说："看书能当饭吃吗?"

我不想理他，心里想：下回注意，不能让他在看书这事儿上纠缠。

但表面上我仍是一副无所谓的样子，说："偶尔看，不对，是第一次。"

如果是我原来的排长小洋马，我一定会赶紧道歉什么的，但是我对眼前这个人心怀敌意，感觉这个人很讨厌。能躲就躲，能不说话就不说。

晚上我把书还给五班长。

五班长很吃惊地说："你看完了?"

我说："看完了，但不知道作者是谁。这本书的书名叫什么呀?"

五班长说："我也没看见封皮，别人告诉我叫《苦菜花》，作者冯德英。你觉得这书好看吗?"

我说："我爱看，母亲、娟子、王长锁，印象太深了，就像我曾经认识他们似的。"

五班长说："有人说这书有毛病，不让看，别跟别人说啊。"

我说："放心吧，以后有什么书看完了借我，两天就够。"

五班长说："现在没有了，以后有了我就告诉你。我没想到你的阅读能力很强啊。"

我说："我在家查着字典看四大名著，《红楼梦》没看多少就不看了，看不懂，没意思。其他的都看完了。"

五班长说："你比我厉害，我都没看全。"

我说："我那不叫看书，就是瞎翻，知道故事情节就算完活儿，走马观花。"

自从我知道有书可读的时候，像发现了一件非常有趣的事情。满脑子都是找书的事儿，我开始琢磨找谁能借到书。先找到小洋马。

我问："排长你平时看小说吗?"

小洋马说："很少看，我学马列著作的时间多一些。"

我很失望地说："你不看小说，手里也没有小说?"

小洋马用吃惊的眼光看着我说："你怎么想起看小说呢？学点儿马列的书有用。"

我说："都有用。老学马列有点……"

小洋马说："老学就学懂了？我告诉你，每学一遍都有新意。"

我说："没有就算了，找机会帮我借两本。晚上没事干，聊天儿也聊不出什么来。不如看看小说解解闷儿。"

小洋马说："不许看乱七八糟的东西，你别着急，等几天我给你找两本。"

我高兴地说："那我等着。"

我又到食堂找掸子。掸子开春以后就是单衣，食堂很热，她是上海人，爱美不怕冷，到她窗口买饭的男知青眼睛有的忙活了。

掸子看见我满脸是笑说："什么事儿？"

我说："你平时看小说吗？"

掸子说："看啊，不要告诉其他人。"

我问："看什么小说？"

掸子说："问这干什么？你想看？"

我点点头。

掸子说："小说我自己看，不借的。因为有些时候借出去就回不来，我已经借出去两本都找不到了。张三说借李四了，李四说借王五了，王五又说借刘六了，刘六说借赵七了，赵七说借朱八了……"

我不耐烦地说："行啦，行啦，不借就不借，说一大堆气我，反正就是不借呗。"

掸子说："你走吧，不借。"

我说："不借我就不走，我跟着你，你去哪儿我去哪儿。"

掸子说："好的，我去宿舍，你跟着？"

我说："那走吧！"

我们俩一起往掸子的宿舍走。

掸子在前我在后，掸子走得很快，整个身子挡在我前面，有时她还偷偷地笑，回头瞥一眼。我感觉掸子的整个身躯在眼前颤动，这让我大饱眼福。来到炊事班宿舍门前掸子开门进屋，我怕她把我关在外面，紧跨一步跟着也进到屋里。

掸子笑着说："你真是个小赖皮，说跟着来就真跟着来了。"

我笑着说："跟你耍赖是应该的，不跟你耍跟谁耍，你不借我就永远跟着你。"

掸子一手捂着嘴笑着说："我在逗你玩，真不想借你，我就说没有了。我谁都不借，但是呢，我借给你。等着。”

说着她走到床边。

掸子住在靠屋角的二层铺上。她登着梯子爬上去跪在床上，这是平时男知青根本看不到的动作和姿态。我看着掸子的背影心里咚咚乱跳，特想继续看着，但是我怕掸子发现以后骂我，虽然心里是矛盾的，犹豫着看还是不看，但眼睛一点儿不矛盾地一直盯着看。

她从床边退下来说：“一本《青春之歌》，一本《野火春风斗古城》。一定要收好，千万不要让别人看到，就是看到了也不能说是我的，也不能借人的。如果你借给别人，我永远不再理你。”

我眼睛盯着书伸出双手，非常严肃地说：“放心，放心。”

我正要翻翻那两本书，突然腮帮子被掸子拧住。

掸子说：“这一路上你就只管看，我上床你还看，你越学越坏啦。”

我抬起一只手抓住了掸子的手腕，可我的腮帮子被掸子拧得太紧，嘴被拧得生疼，只能哼哼说不出话。掸子手劲儿还挺大，我也舍不得使劲扳她的手腕，我的手只是握着，嘴里一个劲儿哼哼。掸子把手放下。

我揉揉腮帮子说：“我没一直看，我有时候看，有时候不看，老看我觉得不好意思。”

掸子呵呵地笑起来说：“看吧，看吧，看多了你的心要坏了。”

我不好意思地低着头说：“我以后不看了，我见到你就闭着眼，怕弄错了我就用手摸，我估计能摸出来是不是你。”

掸子一脚踢在我腿上，这比拧腮帮子疼多了。我“哎哟”一声，真的哼哼起来。抬头和掸子四目相对，俩人一起呵呵地笑起来。

看书就得有灯光，宿舍里只有两盏马灯，我想起了老实人有一盏马灯，不知道他放在什么地方了。

我去找老实人问：“你冬天时买的那盏马灯哪儿去了？”

老实人说：“我就放在咱们宿舍了。”

我说：“原来咱们屋里只有新建点配的两盏马灯啊，没有多余的。”

老实人说：“我也不知道让谁拿走了。”

我从宿舍里拿出那两盏马灯，去存放柴油的地方把油装满了，放在床底下一盏，另一盏放回原处。晚上早早地钻进被窝。

屋里只亮了一盏马灯。

肥猴儿说：“这屋里太黑了，昨天还两盏马灯，现在怎么就一盏马灯了？”

我说：“不知道谁拿走了一盏马灯，我有一盏，这盏不是咱们屋的，是老实人冬天在小镇买的，有一群人证明，现在这盏灯老实人送我了。不信可以去问老实人。”

肥猴儿说：“是你的，放着也是放着，点上大家都方便。”

我说：“你灌过灯油吗？你就是一个懒猴，老指使别人。”

肥猴儿说：“我是你师傅，你不该听啊，哪能这么和我说话。”

另外两个老职工也加入了争辩：“妖怪，他应该算你师傅，指使你很正常。”

我说：“上班指使我行，下班也指使我？待着吧。”

屋里静下来，因为按这三个老职工的说法，这屋里除了他们三个，其他人都是徒弟，都应该受他们指使。

我躺在床上想先闭会儿眼睛休息休息，今天晚上有灯、有书，可以大看一宿。那三个老职工还在大讲师徒之道，我一边听一边不知不觉就睡着了。没留神这一觉睡到了天亮，没办法把书锁在自己的帆布箱子里上班去了。

肥猴儿还因为昨晚的事儿耿耿于怀，破坏师道尊严，这可了不得，还没有哪一个知青敢公开挑战这群师傅。他把昨天发生的争论告诉了排长，排长立刻火了。

指桑骂槐地说：“没想到傻小子睡凉炕——全凭火力壮，吃稗子草放驴屁。”

我正在油盆旁边洗齿轮，没太听清楚排长说什么，也没弄清说谁，只是抬眼看了他俩一眼，继续干活儿。

排长见我没什么反应，接着说：“师徒如父子，你现在就是他爹，就该像爹打儿子那样揍他，让他长长记性。”

肥猴儿说：“揍他没必要，我是想把这个理儿弄明白。”

这回我才明白排长在说谁，我身子开始颤抖起来。抄起一根六棱撬杠说：“你说谁呢！”

排长先是一愣，接着大发雷霆说：“你想咋地，要打我？我真不信了。”

我没说话，举起六棱撬杠向排长扑过去，吓得肥猴儿赶紧挡在排长身前，举手挡住我高举的撬杠。

排长大喊着说：“别管他，看他敢！”

他一边说一边借着肥猴儿用手推他的劲儿向后退。我什么也不说，只管举着撬杠找机会向下抡。

毛毛对肥猴儿说："你拦住他别松手。排长赶紧跑，他是真的。"

毛毛把排长拉走了。

我见毛毛把排长拉走了，咬着牙说："我看你能跑哪儿去！骂我！"

我没有肥猴儿力气大，扭不过他，趁肥猴儿没注意，用撬杠敲了他的小腿一下，肥猴儿疼得哈下腰。我拖着撬杠向排长追去。

肥猴儿一瘸一拐地跟在我身后喊："快拦住他，他追你们哪！"

我跑得很快，没一会儿就追上了。

毛毛对排长说："前边是连部，你上那儿找人。"

排长跑到了连部，连长和文书出来拦住我，连长厉声说："你干什么！"

我说："他骂我。"

连长说："骂你？那也不能动手打人啊！他骂你，他打你了吗？"

我说："没有。"

连长说："你骂他了吗？"

我说："骂啦。"

连长说："那就扯平了。他骂你，你骂了他，他没打你，你为什么还要动手打他呀？"

我说："我……他太不是东西。"

连长说："怎么不是东西，你进来跟我说说。你把撬杠扔在外边。"

我只好把撬杠扔在外边跟连长进屋。

连长进屋就大声说："你们知道这影响，这后果！"

他边说边对机务排长挥挥手说："你先回去，一会儿我找你。"

连长风流坐下来用手绢擦擦眼睛说："妖怪，你坐下，说说咋回事。"

我坐在连长对面把刚才发生的情况如实讲了一遍。

连长说："师徒如父子也没错，关键是认没认这个师傅。谁跟谁学技术是连里安排的，不是自愿的，如果是自愿的，师徒就应该很亲密，互相关心爱护。但是你不认他，他这么说你自然不高兴，这个我明白。"

连长接着说："我今天还是要说你几句，你的脾气是不是要克制一下？你来新建点八个多月了，当副班长半年。哦，你们班长调走五个多月，其实后来你这个副班长相当于班长，这班长半年你打了几回架？"

我低头想了想说："五回。"

连长说："这五回我都知道，每次我也都作了调查，好像你都占理，你也没吃亏，我也没处理你。算你侥幸，不是没受处理侥幸，是你没有受伤很侥幸。斧子、棍子、扁担、大锯都上了，多危险啊，万一失手出了大事打死一个，占理有什么用，一样要偿命。”

连长又用手绢擦眼睛。

我说：“连长，你的眼睛为什么不去看看？”

连长愣了一下说：“看不好。”

我说：“找部队的医生，扎针灸。我尿炕就是部队医生给扎好的。六七年，部队在永定门火车站候车室里给老百姓看病，人山人海的，医生问什么毛病？我妈说，尿炕。医生在我膝盖下边各扎一针，在肚脐眼下扎一针。三针，到现在两年多不尿炕了。”

连长傻傻地听完我讲扎针的事儿，突然大笑起来，一边笑一边擦眼泪，然后挥挥手让我出去了。我莫名其妙地走出门，想看看连长怎么解决，于是我蹲在窗边偷听。

连长叫文书把机务排长叫来。机务排长仍然一脸怒气，怒气中又带有羞愧，一屁股坐在连长对面，那凳子上还有我的体温。

他欠了欠屁股说：“连长你看怎么办吧！”

连长说：“你说怎么办？”

机务排长说：“你说他怎么敢拿着撬杠追我？这……这……这传出去太砢碜啦。”

连长笑着说：“想当人家的爹，人家不认，是你自找的。”

机务排长说：“那过去是不是啊？我当学徒那会儿……”

连长打断他的话说：“那是过去，是四旧，现在是革命战友，你那一套收起来吧。”

机务排长泄气地说：“反正我是接受不了，你得严肃处理。”

连长说：“怎么处理，就是拿着撬杠追你，也没打着你，就给个处分？要是打着你了，给个处分是轻的，还可能抓起来判刑呢，可你跑啦，你平时挺尿性的谁都敢骂，把谁都不放在眼里，这回憋屈了是你自找的。”

机务排长发火说：“不处理他不行，我抬不起头，我也没法儿干了。”

连长说：“你出个主意怎么处理。”

机务排长说：“我就一个要求，调回农工排，想学技术做梦吧。”

连长说：“你不怕我把你调到农工排？”

机务排长说：“我……我怎么了，我让他追着跑，你处理我？”

连长说：“现在这几个车长，你谁没骂过？更何况副驾驶、顶班驾驶员、学员，没有几个你没骂过的，你这是国民党军阀作风，你还能不能干这个排长了？我考虑了很久了，是你辞职还是支部讨论免了你？你自己挑。”

机务排长立刻坐正了身子小声说：“我这不是习惯了嘛，我知道这是臭毛病，可有时就忘了。”

连长说：“忘了？比你职务高的你骂过谁？没有吧。你这叫欺软怕硬，你要不是欺软怕硬，他拿撬杠打你你也不会跑，我都替你丢人。”

连长接着说：“你听着，这样处理他，你去问几个车长，谁愿意要他就上谁的车。”

机务排长说：“这不是鼓励他吗?”

连长说：“那就还在你那儿继续干康拜因。”

机务排长说:“行，行，让他去学开拖拉机，他是我祖宗。”

机务排长要走，连长说：“你坐下，我没说完呢。我对你的要求，你给我记住了，第一，克服骂骂咧咧的臭毛病；第二，找机会和妖怪谈谈，和他搞好团结；第三，好好抓‘传帮带’，半年内个个得能独立顶班。”

机务排长说：“别的我都能做到，和他搞好团结我保证不了，那小子就是一个怪物。”

连长说：“你白活四十岁，什么怪物，那就是一个有时懂事有时不懂事的孩子，还没完全成人。你要把他当怪物，我提醒你，他们一起还有几个怪物，小瞄儿、小眼儿、耗子，你把他们惹急了，他们能把你……”

说到这里连长不知是想起我讲的扎针灸的故事还是怎么，不禁哈哈大笑起来，弄得机务排长丈二和尚摸不着头脑。

第四节　北国春色　开拖拉机

北大荒春天到了最丰满的时候，森林大地一片生机盎然，杨树枝叶密集茂盛，拥挤在一起哗哗合唱，柞树张开手臂挥舞摇曳，像是随风为大自然之歌打着节拍，椴树纤细的腰肢扑闪着大大的树叶准备迎接炎热的夏天，黄菠萝树趾高气扬，浑身放着金光。在这片大树下，榛子林里每一棵灌木顶部绿叶挤成一团，像一群小姑娘都带上了满满的头饰相互欣赏。

无拘无束的草丛随便舒展生长，花草各种各样五花八门，有黄花菜、野百合、乌拉草、蒲公英、野芍药、猪笼草……数不胜数。它们为大地铺上了绚丽多彩的绒毯。山林大地中高高在上墨绿色的一定是森林，低矮成片深绿色的一定是灌木丛，成堆成团翠绿色的一定是草丛，围绕着的大面积青绿色的就是草地。各种绿色紧密交织在一起形成了汪洋绿洲。而麦田苗株整齐，高矮相近，间距均匀，就像这片土地的占领者派出的军队在广袤的绿洲中耀武扬威。

大豆也长出一拃高了。那是小麦播种后间隔半月左右开始种植的，多半是种在新开垦出的生地上，种植面积大约五千亩。到了盛夏，这些大豆地要中耕一次，那是最苦的活儿之一。

机务排在大豆播种后已经修整了一段时间了，车辆经过中号保养，农具经过大修保养，一切准备工作就绪，可以向荒地进军进行大规模开荒了。再有就是把去年开垦出来的没有来得及种上大豆的生地用重耙和轻耙整理好，明年就可以种植大豆了。

机务排长因为技术好，说话损，不给人留面子，所以机务排从师傅到学员既恨他又怕他。几个老师傅更是对他满腹牢骚，背地里叫他“能耐梗”。

这一天，能耐梗把几个车长叫到一起说：“人员调整一下，康拜因上的活儿用不了那些人，开荒是重点工作，拖拉机上的人手要在短时间内配齐。很快还要进两台东方红拖拉机，都是八十马力的，还要进一台自动收割机、一台康拜因。现在，准备让妖怪上车，你们哪个车要他?”

一号车车长抢先说：“我要。”

二号车、三号车车长也跟着说：“我要。”

这让能耐梗大吃一惊，心想，怎么都愿意要这怪物。

他嘴上却说：“你们想好了，这事儿要是定了不能吃后悔药。”

一号车车长说：“后悔也怨自己没教好。”

能耐梗听出这是一语双关，但不愿意在这事儿上纠缠，他不耐烦地说：“好，你自己找他谈去吧。”

一号车车长是个小个子，和耗子的个头儿差不多，就是比耗子魁梧一些。年龄五十来岁，和一般国字脸不同的是，他长了一个很尖的小鼻子，而一般来说国字脸长相的人都是宽大的鼻子。他不但鼻子小，嘴也小，眼也小，耳朵也小。年轻时同事都叫他“豆豆”，现在叫他“老豆豆”。他喜欢蹲着，两只胳膊搭在膝盖上，那姿势很不雅观。他现在是机务排年龄最老的师傅，也是威信最高的师傅。

一号车的副驾驶员，也就是本车的二把手，是个混血儿，母亲是苏联人，父亲是中国人。儿相随母，长得像苏联人，大伙儿叫他“老毛子”。他只是长得像苏联人，个头儿却不高，还不到一米七，体型横宽，脑袋很圆，剃个光头。眉毛很平，蓝眼睛，尖鼻子揪着上嘴唇，这使他的嘴不但显得小而且嘴型非常好看，红红的嘴唇很鲜艳，满脸的络腮胡子又粗又硬。他没有像一般欧洲人那样的大长腿，而是又短又粗。走路夹着大腿，迈步外八字，内脚跟拖着地，两只手臂使劲甩，带动肩膀一前一后地拧。如果快走，就像两只小腿灌了铅那样费劲。他脾气时好时坏，发起怒来喊叫之声惊天动地，眉毛立着，眼睛是圆的，小嘴是绷着的。可是他高兴起来，眉毛是向下画个弯弯的弧，嘴角斜着向上翘，感染力非常强。老毛子已三十好几了，还是光棍儿，有不少人给他介绍对象，可是对方一见他是老毛子就被吓退了。他这长相到夜里可能很吓人，不知道的会误以为天黑时他的眼睛会像动物眼睛那样发光。他是因为找不着对象已经急得团团转的那种人，也因为想女人他在夜里经常辗转反侧，白天看见女知青就会目不转睛。大家也很同情他，所以，他看女人、说女人时没人笑话他。但有的坏小子见他两腿之间有异动，就会开他的玩笑，跃跃欲试地要给他看瓜。

一号车的顶班驾驶员是个六八年来的北京大知青。一米七八的个头儿，身材匀称，胖瘦适中，就是稍微有点儿罗圈儿腿。他的腿本身很直，之所以显得有点儿罗圈儿腿是因为脚是内八字，把很直的腿撇出了弧度，走路上身一探一探的。白净的瓜子脸，脑门上有浅浅的两道抬头纹，黑眉尖向下垂着，眼角也随着有点儿向下拐。鼻梁鼓着，鼻孔夹着挤出个大鼻头，上唇勒得很紧，上牙与下唇尖齐平，就是笑起来也看不见下牙，能气死下兜齿。这张脸每一个零件都很奇特，拼装在一起的样子自然也是怪怪的，但是并不难看。他不爱说话，却有个能白话的外号，叫大笸箩。他好像有很多心事，抽着烟时，总是往最远的地方望去，让人不由自主地会随着他的眼光向远处寻找，找了半天，什么也没有，可他还是聚精会神地望着，你要问他看什么呢，他会嘴角向上翘翘算是回答，可眼神依旧。

一号车除了三个不同等级的师傅以外还有两个学员，一个是花姑娘，另外是一班调来的一个北京小知青，因为他的两颗虎牙比一般人的尖很多，所以外号叫“狼牙”，加上我共六个人，一号车算是满员了。四个北京知青，两个老职工。

车上的老大是老豆豆，老二是老职工老毛子，老三是北京大知青大笸箩。花姑娘先来的这车上，狼牙算是老五，我最后来的，自然是最小的老六了。

我上车后，老豆豆和老毛子两个师傅带我一个学员上白班，大笸箩带着花姑娘和狼牙两个学员上夜班。

上车第一天老毛子开车，老豆豆让我坐在老毛子身边，自己坐在我对面的小工具箱上。到了地头，老豆豆让我下车挂重耙，很顺利，第一次端着牵引拉杆很准地对上了牵引挂钩。

我正要回到原来的座位上：“老豆豆说，你去开。”

我问：“我？”

老豆豆说：“对。”

我坐在驾驶位上说：“我不知道怎么开呀，没人教过我。”

老毛子说：“很简单，挂上两个馒头，狗都会开。”

老豆豆说：“现在教你，踩离合器，左手挂挡，靠腿向前推，这是一挡。慢慢松离合器的时候把油门拉大一点儿，对。”

拖拉机走起来了。

拖拉机确实很好开，挡位依次是，前推是单数一、三、五挡，回来依次是二、四挡和倒挡。

老豆豆跟了一圈儿对老毛子说：“你盯着吧，我走了。”

老毛子坐在我旁边说：“你就在这块地里转吧，这地生得很。”

老毛子说完就靠在车窗边上打盹去了。半天时间，我把挂挡、换挡、离合、油门都控制得很好，这时我才有时间观赏周围的风景。四周都是草地，多半是稗子草和野黄花，大概到人的腰那么高了。拖拉机是在新开垦出来的荒地里行驶。

大犁翻过的土地是黑色的，有的草地被翻过来服服帖帖地趴在那里，一条挨着一条非常整齐，像水波你推我搡，拖拉机在上面行走感觉着平稳规律的震动。有些草地没有彻底翻过来，半立在那里，形成小土岗，拖拉机很难行走，即使挂着一挡也要小油门，仍然颠簸不止。老毛子在副驾驶位子上睡得很香，秃头在车窗玻璃上不停碰撞仍然不醒。我尽量开得慢些，开得平稳一些，心想，他不醒自己开车很放松，他要是醒了自己就会紧张，也不敢欣赏远处的风景了。

中午有人送饭，吃完饭休息了一会儿又开始耙地，一直到太阳落山都是我开车。

到了地头，老毛子说：“停车保养。”

保养主要是保养重耙，给每个刀片打黄油。每个刀片要打二三十下，在黄油嘴不好的情况下要打百十下。我把两个黄油枪都打完了还有几个刀片没打油，这时大笸箩、花姑娘、狼牙来了。大笸箩和老毛子交接班，花姑娘、狼牙帮着我灌黄油枪，我的手已经磨起了两个水泡。

花姑娘说："你打黄油时戴上手套就不会起泡了。"

我说："戴手套打不了几下就没劲儿了。"

大笸箩对老毛子说："能不能白天开荒晚上耙地？开荒白天好干，晚上太费劲，大犁堵了坏了修理时看不见。"

老毛子说："车长白天跟着你开荒，还是晚上跟着我耙地？晚上摸黑怎么回家？你先凑合着干吧，等一个礼拜换班，你不就白天开荒了吗？"

大笸箩不说话了。他们摘掉重耙上了拖拉机奔开荒的地块去了。

我和老毛子往回走，一路上我觉得两条腿在不停地颤抖，就像还在拖拉机上似的，有时还会踉跄几步。老毛子看出来我的样子是长时间开车的反应。

他说："过两天就好，你还没有习惯。今天你的表现不错，一点儿都不笨，学得很快。"

我说："换挡有时还不行，撞得齿轮咔咔响。"

第五节　看书自娱　乱点鸳鸯

我洗洗手就吃饭了，回到宿舍刷完饭碗就在院子里洗头洗上身，足足洗了两盆黑汤，又用清水冲了一遍。开拖拉机太脏了，特别是耙地尘土飞扬，一天下来每个人都像唱戏的大花脸，脸上有缝有眼儿的地方都会灌上尘土，即使脸上平坦的地方也要被埋上一层。我又进宿舍洗其他地方，之后就爬上床钻进被窝，点上灯开始看书了。

我现在看书谁也不躲了，宿舍里再乱也不在乎，有时有人到我跟前拍一下或讥讽两句我就开骂，直到把那人骂跑为止。时间长了就没人打扰我看书了，因为都知道打扰我看书是非常不明智的，不想被骂就别来招惹我。

我有书看的时候每天早晨灌灯油，又准备了一只酒瓶灌满柴油以应付看书时灯油耗尽的情况。掸子借我的书，我慢慢看不熬夜，其他人借我的书都是看一宿。因为借给我的时间短，大多是早晨刚起床人家就来要，如果没看完就要说半天好话，人家还不见得同意延期，有时人家还会急赤白脸地发火。这样我尽量一宿看完第二天继续上班，如果当天晚上不看书了，我会早早睡觉，即使这样早晨上班有时还迟到。

《青春之歌》讲的是有知识的年轻人追求革命、追求爱情的故事，很好看，我被深深吸引了，最吸引我的是林道静，她不但很美而且很有个性。我一边晚上看着书中的人物，一边白天观察现实里的人物，想给书里的人物在现实中找到替身。

在男性人物里，我极其讨厌余永泽，不是因为他懦弱，胆小怕事，而完全是嫉妒。很快在现实中我给余永泽找到了替身，那就是能耐梗。其实两人性格完全不同，我在书中最讨厌余永泽，在现实中最讨厌能耐梗，所以就把这两个风马牛不相及的人捆在了一起。

有一天，我问老豆豆："叫他'能耐梗'是什么意思？"

老豆豆说："是猴机子，能耐梗。"

我没明白，也没敢再问。

老毛子笑着说："就是猴的那玩意儿，立着。知道啦？"

我还是没反应过来，在那儿愣着发呆。

后来，在花姑娘的提示下，我转过筋来了，这下可好，偷偷笑了半个钟头，从那以后，见了能耐梗就忍不住扭着头笑，原来那种见到他横眉冷对的态度没有了，我想这样笑比瞪他几眼解气多了。

我还是在现实中寻找小说里的人物替身，虽然自己很不满意，但仍然这么瞎琢磨。我觉得林道静应该像草儿那样漂亮，可是草儿没有那种悲愤和忧郁，她脸上总是带着羞怯快乐的微笑，在她脸上看不见思索和坚毅。像老太太吗？她除了有些严肃、冷峻、高贵，林道静身上的很多东西她也没有。

我就拿几个漂亮的女知青往一起拼，还是拼不出来。慢慢地，这种书中书外的乱点鸳鸯谱变成了完全在现实中乱点鸳鸯。我把男知青和女知青成对地往一起拼。最先拼出来的自然是五班长和炊事班长大被单儿，因为我见过他俩在一起。我觉得大被单儿差点儿，掸子和五班长更般配一些。但五班长已经让大被单儿占了，只有一班长还勉强配得上掸子，起码一班长很文明，从来听不见他骂人，说话也从不带脏字。草儿最漂亮，只有小玉这个最精神的男知青才有可能和她凑成对，如果不行，老太太也很好。

我就这样乱点，把小瞄儿和二姑娘点在一起，把白牡丹和花姑娘点在一起，把白桃和老实人捆在一块，把黑牡丹和小眼儿拴上。让我实在点不出来的是小洋马，本想点在大笸箩身上，可大笸箩那内八字确实难看得不行。再有就是耗子，如果将来不出现一个女耗子，我会为耗子愁死。

第六节　黑夹克衫　夜班开荒

发工作服了，黑色再生布的，手摸着有粗呢子的感觉。样式是夹克装，东西虽然很便宜但很讲究。因为干活儿是与机器打交道，穿得要利索，不然容易出事故，另外这么穿干活儿也麻利。这恐怕是保留夹克这种服装样式的理由，不然早就被“文化大革命”封杀了，据说夹克的样式是国外引进的。

穿惯了学生服的知青，冷不丁来一身黑色夹克服，当真眼前一亮，特别是小玉，白白的皮肤被纯黑的衣服衬托得闪闪发光，掐腰的下摆上提，露出多半个屁股抻长了腿的长度，身形愈显挺拔。我就没有那种矫健，夹克下摆溜到下面轻松盖住了屁股，没有屁股的体型穿夹克，后边就像兜了个马粪兜子，除了利落没什么好看的。花姑娘穿上工作服的效果太好看了，他也很白，屁股完全被夹克出卖了，他走几步就要把夹克下摆往下拽拽，干活儿时有空闲还是往下拽拽，这动作也让男知青走神儿。

机务排的人都穿着夹克服，人多的时候煞是好看，整齐划一像士兵一样威武，没在机务排的男知青羡慕不已，女知青更是瞟上几眼还不肯转头，这身衣服正经让这些油耗子风光骄傲了几天，没多久这些像士兵的机务排战士就个个带上了妇女用的头巾，变成了男性老娘儿们。

戴妇女头巾花姑娘是第一个。这样一个死要面子活受罪个性的人，竟然最先戴上了女人的方头巾。原来不戴不行了，一是在地里开拖拉机太脏了，尘土恨不得把人埋起来；二是蚊子上来了，特别是开荒，蚊子铺天盖地，围个妇女的方头巾，既可以遮土又可以挡蚊子。

机务排的男人戴妇女方头巾倒是没有戴出什么花样，和妇女戴方巾一样用方巾斜角对折系在下巴颏儿底下，把领子竖起来，把帽子扣在头顶，露着的只有眼鼻口，把脖子、腮帮子都遮挡起来了。当然，只有到了地头上才开始这种打扮，下班时赶紧摘下来。这些打扮都是和老职工学的，很实用有效。

晚上开荒除了一号车还有二号车。二号车是去年的新车，八十马力的，比一号车五十四马力大出二十多马力。两台车一前一后在荒地里开荒。二号车人员还没有配齐，只有四个人。车长干白班拉重耙耙地，副驾驶晚上开荒。和副驾驶一个班儿的学员是原来九班的老七。

这天晚上，两台车还是在一起开荒，一号车花姑娘开车，狼牙坐在大犁上，大笸箩歪在车上睡觉。二号车是副驾驶开车，老七坐在大犁上。拖拉机开动时负重很大，所以一般要给发动机中大油门，这样后灯也很亮，蚊虫在车灯前滚着疙瘩。坐在大犁上的人要用一只手操纵大犁，一只手不停地驱赶脸上的蚊子，稍有怠慢就会被咬。开车的人在车里，没有灯所以蚊子少些，但是蚊子的扑咬也很凶。

两台拖拉机在广袤的黑夜中显得微不足道，它们闪烁着微弱的灯光，这灯光只能照亮拖拉机周围一点点的地方，四周黑得让人感觉压抑，如果没有开荒拉出来的条条框框的土地，无论你有多强大的感官，都会让你在这黑暗中迷茫、失去方向。

偶尔，像是在很远的地方闪现一道微弱的光，据说是修正主义派来很多特务在边疆搞破坏活动，这些特务训练有素，能在电话线上奔跑，如果遇上必死无疑。他们窥测我们的机密，用打出信号弹的方法报告搜集到的情报，很多知青信以为真，夜晚看见亮光就说是信号弹。上夜班开荒如果是一台车俩人，胆子小的人会很害怕。

不光是害怕阶级敌人，更害怕那些恶狠狠的动物。有黑瞎子、狼，有一段时间还说从边界那边跑来了豹子。那豹子快得像闪电，它会在房顶上潜伏，等人从房间里出来时发动攻击，一口咬断人的脖子。

二号车跟在一号车后面，老七坐在大犁上，他一只手扶着大犁的升降搬杆，一只手驱赶脸上的蚊子，蚊子围着灯光和老七的头脸飞舞，灯光把蚊子放大得比苍蝇还大，像一架架顽强的战斗机不停地向老七俯冲。老七哭丧着脸一边骂一边挥舞手臂抵抗这群无情的吸血鬼。同时，老七惊恐的目光不停地张望近在咫尺的草地，没胸的稠密的草丛伸手就能触及，在草丛黑暗中隐藏着什么根本看不见，如果突然蹿出个什么东西也防不胜防。老七虽然长了个大个子但胆子很小，在大犁上他百分之八十的注意力都在身边的草丛里。

突然，拖拉机停下了，副驾驶跳下车大声喊："你干什么呢？大犁都堵成什么样儿了，看不见也听不见啊！"

老七这时才发现大犁被黑土裹着的高草堵住了。老七赶紧跳下大犁拿过撬棍开始抠堵在大犁上的土和草。泥土裹着杂草或者杂草裹着泥土都是很难抠动的，再加上重重的大犁压在上面，要费很大的力气才能解决，有时一抠就是一两个钟头。

这下老七惨了，因为这样的脏活儿累活儿不好干的活儿都是学员干，师傅可以不干，他可以一边指挥一边看，甚至不停地埋怨。

他埋怨老七说："你坐那儿东张西望什么？坐大犁上你要注意哪儿的草厚

就把大犁和犁刀往起摇一摇，草薄了往下摇一摇，你倒好，往那儿一坐，脑袋摇得像个拨浪鼓似的，有毛病啊！”

老七一边用撬棍抠着大犁，一边驱赶着被咬得肿胀起来的脸上的蚊子，表情痛苦不堪，头上、脸上满是汗水，冲刷着他脸上、脖子上的泥土，再经过手的抓挠涂抹，就像一个狼狈的小鬼儿，若是猛然抬起头来冲着副驾驶吼一声，可能会把他吓个半死。老七胆子太小，只会自己委屈，就这样还不时往身后的草丛里看一眼，他要是能照一下镜子就明白了，他那张花脸能把印第安人吓疯喽，更何况豺狼虎豹。

老七抠了近一个钟头了，一号车已经从地头返回，兜了一圈追上来了，一号车停在二号车后面，三个人下了车和大犁走过来。

大笸箩说：“大犁堵啦？狼牙、花姑娘去拿撬棍，帮着抠。”

他看到老七狼狈的样子说：“老七你歇会儿，让你师傅干会儿。”

老七听到这话“哇”的一声哭起来：“我他妈不干了，这不是人干的活。”

老七的副驾驶没说话，拿过撬棍开始干活儿。

按说副驾驶比顶班驾驶员级别高，但那个副驾驶没敢说什么。

大笸箩对他说：“你也是从学员过来的，也开始欺负人，离家好几千里地到这儿来不容易，咱们别装孙子啊。”

那个副驾驶不说话继续干活儿。几个学员听到大笸箩说的话都很是感动，五个人一起动手，很快把大犁清理好了，抠出来的杂草泥土好大一堆，比大犁都高。

大笸箩说：“把大犁和犁刀调浅一点儿，我这儿有绳子，大犁上别坐人了，你看他脸都肿成什么样儿了，你们前头走我们在后面跟着。”

大笸箩帮着老七把绳子拴在大犁的升降扳手上说：“到地头使劲拉就行了。”

大笸箩对花姑娘说：“我开车你坐大犁上，别害怕，拖拉机开着这么亮的灯，什么动物都不敢靠近。”

花姑娘说：“我去……我害怕？你要让我回宿舍睡觉，我现在就自己走，手电筒都不用。”

两台车又开始咆哮起来，撕破了黑夜的宁静，车灯在颠簸中形成白色的光柱探向天空，探向远方。老七用力一拉绳子，大犁“咣当”一声落下来，犁刀切开密密的草丛，切开地表厚厚的腐殖质，犁尖深深铲入，立刻从犁臂的弧弯里翻滚出发亮的肥沃黑土。

天亮了，两台车停在地头开始保养，保养完大犁，大家上车往回行驶，去停着重耙的地头交接班。接班的人还没到，大家点上烟无精打采地愣神儿，困倦和疲劳让大家都懒得说话。花姑娘到附近的排水沟里去洗脸，他每天如此，如果哪一天没有洗干净，他会像小偷一样跑回宿舍，头恨不得低到裤裆里。他不但怕被女知青看见他的脏脸，也不愿意让其他人看见他的脏脸。他太要面子了。

我跟着老豆豆和老毛子来了，看见老七的样子，不禁问他："你怎么了，哭过?"

老七说："咬的。"

老七的脸全都肿起来了，眼睛剩下一条缝，上嘴唇鼓出来并且歪着，满脸是黑色的泥土，眼皮下有几条泪水冲刷出的浅沟，狼狈得像挨了酷刑的挖煤工。

老毛子说："现在就咬成这样，马上就麦收了，那时蚊子更多，你的脸还不成倭瓜。一直坐大犁上?"

老七说："天亮前在车上。"

老毛子说："两人该换换就换换。"

他瞟了老七的副驾驶一眼。

我问："一宿都在大犁上?"

老七看了一眼他的副驾驶没说话。

狼牙把我拉到一边，花姑娘也凑过来把昨夜的事儿和我说了，我看了看大笸箩，又看看老七的副驾驶说："找碴儿，打丫的!"

花姑娘说："你别胡闹，你现在在机务排，是个小学徒。"

我说："让耗子、小眼儿、小瞄儿他们拍他。"

第十三章　酸甜苦辣

第一节　老鼠聚会　老七胆小

北大荒的七月一早一晚还有点儿凉，晚上睡觉必须盖上被子，阴天下雨还要加件衣服。洗澡最好还是加点儿热水，显然没地方弄热水。泉水是冰凉的，等洗完澡人已经哆嗦了一阵子了，换上干净衣服美得像神仙。这种感觉是越洗越爱洗，没条件时洗不了很是想念那种感觉。也有不爱洗澡的，比如臭袜子，很少见他洗澡，臭袜子没有选调进机务排，搬出了原来九班的宿舍，我回忆着和他在一个宿舍时好像没见他洗过澡。

花姑娘说："我见过他洗澡，他是等宿舍的人都睡了才起来洗澡，还把灯吹了摸黑洗，据说现在当着宿舍的人也洗，就是谁看他他骂谁。"

我说："有什么可看的，不都一样吗，他就没看过别人洗澡？那好啊咱们多去几个人，把他围在中间一起看，他要是骂人，就势把他光着屁股扔出去，呵呵呵……"

机务排的人下了班每天都要洗澡，好在都是一群豪放的汉子，没人在乎同性看还是不看，有的还故意让大家看，还摆出不雅的姿势，特别是几个人同时洗澡时更是洋相百出。老毛子这个时候还特别爱开玩笑，总想抓这个一把抓那个一把，结果别人反抗时抓了他。要不就是几个人同时攻击抓他，每当他处于下风的时候就要翻脸急眼，热闹的时候几个脸盆同时打翻水流一地。

这时我和花姑娘总是喊："抓毛，抓他的毛！"

因为老毛子不但浑身汗毛特重，而且从大腿到胸口都是很长的腿毛、肚毛和胸毛，再长一点儿就和络腮胡子连上了。

老毛子总是喊："妖怪，你他妈的胳膊肘往外拐，去，给我打水去！"

我说："咱屋里水缸没水了，我上隔壁给你打去。"

我拿着老毛子的脸盆在隔壁打了一盆水，先端到房后往里撒了半泡尿，然后端到屋里放在老毛子脚边，表情忒自然地看着他洗。

在机务排很多人同时洗澡的时候满地是水，屋里的地面成了泥塘，我想了个办法，在南墙根挖了一个洞，把水排出去，剩下的泥浆渗上一夜，到第二天早晨不至于再踩泥浆了。

这下老鼠高兴了，等于给它们挖开一条通道，夜里老鼠开始活跃起来，小老鼠大老鼠都来借道。屋里吸引老鼠的东西就是知青们吃剩的馒头。屋里的老鼠和屋外的老鼠开始联姻，夜里老鼠们掐架很凶，“吱吱”得叫声一片，吵得人晚上难以入睡。大家开始埋怨我：“不挖这洞什么事儿没有，挖了这洞就开始闹耗子，你赶紧把洞堵上。”我很快堵上了这个洞，没想到第二天这洞又被耗子挖开了。我又堵，耗子又挖开，持续了一周我急了，找来木橛子塞上，没想到耗子又从旁边挖开了一个洞，这让我无可奈何，再堵？它们再挖，这就没个头儿了。

大家让我下夹子，我说我不杀生。

肥猴儿说：“你们要是能抓住活的，个儿大一点儿的，我就能让这屋里的耗子消失。”

老毛子说：“行，我负责抓个大耗子，要是这屋的耗子没消失，两瓶平顶山。”

肥猴儿说：“那也不能绝对，反正耗子要少得多。”

老毛子说：“只要明显减少就行。”

晚上老毛子下了一个老鼠笼子。我拿着手电筒观察，听到有响动就打开手电筒看看。明天休息，我夜里也不睡了，用手电筒不时照照那洞口。这回吓了我一大跳，我从来没看见过这么大的耗子，估计有一斤来重，像个小猫崽似的。特别是大耗子的尾巴好像比小耗子的尾巴长得多。

我想：耗子要那么长的尾巴干什么用？这时只听“啪！”老鼠笼子里进去那只大耗子。

我大喊：“抓住了，大耗子！”

老毛子说：“肥猴儿，交给你了。”

肥猴儿说：“先关它一宿，明天它就没劲儿折腾了。”

我睡不着，用手电筒不时照照笼子里的耗子，那大耗子的尾巴伸在了笼子外面，有一尺多长。我觉得耗子最恶心的地方是尾巴，它这么长的尾巴又难看又没用，不像其他动物的尾巴有用。狗的尾巴、猫的尾巴、猴子的尾巴都有用，起码可以帮助平衡。我想起看过的一本小说叫《武松》。景阳冈上的老虎有三威，一扑，二咬，三扫。三扫就是用尾巴扫，威力之大如棍棒，能扫断人的腰。

我突然问肥猴儿：“肥猴儿，老鼠的尾巴是干什么用的？”

肥猴儿打着呼噜说：“不知道……”

我又问：“谁知道？啊？”

花姑娘伸过一只脚，蹬在我的腰上说：“我去你的，深更半夜的老说什么耗子啊，睡觉！”

老七说：“你就说吧，一会儿耗子找你去了。”

我说：“我这儿耗子上不来，你们的床矮，两下就爬上去了。而且，我们的床蛇也上不来，蛇进女知青宿舍里吃老鼠，女知青吓得哭爹喊娘，最后是屁帘儿把蛇弄死了，蛇进一班帐篷里爬上了知青的被子，一班那哥们儿觉得脸上冰凉才发现枕在蛇身上了，多可怕。”

听我这么一说，好几个人都说话了：“我操，这他妈还能睡觉吗？”

我说：“你们过来看看这耗子有多大，一口下去能把小脚豆咬下来。如果再爬进一条大蛇，来个蛇鼠大战，肯定好看！”

老毛子说：“睡吧，吵吵啥呀。”

我说：“没人告诉我我就不停地说。你看，耗子脑袋是尖的，嘴也是尖的，嘴边上还有几根胡子特长，眼睛是圆的。不，不太圆，长圆，也不对，反正大概是圆的。”

这时老七爬上我们的床，要睡在我和花姑娘中间。

他说：“哥们儿，反正明天倒班，花姑娘该白班了，你上夜班，我就睡你这儿吧。”

我说：“去，花姑娘是我媳妇，都一个星期没在一起了，今儿头一天你还把我们分开，要不你在我蚊帐里睡。瞧你那点儿胆儿。”

我钻进花姑娘蚊帐。

花姑娘说：“夜里不许踹我。”

我说：“搂着就踹不着。”

花姑娘蹬了我一脚，本来想蹬在我的胯骨上，因为两人太近，只蹬在我的小腿上。

原来睡在花姑娘另一侧的老实人没有被选调进机务排，现在早已经搬走了，换成了狼牙，耗子确实上不来这张升高了的床，所以很多人想上这床，老七胆子很小，但是他没有抢到这床，还是睡在原来的二层铺上。原来以为耗子只会爬下铺，当老七有一天发现床上有老鼠粪便时才知道老鼠可以顺着床铺的柱子爬上去。我们的大床的立柱在里边，老鼠上到柱子顶端也没用，它没有办法够到床沿。老七也偷偷看了笼子里那只大耗子，他很是害怕，再加上我不停地描述这个耗子的样子，老七无论如何睡不着了，非要跑到这张高高的床上来。

还是没有人告诉我耗子尾巴是做什么用的，我继续夸张地描述这只大耗子。

我说："你看，这只耗子那爪子上都是毛，这要让它抓一下也够受了，还有这耗子的毛长得真亮，闪着亮光。看来这只耗子已经好几岁了。"

我不停地说这只耗子，肥猴儿也睡不着了。

肥猴儿说："妖怪，你是不是有毛病啊？耗子尾巴有什么用谁知道，你要不睡就出去。"

我说："我说我的，你睡你的，跟你有什么关系？你要不知道你就闭嘴，你要是睡不着你就出去。"

肥猴儿说："妖怪，你现在了不起了，不是你当我徒弟的时候了，对我一点儿都不尊重了，我说话你也不听了。"

我说："你什么时候当过我师傅？"

肥猴儿说："你在康拜因上好几个月，那时候我是副驾驶你是学员，你不是我徒弟是谁的徒弟呀？"

我说："光待在一起有什么用，你要想让我是你的徒弟，你得教我点儿什么呀。你说说我们一起待了好几个月，你教了我什么呢？每天我就是搂着个柴油盆，手里一把刷子，蹲在那里洗呀洗呀洗齿轮。你跟排长调齿轮间隙还背着我，把毛毛也支开了，你们这种师傅有什么用？"

肥猴儿说："还没有到教你的时候，到了该教你的时候，自然就教你了。"

老毛子说："耗子尾巴是当鞭子用的，小耗子不听话，大耗子就用尾巴抽它，明白了吧。"

我说："有道理。"

肥猴儿也有一套，他把那只耗子一直关在笼子里什么也没做。大家都猜他怎么折腾这只大耗子，有什么办法可以把其他耗子全都灭绝。

白天老七和花姑娘都去地里干活儿了，我从今天开始上夜班，因为对昨天逮住的那只大耗子的尾巴好奇，故意找碴儿让大家睡不了觉，我也没怎么睡觉，到了早晨困劲儿上来，所以又大睡了一场懒觉。花姑娘他们虽然是改成白班，但仍然是开荒。我白天休息，一直睡到快吃中午饭的时候才起床，下午再睡觉也睡不着了。我无事可做，把穿脏的衣服洗了洗，五点半就去食堂吃晚饭了，我想早点儿到地头接班。

第二节　老鼠遭罪　漏骟公猪

食堂的炊事员都在忙碌着，馒头下屉，炒菜出锅。

掸子过来说："这么早就来了，中午不是吃饭了吗？"

我说："今天上夜班，早点儿吃完饭接班去。"

掸子说："夜班饭想吃什么？"

我说："我想吃——烙饼！"

掸子说："好的。"

我说："哎，你觉得我们车上的大笸箩那人怎么样？"

掸子说："你和他在一台车上，他怎么样你还不知道？"

我说："你们都是大知青，应该比我更了解他。"

掸子说："有什么事儿吗？"

我说："没有，就是在一台车上，觉得他人挺好的，随便问问。"

夜班这两台拖拉机就在地里不停地来回耙地。夜里有值班的人给上夜班的人送饭。午夜值班的人送来夜班饭，还真是烙饼，还有炒小白菜。现在种菜组干得不错，据说黄瓜、西红柿、辣椒都快熟了，而且还种了西瓜、香瓜。西瓜已经分了一次了。现在虽然还是很少吃肉，但是每个月能吃上两回鲶鱼，每次食堂的做法都是用豆油炸鱼，大家都爱吃，一个月还能吃一次炒鸡蛋。吃肉很难，过完春节还没吃过。

吃完饭两台车又继续在地里转圈耙地。我一直在开车，老毛子歪在一边。后半夜我以为老毛子怎么也得替我一会儿，没想到他倒睡着了。天快亮的时候我困劲儿上来，上下眼皮不停打架，不停地使劲睁眼，我用手拧了几下大腿，挺管用，能坚持几分钟，几分钟后还是睁不开眼，心里不停地骂睡在身边的老毛子。

突然，我大声开骂："王八蛋你个老毛子，我干一宿了，你他妈都不换换我……"没想到，一骂比拧大腿管用多了，困倦全无。

我下班回到宿舍，洗漱完毕爬进花姑娘的蚊帐倒头便睡，一觉睡到下午四点多，起床洗脸后去食堂吃饭，中饭没吃，着实有点儿饿了。

掸子凑过来说："你昨天问大笸箩，是不是有什么事儿？"

我说："没有哇，我跟他一个车，他不爱说话，我觉得这人挺好，可又不好接近，就是问问你，真没事。"

掸子说："他要是欺负你，你要告诉我啊，我有办法治他，哦，他不会欺负你，他会对你好的。"

我说："为什么？"

掸子笑笑说："吃饱了去接班，晚上还吃烙饼？"

我说："昨晚是你做的？哪能还麻烦你呀。"

掸子说："我们是轮班，昨天是大被单儿的班，我让她做的，今天开始我的班，想吃什么告诉我。"

我说："太好了！一周做三回烙饼吧。"

上半夜老毛子开车，吃过夜班饭他上车睡了，我开车没过两个小时困得不停打盹儿，想起昨天骂老毛子能解困，于是又开骂。但是，人困极了说话连力气也没有，几度用力，方才能够放开声音，骂了一会儿已经不困了。这时我想：老毛子太无辜了，老骂他于心不忍，我想唱唱歌试试，"蓝蓝的天上白云飘……"这下越发精神了，一唱唱到了大天亮。

我中午被宿舍的嘈杂声吵醒，翻了个身又睡着了。

晚上交接班时花姑娘说："中午肥猴儿给耗子屁眼儿里塞了两颗黄豆，然后用针线缝上了，看他肉了吧唧的，还真狠。"

我说："塞黄豆干什么用？"

花姑娘说："肥猴儿说黄豆会泡发了，涨起来很疼，它就会去咬其他耗子，然后越来越痛，它就把别的耗子咬死了。"

老毛子说："哈，看来肥猴儿还有一手，两瓶平顶山酒是得不到了。"

大笸箩说："无知，那只耗子相当于生了大病，疼痛难忍，它最怕别的耗子咬它，还有劲儿咬谁呀，早躲到一边撅着屁股哼哼去了。"

我说："我觉得也是，就说疖子包吧，屁股长个疖子包疼得动都不敢动，它还顾得上咬谁呀？"

大笸箩对老毛子说："你等着吧，除了那只耗子别的耗子一个都少不了，你的平顶山酒赢定了，就怕他不给你买。"

又到了麦收的季节，据说很快有一批知青要来新建点。现在除了生产人员，剩余的集中力量盖房子。几十个知青用不了几间房子，更多的房子是解决老职工带家属的问题。去年解决了几户老职工家属住房，大部分的老职工家属还是因为没有房子分散在其他地方没有搬来。所以，盖房子的任务很重。

喂猪房也要扩大，因为春天以来，陆续弄回来几十头小猪，原来的五头猪已经长得超过二百斤了，准备从麦收开始每月杀一头。后来的小猪也会随之长大，这样吃肉的问题就解决了。

喂猪的人员还是没有增加，还是那个三十多岁的老职工和小红鞋。小红鞋像是微微胖了一点儿，以前有些肥大的衣服现在穿着很合身，上身有时换上一件黄色的人字呢军装，前胸鼓鼓的，腰细细的，臀圆圆的，像个成熟女性，原来的两条辫子剪短了，学着北京知青那样梳成两个刷子，雪白的后颈完全裸露，和漆黑的头发形成鲜明对比，让世间最美的色彩在这里呼应。

那个三十多岁的老职工说：“你这几天不舒服，就在屋里休息吧。”

小红鞋说：“没事，我现在每次来例假肚子都不疼了，除了力气差点儿其他都没变化。”

三十多岁的老职工说：“那也不行，着凉是要做病的，我自己都干得过来，去吧，别让我着急啊。”

小红鞋说：“这样不好，万一让别人看见就你一个人干活儿，怎么解释啊?”

三十多岁的老职工说：“这几天没关系，听说他们过几天才来盖房子。”

小红鞋说：“我就怕他们来盖房子。”

三十多岁的老职工说：“他们来盖房子怎么了?”

小红鞋没有说话。

三十多岁的老职工说：“进屋休息会儿吧。”

两人来到屋里，三十多岁的老职工说：“你肚子疼吗？要不我给你揉揉。”小红鞋没有说话。小红鞋闭着眼睛轻轻嘟囔着说：“我……我现在……现在已经不疼了。”

养猪场离新建点其他房子远一些，这里很安静，大猪吃饱了就卧在那里哼哼。那群小猪很不安分，一头大一点儿的公猪骑在一头小母猪身上。这头公猪可能是漏骟，要不就是留下来做种猪的。

小麦即将成熟，正在灌浆，需要下些雨，这个时节也开始进入雨季，以前有过几场中雨，地里还是有点儿旱。

第三节　割乌拉草　湿女儿身

这天，我刚刚换成白班，我们车和老七他们的车正在耙地，南方天空出现一大片乌云，乌云的前锋圆圆的、厚厚的、黑黑的，南方上空的黑云遮蔽了下面的大山和森林，大山和森林也成了黑压压的，像是与天空的乌云滚在一起向着北面压过来。

老毛子说："摘了重耙回家!"

我跳下车给重耙摘钩，二号车也摘了重耙，两台车快速往新建点驶去。

黑云的前锋快速扑过来，遮蔽了半个天空，在那黑色的云中，闪电横冲直撞像是云层里有很多银龙翻腾出没，顿时亮亮的天变成了夜晚，暴雨倾盆而下，拖拉机的车窗被雨帘遮蔽，开了车灯仍然看不清前方。

这是我有生以来第一次看见这样的情景，心脏怦怦跳动。

我冲着老毛子大声喊："你见过这样的天气吗?"

老毛子表情紧张地喊："没有!"

这时轰隆隆的雷声盖过了发动机的隆隆声，一道道闪电在辽阔的原野上狂劈乱砍，瞬间照亮狰狞的云层，似有无数妖魔鬼怪悬在头顶，天哪！那乌云好像伸手可及，它好像就要触及地面。下雨时仰望上空只能看见雨，何时见过云？我和老毛子都被这景象吓傻了。

在大雨中，拖拉机在田间的土路上五挡行驶有些拔劲了，于是老毛子换成了四挡，拖拉机的履带深深地陷在了泥土里。我看到在拖拉机行驶的土路西侧大约二三十米的地方还没有下雨，因而还能看到天上灰白色的云，我们这一侧却是大雨如注，很快土路西侧也开始大雨倾盆。天上的乌云都不见了，大雨在灯光的照射下呈现出白茫茫的世界。

我大声对老毛子喊叫："开到沟里去!"

老毛子喊："干什么?"

我喊道："咱们在这儿最高，别让雷劈了!"

老毛子二话没说一扳操向杆把车开进了凹地。二号车跟在后面也进入凹地。两台车着着火在凹地里停着。凹地里的水就快要漫过拖拉机的履带了，但是凹地的下游是一条宽大的排水沟，所以，大水一直没漫过拖拉机履带。这样的大雨下了有二十分钟，然后逐渐变小，闪电已经远去。老毛子试着把车开出凹地，拖拉机跑到家了，雨也停了。

一进宿舍老毛子说："这回要坏了，小麦肯定倒伏，机务排得准备镰刀等着割麦子吧。"

大笸箩说："不至于吧，风是雨的头，刚才下雨前刮的风也就是四五级，小麦不至于倒伏。要有六级以上就麻烦了。"

我问："为什么倒伏要人割麦子？"

老毛子说："小麦都躺着，收割机捡不起来，只好人工割小麦，一万多亩，割到什么时候啊，等着受罪吧。"

雨刚刚停，连长风流和机务排长能耐梗就下地了。

连长说："还好，没有多少倒伏，等天晴了，地里能进车了就开始割晒吧。"

下雨天机务排的人除了学习就是休息，无论是拖拉机还是收割机都不能动，这是机务排的人最幸福的时候，上下午各学习一个多小时，剩下的时间就是聊天儿侃大山，晚上也不上夜班。这样的日子持续多久要看下多长时间的雨而定，视地里进车会不会把田地碾压得乱七八糟破坏它的平整而定。刚刚下过的这场大雨不过半个小时，但是机械却两天下不了地，可见这场雨的降雨量有多大。

下雨的第三天，老毛子和我被派去拉着大爬犁上草垫子割草，农工排大皮球的二班女知青和一本正经带着两个一班男知青参加割草。因为房子盖得差不多了，房顶要用大量的乌拉草。

生长乌拉草比较密集的地块在距离新建点七八里外的沼泽地里，拖拉机在里面行驶要特别小心，如果陷进去很难再出来。老毛子怕我没有经验误入泥潭，所以他一直不让我开车。农工排的知青们蹚着水割草。

沼泽地里的乌拉草因距离水源远近而疏密不同，长在水里的又高又密又整齐，知青们都进到没足深的水里割草。沼泽地的地形基本平坦，但是水下也会有很多深浅不一的沟坑。知青们割草时会突然一脚踩进沟坑里，男知青会"哎哟"一声，女知青会"啊"地尖叫一声。坑浅了人会踉跄一下，衣服被水溅湿；坑深就会摔倒，浑身是水，衣服湿透。没多一会儿，知青们全成了落汤鸡，不管摔没摔跤，全身都湿了。正值夏天，为防蚊子都穿着长袖衣服，衣服湿透了都贴在身上，纯布料衣服还好些，的确良衣服则紧紧地箍在身上。衣服上没有了棱角褶皱，都平坦地粘在皮肤上，身体的很多部位已经无法隐藏它的轮廓，湿透的衣服出卖了肉体的凹凸和曲线。我隐约想起在漂亮女同学虎牙家看见的一本油画集，波提切利《春》里的三美神，她们象征着华美、贞淑、欢悦。透过她们身上的白纱，美妙的身躯一览无余。女知青们的身躯轮廓比起三美神更是真实细腻。但是知青们的头顶没有可爱的小丘比特，而是密密麻麻的蚊子。

沼泽地是蚊子最多的地方，而且那里的蚊子又是刚刚出世的，急着嗜血见人就扑。它们围着知青们上下翻飞，横冲直撞上来就咬。知青们割不了几刀草就要用手驱赶蚊子，这已经成了配合割草的标准动作。那时很多宣传队编导了劳动的舞蹈，舞蹈里却没有驱赶蚊子的动作。

虽然知青们割草赶蚊子的样子有些狼狈，但也因此被迫展现出平时不常有或没有的肢体扭动和摇摆，那些是没有经过加工和排练的，表现的是纯天然之美，这和舞台上的舞蹈动作大相径庭。

弯腰、揽草、挥镰、直腰、放草、后仰、驱蚊，就这样不断重复。他们的表情是无奈和痛苦的，这样的舞蹈没有伴奏没有歌声，甚至没有人交谈，只有镰刀割草的咯咯声和乌拉草划过水面的哗哗声。

我大概看到过单个人在雨中被淋透的样子，但从来没有见过这么多人湿透，像是观看一台男女半裸的舞蹈剧，特别是大皮球就像换了肤色的裸女。一种古怪的感觉在我周身蔓延，这一幕让我看傻了，老毛子看痴了。

拖拉机停在没有水的地方，知青们割下的一捆一捆的乌拉草要被抱到爬犁上，女知青们抱着草捆过来时都低着头，那是因为拖拉机上有两个衣服没湿的人在看她们。我感觉很不自在，我跳下车去帮着抱草捆。老毛子也觉得应该做点什么，他把停在那里的拖拉机发动着了，尽量将车靠近割草知青的身边，知青割完草几乎能直接装上爬犁。

沼泽地里的水很凉，下面的泥土软绵绵的，有的地方脚踩上去会陷到泥里，有的地方一点儿泥都没有，一般来说没有泥的地方是厚厚的草根缠在一起，下面是深浅不一的水沟和水坑。这样的地方是很危险的，这时就应该赶紧离开，不然那一片都会向下沉，如果交缠的草根破裂，人就会掉下去，若被草缠住就上不来了，如果草根下面是个大大的水潭，同伴也没法施救。

然而，越是这样的地方乌拉草越是茂盛整齐，两三刀就能割一捆，为了早些装满爬犁，很多知青都在这里割草。我凑到二姑娘身后帮她打捆。

二姑娘说："不用啦，我自己来，你帮白桃去。"

我不走，二姑娘站在那里不动。我只好去帮白桃。

白桃苦笑着说："我也不愿意你帮我。"

她一边说一边侧身对着我。

我说："我割，你捆。"

没多一会儿，我浑身就湿透了，感觉冰凉的湿衣服都贴在身上，我不时偷偷看看自己藏不住的细腿，心里想，屁股上也没多少肉，可能是这些人里最难看的体型。

突然，老毛子大声喊："够了，往回走了！"

一班长说："还能装点儿吧。"

我说："再装就拉不动了，走吧。"

割草的知青们回到宿舍又洗又换，然后洗衣服晾晒，吃饭。还没怎么休息就又去割草。晚上下班又是浑身湿透，再洗再换，再洗衣服再晾。连续两天都是这样，知青们受不了了，向副连长提意见。

大皮球找到副连长说："为什么老让我们割草，女知青天天泡在水里，谁受得了，该换换人了。"

副连长说："我和你们去看看。"

副连长经过一上午的体验对割草进行了重新安排，她先让割草的知青们休息半天，然后找到二排长，请她将爬犁进行了改造，加宽了三分之一。

第二天，副连长对大皮球说："你们上午把这爬犁装满就回来，下午休息，每天一趟，坚持几天吧。"

老毛子见了这个大爬犁说："副连长真聪明，可是到了土路上可能拉不动。"

大爬犁像个大舞台，知青们有坐有站还都挺高兴的，因为只干半天活儿，下午能休息，特别是每天只弄湿一套衣服，省得担心衣服不干没得穿。

知青们到了沼泽地都努力割草，希望午饭前能装满这个大爬犁。我每天也带着一把镰刀跟着割草，老毛子也不阻拦，看得出他很赞赏。割草时几个男知青在一起，女知青们在一起，中间总是有一定距离。

突然，有男知青大叫："蛇！水蛇！"

他一边喊一边向后退，其他男知青也跟着喊，并且向那条水蛇撩水，那条水蛇很快游到我身边。水蛇是草绿色，它昂着头，身子在水里画着"之"字推水前进。

有男知青高喊："妖怪，拿镰刀砍它！"

水蛇有二尺长，游水的速度不是很快，它昂着头，姿态骁勇，鳞片闪闪发光。它可能感觉到周围的震动，于是避开几个男知青，向着男知青和女知青中间的空隙游来，距离我两三米远，我只要向它跨去两步，挥刀便可将它斩成两段，可是我没有动。

那条蛇从我腿边游过去，突然转向直奔女知青割草的地方。

大皮球高喊："妖怪，咋啦？快砍死它！"

这时靠近蛇的女知青一边尖叫一边闪躲。那蛇不知为啥，直接钻进女知青堆里，女知青们多数只顾逃避，只有大皮球、二姑娘和另一个女知青挥刀乱砍，水面上什么也看不见了，那条蛇不知跑到哪里去了，女知青在水里都站直了身子原地转着圈找，个个脸上惊恐不安。

停了一会儿，紧张气氛消退了。

二姑娘黑着脸对我说："缺德，你怎么无动于衷啊！"

我不自在地笑笑说："我也害怕呀，它可能是猪八戒变的，不会伤着你们。"

大家都不知道我在说什么，只有白桃冲我笑笑说："缺德。"

我心里说："我不杀生，让我杀蛇？"

我想起小时候看过河北梆子《白蛇传》，她们都是仙儿，是蛇变的，不能杀。

老毛子站在拖拉机履带上高喊："差不多了，往回走了！"

他钻进拖拉机把车开到没有水的地方去捆大绳，拖拉机履带在原地跑了几下开动了。到了没水的草地里，男知青帮着老毛子捆大绳。

大皮球凑在老毛子身边说："你美呀，每天干干净净的。"

老毛子说："没办法，要不你开车？"

大皮球说："咋地？我开不了？"

老毛子说："开，开，你能开。"

大皮球说："谁稀罕你开呀，不过我累了，往回走我得坐你车上，我得让你沾点儿水。"

老毛子说："行。"

大皮球带着两个女知青挤进驾驶楼，她紧挨着老毛子使劲挤他，让另一个女知青和她并排坐下，还有一个女知青坐在工具箱上。大皮球一挤老毛子，身上的水立马湿透了老毛子半边身子。

他大喊："真凉啊！"

但他很是快乐，他隔着两层湿透的衣服，感觉到她肌肤的弹性、柔和、丰满与圆润，这种美妙的感觉前所未有，他的小嘴始终咧着。

知青们站在爬犁四周，手里抓着大绳稳住身子。拖拉机吼叫着要向前开动，但是开不动。

老毛子站在履带上喊："大家先下来，车跑起来再上！"

知青们都下来了，拖拉机开动了，原来老毛子挂的是三挡，和人正常走路速度差不多。我凑在白桃身后站上爬犁。

白桃说："下去，站我前边。"

我照做了，回头说："干吗让我站前边？"

白桃笑着说："你太坏。"

我笑着说："没有比我更好的了。"

白桃撇撇嘴说："人家老王卖瓜自卖自夸，你是小王卖瓜，自卖自夸。"

她接着说："你看过《西游记》？"

我说："看过。"

白桃说："你说那条蛇是猪八戒变的，你说你坏不坏？"

我说："好看就看吧。"

白桃挥手拍在我肩膀上说："还说，有什么好看的，衣服黏身上多狼狈呀。以后别脑袋里想什么就说出来。"

我说："我看不出狼狈，挺好看的，我见过一幅画儿，在去云南的美丽女同学虎牙家。是洋画儿，几个西方的妇女在河边洗衣服，又好像是洗澡，我记不清了。都穿着衣服啊，就是衣服很薄还湿透了。"

白桃说："那怎么啦？"

我说："好看呀！肩宽背厚，腰也不细，屁股挺大，腿也粗壮，可就是好看，和你们一样。"

白桃在我后背上捅了一拳凑到我耳边小声说："你这是流氓知道吗？"

我说："不知道，你去告诉指导员啊。我就说，刚才看见你和二姑娘我就想起那幅画儿了，太像了，特别好看。大皮球有点儿过了，可也不难看。"

白桃又捅了我一拳说："再说，我告诉二姑娘啦。"

我赶紧赔笑说："我不说啦，千万别告诉她，这是咱俩的秘密啊。"

白桃说："那幅画儿叫什么，想起来告诉我。"

我说："行。不过你好像比在家时候长大了。"

白桃说："废话，又大了一岁。"

我说："不是。是你的个儿和块儿长大了。"

白桃又是一拳说："再说！哦，二姑娘呢？二姑娘变了没有？"

我说："她也是，你们俩一模一样，要不是衣服，你俩跟双棒一样。"

白桃有点儿吃惊："啊？我后面看和她一样？"

我说："前边也差不多，你比她更好看。"

白桃挥手比画了一下，但没有打，说："再犯坏我让二姑娘告诉你爸。给家寄多少钱了？"

我说："没记着，大概隔一两个月寄一回。"

白桃说："每次寄多少？"

我说："二十，二十五，也有十五的时候。"

白桃说："别乱花钱，你们家挺困难的。"

我说："我知道。你寄多少？"

白桃说："我们家不让我寄，让我都花了，买吃的买穿的。咱们这儿花钱这么费劲，我的钱都留着呢。你要不够，跟我说啊。"

拖拉机拉着这巨大的爬犁，像拉着一间大房子，大房子周围站着一圈人，一手握绳一手拿着镰刀；又像一艘大船漂浮在厚厚的草地上，大家划着桨，在绿色的海洋中徜徉。向远处望去，山峦起伏，森林跌宕，面向草原背靠蓝天。新建点就在这环境中间，木质的房屋建成了片，铺着碎石渣的笔直道路把新建点切成条、切成块，那些房子顺着山坡依次向下，整齐错落，一派欣欣向荣的景象。

第四节　雨中无间　泪流满面

第二天，又下起了雨，也算不上中雨，又比小雨大些，割草的知青都休息了。机务排的人也都休息了，二排三排也都休息了，最后在室外工作的都休息了。除了食堂的、猪场的、打铁的，全新建点都休息了。所有的人都知道这时雨量过大会影响麦收，可看上去好像只有领导们着急似的，更多的人愿意下雨的时间长一点儿，休息的时间就长一点儿。思想进步的知青这时也不会冒雨去工作，他们也很是心安理得地享受这难得的时光。

去年发生过有知青冒雨工作，叫都叫不回来的状况，几个人高喊："知识青年，屯垦戍边，保卫边疆，建设边疆。"今年就没有发生这类的事情，因为那样领导并不欣赏，也不鼓励，叫两遍就不再理他们了，只让班里表扬，或顶多排里表扬。今年知青们没有不正常的了，都按部就班地工作。新建点的领导班子很正常，所以不正常的也不会持续太久。大家之所以希望多下会儿雨就是想休息，因为这几个月确实很累，有很多时候遇到星期天都不休息，工作时间超过八小时的情况很普通，工作条件、工作环境又很差，赶上下雨求之不得。

新建点领导决定全连休息两天，之后开始收割小麦，今天下雨不算在内，这要休息差不多三天，知青们高兴坏了，下午有的男知青开始在宿舍打扑克，大家只爱打百分。

打扑克是赌烟的，有点儿像打升级，赌注一般设定最高八支烟。我们宿舍里也有人玩赌烟的，有我、老七、小玉、大笸箩。我很快输了两盒迎春烟，迎春烟没有了。

我说：“只有葡萄烟了，你们玩吧。”

虽然围观的有七八个人，但没有人上。

大笸箩说：“葡萄就葡萄吧，没人玩，你不上就睡觉了。”

我只好接着玩。

不一会儿，我手气好起来，接连赢了好几把，两盒烟快捞回来了，我一扭头发现围观的都伸手拿我的烟。

我说：“刚才我没输几根，都让你们给抽了。不玩了，要玩一晚上，我这个月就没烟抽了。”

其实玩扑克的人都输，那是因为围观的就是来占便宜的，你要赢了大家马上说抽支胜利烟，谁赢了抽谁的。有的抽得太多把嘴抽苦了，那也不放过，他会把烟夹在耳朵上带走，每个人耳朵上都有几支烟。

当天傍晚时分雨已经停了，夜里也没有再下，可第二天上午又开始下起来了。

大笸箩说：“待着也没事，谁和我去找点儿木耳回来？”

我、花姑娘、狼牙、万事通愿意跟着去，我们穿上雨衣雨鞋跟着大笸箩进入宿舍后面的森林。

森林边缘的草丛没膝深，裤子和袜子很快被那些草丛上的水珠浇湿了。我们顺着小路穿过灌木丛进入了森林，森林深处树木高矮不等，疏密不一，但都是枝繁叶茂，最茂密的地方遮蔽了天空，黑暗一片。林中树木稀疏的地方很是敞亮，树的枝叶好像特写，树干怎么伸展都那么自然，树叶怎么摇摆看着都舒坦。

在雨中，森林里静中有声，野兽们和鸟儿们没有了动静，没有了往日的喧闹，在自己的窝里懒懒地打盹。树枝不再互相摩擦，树叶不再互相拍打，它们都停下来沐浴清新的雨露。雨水顺着森林的空隙，落在铺满青草、树叶的地上，发出“沙沙”的声音。落在树枝树叶上的雨水凝聚成水珠，凝聚成水流，哗哗啦啦掉下来，形成了美妙的雨水敲击森林的和弦。

雨中的森林空气是那么清新，到处弥漫着草木的清香，水汽在森林稠密处成团，在森林稀疏处成片，水汽慢慢向下，在快低垂到地面时又被温暖的土地托起，水汽只好在树干之间缠绕。这片森林主要是柞树、杨树、椴树、黄菠萝和水曲柳的家族，它们有的集中在一起，有的穿插搅和在一起，还有一些倒下的斜着的枯树。就在那些枯死的柞树干上经过雨水滋养生长出很多木耳，而枯死的椴木上生长着很多蘑菇。

很快，我们每人的书包都装满了。不知不觉我们已经爬上了一个小山包，顺原路返回有些绕远，大笸箩带着我们几个抄近路返回。走到半山腰的时候看见了烘炉房，这是点窝和他师傅打铁的地方，烘炉房里传来叮叮当当的打铁声。我们距离烘炉房不远了。

大笸箩说："这个山坡蛇很多，而且都是蝮蛇，毒性很大，晴天别走这条路。"

我说："我去看看点窝，你们先回去吧。"

花姑娘说："我跟你去。"

我俩走进烘炉房，意外的是白牡丹在里面站着看点窝和他师傅打铁。

我心里有点儿不舒服，问白牡丹："你怎么在这儿?"

白牡丹说："我想和点窝一起去看看我的同学，我同学就是那个吹口琴的瘦高个儿，你还记得吗？她上这儿来过几回。"

我说："我记得。"

我想起那个梳着"刷子"、身材挺拔的女知青，她那悠扬的口琴声，她与白牡丹美妙的二重唱，我始终没有忘记。

这时，点窝正和他师傅配合着打镰刀，看我和花姑娘进来才停下手中的活儿。

点窝说："她同学得了败血症，说活不了多久了，天气不好，她怕回来时天晚，让我跟她去。可我这儿正在打镰刀，马上要用，全连人手一把，现在还差很多，我怕请不下假来。"

我说："我跟你去。花姑娘，你去不去?"

花姑娘说："行。就是下着雨怎么去呀，这道儿都是泥，走八里才上公路，没有车恐怕够呛。"

白牡丹说："没人跟我去，我只好自己去了。"

我说："那咱们就快走吧。"

我能看得出白牡丹已经非常着急了。

点窝说："多谢了兄弟。"

白牡丹很不高兴地对点窝说："你好好干，好好进步吧。"

点窝皱着眉头说："操。"

我让花姑娘把装木耳的书包带回去藏起来，晚上回来再吃。我直接和白牡丹下山了。我的雨鞋里灌进很多水，走起路来咕叽咕叽直响。

白牡丹说："快开饭了，要不然吃完饭再走？"

我说："不吃了，赶路吧。"

这路也太难走了，又陷又滑，我的雨鞋里也是湿的，里面也打滑。白牡丹穿一双矮腰雨靴，她把绿裤子的裤腿插进靴筒，白色长袖衬衣袖口扎紧，手里举着一把黄色帆布雨伞。她满脸忧郁，微微皱着眉头，不大的小嘴绷得紧紧的。她一直跟在我身后，偶尔说句话，我有时感觉气氛太冷也说几句无关紧要的话，不时回头看她是否跟上了。没想到白牡丹还挺能走，紧跟在我身后。

我说："你们好几个同学，你为什么自己去？"

白牡丹说："他们说等天气好了，路干一些再去，反正她在住院，一时半会儿也走不了。"

我说："那你为什么这么着急去？"

白牡丹说："我都快急死了，都说是白血病，治不好。"

我听见白牡丹的声音在颤抖，快要哭出来的架势。

我说："急也没用，哦，不叫败血症呀？"

白牡丹说："白血病是绝症，得这病是治不好的，都活不长。"

我在前面走，不时右滑一下左滑一下，像喝醉了一样，有时晃得动作大了，白牡丹不是扶我一下就是拉我一把，慢慢地白牡丹与我并肩而行。

白牡丹说："至于这么滑吗？"

我说："我刚才去捡木耳，雨鞋里是湿的。"

白牡丹说："哦，你把鞋里的水倒出来。"

白牡丹扶着我脱鞋倒水。我穿上鞋接着走，可是还是脚下打滑。

白牡丹说："我扶着你吧。"说着她伸手抓住我的雨衣袖口。

我嘴里说着"没事"，但也没有拒绝，很顺从地被她拉着自己的手臂。

走了两个多小时，我和白牡丹来到公路边，总算喘了一口气。但是距离团卫生队还有十七八里公路要走，现在已经到了中午，我和白牡丹都有些饿了。我们一边继续向团部方向走一边回头看有没有车开过来，我们准备拦车，如果不拦车，还要走两个多小时。天气还没有转晴，一会儿下雨一会儿停，公路路面都是碎石子铺的，虽然有时硌脚但没有泥水，比刚才的土路好走多了，我们走了大约有三里路时听见后面有拖拉机的声音。只见一台五十五马力的大胶皮轱辘拖拉机从后面追过来，我们两个一起挥手，拖拉机停下来了。

驾驶员从驾驶楼伸出脑袋问："你们要去哪儿?"

我回答说："去卫生队。"

驾驶员说："那你们快上去吧。"

拖拉机拉着的是一个大的拖斗儿车，一人多高。我可以从旁边踩着轱辘上去，但是白牡丹上不去。

我说："你从牵引拉杆那儿上。"

白牡丹说："这么高我怎么上去?"

我说："我托你上去，来吧。"

白牡丹从裤兜里掏出一块手绢递给我说："你把手擦擦。"

我说："我手不是太脏，你还挺事儿的。"

白牡丹说："你托我上去，弄得我大腿屁股上都是手印儿，那才叫事儿呢。"

我说："哦，是，我自己带着手绢儿。"

白牡丹说："你还挺爱干净。"

我说："习惯了。"

上了拖斗车，拖斗车外面看着很高，里面却很浅，五六十厘米的车帮，坐不稳靠不住，我们扶着车帮撅着屁股站着，天还在下雨。坐车淋雨比走路淋雨接的雨水更多，我急中生智，坐在两个车帮交汇形成的犄角里。

我岔开腿说："你蹲在我这儿，两手扶着我的腿。"

白牡丹虽然迟疑了一下，最后还是蹲在了我的两腿之间，两只手扶着我的膝盖，后背靠在了我的身上。我非常紧张，心在怦怦乱跳。我两手抓着雨衣按在车帮上，这样两人也避开了斜着打过来的雨。公路很平坦，我还能忍住车帮硌屁股的不适。

白牡丹说："你要是累了，我们还是站着吧。"

我说："没事，一会儿就到了。"

我感觉到白牡丹的后背、胳膊和双手都是热乎乎的。我有些后悔刚才托她上车时，只抱着她一条左腿，心想，她已经让我擦了手，我可以托托她其他地方，为什么只是抱着大腿？我有些生自己的气。一年的时间长了那么大力气，她一百多斤重，自己竟然没觉得吃力抱着她一条腿就把她托起来了，我后悔没有托的地方就在眼前，我看得清清楚楚，漂亮极了。

雨下得有点儿紧了，我用双腿死劲顶住车帮，腾出左手把雨衣向内向上举起来为白牡丹遮雨。

白牡丹腾出左手抓住雨衣的边缘说："你扶住车帮，别掉下去。"

我说："我的腿撑着车帮呢，你使劲靠着，我会省点儿劲儿。"

白牡丹用右臂夹住我的右腿，使劲抓住我的膝盖说："你把头再低些，用雨衣把咱俩蒙上。"

雨衣让白牡丹抻得太靠上了，雨水顺着雨衣流下来进了我的裤腰，我感觉腰以下凉冰冰，而且不断蔓延。白牡丹现在不但抱着我的右腿而且右胯也靠在我的小腿上，头倚在我的肩头。这让我异常欢快，那是一种信任，是一种依靠，同时好像还有一种亲密，并且已经到了无间的地步。如果这时白牡丹问什么、做什么、要什么、我一定会全部"无间"到底，我感觉热血沸腾。我觉得白牡丹还真有点儿分量，我一边使劲挺着一边想，使劲靠吧，靠得越紧越好，跟搂着差不多最好。我想起五班长搂着大被单儿一定比白牡丹靠着我更美。我也想搂一搂白牡丹，体验一下是什么感觉，我又回味抱着她那条腿的感觉，里面坚实外面柔软，温暖中的弹性，浑圆中的曲线。我又后悔为什么没有托一托她其他地方。我低下头，看见白牡丹一个侧脸，不愧是白牡丹，确实很白，配上耳旁漆黑的云鬓真是秀美无敌。我当然不会搂她，因为我还不知道或者没有感觉到搂抱的原动力在哪儿，我现在已经很满足了，搂一下的想法只是一闪念而已，就这一闪念已经让我快乐淋漓，脸上出现了欢愉的笑容。

拖斗车虽然不很颠簸，但总是左右摇摆扭动，弄得两个互相依靠的搭车人也随着车身扭靠磨蹭，两人的肉体从陌生到熟悉，相互借力感觉着朦胧的甜蜜。

雨停了，车也停了。

白牡丹说："到了，下车。"

我迅速跳下车，接过白牡丹递下的雨衣雨伞放在拖斗车牵引架上，举起双臂等待搂抱白牡丹下车伸出的腿。白牡丹面朝外双手撑住车帮伸出了右腿，另一条腿在车帮里曲着。

我说："反了，转过去。"

白牡丹噘着嘴说："我不，这不一样吗？"

我迈到拖斗车牵引架上说："来吧，腿绷住劲儿。"

我直接抱住她的大腿，白牡丹两手抓住我肩膀，抬另一条腿迈出车帮，这一瞬间白牡丹的重量一下集中在我抱着的大腿上，我有一种快要支持不住的感觉。白牡丹的那条腿在我怀里迅速向下出溜，在她脚踩住拖斗车牵引架之前已经骑在了我的手腕上。白牡丹的肚子前胸紧贴着我的脸鱼贯而下，我感觉到柔软的沉重把自己掩埋，当我的脸露出来的时候正好对着白牡丹的脸，我看见她那双明亮的眼睛时愣住了，白牡丹脸红红的，羞怯地侧过头去。白牡丹站稳后我才放开手，抽出在她两腿间的手臂扶她跳下车来。

我走到驾驶楼跟前掏出烟说："谢谢啦！大哥。"

驾驶员操着浓重的天津口音说："哥们儿，悠着点儿，别背个处分。"

说完他笑笑，一轰油门开车走了。

我又像对着白牡丹，又像自言自语地说："什么处分？"

白牡丹说："他以为咱俩是谈恋爱，会受处分。"

我笑呵呵地说："哦，好，我不怕处分。"

白牡丹说："臭德行，快走吧。"

我说："我差点儿抱不住你，怎么上就怎么下，双手能拉住车帮，脚够不着地也不至于摔伤。"

白牡丹说："你不知道，司机死盯着我看。"

我说："看就看呗，呵呵，看你好看。"

白牡丹说："哼，你什么都不懂，快走吧。"

卫生队在团部大街的东北角，那是一个红砖房的大院子。大门口的门楼上有一颗红色的五角星，五角星正中上"八"下"一"，一看就是解放军的机关。大门里有一道影壁墙，上面是伟大领袖的笔体，写着"全心全意为人民服务"。

医院里人很少，有几个穿着军装戴着军帽外套白大褂的医生和护士在忙碌。白牡丹询问她的同学在哪个病房，一名戴着口罩的军人带我们到白牡丹同学的屋里。一进门，白牡丹疾步走到她同学挺拔女知青的病床前，坐在病床上拉起她的手，挺拔女知青也用两只手握住白牡丹的双手，两人同时热泪奔流。

就这样，她们四只手紧紧地握着不说话，四眼相对，热泪涌流。我在一旁也早已泪流满面，我与挺拔女知青不熟，但是刚来东北时她与白牡丹在夕阳余晖的映衬中漫步的身影已经深印在我记忆的荧光屏上，她那淳美的中音宛如长箫之声，悠扬至远令人回味无穷。而现在的她，一脸憔悴，双目无神，满脸飘泪。我实在待不下去了，转身走出病房。

我在病房外、院子里、公路边来回溜达了有一个多小时，白牡丹出来了。她眼睛鼻子红红的，脸也发红，一脸的悲伤。

她对我说："早饿了吧，走，咱俩找点儿吃的东西去。"

我跟在白牡丹身后去公路对面的商店。这是全团最大的百货商店，除了日用品，还有很多生产工具。吃的东西很少，但罐头很丰富，有肉的、鱼的、水果的；点心就有三种，蛋糕、桃酥和江米条；水果有苹果和香瓜。白牡丹买了一大堆罐头、点心和水果。她让售货员帮她打开一瓶红烧鱼罐头，借了两双筷子。

我快把一斤蛋糕吃掉了，白牡丹只吃了一块，鱼罐头大部分也让我吃了。

白牡丹把买的东西分成两份，一份推到我跟前说："你自己回去吧，我今天不回去了。"

我问："那你住哪里呀？"

白牡丹说："我们没带介绍信，招待所可能也不让住，实在不行就在医院过夜。"

我说："要不明天我让点窝接你来？"

白牡丹说："别提他，我自己能回去。"

我说："那我来接你。"

白牡丹说："我恐怕要待两天，我和她再分开的时候可能就是永别。"

说到这儿，白牡丹的眼泪就像断线的珠子成串地往下掉。

她接着说："她爸妈和两个哥哥这两天就要来接她回北京看病，我等他们来了，走时送送他们。"

我说："这东西我不要，你在这儿留着吃吧。"

白牡丹笑了笑说："我可以再买，早就想给你买点儿什么，谢谢你冬天给我的狗鱼。"

我说："哦，我早忘了。"

白牡丹说："你带着钱吗？"

我摸摸兜说："十几块。"

白牡丹说："借我吧。"

我说："我刚看见你有一大摞钱，那么多还不够？"

白牡丹说："我想多给她点儿钱看病用。"

我把兜里的钱都掏给了白牡丹。

第五节　三长两短　蛇咬毛毛

麦收开始了，虽然地里的干湿度还没有完全适宜机械作业，但为了防备今后可能雨多更加难以作业，勉强适宜机械操作的地块要马上收割。

八月中旬的天气很热，正是植物最好的生长期，除了小麦已经成熟，其他的庄稼还在茁壮成长。森林贪婪地沐浴着阳光，花草痴迷地享受着雨露，它们快乐地成长，一同繁荣，造就了大自然的粗犷和峥嵘。没有修饰的自然，大景苍莽，小景玲珑，即使大写意的水墨还嫌精致，即使工笔丹青仍觉不细。神奇的三江平原，传奇的东北大地，虽然不是鸟语花香的魅力，但处处都是勃勃生机。麦田不像歌里唱的什么麦浪滚滚，天热得根本没有一点儿风，作者可能因为灵机一动，把热浪滚滚稍作修改。坐在拖拉机上牵引着康拜因在麦田里收割就像坐在闷热的蒸笼里，呼吸都会感到热气的炙烤。

收割机不但要把麦子割下来，同时还要把麦穗脱粒，给麦秸粉碎。所以，麦穗、麦秸要经过很多输送带，要被不断地打碎，不断地筛选。粉尘四处飞扬。

刚刚雨后，麦田低洼处还有些泥泞，拖拉机的履带和康拜因的巨轮都已穿上自制的木鞋防止下陷，麦田被碾压出深深的车辙印，有时康拜因会因为托底而故障，人要钻进去抠出堵在里面的大团泥巴。一号车虽然比其他拖拉机马力小，但是更适合在泥泞的地方作业，因为大马力容易在泥泞的地里打滑。一号车拉着排长能耐梗的收割机收麦子，肥猴儿、毛毛在康拜因上忙碌着，有时能耐梗也上来干一会儿。可是在收割机上更是被粉尘包裹，里面飘浮着很细的麦芒，进到脖子里，进到衣服里很是刺痒，能耐梗待不了多一会儿就下来了。

一号车还是车长、老毛子和我，拖拉机由车长和老毛子轮流驾驶，我只好待在康拜因上，很快就成了一个土人，麦芒飞进衣服里非常刺痒。

疯彪子开着胶皮轱辘的拖拉机往场院拉麦子，每次他从场院送麦子回来，又继续和收割机并行前进。康拜因的输送管打开，里面滚滚流出小麦，很快就把拖车斗装满，疯彪子立即调头去场院卸粮。突然康拜因上的汽笛声响了，拖拉机停了下来。

老毛子问肥猴儿："咋地啦？"

肥猴儿说："麦子的输送带不上粮食了，是不是收割机下面堵了？"

肥猴儿、毛毛、我跳下收割机猫腰往收割机底下瞧。果然，输送带被厚厚的泥土堵住了，我们三个开始用铁锹、用撬棍往外掏泥土。

半个多小时后收割机被堵住的地方还剩下很少的泥土，因为太靠里需要爬进去抠。毛毛始终不想进去。

肥猴儿对毛毛说："一会儿清理完了告诉我。"

这时我没有犹豫就钻进去清理泥土。泥土虽然剩得不多了，但是抠起来却很费力，肥猴儿在上面大声问毛毛："咋样了？完事了吗？"

毛毛说："快啦，两分钟。"

肥猴儿说："一会儿你把前面那堆杂草清理清理，要不然又堵上了。"

毛毛跑到收割机牵引架前面，把挂在牵引架上的那团杂草拽了出来。这时肥猴儿把康拜因发动着了，机器的轰鸣声大作。但是我还没有掏干净下面的泥巴，就差几下了，输送带已经慢慢转动起来，抠泥巴更容易一些。

我以为外面的人知道我还在里面，所以很放心地清理最后一点儿泥巴。很快就把所剩的泥土掏干净了，我正要爬出来，这时突然听见两声汽笛声。拖拉机吼叫着拉着康拜因开动了。收割时拖拉机要听康拜因上的人指挥，汽笛长鸣一声是停车，短促两声是开车。我是趴在康拜因下面，这时想爬出来是不可能的，康拜因的两个大轮子在我身体两侧的后面，不等我爬出来就会被碾压成肉饼。后面除了铁板就是角钢横挡在底部，距离地面很近，在泥泞中基本上是拖地的，没有缝隙，我想从后面出来无疑会被碾死。

我拼力爬上身边的一根手指粗细的钢筋上，双手撑住两边带棱的角钢。这样，身体可以悬在地面之上，离地面有十多厘米的空隙。但是泥土很快淤积上来，先是双脚双腿被死死地挤在康拜因底部，慢慢地又开始挤压小腹、肚子，我感觉浑身的血液涌进头顶，肚子里的东西都奔向我的喉咙。

我感觉还没有被挤压的所有地方都像是即将爆炸般的胀痛，我心想我要死了？我脑海里出现了很多人的面孔，家里的亲人，新建点的知青们，同学、邻居、亲戚。我想，人死前就想这些？不，不能想这些难过的事儿，要想高兴的事儿。这时我有一种要呕吐的感觉，太难受了。我想，杀人犯死前还能吃顿美餐，红烧肉什么的，我不吃肉就喜欢带鱼。妈的，不但没有美餐，还要把中午吃的吐出来，非让我当个饿死鬼。这时，收割机所经过的地方土地不是很陷，康拜因底部缝隙大了一些，泥土暂时没有继续淤积，但我还没有摆脱要死的思绪。

我想，从来到这儿就没吃过带鱼，想吃是没戏了，那想点什么？想点高兴的。

康拜因车底的淤泥随着地面的凹凸不停起伏，对我身体或紧或松地不停挤压，我感觉一阵儿胀痛难熬，一阵儿如释重负。最难的是要保持平衡，别从那根钢筋上掉下来，一旦掉下来，就无法悬在车底，那样就要随着泥土滑向后面，身后角钢，铁板一定能把我碾压成薄饼。淤泥起伏挤压，让我想起抱白牡丹下车时，她突然压下来时腹胸对我的挤压，她的凹凸、她的起伏在那挤压中慢慢地游走抚触，堆满了新奇与快乐。我又后悔起来，当时白牡丹让我把手擦干净，分明是准许我托一托她的那个地方，我却放弃了这难得的机会，但她骑在我手腕上的感觉记忆深刻，她那里是满满的温柔。我想起掸子箍在身上的红毛衣，小洋马紧绷着的上衣纽扣，老太太没有褶皱的条绒裤子，她们也一定是这样。我想起在没膝的水中割草的二姑娘、白桃那群女知青衣服紧贴着肌肤，她们也一定是这样。

淤泥又在挤压，淤泥的起伏拥满前胸、肚腹和大腿，我脑子里突然蹦出一句话：丰若有肌，柔若无骨。我忘了这词是《西游记》里说的还是《水浒传》里说的，又好像是《三国演义》里的，哦，好像是什么《拍案惊奇》里说的，反正古代文学小说里都是这么形容美人的。我突然想起，这就死了，还不知道去云南的美丽女同学虎牙和她弟弟怎么样了，将校呢女同学太可惜了，她要是活着和我一起来东北，她的高贵美丽气质绝不输给老太太。忽然我又想起草儿，一年了，还没有仔细看过她，远远地看她确实比任何一个女知青都美，而且很像我的班主任老师。但是，我就是记不清她，在我的脑海里，她美的细节似乎在不停变换，有文静、有张扬、有贤淑、有风流、有优雅、有俊俏、有丰腴、有挺拔。我后悔在水房为什么没有把她挤在门槛里假装卡住仔细看看她。

我想起小瞄儿、小眼儿、耗子、老实人、花姑娘、小玉他们和我打闹，几个人按住我，挠痒胳肢窝、肋骨。我笑起来。不行，我不能死。

拖拉机、收割机一起作业，轰鸣声震耳欲聋，机械有规律地运动发出各自的吼声。我在车的底部被淤泥包裹，被机械震撼，我的身体要炸裂，我拼尽全力在呼吸，我的思绪仍在翻腾。

那个挺拔的女知青就要死了，可她已经回北京治病了，我就要死了，回不了北京，回不了家，病死比在这儿挤死美多了。我想起白牡丹给她同学买了那么一大堆好吃的东西，够她同学吃好几天的。我后悔那天当着白牡丹不好意思吃得太多，只吃了一斤蛋糕、一瓶红烧鱼罐头，我回想着红烧鱼的滋味。白牡丹给的那一堆好吃的，回到宿舍不到十分钟就让大家吃光了，想起新建点的那群狗抢食物，抢到一块食物就跑到一边独享，知青们遇见好吃的也是这样。我想，是人有狗性，还是狗有人性？想到这儿我又笑起来。

我的头是最痛苦的，疼得就要裂开，觉得我的头分成了两层，外面的那层在经受炼狱，里面那层在荡漾着和风细雨。痛苦和美好比较的碰撞产生挣扎，一种是绝望一种是留恋的相互挣扎。又遇到泥土很湿的地方了，我感觉淤积起来的泥土顺着两腿的缝隙之间，顺着两肋，顺着双肩向后面游走，身后背负的泥土重量还在增加。

我感觉这下要死了，我拼力扬起头，躲避迎面而来的泥土，不至于让它封住我的口。我看见眼前的输送小麦颗粒的输送带已经有三分之一被泥土包裹，但它仍然转动，小麦夹杂着泥土被输送上去，康拜因的驾驶员看见被输送带卷上去的泥土后应该立即停车检查，可是，车还在前进。我心里大骂肥猴儿、毛毛：这两个浑蛋，想不起我也就算了，输送带卷上去这么多泥土怎么没有一点儿反应，眼瞎啊！

我突然出现一个念头，是不是肥猴儿和毛毛受排长指使想暗害我？我想起伟大领袖的教导，千万不要忘记阶级斗争。我操，怎么就没想起这事儿来。能耐梗不是什么好东西，这回我找到了他身上让我不舒服的东西是什么了，一个字——阴。

我看见输送带旁边的泥土淤积，只要把这些泥土推进输送带，那样输送麦粒的槽子里就都有泥土，只要上面的人看见就一定会停车。我想腾出一只手往麦粒槽装土，那样就有从钢筋上掉下来的危险，但是，没有别的办法，这是唯一的生机。

我很难腾出一只手去给输送带制造麻烦，急中生智，憋一口气用头迎着车底进来的泥土顶，这样输送带旁边的泥土会堆积得更高，然后向下塌下去，就会有一些泥土溜进麦粒槽里。头顶被泥土撞击，感觉“砰砰”之声在脑中回响，很是催眠，因为一直使劲扬着脖子，一下放松下来困劲儿也上来了，没几秒钟，我睡着了。

突然，没有鸣笛车就停了，接着康拜因也灭了火。

只听见车长喊：“妖怪呢？”

肥猴儿问：“没在你车上？”

车长说：“放你妈那屁，人没齐你就鸣笛开车，出了事儿你负责！”

肥猴儿说：“他，他是不是回去了？”

车长跑到康拜因车轮前低头往里看。车长大喊：“快拿铁锹下来。”

车长老豆豆猫着腰在旁边大喊：“妖怪！妖怪！……”

老毛子也在大喊：“妖怪！”

我被喊声惊醒，第一个念头是，我没死他们发现了，死不了了，安全了。

我心想，听过很多活学活用的报告，那些先进人物在危急时刻都首先想到的是革命战友，想到的是国家财产。刚才的危机身边没有其他人，也没有能抢救的国家财产，革命英雄主义和自己不沾边。

我想起排长小洋马传达活学活用交流大会主要事迹时有一件事。她说：“一个女知青光着脚干活儿被一块石片割伤了脚，鲜血直流，她没顾着包扎自己的脚，而是第一时间去找那块石片。她说怕石片再划伤其他战友。还有带病坚持工作的，还有带伤不下火线的。”

我想：我这算什么？嗯，我可以算受伤，怎样算不下火线呢？继续抠输送带上的泥土，这就全了。受伤不下火线。我自己骂自己，真他妈不要脸，你想下去得下得去呀。继续抠泥土，那泥土是你用脑袋顶进去的，若被人家发现，弄不好给扣个破坏分子的帽子。还是装死吧。

车底外面四个人抡锹挖土。

车长说：“在轮子前面挖坑，堵着的泥掉到坑里，这样速度快。”

听得出来几个人已经急坏了，老毛子一边挖土一边高喊：“妖怪！”

肥猴儿一边挖土一边喘着气嘟囔：“毛毛，你们俩在一起，他没出来你也不说一声。”

毛毛说：“你别怨我，是你让我去牵引架上拽那堆草的，等我拽完了你就鸣笛啦，我赶紧上车，我也没想到他还在底下。你想把责任推到我身上，你是副驾，我是学员，赖不上我。”

车长怒骂着说：“你们他妈的还不快挖，人还在底下哪，你们就开始推卸责任，是人吗！”

我感觉周身的挤压在慢慢退去，不一会儿身体两侧先后出现了亮光，我感觉周围的泥土在我四周堆积得像一口泥棺材，只有头顶的盖儿是铁的。我庆幸他们发现得早，不然，即使是泥的三长两短，也能送我去阴曹地府。

我正在胡思乱想，突然感觉肩头挨了一铁锹，忍不住“啊呀”一声。

毛毛高声叫喊起来：“活着呢！活着呢！”

我开始哼哼。

车长说：“往地上掏着挖坑，土松了减少挤压。”

车长说："妖怪，说句话！"

我想不管这次是不是能耐梗指使肥猴儿、毛毛暗害我，我要吓唬吓唬他们。我抓起一把泥土把脸又抹了抹，又抓起一把土塞进嘴里。

我含着土呜噜呜噜地说："车长，我活着哪，就是把肠子吐出来了。"

只听外面"扑通"一声，有人坐在了地上。

坐在地上的是车长。

老毛子说："他要是把肠子吐出来早完蛋了，还能说话？"

车长说："别废话，快挖！"

没有了泥土支垫，我滑出来半个身子，老毛子和毛毛一起把我往外拽，我掉进了刚挖出来的大坑里。车长赶紧过来，三个人一起把我从大坑里拉出来。

车长说："你怎么样啦，挤到你哪儿啦？"

我不说话，嘴里一个劲儿往外吐泥巴，还偶尔咳嗽几声。

车长说："快去给他弄水漱口洗脸。"

肥猴儿赶去弄水了。毛毛摸摸我这儿，摸摸我那儿，又伸手摸摸我裤裆。老毛子一脚把毛毛踹开。

毛毛爬起来说："我看看是不是挤出大便了，我好给他洗，你看他身上都是挤压剐蹭的印儿。"

我第一句话就说："你们两个坏蛋，是不是猴机子能耐梗派你们两个暗害我？"

毛毛说："没有的事儿，我能听他的？"

我对车长说："差点儿没害死我，我现在没事了，刚才就是挤得我喘不上气来，头疼，老想吐。"

车长说："你开什么玩笑，把肠子吐出来了，你吓我个半死，你要出了事儿我责任就大了。"

我说："我没说我把肠子吐出来，我说我差点儿把肠子吐出来了。"

老毛子笑着说："你小子说把肠子吐出来了，把我也吓坏了。"

我有气无力地说："毛毛，全赖你，我要是当了鬼，先找你家去。"

毛毛说："我去拽草，刚拽完车开了，他没听我喊就鸣笛，我急着上去就把你忘了，我要是不忘，也得拖出你一段，要赶上地湿得厉害，几秒钟就能挤死你。"

车长说："不干了，回家，我一点劲儿都没了。"

这时我才注意到这四个人像是从水里捞上来的一样，身上的衣服全都湿透了。

肥猴儿把水递给我说："你们都回家了，我什么也干不了，我也回宿舍了。"

车长问我："你坐车回去吧？"

我说："我溜达回去，活动活动，您放心，我没事了。今天是您救我一命。"

毛毛说："你们先走吧，我陪着他。"

拖拉机走了很远之后毛毛说："咱们也走吧。"

我俩顺着一条大排水沟往地头走，没走多远，只听毛毛大叫一声："哎哟，蛇咬我！"

毛毛大叫一声之后就去追那条蛇，蛇要是在麦田里跑得不快，但它是在排水沟的杂草中游走，速度很快。它也很会隐藏，在茂密的杂草中身形时隐时现，毛毛使劲追赶，把蛇逼急了，它游进排水沟里。

排水沟三米多宽，水深也有半米多，水流湍急，比人走的速度快，毛毛一看实在追不上就停了下来。他一边解裤腰带一边叫我过来。

蛇咬在他的脚脖子上，他说："帮我使劲勒呀。"

我说："干吗勒呀？"

毛毛说："蛇有毒，毒顺着血液流到心脏就完了。"

我伸手帮他把皮带勒紧。

毛毛说："我走不了了，你背我吧。"

我说："你差点儿没把我害死，这是报应，还让我背你，你还要脸吗？"

毛毛说："真的，你不背我我就死了，哥呀，救命啊。"

我突然意识到这事儿很严重，弯腰背起毛毛往回走。

毛毛虽然看上去也很瘦，但他的肉是藏着的，胳膊腿都是圆的，看不见骨骼，肉都包在骨头上，不像一般小伙子筋是筋骨头是骨头肉是肉的。因为他会偷懒，不出大力，筋骨肉还没有分出来，但我背着他感觉沉甸甸的。毛毛开始哼哼。

我说："疼啊？"

毛毛说："伤口疼，勒得也疼。"

我说："知道蛇咬了有毒，还追它。"

毛毛说："我看那条蛇还挺粗，抓住它把皮扒下来，能把我爸的胡琴修好。”

我问：“什么胡琴?”

毛毛说：“京胡。”

我走累了，毛毛脚也疼得不行了，我把毛毛放下来，看见毛毛的脚脖子和脚的颜色发紫，毛毛自己解开了裤腰带。

我说：“你解开腰带，毒就会流向心脏，快系上。”

毛毛说：“流进心脏我也得解开，太疼了。”

休息了几分钟，毛毛龇牙咧嘴地又把自己的脚脖子系上了，他对我说：“快走吧。”

毛毛没了裤腰带，裤子一直提不上去，也管不了那么多了，趴在我背上，露着一大截腰和大半个屁股。

毛毛嘟囔着说：“埋汰死人了。”

这回我也像从水里捞上来的一样，衣服全都湿透了，毛毛又嘟囔着说：“你这是救我一条命啊，没有你我真的就死在地里了。”

我说：“说好话没有用，你要不死就要拿出点儿实际行动来表示。”

毛毛是个很细的人，不抽烟，也不乱花钱，有钱就要往家里寄，除了饭钱几乎什么都不买，牙膏、肥皂全是蹭别人的。

毛毛说：“不是我说好听的，我要不死给你买好烟，太阳岛算什么，有更好的烟。”

我好不容易背毛毛走回新建点，径直奔卫生室，毛毛几次嘟囔着让我暂停一下他好把裤子提上。

我说：“看就看吧，抓紧时间先救命吧。”

我背着人，迎面有人撞见了却没人问为什么背着毛毛，擦身而过之后他们则站着不动，望着我俩的狼狈样子。我把毛毛背到了卫生室，放下毛毛以后自己也瘫在了地上。本来我在康拜因车底下被泥土挤压，浑身就不舒服，刚刚喘过气来就背毛毛跑了三里多路，汗出得像雨淋了一样，最后没有什么汗可出了，就出了一身白毛汗，感觉要脱水似的。

毛毛被送去了卫生队。连里的领导把一号车车长、老毛子、肥猴儿狠训了一顿，还让卫生员为我做了检查，听说我把毛毛背了三里多地，知道我没事了，给我放了一天假。我也确实腿肚子疼了好几天，那是背毛毛又是小跑又是快走累的。

第六节　无形之网　未婚先孕

每到麦收这个季节，打麦场院非常热闹，还像去年一样的场景，男女老职工、男女知青近在咫尺。三排副排长鱼唇还是经常被女性老职工把头塞进裤裆，让女性老职工祸害得经常瘸着双腿走路。他向领导反映，领导不但不管还笑弯了腰，没办法他只好忍着、躲着。

虽然场院的活儿很累，但是无论老职工还是知青们都很愿意在这里干活儿，在这里有机会欣赏自己倾慕的异性，有机会和异性因为工作有简单的对话和合作，那是他们梦寐以求的接触，那是他们美好回忆的星星点点。

与去年不同的是，知青们已经不再是坐卧观看，每个人都拿出百分之百的力气工作，这不光是因为经过成长意识到自己对工作应尽的责任，同时他们还有展示、表现自己的冲动。因为，这样的机会在工作和生活中太少了，所以弥足珍贵。

男女知青随着时间的推移，逐渐地不敢轻易接触了，甚至同学碰面都不说话了。是封建？是避嫌？是羞臊？说不清楚，但他们的心里一定是讨厌封建、避嫌、羞臊这些可恨的障碍。然而，这种风气一旦形成，就像一张无形的网罩住了他们，无法挣脱。青春这美丽的时光在这张网中尽力挣扎。

夏日的夕阳艳丽多彩，金色的光芒比清晨初升的太阳更加耀眼刺目，白云被渲染为橙红色，形成绚美的晚霞，天边的山林被推近放大，好像一幅夏晚风景特写一样让你不得不好好看看它。

小眼儿急匆匆找到我、耗子和花姑娘，让我们跟着他来到场院的大棚里。小瞄儿一个人坐在麻包堆里哭泣。

我问小眼儿："怎么了，为什么哭啊？"

小眼儿说："他听说小红鞋怀孕了就一个人跑到这儿哭起来没完了。"

我说："她怀孕你哭什么呀，怀孕？怎么怀的？怀孕就是怀小孩了吧？"我对着花姑娘问。

花姑娘说："是怀小孩了。"

小瞄儿说："今天下午疯彪子把她送医院了。"

小瞄儿一边说一边哭出了声儿。

我一时没闹清这是怎么回事。

花姑娘说："那男的是谁呀？"

小眼儿说："是和她一起喂猪的那个老职工。"

我说："是他让小红鞋怀的孕？"

小眼儿说："啊。"

我说："他怎么就能让她怀孕？"

花姑娘说："我去你的，不懂就别瞎掺和，一边听着。"

花姑娘接着说："那老职工平时不言不语的，没想到他这么坏。那小红鞋就愿意？说明小红鞋也不怎么样。"

小瞄儿说："要是他强奸呢？"

花姑娘说："要是强奸，那肯定是犯罪，那就得给他判刑，不过，小红鞋以后就抬不起头了。"

小眼儿说："那有什么抬不起头来的，我看没什么，就是怕以后可能就没人要了。"

小瞄儿说："我还想追她呢，前天我还帮她抓住一头跑出来的小猪崽，她还对我笑了，说了好几声'谢谢'。我觉得她不讨厌我，我有机会。多好一女的，让丫给毁了。"

耗子说："现在你还想追她吗？想追，去医院看她呀。以后找机会就追，现在比过去好追。"

小瞄儿突然不哭了，他擦擦眼泪说："我得想想。"

我心里想，你最好别追了，打赌我的胜算就更大了。在小瞄儿心里，排在小红鞋后面的会不会是草儿或老太太？如果是这样，也可能他改变目标后成了我的竞争对手。嗯，也挺好，草儿和老太太，我们哥俩一人一个，打个平手，要不怎么说是哥们儿呢。

耗子说："你要不追，我就追，我不在乎，你别生气啊。我还是不追了，我追她也看不上我。"

小瞄儿咬着牙说："先不管别的，今晚我先打丫一顿。谁去？"

我说："我去，我掰他两颗牙。"

耗子说："我捏碎丫蛋。"

花姑娘说："我泼丫一头大粪。"

小眼儿说："你等我们打完了再泼啊。"

天还没有黑，小红鞋的事情就在新建点传开了。平时虽然蚊子小咬在傍晚很凶猛，依然有些知青不愿意憋在潮湿的屋里出来遛遛，而今天却没有人出来，各宿舍的人都在屋里议论，有出来走屋串户的，也是想打听更多的消息。

天终于黑下来了，小瞄儿、小眼儿、耗子、花姑娘和我五个人拿着家伙摸到猪场。喂猪房里亮着灯。花姑娘从猪圈里扰了一盆猪粪。五个人先后冲进屋子，但马上都愣住了，屋里竟然是两个女知青。两个女知青也吓了一跳。

等平静下来之后，其中一个女知青说："没听见你们的脚步就进屋了，下回在外边喊一声再进来，以后是我们两个喂猪了。干吗来了？想拍他一顿？你们晚了，都来好几波了，行，够意思，我们还以为就哈尔滨的知青愤怒呢，北京的也火了。"

原来，上午新建点发现这里出了大问题，向上级报告，团里派武装连把人带走了，来了一辆军队的吉普车。

这些日子在我看来，出现了很多让人目瞪口呆的事儿。

挺拔女知青被接回北京去治疗，没多少日子就离开了所有爱她的人。她实际高小的文化，可能还没有弄明白这个世界，没来得及享受十八岁的妙龄，浑身的高雅气质、茂盛的昂扬青春、奔放的风华热情，就这样带着生命的留恋，带着生活的向往永远地逝去了。

那时白牡丹低沉了很久，她哭了很多日子，从那以后她的面部表情缺少了很多微笑，严肃经常挂在脸上，不了解的还以为她突然变得高傲起来，这让那些喜欢她的男知青更加神魂颠倒。

在小眼儿身上最为明显，小眼儿以为白桃就很好了，因为白桃和白牡丹是一个类型，都是那种丰柔、白皙、文静的女子。然而多了高傲，小眼儿有些从温柔向圣洁倾倒，对白桃的专一有所松动。花姑娘本来是喜欢白牡丹，但因为有更美女知青的缭绕而有些无所谓的念头。现在，花姑娘完全被白牡丹的一身高傲所折服。他不但寻找一切机会去满足欣赏，同时用雷达般的嗅觉去发现与他有共同向往的人。他第一个发现的就是小眼儿。

花姑娘对小眼儿说："我去你的，你傻了吧唧的，再找一傻了吧唧的去。她是我同学，惦记她得先问我。"

毛毛被蛇咬住进了医院。我被毛毛被蛇咬和抓蛇的顺序弄糊涂了。应该是先抓蛇，蛇反击被咬伤是合理的，可是他先被咬伤，不顾生命危险去抓蛇，抓蛇又不是为报复，是因为要蛇皮给他爸修胡琴，这不是傻就是想他爸爸想疯了。那一带蛇很多，山上的是蝮蛇，剧毒无比，那天如果是被蝮蛇所咬必死无疑，草地里的蛇虽然不是蝮蛇，但如果有毒也很厉害。平时看着不起眼的一个人，想法和做事很有些古怪。我感觉这小子在某些时候是可以忘掉死亡的人。

小瞄儿的痛苦仅次于白牡丹，小红鞋的怀孕让他暴躁起来，原来那种规规矩矩的形象大变，动不动就发火骂人。他迷茫了，那么多漂亮的女知青，他只看她好，哪怕她从来没有把他放在眼里，他把所有的爱慕都倾注在她身上。越是这样他就越是不理解为什么她会和一个年龄差不多是她两倍大的老职工发生那种事。他的不解一开始就转化成愤怒，他脑子里装着的是杀死老职工的念头，在他心里已经杀他无数次了。我们一直劝解，先让他搞清楚来龙去脉。

原来小红鞋每月都有几天肚子痛，厉害的时候在喂猪房的土炕上打滚。起先那个老职工被吓呆了，又不敢动手触碰她，但她就要滚到地上摔下来时，他抱住了她，三十多岁的光棍汉，这一抱让他浑身的血液沸腾。然而，他随时可以爆炸的冲动，被她抵抗痛苦的挣扎所压制。她一手按着肚子一手使劲抓着他的胳膊。

他哆嗦着声音说："我……我……我帮你揉揉。"

她没有反应，依然在挣扎。

他伸出了颤抖的手臂，拿开她的手替换成自己的，轻轻地揉起来。这种最原始的治疗肚子疼的方式改变了他们的一生，没揉几次老职工就爆炸了，小红鞋也爆炸了，每月最痛苦的几天不见了，让那个老职工治好了。于是她怀孕了，人流后办理了病退回城了。那个老职工被抓去劳动改造，庆幸小红鞋始终没有说他是强暴，即使这样他仍然被定性为破坏知识青年上山下乡，如果小红鞋咬他是强暴，后面再加个反革命的定性，不死也要脱层皮。

因这件事连里领导受到严厉批评，差点儿受到处分。很多知青好像有了什么心事，特别是女知青，更不愿意主动接触男知青和男职工。怀孕这种常识性的知识没有人公开讲授，只是在下面偷偷议论，这样反而把事情搞得很神秘，把事情搞得很紧张。议论这些事儿是一团一伙儿地议论，把年龄小的哄到一边。女知青枝儿、男知青我都是经常被哄走。男女知青也从不一起议论这样的事儿。不知道最后枝儿是不是弄明白了，反正我在花姑娘连骂带训的讲解下有点儿长进，花姑娘还用动物行为做实际教材，终于让我有了不一样的脉搏。

小眼儿是个废除郁闷心情的高手，花姑娘不准许他惦记白牡丹，他的注意力很快又回到了白桃身上。而且他还开导小瞄儿说："过两天有一批天津知青要来，那里边不见得没有超过小红鞋的，别着急啊。"

小瞄儿拧着眉毛说："去你大爷的，谁也没法和她比！"

小瞄儿对小眼儿、耗子和我说出了真实内心。小红鞋在小瞄儿的心里一直是最好的，天真无邪的大眼睛、淑敏俊秀的气质、玲珑娇俏的身材，这些都深深地印在小瞄儿的心底。然而，她向与她极为不配的老职工献身，极其无情地降低了她的形象，小瞄儿脑海里的小红鞋时而至高无上，时而又那么的低俗。这两种感觉拼命厮杀，谁也战胜不了谁。小瞄儿多么希望有一个新人能代替小红鞋，并且占据他的整个身心。他要靠她淹没想家的念头，暂时地忘记亲人，他要靠她憧憬未来，消磨无聊的时间，让快乐装满生活。

第七节 蚊子小咬 裤裆球球

麦收到了最艰难的日子。大部分小麦用收割机解决了，但是有一千多亩倒伏的小麦需要人工用镰刀割，好在点窝师徒两个紧赶慢赶地打好了一百多把镰刀，基本上做到了人手一把，全新建点的人一起下地突击割麦子。

如果在没有泥泞的地里割麦子，高手一天可以割近两亩地，但是这些倒伏的地块地势都很低洼，有的地方还存着水，小麦又是躺着的，在这种条件下别说割两亩，割一亩地都费劲。

这里没有麦浪滚滚的丰收景象，倒像是红军过草地的场景。最要命的就是蚊子，虽然已经立秋十几天了，烈日依然当头暴晒，但是没有人敢穿背心和短裤，甚至很多人穿着自己最厚的单衣。成百上千的蚊子会把一个人围住同时攻击，如果衣服薄，当衣服和皮肉紧挨着的时候蚊子隔着衣服就能叮咬吸食人的血液。割麦子是要弯腰的，这时后背、胳膊、大腿和臀部一些局部是紧绷的，蚊子扑上来就咬。如果外面穿着的确良外衣，里面是针织品背心和短裤，即使是两层也会被叮透。所以不穿厚裤子的人裤子里面穿着制服裤衩或运动裤衩，这样才能保住最不好解痒的屁股。无论男女都带着头巾和帽子，尽量减少裸露的面积，有的还戴着手套。深色的衣服最招蚊子，黑色更甚，如果穿着黑色的上衣，后背上的蚊子超千！

本来有一些办法能赶跑一些蚊子，在割麦子时的上风头点火烧荒，用烟熏，还可以在麦地里清出空地点几堆火压上湿麦秸沤烟，蚊子会减少很多。但是没人敢这么干，害怕不小心引着了麦田烧了麦子，那样罪过就大了。烧了粮食是大问题，如果上纲上线，不是处分就是被抓起来，定个什么破坏活动的罪。没办法，大家一起挨咬吧。

不但蚊子猖獗，小咬更是狠毒，它钻进头发里咬，而且它的毒性超过蚊子，人被咬之后奇痒难熬，长头发的女性更是受罪。只要它钻进去很难准确地打到它，它在头发里乱钻，隔着头发还打不死它。如果哪个女的头发里钻进小咬，她的头发会被她自己抓挠得像疯子一样。小咬不像蚊子那样独立行动，它们是抱着团滚着蛋儿地飞舞，如果是一团一蛋儿地撞在头上，你一定想把自己脑袋摘了去。

还有一种小虫子阴险可怕，那就是草鳖子。个头儿像臭虫那么大，本来它们活动的区域应该在草地里，但是潮湿的麦地里也有，它专找有毛发的地方咬，它是为吃不要命，一辈子就吃这一回。它先把头钻进汗毛孔然后吸血，它的头和身体迅速膨胀，头在里面拔不出来了，它继续吸血，肚子在外面，直涨到比黄豆还大，最终涨死了算。特别可恨的是它很懒，从来不往更高的地方爬，它不去胳肢窝，不去头顶，从脚下爬上来直取裤裆去鳖那个球球，让人一点儿感觉都没有。

五班的一个男知青下班回到宿舍，突然觉得自己的球球上多了个小球球，吓得他哇哇怪叫，当晚送去医院，做了个小手术，因为草鳖子的头不开刀拿出来会感染。

烈日暴晒、汗流浃背、蚊虫叮咬、足陷泥泞，这就是艰难困苦。除了炊事员、饲养员、种菜的，所有人都下地割麦子。连长、指导员、副连长、副指导员、排长、副排长、文书、卫生员都去了。

第十四章　多些快乐

第一节　又来知青　才艺明星

麦子割完了，天津的知青来了，全新建点的人夹道欢迎。这批知青五十多人，男女各半，浑身都是学生味道，说话都是“嘛嘛”的。天津知青未到之前，领导按名单已经把每个人分到班里，天津知青一下车，就由排长、班长领到给他们安排好的宿舍，大家相互认识。第二天晚上在食堂召开欢迎大会。

副指导员安排先来的知青们把春节时各排演出的节目挑了几个又演了一遍，轮到新来的天津知青演节目了，没有人上来，因为他们没有准备，集体节目更不会有。但是，副指导员不停地催促，老职工和知青一再鼓掌。

这时，两个天津女知青把一个同来的女知青拉上台说：“她会唱京剧。”

会场立即掌声如雷。

这个被拉上去的天津女知青个子不高，身材却很好，属于小巧玲珑的那种类型。白白的瓜子脸，眉清目秀，鼻梁笔直，小口朱红，嘴角微微上翘。她有些不好意思地笑着向观众望去，这一笑似乎空气都凝固住了，食堂里鸦雀无声，即使是根针掉在地上也能听见，所有的目光都呆在那里。因为她这一笑由美变甜太迷人了，细长的黑眉弯弯的，深潭般的眼眸闪闪的，樱桃似的小口红红的，晶莹剔透的牙齿白白的。

她深深地鞠躬，又粗又黑的一根大辫子滑到胸前垂至腰间，红红的头绳很是扎眼。上身一件土黄色长袖衬衫，下身长裤是藏蓝。

她操着浓重的天津口音说：“我唱一段李铁梅的《都有一颗红亮的心》。”

所有的人仍然没有一点儿声音，都屏住呼吸在看、在听。

她话音刚落即唱：“我家的表叔……”

天呐，清脆如百灵，响亮似鹞鹰，悠扬赶提琴，婉转追长笛。调门高不似高，似还能更高，高中之高还可翻高。腔韵娇不似娇，娇中有俏，俏中之俏还可飘摇。一曲唱罢，深施一礼，观众还沉醉未醒，她举步欲回之时，突然，掌声如暴风骤雨一般响了起来。

这个天津女知青连续唱了三段样板戏，没有伴奏却比有伴奏更别有洞天，好听至极。全体听众贪得无厌，不依不饶，掌声一阵强似一阵，弄得她只好唱了第四段：《打不尽豺狼决不下战场》。那最后一音竟悠长高昂，如疾风锐响引发屋梁嗡嗡之声与之共鸣。四段高腔她面不红、耳不赤、气不喘、身不颤，微笑自然，一脸甜蜜。

惊得万事通一个劲儿说："跟他妈笛儿似的，跟他妈笛儿似的……活脱一个小号李铁梅呀!"

是的，她不但唱得好，相貌、姿态、气质都极似李铁梅。天津知青为有这样的老乡感到骄傲和自豪，新建点的人们为天上掉下这么一个宝振奋心跳。可惜，这个女知青只在新建点待了一个星期就被调到了团宣传队，在团宣传队又只待了一个星期就被调到了师宣传队，在师宣传队没待几天就又被调到了佳木斯。只给人留下了一份无尽的美好和无尽的惋惜。

唱京剧的天津女知青调走不久，新建点又调来一个男知青，他是前年来的北京大知青，因为笛子吹得好，一直在比团宣传队更高档次的宣传队里当演员吹笛子。他中等身材，脸色苍白，眼睛向外鼓着，牙向外龇着，手指瘦得像柴火棍。男知青们知道了他的特长，围着他让他表演一下，他拿出一只紫红色的笛子吹起来。

那笛声响起，清脆悠扬如泉水般涓涓流淌，感觉就像在这里呼唤远方。时而哽哽时而咽咽，低音处如泣如诉，中音处如呼如唤，高音处如欢如歌。时而清清时而脆脆，清如止水见底，脆如爆竹短烈；清如冬雪初飘，脆如扬鞭骤落；清如天高地远，脆如霹雳闪电。时而翻翻时而腾腾，翻如鲤鱼越瀑，腾如奔马过涧；翻如波涛海燕，腾如呼啸长猿；翻如惊涛拍岸，腾如齐发万箭。

一根小小的笛子吹出了博大的世界，包含着丰富的内涵和情感，语言无法形容，思想无法概全，只有感觉让你自由徜徉在无际的自然。

这个知青一下受到了大家的尊崇和欢迎，小玉和万事通嚷嚷着要跟他学吹笛子。

万事通说："你这么有本事，不在宣传队发挥跑这儿干吗来了？"

他说："下放劳动，体验生活。"

其实根本不是那么回事，但新建点没有人知道他以前的事情。

新建点里有很多知青喜欢玩乐器，有月琴、琵琶、二胡、板胡、京胡、笛子、笙、箫、吉他、小提琴。但是没有人组织这些知青，这个新来的北京大知青都听了听，然后就自己练自己的。

后来听他说："这些人水平参差不齐，有的根本不算会，有的会一点儿，再练几年都登不了台，瞎耽误功夫。"

他自己会很多乐器，特别是吹的，没有他不会的。他有一管笙，吹起来很好听，特别是吹欢快的曲子，能让人的神经兴奋起来："小板凳呀摆一排，小朋友们坐上来，坐上来呀坐上来……"那跳跃的旋律仿佛带你回到童年。

我一直不喜欢笙的动静，在我的记忆中，老家的风俗，有人去世请的乐器班子出殡时，笙的动静最让人受不了。现在听他吹笙我一改前嫌喜欢至极，很想和他学，但想起他对小玉说的话便又犹豫起来。他说："凡是用气力吹奏的乐器，到最后眼睛都会向外凸，牙齿和嘴唇也会向外鼓起来，这就是功夫。"我想，下兜齿往外鼓是好事，但眼珠子鼓出来太吓人了，我想起来，很多盲人都是吹着笛子到处走，可能都是吹瞎的。于是，打消了和他学习的念头，我想，还是和小果子一起继续学习口琴吧，口琴吹了快半年了，眼睛没变化，下兜齿仍然兜得彻底。

玩乐器的知青里有一个弹月琴的哈尔滨知青，他的月琴弹得很好，他的外号叫"大眼儿"。那是因为他的眼睛很大，双眼皮也特别明显，让你感觉下眼皮都是双的。他脸很圆，就像他的月琴琴盘，身材高高大大、肥肥胖胖的。他人特别随和，从没跟谁红过脸，即使有人逗他、欺负他，他都微笑着闪开，一副不与俗人计较的范儿。但他也有俗的地方，上厕所大便比小便快，蹲下去三五秒钟就站起来，也不擦屁股。他的这种奇怪的行为引起知青们的议论。

但是他说："就这习惯，不用擦，不信你们看。"

他脱了裤子让大家看。果然，他这不擦屁股的比擦屁股的还干净。

他每天都弹琴，一弹就是一个晚上。因为怕吵到别人，所以他通常都是在没人的地方弹，不怕蚊虫叮咬，不怕寒风刺骨，一直弹到准许知青考学那年，后来他连班都不上了，算旷工就算旷工，没工资就没工资，反正就是要弹。功夫不负有心人，全新建点他是第一个考走的。

天津会唱京剧的女知青调走了，这让新建点的人们很是遗憾，但新来的这批知青，女的里面还有很漂亮的，男的里面也有很帅的，一种新奇、一种活力让整个新建点更显朝气蓬勃。

第二节 生活斑驳 情趣很多

麦收接近尾声的时候，机务排又开始倒班翻地、耙地、开荒。一号车、二号车白天开荒，晚上耙地，一号车车长平时不怎么下地，主要是老毛子和我，二号车是副驾驶和老七。即将开垦的荒地里野草茂密，草深超过肩膀，拖拉机在里面行驶只能露出半个驾驶楼。按说这样的地块应该先烧荒，才好开垦。但是，荒草地一望无际，连着山脉，搞不好一烧就能烧出几百里，若烧到大的山林就是大事故。所以，烧荒只能在可控制的范围内进行。麦子收割完了麦田是要烧荒的，烧掉麦秸第二年才能更好地种粮食，全新建点几十人烧荒好几天。这些人的主要工作是警戒火苗乱跑，提前做出隔火带。

开荒很顺利，草虽然很高，但地面平坦，大犁翻起地来很顺畅。这里的黄花很多，我和老七每人都在大犁上挂上一条麻袋，一边翻地一边采黄花，准备回去晒干往家里寄一些。老毛子非常爱吃生的黄花，每当我开车的时候他就坐在大犁上采摘黄花往嘴里塞。他说："生的黄花又甜又香。"

我开着拖拉机，全神贯注地望着前面，尽量保持笔直行驶，突然看见一只野鸡被惊飞，接着发现草丛中有一团雪白的东西出现。我停下车走过去，看见十几个乒乓球大的野鸡蛋堆在一起，我掏出手绢把野鸡蛋兜起来。

老毛子说："放水箱里，煮熟了吃。"

拖拉机又翻了一圈地停下来，我把野鸡蛋从水箱里掏出来，等二号车开过来，我们四个人，每人三个。这是我第一次吃野鸡蛋，香极了。从那以后，我每次开荒时，一看见有野鸡飞起就会停车寻找野鸡蛋，即使这样，有时还是晚了，它们已经被车或大犁碾碎翻进了土里。

天津知青没赶上割麦子，他们赶上了割大豆，把他们累得个个发蔫。机务排的人参加了两天突击割大豆，大部分时间还是机械作业。虽然蚊虫叮咬、尘土飞扬，但还是比割大豆舒服一些。

天气虽然炎热，但是已经进入秋天。所有的野草、作物以及山林，都显得那么丰硕，秋天到处都是果实，动物也很少冒险出没有人烟的地方。有时偶尔会有野猪进入大豆地，还有狍子，但它们给人们造成的损失是极小的，甚至是微不足道的。所以在这里采取措施对付动物的事儿没有，它们可以自由地出入每块土地。

有一天，有一只大马鹿在食堂不远的地方站立着，它昂起头翘起上唇和鼻子在空气中搜寻着什么。指导员正好要从食堂出来，还没出门看见了这头大马鹿，他翻身跑回食堂操作间抓了一把盐走出来。他把抓着盐的手臂伸向大马鹿。大马鹿比驴高大，比马矮小，但加上头上的那架一米多高的漂亮犄角显得非常高大威猛。它小跑着来到指导员跟前，吓得食堂里的女知青们“啊啊”地叫起来。大马鹿三下五除二地舔干净指导员手里的咸盐，指导员对食堂里的炊事员说，再给我抓一把来。掸子抓了一把盐要递给指导员，大马鹿发现掸子手里有盐，向前跨了一步，“咣”的一声，鹿角撞在了门框上，吓得女知青们又叫起来。

指导员用空着的手一把抓住掸子的手腕，把掸子拉到门边说：“把手张开，它不咬你。”

掸子吓得把头扭开，紧闭双眼，张开握着盐的手。大马鹿伸出很大的舌头几下就舔光了掸子手里的咸盐，它又低下头去舔掉落在地上的盐粒，那架美丽的鹿角就在指导员和掸子面前。

指导员抓着掸子的手腕没有松开，牵着她的手腕凑近鹿角说：“你摸一下。”

掸子战战兢兢地摸了一下鹿角，大马鹿没有任何反应，继续拾舔盐粒。地上的盐粒还没拾舔干净，似乎够了，它向后退了两步，打了一个喷嚏，转身走开了。当它走出三十米左右的时候，停下来回头望了望大家，意思好像是谢谢你们的咸盐。

掸子是第一次在人前露出小女人的样子，一改严肃冷峻的气质。大马鹿舔她手中的咸盐时，那种惊慌、那种克制、那种娇羞、那种躲闪使她流露出平时没有展现过的女性之美。我和周围的男女知青不光欣赏那头漂亮的大马鹿，同时也在欣赏着美丽的姑娘。在那瞬间，出现了一幅妙趣和谐的画面，让人搞不清楚是大马鹿更美还是姑娘更漂亮，搞不清是大马鹿衬托出姑娘的美丽还是姑娘的美丽陪衬出大马鹿的矫健。

大马鹿走了，给在场的人留下了美好的记忆，掸子没有走，让在场的人发现了她的别样之美。女知青们感觉她不似以前的她，发现了她还有更多的魅力。男知青们感觉她终于流淌出应有的、被她深深隐藏的美丽。大马鹿已经走远看不见了，而男女知青们还在欣赏着掸子。掸子与大马鹿的触碰让她惊奇兴奋，双目闪闪，满脸红云，张口气喘，胸脯起伏，傻傻的、娇娇的、媚媚的。

指导员也在微笑地看着她，也没有要离开的意思。偶尔他的目光与掸子的目光相碰，他尽情地流露出快乐和欣赏，她羞怯地表现出埋怨和原谅。

上海人都很讲究外表形象，注意穿着打扮，给人的印象永远是干干净净的。他们的穿衣风格，都很紧身，不像北方人穿衣肥肥大大的。上海人穿衣服大多数是瘦腿裤，掐腰的上衣，衣服的颜色很醒目。特别喜欢穿条格的衣衫，总体给人的感觉干净、文雅、新潮。

掸子穿衣就是这样，裤子紧绷在腿上，虽然不是最瘦的那种，但是臀部的弧弯、大腿的曲线、细微的美妙都显露无遗。这也是男知青们特别喜欢的，虽然围裙很是碍眼，然而时隐时现的美妙更是抓人。指导员是已婚男士，但老婆不在身边，他紧着其他老职工解决两地分居，把自己往后排，他的夫妻生活变成了一年一次。这样的光棍儿生活，也让他偷偷加入了男知青欣赏女知青并想入非非的行列。爱美之心人皆有之，何况他四十出头也是正当年，对漂亮女知青热情一些也是自然，能看得出来，他对掸子格外有好感，掸子对他好像也不是很烦。要是数数，比掸子大些的男知青还真没多少个像样的，要么是歪瓜裂枣，要么心有所属，因而掸子在年龄为限的情况下，从选择的范围上说基本是零。所以，对男性冷漠也不足为怪。她对比她年龄小的男知青倒是更加热情一点儿。司务长对她的追求已是公开的秘密，这也是他不得人缘儿的根本原因，奇丑无比还大张旗鼓地追求很美的姑娘，男知青对他的心态不用统一就可以完全一致地用一句话来形容：癞蛤蟆想吃天鹅肉。

新来的天津知青明显比先前来的那批天津大知青活泼一些，爱说爱笑爱吵闹，经常不分场合开玩笑。表面看像是自由散漫，其实是他们相处的关系很好，男女知青之间也敢开玩笑，逗贫嘴，看上去急赤白脸，最后一笑而散。让人感觉他们是很快乐的一群孩子，大知青对他们也很好，这使他们想家这一关很快渡过。

一个头发乌黑有些卷花的天津男知青第一个被分到机务排三号车。他一米七八的个子，身条较瘦，微微有些水蛇腰，肩膀端着，长胳膊长腿。长得很像京剧《沙家浜》里的刁德一，他以此为傲，故意留着一撇小胡子，因为还没到胡须茂盛的年龄，所以胡须其实就是粗重的汗毛，大家还是很成全他，都叫他“小胡子”。小胡子的亲弟弟也和他一同来到新建点，被安排在农工排。哥俩长得一点儿都不像，弟弟比哥哥胖点儿、矮点儿、黑点儿，头发不像他哥哥那么又浓又黑，而是长了一头又细又软的黄毛，大家送他外号“黄毛”。

哥俩非常亲近，不在一起住，但天天得见面，到食堂吃饭你等我或我等你，边吃边聊，弟弟表现出对哥哥的崇拜，哥哥表现出对弟弟的关爱，这让周围的知青很是羡慕。

很明显小胡子是这批天津知青里年龄比较大的，黄毛是年龄比较小的。哥俩相差一岁多，但他们从小就在一个年级上学，直到下乡。

天津新知青来了没几天工夫，新建点又进行了人员调整，机务排五台履带式拖拉机、一台胶轮拖拉机、两台牵引式收割机的人员基本配齐，接近四十人。耕地超过两万五千亩，农田作业机械化程度超过百分之六十。

种菜组由原来的三个人增加到四个人，他们种出来很多种蔬菜，还种出了西瓜、香瓜。猪场还是两个女知青，其中一个是新来的天津知青，她是这批天津女知青里最漂亮的。食堂也补充了人手，又派一个天津大知青去学习养蜂，准许带家属的老职工养鸡鸭鹅，清晨可以听到公鸡的鸣叫。

小洋马还是三排长，还是经常出去做报告。在新建点她总爱穿一身蓝衣服，出门时穿一身绿军装，戴一顶绿军帽，背一个黄色军挎。她好像瘦了一些，因为她每晚都学习著作到深夜，白天干活儿又拼命，缺少休息，脸色也不像以前红润。但她总是很精神，谈笑还和以前一样，不慌不忙，娓娓道来。

我有时见到她说："排长，你现在太瘦了，瘦得你把头都低下了。"

小洋马说："死孩子，你看我胖瘦干嘛，低头是恁么回事?"

我说："以前你是挺胸抬头，现在是挺胸低头。"

小洋马说："你脑子里都想嘛啊，你该想想恁么早日进步，争取入团。"

我说："入什么团?"

小洋马说："共青团。"

小洋马是新建点的团支部书记、党支部委员，大家觉得她的水平比新建点的副指导员高多了。这个副指导员是部队转业的，他很瘦，中等个儿，皮肤很白，脸是惨白，大家背地里叫他"白脸"，也有叫他"指导白"的。他好像身体很弱，走路说话干活儿都是有气无力的样子，无论是知青还是老职工都对他评价不高，说他没有模范带头的表率作用。他组织学习开会也没人听他的。

新建点发展了一些共青团员，比如五班长、大被单儿这样的班长，还有几个大知青，后来的知青还没有发展。一班长一本正经是发展对象，入团只是时间问题。知青们对入团也不是特别迫切，主动写申请书的很少，大多数是小洋马和其他委员谈话后被动递交的申请书。小洋马和其他委员也都是看谁接近入团条件了才去谈话。小洋马工作开展得不错，也多次受到上级的表扬。可是白脸总是指指点点的不满意，其他领导想着把白脸调走，可是没地方要他。他没有一技之长，也没有冲天干劲儿，其他单位也都知道，没办法只能等机会再把他弄走。

过去有个副连长是连里最年轻的领导，二十七岁就当上了副连长，也叫机务副连长。因为领导分工，连长主抓全面和农工各排，副连长主抓机务排。副连长机械技术没得说，是技术尖子。无论是拖拉机还是收割机，无论是播种机还是机械农具样样精通，有他在连长都不用操什么心。但是，他前年播种时在地头麻袋上睡了一觉受风了，眼嘴歪斜，一只胳膊蜷着，一条腿拖着。脑子傻了，话说不清楚，口水如涌泉，把他送到大城市医治也不见效。就这样，老职工里最帅的小伙儿废了。他老家有个未婚妻，漂亮得就像唱戏的，那真是郎有才有貌，女又美又俏，一方病倒，另一方扭头就跑。可怜副连长攒了一大堆钱就是为了娶媳妇的。现在他人傻了，反而无法无天了，天天追女人，连女知青都不放过。

他不上班照样有工资，他有钱不会花，以后他也不会花了，连里只好继续给他攒着。

可能他得病之前准备娶妻的事儿装满了脑子，生病以后，他脑子里除了女人就没有其他事儿了，这也使得他的意识更加集中，每天在新建点乱跑，想要追女人。可怜他永远追不上，别人看他来到眼前，迈出几步就够他追一阵子的，因为他不但拖着一条腿，而且两条腿还不停地拌蒜，有时自己笑抽了就不敢迈步了，怕摔趴下。他越是离女性近笑得越厉害，快要抓住人家时已经基本笑得动不了了。他成了新建点荒唐可笑的风景，不过，并不使人讨厌，反而吸引着大家都在关心他。小知青没来之前，有人说他这病结婚就会减轻很多，连里老职工和领导一起给他张罗了一门亲事，给他找了一个带着两个孩子的外地寡妇。结婚第四天，那寡妇说什么都要走。她哭诉傻子一晚上折腾她十几次，她以为过了第一天就好了，没想到天天这样，三天都没睡成觉。不管大家怎么劝都不行，最后赔给那寡妇三百块钱，她带着两个孩子走了。

别看他想抓谁总是抓不到，可别人要抓他一抓一个准。现任的副连长经常指挥妇女老职工给他洗澡，开始他还挣扎，后来知道逃不了也就老实了。

傻子副连长的人缘儿比副指导员好得多，他一去食堂就有炊事员给他盛好饭，吃完饭就有人帮他刷碗。但是他不敢追食堂的炊事员，因为炊事员会拿擀面棍揍他，食堂炊事员干活儿不方便躲他，还因为他的口水到处甩，所以食堂操作间是他的禁地。他经常忘记，但只要炊事员一拿起擀面棍，他就能立刻反应过来，拖着一条腿狂逃，那表情认真紧张，那动作笨拙慌乱，引发出观者的阵阵笑声。

一天我和花姑娘在泉眼洗衣服，花姑娘突然被傻子从后面抱住，等花姑娘挣脱出来，他的后背已经被傻子的口水弄湿了一大片。

我跟着花姑娘回宿舍洗衣服。

花姑娘说："我去你的，傻子怎么非抱我，传出去多寒碜，我哪儿就像女的了？你给我起的外号，你根据什么呀？就你起外号闹的。"

我说："你哪儿都像，就是眉毛不太像。男的像女的，女的像男的不要紧，好看就行了，你愿意变难看？你最像的地方是体型和样子，体型就差胸脯。大腿、屁股特像，还有腰、肩膀都像。"

花姑娘说："那怎么办啊？"

我说："你的样子或者说动作，跟娘儿们一样一样的。"

花姑娘说："我哪儿像，你帮我改改。"

我说："你平时和走路的时候抬起头，你看多数女知青走路都低着头。"

花姑娘把头抬起来说："这样？"

我说："再抬，看天都比你低着头好。你走路夹着腿挤着屁股，生怕你那东西丢啦？把腿岔开，步子迈大点儿，肩膀前后晃着点儿。"

花姑娘试着走起来。

我继续指挥说："别撅着屁股。"

花姑娘收着屁股，挺出了肚子。

我说："好，像男的啦。"

花姑娘说："我去你的，怎么这么别扭啊。"

我说："哦，你腰太细了，跟屁股不一样宽。也不是腰细，是你胯太宽，反正就这块别扭，你刚才挺肚子就像男的。"

花姑娘衣服也不洗了，就在那儿练走路。我看着他那样子很可笑，很别扭，但我心里还是喜欢他原来的样子。

这次人员调整，小瞄儿、小眼儿、耗子、老实人都没有调到机务排。按说这几个人工作表现还不是最差的，形象除了耗子也都说得过去，虽然个子不高，但身体都很健壮，都长成了肩宽背厚的壮汉。特别是小眼儿，拔腰挺胸，像个健美运动员似的，很多男知青羡慕他的健美，有些女知青也暗地里说他体型不错，这是白桃向小眼儿透露的。小眼儿现在一点儿也不因为眼睛小、单眼皮、长得不精神而苦恼。他一有机会就大讲怎么锻炼肌肉，什么体型怎么练，还真有崇拜他的人。一个新来的天津男知青没事就找他请教，小眼儿也很认真地教他，还把一对儿哑铃借给他。这个天津男知青也很下功夫，天天晚上睡觉前苦练，还配合着麦乳精增加营养。这个天津知青很像《列宁在一九一八》电影里的瓦西里，因为他人敦厚老实，人缘儿好，大家也没丑化他，这样就给了他这个名字。瓦西里被分到机务排二号车，和老七成了师兄弟。老七总是以先上车自居，经常指挥使唤瓦西里，瓦西里很顺从，也不反抗，每天除了上班就是练哑铃喝麦乳精。很快肩上有了虎头，肱二头肌暴起青筋，胸大肌也鼓了起来，再加上他平时又故意不遮掩，大家明显感觉到了他的变化。

我问他："你这么拼命练，就为好看？"

瓦西里说："我嘛，我为的是不受欺负。"

自从天津会唱京剧的女知青唱了几段样板戏以后，有很多人也学唱起来。有些人以前就会唱几句，因为唱的人少，逐渐就不怎么唱了，现在唱京剧的又多起来。北京的知青会唱几句的很多，因为在家时到处都放样板戏，收音机里播放样板戏就更多了，天天这么熏陶，即使从没正经学过也能哼哼几句。但是，能整段唱下来的不多，都是因为唱到高音时卡住了。

唯有新来的天津知青小胡子高音能唱上去，晚上他总是唱几句。我也突然喜欢唱京剧了，我唱京剧高音的地方唱不上去就用假嗓。在北京的时候我唱高音时总是抻着脖子使劲往高了挤，出来的声音和怪叫差不多，现在用假嗓也是进了一大步。我经常冷不丁地来几嗓子，把周围的人吓一跳，开车的时候使劲练唱，可高音的地方还是得用假嗓。

小胡子和我经常一起唱京剧，俩人越唱越近乎，关系很好。主要是两个人互相吹捧，我总是夸小胡子能唱高音，小胡子说我京剧味儿浓。小胡子唱京剧字不正腔不圆，就是能拔高，很多时候就像唱歌一样没了京剧味儿。

这一周我开始上夜班，这是练唱的好时间，夜班开车困了就用这种方法解困。刚开始唱的时候根本没有精神，唱不出声来，要先喊几句喊精神了才开始唱。不管是京剧、评剧、革命歌曲、黄色歌曲，只要会唱就唱，唱上一两个小时是常事，不担心有人会笑话，因为谁也听不见，就是同车的人也听不清我唱什么。

这种方法很解困，越唱越精神，如果地块比较湿润，又是翻地，空气新鲜，能唱得心花怒放，那时会觉得自己就是歌唱家的苗子，虽然还是高音儿拔不上去。如果地块干旱，又是耙地，暴土飞扬的，唱起来就费劲了，嗓子拉不开栓，若唱一个小时能把满嘴的牙唱黑了。

第三节　开进沼泽　妖怪高烧

今天老毛子一改往常上半夜开车的惯例，上半夜他没开车歪在副驾驶位置上睡觉。我很高兴，因为老毛子总是上半夜开车下半夜睡觉，什么都不耽误。我是上半夜在一边坐着一点儿不困，下半夜开车一会儿就困，得想尽办法坚持到天亮，自己打嘴巴，拧大腿，唱歌。我猜想今天老毛子上半夜睡，下半夜替换我，我就可以睡觉了。

今天是在三号地块用重耙耙地，因为剩下的活儿不够两个车干的，一台车一宿就完活儿，所以今晚没有其他拖拉机就伴儿。晚上十一点半，送夜班饭的来了，吃完饭我等着老毛子上车，没想到老毛子又坐在副驾驶位置上，我只好继续开车干活儿。老毛子歪着身子睡得很香，拖拉机颠簸时，他的头不停地在车玻璃窗上乱撞仍然不醒，就好像故意装睡似的。

我又开了两个多小时，困倦袭来难以抵挡，打了自己两个嘴巴还是不行，想唱歌实在乏得张不开嘴，想喊叫几声也喊不出声，没办法拧大腿，拧了两下只精神了几分钟。一不留神拧过劲儿了，这下疼得我大叫起来。

我精神了，开始唱起来，唱啊唱啊，唱了半个多小时。车开到地块比较湿的地段，拖拉机二挡有点儿费劲，换成一挡。地块湿的地段，拖拉机跑起来很平稳，越是平稳越是难以抑制困倦，就像摇篮一样让人精神恍惚，再加上拖拉机的轰鸣噪声让人振荡昏迷。我终于张不开嘴唱，睁不开眼睛看了，歪在驾驶员位置睡着了。拖拉机拖着重耙继续向前挺进。天亮了，老毛子睡醒了，让尿憋的。本来还处于迷迷糊糊的状态，当他看清楚周围时，一下就精神了。

拖拉机周围三面是几乎没过驾驶楼顶的荒草，后面被重耙拖出一条不见尽头的荒草胡同。拖拉机还着着火，履带还在像纺车一样转着，但车原地没动，原来车开进了沼泽地陷在了泥潭里。老毛子踢了我两脚，我没有动，想起来却就是不愿意动，老毛子知道我睡觉的毛病，一旦睡着了很难醒来。他把我拽到副驾驶位置。他上蹿下跳地把重耙摘了，然后一挡小油门慢慢把拖拉机开出泥塘。老毛子把车灭了火，爬上驾驶楼找找家在哪儿。

早晨天气很凉，再加上拖拉机静下来，习惯了振荡昏迷睡觉的人，安静反倒可以被唤醒。我虽然早醒了，不想动，但感觉身上冷得厉害，好像从冰水里刚刚爬出来，浑身哆嗦得止不住。我咬牙起来了，看到周围的情景也立刻醒透了。

老毛子说："你睡着了，车自己跑到这儿来了，要不是陷进泥里还停不住，非开进前边的河里不可。"

周围的草都是那种齐刷刷的蒿草和乌拉草，乌拉草非常密，把蒿草留下的空隙全部填满了，里面几乎看不见缝隙，只能通过蒿草的空隙看见乌拉草的顶端，蒿草就像一根根被插在密密的乌拉草里。让我和老毛子吃惊的是，这里的草太整齐了，蒿草和乌拉草都像被根根复制出来的，你想把一株和另一株草区分开太难了，它们颜色一致、高矮一致、粗细一致，一致得让人感觉怪异，一致得匪夷所思。

地面也是一样，一致的平坦、一致的湿润、一致的颜色。在这种一致中让人感觉到的是拥挤中的静谧，茂盛中的单一，烦琐中的简单，极致中的归真。在那蒿草的尖上飘浮着袅袅雾障，几十米外一派茫茫。在这样的场景中新奇、怪异、静止加上凉气、孤立、封闭，一种恐惧浮上心头。

我说："咱们走吧。"

老毛子说："这重耙怎么办，就扔这儿，怎么和车长交代?"

我说："就说我睡着了，说我就行了，没你什么事。"

老毛子说："我是带班的能没我事?"

我说："这儿太冷了，一宿了，爱怎么着就怎么着吧，啊?"

老毛子向四周看看说："什么都看不见，往哪儿走啊?"

我说："顺着来时的印儿走呗。"

老毛子说："谁知道你绕多大弯啊，发动车吧。"

车发动着了，老毛子挂上二挡顺原路返回，但二挡履带打滑跑不起来，只能换一挡，后来他一扳操向杆拐上没碾压过的草地里，又平坦又不费力，可以跑三挡。没跑多远他还是换成二挡，因为车前荒草太高视线很差，如果前面有个大坑什么的根本来不急反应。车匀速在二挡，视线以来时碾压过的痕迹为参照。

拖拉机在平坦的地块里不用管它也会跑直线，在这片荒草甸子里大概跑了有两公里的距离，基本上印记都是直的，接着这条印记画出了一条大大的弧线，进入了一片更加松软的沼泽。拖拉机压在上面，水就从地上冒出来，淹没了半个履带，让人感觉随时有沉没的可能。这一段路程有一百多米，履带在水中翻滚，洗得干干净净，履带和拖链轮的撞击声深沉有力发出“咣咣”的脆响，紧张得老毛子屁股已经离开座椅，呈半蹲的状态。我在想，夜里这拖拉机拉着重耙是怎么开过去的，没有沉在这里简直就是奇迹。

这条弧线把我们引向正西，又出现一条弧线把车带向东北，一会儿又是西北，掉进两次大沟，一次大坑，拖拉机跟头把式地在荒野中前进。走了几个大弧线，走了几个“之”字，历时近两个小时才找到地头。老毛子挂上四挡，油门加到最大，向地的另一头飞奔十几分钟，来到保养车和农具的地方。

老毛子停车灭火跳下车。

车长冲他大叫：“怎么回事！上哪儿去了？你不是戴着手表吗？你瞎啦，老子等你两个多钟头了。”

老毛子满脸通红像一嘟噜猪肝。

我赶紧上前说：“赖我赖我，赖我，车长，赖我，是我睡着了。”

车长仍气愤愤地说：“你睡着了，他也睡了？”

我说：“他上半夜一直开车，吃完夜班饭又开到两点多才让我开，他睡着了，我不知道怎么了，一圈没到头我就困了，后来我就不知道了，是他先醒了，发现跑出地块了。”

车长说：“他是带班的，有事就得他负责。”

车长对老毛子喊：“你把重耙扔哪儿了？”

老毛子说：“在草甸子里。”

车长说：“草甸子多了，哪个草甸子？”

我说：“哎呀车长，你就顺着拖拉机压出的印走，就找到了，不过有一段得绕过去最好，水太深了。”

我接着说：“行了吧车长，让我们俩睡觉去吧，熬不住了。”

我说完转身要走。

车长说：“你回去吧，老毛子，你跟我们一块儿去，你先去把钢丝绳拉来。”

老毛子说：“恐怕还得再去一台车。”

老毛子是本地人，对沼泽地的状况当然比我更清楚，他的意思是一台车恐怕不能把重耙拉出来。

我自己溜达着回宿舍睡觉去了，老毛子没敢走，他按照车长指示去找钢丝绳，加油，保养车。车长去找排长能耐梗要车。

能耐梗对车长说：“那小子惹了祸，他回去睡觉啦，把他叫来跟着一块儿去。”

车长说：“昨天下午五点到现在多少钟头了，他才多大，比我儿子大几岁，你黑心了吧，记仇。”

能耐梗说：“如果以后谁惹了祸扔下就走，这作风也提倡？去，把他叫来。”

车长一瞪眼说：“你爱派不派。说完，车长转身走了。”

能耐梗还是派了一辆车和一号车一起去，能耐梗也跟着去了。从上午十一点一直到天黑终于把重耙拉回来了，一共去了六个人，除了车长其余五个人浑身是泥，包括能耐梗一直湿到胸。

老毛子回到宿舍就开始骂街，花姑娘也皱着眉头骂。

老毛子说：“他妈的，从半夜到现在水米没沾牙，快饿死了。妖怪，你小子还没起，给我打饭去。”

花姑娘说：“我去你的，夜班你不上啦。”

两个人一边骂一边用两只泥手胡噜我的脸。

我迷迷糊糊地说：“别闹。”

花姑娘说：“坏了，这小子病了，你摸，这么烫。”

车长老豆豆听说我发烧就到宿舍来了。

他瞧了瞧我通红通红的脸说：“狼牙跟我上夜班吧。”

大笸箩说：“我带狼牙去吧，我先吃饭去，回来就走。”

车长老豆豆说：“你那一身湿衣服还没换哪。”

大笸箩说：“吃点儿饭回来换衣服，狼牙跟我去吧。”

大笸箩接着说：“您岁数大了，我去吧，晚点就晚点，特殊情况嘛。”

车长老豆豆说：“那明天白天我和花姑娘换你们，晚上老毛子接。”

老毛子二十四小时在野外，又弄了一身湿，还十八小时水米没沾牙，可他还挺精神，情绪也很好。花姑娘说他和牲口一样结实。老毛子虽然个子不太高，但身体非常粗壮，胸毛有一寸多长，浑身没有明显的肌肉疙瘩，但每块肉都比别人的肌肉疙瘩还硬。一来他是本地人，习惯了这里的气候，二来他是混血儿，体质比上一代还强。他自己说过：从来不知道什么叫生病，也从来没有吃过药。

我因在车上睡着了，被草甸子里的凉气和清晨的雾气侵袭而着凉开始发烧，一烧就是两天，卫生员来看过，给开了些药，老豆豆让花姑娘和狼牙轮流帮我倒水吃药。掸子和大被单儿轮流给我送病号饭，我偶尔喝口汤。心里很想和掸子像以前她来送病号饭时那样聊天儿，但这次一点儿精神都没有。第一次掸子来时看见我满脸是泥，弄了点儿热乎水给我擦洗干净，我忍不住抓着她的手握了会儿。这时的我非常想家，掸子侧着身子挡住夜班正在睡觉的人，用手摸摸我的额头，又看了一会儿她就走了。

这次我夜班开车睡着了，耽误了两台车一天没干活儿，还弄得六个人筋疲力尽，重耙差点儿陷进沼泽泥潭，但车长一句没说，别人说我时他还护着。这下召来了议论，说老豆豆护犊子。为什么护着我谁也不知道原因，只有他自己知道。

后来他和大管箩说出了实话。其实老豆豆就是被猴机子能耐梗压制着感到窝气。老豆豆论年龄比能耐梗大很多，论资历当然不用说，唯有一点，机械技术能力他比不了。论拖拉机技术老豆豆没问题，不输能耐梗，但说到收割机，无论是牵引的还是自动的，他都不如能耐梗。能耐梗有时还故意不给老豆豆面子，能耐梗是想降服老豆豆，机务排就没有敢呲毛的了。这样，老豆豆的老资格不能完全展示，能耐梗的权威也受到挑战，由此二人各有自己的小九九。

我曾经提着撬棍追着能耐梗跑，这让老豆豆无比的痛快，这很像他年轻时的性格。老豆豆年轻时就好舞枪弄棒，身形异常灵活，论武功是当地的高手，就是现在仍有两手。一次打赌爬树，他把鞋一脱就爬上了十多米高的大杨树。他的爬法就像大猩猩一样，手脚交替着往上走，虽然下来时上气不接下气，脸色通红，但的确是真功夫。他知道他的功夫一般人不是他的对手，更何况能耐梗，但是他的嘴不如能耐梗会噎人，即使气得鼓鼓的也只能鼓鼓的。他是不敢动武的，再好的武艺也不是无产阶级专政的对手，能耐梗那东西有手腕儿，老豆豆如果跟他动手，搞不好要被专政。老豆豆好不容易遇见我这样一个小怪物似的东西，正好对付能耐梗，所以，能耐梗一说不要我了，老豆豆第一个就把我抢过来了。

机务排现在人强马壮，在农机场一大片机械农具，占着好几亩地，全体人员到齐时，服装一致，一水儿的大老爷们，那感觉雄壮威武。连领导也是第一重视这个排，经常来晃晃，与大家联络交流。农工排无论男女都会投来羡慕的眼光，这让能耐梗内心升腾起如腾云驾雾般的沉醉感觉，总是一副凡人不理的劲儿通贯全身。唯独见了炊事班长大被单儿，他的狂傲之气全无。

五班长经常去能耐梗家，大被单儿有时也去，他们两个有机会在能耐梗家见面，这样既隐蔽又安静，在一起的时间也比较长。能耐梗有时与他们一起聊天儿，有时候就一个人出去，五班长和大被单儿就有了独处的机会。

后来，五班长去的时候反而越来越少，大被单儿去的时候越来越多。其实，大被单儿在食堂，时间上更灵活。一来有时间她就想去等着五班长，二来也因为能耐梗为他们提供了更多的见面机会，大被单儿经常帮着能耐梗媳妇干些家务活儿表示感激。能耐梗的家属四十多岁，有两个孩子都在老家，因为这里没有学校，只好在老家上学。能耐梗两口子和五班长、大被单儿四个人相处时关系很好，真有一家人的味道。

国庆节一过，又到了拖拉机每天不发动就要放水的季节。清晨，大地山林斑斑驳驳地蒙着一层霜白，草甸子已经黄得彻底，草叶全部枯干，树叶也是奄奄一息了。

每天夜里三号和四号车拉着收割机在大豆地里脱粒，二排和三排分成四组黑、白两班围着收割机干活儿。二号和五号拖拉机进行中级保养。一号车进行比大保养更麻烦的大修，整台拖拉机被拆散，很多零件进行更换和修理，车长说半个月必须弄完，要不然就受罪了。

第四节　政治学习　撑子挑水

工作忙的时候政治学习也不能忘，连里安排学习比较灵活，春夏秋的学习一般安排在不能下地的坏天气里，有时一连学习一两天，天气好的时候如果工作忙就暂停学习。斗批改不断深入，斗私批修不断加强。一遇讨论，我发言总是斗自己的睡觉。这次开车干着活儿睡着了，讨论时又开始斗自己爱睡觉的老毛病。

花姑娘说："你一发言就是斗睡觉，斗私批修斗的是私心杂念，批修批的是修正主义思想，都和睡觉没关系，我听你说睡觉听了一年了，有没有点儿别的呀。真烦！"

我说："我各方面表现都还行，工作积极、吃苦耐劳、团结同志、先人后己，我觉着自己哪儿都挺好啊，我没私心，我也没有修正主义思想。可副指导员说人人有，那我就找吧，找来找去，就一条，爱睡觉，斗也是它，批也是它。一年了，我这毛病也没改呀，所以，还得继续检讨。"

小玉说："妖怪确实表现不错，我看他没什么比爱睡觉更大的毛病，也就只能斗批睡觉。"

老毛子说："光是睡觉吗，你机械技术怎么样？你平时看小说看得上瘾着呢，学机械基础知识就没那么认真。你斗批一下看小说。"

大笸箩说："那是在会上说的事儿吗？谁也别提看小说，让连里领导知道了，全禁止了，弄不好出大事。"

毛毛说："你应该斗批一下总要动手的毛病，这种思想容易出大事。"

我说："打架和政治有什么关系，你把斗理解成打架？那谁有私心，谁有修正咱就打一顿？你这个理解要不得，要是这样，我先打你一顿。你都让蛇咬了，还要抓蛇扒皮给你爸做胡琴，你说你私心有多重。"

大家听到这儿都哈哈地笑起来。

大笸箩政治学习很少发言，能躲到最后就躲到最后，他不发言却很认真地看语录本。主持会的排长或车长点名让他发言，他总是说："我没什么可说的，我和大家的想法一样，让表现好的说吧。"

大笸箩好像有什么心事，下班后总是坐在自己的床上抽烟，听别人聊天儿。万事通喜欢逗他，一口一个大哥，一口一个师傅，大笸箩也只是笑笑。我因为喜欢上海的女知青掸子，老觉着五班长应该和她好，现在觉得和大笸箩更合适，所以一有机会就凑到大笸箩身边说食堂，说伙食，说上海人。大笸箩总是听着，当听到我夸掸子的时候，大笸箩会若有所思地点点头，要不就是傻傻地笑笑。我弄清楚大笸箩对掸子不反感很是高兴。

我观察大笸箩去食堂买饭很少去掸子的窗口，我就拽着他过来。掸子给大笸箩盛饭的时候，有时看他一眼，有时根本不看，这让我很难猜到掸子对大笸箩的态度。大笸箩的眼睛也总是看别处，如果没办法躲开眼神，他也是极迅速地扫一眼掸子，好像从来不看掸子的眼睛。

这一天挑水，我遇到了掸子。现在的我不像刚来时用扁担挑不动一桶水，我帮她从泉眼里把水桶挑上来。

我看着她的眼睛问："你觉得大笸箩怎么样？我跟他挺好的，这人可交吗你说？"

"可交，是个老实人，你没和他一个班儿？"掸子说完点了点头。

我说："嗯，他和花姑娘一个班儿，现在维修保养不分班儿了。"

我接着说："他在大知青里算不算挺精神的？"

掸子说："可以吧。"

掸子突然瞪着我说："女知青议论男知青，男知青议论女知青，你很怪，怎么注意男知青啊？"

我笑着说："我是注意和我在一起的人，管他男的女的。"

我把掸子的另一个水桶放在泉眼里，把自己的水桶也放了进去，一边和掸子说话一边捞水桶，捞了几下没捞上来。

我对掸子说：“我捞不上来，你等着，别下手啊，水太凉。”

我转身跑了。泉眼离宿舍不到一百米，转眼我跑到了宿舍。

我拉着大笸箩说：“桶掉泉眼里了，我捞不上来。”

大笸箩跟着我来到泉眼，看见掸子已经捞上来一只水桶了。

我说：“他比我厉害，让他捞吧。”

掸子也不客气把扁担交给大笸箩，大笸箩赶忙接在手里，他站在泉眼边上认真地捞水桶。

掸子说：“我走了。”

我说：“下边的那桶是你的。”

掸子说：“新建点的水桶不是都一样吗？”

我说：“你等会儿，我帮你挑，他挑我的。”

这时大笸箩已经把水桶捞上来了。

他提着水桶走到掸子旁边说：“还是换过来吧，食堂的水桶干净。”

掸子挑起担子在前面走，大笸箩挑着水跟在后面，我在他俩后面欣赏着。掸子的步履轻盈，左臂有节奏地摆动，低着头，似乎很羞怯。她走得很快，两腿间裤子摩擦出轻微的嗞嗞声，屁股上下起伏闪动。大笸箩低着头，好像不敢抬起来，步子轻快平稳，只是走得慢些，离掸子越来越远。我想，大笸箩就是有点儿内八字，如果他是外八字也比现在好。

我和花姑娘在拆散的一号车旁边，把发动机缸盖放平稳，用小胶皮搋子研磨气门，狼牙在用柴油清洗零件。车长老豆豆、老毛子、大笸箩在商量后桥如何维修保养。因为拖拉机的这个部位是不准许随便拆卸的，只有团修理连才可以。

第十五章　又见飘雪

第一节　拦截美人　要来炸鱼

一九七二年十一月下旬，飘了两次小雪，天气骤冷，很快达到了零下十几度。越冬的准备完成得还算及时，知青宿舍和老职工宿舍门前都堆着原木和劈柴，屋里都烧得暖暖和和。

菜窖也扩大了一倍并有人值班保持着适当的温度，菜窖里除了白菜最主要的还是萝卜和倭瓜，值班人员也要给食堂的炉子添柴。猪场住着两名女知青，夜里不用她们给猪住的屋子添火，也由值班的人完成。男的值班负责给男宿舍加柴，女的值班负责女宿舍的添柴保温。夜里值班的是固定的四个人，两男和两女，白天休息一天，再换下一班儿。男女两组值班的除了需要给几个部位保温，还要进行巡逻，随时到全新建点重要部位检查安全。

新建点到了冬天就开动电锯破木头方子、木头板子，分成白班和夜班，十多个人一个班儿，有上锯，有下锯，有搬运。电锯是拖拉机安上皮带轮带动的，所以，拖拉机有一个盯班的。新建点还安排了打井的，好让全新建点吃上干净的地下水。冬天是打井的最好季节，白天一组，晚上一组，每组一个木匠和农工排的五个男知青。

晚上十二点有夜班饭，食堂安排一个值班的炊事员给这二十几个人做饭吃。

新建点冬季的工作在排长以上会议里做了安排。主要还是打石头、伐木、木料场等几项工作。一排打石头，二排男知青在木料场，女知青拉爬犁。三排女知青拉爬犁，男知青和机务排伐木。这些工作在进度上没有要求，每周都有一天学习时间，天气恶劣时也安排学习，星期天休息。与春夏秋比较起来，冬天只要没有寒流，日子还是美哉悠哉的。

天气越冷宿舍就显得越暖和，特别是晚上，炉火总是烧得旺旺的，炉盘经常被烧红。住上铺的知青有时半夜被热醒，只穿着裤衩跑到冰天雪地的院子里降温。白天食堂也很暖和，屋子很大，炉子也大，夜里由值班的人烧，白天由食堂的人烧。靠近炉子的几张长条桌更是暖和。

我、花姑娘、狼牙、小玉、大笸箩总是在食堂炉子旁边吃饭。大多数人都买饭回宿舍吃，围着炉子，烤着馒头热着菜。

我也喜欢在宿舍围着炉子吃饭的惬意，但更愿意一边吃饭一边看着女知青打饭，更愿意一边吃饭一边和在食堂吃饭的人贫嘴。

这天中午食堂吃炸鲶鱼，这是我的最爱，也是大家的最爱。我坐在炉子旁边面对着打饭窗口，一边吃一边看，希望能看见草儿来打饭。在食堂我已经多次看见草儿，但都是一闪而过，没有机会仔细看她。草儿确实美得让人晕眩，她所到之处男知青包括老职工没有不看她的，那些目光有痴痴的，有傻傻的，有呆呆的，有小心翼翼的。我的眼神是愣愣的，想看清她脸上的每一个部位，并且能记下来。所以，我希望看完一遍再看一遍。

这时老太太来买饭，她身边有一个好伙伴是北京的，她和老太太好得形影不离。老太太买完饭，转过身来向我所坐的方向走来，距离很近时她的目光与我的目光相碰，她的嘴微微动了一下，我赶紧冲她笑笑。

当她俩走到我身边时，我突然说："坐这儿吧。"

我这句话吓了老太太一跳，同时也吓了花姑娘他们一跳。这句话也引来了在场所有人的目光。

老太太定下神儿来问："说我呢？干啥呀？有事啊？"

我说："你看，我说一句，招得你三问，我就是让你坐这儿吃饭。"

老太太有点儿稀里糊涂地坐在了我对面看着我。

那个北京女知青对老太太说："在这儿吃干吗？回宿舍吧。"

我说："在这儿吃有在这儿吃的好处，外边多冷啊，你们宿舍离食堂最远，端回去就凉了，菜凉馒头凉，还得热，那么多人围一个炉子还得排队。在这儿吃饭菜都是热的，坐这儿快吃吧。"

老太太对北京女知青说："他说得对，在这儿吃吧。"

北京女知青无奈也坐下了。

我说："端着饭走那么远，得一直绷着劲儿，是不是挺累的？不小心还会撒了，人家是仙女散花，你们是美妞撒饭。"

她俩听到这儿都笑了。

我记忆里好像没有看见老太太笑过，即使见过她笑也被她平时的高傲冷峻所覆盖而忘记。她和我面对面近距离微笑的瞬间，我竟然看愣住了一会儿。

她的眼睛虽然不算大，但比大眼睛更有神，前单后双的眼皮像刀刻出来的，细长的眉毛像画出来的，直挺的鼻子像雕塑出来的，红红的小嘴唇线像描出来的，厚薄宽窄像按黄金分割比合出来的。我突然感觉到，她的美丽是不同于草儿的另一种登峰造极。

老太太抬眼看见我在看她，她用疑惑不解的眼神也愣愣地看着我。

我觉得尴尬，我看着老太太饭盒里的鱼小声说："你吃得了吗?"

老太太说："吃得了，咋地?"

我有点儿不好意思地说："哦，你要吃不了就给我，吃得了你就都吃了。"

北京女知青说："嘿，闹了半天是想吃我们的鱼，不害臊。"

我说："什么我们我们的，我也没要你的。"

老太太说："给你两块。"

我把饭碗伸了过去。

老太太说："你自已拿。"

我说："我自已拿叫要，你拿过来叫给。"

老太太说："我的勺儿你不嫌埋汰?"

我说："没事。"

老太太用小勺给我碗里放了两块鱼。

北京女知青虎着脸说："不给他，一个月才吃一两回，谁都爱吃，脸皮真厚!"

花姑娘一直在旁边害臊得不敢抬头，这时也跟着说："是，脸皮真厚。"

我说："呵，还是向着你同学啊。这回她给我，下回我给她，能吃着过瘾，吃撑了才好呢，这叫解馋，听说过孙膑赛马吗？一个道理。"

大笸箩说："行啊，有学问哪，但是类比不当。"

老太太说："我听明白啦。"

我吃着老太太给的鱼说："你看，咱俩能说到一块儿，我一说你就明白。他们给你起外号叫'老太太'，背地里叫我老太太嘴，比你多一个字，你说多气人呢。"

老太太笑着说："爱叫啥叫啥，我不生气。"

我说："我不行，我不爱听，这是因为说中我要害了。"

老太太用拿着勺子的手捂着嘴笑起来。

我接着说："说你是老太太，是因为你走路外八字，其实外八字不难看，你看跳芭蕾的走路都是你这样，比你更夸张。你学过芭蕾?"

老太太已经乐出了声，没法说话，一个劲儿摇头。

我放低声音说："跳芭蕾的鞋长，脚尖前头多了一块木头，得把脚尖甩到边上，不然会摔跟斗。"

老太太笑得已经脸上发红，周围的人也笑出了声。

我说："没了那块木头，都跟你走路一样，多好看哪。"

我吃了几口饭接着说："我就不如你了，我的嘴老是兜着太难看，我要是不兜齿，我得多精神啊！全新建点我第一。"

我周围的人都笑得前仰后合。

吃完饭回宿舍，全屋的人都围过来打听我在食堂是怎么回事，花姑娘他们几个只说我管老太太要了两块鱼吃。很快新建点男知青都知道我拦着老太太要鱼吃，很多人对这事儿耿耿于怀，嘴上说我脸皮厚，心里却在想，老太太那么高傲的人，怎么会跟妖怪那个小怪物有什么来往。女知青们听说这事儿，有的觉得怪，有的觉得坏，有的觉得赖。

白牡丹派黑牡丹找我问怎么回事，并踹了我两脚。

二姑娘与我走对面时说了一句："你就惹事吧。"

掸子却对我说："女孩子脸皮薄，你找谁要都会给你的。"

不管男知青怎么看，但都服气我的胆量，换成他们一定不敢。老太太和那个北京女知青从那天以后经常在食堂吃饭，陆续又多了一些女知青和男知青在食堂吃饭。虽然男女还分着坐，互相不说话，但偶尔也有其他交流的机会。只要我赶上老太太正在食堂或老太太买完饭过来，都会凑上去臭贫几句，不给她逗乐就不罢休。

我也想以同样的方式叫住草儿臭贫几句，但是草儿很少来买饭，多数时候是她的好伙伴帮她带回去。她来买饭也总是给别人带饭，最重要的是她在食堂从不抬头，眼睛总是看着眼前的路面。我见她在食堂的时候就会整出点儿动静，但草儿根本没反应。

不知道为什么，大笸箩从那天开始似乎话匣子打开了，晚上开始讲评书。好像是什么《三侠五义》，他不说故事的名字，只讲故事。全屋的人都在听，他讲了有四十分钟左右就不讲了，无论谁叫他继续他都说明天再讲，而且不能向外屋的人透露，否则就不讲了。以后每天晚上九点开始，一般这个时间串门的人都走了，没有外人。

小瞄儿、小眼儿星期天找我。

小眼儿问我："你在追老太太？"

我说："我追她干吗？闹着玩儿呢。"

小瞄儿对小眼儿说："你还不知道他，谁的玩笑都敢开。不过知青们都这么想。"

我说："爱怎么想怎么想，有机会我还得找草儿要点儿什么，我现在最想的是这事儿，怎么就没机会呢。"

我对小瞄儿说："你还想着小红鞋呢？"

小瞄儿说："想是还想，想完了挺硌硬。"

我说："想完她还想谁？"

小瞄儿搂着肩膀说："我现在感觉枝儿不错。"

小眼儿说："你怎么就离不开喂猪的？不过枝儿越来越有样儿了。"

我说："我就说你们，喜欢谁就追谁去，见面说句话，有机会就聊会儿天儿，老是躲着偷偷想，想出毛病这儿可没有精神病医院。"

小眼儿说："我现在有机会就和白桃接触，她对我不错，除了她我不想别的女知青。不过我发现二姑娘和一班长一本正经有意思。小瞄儿，你没看出来吗？"

小瞄儿说："哦，有那么一点儿。"

我突然说："走，去喂猪房。"

小瞄儿说："干吗去？"

我认真地说："找枝儿聊天儿去。"

小眼儿说："怎么聊？"

小瞄儿说："你疯啦。"

枝儿被调整到养猪房以后表现不错，是小组长，带着天津那个漂亮的女知青把猪场弄得井井有条。

第二节 猪房藏娇 金枝玉叶

麦收完了，枝儿带着同伴赶着猪群放猪，这个本事连原来的老职工都不行。只要枝儿"喽喽喽"地一叫，猪群就跟着她走。大猪和小猪、公猪和母猪在一起放，大公猪欺负大母猪和小母猪，枝儿也不管，没想到猪群自己扩大了队伍，枝儿也受到连里的表扬。

我们来到猪场，敲了敲枝儿她们休息的房门。

"请进。"这是天津女知青说话的声音。

我进屋，看见小瞄儿、小眼儿没进来，我向他俩招招手说："进来进来。"

枝儿对我说："有事吗？"

我说："没事。"

枝儿说："那怎么跑到这儿来了？"

我说："聊天儿呗，今天星期天，没什么事儿，看看你们养的猪长多大了。国庆节大家改善伙食，都是你俩的功劳。"

枝儿和天津女知青都笑了，看得出来，她俩挺爱听。

我说："听说下了很多小猪，为什么下这么多呀？"

枝儿和天津女知青脸上的笑容有些僵硬，半天说不出话来。

我对小瞄儿说："光我说，你俩也说说。"

小瞄儿、小眼儿还是没说。

我说："还是我说吧，哪能没事呢，想让你给我们点儿豆饼。"

枝儿说："你吃啊？"

我说："嘿！你骂我哈。"

枝儿和天津女知青都笑了。

枝儿说："没有没有，不是骂你，跟你开玩笑，你要豆饼干吗？"

我说："我去下套。"

枝儿问："下什么套？"

我说："下兔子套，下野猪套。"

枝儿的眼神亮起来，她让我坐下："你们坐下，告诉我怎么套。"

大家找地方坐下后我说："套兔子、套野猪、套狍子、套野鸡都得有食儿，跟钓鱼一样，没食儿鱼不上钩。"

天津女知青说："恁么套？"

我说："小瞄儿，你给她讲讲。"

小瞄儿很拘谨，小眼儿却一副满不在乎的样子说："我告诉你怎么套。就是吧，就是……"

没等小眼儿"就是"完，枝儿就打断他的话说："别就是了，让妖怪说。"

我说："爱听我说？"

枝儿笑着点点头。

我说："好。用铁丝绾个圈就是套，把铁丝那头拴在树上，把豆饼放在铁丝圈的旁边，兔子、野猪、狍子去吃豆饼，撞到铁丝做的套上，就把它们套住了。”

天津女知青说：“野猪老么大啦，兔子老么小了，恁么套？”

我说：“你真没脑子，野猪用大套，兔子用小套，这还用解释。”

天津女知青的脸一下子红了。

枝儿说：“我也去。”

我说：“你干什么去，就你这身子板儿，别说野猪，狍子都能把你顶飞了，就是刮一阵子风，一回头找不着你了，那还不急死我。”

天津女知青说：“她刮没了，用你着急？”

我说：“看你说的，这么漂亮的美妞没了，谁不着急？没办法，就是身子板儿弱呀。”

枝儿撇着嘴说：“呦呦呦，你的身子板儿壮，长得跟一根棍子似的。不让我去不给豆饼。”

我笑着说：“不给？我抢。”

枝儿瞪着眼说：“土匪呀？”

我说：“我要是土匪，我就不抢豆饼了。”

天津女知青说：“那你抢嘛？”

我眯着眼歪着嘴说：“我抢人哪！嘿嘿嘿……”

枝儿说：“抢谁呀，抢老太太？”

说完她捂着嘴笑起来。

我瞪着眼说：“去，别瞎说。我抢谁也不抢老太太呀，我要抢就抢花姑娘。你听说过土匪不抢花姑娘抢老太太的？”

我笑着说：“要抢，要抢就抢你们俩，俩不够。”

我回头看看小瞄儿、小眼儿。只听“叭”的一声，枝儿用烧炕的烧火棍敲在我的膝盖上。

我大叫一声：“唉！你他妈打我！哎哟，我这膝盖皮包骨头，再使点儿劲儿就打折啦。”

枝儿笑出了声：“叫你胡说八道，打你是轻的。”

我说：“那你打我屁股哇，那儿还有点儿肉。”

一屋子人哈哈大笑。

天津女知青说：“抢我们有嘛用？”

我说：“她为什么打我？你真笨。当压寨夫人！”

枝儿又举起烧火棍，我赶紧转过身，刚要说打这儿，还没有说出来，腿肚子就挨了一下，比打膝盖还疼。

我“啊”的一声跳到门口说：“你老打我我走了。”

小瞄儿、小眼儿也站起来要走。

枝儿从炕头跳下来说：“别走，别走，还没拿豆饼呢。”

我说：“豆饼不要了，你等着，看我不给你起个外号的。”

枝儿一把抓住我的衣服说：“你急啦？敢给我起外号！”

枝儿知道，我给很多人起了外号，还都叫开了。这也是很多人对我发怵的地方。

我说：“我没急，我是疼啊，你就是一孙二娘。”

枝儿皱着眉头凑到我耳边小声说：“孙二娘是谁？说！”

我也小声说：“压寨夫人啊，也是土匪。她的绰号厉害。”

枝儿说：“什么绰号？”

我说：“把耳朵递过来。”

枝儿愣了一下歪头把耳朵凑过来。

我用身子挡住其他人故意嘴唇碰着她的耳朵说：“母夜叉……哎呀！”

枝儿松开拉着我衣服的手，顺势把手隔着棉袄掐住我腰眼上的肉小声说：“给我改喽！不对，不能说出去，知道不知道？”

我只是叫唤不挣扎，一边哎哟一边小声说：“我给你改，我给你改。”

枝儿把手从我腰上拿开说：“走，给你拿豆饼去。”

我一边吸着凉气一边用手捂着腰眼说：“哎哟，你给我打坏了，我什么也干不了了，在你这儿歇病假了。”

说完又回屋坐下了。

小瞄儿这回说话了：“你是真赖，再不走一会儿天黑了。”

枝儿说：“天黑了就不去了呗，天儿多冷啊，在屋里聊天儿多好。”

我说：“那我们抽烟啦。”

天津女知青说：“抽吧，抽吧，没四（事）。”

我说：“谁叫四啊？”

枝儿说：“她说没事！”

大家又笑开了。

枝儿说：“你又不吃肉，你又不杀生，怎么想起套兔子、套野猪了？”

小眼儿说：“这不是没事干吗，为了玩儿。”

小瞄儿说：“你们喂猪挺累的吧？”

枝儿说："也累也不累，在农工排干体力活儿，我体质跟不上。原来那个女知青体质比我好，她嫌喂猪脏。我听说了就找排长，排长找连长，我们俩就换了。每天喂猪活儿不算太累，跟割大豆比起来就太美啦。每天喂三遍……"

我一边听枝儿说话一边看着她，不时又看看天津女知青，心里非常愉快。枝儿比刚来时健壮多了，虽然还是很瘦，但是没有了弱不禁风的感觉，她的脾气性格和外表有很大区别，是个泼辣豪爽之人，从不斤斤计较，有几分男孩子的味道。今天的接触，让我觉得她不光好看，更加可爱，像是自己的兄弟、哥们儿。我想起在家时有个邻居就是假小子，和自己同岁，不在一个学校，我们两人却非常熟，经常在一起玩儿。玩得最多的是摔跤，我不是她的对手，经常与她弟弟联手摔她，可还是找不到什么便宜。假小子的劲儿里有一种野蛮，这是枝儿没有的。刚才枝儿一把抓住我的腰眼和假小子的愣劲儿很像。这一掐让我印象深刻，不是太疼却痒得要命，我那里是最怕别人碰的。那个天津女知青给我的感觉也不一般。她不胖不瘦，不高不矮，眼睛不大不小，鼻子不尖不塌，嘴不宽不窄，皮肤不黑不黄，她所有的地方都是那么中庸，搭配在一起流露出一股诚实和热情。但她一张口让人立刻感觉她有点儿傻了吧唧的，什么也不懂，幼稚得可爱。我想，这样的人谁都会喜欢，不顶嘴、不抬杠、不耍横，爱笑、爱脸红。

枝儿冲着我大声说："嘿！看出什么来啦，怎么不说话？"

我说："我……我看你啊，看看给你起个什么外号。"

枝儿又伸手去抓烧火棍。

我一边抬手护着头一边说："你别打，你听我说。早点儿起个好听的外号比以后起的难听的外号好。先给你起个好听的，你有外号了就没有人再给你起外号了。"

枝儿绷着脸说："不用。"

天津女知青说："你先听听再说。"

枝儿说："起个难听的收不回来了。"

我说："不会。你听着啊。你是个有福气的人，在炮眼儿跟前，十几炮都没炸着你；盖房子大原木擦着你的肩膀砸下来也没碰着你；喂猪猪长得又快，还越来越多。还有，拖拉机拉咱们去看电影，拖斗车上一车人，咱们都是站着吧？你说那一车装了多少人，至少五十人。车轱辘从你腿上压过去，什么事儿没有，你说连疼都没疼，裤子上都没有车轱辘印儿。说明车轱辘跳过去了，是不是挺怪的？你说我吧，伐树让树砸了，劈劈柴让斧子砍了，收割机差点儿没给我掩死，我也算命大，但受的罪也大呀，咱俩比差远啦。”

小瞄儿说：“你那点儿破事没法和人家比，人家是带着仙气儿。”

小眼儿说：“那是寸劲儿，不可能老是那么好的运气，以后干活儿小心点儿好。”

我说：“你看，小瞄儿说你有仙气，我给你起个外号叫‘小观音’怎么样？”

天津女知青立即鼓起掌来，小瞄儿、小眼儿也都觉得好听：“对，好听。”

枝儿有些急：“多大的名字，你方我。”

但看得出，她很喜欢。

我得意地接着说：“你要不喜欢那就叫你瘦观音，瘦就是有毛病，这就和没病的观音分开啦，观音哪儿会有病啊，假观音才会有病。”

枝儿绷着脸说：“你才有病呢。那你叫瘦如来得了。”

我赶忙摆着手说：“别，别，别，我肯定不在仙界。”

枝儿说：“那你在哪儿？”

小眼儿说：“不在仙界肯定在妖界呀。”

我瞪了小眼儿一眼说：“去，你帮她，还是我哥们儿吗？”

枝儿乐着说：“我知道了，你叫瘦妖怪。”

枝儿说完嘎嘎地笑个不停。这回是我去拿那根烧火棍了。枝儿一翻身滚上了土炕躲到了天津女知青身后。我举着烧火棍子假装要打，吓得天津女知青也缩着脖子抱着头。

我冲着天津女知青说：“我打她你抱什么头啊。好，看你情分饶了她。”

除了我，其他人笑了好一阵子，我觉得这个亏呀。

我生气地说：“我给你起了一个多好听的外号，可你还叫我外号，真不够意思。我得给你琢磨一个难听的外号。”

天津女知青说：“给我也起个外号吧，好听点儿的。”

我气哼哼地说：“没好听的，我起的好听你们也忘不了叫我妖怪。又给我加一个瘦字，瘦妖怪不就是催命鬼吗？”

天津女知青说：“大哥求求你啦，我们把瘦字去喽，还叫你妖怪。给起个好听的。”

我说：“你是我大姐。”

天津女知青看着枝儿问：“新建点还有比我小的？”

枝儿说：“要是有，也就是他。”

我说："你叫小崽儿吧。"

天津女知青红着脸说："嘛……嘛……嘛……嘛小崽儿，我可没惹你啊。"

我说："你叫小崽儿，她叫瘦崽儿，就是你们圈里的猪崽儿。"

我见枝儿根本不在乎，还在呵呵地乐着，天津女知青却急得快要哭了。

小瞄儿说："你别逗她了。"

小眼儿说："你叫小菩萨吧。"

天津女知青立刻高兴起来说："我哪儿配叫菩萨呀。菩萨是干嘛的？"

这下可轮到我笑了，笑得我眼泪都出来了。

我喘着气说："是神仙，菩萨是好多神仙，你俩也可以挨着，你在她后头。"

天津女知青高兴起来说："好听。"

我说："不过我得给你加个字。"

天津女知青说："嘛字儿？"

我说："傻。"

天津女知青说："你太坏啦。"

我说："菩萨是神仙，你罩得住吗，加个'傻'，就是有病啦，傻就是病，有病的菩萨就是假菩萨，跟她那'瘦'字是一回事儿。"

这下天津女知青高兴了："行！就叫傻菩萨。"

我说："说正经的啊，谁敢叫观音，谁敢叫菩萨，那是要折寿的。再者说现在破四旧，你俩要叫这外号，不定哪天批斗你们，刚才都是开玩笑，对神仙不敬，到此为止，这一段谁也不许说出去，包括今天到这儿来也不能说，要不又成新闻了。"

枝儿不再笑了，她说："那外号怎么办？"

我说："枝儿就挺好听的，金枝玉叶，多好。"

我又对天津女知青说："你就叫叶儿，这外号怎么样？"

还没等我说完，枝儿和叶儿早就开始鼓掌了。小瞄儿、小眼儿也拍了几下巴掌，大家都说好。

叶儿高兴得不得了，她打开屋里的一个箱子，拿出几块水果糖给我们一人分了一块。

小眼儿说："还有这好东西呢！从来了就没吃过！"

小瞄儿剥开糖纸把糖放进嘴里说："真甜哪。"

我说："枝儿会苏联歌曲吗？"

叶儿说："她老唱，我都学会好些了。学哪首？"

我说："《山楂》，后边的词记不住，你教教我。"

小瞄儿说："多长时间了，还《山楂》，是《山楂树》。"

叶儿哼着唱起来。小瞄儿唱起来，小眼儿唱起来，枝儿也唱起来，我也唱起来。三男两女的声音出奇地好听。

唱了一会儿歌，小瞄儿说："走，咱们帮她俩砸点儿豆饼。"

枝儿和叶儿都说："不用不用。"

三个男知青到旁边的屋子里抡锤砸豆饼，十几分钟就砸了一大堆。

小瞄儿问枝儿："够喂到下礼拜了吧？"

枝儿忙说："够了够了，不用砸了。"

我说："那我们走了啊，下礼拜再来拿豆饼。"

枝儿说："好，好，下礼拜还来啊。"

她俩向我们仨摆摆手。枝儿和叶儿一直把我们三个人送到主路上才回去。

小眼儿说："下礼拜真的还来？"

我说："当然是真的。"

小眼儿说："那要是让人知道了说什么呀？"

小瞄儿说："永远都说来拿豆饼。"

我对小瞄儿说："你觉得枝儿跟小红鞋比怎么样？"

小瞄儿说："差点儿，不如叶儿。"

我说："什么，不如叶儿，你什么眼光？怎么老和我不一样。"

小眼儿说："不是和你不一样，是和咱俩不一样。"

我说："好好。叶儿比小红鞋呢？"

小瞄儿说："好像比小红鞋强。"

我说："那就行，那就行。下礼拜还来。"

我接着说："小瞄儿，打赌的事儿你可能要输。"

小眼儿说："那得看你能追到什么样儿的，小瞄儿目前领先，起码人家现在有目标了，你连目标都没有呢。"

我说："谁说我没有，我是不告诉你们，告诉你们的时候，就气死你们了。"

小瞄儿说："好啊，我们等着让你气死。"

吃完晚饭宿舍里的人抽烟、聊天儿、开玩笑，反正男宿舍里一年四季就这一套，抽烟怕别人要，聊天儿胡说八道，开玩笑老一套，没事就睡觉。宿舍里的生活越来越乏味，如果哪儿出现点儿新鲜事要议论好几天。语言不文明，虽然骂街的少了，可还是污秽语言不能禁绝，开玩笑还是庸俗占主导。

我想，今天和两个女知青聊天儿，就是闹着玩时说了一个“他妈的”，其他时间没有骂人的，男女经常聊天儿，能让知青们少说脏话。可为什么就不聊呢？其实男知青、女知青都愿意和对方聊天儿，可就是不敢往一起去，这让我很难理解。瓦西里不抽烟，不聊天儿，就是一个劲儿地练哑铃，几个月时间，他的肌肉明显膨胀。瓦西里晚饭后都要带回几个馒头，就着麦乳精吃第四顿饭。

好不容易等到该大笸箩说书了，大家放下手里的事儿围过来，有人给大笸箩上烟，有人给大笸箩点火。讲到一定时间时，大笸箩就停顿一会儿，马上就有人再给上烟再给点火。讲够了四十分钟，大笸箩又重复那句：“欲知后事如何，且听下回分解。”

第三节　猴子捞月　生死兄弟

大家刚刚散开，小胡子的弟弟黄毛闯进来哭着说：“哥哥，我今天差点儿见不着你了，我差点儿死喽啊哥哥！”

说完开始号啕大哭。

小胡子抱住他弟弟问：“恁么地啦？兄弟，恁么地啦？”

黄毛止住哭声说：“刚才我差点儿掉井里摔死，要不是哥儿几个拼命把我拉上来，四十三米深，把我得摔烂喽哇。”

小胡子说：“一直没四，恁么就有四捏（呢）？”

原来，黄毛入冬以后被班里安排打井。打井一班六个人，其中一个木匠，一个刨井的，四个摇辘轳。干起活儿来木匠和一个刨井的在井下，四个人在上面。木匠一直在井下，刨井的是剩下的五个人轮换。平时是上半夜换一次，下半夜换一次，吃夜班饭时都上来。正好是黄毛换班的时候，他坐上去的绑着钢丝绳的木棍折了，黄毛向下掉。黄毛反应很快，脚蹬、手撑井壁停在离井口三米的地方，井壁是六棱形，中间宽度一米七，黄毛身高一米七五。另外四个人吓傻了，他们知道四十三米的深度，掉下去一定会摔烂，而且下面的木匠一定会被砸烂，这是两条人命啊！

打井有着严格的规定，井沿上不准许有一点儿东西，哪怕是很小的土坷垃都要扫干净，装土的小筐是拴死在钢丝绳上的，每筐土不能装满，而且要拍实。如果空筐掉下去也能把人砸死。黄毛憋红了脸，眼珠子快瞪出来了，因为他拼死力撑着，憋着一口气，他说不出话来。

一个天津知青说："拉住我下去。"

另外三个知青拉着他的腿把他送下去，可是够不着。

倒悬的知青大喊："猴子捞月亮，快！"

上边的三个知青把这个天津知青拉上来半截，第二个知青抓住了前面知青双脚的脚脖子，上边的两个知青一人抓住第二个知青的一条腿把这两个知青往下放。黄毛的浑身在抖动，他已经坚持不了多大一会儿了，救他的那双手离他越来越近，那双手离他很近了，他没有去抓，只是拼命地瞪眼睛，第一个知青明白他的意思，大喊"再放一点儿！"那双救命的手就在黄毛眼前了，黄毛拼力一挺抓住了救命的那双手。这时三个拉在一起的人重量一下集中在一起，那一瞬间上面的两个知青同时大叫着，拼全力拉住。三个人悬垂在井口，井上面的两个知青快抓不住了，三个悬空的人在慢慢地往下垂。

就在几个人即将崩溃之际，重量突然减轻了，原来黄毛的双脚蹬到了井壁，使上劲儿了。即使这样，上面的两个人也没法拉他们上来。

上面的一个知青咬着牙说："哥们儿你忍着点儿，我得把你的腿别在辘轳架上啊！"

只听被别腿的知青一声惨叫，他的两条腿被别在辘轳架上了。这样，上面的两个知青才有机会捯手往上拉。

下面的木匠一直在哭喊惊叫，他团缩在一起，使劲往井壁上挤，蹭着井壁在井底爬。他知道，上面的人如果掉下来，就是捎上他一巴掌就能把他拍死。无处躲避，无法挣扎，无事可做地等待死亡，这种恐怖让他的精神失常，他尿了裤子。

终于，上面的两个知青把下面的三个人拉了上来，五个人瘫倒在地上，大口地喘气，满头大汗，头发就像从水里捞上来的似的。五个人瘫在地上十几分钟。

黄毛说："哥儿几个是我的救命恩人，我给你们磕头了。"

他挣扎着起来磕了个头。

几个知青坐起来说："什么都别说了，回去吧，一会儿再冻死。"

几个人起身要走。

被别腿的知青说："我走不了了，腿别坏了。"

黄毛和另一个知青把他架起来往回走。

井外悬挂着两盏马灯，井下木匠在号叫。

听完黄毛讲述，老毛子说：“两个人能把三个人拉上来？不太可能。”

黄毛说：“真的，不信你去问问。”

小胡子说：“兄弟，你上炕歇会儿，我一会儿给你打夜班饭，我去看看你的救命恩人，一会儿就回来。”

那四个知青都在自己的床上躺着，衣服也没换，被别腿的知青在哼哼，他的脚脖子和小腿都肿起来了。最要命的是小弟弟连硌带挤受了重伤。

小胡子说：“怎么把它伤了？”

原来这个知青拉着两个人的重量，加上自己重量的一部分，在用力时浑身绷着劲儿，两条腿也不例外，这就把小弟弟挤到前边，硬生生地在井沿上磨过来，他一直在惨叫，开始是别腿之痛，后来就变成了小弟弟之痛。看到这种情景小胡子说不出话，眼泪哗哗地流出来。

过了一会儿，他说：“明天我请客。”

班长安排白班打井的人把木匠摇上来，送他回宿舍时感觉他神经了。他头发蓬乱，很多都立着，瞪着眼睛一句话都不说。

第二天，小胡子请了假，背着书包走了，快傍晚了才回来，叫上弟弟黄毛到食堂打了晚上的饭来到黄毛宿舍，六个人一起吃饭。有肉罐头、鱼罐头、水果罐头、桃酥、鸡蛋糕、果汁，还有一大包红糖和一大包高粱饴糖。

小胡子说：“今天晚上别去打井了，以后也别去了，有嘛事儿我跟他们说，要处分要判刑我顶着。你们是我弟弟的救命恩人，以后你们的事儿就是我们哥俩的事儿，现在不让拜把子，等让拜的时候，我们哥俩就一定和你们拜。”

黄毛说：“别说我们不去，白班的听说这事儿都不去了，现在没人打井，木匠也不去了。不知道连里怎么处理这事儿。”

从此这口井就放下了，四十三米没有见到地下水，井底留下了一把斧子、一根扁铲、一把短锹、一把小十字镐。

小胡子找黄毛的班长要他为这几个救他弟弟的知青请功。

班长说：“恐怕请不了，一是规定每天检查那根木棍，如果检查了，就不会有这种事情发生；第二，叫谁打井谁都不去了，不服从指挥又犯了纪律，这让我怎么去请功？”

这口井还不知道再打多深才能出水，最后领导决定这口井不打了。领导没表扬谁也没有批评谁，这件事就这样无声无息地过去了。但领导们非常后怕，召开了安全会，把容易出现事故的工作捋了一遍，研究了安全规定。连长、指导员、副连长、副指导员都分别来看望小弟弟受伤的知青。领导还放下话，有什么需要随时找他们，小弟弟感觉不好随时去医院，去佳木斯、哈尔滨都可以。

小胡子和黄毛哥俩也对小弟弟受伤的知青发誓：“将来要是残了，我们哥俩给你养老送终。”

小胡子还对第一个舍身相救的天津知青说：“没有你我弟弟也活不成，你第一个下去，没有你就没有后边了，这就叫两肋插刀，从今以后你就是他的干哥哥。”

小胡子回头对黄毛说：“叫哥哥!”

黄毛大声说：“哥哥!”

小胡子又拉着黄毛对那两个在井沿上的知青说：“你俩拽着三条人命，你们是可交的哥们儿，你们是可信任的兄弟，你们俩也是他干哥哥，黄毛，叫哇!”

黄毛赶紧叫了两声：“哥哥，哥哥!”

这件事之后，这六个知青成了生死兄弟。刚开始，伸出救援之手的四个知青还没有意识到救人的行为假如失败会发生多么严重的后果，救一人不成要再搭进去两个人。事情过去以后，他们才为当时的行为感到毛骨悚然。那个木匠本应上门来感谢这四个知青，因为没有这四个人，他一定活不成。但那个木匠反倒有些恨这几个人，因为他们没有及时把他摇上来解除他难以承受的恐惧。

第四节　狗嘴夺食　狼牙旷工

连续下了三天雪，或如沙粒或如鹅毛，与先前下的几场小雪加在一起，雪深近尺。如果说新建点里人声嘈杂，鸡鸣犬吠，那么大雪后的森林是无比的寂静。大雪掩盖了森林中的所有秘密，只剩下森林的树干和树枝赤裸在寂静的风雪之中。动物都在自己的窝里躲藏着，不时也有兔子、小老鼠在厚厚的积雪上留下浅浅的痕迹。狗熊、狼、狐狸、狍子都不知跑到哪里去了。野鸡身子钻进雪堆里，只剩两三根尾翎在风中摇曳。乌鸡最是聪明，大雪来临之际，它们钻进还不是很厚的雪里，等待着大雪把它们隐藏在雪地里。它们选择在森林中空旷的地带，既不影响起飞，又能及时落在树上。大雪过后它们藏身的地方一点儿痕迹都没有，它们紧贴地面上枯萎干燥的野草暖暖地冬眠。

人是很奇特的动物，他们到哪里哪里热闹，伐木的知青来到森林里，拉锯声、斧头声此起彼伏。人们的喊叫声、说话声一阵儿紧一阵儿缓。然而，再嘈杂的声音在森林里都不吵人，而且会被传很远，一切声音好像都在随着空气颤动，一切声音好像都被森林洗得干干净净，颤动的、干净的声音好听悦耳。

有的知青唱起歌来，其他知青有的跟着唱，有的跟着哼。机务排除了另有任务的几个人以外，剩下的人都被安排到伐木场伐木。今年伐木不像以前没有具体政策规定随便乱伐。现在有规定了，不成材的树木伐来烧火，成材的树木间伐，伐树时要紧贴地面不能超过二十五厘米。

一号车、二号车有七个人在伐木，今天我们的任务是，伐不成材的树。靠近一个小山包的地方这种树很多，大都是柞树。中午吃完饭休息到上班时间了，我们几个人磨磨蹭蹭地去上班，我们是上班人群里的最后一拨儿。还没进到林子里，就见一只大灰狗叼着东西从林子里跑出来。

万事通说："是乌鸡!"

大笸箩说："抓住它!"

七个人挡住了灰狗的去路，慢慢围过去。灰狗叼着一只大乌鸡，乌鸡被灰狗咬住了翅膀，还在拼命挣扎。

因为雪深，灰狗跑不起来，七个人又是大锯又是斧子挥舞着围向灰狗，灰狗吓坏了，放下乌鸡钻进了森林。万事通和老七扑向乌鸡，乌鸡飞起来一人多高又掉下来被万事通扑住。

万事通说："谁有绳子把它捆上放宿舍，下班回来吃。"

老七说："回来没了怎么办?"

大笸箩走过来掂了掂乌鸡说："有五斤，现在就把它吃了。走，回去。"

七个人回到宿舍烧开水给乌鸡褪毛。

老七说："一会儿煮熟了怎么分哪？都跟狼似的。"

万事通说："我要一条腿就行了。"

花姑娘说："我去你的，一共两条腿，别人怎么办?"

狼牙说："我要另一只腿。"

小玉说："鸡屁股是你的。"

鸡毛褪完了，还没想出鸡怎么分。

万事通说："我这儿有小线，把鸡生着分完了拴上小线煮，自己拽着自己的。"

大家都赞成万事通的办法。

花姑娘说："妖怪不吃肉，分成六块，让大笸箩分。"

鸡分完了，用谁的脸盆煮？首选花姑娘的脸盆，因为在大家的印象里只有他的盆没有被撒过尿。但是，花姑娘不愿意，他怕脸盆的搪瓷被烧掉。

万事通说："那就用我的。"

花姑娘说："我去你的，你脸盆里都有尿碱了，还是用我的吧。"

六个人围着炉子坐着，每人手里拽着小线，小线另一头儿拴着自己的那块鸡肉。

我掰了一块酱油膏扔进盆里。水很快开了，鲜红的鸡肉很快变成了棕红色，那是酱油膏起作用了。煮了十几分钟狼牙忍不住把自己的鸡肉拽上来咬了一口，没咬下来。

万事通说："你得咬鸡屁股，那儿软。"

狼牙信以为真，咬着鸡屁股使劲拽，咬了半天，肉被他的牙拉得老长也没咬下来，他松了口，用手抹了抹嘴，又要把那块鸡肉放进盆里。

花姑娘说："别放，真恶心，等我们煮熟了你再煮。"

又过了十几分钟，几个人实在是忍不住了，把鸡肉拽上来开始啃，基本上熟了，借着烫劲儿囫囵吞枣地几分钟就吃完了，大家一个劲儿说"真香"。狼牙还在煮他的鸡屁股。

从上班时间算起，已经过了近两个小时。

大笸箩说："有人问，就说看错点了。"

七个人只有大笸箩有一块大上海手表，买了一年多就坏了。那是他干活儿忘记摘了，抡锤子把手表震坏了，也没彻底坏，就是有时偷停。偷停还不如彻底坏了好，省得看错时间耽误事。当时大上海手表一百二十块钱一块，相当于四个月的工资。新建点有手表的人很少，有的排长、副排长都没有。在这种地方修表不方便，所以大笸箩就把有毛病的手表当成装饰品，只为戴着好看。

几个人跑出宿舍进入森林，到了干活儿现场没有被人发现。因为没有其他男知青在这里干活儿，只有女知青会发现。女知青两个人拉一个小爬犁，哪里有男知青伐木就找到哪里装木头，这里没有人，女知青自然也不往这里走，等这里有人了，女知青陆陆续续有人到这里来装爬犁。

伐木的男知青同时负责给女知青装爬犁，然后捆结实就算完活儿。到了木料场有男知青帮着卸爬犁，所以女知青只管拉爬犁就行了，半天拉个三四趟。就怕天气不好，特别是赶上大风天，走在林子外面时棉衣很快就被打透了。为了脸不被冻伤，女知青都戴着口罩，开始知青们不知道戴口罩，有几个被冻伤了脸。后来两个同拉一只爬犁的人互相观察对方脸上有没有出现一块一块的白色，出现了白色就赶快用雪搓，什么时候搓红了才停手。有时还是不能及时发现，结果把脸冻了，后来干脆戴上口罩。戴上口罩人呼出的热气和外界的冷气相遇结冰，帽子和口罩边缘就会被冻住，有时帽子和口罩之间只剩一条很窄的缝隙，里面藏着一双眯起的眼睛。

狼牙始终没有露面，一直到下班了也没看见他，好像他旷工了。后来才知道这块鸡屁股把狼牙折腾苦了，煮了一会儿再咬，还是把肉和皮拉得老长，但咬不下来，于是再煮。汤不够了，加凉水，过了一会儿尝尝，还是不熟，发现淡了，于是又加一块酱油膏。一会儿又尝尝还是不熟，味道又咸了，又加水，就这样来回折腾，过了一个多小时，终于熟了。他很快吃完，这时发现天已经暗下来了，便索性不上班了，挑着水桶去泉眼打水。

旷工可不是扣工资这么简单，那是要上纲上线的，如果认识上不去，检查写不好，检讨不深刻，就要在一定范围开批判会，让大家帮助提高认识，把自己批个体无完肤。

下班后老七悄悄对狼牙说："你旷工了。"

狼牙说："我挑水了，你看缸是满的。"

老七说："谁让你挑了，糊弄谁呀。"

狼牙说："你给我保密，别说。"

老七说："那不能白保密，给我买盒烟吧。"

我说："我们是一个车上的，欺负人啊？"

老七说："我不说，给一支烟行吧？"

大笸箩听到这话掏出烟递给他一支，老七不敢接。

他不好意思地说："我抽他们的，我抽他们的。"

第五节　采石电锯　都是苦活

冬天打石头是最苦的活儿，尘土飞扬，寒冷异常。在森林里伐木，干活儿出汗了可以脱掉棉衣，穿个绒衣毛衣的就可以了，但打石头不行，即使干活儿很卖力气也很难出汗，很多人是为了取暖才卖力气干活儿，西北风总是小刮着。

采石场的位置选得很好，是在山根底下。右侧面朝东南，左侧是树林边缘，背靠西北，如果有风就被树林和山包挡住了一部分。如果没有这片树林，采石场正好是在西北风的风口，其寒冷程度可想而知，虽然被这片树林挡住了一些寒风，但冬天的低温仍然肆虐得让知青们瑟瑟发抖。

因为天气恶劣经常临时停工，提前下班的情况时常发生。掌握这个停工时间的就是副连长，副连长不在时，决定提前下班的人就是一班长一本正经。采石场工地比较稳定的指挥任务自然轮到一本正经身上。副排长带着三班和几个木工干全连的杂活儿，主要是在各个排水沟上修桥过拖拉机。一本正经确实忠于职守，轻易不下令早下班，但他放任工地上的知青中途退场，或去厕所，或回宿舍，一待就是个把小时。这天，天气非常寒冷，采石场的人走了一半，有一半人以种种借口离开采石场，有去厕所的，有去喝水的，有去看炉子的，还有说去准备挑水的。新来的天津知青都走得没人了。这时一本正经、小瞄儿、小眼儿、大皮球、二姑娘、白桃，还有几个大知青还在采石场坚持打炮眼。扶钢钎要戴着棉手套自不必说，打大锤也要戴着棉手套，戴着绒手套都不能抵御寒冷。但是戴棉手套打锤准头就差多了，所以没有人抡活锤打钎，都是举锤打钎，这样速度就慢多了。扶钢钎的人有棉手套垫着仍然震得虎口生疼。

搬石头使大家的衣服很快磨得破烂了，前衣襟、膝盖，还有手套、棉胶鞋露着棉花，像一群叫花子。他们没有工作服，手套都是自己买。

一本正经的手背上裂着口子洇着血，有时打锤稍微偏一点儿，大锤滑向一边，抻到了手背的裂口，疼得他扔掉大锤一个劲儿地抖着双手。这时大皮球和二姑娘会同时望向他，大皮球会身子动动看看二姑娘，然后继续干活儿。二姑娘有时只是望望一本正经，有时过去叫一本正经摘下手套看看，掏出手绢让他包扎。一本正经自然不敢接她的手绢，两个人推让半天，最后还是二姑娘躲开。

但是，二姑娘干活儿的时候注意力始终在一本正经身上。

而一本正经也是随时注意二姑娘，经常走到二姑娘身后小声说："回去暖和暖和，回去暖和暖和。"

二姑娘也小声说："你去我就去。"

但一本正经很少离开工地，二姑娘、大皮球也很少离开工地。

小眼儿始终跟着白桃，小眼儿只要想走就不停地说："你回去吧，暖和暖和。"

有时白桃借机会扔掉工具就走，有时就是不走，因为她是那种跟着感觉走的人，很少受他人左右。现在白桃也有主动关心小眼儿的时候，让他去暖和暖和。这让小眼儿受宠若惊，他总是说："你先走，你先走，你走了我就走。"

二排男知青都在木料场干活儿，一部分女知青负责搬运电锯分解原木后的各种木头，如木板、树皮、方子、碎木头。

电锯操作台上有六到七个人，还有四个人用抓钩抬原木，先把原木最细的一头儿抬上电锯工作台，前边的两个撤下来，后面的两个帮助把锯的人把原木持稳、对准。工作台上三个人再往电锯上用力推，推不动时撤下的两个人在原木中间帮着推。原木向前移动，先剥下原木一侧的树皮找出平面，再剥下另外三面的树皮，这样就把原木变成一个大方子。然后或破板子，或破方子，或薄、或厚、或短、或长。

夜班电锯尖利的叫声撕破寂静的夜空，操作电锯的人紧挨着电锯，震耳欲聋。每当后半夜困倦的时候，电锯虽响，却不觉刺耳，犹如在惊梦中徘徊，又似在噩梦中挣扎。极度的高分贝噪声就像刻印在耳膜上挥之不去。

把锯难度最大，也最危险，要一手上一手下地抱住原木最粗的一头儿，把原木顶在胸口上，用浑身的力气往前顶的同时把住原木的方向不能偏，力量还要均匀。力量过大会把电锯憋停，或是把皮带轮上的皮带憋下来。同时不能偏，偏了可能掰碎锯片，这是很危险的，电锯碎片乱飞，如果打中谁，非死即伤。操作不好还有可能原木后冲，把锯的人会被撞死或被撞得吐血。

耗子就在这里干活儿，但他既不能把锯又不能抬杠子，他只干一些零碎活儿。五班长能胜任把锯。还有一个和花姑娘一批来的北京小知青，我赏了他个外号叫"黑驴"。他身高近一米九，在新建点是最高的。黑黑的脸，鼻子底下粗壮的汗毛和腮帮子以及下巴上的黑色汗毛都连在一起，一看就知到了年龄就是一个满脸大胡子的人。他力气很大，也是把锯。还有一个老职工，个头儿一米七多点儿，但横着很宽，曾经为打赌扛着四个满包小麦，围着半个足球场大的场院走了一圈，他也是把锯。还有一个把锯的是赶大车的，这个人的力气也是非同小可，他想让拉车的两匹马停下来，两腿一绷，只用屁股往车帮上一顶，两匹马就站住了。后来这个赶车的和扛四个麻袋的打了一架，让知青看到了人的原始野性，如同野兽一般，那是后话。

第六节　半夜修门　真是妖怪

不久，这个能扛四个麻袋的老职工也有了一个外号，而且是我起的。这个老职工年近四十，一直没有娶上老婆，因为他怕花钱。一听媒人说要钱就不谈了，后来感觉不花钱可能娶不到老婆，于是开始算计哪个媒人说的钱数少。不知道什么时候他突然开窍了。今年秋天神不知鬼不觉地领回一个小姑娘，说是他娶的媳妇，大家一看这个小姑娘比新来的天津女知青还显小。

大家问他："你媳妇多大啦？"

他说："十八。"

没几天从能耐梗的媳妇嘴里传出来："这孩子也就十四五岁，那个还没来。每天夜里那女孩儿都吱哇乱叫，缺德呀。"

我问能耐梗："为什么吱哇乱叫？"

能耐梗说："霸王硬上弓。"

我不太明白地望望花姑娘。在这方面，花姑娘就是我的导师。

花姑娘说："我去你的，就是我带你看过，大公猪骑那头小母猪崽儿。"

我说："一直跑。你说小母猪崽儿没长大不懂，所以躲着。我明白了，小姑娘跑了。"

花姑娘说："他他妈硬来，女的不愿意，又跑不了。"

我说："哦，就是强奸犯呗。"

在场的人都哈哈大笑。从此背地里都叫这个扛四个麻袋的家伙为"强奸犯"。

没几天，强奸犯找到我，横眉立目地质问："谁是强奸犯？你给我说清楚，不然我打死你！"

我说："叫你强奸犯的人多了，你听见我叫你强奸犯啦？"

强奸犯说："这个是你给我起的，你没叫也不行，你得把这个给我去了。"

我说："跟我没关系，谁证明是我给你起的？"

强奸犯迟疑了一下说："你们排长说的，他说的还有假？"

我撇着嘴说："我说是他起的，你信吗？你再找出一个说是我起的我就认。去找去吧。"

强奸犯说："中，我去找。"

强奸犯找了一个多小时又回来了："就是你起的，妈个逼的，你不承认也不行。”

我说：“别骂人啊，找着谁啦给你证明？”

强奸犯说：“你淫（认）不淫（认）？”

我说：“你又骂我，说我淫。”

强奸犯说：“妈个逼的。”

他伸出蒲扇般的大手来抓我的前胸。我听见他第一声骂人时就哆嗦起来，强奸犯又骂一声，我已经爆发，身子向后一躲，绕到炉子后面。强奸犯随即又追过来，我围着炉子躲闪，突然变向在床下抓住一把斧子顺手就砍，强奸犯愣了一下，见斧子到了头顶才想起躲闪，头躲过去了胸口挨了一斧子，强奸犯吭了一声，胸前的棉袄被砍了个口子。我脑子里在想，先下手为强，不能让他把自己摔死。一只手砍他力量太小，这回有机会双手握斧，于是我毫不犹豫地双手握斧高高举起。强奸犯没等我砍下来转身撞门逃出了屋子。我跟着就追。

强奸犯跑出一段路停步回头，他以为我不会追来。没想到他这一停我已经追到跟前又双手举起斧子，他扭头又跑，斧子尖砍在了他后腰上，又把棉袄砍了个口子。这一下强奸犯飞一样地跑了，直奔连部方向。我跑到连部拉门就进，一看屋里只有连长、副连长，没有别人，我想到他一定是跑回家了。我提着斧子冲出连部直奔强奸犯家，到了门口拉门，门从里面插上了，我举斧子就往门上砍，直砍得木屑乱飞。突然，一只胳膊勒住了我的脖子，我只觉得眼珠要蹦出来了，斧子被另一个人夺了去。勒我脖子的人大吼：“还有王法吗！”随即把我拖出几步才松开。

我嗓子像卡了东西说不出话来：“他……咳……咳……他……他打我，咳咳……”

连长说：“谁敢打你呀，就他？”

我点点头：“你不信……咳咳……咳咳……你问问……咳咳……你……咳咳……勒死我了。”

勒我脖子的人是连长，夺我斧子的是副连长。他们后面是一大群追来看热闹的人。

这些人七嘴八舌地说：“是，强奸犯是打他来着，我们都看见了。”

连长愣了一下说：“那也不能用斧子砍人，这是犯法的你知道不知道？”

大笸箩在人群里说：“正当防卫。”

“走，跟我去连部。”连长拽着我就往连部走。

我说："连长，您等会儿，砍完他，我自己去。"

我没想到连长这么大力气，自己一点儿反抗的余地都没有，没办法，只能乖乖地跟着走。连长和副连长掰开了揉碎了跟我讲道理，我就是不听。

我说："他骂我好几回，连长，副连长，你们听听啊，骂我，'妈个逼的'，我第一次听说这个，这句骂了我两回。还骂我淫，可气的是使劲问我淫不淫，您说我怎么回答，我说淫不行，我没淫哪，我说不淫吧又好像我淫过。这等于骂我是西门庆，是潘金莲，我是男的，挨得上吗，我能干吗？而且还打我，我没见过这么不讲理的。"

副连长说："什么呀，乱七八糟的。"

连长说："他可没说乱七八糟的，这是他自己的'出师表'。"

我临走时说："我跟他没完。"

我回到宿舍，大家七嘴八舌地议论强奸犯说："他今晚上肯定不敢强奸他老婆了。"

大笸箩说："行，你小子能文能武。"

花姑娘说："就他？怎么文怎么武？"

大笸箩说："臭贫，你们谁贫得过他？打架，你们谁快得过他？砍在强奸犯胸口的那斧子，换在你们身上，一定被砍翻。"

大笸箩拿出了说书的腔调，还用手连比带画。

我说："强奸犯劲儿多大呀，让他抓住，还不把我撕碎了。"

我像突然想起了什么，不行，我得砍他一只胳膊，要不就一只手。

晚上大约十一点，我提着斧子摸出宿舍，来到强奸犯家的门外，伸手拉门，里面锁着。我正要用斧子砍门，听见背后一阵脚踏积雪的"咯咯吱吱"的声音，回头一看是连长、副连长。

我说："怎么又是您二位？得，我回去睡觉。"

连长说："你个小兔崽子，真是个妖怪。你给我站住，跟我走。"

我说："夜深了，您该休息了，我也困了，明天我找您去。"

这时连长已经走到我身边抓住我的手拎着就走。我知道挣脱不了，只能跟着。这回副连长没有夺我的斧子。进了连部我看见两盏马灯把屋子照得很亮，在桌子边上三排长小洋马坐在板凳上。

我说："排长，您怎么在这儿，开会呀？我明天来就好了。"

小洋马说："明天来干嘛？杀人哪？"

我凑到小洋马旁边要坐下。

小洋马说：“谁叫你坐了，你先站会儿吧。”

我很听话地站在小洋马面前。我看见小洋马辫子散开，黑发浓密蓬松，只系着一根红头绳，一缕长发斜披在胸前，圆圆的脸被灯光照得雪白，眼眸在灯光下忽忽闪闪的。我脑子里蹦出个词：秀色可餐。我傻笑着看着小洋马，小洋马沉着脸不看我。她不怕我看，她怕我突然蹦出个什么言语让她尴尬。

小洋马说：“连长你们休息吧，我跟他谈。”

连长气冲冲地说：“你半夜不睡觉要干什么？”

我不假思索地说：“我给他修门哪。”

此话一出，小洋马、副连长很快捂住了自己的嘴，他们是忍不住笑了。连长没有笑，似乎又皱了皱眉头。我想，连长笑了今晚这事儿就算完了。

我接着说：“八大纪律三项注意，损坏公物要赔偿，我工资不够花，先修理，修不上我再赔。”

副连长和小洋马使劲捂着嘴，脸憋得通红。

连长还是没笑。连长说：“你修门？你是来杀人的，因为我们在，你没杀成，你是杀人未遂。我现在就可以把你抓起来送团部。”

我说：“没那么严重，我没想杀他，我就想剁他一只手，再和我打架他剩一只手，我就不怕他撕碎我，最多让他拉着我转圈儿，那就转呗，到那时候不是比力气，而是比谁不怕晕。”

排长和副连长还捂着嘴，浑身乱颤。连长虽然表情严肃，但他已经不敢说话了，他怕一说话就会控制不住笑出来。

我非常严肃地说：“我开玩笑呢，我真是来修门的，门是松木的，也有的是柞木的，门上让我砍得都是新茬儿，跟刀子似的，要是把强奸犯的手划破就太解恨了，可万一把那个小姑娘的手划破了多倒霉，手受了伤，晚上还得让强奸犯强奸，太惨了。”

这时连长再也忍不住了，他笑得闭着眼，咧着嘴，龇着牙，就是出不来声。小洋马双手捂着脸，胳膊肘拄在膝盖上，弯下身子咯咯地笑。副连长把手放桌子上看着我大笑。

连长半天才透过气来笑出声。连长这一笑，声音很大，持续了好一阵子。

他笑着说：“三排长，你和他谈吧，谈得好就留下，谈不好就走吧。妖怪，真是个妖怪。”

连长和副连长走了，只剩小洋马和我了。

我丈二和尚摸不着头脑地问：“排长，什么留啊走的，他说什么呢？”

小洋马说："你坐下吧。"

我坐在小洋马对面。

小洋马忍了半天才说："恁么八大纪律三项注意？你跟谁学的？"

我笑着说："故意的，就是把连长逗乐了就没事啦。"

小洋马也笑了，她说："要贫嘴。你这个人啊哪儿都好，就是脾气一上来不管不顾。我问你，你当副班长时打了几回架？"

我说："五回。"

小洋马说："到了机务排呢？"

我说："没有。"

小洋马说："拎着撬棍追你们排长这事儿有吧？这回追强奸犯有吧？斧子这不还在你手里呢。我也不废话啦，告诉你，连长、指导员商量好了要把你调走。"

我急着脸说："我找他们去。"说完就要走。

小洋马一把抓住我的胳膊，我挣了一下没挣开。

小洋马放开手，揪住我的耳朵往下拉："你先坐下，能不能听我把话说完。"

我有点儿条件反射地抓住她的手说："能，能，哎哟，你松手，我听，我听。"

小洋马松开揪着我耳朵的手接着说："连领导不让你当副班长，就是怕你打架打出事来，让你上机务排学技术，没想到你还是老样子。领导怕一个没看住，弄出大事来，想调你到汽车连学开汽车，汽车连连长是咱连长战友，他们已经说好了。连长对你不错，多少人想学开汽车，这是百里挑一、千里挑一的好事。你要想去，我就说和你没谈好。去吧，这是个好机会。是你一辈子的长远大计。"

我说："我没想在这儿待一辈子。"

小洋马立刻严肃地说："这叫嘛话，让人听见了不得。"

我说："开车我愿意，离开这儿我不愿意，在这儿待一辈子我更不愿意。"

小洋马说："哦，扎根边疆是口头的，还没人敢这么说，以后不能再提，你恁么想的我不管，嘴上不能说。听见了吗？"

小洋马用拳头砸了一下我的肩膀。

我赶紧说："听见啦，听见啦。"

小洋马说："连长今天让你做个保证，以后不能打架，你能做到吗？"

我说："我能，可要有人欺负我怎么办？"

小洋马说："连长说了，有嘛事儿找他，他一定管。"

我说："如果有人先动手打我，我不还手？"

小洋马说："打架动手之前都是先斗嘴，斗急了才动手，你别斗嘴就行了，根本打不起来。"

我说："我是第三世界，别看我不行，可别人也别欺负我，这叫人不犯我，我不犯人，人若犯我，我必犯人。"

小洋马说："说嘛呢，都是来自五湖四海，都是阶级兄弟，你把大家看成兄弟姐妹不就完了吗？你就不会想着动手打架了。你看，新建点二百多人，有几个像你，差不多一个月一回。也有几个爱打架的，谁有你这么勤？"

我说："排长，你说我哪回不占理？我要是流氓、混混儿、小玩闹你说我什么都行，我不是啊，大多数都是因为工作，不干活儿的我受不了，欺负人的我受不了，吹牛说大话的我受不了。你看我，干活儿自己能把自己累死；从不欺负人，也是因为太瘦欺负不动；吹牛我行，但是我怕吹大发了圆不上。你说，我是个多好的人，你听说过我干过一件坏事没有？没有，回答是肯定的。这样的好同志，只因为正义打架，连长要把我调走，还有是非吗？"

小洋马说："停，停，停。让你做报告呢？我告诉你，连长从来没说你不好，开会有好几回拿你举例子，说年龄这么小，离家这么远，工作总冲在前面，是个好样儿的。要不然能让你学开汽车？随便调个单位就完了，还替你想得嫩么远，连长很喜欢你，他怕你惹事，怕你惹出大事。"

我说："我不会的，别人可能把我打死，我这点儿劲儿能把谁打坏？更别说把人打死了。"

小洋马说："你给个痛快话，是去还是不去？"

我坚定地说："不去。"

小洋马说："为嘛？"

我说："我走了就看不见你了。"

小洋马说："恁么看不见，我经常去团里，有时间我上汽车连找你。"

我本来是想和小洋马逗贫，没想到小洋马不理这茬儿。

小洋马说："这次调你走，真的是好事，你开车到处走，去的地方多长见识，除了开车不用再干农活儿，不用进山伐木，伙食住宿都比新建点强。"

我说："那我也不去，你看汽车连那些破车，有几辆好的？多数是那些破噶斯车，大解放车都很少见。每次去团里都能看见路边坏着汽车，如果坏在荒山野岭，还不被狼吃了。”

小洋马说：“你先别急着决定，去不去你先想两天再告诉我，我明天告诉连长，让你想想。”

小洋马又说：“其实人在一个地方待久了就不愿意动地方，挪动地方是一个痛苦的过程，但是人总在一个地方待着就进步慢，经常换地方进步就快。团里几次和我商量调我去，我没去，替我去的人进步可快了，不到两年时间，进步了一大块儿，现在是正连级干部。”

我说：“我不是当官的料儿，学点儿技术就不错了，我挺满意的。你天生是当官的，你看你，在知青心里威信很高，都挺服你。说话好听，慢悠悠的，以理服人，原来我们九班的都愿意听你说话。天津人说话有的特好听，有的特烦人。你属于说话特好听的，你说一宿我都爱听。”

第七节　周日聚会　小玉受宠

从夏天开始大知青们陆续申请探亲假，好在大知青人数不多，春节是最后一批，不知道为什么掸子没有申请探亲，卫生员和未婚夫一起走的，连探亲带订婚。春节期间，能耐梗的老婆回老家探亲，能耐梗没有跟着。五班长和大被单儿几乎天天去能耐梗家，放假那两天从头待到尾，大被单儿做完饭就去，待到半夜才回宿舍，五班长有时干脆就住在能耐梗家。

五班长和能耐梗都挺能喝酒，经常从中午喝到晚上。大被单儿在一边帮着炒个菜倒个酒，有时也喝两杯，三个人的酒量差不多，能耐梗的酒量好像稍大一些。

我反感能耐梗，对五班长这么正派有素质的人和他搞到一起很不理解，但是我因为掸子和大被单儿很好，所以也不反感五班长和大被单儿。我问掸子，他们怎么和能耐梗那么好。

掸子说：“少管闲事，他们两个人很好，就是心太实，和能耐梗这样的人打交道占不了便宜，早晚会吃亏的，你离他们远一点儿，看见什么也不要乱讲话。”

掸子的样子很严肃，就像长辈教训晚辈一样，我虽然没全听明白，但似乎有一种担心在心头围绕。

每个星期我都和小瞄儿、小眼儿去养猪场，后来小眼儿不去了，他和我们讲了自己的心思：因为他除了对白桃感兴趣，对其他女知青根本不关心。

他心里、脑子里都是白桃，整个内心都给了白桃。白桃对他也很好，哪怕是一句问候、一个关心，甚至一个微笑都能让小眼儿做好几天美梦。小眼儿看女知青的眼光非常准，受到大多数男知青的认可，女知青谁长得漂亮，漂亮在哪儿，给漂亮女知青排名次是男知青们公认的到位。但小眼儿对那些比白桃还漂亮的女知青表现出的是一种对美的观赏，而不是心中放不下。只要出现白桃，或者联想到白桃，他心里、脑子里就能立即放下所有漂亮的女知青。他越发感到白桃越长越好看，随着时间的推移，他观察她的机会越来越多，观察她的距离越来越近，他在她身上发现越来越多的可爱，这几乎让小眼儿痴狂。这样，小眼儿在和枝儿、叶儿聊天儿和逗贫时经常心里、脑子里出现白桃的音容笑貌，这让他在喂猪房坐不住，总想离开到外面走走试试运气，或许能遇见白桃。

小眼儿不来了，换成了小玉这个美男子，这让枝儿高兴得不得了，但也拘谨了很多，小玉都来了好几回了，枝儿仍然羞羞怯怯的。但她对我一点儿不拘谨，土炕边上的那根棍子就是我的克星。

小瞄儿本以为小玉来了和枝儿凑成一对，不用他分心顾枝儿的冷清，他可以踏踏实实和叶儿聊天儿。但他没有想到枝儿和叶儿都围着小玉说话聊天儿，不时拿我打岔解除一时的尴尬，把他和花姑娘晾在一边。慢慢地花姑娘也不来了，小瞄儿更觉得尴尬，两个女知青经常十几分钟半个小时也不和他说一句话。小瞄儿待着无趣就到堆着猪饲料的屋里干活儿，这样一来枝儿和叶儿有些待不住了，不时过来劝他停手。小瞄儿突然觉得这样很好，当叶儿过来问候时还能单独聊几句，还能因为叶儿抢他手上的工具有身体的接触，着实显得亲密。

小玉说话不是那种抓住话题不松嘴说个没完的人，大家问他什么他就回答什么，自己主动找话题的时候很少。枝儿的拘谨也影响了活跃，反倒是叶儿更加主动，多数情况下是枝儿和叶儿拿我调节气氛。枝儿是个很机灵的知青，经常烧几个玉米，炒一小堆大豆，在炉灶里烧几个土豆和大家一起分享，暖乎乎的屋子里热乎乎的土豆，让我们忘记了时间。

养猪场里的星期天，几个男女知青聊天儿逗贫非常快乐，大家也会拿出一定时间干活儿，这就把枝儿和叶儿一周要用的饲料和柴火准备充足了。然而，这样的小聚会很秘密，从来没有被别的男知青撞见过。只有一两次有女知青路过，大家立马开始争持豆饼，男知青要豆饼，女知青不给，这让来人以为大家真的在讨要豆饼。

第八节 獾子跑了 吓尿裤子

耗子一直不来这里，因为耗子不想在女知青面前瞎费力气，他也从来不因为男知青个个比他精神而嫉妒，他知道在全新建点他是唯一的、真正的怪物，他也想念女性，但深深地埋藏在心里，他不停想念的是谁只有他自己知道。

刚来时他还经常和小眼儿议论女知青，慢慢地就不再议论了，他明白除了与他类似的女怪物，是不会有其他女知青和他走到一起的，还不如省了那些无用的心机。他虽然奇丑无比，但他的身体发育很正常，甚至还有点儿超前，所以需要发泄，只好没事找事做。

耗子经常和狗在一起，他宿舍门外总是有或多或少的狗在等他来喂。耗子除了打饭时多要馒头，他还会到各个宿舍找知青吃剩的馒头来喂狗。只要他在外面走就有狗跟着他，有的时候多达十几条。过去很多人害怕耗子，那是因为他的相貌丑陋，行为怪异，善偷袭并下手狠毒；现在很多人怕他，则是因为他不好接近，与人无话，很少袒露心声，令人琢磨不透，再加上前呼后拥的一群恶狗，令人更是惧怕。自他在二层铺上用铁锹偷袭点窝以后就再没有和谁发生斗殴，但就那一次已显示出他打架的个性，这就足以震慑所有好斗的人。连点窝后来都承认绝不敢与耗子结仇。

耗子与狗亲，一是因为寂寞，二是因为希望这些狗为他所用，帮他狩猎。他想抓一只猱头做帽子。猱头的皮非常柔软，有两层绒毛，再加上表面的长毛，成为东北兽皮里最轻最暖和的佳品。买这样一顶帽子在当时需要一个多月的工资。耗子很仔细，从不乱花钱，他存钱很快，每次存得差不多了就往家里寄，他根本舍不得花钱买。那顶五六块钱的羊剪绒帽子他在北京就已经戴了好几年了，来东北后也一直没换，帽裙卷着，帽耳朵荡啷着，样子比小炉匠还像小炉匠。

最近耗子和强奸犯约好一起去狩猎抓猱头，而且要去七十里外的北大林子。事情的起因是这样的，前两天强奸犯抓到了一只獾子，并放在了他家的小屋里，知青们没有见过都跑去观看。那只獾子在小屋的墙角趴着，强奸犯用一块一米来高的木板挡在门口防止獾子跑出来，知青们就站在门口往里看。

獾子长着圆圆的身体，个头儿比大狗小一点儿，尾巴短粗，腿也是短粗的，头脸长得有点儿像狗熊，嘴很短又有点儿像猴子。獾子浑身都是宝，皮毛很珍贵，做帽子做大衣领子都很有档次；特别宝贵的是獾油，是治疗烫伤的最好药物，止痛消炎并能促进细胞再生。而且这是只母獾，怀有身孕，可以熬制獾胎膏，这就更加值钱。这是强奸犯说的，至于獾胎膏干什么用，他也没说清楚。他说，这只獾子价值三百多块。三百多块在当时可是一个农工一年的工资。这可把强奸犯高兴坏了，每来一波知青他就讲一遍。

我也去了，和花姑娘、万事通、小玉、老七、大笸箩等人一起挤进通向两个屋子的小过道，向小屋里张望。强奸犯在大屋门口又讲了一遍獾子的用途和价值。我本来对强奸犯就很反感，因为那天强奸犯在宿舍骂了我，我一直没有报复成功，连长又让我保证不再打架，这口气没出来，现在又见强奸犯大发横财心里更是不快。最后又听说是怀孕的母獾子，强奸犯还说要用小獾子熬獾胎膏，这让我更难以接受。不但要剥这只母獾的皮还要把小獾熬成膏，我心想，这个王八蛋太狠了。

临走之前，我把挡在小屋门口的那块木板下边用脚勾出一条一寸多宽的缝，又把依住木板的土坯用脚蹬歪，只留土坯的一个角顶在木板上，这样，只要獾子从缝隙那里一拱就能出来。

我们走后又去了几波知青，傍晚时分那头母獾不见了，这让强奸犯大受刺激，像疯了一般号叫了两个钟头，声音覆盖了半个新建点。他似乎感觉到是有人故意放走了母獾，但是最后去的那伙知青是女的，他又不好说是她们，于是他骂了一阵子，但听不出来在骂谁。知青宿舍一晚上都在笑话他的歇斯底里，幸灾乐祸强奸犯大喜过后的大怒，集中的字眼是——活该。

第二天强奸犯发誓赌咒地说：“我还要去抓，最少要抓几只貉头。”当地人抓貉头就是要它的毛皮，因为这种毛皮很轻，很结实，做帽子非常暖和，谁有这样一顶帽子，无论到哪里都会招来羡慕的眼光，回头率极高。貉头这种动物除了尾巴和腿短粗与狗有明显的区别，其他部位都跟狗长得很像，它们生活在灌木林中的空旷高地里，巢穴很深，只有训练有素的狗才可以钻进去把它叼出来，如果用人工挖，需要很长时间才能挖到洞穴底部。

耗子在与强奸犯搭帮抓貉头之前与小眼儿、小瞄儿和我商量，他想和我们几个同去。没想到大家一致反对，没有一个人响应他的号召。因为那年冬天，我们去边疆小镇买罐头，来回一百四十里路，我们走了将近二十个小时，又遇上狼群，现在想起来还很后怕，宁愿一辈子不再重复那样的历程。北大林子离新建点有七十里路程，还要进入北大林子，跋涉五十里左右的森林腹地。加起来一百多里，简直疯狂至极，大家不但不去还极力反对耗子前去。

万事通在旁边听我们几个讨论得不可开交，于是插话说："北大林子方圆一百多里，就是说东西一百多里，南北一百多里，在里面很容易迷路，一旦迷路吃什么，喝什么，住什么？"

耗子说："我带一书包馒头，水没法带就吃雪，住的地方很好办，带一把短锹搭雪屋。"

小眼儿说："你怎么这么拧啊，非去送死？"

耗子说："怎么叫送死？我是个大活人。"

小眼儿说："遇到狼群怎么办？"

耗子说："我带着一群狗，跟丫掐！"

小眼儿说："狗打不过狼！"

小瞄儿说："来回二百多里路，去几天？三天？回得来吗？回不来就得请假，谁批你这假？"

耗子说："我请假去看同学。星期六吃完中午饭就走，天黑就差不多到北大林子了。"

我说："你们会飞呀？"

耗子说："你真是个傻帽儿，北大林子就在公路边上，搭个车两个钟头就到了。"

这下大家明白了，确实可以搭车，来回搭车，就可以减少一多半要走的路程。

耗子不听我们的劝告坚持要去，临走时我们几个送他。

我对耗子说："人家都叫我妖怪，看你这样儿才是一个真正的妖怪。"

耗子戴着那顶羊剪绒帽子，穿着平时穿的棉袄棉裤，裹腿是新的。一个大大的绿书包里装满了馒头，一把短铁锹拴着绳子斜背着，一块毡子卷成卷也横背在肩上，手提一把长把斧子。因为个子太矮，好像他身上背的东西都是最大号的，很不协调。

我给他一个纸包说："是个咸萝卜，不吃盐你再变成白毛耗子。"

强奸犯除了没有短铁锹，其他的东西都和耗子背的差不多。只是他的行李卷比耗子的行李卷粗得多。他们走出新建点向西面的公路进发，要穿过七里左右的草甸子才能到达公路边。

耗子后来讲述了那天的惊心历程。草甸子里面没有真正意义上的路，只能深一脚浅一脚地蹚着雪走，非常艰难，那群狗还算忠诚，一直跟着耗子。到公路边后，拦了一个多小时才拦住一辆噶斯破车。强奸犯把他的狗抱上车，耗子也效仿强奸犯试图把他带来的那群狗抱上车，但是它们在车上打了个滚就又跳了下来。就这样，跟来的七八条狗都不上车。

耗子恼怒地大喊："白眼狼，看我不宰了你们吃肉！"

汽车开得不是很快，但他们两个很快就被冻僵了，气温因为临近晚上而下降到了零下二十几度，又加上汽车奔驰带起的冷风，棉衣棉裤根本抵挡不住，就连那条狗也冻得浑身如同筛糠。汽车开了近两个小时，才来到北大林子边上，天早就黑透了。

汽车司机非常不解地问他俩："这时候在这儿下车要干吗？"

耗子说："打猎。"

司机笑得连叼着的烟卷都掉了："就你？有枪吗？"

耗子说："没有，有斧子。"

司机说："一头狼崽子就能扑住你，是不是还有别人？"

耗子说："没有，就我们两个。"

司机严肃地说："你们不是开玩笑吧？"

司机跳下车走到强奸犯跟前问："他说的是真的？"

强奸犯说："是真的。"

司机说："你是个老职工，他是你儿子？你们父子俩不要命了，这么冷的天，你们不是找死吗？！"

强奸犯说："一会儿我们就生火，没事。"

司机说："有狼你们知道不？"

强奸犯说："狼也怕火。"

司机说："我劝你们还是上车，我把你们带到前边的连队住下，明天我还原路返回，可以把你们拉到今天上车的地方，别想着打猎了。哎，你们要打什么呀？"

强奸犯说："猱头。"

司机说："我以为你们是打黑瞎子，打猱头森林里没有，它们在榛子林里。"

强奸犯说："一般是在榛子林里，可那里的猱头都被打光了，森林里也有，就是远点儿，我知道一个地方——往林子的中央走四五十里有一大片榛子林，那里的猱头特别多。"

司机有些恼火地说："就为一顶帽子去冒险值吗？刚才我怕冻死你们没敢快开，我要是跑五十公里的速度估计你们就死在我车上了。现在死与活与我无关，但我还是要劝你们一句，别冒这个险，或冻死或让野兽祸害了。”

耗子说：“谢谢你啊，我们知道。”

司机回头对他的同伴说：“你证明我劝他们了，而且我是极力劝阻他们不听。”

他又对强奸犯说：“你们改主意不?”

强奸犯说：“我以前这么干过，放心吧，没事。”

司机拍了一下大腿对他的同伴说：“咱们走吧。”

汽车开走了，周围黑下来，到处是很深的积雪，幸好不是阴天，月亮出来了，星星好像离着很远，四周灰茫茫的，能见度很低，隐约可以看到二三十米外的黑影。在皑皑白雪的夜色中，一切都是无声无息的，好像所有的声音都被冻住了。

耗子和强奸犯走下路基。路基边上有很宽很平坦的一段，他俩想通过这里进入森林，突然，脚下积雪的硬壳塌陷，他俩被雪埋住了。

这是一块背风地，冬天刮风时飘来的雪积攒在这里，表面看地势高而平坦，实际上积雪有两米多厚。他俩被雪陷过头顶，赶紧往上爬，爬了几下就露出了头，再爬几下就上来了，但是他们不敢再站起来，只是继续爬行。强奸犯的那条狗却没事，连爪子都没陷进雪里，它还连蹦带跳地往前跑。

在寒冷的黑夜要钻进人迹罕至的森林究竟需要多大的胆量说不清楚，但是一定要有与常人不一样的疯狂，并且两个人需要同时具备。强奸犯给自己买媳妇花了一大笔钱，那只獾子本来可以补回一半的损失，可锅里的鸭子熟了却又飞走了让他大受刺激。在他看来，买媳妇损失六百，獾子又损失三百，加起来差不多有一千元，不做点儿什么他受不了。耗子则是觉得自己的羊剪绒帽子太旧了，他几乎每天都忍受着寒风吹面、冷风冻耳，就是因为帽子上的羊剪绒的绒毛被磨光，要买顶新帽子是他的一个很大的愿望。他想买，可是没有中意的，有型、好看的帽子又贵又不扛冷，毛长、暖和的帽子配不上他巴掌大的小脸，成年人的帽子不适合他。所以他决定按照自己脑袋的尺寸来做一顶最高档的帽子，那样别人会多看他一眼，到目前为止知青里还没有人戴这样的帽子。他知道女知青很少注意他，看他的眼神都是看见怪物的惊诧并且一扫而过，没有女知青的眼神愿意在他身上停留。他有喜欢的女知青，但是没有向任何人表露过，哪怕是小眼儿。

耗子也很在乎钱，他知道一顶棉帽子要好几块钱，就像我戴的那种黑毛的狗皮帽子还要九块钱，他认为很不值，太贵了。其他人的帽子也多是十元左右的，只有一个人有一顶皮的，要二十四块钱，他借来试戴，可是太大了，头上得裹条围脖才能戴稳。

两个人爬行了几十米才敢站起来，然而一站起来两条腿就又立马陷在了雪里，没过膝盖。入冬的积雪可以蹚着走，但春节后的积雪蹚不动，积雪上面有一层硬壳，那是因为积雪表面被冻住了。在上面走要高抬腿一步一步往前迈，每迈一步都要浑身用力。积雪有时深有时浅，深浅差距一大就会摔跤，只能用连滚带爬形容。

耗子不到一米五五，他跟在强奸犯后面，仍然走得很吃力。他想，什么最难？脚下没有路可能是最难的。他开始有了放弃的念头。他想，可能看见猱头自己也追不上，只有靠那条狗了，可狗不是自己的，追上了也不属于自己。他知道强奸犯很小气，就是抓住两只也不见得会给自己一只，抓住三只能给自己一只就要谢天谢地了。他想，不行，要和强奸犯说清楚。

他们费了九牛二虎之力才进入森林。

耗子说："歇会儿吧。"

强奸犯说："再往里走走，里面暖和。"

这时脚下的积雪浅了一些，最让人高兴的是积雪表面不是太硬，可以蹚着走，高抬腿简直就是一种折磨。这时那条狗开始受罪，它要一蹿一蹿地前行，蹿累了以后又开始爬，但还是带着一股奋勇向前的气势。

越往森林里面走越是黑暗，只能看见眼前树木的轮廓，地上的积雪呈现出浅灰色。耗子一边吃力地跟着强奸犯一边四处张望，他突然想，粗壮的大树背后会不会有什么东西躲藏呢？他开始后悔自己没有走在前面，那样就没有后顾之忧了，现在他甚至一步一回头，生怕后面有什么动物扑上来。

森林里太静了，一点儿声音都没有，唯有的响声就是他俩和狗的呼吸声、踩踏积雪声。耗子觉得这声音一定会传得很远，如果附近有饥饿的狼或者狗熊的话一定会伺机而动，而他们两个跑不能跑躲不能躲，简直就是待宰的羔羊。

耗子有些着急地说："歇会儿吧，我走不动了。"

强奸犯说："找个宽敞的地方好生火取暖，不在宽敞地方视线不好，看不清周围的情况。"

他们又走了一会儿，找到了一块空场，并开始在中间建雪屋，可雪屋圈得太大，根本没法儿盖屋顶，只好改成雪墙，雪墙很高将近一米五。耗子拿着斧子砍倒了两棵树，在雪墙中间架起火堆。火越烧越旺，四周越来越亮，雪墙里甚至可以看书，不过举头向天空望去，却是一片漆黑。

耗子削了两根木签子用来烤馒头，没想到馒头冻得梆梆硬插不进去。

强奸犯说：“插不进去就往里钉！”

果然管用。

强奸犯又拿出一个小瓶子说：“撒点儿盐。”

耗子一口气吃了三个馒头还觉得不饱，但是他算计着每顿吃三个，一天吃九个馒头，这样他可以三天不挨饿。如果真的迷路，他这一书包馒头还是很紧张的，他要尽量省着点儿吃。

强奸犯也在吃他自己烤好的馒头，他的狗在一边眼巴巴地看着，狗也饿了。

耗子说：“你不喂喂狗？它也饿了。”

强奸犯说：“不用喂。”

耗子心想：“这王八蛋也太抠了，自己的狗都不舍得给点儿吃的，要是我早跑了，这狗真够傻的。”耗子想喂这条狗一个馒头，但他忍住了。一是狗不是自己的；二来喂它一个自己就少一个，如果真迷路了，一个馒头可以顶一天。

他俩吃完馒头，嚼了几口雪，就打开行李卷，准备睡觉。耗子只带了一块毡子，强奸犯除了毡子，里面还卷着一张狗皮。他把毡子铺在下面，狗皮盖在上面，怀里还抱着那条狗，很快就睡着了。耗子铺上毡子，躺在露天里只觉得天寒地冻，那毡子跟没有一样，他往火堆旁边靠了靠，身子对着火堆弯成一个月牙形，前面很快暖和了。可背后却凉得像埋在冰里，他想起大家烤火时常说的那句话：“火烤胸前暖，风吹背后寒。”他前面被火烤得受不了了，火焰刺痛了他的脸，他赶紧翻了个身，用屁股对着火堆。可是没过一会儿屁股就也受不了了，这时候恰好前胸也快凉透了，于是他又翻了一个身。

就这样，他不停地翻身，他还生怕自己睡着了，会被冻硬或是烤熟，他后悔没有把自己的大衣带来，那样一定可以睡个好觉。突然，他想到了办法，他量出不会被火堆烤焦自己的距离，又在相等距离左右两个地方生起两堆篝火，他躺在三堆篝火的中间，很快也睡着了。

后半夜强奸犯被冻醒了，因为篝火越来越弱，他那张狗皮根本没办法把他的全身都覆盖住，最明显的是双脚冰凉就一定睡不着。加上凌晨的低温冻得鼻子不是鼻子脸不是脸，再不起来烤火估计会多处冻伤。他起来给篝火加柴，看见耗子睡得很香，知道这是三堆篝火的作用，他就把毡子也铺在了耗子身边。可是没一会儿耗子就醒了，因为被强奸犯挡住的一边很快就变得冰凉寒冷起来。不过耗子睡了三四个小时也算恢复了体能，他不想再睡了，他坐起来烤火。感到很口渴，就顺手团了把雪放嘴里嚼起来。

强奸犯也没睡着，躺在那里不停地翻身。

耗子说："要不然咱们往里走吧，我现在不困了。"

强奸犯说："等天亮了再走，现在也不知道几点了。"

耗子说："睡不着了就走，别在这儿耽误时间。"

强奸犯说："那就走吧。"两个人收拾了一下向森林深处走去。

森林仍然是灰黑色的，一棵棵大树伫立在灰黑色中让人感觉阴森森的，四周静悄悄的，没有一丝声音，让人觉得恐怖。耗子腿短，蹚着雪走还觉得轻松一些，不过森林夏季植被茂盛，四处荆棘荒草团裹在雪中，这也让耗子吃了不少苦头，没走多远就摔了无数次。

两个人走了很久，只走了不足十里的路程。天蒙蒙亮了，积雪变成了灰白色，借着黎明前的雪色能看到四五十米的距离。这时强奸犯的那条狗站住不动了，它竖起耳朵目视前方。

强奸犯也站住不动了，他向耗子摆摆手，意思是先停下。突然，强奸犯迅速迈了两步把他的狗压在身下并蒙住它的眼睛，一只手脱下手套给狗挠痒痒。

他小声对耗子说："快趴下，别出声。"

五十多米处一个高大的黑影正在向这边移动着，隐约可以听到积雪被碾压时发出的咯吱声。黑影又接近了一些，可以听到"哈喝哈喝"的呼吸声。咯吱声、哈喝声打破了森林的寂静。

黑影越来越近，它发出的声音也越来越大。那条狗即使被强奸犯压在身下，仍然感觉到了巨大危险，喉咙里时不时发出"呜呜"的警告声，强奸犯一边低声呵斥狗，一边死死地压住它，防止它猛然发出叫声或突然蹿出去。

这个巨大的黑影是一头大黑瞎子，只见它蹚雪前行，脚下踢起阵阵白烟。它的脊背约有一米宽，从头到尾有两米多长。耗子从没见过黑瞎子，当他偷偷窥见离自己不足十米的这头大黑瞎子时，感觉自己浑身的汗毛把衣服都顶了起来。强奸犯见过黑瞎子，也听其他老职工说过黑瞎子的事儿，大家形容黑瞎子个头儿都用种猪来说。这头黑瞎子比大家形容的种猪要大一倍还拐弯儿，吓得他浑身直哆嗦，他的那条狗随着主人的发抖也安静下来。

大黑瞎子在他们前面五六米处停下来，两只前爪抬起，扬着头，伸着鼻子嗅，接着它又由坐姿变成站立，这下这头大黑瞎子真正恐怖的一面显露了出来，它像一座黑压压的大山耸立在他俩面前。大黑瞎子走了之后，强奸犯和耗子仍然不敢动，等黑瞎子走得看不见了耗子才敢爬起来。他尿了裤子，强奸犯也尿了裤子，那条狗动了动好像也尿了。

耗子说："我回去了，要去你自己去吧。"

耗子一转身顺着来时的足迹往回走了。

强奸犯说："走就走吧，你看你这胆儿。"

他们走到昨晚过夜的地方又生火烤馒头，耗子吃了四个，他又给狗烤了两个。等狗吃完了，他们继续往回走。到森林的边缘地带时，已经快中午了。

他们爬过那段平坦的雪地来到路边，一边走一边回头望，想看看有没有路过的车，好拦一辆。这时迎面开来的一辆拖拉机停在了他们身旁。

耗子听到了一个熟悉的声音："上车。"

是小眼儿。开拖拉机的是疯彪子，拖车上拉的是新建点的老职工和一些男知青，有二十多人。原来大家送走耗子后，总是感觉不放心，两个人进森林后还要纵深前进五十里，不用说野兽单是迷路就是大麻烦，万一赶上大烟炮很可能会被冻死或饿死。于是小眼儿、小瞄儿和我商量了一下还是告诉了领导，领导一听急了，决定第二天组织人寻找。从此，新建点又出台了一项规定：进森林要经过领导准许。

那时年华正好

（下册）

王　珏　著

中国财富出版社

第十六章　进入一九七三年

第一节　封路断烟　旱烟救急

一九七二年冬天的雪很大，进入了一九七三年还是经常降雪，春节后又下了一场大雪。下大雪时在外淋雪会有一种奇特的感觉。竖着耳朵听，一片沙沙声；吸着鼻子闻，一股股清新；眯着眼睛看，一朵朵白花；仰着脸庞触，一缕缕清凉。要静下来，要稳住全身，要屏住气息，要凝神远望，就这样保持住。这时要想象，这时要幻想，那么你就会不停地向上，你就感到自己在缓缓飞翔。雪片初看像鹅毛，细看形状各异，没有一片相同，却都闪烁着钻石一样的光芒。她们互相躲闪，羞怯、谦逊、礼让，决不与同伴相撞，你躲着我，我闪着你，晃晃荡荡地飘下，掉在地上摔碎，你压着我我托着你，亲亲密密地融在一起。所有的东西都喜欢她们，她们也喜欢所有的一切。她们热情地给所有的房子戴上厚厚的白帽，她们调皮戏弄压得树枝弯下腰，她们一群一群地落下，前仆后继勇敢面对脚下的一切，她们齐心协力净化着世界哪怕自己落入尘埃。大雪挥挥洒洒，大地一望无垠，万物静谧，世界清新。

春节后新建点的工作仍然重复去年的。有伐木的，有在木料场的，有在采石场的。新建点的各级领导除了强调准时上下班以外，通常不强调工作要多么多么努力，多么多么干劲儿冲天，虽然有时也说说，但也就是说说。因为在冰天雪地里如果你不干活儿的话，很快就会被冻僵，所以大家多多少少还是要干点儿活儿，让身上暖和暖和。

通常来说，大雪不会对新建点的生活工作产生太大影响——雪落在地上是平坦的，常走的路踩一踩就又好走了。可是一旦刮起风来，情况就完全不一样了。雪会在平坦的路上堆起一道道雪岗，如果再刮几天大烟炮，那么雪岗就变成雪墙了，高度超过一米。春节后下的大雪还没等沉稳下来就刮起了大烟炮，雪从地上被刮起来，漫天飞舞，平坦的大路、小路都堆起了雪墙。

没几天大烟炮就把路都封死了，车出不去也进不来。上级派推土机开路，轮到新建点还要一段时间。可是过了一周路仍然没通，全新建点开始吃死面馒头，大家的咬合力没有问题，都咬得动，但吃完死面馒头会泛酸水，大家怨声载道。小卖铺里的东西也卖空了，香烟更不用说早就没了，平时大家买烟也就是一两盒儿，很少有人整条买，现在会抽烟的男知青四处找烟。

我和小玉抽烟比较勤，两天差不多要抽一盒烟。小瞄儿和小眼儿可抽可不抽，所以很少买烟。耗子、花姑娘和万事通都不抽烟。大笸箩最能抽，一天一盒，他是最先没有烟的。

那天晚上人到得差不多了他说："没烟讲不了了，从今天暂停。"

万事通说："别呀，上气不接下气多难受啊，接着讲。"

大笸箩说："你知道没烟多难受？故事情节乱了都想不起来了。"

万事通说："你等着，我给你拿烟去。"

万事通起身出去拿烟，知青们议论：这小子上哪儿拿烟去了，这日子谁还有烟，他平时也不抽烟啊。过了十几分钟万事通回来了，抱着一捆旱烟叶。

他把烟叶扔给大笸箩说："没烟卷凑合着抽旱烟吧。"

大笸箩说："行，行，能抽。"

大笸箩拿出信纸撕了一条卷了一支烟抽起来。

屋里的知青们好几天没有闻到烟味了，旱烟的香味在屋里缭绕，会抽烟的知青们都忍不住了，他们也伸手拿信纸卷烟，你一把我一把地抢旱烟叶。

快十天了路还是不通，大烟炮停了几天又开始刮起来，于是新建点领导安排学习。其实就是天气不好变相休息，越是这样烟瘾大的人没有烟抽越是难受，有的知青在柞树上摘几片没有落光的树叶放在炉子上烘干揉碎卷着试抽，不但味道难闻而且很呛，抽了一口就扔了。机务排宿舍里有万事通找老职工要的那捆烟叶很是幸福，大笸箩又是一个不计较的人，开始谁要都给，很快就没了一多半。

大笸箩说："这路还不知道什么时候通，烟就这一点儿咱们不能这样抽了，再这么抽明天就没了，以后我抽你们就抽，我不抽你们要我也不给。同意吗?"

知青们都很赞成。没想到大笸箩还挺能忍，只在吃完饭抽一次，讲故事抽一次，睡觉前抽一次，就跟要戒烟似的。

第二节　电影好看　大火熊熊

食堂吃了两次面条，把炊事员累得够呛，每次擀过面条后，掸子的手掌都好几天不敢吃劲儿，用她的话说手上的肉和骨头分开了。我知道掸子手痛，趁没人的时候非要帮她揉揉，掸子拧不过伸手任我摆弄了一会儿。

我认真地问："怎么样，管用吧？"

掸子笑笑说："嗯，很舒服的。"

过了两天风停了，又过了两天路通了，又过了两天团电影队来放电影了。大家有松软的馒头吃，有各种香烟抽，特别是能够在食堂看电影，男女知青都挤在一起，可以近距离偷看，真是太幸福啦！

电影的名字是《英雄儿女》。电影太好看了，知青们的情绪随着故事情节跌宕起伏。

天津的小胡子和旁边的小玉说："现在恁么不打仗呢？"

小玉说："看打仗的电影就想打仗啦？"

小胡子说："打仗多好，守山头，大伙都牺牲了，我昏过去了，大部队来了，我立功了，弄个师长旅长的干干。"

小玉说："瞧你那操行，跟万事通一个德行，他和你说的一样。狗东西！"

电影里整个志愿军阵地真的只剩下王成一个人了。王成一会儿打枪，一会儿扔手榴弹。他对着步话机喊着："阵地上就剩我一个人了。"

小胡子说："赶快找地方藏起来昏过去，快昏过去。"

小玉说："昏过去也得炸死。"

电影里志愿军阵地团团烈火，浓烟滚滚，王成扔掉步话机，端起爆破筒手拉引线，准备与敌人同归于尽。

突然，有人大喊："着火啦！着火啦！"

一个男知青大骂："瞎嚷什么！打仗能不着火吗？找抽啊！"

那个人又喊道："是宿舍着火啦！"

这时整个食堂大乱，大家都往外挤往外冲，就像敌人来了，志愿军冲向阵地去杀敌。

大火是从八班女宿舍屋子里面着起来的。屋子里没有多少烟，整个屋子里红红的到处都是火苗。八班女宿舍在房子的最东边，这天晚上的风恰好从东边吹来，宿舍顶棚西侧的通风口冒出滚滚浓烟。紧挨着八班的一间是女宿舍，另外两间则是男宿舍。这时挨着八班宿舍的女宿舍屋顶，顺着木板缝隙开始冒出一串串小火苗。

连长大喊："快往外搬东西！"

只见这三间宿舍的门被硬生生拽了下来。要知道门上三只合页十二个螺丝拧在松木门框上，得要多大的力量才能拽下来？然而，每个门都是瞬间被不同的人拽下来的。知青们的木箱子有的很大，平时两个人抬都费劲，现在一个人就抱出来了。不管是老职工还是男知青，个个身手敏捷，个个都是大力士，与平时相比完全两个样子。但是知青们的箱子大部分都在顶棚上存放着，指导员派人看住两边的入口，防止有人上去。事实上，即使没有人看管也没人敢上去，滚滚的黑烟上去也得被呛死。东西抢出来一半左右，连长、指导员和排长们拦住了抢搬东西的人，屋顶马上就要塌了。

我从食堂挤出来，看见是黑牡丹和白牡丹她们的宿舍着火，想都没想就冲到门前，想要进去搬东西。这时的宿舍门是敞开的，熊熊大火从门里团团涌出，离宿舍门口还有两米多时，我已感觉脸上被烈火灼烤得疼痛，热浪逼迫我向后疾退。

我心想，得当一回王成，必须冲进去。我回头找东西，看见旁边宿舍搬出来的一堆东西里有床被子，我把被子蒙在头上就往屋里冲。这时突然有人把我从后面拽住了，原来是连长。

连长厉声说："找死啊?!"

我说："我搬东西。"

连长大喊："谁也不许进！"

连长找来一根长木棍捅碎窗户上的玻璃说："你看还有什么可搬的?"

他一边说一边用木棍捅靠近窗户的东西，只见床上叠着的被子被他一捅就变成了灰，瞬间飞散了。他捅木箱子，木箱子立时塌成了一堆炭火。屋里的东西表面看都是好好的，但实际上都烧透了。

屋顶的木板早就干透了，板子上面为了保暖所铺的锯末也早干透了。西边的三间房子都是从顶棚先着起来，然后向上烧，向下烧，向四面烧，真是八面开花。顶棚上所有的木板缝隙都蹿着小火苗，火苗大小差不多，排列得整整齐齐，很好看，也很壮观，却更可怕。

四个房门向外涌出的火焰蹿上房顶，屋顶开始冒烟，积雪融化像塌方一样消失了。八班宿舍的屋顶最先冲出烈焰。顶棚塌下来，一团团冒着烟的火球从顶棚上掉下来，那是女知青们放在顶棚上的箱子。这时一些女知青哭了起来。刚开始她们被吓傻了、惊呆了不知道哭，接着是搬东西没来得及哭，接着是无效地灭火想不起来哭，但当八班宿舍屋顶冲出几米高的火苗时女知青们不约而同地哭了起来。有些知青回宿舍拿脸盆端着水跑来往屋里泼水，有的知青拿铁锹铲雪往屋里扔。往大火里泼几盆水、扔几锹雪真才叫杯水车薪，一点儿用都没有。顶棚的通风口就像大烟囱往西冒烟，东边的第二间屋顶烧起来了，紧接着是第三间、第四间。不到半个小时整栋房子都着起来了。

女知青的哭泣也跟着升级为大哭。又过了一会儿，四间宿舍的屋顶被烧通连成了片，在烈焰相汇的瞬间火苗飞升十几米高。哭声没了，大家被这恐怖壮观的景象再次震惊。那团团大火汇聚成海，热浪奔涌滚动，屋顶上没被烧着的和刚刚被烧着的乌拉草一簇簇被热浪卷上天空，一边飞扬一边燃烧四散。两百多人眼睁睁看着自己的窝化为烈火熊熊燃烧。四间宿舍烧成一团，屋顶已被完全烧着，门窗向外喷火，宿舍四周的墙壁也燃烧了起来，浓烟在上，火焰在下，四下里被照得通明，两百多人围在四周观看，就像没有欢笑的篝火晚会，大家静静地看着，眼神惊恐。

这时连长大声说："一排负责观察火情，防止蔓延，班长、排长和连领导到食堂开会。"

这时有人大声说："快看鱼唇在他家房顶上，真他妈自私，他还是共产党员吗？"

在场的所有人向正在燃烧的宿舍东头望去，离八班宿舍十米左右的地方是几栋家属宿舍，鱼唇家靠最西头，与正在燃烧的房子很近，火光照见鱼唇坐在自家的屋顶上，身边放着两只水桶。他是怕这边飞起的火星落在他家屋顶上。

散会后，连长对大家说："副连长负责受灾知青住宿，会木匠活的找他领任务，把食堂改成宿舍，可以解决男知青一个班的床铺，机务排负责打下手。连部的三间房都腾出来给女知青住，房子小，只能安排一个班的女知青。另外一个班的女知青先到二班挤一挤，一个床挤一个，先这么安排，有问题再一个一个解决。被子由指导员到老职工家去借，能借多少算多少，再看看女知青和男知青有没有多余的被子和大衣，男知青也可以两人挤一下。副指导员负责火情。总的要求是，每个人都要有地方住，不能冻坏一个人。明天上午八点排长以上干部开会。"

大火烧到最烈时整栋房子通红通红的，人距离十几米就被烤得受不了了，大家一点点往后退，不在这栋房子里住的人是在看人火燃烧的情景，而在这栋房子里住的人是无处可去。

第三节　捐款捐物　同学互助

八班的女知青都站在火堆旁，谁也不说话，就像傻了一样。因为看电影很多人都没戴帽子也没戴手套，有的连大衣都没穿，真是爱俏不穿棉，能少穿就少穿。黑牡丹一个劲儿地伸手烤火然后捂耳朵，她和白牡丹都没穿大衣。

我找到花姑娘说："你大衣呢?"

花姑娘说："在床上，干吗?"

我说："我大衣给黑牡丹，你大衣给白牡丹。"

花姑娘说："我去你的，当着这么多人怎么给？那我穿什么呀?"

我说："你还有被子，她们除了身上穿的什么都没有，白牡丹挨冻你不着急？你去拿，我给。"

花姑娘给我抱来大衣，他说："你去给。"

我抱着两件大衣走到黑牡丹和白牡丹跟前说："白牡丹，这是花姑娘给你的。"

我又对黑牡丹说："这是我的，你们先穿上吧。后背有个窟窿，不知道谁给我烧的。"两人接过大衣眼圈红红的。

周围的人看见这一幕很多人转身走了，很快就走了一多半的人，一会儿又都抱着大衣、被子、褥子、棉帽子、围脖，都是目前急需的保暖的东西。每个知青抱着自己的东西寻找自己的同学，火堆旁三个一群、五个一伙地推让东西，热烈交谈，也有很多女知青抱着同学送的东西哭泣。

只有一个人在靠后一点儿的地方独自站立，她是草儿。草儿身高接近一米七，穿着一件军大衣，肩背的曲线缓慢收缩伸向腰间后再度胀宽，大衣扣把胸前分出两座山峰，她双手斜插衣兜，大衣下摆呈婀娜裙袍状，她并拢着双腿站立，身材愈显挺拔。大衣的领子竖起来遮住耳朵和下巴，她本来戴着口罩，现在摘了一边。这样就比平时的只露一双眼睛多出了半张脸，这半遮半掩的脸使她的美丽忽隐忽现。

我这样一个天不怕地不怕的、又混又傻的小子只是向她扫了一眼就避开了，竟然没敢仔细看。在火光映照之下她好像一脸微笑，又好像一脸气愤，还好像一脸惆怅，但最后还是感觉她没有什么异样的表情，她只是默默地站在那里。我鼓了几次勇气想与她搭讪，最后还是忍住了。她身边没有人做伴，也没有人理她，她是八班的，她的所有家当也肯定没有了。新建点里她的同学很少且都在二排，三排的好友和自己一样家当都被烧了，谁也顾不上谁了。

她的同学都在张罗着棉衣被子，主动寻找其他人帮忙。草儿却始终站在那里望着大火，既不与人交谈也不张罗事情，就好像是来看热闹，看完了一会儿就走的样子。

鬼使神差我还是没忍住，走过去说："我和花姑娘给你挤床被子，你等着。"

草儿愣了一下说："我有，我姐明天就给我送来了。谢谢你！"

我说："真的？那我就放心了。"

草儿说："真的，放心吧。你去照顾你的同学吧，她们需要你们的关心，我很高兴。去吧。"

其实很多男知青都不时向草儿扫一眼，但又不敢死盯着看，她有着那种让男人不敢直视的美貌。但男性对美的贪婪又让他们总是非看不可，哪怕是余光扫到她的影子也是一种极大的满足。但是没有眼睛敢停留下来看一会儿，停留就好像意味着羞怯、自卑、龌龊和偷盗。

第二天拖拉机拉着拖斗车去团部买东西，车上坐着二十多个人，都是宿舍被烧了的知青。我没有去，因为买生活用品还是本人去更适合，白牡丹也去了。黑牡丹和白牡丹的同学们给她们凑了四百多块钱，白牡丹只买自己和黑牡丹要的东西。草儿说什么也不让别人给她带东西，她已经给姐姐打了电话，她姐姐说下午就能来。连长告诉疯彪子注意安全，下午再跑一趟。

拖拉机走了，连里干部组织在家的人开会，让大家捐款捐物。我问花姑娘什么叫捐，花姑娘也没说清楚，后来让万事通说明白了。捐就是白给东西、白给钱，愿意给谁就给谁这叫送，白给东西白给钱但交给领导根据实际情况统一分配这叫捐，就是你给东西给钱让别人分。

我说："给完了呢？"

万事通说："还可以给呀，都是自愿，白给。"

车长来机务排收捐款捐物，老毛子记录。

车长说："有暂时不用富余出来的东西都可以，钱根据情况拿多少自己定，不强迫，没有也不要紧，不愿意也不要紧，完全自愿。"

我说："我和花姑娘没了，钱和大衣都给出去了，我们俩就不捐了。"

车长说："老毛子记上，他俩两件大衣，钱是多少？"

我说："我和花姑娘加起来八十多。"

车长说："这么多，记上。"

老毛子说：“这算吗?”

车长眼一瞪说：“为什么不算？你他妈才出几块钱。记上。”

在食堂门前不远处的雪地里，连长、指导员看着文书和卫生员清点统计知青们捐出来的东西。东西很多，就是没有被褥大衣，因为昨天晚上知青们就把这些东西给自己的同学了。

中午刚过，第一批买东西的人回来了，趁着爬犁卸东西的工夫疯彪子赶忙吃饭，吃完饭他又拉着第二批买东西的人出发了。

傍晚吃饭的时候，草儿的姐姐在几个男知青的陪同下开着一辆大卡车来了。草儿的姐姐比草儿矮一些，长得虽然不如妹妹漂亮，但也非常好看，站在人群里仍然非常显眼，梳着两个短“刷子”显得利落精干，脸型、体型、皮肤很像白牡丹。慈眉善目，丰腴贤淑，一看就像姐姐。他们从汽车上抱下棉衣、棉被、褥子，还有一个大箱子，看来不但东西都齐了而且还有富余。

他们又卸下几个大包裹，姐姐对草儿说：“这几包里都是被褥、大衣、棉衣，是我们那儿的同学和朋友挤出来的，给你们的同学吧。这些东西我们不帮你搬了，你自己找人帮忙吧，天晚了，我们得赶回去了。”

草儿跟和姐姐同来的男知青都打了招呼，好像她都认识，又说笑了几句，姐姐被男知青扶上车，走了。东西卸在了食堂门前，男女知青蜂拥而上帮着草儿搬东西。

草儿说：“把这几个大包裹搬到文书那儿登记。”

食堂一下变得很拥挤，北侧的饭桌被撤掉了，新搭起了床铺，剩下的一排吃饭桌向南移了一些。平时食堂很冷清，在这里吃饭的人很少，现在饭桌旁边都围满了人，大家坐在一起吃饭，谈论着着火时的事情，谈论着大衣和被褥。

二姑娘、白桃、黑牡丹、白牡丹、我、花姑娘、小瞄儿、小眼儿围坐在一张桌上吃饭。

黑牡丹说：“可惜我的衣服都烧了，买不到合适的衣服。”

二姑娘说：“不就是长点儿吗，剪下去就得了，有机会再做呗。”

黑牡丹说：“这里又没有裁缝，我穿不了现成的衣服，我太胖了。来时我妈给我做了七条的确良裤子，全没了。”

我说：“那么多裤子你穿得过来吗？早知道烧了，还不如当初给我。”

白牡丹说：“给你干吗？你又穿不了。”

我说：“套里边穿哪。”大家都愣了一下。

黑牡丹从桌子底下踢了我一脚说："坏蛋！"

大家这才反应过来，哈哈大笑。

小眼儿说："没听说谁穿的是的确良裤衩。"

我说："我一共有三条裤子，算上发的一身工作服，也就是四条裤子，裤衩却只有三条，工作服里没裤衩不配套。"

大家笑得更厉害了。

二姑娘也笑了，说："缺德。"

黑牡丹说："我还有五六条其他布料的裤子，满四年才让探亲，四年时间这些裤子还多呀？"

黑牡丹这么一说，大家都报了报自己裤子的数量，男知青都是四五条裤子，女知青都是七八条裤子。

白牡丹说："我们买了大衣和被褥，一会儿我们把大衣被褥还给你们，其他东西也都买齐了，钱以后还给你们，不过时间要长一点儿。"

白桃说："还什么呀，你们慢慢补齐生活用品，还要花钱的。"

白牡丹说："差不多都买齐了，春天再买些单衣就行了。你们这就帮了很大的忙，出门在外还得靠同学们啦。"

坐在同一张桌上吃饭的差不多都是同学，桌子小同学多的坐不下就在旁边站着吃，表示着对受灾同学的关爱。新建点领导组织的募捐活动只收到了少量的物品，大多数是老职工给的。没有人出钱，钱都直接给了自己受灾的同学，每个受灾的知青得到的钱数不等。最多的得到好几百块，根本用不了，那时的军大衣十五块钱一件，即使被褥、棉衣、衬衣和日用品都加上，一百多块足矣。但是，受灾的知青推不掉，不要不行。后来受灾知青都声明，先借用再归还，否则坚决不要。

火灾以后知青们变得善解人意了，顶撞领导的没有了，以前闹矛盾的也和解了，更让人高兴的是男女知青长期见面不打招呼、不说话的冰川期开始冰消瓦解。男女知青相遇能怯生生地打个招呼说句话了，绝没有遇到对方不搭理的尴尬。如果是男女同学相遇更是眉开眼笑地交流，男女之间的封闭、排斥消失了，终于又可以袒露异性相吸了，被阻隔的情感大河即将决堤。

那些日子在屋外活动的人很多，特别是男知青找个机会就往外跑，希望遇见想遇见的女知青，虽然这样的概率很低但也不放弃。出门前上下左右地摆弄衣服，最后还要掏出小镜子照了又照，特别是脑门前面的那点儿头发，要胡噜半天才算完。

那些日子每个宿舍都安排进来很多人，解决六七十个受灾知青的困难，能搭床的搭床，能并床的并床，屋里下脚的地方都快没了，不但没有人计较反而都很快乐。老七是每天找借口往外跑的次数最多的一个，花姑娘发现他的目标是白桃。老七身高近一米八七，这里的大馒头喂得他很壮实。身材越来越像非洲人，屁股大使劲翘着，长腿很粗，穿着特大号军大衣很是威武。周日下午三点多，他要出门了，站在门口照小镜子，一只手来回地摆弄脑门前边的那点儿头发，一会儿向左边拢一会儿又往右边拢，非常认真仔细。

花姑娘对我说："你看，又要浪去。一会儿咱跟着他。"

我兴奋地说："好，要是看见他和白桃黏糊，你去叫小眼儿，我俩打丫的。"

老七拿起扁担挑上水桶出去了。

我说："他挑水去了，总是把人往坏处想。"

花姑娘说："你就是一个傻帽儿，他就是到山泉那儿等着，谁来了跟谁黏糊。不信？走。"

想偷窥山泉边上的老七太难了，周围没有一点儿障碍物，无处藏身，只有从北面爬上山，再爬到南面，居高临下地看，才能把自己隐藏起来不被发现。山的南面非常陡峭，下面就是采石场和山泉。

花姑娘说："咱俩躲在食堂里，有女知青过去，咱俩再跟上。"

我和花姑娘躲在食堂里往外观察，不管是男知青还是女知青只要去山泉挑水就必须路过食堂。

我和花姑娘刚刚坐下，掸子也推门进来了，她是来上班的。

掸子说："你们为什么在这里坐着？"

我笑着说："这儿不让坐啊？"

掸子说："又要耍贫嘴。"

我说："都多长时间没聊天儿啦，你也坐下聊一会儿，我爱听杭州人说话，上海人女的说话好听，男的不行。"

掸子说："咱们这里就一个小杭州，你喜欢她？"

我说："啊！喜欢，你第一她第二。"

这时大被单儿也进来了："谁第一谁第二？"

掸子转身要走，我说："别走，上海人说话速度第一快，杭州人第二快。"

大被单儿说："一看你们就是闲的。"

花姑娘说："宿舍人太多了，出来透透气。"

掸子和大被单儿进厨房干活儿去了。

花姑娘拍我的肩膀说："看！有人来了。"

果然，二姑娘和白桃过来了。白桃肩上挑着水桶，两人说笑着，沿着食堂前面的路向西面的山泉走去。

过完春节已经快两个月了，积雪中午融化，到了傍晚又再次被冻上。三点多钟时路上的积雪很糠，走在上面很容易打滑，肩膀上挑着东西时，平衡不好掌握，更要慢慢走。这时的山泉涌出的水翻着花流淌，发出哗啦哗啦的声音，非常悦耳。

我说："这下完了，俩人，他怎么黏糊啊？"

花姑娘说："别着急，等一会儿再看。"

确实，等了一会儿才见二姑娘挑着水从山泉那边走过来。

我问："白桃呢？"

花姑娘说："准是让老七黏糊上了。"

我说："真的！你快去叫小眼儿，我先过去给他搅和了。"

花姑娘说："人家愿意，你多管闲事。"

我说："小眼儿多难看哪，白桃不讨厌他，打石头一直和他在一起，俩人好着哪，让老七搅和了谁还看得上他？"

花姑娘说："我去你的，这是俩人愿意的事儿，白桃喜欢谁那是她自己的事儿，你瞎操什么心？"

我说："哎呀，小眼儿喜欢白桃都快神经了，新建点最漂亮的几个女知青他看都不看，就是死盯着白桃，白桃哪儿好看哪？一般人！"

花姑娘撇着嘴说："你懂个屁，她比新建点那几个最好看的一点儿都不差，她……她……她是那么个好法，反正我说不太清楚。"

我愣愣地看着花姑娘，没听明白他说什么，心想，她能和最好看的几个女知青相比？她很白，很丰满，一米六七，身材匀称，她豁着半颗牙，她长什么样儿来着？我出了食堂直奔山泉。

花姑娘在后边喊："你干吗去？"

我说："我看看她，我忘了她长什么样儿了。"

老七和白桃站在离山泉很近的地方正在交谈，老七高大，白桃仰着脸看着他微笑。

夕阳把他俩的身影拉得很长，我踩着老七的影子走过去，挡住老七站在白桃前面。我眼睛直直地看着白桃，想在她脸上看出她不输那些最漂亮女知青的名堂在哪里。虽然她微笑时一脸的甜美，但五官局部确实不如那些最漂亮的女知青好看，然而这样不算好看的五官搭配出来的除了甜美，还有和蔼、善良、文静……我越看越觉得花姑娘说的有道理。

第四节　云南来信　搅和老七

白桃问："你不是挑水，到这儿来干吗？"

我说："你们说完了吗？"

白桃说："没什么完不完的，有事？"

我拉过白桃的左胳膊搂在自己的臂弯里说："有事。"

我回头说："老七，你继续晒太阳啊。"

白桃说："什么事儿啊？说呀。"

我说："这儿冷，到食堂说。"

走过山根那段弧状的路，快到食堂了，白桃要挣脱我搂着她的那只胳膊。

我说："别动，我扶着你，别摔跤。"

白桃说："让人看见！拉拉扯扯的。"

我说："我不怕。我跟你拉扯你害怕？"

白桃笑着说："我怕什么呀，搂着吧。"

我说："就是，写作业时你坐我后背，坐我肩膀上我还记着呢。"

白桃说："你现在趴下，我还敢坐。到底什么事儿？你说呀！"

我说："云南漂亮女同学虎牙来信了。"

来到食堂我拉着白桃坐下，这个场景让掸子看见了，她走过来说："你俩吃了豹子胆啦，拉拉扯扯、招摇过市。"

她又说："在没人的地方搂搂抱抱都行的，在这里不行，记住了？不过我也知道，他跟谁都敢这个样子的。"

白桃笑着说："没事，让他折腾吧，总有一天有人收拾他。"

花姑娘果然叫来了小眼儿，正要往山泉那儿跑，被我叫住了，四个人坐在食堂里。

白桃问我："信上怎么说的？"

我说："你等着，我去把信拿来你看。"

白桃说："不用，你告诉我什么事儿就行啦。"

我说："也没说什么，就是向你们问好，还有就是他们种在地里的大白萝卜长出来有一米多长，还说云南不像传说的那样热得受不了，还说水果特别多，都吃腻了。”

小眼儿说：“吃水果还能吃腻，咱们这儿水果太少了，夏天只能吃上自己种的西瓜和香瓜，别的就没了，冬天更是什么都没有，只能吃水果罐头。”

白桃问：“还说什么了？”

我说：“还说每个人晒得特黑，戴着草帽都不管用，还说小虫子特别多，野兽也不少。”

白桃问：“还有呢？”

我说：“好像没了。”

白桃看看小眼儿说：“你们帮着妖怪写个回信，我怕他胡说八道。”

小眼儿说：“还是我写吧。”

白桃说：“你写算什么，人家又没给你写信。你就是帮他出出主意。”

小眼儿点着头说：“对，好。”

白桃说：“我走了。”

我说：“着什么急呀，马上就吃饭了，咱们先占个桌子聊会儿，刚才我还和花姑娘说，我最喜欢的同学长什么样儿都忘了。”

白桃说：“我没带饭盆。”

我说：“饭点你不回去二姑娘肯定把饭盆给你带来。用我的也行。花姑娘，快开饭了，你去拿饭盆。”

花姑娘走了，我一本正经地对白桃说：“你老跟老七聊什么呢，好多人都看见了，别跟他瞎聊了，小心知青们起哄。”

白桃说：“哦，是聊了几回了，不过也没什么，就是他哥和我姐在一块儿，内蒙古。聊的是他们内蒙古兵团特别艰苦，吃得不好，每月六块钱，干活儿还特累。”

白桃说话时小眼儿和我都直勾勾地看着她。小眼儿是被她吸引，我是看她吸引人的地方在哪儿。

白桃脱了大衣说：“那我就等着，二姑娘不给我带饭盆我就用你的。”

我赶忙说：“好，好。”

白桃两手揣在裤兜里往打饭窗口溜达，我看到她背后的样子想起了她的外号“白桃”。

我猛然想到：哦，白桃，那才是她最好看的地方，女知青里简直无人能及。

我低声问小眼儿：“白桃哪儿最好看？”

小眼儿说：“哪儿都好看。”

我说："我是说最好看的。"

小眼儿想了想说："气质。"

我问："哪儿是气质？"

小眼儿翻了我一眼说："哪儿都是，又都不是。"

我说："瞧你那德行，臭美什么呀，我告诉你，老七现在正黏糊白桃呢，小心点儿吧你。"

小眼儿说："那我有什么办法呀？那孙子的脸皮真厚。"

我说："你也厚哇。"

小眼儿说："我怕知青们发现了起哄，我又特怕三排长，她是专管这些事儿的，不知道为什么她对我那么厉害。"

我说："那你就别想交女朋友了。"

小眼儿说："你看现在，好多男知青想找个女朋友，可谁敢哪。我要交了，枪打出头鸟。"

他又说："现在好像大知青交朋友没人管，你看五班长、卫生员……反正光我知道的就有五六对了，还别说咱们这批，还有天津那批，偷着交朋友的有的是。"

我说："大知青年龄也不一样，有高中毕业的，有初中毕业的，你比他们要不小三岁，要不小六岁，你真不应该交女朋友，太早。"

白桃溜达回来说："你们说什么呢？又是交朋友又是太小的。"

我说："小眼儿想交个女朋友，又觉着自己年龄太小，不敢。"

白桃看着小眼儿问："是吗？妖怪又臭贫吧？"

小眼儿说："可不是嘛，他不光是臭贫还是个妖怪。"

我的同学陆续来吃饭了，小眼儿也拿着饭盆，花姑娘因为最近和小玉闹了点儿矛盾，所以不愿意和他的同学一桌，他帮着我打饭坐在我旁边。黑白牡丹总是形影不离，两人不是同学，所以她俩串着桌吃饭，这顿与白牡丹的同学同桌吃，那顿和黑牡丹的同学同桌吃。

二姑娘没有帮白桃拿饭盆，她俩就用一套家伙吃饭，饭勺也是用一把，你一勺我一勺吃得挺带劲。

白桃说："云南那个漂亮女同学虎牙来信了。"

二姑娘说："哪儿呢？我看看。"

白桃说："是给妖怪来的信。"

二姑娘转头对我说："拿去，我看看。"

我二话没说站起来就走。

过了好一阵子，大家都快吃完饭了我才回来，我对二姑娘说："找不着了，是不是谁用信卷烟抽了？"

二姑娘问："连信封都没啦？"

我说："啊。没啦。"

白桃说："甭看啦，回去我跟你说。"

我的同学都吃完了，就剩我还在吃，女同学都走了。

小瞄儿说："八戒那孙子还和漂亮女同学虎牙在一起？"

我说："不知道，没来信，是我瞎编的。说实话，我挺想她们姐俩的。我想去云南看看她，你们谁去？"

耗子说："你说梦话呢吧。"

我脑海里闪现出漂亮女同学虎牙忧郁的样子。

我问："你们谁有她们的寄信地址？"

没人说话。

我说："大概的地址就行。"

小瞄儿说："你死了心吧，从北京到她们那里要半个月，再加上从东北到北京，写封信还不得一个月。"

我说："等我再长两岁我就去。"

小瞄儿说："再长两岁也不到二十，还是犯纪律。"

我不高兴了："犯什么纪律？你们现在都在犯纪律，以为我不知道？"

我大声说："你，小瞄儿看上叶儿了。你，小眼儿看上白桃了。还有你，花姑娘，是看上白桃了还是白牡丹？以前我一直以为是白牡丹。现在就剩我跟耗子了。"

花姑娘重重给了我一拳说："我去你的，瞎说什么啊！我抽你啊！"

耗子看着我问："你怎么了？"

我说："一说云南把我勾起来了，我除了想家就想她们姐俩。"

小瞄儿说："新建点好几个女知青和她差不多。"

我说："那能一样吗？"

小眼儿说："那是，反正新建点里没有超过她的，每个人眼光不一样。"

小瞄儿说："别激动，等你长大了，她肯定已经跟那孙子结婚了，没你什么事儿。"

我不说话低头大口吃饭。

我这桌同学都走了，食堂吃饭的人也走光了，我也快吃完了。掸子端着饭坐在我对面。她敲敲碗引起我注意，我抬头冲她咧咧嘴。

掸子说："你不高兴啦?"

我说："没有。"

掸子说："我这儿有小说，你看吗?"

我赶忙说："看！看！什么名字?"

掸子说："《真正的人》。"

我问："在哪儿呢?"

掸子说："吃完饭跟我去取。"

我跟在掸子身后，距离她有十几米远。本来我要和她并肩走，掸子不让，怕让人看见。到了掸子宿舍，我站在房后头等她。过了很长时间都不见掸子出来，我也不敢去敲门。

第五节 就是不讲 一个谜语

一个小时了，我实在冷得受不了了，转身往回走。可我还是不死心，走走停停，不时回头望望，希望掸子会突然出现。

这时掸子跑出来了，小声喊我："喂，来呀，给你。"

我迅速跑回去，问她："快给我冻硬了，怎么这么半天?"

掸子小声说："对不起噢，出大事了，没机会出来。"

我问："出什么大事了?"

掸子说："大被单儿出事了，你不懂，快走吧。"

我很好奇地说："我快冻硬了，有事又不告诉我，我走不动了去你们宿舍暖和暖和。"

掸子急了伸手推住我前胸说："不行不行的。"

我说："那你告诉我怎么了?"

掸子犹豫着说："保密，不许告诉别人。"

我说："不说出去，我保证。"

掸子用很小的声音说："大被单儿怀孕了，明天去医院。"

我皱着眉头问："跟小红鞋似的?"

掸子说："啊，是的。你快走吧，我很冷，你不冷啦?"

我说："我太冷了，但我想知道是谁干的。"

掸子说："你太坏了，怎么这样说话，像个坏蛋。"

我说："我怎么啦？我就是想知道大被单儿怎么怀孕的，是哪个老职工。小红鞋就是老职工干的。"

掸子一拳打在我的肩上说："还说，不晓得你说得多难听。"

我被掸子打蒙了，不知道哪儿说错了。

掸子说："是谁，她不肯讲，怎么问都不讲。"

我说："得，武装连又要来抓人了，抓谁呀？"

掸子说："她不讲大家也能想出是谁。"

我说："五班长？不对，五班长那人挺好的，不会是他，一定是哪个老职工。"

掸子说："大被单儿和五班长很要好，大家都知道，时间很长了，你不晓得日久生情？"

我说："生情也不见得怀孕生孩子啊！我觉得是老职工干的坏事。"

掸子说："跟你说不清楚，总之，以后少和五班长来往，表面是君子。我知道你总是找他借书，最近他都给你什么书看？"

我说："《家》《春》《秋》。"

掸子撇着嘴说："你看看，你看看，这些都是坏书，不能看的。你以后看我给你的书。看完这本，我再给你找。"

我说："你没看过怎么知道不好？怎么跟排长似的。"

掸子说："我看过，封建爱情发育畸形，对未成年人不好。"

我说："再不走就真冻死了。"

第二天大被单儿果然没有在厨房出现，但她的事儿却传开了。听说去卫生队连里没有派拖拉机送她，派了一辆马车，也没有人跟着。新建点给她开了证明信，出由她自己拿着。本来掸子要去，可连里领导让她暂时负责食堂工作，没有同意。

她很不愉快地找司务长猴三儿说："女知青住院，应该派个人照顾一下。"

司务长说："不是什么光彩的事儿，还要人去照顾，我做不了主，还是找领导吧。"

掸子说："你去啊！"

司务长还是没去。

掸子说："食堂的事情你来管，我临时负责不好，找别人吧。"

大被单儿怀孕就像给全新建点出了一个谜语，大家都很热心地寻找答案，但谁也不敢肯定自己的答案是对的。谁干的，她自己不说没人知道。然而大被单儿就是不说。三排长小洋马去医院看过大被单儿，一是象征性慰问，她俩终究是同学；二是了解男方是谁，这是任务。可大被单儿就是不说。

大被单儿没几天就回来上班了，掸子在工作上还是请示她。

大被单儿说："我现在不是班长，以后我也不当班长了，别问我。"

掸子找司务长汇报，司务长说："你是负责人，以后可能要你当班长。"

掸子说："明天开始，我请假去医院看病。"

猴三儿说："呀，你怎么啦？哪里不舒服？"

掸子转身走了。第二天，掸子没有上班，让卫生员给她开了假条儿歇起病假来了。大被单儿不当班长，掸子歇了病假。

其实炊事班的事儿不难管，炊事员都知道什么时候干什么活，就是一些杂务性的事儿需要一个领头的人来张罗。大被单儿不管了，掸子这个临时负责人也不管了，没办法猴三儿天天得去食堂。

过了一段时间大被单儿还是不说是谁让她怀孕的。新建点领导研究要采取措施，让司务长跟大被单儿谈话，一是要给她处分，二是请示上级把她退回天津。大被单儿还是不说那个人是谁。她说："退回去就退回去，反正我也不愿意在这儿待了。"这一段时间五班长一直在观望，当他听说要处分大被单儿并要把她退回天津的时候，他主动找到了指导员。

他承认说："事儿是我干的。"

领导找大被单儿核实，大被单儿说："不是。"

再问就什么也不说了。

新建点领导也没有对五班长进行处理。不是因为轻视这个问题，而是确实不知道怎么处理为好。他们想尽了办法让大被单儿说出那个人是谁，可大被单儿就是不说。这样五班长继续当他的五班长。最后还是三排长得到了最准确的答案，是大被单儿其他连队的同学干的。除此以外再问不出别的了。大被单儿不说是谁，不但没法把五班长与这事儿有关坐实，反而还很得大家同情，似乎把他的嫌疑给洗清了。

这个时候新建点有风言风语说，这事儿可能是机务排长能耐梗干的。此传言一出，新建点每天各屋闲时的话题就是议论能耐梗。大家都知道五班长和大被单儿经常去能耐梗家，春节期间能耐梗老婆又回了老家。很多对能耐梗有看法的人猜测这事儿和能耐梗脱不了关系。一时间，这个即将平息的事件又有新的波澜掀起来。

第十七章　探　亲

第一节　老毛子损　妖怪批假

新建点都在议论一件事——大被单儿怀孕。是谁让她怀孕的，领导不知道，知青也不知道，只有大被单儿和那个她始终不愿说出来的人知道，也许，能耐梗也知道。

能耐梗有些反常，说话骂人少了，到人群里凑热闹少了。他总是到处找活儿干，过去都是指手画脚，现在却事事都要亲自动手。

这天，车长老豆豆让老毛子带着其他四个人清理积雪拆卸轻耙保养。大家一边干活一边聊天儿，聊着聊着就聊到了大被单儿身上。

花姑娘说："知青怀孕应该让她们把孩子生下来，说不定长大了是个科学家。我去你的，不让生，人工流产，那也是一条生命啊！"

大笸箩说："没结婚就生孩子，哪个朝代都不行。这要在北京早就被批斗游街了，在这儿就幸运着呢。"

花姑娘说："大被单儿肯定是自愿的，要不然她为什么不说那个男的是谁，她和她喜欢的人那叫爱情，这事儿就不像搞破鞋那么寒碜了。"

老毛子说："干活儿吧你，平时看你真像个姑娘，议论起这事儿比小伙子还敢说。"

花姑娘说："我就是小伙子，你又不瞎。"

老毛子说："你们说了一大堆，其实很简单，根本不是其他连队的同学，也不是五班长，其实就是能耐梗。"

老毛子刚到这里时，能耐梗和狼牙正要从旁边的零件库里出来，能耐梗赶忙拉着狼牙退了回去。这事儿过了半年狼牙才告诉我。

老毛子说："如果大被单儿始终不说，这事儿就有点儿复杂了。"

花姑娘问："怎么复杂？"

老毛子说："复杂就是说不准。"

花姑娘说："说不准，你够坏的，太损了吧。"

老毛子很坏地嘿嘿笑了起来。

大笸箩说："要是大被单儿听见非咬你两口不可。"

花姑娘看着老毛子问："就你个人的看法你觉得是谁？"

老毛子说："能耐梗。"

花姑娘问："为什么呀？"

老毛子说："你们知青在这方面胆子小，要是五班长干的，早就毛了，哪会像现在这么稳当。"

我说："你说是能耐梗有证据吗？要我说还是你呢！"

花姑娘说："美死他，就现在把大被单儿给他，你问他要不要？"

老毛子一时不知道怎么回答。

停了一会儿，老毛子说："你，你他妈也……也太坏了。"

我说："你说是能耐梗没有证据，用东北话说，你是编排人家。我说还是五班长呢，他和大被单儿好，大家明里不说，心里都知道。大家知道也很维护，就是大家觉得合适。我觉得他俩挺合适的，是五班长干的就是五班长干的，有什么呀？就是他俩老往能耐梗家跑，人家也不好把他俩轰出来呀。"

库房里能耐梗听了我的这番话，感动得眼泪差点儿没流下来。从那以后，能耐梗对我无微不至地维护和关怀。

东北的冬天是漫长的，三月下旬仍然非常寒冷，让人感觉这种冷比冬天的冷更加刺骨。太阳就中午那么一会儿的温暖，融化的积雪会让脚下冰凉，如果把鞋弄湿，脚会冻得受不了。团里要赶在积雪融化之前把山里的木材拉出来，人手和机械不够，紧急通知从一些连队抽调拖拉机驾驶员和拖拉机。新建点要抽调一个驾驶员。机务排长能耐梗把这个任务派给了一号车。老豆豆和能耐梗商量让谁去。

能耐梗说："老毛子。"

老豆豆说："估计他不愿意去，这活儿我干过，太苦。"

能耐梗说："他不去谁去？要不你定。"

老豆豆说："从别的车上找个人。"

能耐梗说："不行，没有比他更合适的。"

老豆豆把这安排告诉了老毛子，老毛子立刻急了。

他拧着眉毛喊："我不去，机务排那么多人，为什么非要我去？"

老豆豆说："你不去就和能耐梗去说。"

老毛子气哼哼地找到能耐梗说："为什么让我去？你换个人吧。"

能耐梗说："换谁呀，你为什么不能去？"

老毛子说："那活儿太苦了。"

能耐梗说："你怕苦，那别人就不怕苦？都怕苦，都不去？你要不去你就找连长说去。"

老毛子说："你是不是对我有意见整我？"

能耐梗说："没有。咱俩的关系你自己知道。"

老毛子说："那为什么让我去？"

能耐梗说："上级有要求，思想好、技术好、身体好。你都符合，这几样机务排的人还有谁超过你？"

老毛子一时语塞，愤愤地走了。

老毛子最终还是到北大林子北面团里的大型伐木场受罪去了，每天不但鞋子湿透，连裤腿都湿半截。晚上住帐篷里的大通铺，人挤人，炉子烟熏火燎，吃饭也是凉一顿热一顿。想洗澡更是不可能，帐篷里太冷，又要化雪水，只好臭着吧。

我接到一封家信，信里寄来一张我们兄弟姐妹的合影，这一下勾起了我想家的情绪，看着合影想起在家时兄弟姐妹们相处的时光，想起父母为这个家的操劳，想起那个住着十几户人家的大杂院，我受不了了，我得回家。

我找到机务排长能耐梗说："我想家了，我要回家看看。"

能耐梗说："你们知青探亲和我们这些外地来的老职工是一样的，都是四年，你们还没有到规定时间，我看够呛。我没意见，连里同意我没问题。"

我说："我感觉不回家看看我得死。你不管我去找连长。"

能耐梗说："等等，你去也是白去，你有什么理由回家？"

我说："我想家啦。"

能耐梗说："就你一个人想家？不是吧，据我所知，知青们都想家，这想家不是理由。"

我愣着没说话，我知道，能耐梗说的有道理。

我看着能耐梗说："那怎么办？"

能耐梗说："我有个主意，但是你得保证不对任何人说我才能告诉你。"

我毫不犹豫地说："保证，向老人家保证。我应该感谢你，我谁都不说。"

能耐梗说："你马上往家里写信，告诉你父母给你拍个电报，说你父亲或母亲得了重病，希望你回去探望。你告诉家里，有这个电报你就能提前探亲。"

一个多星期后，家里来了一封母亲重病的电报，我拿着电报去找能耐梗。

能耐梗看了一眼电报说："行。走，跟我去找连长。"

到了连部，能耐梗对连长说："不好了，妖怪他母亲病得很重让他回去探望。"

能耐梗对我说："你别老跟着我，我上哪儿你跟到哪儿，我什么事儿都干不了了，你先出去，我跟连长商量商量。"

我瞪了能耐梗一眼转身出了连部站在门外。

一会儿能耐梗从连部出来笑着对我说："你小子运气好，连长同意了，你叫文书，让他来找连长给你开探亲介绍信。"

我转身就走。

能耐梗说："等等，进屋去谢谢连长。"

我冲进连部对连长说："连长，谢谢您。"

说完我给连长鞠了个躬。这一瞬间，我的眼泪流了出来。

连长赶忙说："不用谢，这是我应该做的，路上小心，注意安全。赶快回去准备一下，明天让疯彪子送你，别误了去师部的车。"

第二节　都来送行　凑钱回家

我要回北京探亲的消息很快传开了，同学和平时关系很好的知青没等下班就都来到机务排宿舍坐了一屋子。一会儿说这一路上怎么倒车，一会儿又说四年探亲假提前回，以后再探亲早着呢，一会儿又说北京现在应该是什么样儿。狼牙、老七、小玉、万事通几个知青还哭了起来。

花姑娘红着眼圈说："我去你的，别哭了，想把大伙都招起来。你们都走吧，他还得准备准备收拾收拾呢。"

我说："没什么准备的。"

花姑娘问："没什么准备的？你有钱吗？"

我说："没有。"

花姑娘说："我钱都捐了，谁有钱先借点儿？"

小瞄儿、小眼儿、耗子、老实人都说还有点儿。屋里的人凑了一百多。大家报完数都回去拿钱。

花姑娘说："不够，来回火车票得五十，还要吃饭，到家就剩不到一百块钱了，再借一百吧。"

我说："该来的都来了，不熟的、关系一般的没法张嘴呀。"

花姑娘说："找女同学呀，还有黑牡丹、白牡丹、掸子、三排长，还有枝儿、叶儿她们都能借你，说不定老太太也能借，她肯定有钱。"

我说："不借。多不好意思啊，找女的借钱，不行。"

这时文书来了，他把探亲介绍信交给我说："连长让你帮他带五斤大米回来。"

我说："行。"

花姑娘说："他让你带大米，你管他借点儿钱，他一个月六七十块，肯定有钱。"

文书说："探亲没钱？我有，要多少？"

花姑娘说："一百。"

文书说："有，你等着，我去拿。"

文书是北京小知青，是花姑娘的同学，外号叫小娘儿们，这外号是我给花姑娘起外号之后不久起的。文书中等个儿，是比较圆的那种瓜子脸，小鼻子小嘴小眼睛，下眼皮底下还有几粒雀斑，长得羞羞答答的，就像个漂亮的小女孩。他小声说话发出的是童声，喊叫起来就是女声。性格随和，从没见他生气发火。

晚饭时我找炊事班的掸子、大被单儿、小杭州她们说要探家，问她们有什么事儿可以帮忙。掸子她们嘱咐我路上小心，别丢东西，没什么需要帮忙的事儿。掸子悄悄给了我五十块钱，我不要。

掸子说："知道你没有钱，都捐给同学了。"

我说："那以后还给你，算我借的。"

我的几个同学和宿舍里的人晚上都在机务排宿舍议论我探家的事儿，小瞄儿、小眼儿、花姑娘帮着我准备要带的东西。

七点多钟我对小瞄儿说："应该去黑牡丹、二姑娘、白桃几个女同学那儿问问有没有什么事儿。"

小眼儿说："不用去，一会儿她们就来了。"

花姑娘说："你怎么知道？"

小眼儿说："吃饭时白桃让我带话说晚上来。"

正说着女同学们就到了。

有人敲门："妖怪在吗？"是黑牡丹的声音。

我说："在。"

我跑去开门说："进来吧。"

二姑娘说："屋里太挤了，你出来吧。"

我出了宿舍，见五个女同学都来了。

二姑娘问："你妈怎么了？什么病？"

我说："不知道，电报只说得了重病，没说什么病。"

黑牡丹说："什么时候走？"

我说："明天一早儿走。"

黑牡丹抽泣起来。

白桃说："别哭，说点儿想说的。"

我也听得出来白桃的声音在颤抖。

我说："我回家以后你们家里我都去看看，有什么话我带去。"

二姑娘说："你就说说咱们这儿的情况，多说好的，少说艰苦的。另外，咱们新建点着火，大家都没多少钱了，你回家肯定没钱，我们给你拿了一百，要是不够，我们一会儿再给你凑点儿去。"

我说："大伙给我凑了二百七十多，够了。"

黑牡丹说："穷家富路，你多带点儿没坏处，你拿着吧。"

二姑娘说："带那么多钱干吗？二百七十块，不少了，这一百别给了，这钱都是借的，回来是要还的。"

我说："不要了。"

回到宿舍，我准备早点儿睡觉，明天好起早。疯彪子吃饭时已经和我约好明早六点出发，能赶上团部七点半去师部的车。我拿着厚厚的一叠钱不知道放哪儿合适，我从来没有拿过这么多钱。

花姑娘说："你有带兜的内衣吗？"

我说："就是白汗衫有个上衣兜，其他没有兜。"

花姑娘把钱塞进我的上衣兜说："缝在这兜里掉不出来，小偷也没法儿偷。"

钱放在上衣兜里让我的左胸鼓起来了，小眼儿说："这不行，小偷一看就知道揣的是钱，有专门吃火车的小偷。"

耗子笑呵呵地说："也没准儿小偷以为他是女的呢。"

花姑娘说："除了这儿别处没有兜啊？"

我说："我有一条运动裤衩有个后屁兜，试试行不行。"

我找出那条蓝色运动裤衩给大伙看。

花姑娘说："这些钱勉强能放进去，可屁股上又鼓起一个大包也能看出来。"

万事通说："你让他调过来穿，让屁兜在前边就看不出来了，掏着还方便。"

大家一致赞成，于是花姑娘把二百块钱缝在了我运动裤衩的屁兜里。剩下的七十块钱放在白衬衣的上衣兜里。

第三节　游园旧事　走家串户

我躺进被窝睡了，小瞄儿、小眼儿、耗子、老实人还不愿意回去睡觉，坐在屋里小声聊天儿。

我对花姑娘说："明天你早点儿起来叫我。"

早晨，天还黑着我就坐进了拖拉机驾驶楼里，疯彪子开着车出发了。我仍然穿着过冬的棉衣，外面还穿着棉大衣，因为去师部的和由师部开往火车站的汽车都是敞篷的大卡车。我坐的是去师部的嘎斯卡车，卡车上坐着二十多个人，谁也不和谁说话，因为要集中精力对付卡车的颠簸和刺骨的寒风。遇到搓板路，车虽然速度慢下来，但还是把人颠得死去活来；遇到平坦的路面车速加快，冷风刺骨，像是脱掉了衣服赤裸着坐在冷水里。四月初的天气虽然已经回暖，但还很冷，太阳从东方慢慢升起，一丝丝温暖逐渐蔓延。

过了中午到达师部，下午有开往不同方向的卡车，一个是福利屯方向，一个是佳木斯方向，我上了去佳木斯的卡车。无论是福利屯还是佳木斯，都没有直达北京的列车，中途都要倒车。到佳木斯可以赶上一趟去长春的火车，再从长春直达北京，这样比到福利屯要提前一点儿到达北京。

经过三天两夜我回到了北京。全家人高兴万分，探望的邻居络绎不绝。

邻家的三儿在陕西插队，因为那里太苦跑回来待几天，他弟弟小五初中毕业还在待分配，他家老大老二老三都上山下乡了，在家的只剩下四儿、小五和家里唯一的女孩子——小妹。四儿在街道办的厂子里刚刚上班，是个学徒工，每月十六块钱。剩下的收入就是他母亲的四十几块钱工资，他们的父亲很多年前就去世了。家里六个孩子，生活一直很困难，他们的爷爷也去世得早，奶奶和他们一起生活，多亏老太太有退休金，还能帮衬一些。

这次回来，一有空我就往东北知青那些同学家里跑，在学校时一个班的同学家住哪里都知道。但是像花姑娘、万事通、老实人、老七、小玉、狼牙、铁子、疖子包，还有北京大知青如大笸箩这些人，还有白牡丹等几个外班女知青的家都不认识，找起来有的还很费劲。

三儿和小五见我回来，也几乎天天约我去玩儿，我不好拒绝。我对三儿和小五说："我回来要去三十几个知青家，我忘了要他们的地址，找起来很费劲，不能老和你们一起玩儿了。"

三儿说："没关系，我们一起帮你找。"

从那天以后，我们三个骑着自行车四处跑，有了三儿和小五的帮助，我一天能串四五家。我到处串门时心里很矛盾，这些东北知青们的家长知道我是从东北他们孩子那里回来的，对我奉若上宾，让座、沏茶、倒水，有什么好吃的都拿出来，问这问那没完没了，这让我感觉自己特别有用。可是，他们问着问着或自己说着说着就难过得不行，女人哭一会儿我还能忍住，因为我没少见过女人哭，可是当那些大老爷们儿流泪或哭出声来的时候我真的受不了，男子汉情动之处着实让人震撼。

特别是到老实人家里见到他家人时感受最深。他父亲、母亲和他的弟弟、妹妹穿的衣服上有很多补丁，膝盖上的补丁一尺多长，屁股上的补丁像锅盖。他家里的家具也很破烂，看得出来这户人家极度困难。当我讲述每月工资三十五块二，交十四元伙食费的时候，他父亲的眼泪摔在地上噗噗有声。

他说："老实人大多数时候每月都寄二十元回家，寄十八元和十九元的时候都少，算起来他每月只给自己留一两块钱。没办法，我们家太穷了，他母亲看病吃药，每月还要给他爷爷奶奶寄钱，我这点儿工资不够，经常向单位申请补助。"

他擦擦眼泪说："这孩子是老大，下边有四个弟弟妹妹，他心重啊，家里太困难压得他不爱说不爱笑。现在还是不爱说不爱笑？"

我说："没有，我们是哥们儿，每天都在一起聊天儿说笑。"

我想起临回家之前老实人几次嘱咐，不用去他家。原来老实人还很要面子。老实人父亲从一块巴掌大的茶砖上抠了一块给我沏了一杯茶，茶浑得像黄土泥浆，我为了证明自己不嫌弃喝了一口，苦得我浑身打冷战。

去串了几家之后，开始进门时遇到的热情和后面接踵而来的难过让我的矛盾心态愈加强烈，于是我想尽办法让那热情延续更长的时间，缩短那难过的想念。我开始胡编乱造，尽量缩短家长们说话的时间，把他们的想念和担心岔过去。我不提蚊虫的叮咬，不提冬天的寒冷，不提工作的艰苦。眉飞色舞地大讲馒头随便吃，水果管够，夏天木耳有得是，猴头硕大洁白，冬天烧大劈柴，屋里热得穿裤衩，抓野猪套兔子，砸冰窟窿抓鱼。这样一来很多家长的悲伤心情还没来得及释放我就走了。

二姑娘的父母和她的妹妹、弟弟在我回家的当天晚上就来家里问这问那，二姑娘的母亲看到我时眼圈就红了，她没说话一直看着我。她父亲慢条斯理地提问，她的妹妹、弟弟则在一直认真地听。二姑娘在家是老二，姐姐去了陕西，妹妹比她小一岁多点儿，现在在一家街道的墩布厂上班。家里三姐妹就数老三漂亮，家里几个孩子唯有她牙齿整齐，平日里总是低着头，浑身的秀气。我白天基本不在家，只有晚上父亲下班回来才开始和家里人讲东北故事，二姑娘妹妹和弟弟也一直等着听。

北京正是到了春游的季节，我记得上学时每年春天学校都组织春游。春游第一是有好吃的，起码不是平日里天天吃的窝头咸菜，而是白面烙饼咸菜，有的同学带的是面包，还有带鸡蛋糕的。带面包、带鸡蛋糕的同学特别自豪，吃得很慢生怕同学看不见，我总是和带烙饼、馒头的同学一块儿吃，不时偷眼看看吃面包点心的同学显摆的样子。春游第二让人高兴的是有零钱花，多数家长给一毛，给两毛的和五分的也有一些，越是给钱少的越不敢花。冰棍有三分的小豆冰棍，有五分的奶油冰棍，几分钟就吃完了。不如买杏干、梨干、苹果干或桃干。二分钱小贩就卖，能给一大把，装在兜里就觉得心里有底，不在乎别人有什么好吃的。渴了就找自来水喝饱，看到同学吃东西时就掏一片水果干撕一块放到嘴里含着，含到没有什么滋味了才嚼吧嚼吧咽了。

三儿和小五提议去颐和园玩，我说："太远了，你们给我买的学生月票不管用，不能做郊区车。"

三儿说："咱们骑车去，我家有两辆，你借一辆。我再找二蛋借他新买的照相机，一三五的，能照三十六张。"

二蛋是紧挨着三儿家的邻居，和我家隔着一户，二蛋父亲早就没了，我从来没有见过他。二蛋是"文革"期间还没有号召上山下乡时参加的工作，在清洁队上班。他母亲是个小脚老太太，见了上班的大人总是笑，见了上学的孩子总是绷着脸。二蛋他哥是个铁路工人，据说是开火车的，已经娶了媳妇，还没有小孩儿。二蛋他哥休息的时候总是左手夹个烟卷在院子里溜达，见了上班的大人多少要聊几句，见了上学的孩子就"叔我这样叔我那样"的充大辈。二蛋还有个妹妹和我是同一届的初中毕业生，她要响应号召上山下乡，可她妈就是不让去，在家闲着已经三年多了。

二蛋工资也不高，二十多块钱，但他的劳动补助多，加上工资每月有四十多块。他的钱除了给他母亲十五元，剩下的是在单位和在外面吃饭。二蛋装卸用的大铁锹有两个簸箕那么长，一般人根本端不动，干活儿很费体力，所以吃得也多，就这样他还能省下钱来买他喜欢的东西。

二蛋花十块钱买了一台手摇唱机，花十二块钱买了一台一三五照相机。三儿还真把二蛋的照相机借来了。

他对我说："你挣那么多钱还不买一台？天桥委托商店有好多种，哪天咱去看看。"

听说我们要去颐和园，二蛋妹妹也要去。

小五说："你家自行车都让你两个哥哥骑走了，没有自行车你怎么去？"

三儿说："我驮着你。"

其实三儿根本没有必要去借二蛋的照相机，他家有一二〇的照相机，他去找二蛋借相机就是想让二蛋妹妹知道，希望她能一起去。

二蛋妈说："不许跟他们去，一群毛愣小子，你不害臊？"

二蛋妈是个非常古板的老太太，她对自己年龄很大时才生的这个闺女很是呵护，虽然娇惯，但也看得很紧，不管是闺女的同学还是同院的男孩子她都不让来往。何况三儿已经是陕西农村落户老插，二蛋妈看他的眼神就像看仇人。

我说："下次吧，找个近点儿的公园，我们叫你。"

我上学时就去过颐和园，"文革"开始之后不上学那段时间也去过几次，这里的风景我多次游览已觉没有什么新意。虽然离家三年多很是想家，但对北京的公园却从来没有想念的感觉。这些名胜古迹、繁华闹市似乎只有家在这里才觉得它们的存在和美好。颐和园亭台楼阁、碧波荡漾、树暗花明、游人如织，快乐的人们欢笑雀跃沉浸在美好的幸福里。我被浓烈的春意环抱，但没有那么多兴奋洋溢，只觉得这一切都和自己没有多大关系，这些幸福和美好已经不属于自己，也不属于小瞄儿、小眼儿那些北大荒的知青。

三儿一直拿着照相机给我和小五照相，在十七孔桥、石坊、长廊、佛香阁，在认为景致好的地方照了很多相，又租了游船在昆明湖里照。一天下来用了三卷胶卷。第二天又去买相纸、显影和定影水，并借来二蛋的放大机自己洗照片。接着我们又去了天坛、玉渊潭、陶然亭照了一大堆胶卷，天天晚上洗照片。

这天我父亲说："你回来十多天了也没去二姑娘家看看，不合适。"

我说："我明天晚上去。"

第二天又去公园，又没叫二蛋妹妹，二蛋妹妹有些不高兴了。

晚上我刚要去二姑娘家，二蛋妹妹来到我家里找我说：“你说去近的地方叫我，天坛近不近？陶然亭近不近？怎么都没叫我？”

我说：“我怕你妈，所以没敢叫你。”

二蛋妹妹说：“你真没劲，找借口，你是不是讨厌我？”

我说：“不讨厌啊！就是你妈老是绷着脸，再就是你大哥让我叫他叔，我叫你什么？叫你名字不合适，叫你姑？张不开嘴。”

二蛋妹妹笑了：“应该叫姑。”

二蛋妹妹接着说：“我妈不讨厌你，老夸你呢，说你离家好几千里地，还知道给家里寄钱，三道杠老三老管家里要钱。”

我问：“谁是三道杠老三？”

二蛋妹妹笑呵呵地说：“就是三儿啊。我妈说他家的人脑门儿上都有三道抬头纹，就给他们哥几个名字前面加上了‘三道杠’，所以管三儿叫三道杠三儿，管小五叫三道杠小五。”

说到这儿，我们一家和二蛋妹妹都哈哈笑起来。

二蛋妹妹笑得很是甜蜜，她的嘴是典型的古典樱桃小嘴，唇线清晰像刀刻的一般，嘴唇厚得丰满，像樱桃一样红润，笑起来时露出整齐雪白的牙尖。

我目不转睛地看着她，想起去东北之前她经常来家里串门，有时还帮着干手工活，我虽然不讨厌她，但也从来没有注意过她。今天突然觉得她很受看，很顺眼、很可爱。我看着她想起了黑牡丹。虽然二蛋妹妹没有黑牡丹丰腴，但也很丰满，她俩体型相近，脸型相近，只是二蛋妹妹肤色洁白，管她俩叫黑白牡丹才更相得益彰。

我看二蛋妹妹正在入神之际，父亲说：“你去二姑娘家看看吧。”

我说：“好，我去。一会儿就回来。”

我拿出一个鞋盒子递给二蛋妹妹说：“你先看照片吧。”

我起身去二姑娘家了。二姑娘家在我家旁边的院子里。进屋看见她父母弟妹都在，我叫了“大爷”“大妈”之后坐在椅子上。二姑娘父母非常高兴，问长问短。

二姑娘妹妹三姑娘说：“你们就知道没完没了地问东北的事儿，你们不烦人家也不烦。说说咱家，好让我哥回去以后告诉我二姐，要不然我哥回东北，我二姐问他咱家的事儿，他什么也说不上来。”

二姑娘的父母是双职工而且工资都不低，大姑娘去插队少了一张嘴，二姑娘去了东北还能往家寄钱，三姑娘在北京有工作，就剩下最小的男孩儿还在上学。家里很富裕。

二姑娘的妈妈总念叨说："回去告诉二姑娘，家里不缺钱，别再往家寄钱了，要是不够家里给她寄。我们每月都给她姐姐寄钱，父母不在身边，她想吃什么我没法儿给她做，就让她自己买着吃吧。"

我说："您不用担心，我们什么都不缺。二姑娘很会照顾自己，在班里是最有主意的，看问题很清楚，经常提醒我，帮助我，让我注意这，让我注意那，跟个家长似的老训我。"

二姑娘爸爸笑着问："她还训你？为什么训你？"

我不好意思地说："打架。"

二姑娘妈妈问："怎么还打架？和谁打？领导不管吗？"

我说："管，打完了管。"

二姑娘妈妈说："为什么不打之前管？"

二姑娘爸爸说："打之前谁知道，领导也不是能掐会算，先知先觉。"

聊着聊着二姑娘妈妈就来了眼泪，她看着二姑娘爸爸说："当初都怨我，不应该让她去东北，不应该让老大去插队，看人家二蛋妹妹哪儿都不去也没事，家里孩子没有一个下乡的也没事。咱家一下走两个。不下乡的人家都好好地在家，起码父母放心不用惦记，我现在饭吃着不香，还老睡不着觉，你不是也得了严重的神经衰弱，一会儿一醒吗？唉，没办法。"

二姑娘爸爸说："走了有走了的急，没走的有没走的急，二蛋妹妹待了三年了，这一辈子就这么待着？"

二姑娘妈妈说："二蛋妈说了，到了年龄找个不嫌弃的结婚生孩子。以后看孩子，给老爷们儿做饭，照顾家也挺好。双职工家庭有几个？大多数家庭不都是一个上班的。"

我在二姑娘家里坐了一个小时就回家了，临走时我说："再有一个礼拜我就回东北了，要给二姑娘带什么东西准备好，走之前我来取。"

我回到家，二蛋妹妹还没走，还在翻弄那堆照片。

我说："你还没走？都快九点了，你妈明天还不瞪我。"

二蛋妹妹说："她刚来了，我说了晚点儿回去，没事。"

我问："哪张照得好？"

二蛋妹妹说："我给你挑着呢，这些还行，她指指桌子上的几张照片。"

她接着说："你们三个照相是老的老、小的小。"

说完她又呵呵笑了起来。

我不解地说："什么老的老、小的小？"

二蛋妹妹说："你看，他们哥俩都有抬头纹，是不是看着老？你看你脸上什么都没有，是不是小？"

我看着她笑，不知说什么好。突然我很是羡慕她，她之所以能够笑得那么甜是因为她在家，没有离开亲人的烦恼和惆怅。

二蛋妹妹被我看得不好意思了，垂下头继续摆弄那些照片。

我妈对二蛋妹妹说："九点了，回去吧，都累了一天了，早点儿回去睡觉吧。"

"哎。"二蛋妹妹一边答应一边站起身。她对我使了个眼色，意思是让我跟她出去。

我跟着二蛋妹妹出来，走到她家房子门口时她说："我这几天听你和你妈说的，我觉得你们那儿也不错，比内蒙古、云南强多了，我想去东北，现在让报名的没有去东北的了，都是去农村插队。"

这时二蛋妈妈出来对二蛋妹妹说："进屋说话，站院子里像什么话。"

二蛋妹妹对我说："进屋说。我大哥夜班，我二哥在里屋睡觉。"

我跟着二蛋妹妹进屋，二蛋妈妈让我坐下说："她要去你们那儿，你和她好好说说东北是不是特别艰苦。"

我说："肯定比北京艰苦，每天上班干活儿，夏天蚊子咬，冬天冻掉耳朵，能不艰苦吗？能不去就别去，女的在那地方更不方便，没有洗澡堂子。"

二蛋妹妹说："那就不洗澡了？"

我说："洗呀，都在自己宿舍里洗。"

二蛋妈妈说："听听，听听。"

二蛋妹妹说："那怎么洗呀，大家都看着？"

二蛋妈妈说："大家都那样，时间长了也就那样了，不洗也就长一身虱子，可每天干那么累的活儿你受得了吗？你是个病人，和别人不一样。"

我问："什么病？"

二蛋妈妈说："肝炎，街坊四邻都说我们不下乡，是思想落后，背后议论，说三道四，我们要好好的也愿意上山下乡。"

我说："肝炎传染，你摸了半天照片，别再传染给我家的人。"

二蛋妹妹说："听她瞎说。"

二蛋妈妈说："没事，她得的肝炎不传染。"

二蛋妹妹说："这儿不让我去，那儿也不让我去，每天在家这么闷着，早晚把我憋死。我同学只有两个还在家待着的，剩下的都走了，街坊四邻、街道的人背后都指指点点的，我根本抬不起头来。"

说到这儿，二蛋妹妹流出了眼泪。

我说："有病就更不能去了，谁爱说谁说，管他呢。就是没病能不去就别去，找个临时工得了，前院大贵他爸现在还是临时工，快干一辈子临时工了。"

二蛋妈妈说："听听，听听。"

二蛋妹妹说："临时工人家不要，一问为什么没上山下乡，说有肝炎，谁敢要呀?"

二蛋妈妈说："没事，先待两年，两年以后你肝炎就好了，上山下乡这风就过去了，到那时候再让你大哥给你找工作。"

我说："听你妈的，哪儿都不如家里好，抬不起头来就低着头呗，你走路一直都是低着头，也不会不习惯。"

二蛋妈妈说："听听，听听。"

我接着说："我也不会在那儿待一辈子，早晚我得回来。"

二蛋妈妈说："听听，听听。"

二蛋妹妹问："你怎么回来?"

我说："不知道，就是感觉，感觉那里不是我的家。"

二蛋妈妈说："听听，听听，你说的没错，那儿不是家。你说能回来我相信，真的，我相信。"

二蛋妈妈要给我倒水喝，我说："不喝了，夜里上厕所。"

二蛋妈妈笑着说："对，你别喝了，不然尿炕。"

我红着脸说："谁说的？我走之前就不尿炕了，您说的是什么时候的事儿了。"

这时二蛋妹妹破涕为笑说："妈啊，您真不懂礼貌。"

我站起来说："不跟您说了，回家睡觉。"

二蛋妈妈笑着说："明天还来，我给你沏壶茶，和我们老疙瘩好好聊聊，她老说闷得慌，没人和她说话。"

我回家躺在床上睡不着了，脑海里一会儿出现二蛋妹妹脸上的泪花，一会儿又出现她甜蜜微笑的小嘴。我想，三年了，没有同学来往，没有同龄人交流一定很寂寞孤独。

第四节　美好回忆　各奔东西

院子里像我这么大年龄的和比我大几岁的差不多都上山下乡走了。耗子家在院门口，他哥哥比他走得早，家里还有两个妹妹。三儿家走了三个，家里剩三个。我家邻居左边走一个，右边走两个。我姐姐去了三线，家里也是走了两个。

院子的另一排人家走的人数也差不多。这院子住户共十六家，响应上山下乡号召走了有二十多人，一下冷清了不少。这些走了的人，多数是在学校报名走的，也有自己回老家的。假小子和她弟弟就回了河北老家。据说在老家还有很多亲戚可以照顾他们姐弟俩，但父母还是不放心，托人给假小子找了一个对象，商量好够年龄就让他们结婚。

假小子开始不知道，在老家也收敛了些男孩子的性格，即使这样她还是三天两头地往北京跑。后来知道家里给她找对象的事儿后，干脆回北京一待就是一两个月，每次父母求爷爷告奶奶地让她回去她都不听。

她的性格软硬不吃，争强好胜，别说女孩子，男孩子她都不服，那些流氓痞子都怕她。平时就爱和弟弟摔跤，收拾弟弟就像摆弄面条似的，后来她弟弟拉着同学、玩伴帮着对抗她，但他叫来的人只一回就再也不敢来了。后来她弟弟叫我帮忙摔她姐。

假小子说："来吧，瘦干狼似的，白给。"

我头一次和假小子摔跤就被假小子骑在身下，我的身下是她弟弟。不知道她哪儿来的那么大劲儿，再加上她还会使个小绊子、大背跨什么的，我和她弟真的是白给。最吓人的是把人摔倒骑在身下不是咯吱就是掏人的小鸡鸡，以后她弟再邀请我，我说什么也不干了。但有时假小子看见我从她家门口经过便拦住去路，拉过来就摔，我也不好意思跟她真急眼。

一天，假小子拦住我拽过去就要摔。

我说："哎哎，等会儿再摔，我跟你说件事。"

这时假小子已经搂住我的胳膊，一个大背跨把我摔在地上。

假小子压在我身上说："什么事儿？说吧。"

我喘着气说："我在这一片没人敢欺负我，你弟跟着我也没人敢欺负他，你老这么摔我，传出去了，我该受欺负了。"

假小子说："谁欺负你，叫我。"

从那以后，假小子只是偶尔摔摔我，但还是经常摔她弟，经常听见她弟一边哭一边骂她，这一定是她把他摔疼了。我想，就她这样跟谁结婚谁倒霉，她高兴的时候和不高兴的时候都摔，不把她男的摔成残废才怪。

我问过假小子："谁教你的？这么能摔。"

假小子说："我自己学的。在总参操场上，有两拨流氓摔跤，一边出几个人，一对一地摔，哪边胜的多哪边算赢，看了两回我就学会了。"

我说："哪儿有女的摔跤的，体育比赛只有男子摔跤，你练多好也没用。"

假小子说："我没想参加什么比赛，我学摔跤就是喜欢。"

她接着说："还有，我就是想摔男的。"

说完她咧着嘴笑起来。我听说假小子过完春节一直不回老家，说老家太冷等暖和了再回去。我探亲到京的头两天假小子才回老家，这让我非常遗憾。

最不好过的还不是假小子姐俩，比他们更难过的是我家对门的那一家人。家里老二是男孩儿，和我是同学，他父亲在民国时当过警察，后来被关了一段时间就放出来了，他母亲出身不好，也是被监督改造的对象。他姐姐是老三届，长得高高大大却非常文静，他弟弟刚刚上中学。

我上山下乡之前他家五口人中有四口被赶回了老家，只剩下他父亲。他父亲特别胖，大约有三百斤，我管他叫胖大爷。胖大爷很喜欢我，经常叫我去他家陪他聊天儿。他有一把京胡，是用现大洋买的，京胡上的蛇皮已经破了，挂在墙上满是灰尘。我知道他会拉京胡就要跟他学，胖大爷在竹筒上糊上牛皮纸代替蛇皮，把火柴棍折断当琴码。京胡发出的声音没有那么响亮，但更加好听，有些像小提琴。

他在琴弓上擦了擦松香自拉自唱起来："大雪飘，扑人面，朔风阵阵透骨寒，彤云低锁山河暗，疏林冷落尽凋残，往事萦怀难排遣，荒村沽酒慰愁烦，望家乡，去路远，别妻千里音书断，关山阻隔两心悬……"

胖大爷让我唱样板戏，他拉京胡伴奏，我总有一种低沉的感觉。我要跟胖大爷学老戏。胖大爷说："现在唱老戏是四旧，是唱帝王将相才子佳人，你也想把我赶回老家去？"

我后半夜半睡半醒地迷糊了三个多小时就是早晨了。我想看看去云南的同学有没有在北京的，我第一个想到的是漂亮女同学虎牙他们姐弟俩，这是我最关心的女同学，不光因为她漂亮无比，更是因为她的遭遇，父母双双自杀扔下他们姐弟俩，为了寻求庇护而答应与那个很差劲的男同学交朋友，这让我很是心酸。我埋怨自己当初太不懂事，如果是现在，我也会跟着去云南。

我来到漂亮女同学家楼下，走上她家的阳台站在门口敲了敲门，没有应答。我转身看见她家阳台外面的那个水泥乒乓球台子，乒乓球台上散落着一些半头砖，看上去已经很长时间没有人使用了。我想起与她弟弟打乒乓球时的情景，她就站在现在我站的地方看着。

我转到另一栋楼前，这是黑牡丹家住的地方，我忘了她家是几楼，问楼下的邻居，邻居告诉我家里没有人，都上班了。我想，只好晚上再来了。

我回到家找三儿，让他陪我去白牡丹家。我不认识路，只知道大概方向，是在一个狗场附近。我和三儿来到狗场，狗场四周围着很密的铁丝网，里面有一片平房，能听见犬吠声此起彼伏。我看见两条不到一尺长的小狗在铁丝网边上戏耍，我走过去逗它们，那两条小狗都是狼狗崽子，竖着耳朵，非常可爱。我想，这要是给耗子弄一条，他得乐疯了。

三儿说："走吧，还得找人哪。"

话音刚落，一条大狼狗向我扑过来，这狗跟个小毛驴似的，吓得我扭头就跑。

中午我和三儿在附近的小饭馆吃了烩饼，然后在狗场附近的住宅区找遍了也没有找到白牡丹家。问了很多人，都说不知道，没办法，我俩只好回家了。

晚上我顺利地找到黑牡丹家，黑牡丹的父母和几个哥哥像看见女婿上门一样高兴，把我弄得不知如何是好，聊天儿时听说黑牡丹经常踹我更是开心。

她母亲还说："要是你们俩一起回来该多好。"

截至今天我在东北的五个女同学家都去过了，其他学校和其他班的女知青我只想去白牡丹家看看，但没有找到，我想最后几天哪儿也不去了，一定找个云南回来的知青问问那边的情况。

我又去了两次漂亮女同学虎牙家，才知道房子已经换了主人，这让我更是难过，我想他们姐弟俩回北京住哪里，住在那个差劲同学家里？或者不再回北京了？

这两天因为找不到云南回来的知青心里很郁闷，加之假期快结束了，心里有一种说不清的滋味，比苦涩还要难受。一些知青的家长这几天陆续到我家送东西，让我带给他们的孩子。有香油、炸酱、白糖、红糖、杂拌糖、咸菜、点心、衣服、鞋袜等等。我家屋里快成杂货店了。

这天中午我吃完饭到三儿家找他们哥俩准备下午出去，三儿正在听唱机，他借来二蛋的唱机好几天了，听的都是胶木唱片，是什么曲子也不知道。这些唱片还是我在家时从龙潭湖湖底捞上来的，那时用这些唱片当扇子扇炉子，抹墙当托泥板，扫地当土簸箕。有了唱机才知道这些唱片的珍贵，可惜的是没有多少了，最让我吃惊的是竟然有那首《山楂树》，听得我如醉如痴。这一天我们几个人正听得入迷之际门被突然撞开，假小子冲了进来。

三儿说："进屋不敲门也就算了，能不能轻点儿，弄得跟鬼子进庄似的。"

假小子指指我说："我刚到家听说他回来了就去他家了，他家人说他在这儿呢，我就来了。不欢迎啊？"

小五说："欢迎，你不是刚走吗，怎么又回来了？"

假小子说："老家一早一晚还有点儿凉，炕上梆梆硬睡不着，春天又缺粮食，还是回来待着吧。"

假小子给了我一拳说："呵，够精神的，回来几天了？"

我说："再有三四天该走了。"

假小子拍着大腿说："要知道你回来我就不走了。"

小五说："不走干吗，还想着摔他？"

假小子上下打量着我说："估计现在摔不过他了。来，我看你现在有多大劲儿，咱俩掰腕子。"

我说："掰腕子我敢，不摔跤就行。"

我们两个人蹲在饭桌前抓住对方的手。

我握着假小子的手，这是一只结实的小手，握着很舒服。还没等我反应，那只小手一用力就把我的手掰倒了。

我说："得有个裁判，你别突然袭击啊。"

假小子说："好，三儿喊'预备起'就开始。"

听到三儿的口令两人一起用力，没有几秒钟假小子的手就被我掰倒了。

假小子红着脸说："你长劲儿了，劲儿还挺大。再来。"又是几秒钟，假小子的手再次被我掰倒。

假小子说："看来再掰也是输。她两只手拿着我的手说，这手不是走之前的手，跟小伙子似的。"

她用另一只手又抓又摸我的胳膊和肩膀说："行，行，估计摔跤我也得输给你。"

我说："别别，我摔跤肯定不行，试都别试。"

假小子一边摆弄我的手一边说："你变化太大了，变成了大小伙子，真棒。"

我的变化确实很大，从走时的一米七七长到了一米七九，手和手臂暴起了青筋，肩膀不是以前的直棱直角，而是鼓出了弧线，胸也厚实了许多。刚才我已经试出了假小子的力气还是很大，和小伙子差不多。假小子还在摆弄我的手，一边说话一边抚摸，很是自然。我没有挣脱，觉得很是享受。我配合着她的摆弄，希望她继续这种交流。我心里升起一团恋恋不舍。

三儿推推假小子说："嘿！差不多了，还拉着不放。"

假小子猛地放下我的手说："我愿意啊。"

三儿说："回家吧，我们还出去呢。"

假小子看着我说："干吗去？我也去。"

我说："上木樨园买东西，过几天要走了，准备准备。"

我对三儿说："我想起来了，你别去了，帮我找一块油毡，我爸让我走之前把我家盖的那间小屋弄弄，有点儿漏雨。"

三儿说："行。"

假小子对三儿说："你不去了，把自行车借我。"

三儿说："不借，我得去找油毡。"

假小子说："不借拉倒。"

她冲着我说："你驮着我。"

我骑车驮着假小子经过沙子口，假小子说："先洗个澡吧。"

我们存好车进了浴池。

假小子说："我没钱啊。"

我说："我有，你进去吧。"

假小子进了女部。我交了五毛二进了男部。这是当地最好的浴池，每人一张木床，床头有个小柜和对面床的人合用。就像火车的座位布局一样，只是面积大多了。浴池里的服务员都是五十多岁的人。他们用长长的竹竿熟练地帮客人把衣服挂得高高的，并会给一个竹牌让人套在手腕上。我扯过叠在床头的浴巾围住下身，穿上拖鞋，把浴巾扔在门口的一个大塑料桶里，推门进入洗浴间。洗浴间很大，两个大水池，有二十几个人集中在一个水池里泡澡，另一个水池里只有两个人，那是高温水池。那两个人浑身通红，不时大声咳嗽，声音在浴间回荡。我伸手探探高温水池，手像被无数钢针扎了似的，我赶忙把手抽回，心里想这个水池能把人煮熟。蒸汽弥漫。我迈进人多的那个水池，坐在水池沿儿上，我感觉这个水池的水也很烫，迟迟不敢进去。适应了一会儿浴池的高温我才坐进去，我朝着淋浴的方向，能看见所有进出水池和那些淋浴的人。

我和知青们在知青宿舍里众目睽睽之下洗澡已经习以为常，但在浴池这样的场合，二十多个人的群裸还是让我感觉有些异样。看得出这里的人都比我年龄大，我看着每一个出入水池的裸体，端详他们的各个部位并在心里同自己比较，我觉得再有几年我很多地方会和他们一样——圆圆的肩膀、平阔的胸肌、挺挺的屁股、粗壮的大腿、浓密的毛发……很难看，不如我现在的情形更加文雅简单。洗完澡我来到自己的床位，对面床上一个四十多岁的人正在呼呼大睡，我穿上衣服走到服务台。

一位理发员过来说："推个头吧？"

我见假小子还没出来，就走进理发室。

理发员问："推什么头？分头？寸头？一边拢吧。"

我说："一边拢。"

剃完头理发员问："吹吹吗？"

我说："吹吹。"

吹风的时候我有些困倦。

理发员端着一面镜子站在我身后说："完事了，看看怎么样？"

我从镜子里看见自己的样子有些吃惊。这是我有生以来第一次吹头发，乌黑的头发向右后铺拢而去，方正的前额，剑眉入鬓，眼睛明亮，鼻梁挺直，唇线清晰，我一下喜欢起这张平时毫不在意的脸来。

假小子还没有出来，我站在理发室的镜子前面照个不停。

又等了很长时间假小子才出来，她四处张望寻找我，她看了我一眼没有认出来。

我说："眼大无神，看不见啊。"

假小子走到我身边仔细看看我说："我近视眼你不知道？就是不近视也认不出你，你他妈太精神了。真没发现。"

我身穿一身蓝色中山装，脚蹬一双黑色条绒懒汉鞋，高挑顺溜，脑袋修理得规规矩矩的，整个人一下子变得很是帅气。我内心的亢奋自然流露，发现自己是个帅小伙，令人简直心花怒放。

我问假小子："我现在是不是特扎眼？"

假小子说："是，走十里地也看不见比你精神的。"

我说："你也吹吹，头发还没干。"

假小子说："吹就吹。"

假小子吹的是运动头，帅气得不行，我很喜欢。假小子也是站在镜子面前照个没完。看得出她兴奋得眼睛发亮。

她明知故问地说："好看吗?"

我说："比我精神多了。"

假小子笑呵呵地说："是师傅的手艺好。"

师傅也高兴了："反正我十天半个月也难碰上你们这么俊的。"

假小子不好意思地红了脸，拉起我的手往外走。我感觉她的手光滑、丰腴、温暖。

我给了存车处竹牌，又交了二分钱。推车出来驮上假小子往木樨园去。

假小子在后座上问我："你们那儿有女知青追你吗?"

我说："追我? 追我干吗?"

假小子说："交朋友哇，这都不懂。"

我说："我懂，都是男的追女的，哪有女的追男的?"

假小子说："你真不懂，这还分男女，女的追男的有什么不可以? 有的是。"

我说："这么说你追谁呢?"

假小子说："我谁也没追，还没有我看上的。要不然我追你吧?"

我说："我不用你追，现在咱俩就是朋友。"

假小子说："我说的是男女朋友。"

我说："咱俩，一男一女，男女朋友。"

假小子使劲在我后背上砸了一拳说："我说的是将来得结婚的那种男女朋友。"

这一拳砸得我直咳嗽，感觉肺都快蹦出来了。

我说："你手……咳咳……太重……当我媳妇……咳咳……天天收拾我，哪……哪儿受得了。"

假小子笑了："你不招我，什么事儿没有。"

我说："你家不是在老家给你找了一个男朋友吗，不喜欢?"

假小子说："他来我家我就轰他，他不走我就摔他。"

我说："他没你劲儿大?"

假小子说："比我劲儿大多了，但是我不让他抓住，等我抓住他没等他使出劲儿来就已经被我摔倒了。"

我说："你男朋友精神吗?"

假小子说："那个村就属他还说得过去，那我也看不上他。"

我说："那不挺好的，差不多就行了。"

假小子说："土鳖一个，比你差远了。"

我说："那你就跟我走吧，我们那儿精神的小伙子有的是，我算太一般的了。"

假小子说："我要是能去不早去了？我就是怕冷。"

我说："得啦，和我还绕弯子，你是出身不好，不让你去。不过，去了也没用，那里不让搞对象，谁搞对象就挨处分。"

假小子说："那咱俩就没戏了，我就非得和一个我不喜欢的农民结婚过一辈子？"

我说："你要真不喜欢就不和他结婚，有喜欢的再结婚。"

假小子说："我喜欢你，能结婚吗？你们那儿我去不了，我们那儿你去不了，我这辈子算是完了。"

我说："那不见得，你要是丑八怪我就不说了，可你真挺漂亮的，就是性格像男孩子，其实这样的性格，男的也喜欢，反正我挺喜欢你的性格。"

假小子没有说话，她搂着我，头伏在我的后背上。

我说："你弟弟怎么没回来？"

假小子说："天天挣分，现在就像个老农民。"

木樨园是个商业比较集中的地方，商铺一家挨一家，有一个特大的百货商场。我们在里面转了一圈什么都没买。

假小子说："你应该趁着刚理的头发去照张相。"

我觉得也是，单人头像只有一张，孩子气十足，我很不喜欢。

我们来到照相馆，我照了一张二寸头像。

我把取像收据交给假小子说："下礼拜我已经走了，你帮我取，让我家给我寄两张。"

假小子说："我给你寄，我看要是照得好就给你洗几张彩色的。"

我说："行，找笔我写地址。"

假小子说："不用，到时候我找你家要地址。"

我掏出十块钱给假小子，假小子说什么也不要。

她说："一会儿给我买一包皮筋儿就行了。"

假小子趁着你推我让那十块钱的时候用手臂挽住我的手臂，抓住我的那只手，用另一只手把钱塞进我的衣兜。假小子挽着我的手臂没有松开，用肥胖的小手很自然地摆弄我的手。要是在东北新建点里，我一定会挣脱，但是在北京我却很喜欢让她的手牵着。因为这里没有人认识我，我不属于这里。在一个没有人认识的地方与一个漂亮姑娘拉手很是放松和快意。我感觉假小子很亲切，这种亲切让我感到温暖的同时又是那么新鲜和兴奋，我不在乎过往行人的异样眼光。我主动配合着假小子的手臂，也在配合着摆弄她的手。现在已经分不出谁挽着谁的手臂，谁在摆弄谁的手。

我还感觉到那些戴着红袖标的人和一些流氓痞子的注意和跟踪。我知道我们这样确实大胆，与一本正经的环境相悖。

假小子专门冲着那些流氓地痞呵斥："看他妈什么？找抽吧！"

我说："别理他们。你要皮筋儿干吗？"

假小子说："我做弹弓子打鸟。"

我说："我正在犹豫买不买，他们也是让我买皮筋做弹弓子打鸟，可我不杀生，买了皮筋等于间接杀生，我不给他们买了。"

假小子说："不杀生，嗯，我也不买了，我也不杀生。"

两个人开心地笑了好一阵儿，闹得街上的很多人停下脚步看我俩。我们去存车处取车。

假小子说："我驮你吧。"

我说："你行吗？车座太高。"

假小子说："你上车前先推一把。"

我推着她跑起来。

假小子说："上。"

我跳上了后座，自行车猛地左右摇摆起来。

我说："小心点儿！"

只见假小子伏着身子，因为腿短不能坐在车座上，只好屁股悬空一左一右地扭着增加腿的长度，这样才能够到脚蹬子。又要用力蹬车又要扶稳车把，紧张得她已经不敢说笑了。

我说："停下，一会儿该撞人了。"

我跳下车把车拽住。假小子无奈，一脚着地，一条腿挂在车梁上说："这座子太高了，还是你来吧。"

我驮着假小子往回走。

假小子说："真想看电影，又没什么好电影，都是京剧；特想去公园，公园也不清净，到处是大标语；又想串门，谁家都没有聊得来的，不知道去谁家不招讨厌。我不想去老家，吃不上喝不上，时间长了还长虱子。回北京吧没事干，也没伴，快憋死我了，真烦。”

假小子接着说：“还是你舒服了，我问过上山下乡的好多人，各方面比较，条件最好的就是去东北。其次是云南，再就是内蒙古，最差的是回乡和插队。”

我说：“你知道云南的知青谁回来过?”

假小子说：“没人回来过，东北的好像你是头一个。内蒙古的有回来的，有的又给抓回去了，听说那里很艰苦，每月六块钱津贴，不像你们有工资。内蒙古吃的也不好，很少吃细粮，干活儿还挺累，去内蒙古的都后悔了。”

我说：“你着急回家吗?”

假小子说：“回家没事，不急。干吗?”

我说：“我想去天桥看看，买双鞋，走之前我就不再出来了，好好在家待两天。回来这么多天老是串门，没在家好好陪家里人。”

假小子说：“木樨园什么鞋没有，刚才为什么不买?”

我说：“这儿没有旧鞋，我看看有没有旧回力鞋，新回力鞋太贵了，去天桥委托商店，那儿都是旧货，便宜。”

北京春天快过去了，天气干燥，我骑车又驮着人，额头直冒汗。从木樨园一直向北就能到天桥。我们穿过沙子口的铁路桥涵洞开始上坡。我蹬车有些费力，假小子跳下车推着我上坡。上了坡就是护城河桥，假小子猛跑了几步蹿上车。其实，我是想到委托商店看看三儿说的照相机。我们来到三儿说的那个委托商店，店铺不是很大，但里面人很多，几乎都是四五十岁的人。柜台后面有两个售货员，年龄都很大，已经算是老头了。每个售货员面前都有几个人问这问那。货架上摆满了照相机、唱机、收音机，还有一些叫不上名字的东西，上方挂满了皮大衣、呢子大衣和高档毛料衣服。

看照相机的人很多，一个售货员正在讲解：“这相机是德国产的，如果是新的，得四百多块，这个五十块钱，便宜快十倍了。说是旧的，你看生产日期，你看这成色，跟新的一样，一看就没怎么用过。”

我不懂照相机常识，只有一点儿印象，国产相机好像是叫海鸥牌，记不大清楚，我没玩过照相机。柜台里的照相机没有国产的，相机身上都是不认识的外文。相机都很精致，最小的还没有烟盒大。价格多是十几块二十几块钱，五十上百的很少。

假小子一直搂着我的一只胳膊，她拽拽我说：“买它干吗，你们那有洗相水吗，有洗相纸吗，有红灯泡吗？多麻烦啊。”

就因为假小子的阻拦，我没有买，这让我后来没能在新建点留下任何照片纪念那段生活。

我们从委托商店出来进了后面的胡同，胡同里面也有一些旧货商店。我看见两个卖旧自行车的店铺，漫无目的地进去看了看。里面的自行车有的很破旧，满身都是铁锈的只卖几块钱。在柜台旁边摆着几辆凤头车，很旧的还卖好几十块。

假小子说：“我哥在这儿买过两辆，拼出一辆好点儿的自己骑，剩下的零件装起来一辆破车又卖回来十块。他现在骑的车不到二十块钱，特好骑，看着也挺新。”

我说：“你哥真聪明。”

假小子使劲拽了我一下说：“不对，卖旧鞋旧衣服的不在天桥，这儿都是高级的旧货，便宜的在沙子口桥头西南角那儿。”

我们又骑上车往回走，到了地方我问售货员：“有旧回力鞋吗？”

售货员说：“有啊。”

我问：“多少钱一双？”

售货员说：“最便宜的五毛，最贵的一块五。”

她指指墙角的一堆旧鞋问：“要多少钱的？”

我说：“不知道号码有合适的吗？”

售货员说：“多大号？”

我说：“最小也得四三，最好四四。”

售货员说：“你等着，我给你找去。”

不大工夫售货员拿来三双鞋说：“五毛的，一块的，一块五的，要哪双？”

我看了看五毛的鞋，每只鞋上都有四五块黑胶皮的热补丁。

假小子说：“要一块五的，每只鞋上只有后跟有热补，还挺新的。你们那儿还有篮球场？”

我说：“没有，我割大豆时穿，解放鞋鞋底挺结实，就是有点儿薄，大豆茬子能扎穿，回力鞋底厚。”

售货员说：“你是东北知青？”

我说：“是。”

售货员说：“你怎么回来了？病假还是探亲？”

我说：“还不知道，没准儿算探亲，也可能算事假。”

售货员说："这怎么说？"

我说："要算探亲，再回来得等五年，算事假我再有一年又能回来。"

售货员说："那怎么能随便你说什么假就什么假。"

我说："我妈生病特批的，算什么假回去了再说。"

售货员说："你等会儿，还有一双两块的。"

她蹲在柜台里摸出一双回力鞋，几乎是新的。

她说："这是我自己留的，我弟也在东北。先给你吧，他还不知道什么时候回来。"

我说："这不是新的吗？真谢谢你了大姐。"

售货员眼睛有点儿红了，听我谢她，她没有说出话来，挥挥手，意思是，你们走吧。

从旧货商店出来，假小子问："还去哪儿？还买什么东西？"

我说："什么都不买了，真想买个照相机，没钱了，回家。"

假小子说："你赚那么多钱，钱都哪儿去了，都抽烟啦？"

我说："回来就把钱交家里了，我留了三十多，快花完了，回去路上还要用钱。"

假小子问："你带着烟吗？"

我说："你抽烟？"

假小子说："在老家抽我爷爷的烟袋。"

我说："你不怕人说你？"

假小子说："没人说，在农村太正常了，我回北京一般不抽，我觉得你有好烟，想抽一支。"

我递给假小子一支，自己叼了一支，拿火柴给假小子点上，自己也点上抽起来。我看见假小子用食指和中指夹着烟卷，另外三个手指头张开的样子很好玩儿。假小子抽一口立刻把烟吐出来，看得出她根本不会抽。

假小子说："红舞烟和恒大烟一个价，干吗不买恒大？"

我说："我抽着差不多。你不会抽烟，得往里吸。"

假小子说："我不往里吸，能把我噎死，我就是没事干瞎起哄。"

我看着假小子，觉得她很亲近，以前没有发现她其实挺好看的：一米六出头，很健壮，白白的瓜子脸，淡淡的眼眉很短，单眼皮扯着眼睛向上翘着，这就是所谓的丹凤眼，小肉头鼻子，嘴唇很薄是那种淡淡的粉红色，唇线不清，双下巴。她的长相一看就是那种性格泼辣的女孩儿，梳着运动头，看上去就是那种好动爱玩儿、不讲究的人，没有一般女孩儿的娇气和腼腆。假小子长相和性格融为一体使她具有了非常独特的魅力，半天的结伴而行她给我留下了深刻的记忆。

抽完烟我们直接回家，进了院子来到假小子家门口，假小子说：“把车放门口，到我家坐会儿。”

假小子家和我家格局是一样的，房子是一间半，大间十四平方米，小间七平方米，外加一个四平方米多的厨房与后门连接。这是人口多的家庭才会有的住房面积。还有的家庭是一间房加个厨房。多数家庭房子不够住就在院子里借着自家房子的墙壁盖个厨房，原来的厨房住人。也有盖得大的，像三儿家不光盖了厨房，前后院都接出一间十多平方米的房子。假小子就住在她家那间四平方米的厨房里，一张单人床，一把椅子，然后就是过道。

假小子说：“原来我爸妈住小屋，我和我哥、我弟住大屋，我姐住这儿，我姐结婚了，这屋就是我的了。我和我弟回老家了，房子够住了，我们从老家回来就还按原来的住法。要是将来我哥娶个媳妇回来，就没法儿住了。”

我说：“在院里盖个小屋，三儿家前后院都盖满了。还有靠着厕所的老姑娘家也都盖满了。”

假小子说：“她家老少四代，俩儿子结婚都在家住，没分上宿舍，她家盖房子最多。也是因为挨着厕所，夏天味大了，连我家这儿都闻得见，一股一股的骚臭味。赶上淘厕所的日子能把人熏死。”

我说：“老姑娘上哪儿了？还有你家对门的玻璃花的妹妹，她去哪儿了？”

老姑娘和玻璃花妹妹也是六九届的，与我不是一个学校，她们的学校属于崇文区。

假小子说：“都回老家了，还有紧挨着你家的那女孩儿也回老家了。”

我问：“和同学一起下乡多好，为什么非得回老家呀？”

假小子说：“跟你说实在的吧，谁不愿意去兵团啊？就是插队也比回老家强，起码同学在一起会有很多快乐。我们回老家是因为家庭出身不好，都报名了，学校不批呀。”

我说：“说实话了吧，她们也是出身不好啊？”

老姑娘家很乱，住了多年的邻居，我也没分出她家怎么个辈分。只知道家里小孩子管老姑娘叫姑姑，她管那家最老的老头儿叫爷爷。老姑娘非常老实，白白胖胖的，长得非常好看，因为不爱说话显得很傲气高贵，我也不敢轻易和她开玩笑。玻璃花的妹妹长得特别漂亮，像一朵花一样鲜艳，在我家那一带漂亮女孩儿中无人能及，上学时不但有本校男生追她，也吸引了很多外校男生。她哥哥一只眼睛有残疾，大家偷偷叫他玻璃花。他看妹妹很紧，妹妹到邻居家串门屁股还没坐稳他就会找来叫她回家。

紧挨着我家的女孩儿回老家我是知道的。那个女孩儿个子最高，很秀气，辫子总是在胸前垂着，走路低着头，两手插在裤兜里。

我想，这几个回乡下老家的女孩儿都很美丽，可以和草儿、老太太、枝儿她们媲美。她们回到农村老家，真的无法想象是怎样生活的，在她们身上会发生什么样的故事。

想到这里，我自言自语地说："白瞎了。"

假小子问："什么白瞎了，什么意思？"

我说："东北话，就是说糟践、浪费了。"

假小子问："你说谁糟践、浪费了？"

我说："你们啊，你们这些回老家的女学生啊！"

假小子母亲推门进来看见我说："看这孩子，多好啊，是个大小伙子了，喝水吗？"

我笑着说："不喝，您甭管了，我也该走了。"

假小子母亲说："在这儿吃吧，我给你们做打卤面。"

我说："不用，我走了。"

假小子说："你哪天走我送你。"

我说："不用，我爸他们送就行了。"

假小子和二蛋妹妹去火车站送走我以后，我就再也没有和她们见过面。我和假小子挽臂拉手逛街成了永久的秘密和美好的回忆。而玻璃花妹妹呢，自从我去东北后就再也没有见过这个万里挑一的美人，也没听到过她的什么消息。

我后来回到北京时，邻家女孩儿已回到父母身边，她的户口还在老家，但她已不再回去，而是在北京家里做手工赚钱过日子。她比过去更秀气，可以说百里挑一。十年以后我在大街上碰到了老姑娘，她领着四五岁的女儿，看上去依然傲气高贵，她的美丽千里挑一。她说她在老家待了四年多。她要请我吃饭，我心里非常想去但还是谢绝了，我怕我被她吸引而无法自拔。

这些一起长大的孩子们成人以后，东南西北各自一方，命运的安排让我们永不相见或偶尔相遇，但是童年、少年的记忆依然清晰，那时的喜怒哀乐在回忆中交织着，让人恋恋不舍难以忘记。那时快乐的直到现在依然是生活的动力，那时困苦的直到现在依然是生活的底蕴。

从假小子家出来我推车往家走，院子里很冷清。在过去，这个时间是院子里最热闹的时候，大人们陆续下班回到自己家里，孩子们也都三三两两、蹦蹦跳跳地往家跑。每家人围坐在低矮的饭桌前啃窝头，喝面儿粥，嚼咸菜，其乐融融。而现在院子里没有人，只有柳絮纷纷扬扬落下来滚成团躲在角落里。这样的情景就像冬日里漫天的飞雪一样凄冷，让温暖的春天笼罩着荒凉。

第五节 再次离家 殷殷切切

我看着院子里每一处熟悉的地方，就连每家垃圾桶摆放的位置都少有改变，但已物是人非。我对每一处都感觉亲切亦觉陌生，身处北京想着北大荒，身体里就像有两股无形的力量，一股拽我一股推我，我就在这一拽一推中困苦地挣扎。就要回东北了，新建点里那些知青的面孔映入脑海，熟悉而亲切，北大荒的广袤粗犷也深深吸引着我。对北京的留恋源自不能割舍的血脉，对北大荒的想念源自舒畅的情怀。我恨不得立即回到知青们当中和他们融为一体，我又恨不得在北京和亲人永远不分离。

我家里很热闹，几个知青家长来送东西，还是炸酱、香油、咸菜、块糖、点心之类的东西。我一进屋就被众星捧月般围在中间，家长们抢着说话，叮嘱我带给他们孩子的贴心话。黑牡丹的大哥也来了，我问他给黑牡丹带了什么。

他说："我妹妹嘴馋，带多少都不够，索性就不带了，你就告诉她别往家寄钱就行了。"

他指指满屋的包裹问："这么多东西你一个人怎么拿啊?"

我回来时只带了一个大提包还没装满，现在，即使我又买了两个最大号手提包，估计还是装不下这几十个包裹。听黑牡丹大哥这么一说其他的家长都不说话了，他们在犹豫给孩子带的包裹是留下还是拿走。

我爸爸说："是啊，在长春还得中转换车。"

我赶紧接过话来说："没事，我临时找人帮忙。"

家长们不好意思地拿起自己带来的包裹一个劲儿地说："我们邮寄吧。"

我说："没事，拿得了。我回去没他们的东西，他们得把我吃了。"

在新建点的知青很少有人接到家里寄来的邮包，因为家长们都觉得花几块钱寄点儿吃的很不值。但他们不知道，知青们每每收到家里寄来的邮包时，都会躲在没人的地方抱着流泪哭泣。

家长们陆续走了，我爸爸帮着我往提包里装东西，很快三个手提包都装满了，每个手提包都像小麻袋那么大，死沉死沉的。我把两个提包的提手用毛巾拴在一起，想着这样可以把提包一前一后地驮在肩上，可我用了吃奶的力气还是做不到。最终在爸爸的帮助下才把两个提包放在肩膀上，我感觉重量已经到了极限。我扛着两个提包把另一个提包勉强提起，这样的负重感觉最多能走二三十米。我看看没有装下的包裹还有十几个，这些包裹都是比较轻的，装的大多是糖块、点心、鞋、衣服之类的东西，体积很大。

我妈妈问："这些东西怎么办?"

我说："明天我去买两个网兜，这些东西不沉。"

这时秏子的爸妈和两个妹妹来了，他们带来了一个比拳头大点儿的小包裹。

秏子爸爸说："这么多东西，又得让孩子吃苦了。"

他拿着那个小包裹对我爸爸说："考虑半天还是想给孩子带点儿东西，让他知道我们想着他呢，就带这一小包牛奶糖。多了咱孩子拿不了，沉哪，远道无轻载。"

秏子妈说："告诉他不是我们抠门，就是个意思。"

她对我说："我们看见这两天来你家的人，都是给孩子带东西的，我们也发愁这些东西怎么带啊。所以我们没敢多准备，就半斤牛奶糖，让你受累了。"

我说："没事，我还带了六斤杂拌糖、四条恒大烟，都有他的。"

秏子爸爸说："好，好，你们哥儿几个互相惦记，我们就更放心了。"

秏子的两个妹妹始终没有说话，只是站在一旁听其他人说话。她俩个子很矮，也有十四五岁了，但都不到一米四。

我说："我们几个都这样，好吃的一起吃，打架一块儿上，心齐着呢。"

秏子爸爸说："对，对，猛虎架不住群狼，就得抱团儿，对，一块儿上。"

秏子妈妈说："你怎么教孩子打架呀？别听他的，好孩子不打架。"

我说："我就是这么一说，我们就没打过架。"

我爸爸说："咱不欺负人，也不能让人欺负。"

我妈妈说："反正打架不好，和谁都别打架，不行就躲着。"

我除了买网兜还要去两家，一个是花姑娘家，一个是大管箩家。回北京之前花姑娘千叮咛万嘱咐必须多去他家两趟，而大管箩则相反，一再强调别去他家。第二天上午我先去了花姑娘家。花姑娘妈妈在，她上夜班刚回来，见我来了很高兴，一点儿困意都没了。

她说：“你不来今天我也是要去你家的，前些天你来时还没有接到花姑娘的信，上礼拜接到他的信才知道你们是最好的朋友。快该回去了吧？”

我说：“后天就走。”

花姑娘妈妈说：“花姑娘让我们给你买点儿东西。”

我说：“好，我给他带去。”

花姑娘妈妈说：“不是给他是给你的。他让我们给你买些好吃的，买两条烟。”

我说：“我就不用了，不过也没关系，他的就是我的，我的就是他的。可是，他不抽烟。”

花姑娘妈妈说：“哎哟，你们这么好呢！”

我说：“我们一直挨着睡，有时候第二天早上不知道怎么就跑一个被窝里去了。”

花姑娘妈妈笑着说：“这孩子跟我睡惯了，十几岁了让他单独睡，第二天早上他又进来了。”

花姑娘妈妈接着说：“我们家是一群男孩子，想要个女孩儿，最后一个还是男孩儿，我们就把他当姑娘养，没想到，长大了真像个姑娘。我不喜欢，他爸爸喜欢，当个宝贝似的。你别看他像个女孩儿，其实他胆儿特大，还蔫坏蔫坏的。”

我说：“是，我看他谁都不怕，什么都知道，好多我不懂的都是他告诉我的。”

花姑娘妈妈眨着眼睛看着我说：“哦，哦，是吗？哎，这孩子长得像我，性格和他爸爸一样一样的，这爷俩，都欠揍。”

花姑娘的妈妈和花姑娘的确很像，又长又黑的眉毛像画的一样，大眼睛忽闪忽闪的，眼睫毛很长，向上翻卷着，人显得年轻又漂亮。这是我见过的知青妈妈里最好看的。而且她没有其他知青妈妈那种难过和哀愁。她只是偶尔口吃，偶尔咽一下口水。我感觉和她聊天儿很高兴很畅快，她的举止做派有点儿像掸子。

我站起来说：“婶，您睡觉吧，我走了。”

花姑娘妈妈说：“今天中午就在这儿吃饭吧，我们是大班倒，明天才上班哪。”

我说："快走了，还有好多事儿要办，您歇着吧。"

花姑娘妈妈拿出一个大书包塞给我说："这是给你的，背上吧。"

我说什么也不要，但我推让不过只好说："好吧，我给花姑娘带着，我俩一人一半，他肯定特高兴。"

这时花姑娘妈妈的眼泪唰唰地往下流，我见状吓了一跳。

我问："婶，您怎么了？"

花姑娘妈妈说："哎，还是没忍住，他写信说不让我们当着你的面哭，怕给他丢人，这孩子太要面子了。你回去千万别说我当着你的面流泪了，不然，他写信又会说我一顿。"

我一直犹豫去不去大笸箩家，这是因为大笸箩说不让我去他家时是很认真的。越是这样我越是好奇，再加上大笸箩和我相处得很好，而且我们在一个车上干活儿，大笸箩也算得上是我的师傅。大笸箩没有告诉我他家的住址，但平常聊天儿时说过，他家住在宣武区一个大型排演场对过儿，从他家窗户里可以看见排演场的围墙。我骑车来到排演场，推车顺着马路寻找对着排演场围墙的窗户。马路边上有很多平房，有很多窗户都对着排演场的围墙。

我只好挨家挨户地问，找了半个多小时。幸好遇到一个热情的老太太，她说："这个姓的附近有好几家，他家都有什么人？"

我说："我也说不清，有哥姐，有妹妹，有父母，真不清楚。"

老太太说："那你就跟着我挨家问吧。"

我说："那谢谢您了。"

问到一家时，那家的老太太说："嗨，不就是蹬三轮那家吗，他家有个去东北兵团的。"

两个老太太领着我来到大笸箩家，大笸箩家门锁着。

与大笸箩家同姓的老太太说："都上班了，不过他家那姑娘每天中午都回来给他爸做饭，快到点了，你就在这等会儿吧，一会儿就回来了。"

我越是说"谢谢"，那老太太越是说个不停，话一点儿不重复，但都是一个意思。

老太太接着说："兴许现在出厂门往回走呢，那闺女上班下班都是地下走，话又说回来了，厂子离家也不远儿，要是弄辆自行车儿一骗腿儿到了，现在兴许到家了。"

我虽然在等人，有个聊天儿的自然很好，但是，这位老太太不管不顾一个劲儿地说，别人插不上嘴。她说的话都是大白话，还都严丝合缝地连在一起。这让我哭笑不得。

我抢着说了一句："我自己等吧，您该回家做饭了。"

我这句话一出口让我后悔莫及。

老太太说："我回家做饭？我什么岁数了，还让我做饭？我孙子都一大堆了，我大孙子都搞着对象了，我要再多活几年，我能抱上重孙子，反正我这身子骨……"

这老太太，真的不得了，她能把你的一句话看成是一道作文题，张口就来，不断引申，四面八方地跑题。

我实在受不了了，说："奶奶，附近有厕所吗？"

老太太说："有哇，这么多人在这住着，谁不上厕所呀？早清儿起来人最多……"

我说："奶奶您快说，在哪儿呢？我憋不住了。"

另一个老太太说："顺着马路往东，就在路边上。"

她接着对那个老太太说："你就是一个话匣子，说句话得去前门楼子绕一圈再回来。"

我放下自行车向东去了。其实我不去厕所，是找借口离开那个话匣子老太太，我很庆幸自己家院里没有这样的话唠，能把人聊疯了。我想起臭袜子家也住这一片儿，刚才两个老太太别是把自己带到臭袜子家了。

我在附近转了一圈回来，在老太太看不见的位置向大笸箩家张望，两个老太太已经走了。这时我看见一个女孩用钥匙开门，我想这一定是大笸箩的妹妹下班回家了。

我赶忙走过去问："这是大笸箩家吗？"

那女孩儿看着我问："您谁呀？您找谁呀？"

我说："我是东北回来探亲的，和大笸箩在一起，是你哥吧？"

女孩儿高兴地说："是，哥，您进屋。"

我跟她进屋。

女孩儿说："哥，您坐。"

女孩儿倒了一杯水说："哥，您喝水。"

女孩儿也坐在椅子上，她问："哥，我哥怎么没回来？"

我说："也没准儿快了。"

这姑娘，年龄和我差不多，个不高，一张鹅蛋脸，肉皮长得比大笸箩还白，脸蛋儿上一对很深的酒窝，小嘴甜，一口一个"哥"，说话也是一句挨一句，等你答完了她又接着问，话密但是我却一点儿不烦，而且爱听。她问这问那，很明显，她很关心她在东北的哥哥。

她说："哥，您先喝水，我把炉子捅着，一会儿我爸就回来了。"

厨房是正屋接出来的一个长条雨棚似的简易房子，一头放着乱七八糟的东西，一头是做饭的地方。她熟练地摆弄着炉子，炉子上的水壶开始发出吱吱的响声。

我问："你家除了你和你爸还有谁?"

大笸箩妹妹说："没有了。"

她洗洗手，很利落地和了一块面。

她一边干活儿一边和我说："哥，你们挣钱挺多的，我哥寄回来好多钱了，他说是给我和我爸的，我和我爸都挣钱，他的钱我都给他存起来了，将来给他娶媳妇用。"

她说话的声调特别好听，而且不慌不忙，有张有弛。

我问："你是老师?"

大笸箩妹妹"咯咯咯"地笑起来说："我不是老师，我哪儿像老师?"

我说："哦，我听你说话特像我上学时老师讲话的声音。你上班是做什么?"

大笸箩妹妹说："我是做布鞋的。我们是街道办的厂子，其实在家也能做，过去没有这个厂子的时候都是在家做，把鞋做好了交上去，每月按数算钱。现在街道找了几间闲房，把大家叫一堆儿，就是个街道厂了。"

我问："你是哪届的?"

大笸箩妹妹说："七〇届。都留北京了，但是没有什么好工作，多数是街道厂、集体厂，去个大集体厂很难。"

这时大笸箩爸爸回来了，马上就是五一劳动节了，他却还穿着黑棉袄，棉袄里面连个背心都没穿，下身穿一件黑夹裤，裤腿用黑布带子绑着，光脚穿一双千层底黑布鞋。我看着他，脑子里想的是，不知道他穿裤衩了没有。

大笸箩妹妹说："爸，这是我哥的同事，从东北兵团回来探亲，我哥让他来看看您。"

她又对我说："哥，你和我爸说会儿话儿，我给他做饭去。我爸不聋也不哑，就是不爱说话，你说就行了。"

我看着大笸箩爸爸有些瘆得慌，又不好干坐着，于是我对大笸箩妹妹说："没事，咱俩说就行。你们想知道他什么，我都知道。"

大笸箩妹妹问："你们平时都干什么啊？"

我想起了刚才那个话匣子老太太，心里有底了，不就是说话吗，给他聊疯了算。

我说完吃的说穿的，说完春夏说秋冬，说完男知青接着又说女知青，说完领导说群众，一直说到大笸箩天天晚上讲故事。

大笸箩爸爸突然说了一句："那小丫的，就爱看书。"

大笸箩爸爸一说话吓了我一跳。这时，大笸箩妹妹端着两大碗炸酱面进来。

她兴奋地说："今儿太阳打西边出来了，他说话了。哥，爸，吃面。"

我没客气，接过大笸箩妹妹递过来的大瓷碗，用筷子拌开炸酱稀里呼噜地吃起来。三个人一起吃炸酱面动静很热闹，特别是大笸箩爸爸动静大得邪乎，往嘴里吸面条"呼呼"的，嚼着大蒜瓣"咔咔"的。大笸箩妹妹慢慢地吃面条声音很自然，她一边吃一边看她面前的一老一少两个爷们儿，脸上满是幸福的微笑，酒窝一直深深地陷进圆圆的脸蛋儿里。

大笸箩妹妹一边吃一边说："在家我爸只和我说话，在单位只和派活儿的说话，街坊四邻他都不理，三年多了都这样，不知道他怎么了，今天能和你说话，我太高兴了。"

我心想：肯定是受刺激了，是什么刺激了他？大笸箩？去世的老伴？我看着他满是皱纹的脸，没有一点儿表情，两只眼睛望着窗外，那眼神和大笸箩一样。我心想，这么一个皮糙肉厚的呆老头儿怎么能生出那么精神的儿子和这么漂亮的姑娘？我觉得这老头儿挺古怪。

大笸箩妹妹收了大家的碗筷，给她爸盛了一碗面汤，又对我说："饱不饱就这一大碗。"

我说："饱了，我吃面条还没吃过这么多。"

大笸箩妹妹说："以前我不爱吃炸酱面，我爸爱吃，恨不得顿顿吃，没办法我跟着吃，没想到我现在也特爱吃。"

以前我去每个知青家串门都不会超过一小时，可今天已经一个多小时了还不想走，我喜欢听大笸箩妹妹说话，喜欢看她那甜甜的样子，我还想继续看老头儿古怪的神情，再猜猜他穿没穿内裤。老头儿抽完烟，喝了一碗面汤，站起身。

大笸箩妹妹说："爸，您上班啊？"

老头哼了一声，走到自己床头，从褥子底下摸出一本书交给我说："这本儿，小丫准没看过。”

老头出门，塌着双肩，迈着罗圈儿腿内八字走了。我回头看着大笸箩妹妹的身形和走路的样子，心想谢天谢地，这姑娘和她爸她哥的样子一点儿都不像。我看着大笸箩妹妹收拾屋子，想动手帮忙，但被她拦住了。

她说：“哥，您甭管。”她一边说一边麻利地把吃饭的家伙都收拾完了。

我说：“我该走了，你有什么要带的东西，有什么想让我告诉你哥的话没有?”

大笸箩妹妹说：“给他带双鞋吧，我做的，还有两双线袜子，本来我这几天要给他邮寄去。你来了，我就省事了。”

她把鞋和袜子拿出来交给我。

她把炉子封好了回头对我说：“活儿都干完了，咱俩说会儿话吧。”

我问：“你每天都这样?”

大笸箩妹妹说：“哥，你说什么？我哪样?”

我说：“我是说每天都是你做饭，洗衣服，照顾你爸?”

大笸箩妹妹说：“是啊。”

我说：“你真不容易呀。你休息会儿该上班了，我该回去了。”

大笸箩妹妹说：“哥，您慢走。”

我确实走得很慢，几次回头望向她。心里想，大笸箩比她幸福多了。

本来想等那个老头儿走了要问清楚她爸为什么不爱说话，她妈怎么没的，兄弟姐妹几个人，等等问题。但转念一想，别再把小姑娘问哭了，还是在印象里留下她甜甜的面庞更好。我看看大笸箩爸爸给他的书，没有书皮，看看目录，说的是武松，但不是《水浒传》。我把书硬塞进花姑娘妈妈给的大书包里，手里拿着鞋和袜子骑上自行车回家了。

在家的最后一天我哪儿也没去，在家摆弄那些包裹，三十多个，无论怎么装，仍然需要三个大提包，外加两个大网兜，随身吃的用的装在花姑娘妈妈给的大书包里，原来大书包里的东西装在了网兜里，这些东西一个人根本拿不了。我爸妈和兄弟姐妹也跟着忙活，尽量把包裹和东西装稳妥，把怕挤怕碎的放好。

晚上吃饺子，全家人很安静，收拾行李时你一言我一语很是热烈，闲下来时反倒像是没什么可说的。我尽量显示出平淡，在家人们面前不流露即将远行的情绪，也不说那些离别的话，还是和平常一样高高兴兴。

不时有街坊四邻过来，说上几句关心的话，二姑娘爸妈、小瞄儿爸爸、耗子爸妈和几个与我关系好的知青家长又来转了一圈。他们只是站了几分钟，没有坐下，说了几句客气话就走了。我看得出他们的情感煎熬，觉得出他们的内心挣扎，但是，此时我没有什么热情的语言，以为客客气气会解决他们临别前的尴尬。没办法，他们还要继续这样的状态，他们还要耐心地等待，他们会以我为镜猜测孩子的成长和变化。他们会通过我感受到知青们在成长，起码我回来的半个月里没有骂过人、骂过街。他们担心自己的孩子没有进步，会让他们失望，又担心孩子真的成长了会让他们高兴得不知所措。

第六节 列车向北 蚂蚁搬山

第二天上午，离火车发车时间还早，给我送行的人已站满了小院子。要去送站的人不停往自行车上装东西。随后，一辆自行车驮着我，我挥手向院子里的人告别后，便出发了。送我去车站的人形成一个小小的自行车队伍。骑在前面的是我爸爸和邻居大叔，后面是耗子爸爸、二姑娘爸爸、三姑娘、二蛋、二蛋妹妹、假小子、三儿和小五。

我坐在三儿的自行车后架上，看着街道、房子向后远去，心中不由涌起一缕酸楚情绪。这座已经不属于自己的城市依然喧哗，行人衣着蓝绿黑灰依旧严肃，可是这种喧哗、这种严肃却缺少知青们的奔放昂扬，缺少北大荒的广袤粗犷。我习惯北京的繁华和规矩，同时也喜欢北大荒的广阔和自由，因而没有了第一次离开北京时那种撕心裂肺的疼痛。我依依不舍的情怀是出于那种自幼时就烙印的对城市的习惯和熟悉，留恋的是这里的亲人，这里和自己要好的人们。

我这次回京印象最深的是遇到的那些姑娘，我回味着三姑娘的一身秀气，二蛋妹妹的一身娇气，假小子的一身大气，大笸箩妹妹的一身和气。她们用自己的美丽装点着都市。这些姑娘虽然年龄与女知青相差无几，然而她们显得稚嫩娇弱，文雅贤淑，缺少女知青们的成熟和矫健。

二姑娘、白桃、黑牡丹、白牡丹、草儿、枝儿、叶儿这些女知青们，经历了远离亲人和都市的洗礼，这让她们的内心勇敢坚强，外表意气风发。艰苦劳动雕塑出她们坚忍的意志和最美的女性曲线。环境、劳动、情怀让这些同是女性的人分别成为都市姑娘和边疆知青。

送行的自行车队路过护城河，河两岸杨柳成荫，河坡上的绿草青翠，河水湍湍。有几个老人在垂钓，有几个孩童站在岸边用瓦片打着水漂儿。

三儿哈哈大笑着说："假小子！别骑到河里去啊！"

假小子慢下来，等三儿骑在前面的时候她对我说："你下来，我把丫别河里去。"

三儿说："不行啊，误了车！"

假小子说："你等回来的。"

假小子扬着脸，流海和鬓发迎风飘扬。

她向我微笑着问："什么时候再回来？"

我说："一年多吧。别忘了给我取照片。"

假小子说："忘不了。"

我突然说："你有照得好的也寄一张啊。"

假小子说："我没有好的。"

三儿问："咱们照的照片你带了吗？"

我说："带着呢。"

三儿说："好的都让你挑走了。你要她照片干吗？"

我说："看着玩啊。"

假小子说："找抽，有好的也不给你。"

说完她紧蹬两下冲向前面。

三儿问："你对她有意思？"

我说："什么意思？女朋友？你想哪儿去了，交女朋友还早着呢。"

到了火车站，我爸爸托人开了旁门提前上车。站台上、火车上除了列车员没有一个乘客。大家把我的行李放好后，一起坐下来。

二蛋问："这么多东西你怎么拿啊？"

我说："车到山前必有路，没事。"

我知道我要在长春、佳木斯、师部和团部四个地方换车，要扛着这些东西走多远自己也不知道，但我知道这些东西同时扛在自己肩膀上，提在手里是不可能的。

我索性不去想它，心里很乱，很不是滋味，和大家坐在火车上也不知道说什么好。送行的人都不说话。

停了一会儿我爸爸说："在车上，在车站有什么事儿你就找铁路上的人，跟他们说你是铁路家属。"

我说："出了站呢？您不用担心，我只要说我是东北知青，在哪儿都管用。"

我爸爸对送行的人说："咱们走吧，快检票了。"

大家和我告别："到了就赶紧写信回来。路上小心丢东西。"大家下车了，我从车窗望着他们离去的背影，胸中翻滚着激动的热浪，没有眼泪，也没有伤心，只有一种难以割舍的疼痛。

站台上慢慢远去的送行人，除了我爸爸其他人都不时回身向这里挥手。我的手臂一直伸在车窗外。送行的人们走了，看不见了，我缩回手臂，眼睛还是直勾勾望着他们隐去的地方。

列车在飞奔，轰轰隆隆有节奏的咆哮反倒让我很快平静下来。我想着母亲可能正在家里流泪，兄弟姐妹可能也在沉默无语，家里一定很安静。冷清的院子里缺少小伙子的身影，不爱出门的姑娘们惶惶而不知明日所归。家长们沉思着自己和别人的年轻孩子们，他们不能决定长大了的孩子的现在和将来，但他们又满怀着对这些年轻孩子未来的期盼。我回想着半个多月来，在北京经历的这段一九七三年的明媚春天。玉兰最先绽放，梨花被春雨离落，桃花正在斗艳；杨叶已经丰满，柳叶还在伸展，灌木一片青绒，草地已成绿毯；河水清清湖泊湛湛，白云如雪天空蓝蓝。

北京春天最令人不爽的是刮大风，它经常光顾，吹走好心情。然而没有春风冬不去夏不来。

火车开动不久列车员提着水壶给每个座位的人倒开水，同时告诉旅客可以到餐车吃饭。

我没有食欲，什么也不想吃，继续想着北京和北京的人。这胡思乱想中我迷迷糊糊地睡着了，睡梦中又听到列车员在呼唤可以到餐车吃饭了。醒时我的胳膊腿已经麻木，我慢慢活动身子，麻木的地方开始血液畅通，但奇痒难耐。

我对邻座说："您帮忙看着点儿，我去吃饭。"

邻座说："去吧，我帮你看着座位。"

我来到餐车看见没有几个人在这里吃饭。

服务员过来问我："你要什么菜？"

我问："有什么素菜？"

服务员说："只有炒豆芽，卖没了。"

我说："我不吃肉。"

服务员说："那只能吃炒鸡蛋了。"

我说："行。"

服务员说："一块五毛。"

一会儿工夫服务员端来一盘炒鸡蛋和一小碗米饭。

我看着盘子里面的炒鸡蛋问："就这么点儿?"

服务员说："俩鸡蛋还少?"

我说："鸡蛋几分钱一个，才放俩，这米饭，有二两吗?"

服务员说："是二两。餐车上的饭当然比大街上的贵。"

我没等她走开，两口就把饭吃完了，问："还有吗?"

服务员说："我天，吃完啦? 出门不像在家里，填吧点儿弄个半饱就行了。"

我说："半饱都没有，还有吗?"

服务员说："一块五。"

一会儿服务员又给我端来一盘炒鸡蛋，一小碗米饭。我又是两口吃光。

我对服务员说："还有吗?"

服务员说："你要吃多少啊?"

我说："想吃半饱。"

服务员呵呵直笑，她弯下腰用头顶着我的脑门儿，眼睛对着我的眼睛说："两份你都没半饱? 你太能吃了孩子。"

我说："我最多吃过六个馒头。"

服务员说："六个一两的馒头也就六两。"

我说："像整砖那么大的馒头，六个。"

服务员不笑了，她来回打量着我说："孩子，说瞎话，不好馒头都是圆的。"

我说："阿姨，是真的，我们那儿的馒头不是圆的，干重活儿就靠吃。"

服务员瞪大了眼睛问："你上班了? 干什么工作?"

我说："军垦的知青。"

服务员愣了一会儿说："你给我一块八，一个炒鸡蛋，两碗米饭你就差不多半饱了。"

我说："成。"

一会儿工夫，服务员端着一个大盘子，后面跟着一个穿白大褂戴着白色帽子的人，手里端着两碗米饭，再次走了出来。

服务员说："你也是我们铁路子弟。这是虾皮炒小白菜。这是厨师，你爸以前的同事。"

我赶紧站起来叫了一声："大爷。"

厨师大爷说："刚才吃饭的人多，我想等没人了再去找你。吃吧，你爸给钱了。"

服务员还给我一块八。

天慢慢黑下来，车外的旷野一片朦胧，火车像是围着大地旋转，偶尔经过的城市和村庄灯火阑珊。列车平稳而有节奏地发出有力的哐哐当当声，让你感觉到列车脚下的颠簸和繁忙。我手托腮帮望眼窗外，又想起那首歌曲："歌声轻轻荡漾在黄昏的水面上，暮色中的工厂在远处闪着光，列车飞快奔驰，车窗的灯火辉煌，两个青年等我在山楂树两旁……"我又想起了白牡丹和那个挺拔的女知青唱的《小路》，那婉转动听的旋律依然让我内心激动。

我想，这些都是"苏修"的黄色歌曲，是禁止歌唱的，可是这么坏的歌曲为什么却这么好听，还被偷偷传唱，而且越是年轻人越是爱唱？我喜欢京剧、评剧、河北梆子，能大段大段地唱下来。歌曲只要是要求唱的我也都会，宣传队经常在舞台上唱的忆苦思甜的歌、语录歌也会唱一些，有的歌曲虽然也很好听，但很少能寻觅到喷涌的青春情感。

我的思绪离开了北京，现在撩动内心的是即将面临的知青，那些朝夕相处并肩而行的男知青灿烂的笑脸，那些同处一地不时出现的美丽女知青飘逸的身影。

我觉得列车不再是咆哮怒吼着飞奔疾驶，而是疲倦呻吟着跌跌撞撞。我在摇摇晃晃中昏昏睡去。

长春到了，我自己来回搬了四趟才把车上的东西集中在站台上。我看见一个三十多岁的壮汉也像我一样来回搬了三趟。这个壮汉带的是三个一模一样的白布口袋和一个中号提包。他请人帮忙把两个布袋扛上肩膀，一手提起第三个布袋，一手提起那个中号手提包。但是，他走了十几米就放下了手提的白布袋子。接着他放下另一只手上的提包，吃力地卸下肩上的两个白布口袋，站在原地喘着粗气。

壮汉看见我下了车就没动地方，只是站在原地东张西望。

壮汉问我："等人接你？"

我摇摇头。

壮汉问："这么多东西你一个人拿得了吗？"

我又摇摇头。

壮汉问："你去哪儿？"

我说："佳木斯。"

壮汉惊讶地说："我也去佳木斯，咱俩搭个伴儿？"

我说："好。"

壮汉说："咱们往外走吧，我帮你上肩。"

我说："等会儿，看看能不能借辆车。"

这时过来一位站台上的女服务员，她走到我和壮汉面前问："人都走没了，你们怎么还不走?"

我说："东西太多拿不动，有手推车吗?"

服务员看看地上的一堆东西说："出远门带这么多东西，这不是找罪受吗?"

我说："没办法，我们知青到兵团三年了，就我一个人批事假回家，家长都让带东西，三十多包，太沉了，拿不动。"

服务员问："你是哪儿的?"

我说："北京。"

服务员问："去哪儿?"

我说："到佳木斯，然后再倒两回汽车。"

服务员说："去佳木斯的车还有三个小时，你不用出站，去那个站台等着就行了，把你的车票给我，我帮你去中转签字。"

我说："谢谢大姐。"

服务员转身要走，壮汉说："同志，我也去佳木斯，您也帮我中转签字行吗?"

服务员说："不管，自己去。"

我和壮汉正准备开始搬东西，那个女服务员推着一辆手推车过来说："把这两张报纸铺上，把东西推到天桥下面，过天桥就靠你们自己了，下了天桥不用动地方，从那就可以上车。"

她对我说："我一会儿签完字去天桥那边找你。"

我说："大姐，不用了，一会儿我们自己去就行了，反正他也得去签字。"

服务员翻了一眼壮汉说："给我车票。"

壮汉赶紧拿出车票递给她。我和壮汉来回搬运了四趟，每人都出了一身大汗，弄完后坐在站台的水泥地上休息。这时离开车还有一个多小时，列车已经进站。

壮汉对我说："签字的还没有回来，是不是给忘了?"

我说："不会，不耽误上车就行。"

离开车还有大约四十分钟，那个服务员来了，身后跟着一个列车员小伙子。

服务员对小伙子说："你开开门，让他俩先上车。"

她把车票交给我和壮汉。

我说："谢谢大姐。我爸在北京站工作，您要去北京，有事可以找他。"

服务员说："哦，你是铁路子弟，好，好。"

我给她写了地址姓名。她说："一路上看好自己的东西，我走了。"

我说："再见，谢谢大姐！"

我和壮汉在同一个车厢，离天桥有一个车厢的距离。我们三个人来回搬运了几趟，又出了一身大汗，刚刚坐稳，候车室已经开始检票，旅客陆续上车。

壮汉说："多亏这位女服务员，省了好多力气。"

早晨到了佳木斯，有人来接壮汉，他们帮着我把东西运出火车站。好在去师部的汽车就在火车站外面。壮汉帮着我把东西装上车。

壮汉对我说："只能送你到这儿，我们走了。"

我说："我一直没问你，口袋里装的是什么？"

壮汉说："三袋都是白面，每袋八十斤，我们在佳木斯干临时工，没人给我们发粮票，我们每月一趟，从辽宁老家买粮食，这个月白面，下个月棒子面。"

我说："谢谢你一路上帮忙，再见！"

第十八章　春风强劲

第一节　烟糖抢空　女大当嫁

从平稳的火车换成颠簸的大卡车让人难以忍受，我又没有可以垫在屁股底下的东西，于是脱下回力鞋当屁股垫，舒服多了。接近晚上时汽车到达了师部。我马上去找开往团部的车，刚好有一辆卡车即将出发。

我冲着几个知青喊了一句："哥们儿，帮着搬一下。"

那几个知青立刻帮忙。我知道在没有知青的地方说自己是知青，人们都愿意伸出援助之手，到了知青密集的地方这个名头就没有什么优势了。没想到只一嗓子就来了好几个知青，我甚至没有动手那一大堆东西就上车了。

我拿出一盒恒大烟给了其中一个知青说："哥几个抽支烟吧。"

那知青说："北京的？上哪儿了？"

我说："回家了，刚回来。"

那几个知青围过来抽烟，羡慕地望着我。

我说："谁帮个忙给我们新建点打个电话，让他们明早接我。"

手里拿着那盒烟的知青说："我帮你打，你写下来，包括找谁。"

我从司机那里找了笔和纸。

接下来的这段路程更是颠簸得厉害，遇到搓板路时我的回力鞋也不管用了，因为被颠起过高，再落下来时它已跑开了，屁股肉最少的地方会直接撞在木板上。没办法，再遇到搓板路时只好蹲着。汽车速度起不来，又跑了六七个小时，后半夜三点到了团部。我卸下东西原地等着新建点的人来接。其他同车来的人大部分都走了，剩下的人到旁边的一间大休息室等天亮。不到六点钟疯彪子开着拖拉机来了。

他兴奋地问："带啥好吃的了？"

我说："杂拌糖，没别的，你不抽烟，要抽烟给你一盒恒大。"

疯彪子说："我现在学会抽烟了，给我一盒。"

我给了他一盒烟。

疯彪子说："糖呢?"

我说："不好拿，回去再给你。"

疯彪子一边装车一边说："昨天晚上文书小娘儿们接了电话，说你回来，连长让我早点儿来，我不到五点就往这儿跑，没刷牙没洗脸。"

七点多钟我回到新建点时，正是吃早饭的时间，一群人围着拖拉机帮我卸车，一群女知青也站在一边看着。小瞄儿、小眼儿、耗子也都跑过来，帮着往宿舍搬东西。进了机务排宿舍，屋里人已经满了，屋外的人还往里挤，围着我要烟要糖，问这问那。

我一边发着恒大烟一边对花姑娘说："把网兜提包打开，家里给你们带的东西，上面都写着名字呢，看清楚别拿错了。"

我话音刚落屋里就乱作一团，很快三个大提包、两个网兜都被打开了，有的知青一边喊"有我的吗?"一边翻腾提包和网兜。

有的知青翻腾两下拿个包裹就走，被花姑娘喊住："我去你的，是你的吗?放下!"

小瞄儿、小眼儿也在大声制止乱拿包裹的知青。

老实人从门口挤进来大声喊："你同学黑牡丹她们叫你。"

我让花姑娘、小瞄儿赶快找到她们的包裹，搂在怀里挤出门。

我把包裹分给二姑娘、白桃、小分、谦谦。

我对黑牡丹说："你的东西等会儿给你，在提包底下呢。"

二姑娘说："你先对付宿舍里的那群狼吧，晚上吃饭时我们在食堂等你。"

我说："成。"

黑牡丹说："晚上别忘了把我的东西给我。"

我说："忘不了。"

文书小娘儿们一边跑过来一边喊："回来啦，去我家啦?"

我说："去了。"

文书小娘儿们跑到我身边激动地说："都见到谁了?"

我说："一会儿再说，先把你的包裹拿走，还有连长的大米，他要五斤，我给他带了十斤。"

我和小娘儿们回到宿舍，屋里的大部分人都已走了，剩下的人在抢烟、抢糖，花姑娘、小玉搂着剩下的东西，小瞄儿、小眼儿、大笸箩也在帮忙拦着。

我说："小娘儿们的包裹，给他。还有那十斤大米。"

肥猴儿说："十斤大米？小娘儿们，分我们二斤。"

小娘儿们说："那是妖怪给连长带的，我可做不了主。"

肥猴儿说："妖怪，你就说带了五斤，咱们留五斤。"

老毛子含着一嘴糖块呼噜呼噜地说："留五斤。"

我说："不成，小娘儿们，你赶紧拿走。"

肥猴儿说："你真会溜须拍马，你们副驾说话都不好使了？"

我说："他能批我假回家吗？他不会抽烟，给了他一盒，还有糖。小娘儿们你快给连长送去。"

小娘儿们问："给我带的东西呢？"

我问花姑娘："找到了吗？"

花姑娘说："都翻遍了，没有哇。"

我说："我记得是一小瓶香油。"

耗子说："是不是用葡萄糖瓶子装着？"

我说："是。小葡萄糖瓶子。"

耗子说："小娘儿们，你先走吧，我知道谁拿走了，一会儿我给你要去。"

我问耗子："你那包牛奶糖拿到了吗？"

耗子手捂了一下衣兜说："拿到了。"

耗子的表情有些不好意思。

我说："你爸说了，给你买一提包最好的糖都买得起，但因为带东西的人太多，怕我累着，所以买一把你最爱吃的大白兔奶糖表达家长的心意就行了。"

耗子眼圈红了，激动得说不出话来，一个劲儿点头。

小瞄儿说："估计东西对不上数，谁都抢，我们几个看不住。"

花姑娘说："肯定丢东西了。"

我对花姑娘说："写着名字呢，不是他的他还拿？"

大笸箩说："谁还管那个，想家都想疯了，拿点儿东西心情好些就是了。"

我对大笸箩说："书、鞋，还有袜子还在吧？"

大笸箩说："我拿着了。"

我笑着说："这本儿，小丫准没看过。"

大笸箩垂下眼皮使劲抽着烟。

我说："我回家这趟，小伙子没遇上几个，家家碰见的差不多都是女孩儿，我最喜欢的就是你妹妹。”

大笸箩抬头瞅了我一眼，表情严肃。

我说：“你别往歪了想啊。长得又干净又好看，而且嘴特甜，我头一次遇见这样的女孩儿。”

肥猴儿嘿嘿地笑着说：“听你这话儿，看上人家了呗。”

老毛子说：“那还不让你师傅当个介绍人？”

大笸箩的脸沉了下来，老毛子肥猴儿都不说话了。

我说：“不用介绍，我要在北京，或者她在咱新建点，我肯定死追。”

大笸箩对我说：“我们家的事儿单说。”

我说：“没什么了，就是你妹妹给我做的炸酱面，你爸我们仨一块儿吃的，头一次吃这么好吃的面，你妹要是七〇届的，估计比我大。”

大笸箩说：“九月的，大几天。”

我对花姑娘说：“杂拌糖得留点儿，三排长、白牡丹、掸子和大被单儿她们我都得给点儿糖，哎，大被单儿怎么样了？”

小眼儿说：“孩子人工流产了，写了一份检查就没事了。”

我问：“男的是谁啊？”

小眼儿说：“弄不清是谁，她说是天津的男朋友，家长也都同意。男朋友来东北找她，在别的连队发生的事儿。”

肥猴儿说：“还不知道是怎么回事呢。不是说去天津外调吗，要不是那么回事，新建点可能要给个处分。”

勺子说：“处分谁呀？违反宪法。女十八，男二十。是这儿不让搞对象，不是人家不想搞；是这儿不让人家结婚，不是人家不想结婚。大被单儿是老三届高中毕业，二十四五了，在乡下小孩儿都满地跑了。”

小眼儿对我说：“你小心点儿，强奸犯恨透了你，你给他起的外号，不光难听，还因为一叫这个外号就让人联想到他买回来的小媳妇。”

勺子说：“可不是吗，强奸犯的小媳妇今年还不到合法年龄，两年了都没有怀孕。”

花姑娘说：“掸子就是咬住了强奸犯小媳妇的事儿把指导员噎得说不出话来。掸子挺够意思，帮大被单儿说话。上海人急了说话太快，指导员都插不上嘴。”

我心想：不是插不上嘴，是指导员喜欢掸子。

我问：“我给强奸犯起外号怎么会和大被单儿的事儿联系在一起？我没弄

明白。”

小瞄儿说：“如果处分大被单儿，大被单儿和掸子她们向上级告状，就会把强奸犯媳妇的年龄问题扯出来，强奸犯就得回老家开证明。都是一个村的，写多大都行，强奸犯受不了的是回老家开证明花钱，花钱就是要他的命。”

勺子说：“就说咱新建点老职工的媳妇都多大结的婚，有几个够十八的？组织一个外调小组，都查一下。反正她们要去告状我就跟着去。”

小玉说：“你这么着急也是为你自己吧，是不是有目标了？”

勺子说：“目标没有，但肯定得有。我二十三了，你以为呢。”

大笸箩说：“人家没说年龄大小，人家强调的是未婚先孕不合法。你是偷换概念。”

勺子说：“还跟我来这套，跟我讲起哲学来了。《宪法》有规定就要执行，不执行就是违法。男大当婚女大当嫁，不让搞对象就首先违法，还扯不到未婚先孕那段。未婚先孕是不让搞对象不让谈恋爱不让结婚的结果，这是因果关系，不是偷换概念，明白了吧？”

勺子接着说：“你让人家搞对象，你让人家谈恋爱，你让人家结婚，还有未婚先孕吗？”

我问：“你们不上班啦？”

老毛子说：“你回来了，我们晚去会儿没事，你给我盒烟，我给老豆豆车长带去，昨天他和狼牙夜班，说好了在零件库交接班，这会儿可能早回来了。”

老毛子从花姑娘手里接过一盒烟说：“走吧，八点多了。”

花姑娘说：“我跟你请假吧，这儿多乱哪，我不去了。”

没等老毛子说话，大笸箩说：“我去吧，中午换我回来睡会儿觉，今天我夜班。”

花姑娘说：“行。”

万事通对我说：“你吃饭吧，我给你打回来了，在炉子上。”

这时我才注意到炉子上还热着饭。万事通坐在炉子旁边，咬了一口馒头就着疙瘩汤吃起来。屋里除了花姑娘，小玉、万事通他们几个人都是今晚上夜班的。其他农工排的人都去上班了。

我一边吃饭一边打量着这间自己离开了二十二天的大宿舍。很乱，大多数人没有叠被子，床架子上横七竖八拉着的绳子上挂着五颜六色的短裤、背心、毛巾。床下塞满了脸盆、脏鞋、臭袜子、劳动工具，还有盛东西的破箱子。虽然屋里又脏又乱，但我觉得很亲切。我嚼着松软的大馒头，喝着漂着豆油花儿的疙瘩汤越吃越香。

花姑娘说："看你这样几天没吃饭了?"

我说："不瞒你说，三天吃了三顿饭，昨天一天没吃饭，我早饿得前胸贴后背了。"

我又说："家里的饭都挺好吃，可没有这儿的饭香。"

我吃完饭出了宿舍上厕所。这时我才注意到新建点的景色，树不绿草不青，没有一点儿春天的样子。

树枝上光秃秃的，树下还是去年秋天枯萎的荒草。宿舍南面的地里一片黑褐色，四周散发着枯枝败叶的腐朽气息，排水沟里流淌着冬雪融化渗入地表后涌出的水流。北大荒的春天似乎还没有开始。

我回到宿舍对花姑娘说："我去食堂送几块糖，给我抓两把。"

花姑娘说："哪儿还有糖？一块都没了。"

他一边说一边把剩下的东西推到我面前。网兜是空的，三个大提包里还有六七个包裹，包裹的主人要是再把剩下的包裹取走，我就连毛都没有了。

我说："六斤杂拌糖，一块都没了？四条烟也没了？还有好多人没吃上糖，没抽着烟哪。这怎么办?"

花姑娘说："把这几个包裹分了吧，我看差不多都是糖。"

我问："那合适吗?"

花姑娘说："我估计好多包裹被抢了，你看着，肯定对不上账。"

花姑娘接着说："我们家给你买的东西还在，上面写的是我的名字，我收起来了。有两条烟，一包糖。"

我说："多亏了你，要不然我什么都没了。我给你算算，掸子、大被单儿、小杭州、三排长、咱排长、白牡丹，还有黑牡丹也什么都没给。一班长一本正经家我去了，东西好像没拿走，你看还有吗?"

花姑娘翻翻剩下的包裹说："没有。"

我说："不会让别人拿走了吧？五班长不会抽烟，应该给几块糖。"

我心想：还有枝儿、叶儿应该给几块糖，一冬天上她们那里拿豆饼，应该回报才是。还有卫生员，也不能忘了人家。

花姑娘说："行了行了，给得过来吗？我们家给你买的两条烟，刚才老毛子给车长带去一盒，你兜里带三盒，见了谁给一根就行了，别整盒的给，我们家给你买的糖有二斤，给我买的糖也有二斤，我留半斤剩下都给你。但有一条，我保管，给谁你得告诉我，我瞧着不顺眼的可不能给。”

我说：“成成成。”

我裤兜里装着糖和烟去食堂，一进门就大声说：“吃糖了！”

我掏出一把糖放在灶台上。

大被单儿走到我面前说：“我们五个人，加上司务长、会计，就一把糖？”

我只好又去裤兜里掏。

小杭州跑过来说：“我看你带了多少。”

她绕到我身后紧贴着我后背，双手插进我的裤兜。

一个炊事员说：“别抱太紧，掏就行了。”

小杭州说：“讨厌鬼。”

那炊事员说：“抱的地方也不对。”

屋里的人也都笑起来。

另一个炊事员说：“轻一点儿，摸准了……”

她还没说完，大家都捂着嘴笑开了。小杭州抓着一把糖想抽出来，但因为抓的糖太多被裤兜口卡住了。她抽一次手，我的裤腿就向上扯一下，大家笑得更厉害了。

大被单儿说：“少抓点儿手就出来了。”

那个炊事员说：“对，别抓太紧，手松着点儿就出来了。”

食堂里的人笑得东倒西歪。

掸子一直没说话，此时已经笑得蹲在地上直咳嗽，满脸都是眼泪。小杭州赶紧松手，一块糖也没掏走，她红着脸对那个炊事员说：“你来，你来。”

小杭州追过去打她。

大被单儿说：“还是你自己掏吧。”

我说：“一人三块，没有了，我刚回宿舍，六斤糖就被抢没了，这是花姑娘家给花姑娘带的，花姑娘给我用了。是个意思，我第一个就给你们食堂送来了。”

掸子站起来说：“三七二十一，掏出来，我数一数。”

我掏够二十一块就不掏了。

掸子说：“还差一块。”

我刚要争辩，掸子微笑着说：“我的，差我的一块。”

我笑着说：“对，差你一块。”

我转身要走，被掸子一把抓住，吓了我一跳。

掸子问："烟呢？"

我问："女的还抽烟？"

掸子说："女的为什么不可以抽烟？你想想东北三大怪里就有花姑娘叼烟袋。拿来。"

我从上衣口袋里拿出一盒烟准备打开，掸子抓住我手腕抢过去说："我们回宿舍再抽。"

中午吃饭时我去食堂打饭，知青们把我身上的烟糖洗劫一空，我不敢在食堂久留跑回宿舍，宿舍里早有一群人在等我。

我一进屋这些人就围上来要糖要烟，我放下饭盆举起双手说："在食堂被抢干净了，不信就搜。"

小胡子的弟弟黄毛说："搜嘛呀？让搜肯定没有，把存货拿出来。"

我说："早上一回来就抢没了，不信问你哥。"

小胡子点点头。

黄毛说："我不信，肯定有存货，你不拿出来，我翻啦。"

我说："存货没有，只有人家花姑娘家带来的烟糖还有一点儿。花姑娘给他们拿点儿。"

没人应声。这时我才发现花姑娘不在屋里。

原来花姑娘把东西锁在箱子里，他吃完饭下地干活儿去了。

我说："你们等晚上花姑娘回来。"

黄毛说："等嘛？别把东西都给你们北京的，天津的、上海的、哈尔滨的、佳木斯的也得沾点儿光，我们都是来自五湖四海，都是一个战壕里的战友，不能偏着谁，都一样才行啊。"

我说："现在真没有，等晚上花姑娘回来，保证你能抽烟吃糖，谁有烟给我一支。"

知青们一看我自己都没烟抽了，只好作罢。但他们问这问那问个没完，我也不烦，问什么就说什么，再加点儿夸张。一屋子人听我讲这二十二天的经历都非常认真，甚至有些入迷，逮着一个话题使劲往深了刨。

经历了半个来月和知青家长的聊天儿，听了很多新鲜事，长了很多见识，同时也练就了聊天儿时反应快、嘴皮子利索的本事。直到上班时间知青们才走了。我已然困乏到了极点，没脱衣服就睡了，一直睡到天黑被屋里嘈杂的人声吵醒。

我翻了个身听见有人说："知道你装睡呢，快起来。"

我无力应声，迷迷糊糊又睡着了。

第二节　暗示出招　争当先进

我这一睡，一直睡到第二天早晨。起床后洗漱吃饭，在食堂又让知青们搜了一遍身，什么也没搜到，烟和糖已经被花姑娘管理起来了，我必须说清楚给谁，得花姑娘认可后我才能拿烟和糖。我自己都没有烟抽了，只好去小卖部买了两盒葡萄烟。

我来到地头见到车长老豆豆。

老豆豆说："你再休息一天吧，估计你这几天都没休息好。"

我说："昨天把觉补回来了，我睡了十六个小时，今天我上班吧。我走了二十多天，正是忙的时候，把你们都累坏了吧？"

老毛子说："那是，这二十多天小麦播种完活儿，两万亩。现在正在播种大豆，已播种三千亩，再有五千亩春播就全完活儿了。"

老豆豆说："从现在开始要大开荒，今年必保七千亩，力争一万亩。有的地方草皮子太厚，重耙的任务重，耙地头两遍的难度不低于开荒。"

老毛子说："要是开荒质量差，耙地就又慢又受罪，能把人颠散架。咱们说好了老豆豆，开荒不能糊弄。"

花姑娘说："刚当上车长就不认师傅了。"

我问："老毛子师傅当车长了？什么时候的事儿？"

花姑娘说："就是今天，昨晚通知的，你睡觉了，现在大笸箩是副驾，你跟老毛子上新车。"

我问："还有谁？"

老毛子说："还有小胡子，目前就咱们仨。暂时不上夜班。"

我说："好哇，你当车长，我当副驾，小胡子当顶班驾驶员，再找仨学员。"

花姑娘说："别臭美了，还副驾，咱们一块儿上车的有吗？"

我说："缺人，就往上顶呗。不成也得成。其实当师傅有什么好？出事故还要负责任，就是能使唤使唤人，我还真不知道，涨工资吗？"

老豆豆说："涨个球，那还不打破脑袋地争啊？"

我说："我不争，我老当学员都成，随时可以请假，当师傅就不行。"

花姑娘说："听说这两天要安排个女知青上车，我去你的，多别扭啊。"

他冲着老豆豆说："车长，咱车别要啊，拉屎撒尿怎么办呀？"

老毛子说："钻草甸子呗！"

花姑娘说："那么多蚊子不咬死啊！"

老豆豆说："听说猴机子能耐梗想要草儿，草儿不来，要来的是和草儿形影不离的那个女知青。"

大家都不说话了，好像在想什么。停了一会儿老豆豆说："该干活儿了。"

老毛子对我说："你带他去发动车，今天拉重耙耙地。"

老毛子带着我和小胡子来到新拖拉机跟前，我发现小胡子一直不说话，很是纳闷。

我对小胡子说："这么半天你一句话没说，怎么了？"

小胡子说："还是少说几句吧，再说话，排长就赶我回农工排了。"

老毛子说："谁叫你那么爱说，什么事儿你都插嘴说几句，领导们在一起说事，你非要评论评论，你太嘚瑟。"

小胡子不服地说："我不知道啊，在机务排不让知青说话啊？我他妈以后不说了。"

我早就知道，自从小胡子的弟弟被天津老乡救了，他们这几个人偷着拜了把兄弟以后，这哥俩似乎谁都不怕了，说话狂得厉害，是事儿都要掺和掺和，都要评论评论。我回来以后黄毛老往我的宿舍跑，见了我就要东西，说没有都不信还非要搜身，讨厌至极。

我说："这几个月你是太牛了，这要把你赶回农工排，你就丢人了，老实点儿吧。还有你弟弟，搜我身，再搜我就踹他，真他妈没大没小。"

我对老毛子说："你俩回去睡觉，晚上上夜班，耙地我一个人就成了。"

老毛子说："你一个人？"

我说："是耙地不是开荒，白天一个人没问题。你刚当上车长还不好好表现表现。"

老毛子说："这么安排是我表现还是你表现？"

我说："别分那么清楚，歇人不歇车，咱们车多干活儿，你说是谁的功劳？"

老毛子想了想说："行啊，回了趟家觉悟提高了。好，小胡子咱回去睡觉。妖怪，我带你到地头，白天你自己，小心点儿别跑太快。"

拖拉机发动着了，老毛子向我挥挥手，意思是让我开车。

我半年没有开拖拉机了，原来在一号车干活儿的时候，觉得那台车就已经很厉害了，五十四马力。而这台新的拖拉机八十马力，比一号车更有劲儿。

发动机轰鸣，履带呱嗒作响，车后卷起一团团尘烟。

到了重耙跟前，我调整车位对准重耙牵引架的挂钩，老毛子抬起牵引架挂在拖拉机后面。他向我挥挥手就走了。我开着拖拉机开始耙地。这块地是去年秋天开垦的，因为秋天野草茂盛，开荒难度大，所以质量差。大犁翻起来的土和野草有很多没有完全扣过去，这样就出现了土岗，拖拉机走在上面很颠簸。我把二挡换成一挡慢慢行进。这块地有一千五百米长，转一圈回来要一个小时。我一边用手扳动操向杆一边眼望窗外。

东面是黑黑的农田，方方正正，平平整整，宽广辽阔；南面是还未开垦的黄黄的草地，齐刷刷，一望无际。在这辽阔无际中我感到精神无比舒畅，身心无比自由。我没有因为只有自己一台车而感觉孤独，没有因为身边无人而感到无聊。八十马力拖拉机的轰鸣清脆悦耳，重耙轮刀闪闪发亮，压、切、甩、耙碎土块和野草。在重耙上空一群像是海鸥的大鸟时而盘旋，时而俯冲下来，啄吃重耙翻出的蚯蚓和虫子。

冬天的雪融化后已经深深渗入泥土之中，地表蒸腾着一层灰白色的水汽，在早晨温暖的阳光下慢慢消散。我的车转回头时，面对着的是一片绵延起伏的山林，就在山脚下、密林旁边，新建点一排一排的房子对着沉睡的平原。虽然现在树不绿，草不青，花没开，但它们正在孕育生长，并在暗中踊跃萌动。地块与地块之间，山林与房屋之间，宽大的排水沟里凝聚的雪水向南跳跃奔流。春已潜入这一方山林水土的周身，催动着它们快快生发。

中午，文书小娘儿们来送饭，他带来三大块馒头和半饭盒炒鸡蛋。

我问："哪儿来的鸡蛋？"

小娘儿们说："从老职工家属那里收的，老职工家前年养的小鸡儿有的下蛋了，就是少，十只有八只不下蛋，还说是喂得好，不然还得俩月才下蛋。"

小娘儿们接着说："现在伙食还行，每月杀两头猪，又有鸡蛋，可以后还让不让食堂收鸡蛋不好说。"

我问："为什么呀？"

小娘儿们说："说是资本主义，别的连还没有先例。"

我说："什么都是资本主义，以后干脆也别让吃肉，肉比鸡蛋还资本主义。"

小娘儿们问："到我家都见到谁了？"

我说："都见到了。你父母、弟妹。你弟比你小九岁，你妹比你小七岁。"

小娘儿们问："我妈还在绣花？"

我说："还绣花。放了学你妹带着你弟写作业，带着他玩儿。"

小娘儿们说："在家的时候是我带着他们俩，烦着呢，现在离开他们我又觉着带着他们其实挺好的。我弟，我走到哪儿他跟到哪儿，还必须拉着我的衣角，有鼻涕就拿衣角擦。"

小娘儿们说到这儿眼圈红红的，他接着说："我妈绣花，一个月能挣八九块钱，别看只有这点儿钱，管大用了。我写信不让她绣了，我说每月至少给她寄十块，她没听我的。绣花特费眼睛，还特累，白天晚上都得绣。不瞒你说，我也会，我一个月能挣两块多。你别告诉别人。"

我说："不会告诉别人，不过我衣服破了归你缝。"

小娘儿们笑着说："成，成。"

小娘儿们收拾好我吃剩的饭菜说："我走了啊，回去还得睡会儿觉，晚上给夜班的送饭。"

晚上吃完饭我对花姑娘说："给我拿点儿糖，我给白牡丹送去，再缝一个小包给黑牡丹，还有三排长。对了，连长、指导员，还有排长能耐梗都没给呢，我忘了，刚回来就应该给他们送去，他们要是不同意，我回不了家。"

花姑娘说："昨晚黑牡丹、白牡丹、二姑娘她们来了，我说你睡觉了，糖我给她们拿了。我给了排长能耐梗一盒烟、两块糖，我说是你给的。连长、指导员、三排长没给。"

我和花姑娘来到连部，见到了连长和指导员。副连长回家了。

我拿出三盒烟说："连长、指导员尝尝北京烟吧，给副连长一盒。"

连长说："我不会抽烟，副连长抽旱烟，你收着给别人吧。"

指导员说："你不抽我抽哇，都给我。"

连长说："你太贪心啊。"然后又对我说："听说白天你一个人，不行就取消夜班，等人配齐了再上夜班。"

指导员说："能坚持就坚持，革命加拼命，争取先进。"

从连部出来我俩到黑牡丹宿舍门口敲门，女知青知道是我，都喊着让我俩进来。我进了屋，可花姑娘却死活不愿进。没办法，我只好自己应付一屋的女知青。

黑牡丹说："我家给我带的东西呢?"

我掏出两把糖说："多了没有，一人一块。"

我对黑牡丹说："你家让我带了一大包最好的牛奶糖。"

黑牡丹高兴地说："哪儿呢?"

我说："昨天我一回来就让男知青抢了，我说了，那是你家里给你带的，可他们不听，愣给抢光了，现在这点儿糖，还是花姑娘家给他带的，你们别嫌少。”

黑牡丹说：“哼，你真讨厌。”但脸上一副骄傲的神情。

她问：“你去我家看见谁了？”

白桃说：“你去我家，我爸我妈干吗呢？”

我说：“有时间单聊，你们七嘴八舌的，怎么跟你们说。三排长呢？”

二姑娘说：“三排长早就不在这屋了。”

她这么一说我想起来了，她在连部小间里住，着火以后她屋里挤进去了三个女知青。黑白牡丹也是因为着火烧了房子才挤进二姑娘她们宿舍的。

有女知青在角落里喊：“他要给排长送糖，说明他身上还有糖，搜搜，看他给排长几块。小分、谦谦，他是你们同学，你们动手。”

小分挤过来开始搜身，谦谦没有动。有两个女知青看我捂着兜也过来帮忙搜身。

黑牡丹尖叫着：“哎！干吗呀你们！”

我被洗劫一空。我听到角落里说话的声音时只觉心惊肉跳，特别耳熟。对，那是草儿！

我一边往那个角落里走，一边说：“是谁出的坏主意？我得看看，我好告诉排长。”

草儿大声说：“拦住他，别告诉他。”

她歪身卧下，用被子蒙住了头。两三个女知青把我拦住不让过去，我看见草儿蒙着被子笑得浑身抖动，滚圆的屁股乱颤。

我说：“她是属野鸡的，顾头不顾腚。”满屋女知青都哈哈大笑起来，似乎房顶要被掀起来了。

从女宿舍出来，花姑娘迎上来说：“没剩点儿？这回糖一块都没了，烟还有一条，你也别再管我要了，我锁起来，给你其他连队的同学留着吧。”

我说：“其实现在就差三排长一把糖，我多带回几斤就好了。”

花姑娘说：“你没看出来，再有一提包都不够。”

我说：“我给家写信再寄五斤，其他连还有好多人哪！剩下的几个包裹是他们的，你锁好。”

我连续一个星期上白班用重耙耙那几百亩地，耙了有三四遍，排长能耐梗白天来过几次。他总是让我下车休息，自己开着车跑两圈，然后再下车和我聊会儿天儿。自从能耐梗给我出主意用电报骗假期成功，我改变了对他的态度，这件事成了我俩的秘密，没有第三个人知道。我回来后花姑娘给了能耐梗一盒烟，我又找借口从花姑娘那儿骗出两盒烟偷偷给了他。我在地头和能耐梗商量这趟回家算什么假好。

能耐梗说："算事假吧，我找连长扣你半月工资，这样不耽误你四年一次的探亲假。"

我说："说来也邪性，我回来没有一个人问过我妈的病情，连长、指导员、三排长、车长，还有你，大家都没有。"

能耐梗说："大家其实都觉得你不会作假，但是怕你家里人作假，问出毛病来被别人知道，如果都效仿，以后怎么办？一百多人非乱套。你可以偶尔跟人聊聊你妈的病，别让人感觉是故意就好。"

他接着说："你明天用轻耙耙这块地两遍就行，最好跑快点儿，差不多能耙三遍吧。"

我说："轻耙比重耙宽四倍，这块地现在能跑三挡，一天三遍差不多。"

能耐梗说："那好，后天这块地播种大豆。估计产量比熟地差不少，明年产量才能上去。你告诉老毛子，后天五号车用重耙耙今年新开垦出来的地块，地整出来就播种大豆，一直种到不能种为止。

"今年最主要的两项工作是盖房和开荒。盖房不但要把烧毁的四间大宿舍在原址重建，还要再盖四间大宿舍。一是要解决受灾知青住房问题，缓解各宿舍住宿拥挤问题。二是今年还要来一批上海知青，提前为他们准备好宿舍。除此以外还要再盖十几套老职工宿舍，解决所有老职工的两地分居问题。

"盖房子和你没多大关系，但开荒全靠咱们机务排，为支援其他新建点从咱们这儿抽调了一些骨干，你们车上没有副驾。铁子和哈尔滨的那个知青这两天就宣布为副驾，他们上头没有车长，过些日子就宣布他俩当车长，同时宣布几个人为副驾。这样就得培养新人，你们这些人上车时间差不多，不太好选，你得好好表现。罗圈儿腿上车时间最长，可他提不起来，人有点儿傻了吧唧的。

"要看谁能吃苦不怕累。你好好干吧，一个人一班就是考验，顶不住不行，顶住了发牢骚也不行。而且有时间要多看拖拉机的维修与保养，以及机械原理方面的书，提高业务技术水平。"

我感觉能耐梗是在指导帮助我，这让我有些不解。能耐梗为我回家探亲出主意，现在又暗示我赶快进步，完全忘记了以前的矛盾。

第三节 孤狼惊夜 新词怪诞

我一个人干白班十多天了，累的时候就停车歇会儿，晚上早早睡觉，这样的工作规律已经适应没有觉得太疲倦。但是老毛子和小胡子有些受不了了，连续十几天的夜班，把人熬得脸色苍白，无精打采。

早晨交接班的时候老毛子对我说："明天休息一天，我们俩得睡个好觉，要不然就顶不住了。"

我说："不用，今晚你们俩睡觉，明天上白班，我晚上吃完饭迷糊一会儿继续上夜班。"

老毛子问："你一个人夜班行吗?"

我说："行。你俩十几天差不多都是开荒，一个人开车，一个人把大犁，比我一个人耙地要累，再加上是夜班就更累了。要是白天开荒会好一些，以后咱们一周一换。三个人不比他们五个人少干。"

傍晚我把车停在地头保养重耙，用光了两支黄油枪，因为有的黄油嘴不畅通，打黄油磨得手生疼。

地头离新建点三里多路，我往回走去食堂吃饭。饭后回宿舍看见老毛子和小胡子还在睡觉。

狼牙告诉我说："他俩早上就没吃饭，一直睡到现在还不醒，看来晚饭也吃不上了。"

我给老毛子和小胡子打了饭菜放在桌子上，对狼牙说，他们醒了告诉他们吃饭。

天已经擦黑，我害怕自己一睡着就醒不了了，耽误夜班干活儿，抽了支烟就往地头走。天很快完全黑了下来，只能隐约看见通往地头的道路像是一条黑黑的浅沟，两旁是麦田和荒草地。路面被拖拉机的履带碾压得凹凸不平，一不小心就会摔跤。走了大约两里地，我感觉身后有响动，回头看看一片漆黑，什么也看不见。我掏出一支烟划着火柴，在火柴燃烧的瞬间，我看见二十多米外有两只野兽的眼睛放着绿光。

我立刻感觉到头皮发麻，浑身冒凉汗，我知道尾随着的是一头孤狼。我用脚在地上画了一条横线，又用手在地上画了一个脸盆大的圆圈，脱下上衣在头顶上抡起来，脚下快步急行。我听老职工说过，狼多疑，只需在地上画个圈就能引起它的怀疑，不敢再追了。即使继续追也会放慢速度。我走一段路就停下来划一根火柴看看那头孤狼是否还在。

可是它始终在。只要我划着火柴就能看见那双绿色的眼睛，只是会躲入路北的荒草地中。我被盯得好像身上没穿衣服，浑身的汗毛都竖了起来，恐惧到了极点。我仍旧走一段就停下来划一根火柴，在地上画横线，画圆圈，然后抡着上衣急行。我安慰自己，狼见了圆圈就会怀疑，何况自己又在圆圈附近加了一条横线，两个图案，那头狼更会起疑心。就这样走走停停、跌跌撞撞着总算到了拖拉机旁。我本以为安全了，划着一根火柴，借着亮光一看，那双可怕的眼睛居然就在离自己不到十米远的地方，狼头巨大。它呲着白白的獠牙，嗓子里发出呜呜的声音。

我感觉自己的头发全都立了起来，这次的惊吓激怒了我。我愤怒它这么长距离的尾随，愤怒它不顾横线和圆圈的提示，愤怒它离自己越来越近，愤怒它向自己龇牙低吼。我顺手抄起六棱撬棍举过头顶吼叫着冲向那头孤狼。

我冲出五六米远，将撬棍竖劈横扫地舞了一气之后，感觉那头狼逃走了。我又划了一根火柴，果然不见了那双发光的绿眼睛。我迅速扑到拖拉机前打开侧面的机盖子，车轰隆隆地发动着了，我跳上车打开车灯，转着方向寻找孤狼。

在我来的方向，我再一次看到了那双绿色的闪闪发光的眼睛。它站在几十米外，个头儿极大，比新建点里最大的柴狗还高出半尺，身子更是长出一尺多。这头狼比《福尔摩斯探案集》里描写的那头浑身闪着荧光的恶狗还要可怕。我很是庆幸，它如果在来时的路上攻击我，我肯定招架不住这头像小毛驴般的猛兽。最可怕的是天太黑，什么也看不见，等于是闭着眼睛和恶狼拼斗，绝没有胜算。

车灯划破夜空，百米之内被照得通明，亮光赶走了那头孤狼也赶走了我的恐惧。我的心跳逐渐平静下来，在极度害怕和恐惧之后感觉浑身发软，四肢无力。我停车关着车门歪在座椅上抽起烟来。

我想，这头孤狼为什么没有攻击我？是横线起了作用还是圆圈起了作用？还是抡动上衣起了作用？最后我认定是火柴发出的亮光让它一再迟疑。今天幸亏兜里装的是一盒新火柴。我想，下次走夜路一定要带一支手电筒。我回想着刚才浑身冒凉气、头皮发麻的感觉，心里想：下次再遇到这种状况一定要摸摸头发是不是竖起来了。

抽完烟我开始耙地，今天是阴天，没有月亮和星星，车灯照不到的地方都是黑漆漆的，车下新垦的土地也是黑色的。拖拉机顺着重耙的痕迹来回绕圈，很快我就转向了，因为是对角耙地，方向模糊，再加上天太黑不转向很难。也不知道过了多长时间，我感觉又饿又累，可还没见送饭的出现。

我又开车跑了两圈才看见有一团昏黄的亮光向我这边移来，送饭的来了。送饭的是文书小娘儿们，他到了地头没有停下，而是一直走进地里，迎着车灯深一脚浅一脚地奔过来，他身后不远处有一对绿色的眼睛闪闪发光。我停车，小娘儿们慌慌张张地爬上车。

我把油门放到最低之后大声问："为什么不在地头等着？"

小娘儿们大声说："有狼！一直跟着我！"

我说："我看见了。我来的时候也一直跟着我。"

拖拉机声音太大，说话不方便，我把车灭了。

小娘儿们说："别灭车啊，狼上来怎么办？"

我说："你这马灯不是亮着嘛，把车门关上。"

小娘儿们说："这狼太大了，跟他妈的小毛驴似的。"

我说："吓着你啦？"

小娘儿们说："可不是吗，我又不敢跑，害怕一跑它就会扑上来。"

我问："你害怕的时候是什么感觉？"

小娘儿们说："肚子不舒服，想上厕所。你呢？"

我说："感觉像是疯了，头皮发麻，好像头发全竖起来了，浑身的汗毛可能也竖起来了，就像没穿衣服。浑身冒凉气。"

我接着问："一会儿你怎么回去呀？你个头儿这么小，狼肯定等着你呢。"

小娘儿们说："你开车送我呗。"

我说："我拉着重耙怎么送你？我要送你这条路整个就别要了。"

小娘儿们说："把重耙摘了，空车送我。"

我说："摘了重耙送你回去，等我回来自己一个人挂不上重耙，这是两个人的活儿。"

小娘儿们说："我真有点儿不敢回去了。"

我说："你送饭应该找个伴儿。"

小娘儿们说："这原来就不是我的活儿。应该食堂的人送饭，后来司务长老找副连长发牢骚说，食堂工作忙，晚上再送饭，食堂的人会累垮。这样一来副连长安排卫生员配合食堂送饭，卫生员送饭害怕，轮到她送饭时她就让我帮忙。唉，没想到，帮着帮着我就帮成送饭的了。"

我说："女知青胆小，害怕就结伴送饭。"

小娘儿们说："有时候你们夜班几台车分好几个地方，不结伴人还不够呢，今天差点儿把你忘了，所以送饭晚了。"

我说："两个人一班儿时，遇到特殊情况可以送送你们。但是，把车开回去吃夜班饭要挨批评，这样规定是为了省柴油。"

小娘儿们说："你吃完了吗？吃完了我好回去睡觉。"

我说："那头大狼还等着你呢。"

小娘儿们说："我他妈正害怕呢，你还吓唬我。"

我说："咱这样，我发动车，如果到地头看不见那头狼，你就自己回去，如果看见它还没走，你就在车上等天亮吧。"

小娘儿们说："成，就这么着了。你发动车吧。"

我说："不着急，先歇会儿。"

小娘儿们说："以后我不管送饭了，让她去找她对象。知道心疼她爷们儿，老使唤我可不行。"

我说："谁叫你好心肠了。她对象是谁呀？"

小娘儿们说："我可不是好心肠，我是不好意思回绝她。她对象你不知道？就是天津来的大知青，原来让他学木匠，现在让他学养蜂。他和大被单儿是同学。"

我说："那领导不说他们啊？"

小娘儿们说："他俩年龄都挺大，我听连长、指导员说他们谈好了，明年帮他们申请结婚。"

我说："卫生员有那么大吗？我看和咱们差不多。"

小娘儿们说："她可是佳木斯来的那批知青，她个小，长得像个小姑娘，其实她是知青里年龄最大的，今年都二十八岁了。据说她对象还嫌她年龄太大。"

我说："卫生员多漂亮啊，他配不上她。卫生员就是太矮了。"

小娘儿们说："那是，卫生员长得漂亮，她有点儿看不上养蜂的，她嫌他说话不光嘴动，脑袋还动，要是摇头晃脑还能接受，可他说话时脑袋前后上下动，就这样。"

小娘儿们很夸张地学着养蜂知青的样子，逗得我哈哈大笑。

小娘儿们说："你没见指导员学他说话那样儿，更好玩儿，我们连部的人都会学，气得卫生员够呛。卫生员说过他对象，说话时脑袋能不能不动！为这事儿俩人还吵了一架。"

我说："不跟他搞了。"

小娘儿们说："那和谁搞？年龄大的就那么几个。肥猴儿？那一脸粉刺看着就吃不下饭。"

我说："我也讨厌他，满脸粉刺又大又密，看他那脸我浑身起鸡皮疙瘩。"

小娘儿们笑着说："估计他这辈子得打光棍儿了。谁敢和他亲嘴啊。你们车长老毛子比肥猴儿强那么一点点，也就是一点点，卫生员说他像个牲口。"

我说："谁说我们车长像牲口？他就是脾气暴，人挺好的。"

小娘儿们撇着嘴说："你知道女的怎么议论他？都说他秃顶，窝头脸，没脖子，一身横肉，眼珠子是蓝的，晚上放光。"

我一边笑一边说："谁说的？我跟他一个宿舍，我怎么没看见他两眼放光？"

小娘儿们说："女的这么议论。再有和她年龄差不多的就是佳木斯来的知青二比。他和卫生员好像是同学，卫生员死活看不上他。对他的评价俩字——小偷。"

我说："二比挺精神的，除了个儿小没毛病啊。要是小偷就另说了。"

小娘儿们说："你没见丫那德行，整天学着日本鬼子的样儿，把帽子弄成日本鬼子战斗帽的形状，走路也不好好走，端着肩膀浪荡着胳膊踢着腿，整个一二鬼子，自己还觉得挺美。"

我说："你真不愧是文书，形容得太有意思了，你别说，就是那样，不过长得还行。"

小娘儿们说："行什么行，天天跑马，把自己跑得尖嘴猴腮的。"

我问："什么跑马？"

小娘儿们说："你不知道跑马？"

我点点头说："不知道。"

小娘儿们不怀好意地笑着说："你回去问花姑娘，是他教我的。"

突然，小娘儿们指着窗外说："狼！"

我扭头望向车外，车外一片漆黑，什么也看不见。

小娘儿们举起马灯说："刚才我看见老大的两只绿眼睛。"

小娘儿们紧张地摸摸车门说："别下车，你不知道它从哪儿钻出来，就在车里等天亮吧。"

我说："那可不行，半宿不干活儿，能耐梗和连长都得跟我急。你拿马灯给我照着，看着我身后，看见狼你喊我，我发动车。"

车发动了，小娘儿们把碗筷收拾起来装到篮子里。

我说："你坐这边，我教你开车。"

小娘儿们坐在驾驶位置上说："还用你教，看我的。"

说话间他已经把拖拉机开动了。

我说："你会开啊！"

小娘儿们大声说："操向杆上绑两个馒头，狗都会开。"

我说："骂人哪！你开吧，我睡觉。注意别拐急弯，别去西南角，西南角都是泥，进去就出不来。"

小娘儿们说："知道啦，你睡吧。"

我把马灯吹灭放在篮子里，把上衣团在一起枕在头下。我心里还在笑这个小娘儿们，原来觉得他文文静静，今天一聊天儿才觉得叫他小娘儿们不恰当，应该叫他小流氓。我想着卫生员的圆脸小嘴，不像二十八岁，她长得比大皮球年轻多了，我想着想着就睡着了。其实在车上睡觉很难睡实，在开过荒的地里走，车不但上下颠簸而且还会左右摇晃，人在车里，就像元宵在笸箩里上下左右地颠。

我的头撞在拖拉机车窗的玻璃上铛铛响，有时整个身子被颠起来又落下。

这时就能听见小娘儿们大骂："哥们儿，给你颠醒了吧？对不起啊。"

一会儿小娘儿们又大喊："那头狼还在，你看，眼睛放光。不对，好像是只狐狸，哈哈哈……"

拖拉机平稳地前进，我赶紧起来往外看："你进了西南角！从哪边进来的？"

小娘儿们说："右边，右边进的。"

我说："慢慢向右，油门再小点儿。"

拖拉机明显拔劲，排气管突突地冒着黑色的烟圈，车身一寸一寸地往前移动，这是要灭车陷住的节奏。

小娘儿们大喊："油门再大点儿吧，要灭火了。"

我说："不行，油门大了，履带抓不住地，原地一纺，就陷进去了。"

拖拉机身子已经向右倾斜，我扳着右操向杆，保持拖拉机微微向右。就这样，十几分钟后拖拉机从泥潭中勉强爬了出来。

小娘儿们说："我保证不再进来了。"

小娘儿们精神头十足，一直干到天亮，我也被车窗玻璃撞得晕头转向。

小娘儿们说："醒醒，我该走了。"

我说："一直就没睡着，你骂街、你唱歌我都知道。"

小娘儿们把车开到地头说："你来。"

我说：“再跑一圈，咱俩一块儿走，着什么急，天还没亮透，我走有点儿早。”

小娘儿们拐弯儿又跑了一圈停车，我开始保养车，给重耙打黄油。

小娘儿们说：“你算抓到公差了，白使不花钱，我可不给你送饭了。”

我说：“你多来儿回就是好的驾驶员了。到时候别干文书了，上我们车得了。”

小娘儿们说：“得了，我不干。每天弄得像油耗子，衣服都洗不干净，干活儿时间还长，星期天经常不休息。不干，你也别说我会开车。”

我和小娘儿们在回去的路上遇见老毛子和小胡子来接班。

我说：“车保养完了，柴油加满了，我回去了。”

老毛子说：“小娘儿们怎么会在这儿?”

小娘儿们说：“昨天夜里我送饭，有头大狼跟着我，我没敢回去。”

老毛子说：“这就对了，以后送饭来了就别走了，天亮再走肯定安全，还能帮着干活儿。学会开车以后就上我们车吧。”

小娘儿们说：“我不，车外头有狼的绿眼睛，车里有你的绿眼睛，没地儿逃，吓死我。”

老毛子一把搂住小娘儿们的脖子笑着说：“哈，你骂我。”

小娘儿们推着老毛子的胳膊说：“哎呀，你想杀人灭口哇，小胡子你说，他夜里是不是眼睛放绿光?”

小胡子说：“可不是吗，太吓人了。”

老毛子说：“好小子，敢跟我这么说话，看我不收拾你。”

我和小娘儿们来到食堂吃饭。

大被单儿说：“小娘儿们，怎么跟他一样也唱起花脸来了？瞧你们俩跟小鬼赛的。”

小娘儿们说：“还说，我送饭没回来也没人找我。真的让狼吃了，现在你们都不知道。”

我对掸子说：“要是轮到你就别给我送饭了，吃完晚饭我带俩馒头就行了，再带一块咸菜。”

掸子说：“不可以，这是我们的工作，你别管了。”

我说：“真有一头狼，个头儿特别大，你要是非送就俩人送，带着马灯、手电、镰刀或斧子。真的，不开玩笑。”

大被单儿对小娘儿们说：“你得和连长反映反映这头狼的事儿，要不晚上我们就不送饭了。”

小娘儿们说："你让司务长反映吧，我太困了，回去睡觉。"

我回到宿舍看见花姑娘已经睡下，我站在花姑娘床前说："你睡着了？"

花姑娘说："我睡着了。"

我说："等会儿睡，有事问你，我先洗脸去。"

等我洗完上床时，花姑娘像是真的睡着了。

我说："哎，哎，睡着了？"

花姑娘嘟囔着说："快——睡——吧——。"

我说："什么叫跑马？啊？"

花姑娘呼吸深长，他已经睡着了。我躺下睡觉，脑子里想着"跑马"这个怪诞的词，我不明白跑马怎么能把人跑得尖嘴猴腮的。我也很快睡着了。

中午花姑娘睡醒了去食堂吃饭，顺便也给我打了一份带回来。我还在睡，花姑娘把我叫醒。

他对着我的耳朵说："起来吃饭，我告诉你什么叫跑马。"

我困得睁不开眼，哼哼了两声。花姑娘也上床睡了。

第四节　仙女下凡　拉手缠绵

春天的风虽然温暖但刮起来很强劲，吹进草地咝咝鸣叫，刮进森林呜呜作响。俗话说狂风怕日落，但东北的春风有时傍晚降临，半夜能够消停就算不赖。我还不习惯夜班，头一天就感觉没补上觉，吃完晚饭了感觉脑子还不太清醒。我去接班，走到地头看见老毛子和小胡子正在保养重耙。

我说："你俩走吧，我打黄油。"

小胡子说："马上就打完了，你别再弄一手油了。"

老毛子嘱咐我几句说："你要困了就停车睡，别开着车睡着了，西南角那个泥塘千万躲着点儿，掉进去很麻烦。明天开沟器过来，在西南角拉一道排水沟，很快地就干了，那时再进去不迟。"

我开着车在地里转圈耙地，风比来的时候又大了一些，我关上车门，天黑下来，我打开车灯。天完全黑了下来，车灯显得很亮照得很远，有时可以看见有狐狸、獾子跟在车后很远处抓老鼠吃，它们的眼睛被车灯一晃，会发出绿色的光。

春天的鸟兽缺少食物。白天拖拉机后面的农具上总有一群一群的飞鸟，盘旋俯冲争着在新翻出的泥土中抢夺虫子。晚上跟着拖拉机的是走兽，抢夺被拖拉机吓惊了的老鼠。走兽发着绿光的眼睛让我想起了昨晚的那头孤狼，我向车外环顾，没有看到它。我想，今天头脑不清醒，晚饭后忘了拿馒头。不知道今天是谁送饭，没准还是小娘儿们，因为他太要面子，不好意思拒绝。我想起卫生员腼腆娇羞的样子，小嘴一动当真不好拒绝，想到这儿我笑了。

风越来越大，刮得车门直响，天黑得像个锅扣在头顶。突然，我眼睛的余光发现远处一束亮光飞升而起，瞬间又熄灭了。我紧张起来，一点儿困意都没有了，脑子也立刻清醒了。信号弹？还是眼花了？我想起反修敌特教育时说，阶级敌人不甘心灭亡，有机会就要捣乱破坏，要随时提高革命警惕。我想回去报告，可又一想，如果是眼花了呢，就自己一个人，没有人证明。再者，那个方向没有人烟，在那儿发信号弹有什么用？多半是眼花了。

我虽然这么想，心里还是有些害怕。我在想，敌特和那头孤狼哪个更可怕？最后我还是觉得那头孤狼更可怕。因为敌特会一枪或一刀把我杀死，而狼会一口一口把我咬死。我环顾车窗外，没有发现孤狼的踪影。每当我开车经过地边或是靠近没开垦的草甸子时都会头皮发紧，荒草甸子里去年的枯草被大风吹得狂摇不止，越看越像里面隐藏着什么活物，可能是人，也可能是兽。我在不是风天的时候，不管白天还是黑夜一个人干活儿从没有出现过这种恐惧，今天却怕得要死。

我的车开到了地头，向左转弯时，突然看到二十多米外的黑暗中出现了一个人。这下可把我吓着了，不由自主地轰油门转弯想跑。那个人手里的电筒亮起来向我晃动，我这才反应过来是送饭的来了，是掸子。之所以吓了我一大跳是因为掸子头上扎了一块浅灰色头巾，穿的白上衣系在鱼白色裤子里，脚下穿一双浅黄色低腰雨鞋，灯光一照一身白，乍一看特别吓人。我电光火石之际想起的是聊斋里的妖，吓人故事里的鬼。我转动车身对着掸子开过去，再定睛一看，不由得又吓了一跳，掸子太漂亮了！在灯光照射之下迎风而立，浑身绽放着光芒。

大风吹过，头巾飘舞，英姿飒爽，全身衣服被风紧箍周身，似裸非裸，美妙至极。我见是掸子送饭已然心花怒放，又见她如此超凡脱俗更是心跳不已。我白班时掸子也给送过三四回饭，赶巧能耐梗都在，回想起来他似乎有些故意，而且总是能耐梗上赶着和掸子聊天儿。能在地里和掸子独处，我早已迫不及待。

我跳下车跑到掸子跟前一手提起篮子，一手拉住掸子的手高喊：“风大，上车里!”

来到拖拉机驾驶楼门口我再一次高喊：“上。”

掸子犹豫了一下抬起脚踩在拖拉机履带上，一只手扒住车门框，一只手按住我肩膀，她试了一下，就把脚从拖拉机履带上拿下来，她大声说：“上不去，裤子瘦。”

我咧着嘴笑着大声说：“我没法儿扶你，手上有油，弄脏你的白裤子。”

掸子说：“不上去，我在下面等你。”

我说：“不行，风太大。”

我跪下一条腿大喊：“踩我腿上去。”

掸子右脚踩住我的大腿，左脚踩上拖拉机履带，手扒车门上去了。

我喊：“等一会儿再坐下!”

我从另一侧上了车，脱下上衣铺在副驾驶座位上说：“坐吧。”

我随手关上车门，把车灭了。

掸子坐下了，一只手拿着手电照着篮子，一只手往外拿饭。

她说：“吃饭吧，你爱吃的烙饼。”

我接过烙饼说：“早晨不是告诉你送饭要有伴儿吗，有一头大个儿的狼你忘啦?”

掸子说：“没忘没忘，人不够，小杭州和卫生员去给西边的三辆车送饭。我们说好的，去远处两个人，去近处一个人，你这儿近，三里路，西边五里路。她们两个胆子小，不敢一个人走路。”

我咬了一口烙饼说：“你直接回去睡觉，有人问你就说给我送了不就完了吗?”

掸子没有说话，歪着头眯着眼睛微笑着看我吃东西。我在手电筒光线下看到掸子的微笑和眼神，忘记了咀嚼，愣住了。手电筒的光芒改变了掸子白天强光下的冷傲，她微笑中透着亲近，眯起的眼睛深含着善良。

她拍了我一下说：“看什么？快吃呀。”

我说：“我嚼东西特难看吧？都说我吃饭像没牙的老太太。”

掸子说：“反正不好看，谁吃东西都不好看，不兜齿的也不好看。”

我说：“对了，我好像没看见过你吃东西，你吃点儿，让我看看什么样儿。”

掸子笑笑说：“胡讲，咱们没少在一起吃东西。我不吃，你快吃吧。”

我说：“我就喜欢看你吃东西，你嘴小，和卫生员的小嘴似的，和老太太的嘴最像，你俩长得特像。”

一阵一阵呼呼的大风吹得拖拉机的门乱响，驾驶楼里显得很安静。我一边吃饭一边看着坐在旁边的掸子，美若玉雕。

我讨好地说：“头一次看你这身打扮，太靓了，真的，全新建点都没你这样的风度。宽肩，细腰，大……大长腿。”

我本想说她宽肩细腰大屁股，可没敢说出来。

掸子说：“是啊，我平时不打扮的，今天没有别的衣服穿，这裤子没穿过。”

我说：“你们上海人穿的裤子都很瘦，为什么？”

掸子说：“好看呀。”

我说：“好看什么呀，你看司务长，腿那么细，穿着瘦裤子都撑不起来，还不如肥裤子好看。”

掸子说：“我穿瘦裤子不好看吗？”

我说：“你穿瘦的肥的都好看，有得看，你不知道去你窗口打饭的男知青特别多吗？你穿肥点儿的裤子，别让他们看那么清楚。”

掸子呵呵笑着说：“谁会像你似的眼睛不老实。”

我说：“长眼睛就是用来看的，好看的多看一会儿，难看的少看一会儿，只不过看好看的时间长了不好意思，越不好意思看的越想看。”

掸子微笑着问：“你都看谁不好意思啊？”

我说：“我看谁都好意思，不过也不好意思。”

掸子问：“谁呀？”

我说：“老太太、草儿、白牡丹、白桃、二姑娘……一大堆，都是长得特漂亮的。你看，咱们新建点女知青都那么漂亮，可男知青没几个顺眼的。你说，那些年龄大的男知青里有一个精神的吗？一个比一个寒碜，哦，五班长还行。大笸箩排第二吧，我是说大笸箩长得还行，别的就完了，溜肩加水蛇腰，罗圈儿腿加内八字。”

掸子呵呵直笑。

我说：“大笸箩要顺溜一点儿，勉强能和你一块儿凑凑。”

掸子说：“我和你说过的，我不会在这里谈恋爱，你是不是想谈恋爱了？”

我说：“没有，我就是愿意多看她们，愿意和她们说话，多待一会儿，就像跟你似的。也不太一样，和你在一块儿不紧张，想说什么说什么，和她们不敢乱说。”

掸子说：“这就说明你喜欢她们啊，你头脑里想谁最多？”

我说："我想白牡丹、黑牡丹最多，还有刚才我说的那几个。但想你和三排长比她们还多。"

掸子问："你和谁说话最紧张?"

我说："三排长。我怕说错话，她老说我。"

我接着说："再有就是二姑娘，她也老说我。"

掸子说："她不说你还让你紧张的人是谁?"

我说："白牡丹。"

掸子说："你心里喜欢的是白牡丹。"

我说："不对，我心里愿意她和花姑娘好，花姑娘好像也喜欢她。"

掸子说："谁会喜欢花姑娘？虽然长得还可以，但是像女人，不喜欢。你别光说不吃啊，打算吃到天亮啊。"

我笑着说："我是不想你走，别着急啊，多聊会儿。"

掸子说："你不干活儿啦?"

我说："不干也没人知道。"

掸子说："不见得，我知道连长和能耐梗有时候会查夜。"

我说："这么大风谁都不会来，查夜也不会查我。"

掸子问："为什么呀?"

我说："我一个人，他们来了就别想走了，我就拉着他们干活儿。"

掸子说："时间太长了，我该走了，你休息会儿再干活儿吧。"

我问："你来时看见身后有狼跟着你吗?"

掸子说："好像有的。"

我问："你不害怕?"

掸子说："有一点儿，不过我带着菜刀呢。"

她从包烙饼的小被子下面拿出一把菜刀让我看。

我说："我送你。"

掸子说："不要不要，我自己可以。"

我说："不行，我不放心，那头孤狼太大了，你一个女的，不行。"

掸子说："好的。扶我下去。"

我跳下车，把篮子放在地上，我想像扶白牡丹下车那样抱住掸子的一条腿，可又怕弄脏掸子漂亮的裤子，我再次跪下一条腿让掸子蹬踩。掸子踩住我的大腿，一手抓着我的手，一手按着我的头跳下车。

她用手拍拍我腿上的土说："走吧。"

我把车发动着，让掸子帮着照亮，先在排水沟里洗了手和脸。

我提起篮子，掸子打着手电，两人并肩而行。

我问："今天小娘儿们怎么没来送饭？"

掸子说："他连续送了三天了，卫生员不好意思了。"

我说："她应该让她男朋友帮她送。老欺负小娘儿们。"

掸子说："小娘儿们很愿意的，因为他女朋友和卫生员很要好，他女朋友让他帮着送他敢不送吗？"

我吃惊地问："小娘儿们有女朋友？谁呀？"

掸子笑着说："是哈尔滨的知青，小丫头，外号还是你起的。是啊，一个小娘儿们，一个小丫头……"

我说："小丫头一般人哪，小娘儿们看上她了？你别说，小丫头不招人讨厌，好像男知青女知青都喜欢她。"

我接着说："给他保密啊，小娘儿们跟我挺好的。"

掸子说："很多知青都知道，没有人乱讲，还有好多交朋友的知青，你不知道？"

我说："我就知道大被单儿、卫生员在谈恋爱，其他人我真不知道，也没听到议论。"

路面很不平坦，我脚下踉跄了一下，掸子抓住我的手扶了一下，当掸子松手时我的手没有放开，顺势挽住掸子的胳膊，就像在北京和假小子逛商店被假小子挽住胳膊一样。掸子没有反对，任由我挽着。

她说："我们年龄差不多的女知青只剩我们两三个人了。连小杭州都有男朋友了。"

我问："谁呀？"

掸子说："是比你们晚来的天津知青，五大三粗的。"

我说："哦，他呀，秤砣。真想不到，小杭州白白净净的怎么会喜欢他，小杭州是咱新建点说话最好听的女知青。"

我抓着掸子的手感觉光滑柔软，就是有些凉。

我问掸子："你是不是冷啊？"

掸子说："有点儿。"

我说："刮大风该多穿点儿，你的手、胳膊多凉。"

掸子说："上海人不怕冷的。"

我说："谁和谁谈朋友告诉我一声。"

掸子问："为什么？"

我说："我看看合适不合适，挺好玩儿的。"

掸子说："不许谈恋爱啊，这些事情离你很远，会学坏的。"

我说："我和你一样，不在这儿搞对象，不想在这儿待一辈子，我还是觉得回家好。哎，怎么才叫搞对象？"

掸子笑着说："搞对象就是两个人互相喜欢，聊聊甜言蜜语，拉拉手，搂搂抱抱，亲亲嘴。不跟你讲了，把你教坏了。"

我说："下边不用你教我知道，完了就是未婚先孕呗。噢，你知道什么叫……"

我本想问她什么叫"跑马"，但我想起小娘儿们在说"跑马"时坏坏的样子，估计不是什么好话，便把要说的话咽了回去。

掸子回头看看后面说："没什么在叫哇。"

我握着掸子的手挽着她的胳膊心里美极了，我想起那些古代小说形容美女丰若有肌，柔若无骨，掸子就是这样，以前只看见她丰若有肌，今天触到了柔若无骨，我的心跳剧烈。我想起那头巨大的孤狼。掸子手电余光映射在路北侧的荒草地里，匍匐着的荒草在风中齐刷刷地摇曳摆动。我想，如果此刻那头孤狼真的出现，我会毫不犹豫地扑上去掐死它。

掸子用力攥了一下我的手，扭头看着我问："怎么不说话，想什么呢？"

我说："以前我对男女之间的事儿什么都不懂，两个未婚先孕让我差不多弄明白是怎么回事了。闹了半天是搞对象谈恋爱的结果。"

掸子听我这么说，呵呵笑个不停。

快到新建点了我说："别笑哇。明天还是你送饭？"

掸子说："要送三天。"

我说："我自己带馒头，你别送了，太危险。"

掸子说："就这一段时间没关系。连长说春播比较忙，缺人手，每天工作超过十小时，最忙的时候机务排工作到一两点钟，让我们做四顿饭，还要送夜班饭，春播结束就不用我们送了，也就是十天或半个月啦。"

我说："我找小娘儿们让他和你做伴。"

掸子说："不用。快到食堂了，给我吧。"

她松开我的手接过篮子。

她把手电交给我说："明天放在食堂。"

她转身要走，我拉着她的胳膊笑着说："明天还穿这身啊。"

掸子问："为什么?"

我说："像仙女下凡，好看。别说在这儿，在北京我都没见过，我太喜欢了。"

掸子眯着眼睛微笑着说："好呀。"

她转身向食堂走去。

我站在原地没动，用手电在后面给她照路。我看着掸子的背影在风中摆动起伏，美丽飘逸。

我连蹦带跳地往地里跑，今天太高兴了，直到现在还能感觉到和掸子拉手缠绵的幸福，我不知道我对掸子的喜爱已经升级，这要比和假小子的拉手缠绵更让我感动。我和假小子拉手缠绵是想给假小子一些关心和温暖，帮她排解身边没有同学、身陷农村的孤独寂寞。我能给掸子的是什么?虽然有关心也有温暖，但这是平常的友谊中都会有的东西，我没有给她什么她所需要的内容，但她反过来带给我的却是我从未有过的快乐和甜蜜。我想，这就是谈恋爱，这就是搞对象吗?不对，我从没有想过交女朋友，也没想过搞对象，怎么会对掸子有这种想法，而掸子也是坚定不移地拒绝交男朋友的人。我想，我们没有甜言蜜语，我们没有搂搂抱抱，我们没有亲嘴，更没有未婚先孕，只是拉了拉手。我想到这儿，不觉心跳加快，搂搂抱抱、亲嘴是什么感觉?要试一试的话，找谁试呢?

第五节　初晓两性　紧张何人

我不停奔跑跳跃，好几次差点儿摔倒，我忘记了跑动的动物最能引起饿狼捕杀的欲望。我跑得有点儿累了，便放慢脚步向拖拉机的方向走，无意间用手电向四周晃动，我发现一双绿色的眼睛正在黑暗中盯着我。我用手电直射着那双绿色的眼睛。

狼的眼睛在夜间不但是绿色的，而且在手电的照射下绿色光晕是转圈发散好像是在闪烁放光，异常恐怖。但今天的我没有像前天晚上那样惊恐，我知道只要自己不动，狼的捕食欲望就会逐渐消退下来，我控制着手电开关忽明忽暗，只见那头狼在草丛中向着我匍匐前进。它因手电的闪光疑惑而停止向前，我一边继续闪动手电一边扯开嗓子大叫，我是要用吼叫吓退饿狼，更是为自己壮胆。那头狼突然没入草丛消失了。我一边疾步奔走一边回头观察，我就这样狼狈地跑回拖拉机跟前。

我刚才没有让拖拉机灭火，发动机是着的，我挂上一挡加大油门在地里奔跑，我没有了害怕，只有兴奋。我还想着与掸子近两个小时的独处，她还要连送三天的夜班饭，与我还有很多独处的时间。我想象着下次独处的画面和交谈的情景，我没有设计要和掸子甜言蜜语、拉手、搂搂抱抱、亲嘴和未婚先孕等情节。能聊聊天儿，拉拉手，挽挽胳膊就很好了。最好还能提供更多知青们恋爱的消息以免与他们来往时发生误会。我真的没有想到回北京这么短的时间发生了这么多事情，也可能在这之前就已经这样了，只是我不知道。

以小红鞋、大被单儿的未婚先孕为实例，经过花姑娘的教育指导，我对男女两性之间的事情已经大致明白了。我想到自己和掸子，现在，甜言蜜语还没有，拉手已经有了，搂抱只要顺势而动就可以发生，亲嘴能否发生不知道，因为我对亲嘴的记忆只停留在长辈和兄弟姐妹之间，并且很遥远。如果亲嘴很快乐、幸福那就一定会实现，未婚先孕一定不行，简直不能想象。

我想，如果是和二姑娘，那么所有的这一切都不可能发生，起码我对她没有这些想法。但是二姑娘和掸子相比就女性美貌而言很是接近，为什么会对她没有任何想法呢?

我想起白牡丹，如果和她会发生什么呢?甜言蜜语还没有，拉手算是有过，去团部扶她上下车拉过手，但没有持续。搂搂抱抱已经有了，而且很紧很紧。因为不知道亲嘴的滋味，先列入备选。未婚先孕更是遥远。

我想起白桃，甜言蜜语有，拉手有，搂抱有。甜言蜜语是让她帮着写作业，拉手是做游戏，搂抱是闹着玩，当时如果亲嘴也不是不可能，但未婚先孕那时根本不懂。我想现在和白桃重复上学时发生的种种仍然可能，但一定是很逗乐的场景，不会出现那种兴奋和甜蜜。

我想起掸子问我最紧张谁，后悔没问她紧张谁，今天要问问她。

我想在和这些女性接触的过程中紧张代表着害怕，我只是有些害怕二姑娘、三排长小洋马和黑牡丹。我猛然想起掸子说的紧张不准确，应该是害臊。我对谁害臊了，我抱白牡丹下车时觉得脸上发烧。

就这样，后半夜我不停地胡思乱想，脑子里完全被这些女知青、这群美丽的女性所占据。我没有一丝困倦，心想：以后解困不唱歌了，想漂亮女知青的事儿会让我更精神。

第十九章 躁 动

第一节 练习亲嘴 向往聊斋

新建点除了机务排和一排还在继续完成播种的收尾工作之外，其他人员都在全力以赴盖房子。原来烧掉的四间宿舍最先开始施工，原来的基础已被清理出来，预埋墙壁木材的沟里全是上坡渗下的水。要盖房还得挖出一条排水沟，即使这样基础沟里还是连泥带水的，不好干活儿。盖房子的人每天都是一身泥水，很辛苦。女知青也一样坚持工作，男知青和老职工争抢着干脏重累的工作，主动照顾身边的女知青。施工场面热火朝天，笑声不断。

老毛子和小胡子接班晚了点，我吃完饭已经八点多了，经过盖房子的工地时，看见粗大的柞树原木一根挨一根地排成墙壁，因为地基太软，垫了很多石子，又用碎石埋住原木，屋内地面也都铺上了碎石。我感觉新盖的宿舍地面肯定比原来的老宿舍地面干爽，洗澡时洒在外面的水不会产生泥泞。我想，应该把老宿舍的地面也铺一层碎石子。回到宿舍，夜班的人都睡着了，我拿着脸盆和洗漱的东西到屋后的排水沟旁边洗漱，猛然间发现屋后的森林已经青翠，铜钱大小的叶子在树枝上轻轻摇摆，地上的枯草缝隙中嫩嫩的新草全都钻出了头向四周张望。我站直身子向农田望去，原来黑油油的田地被青翠的麦苗覆盖，我感觉春天似乎一夜之间就来到了新建点。

我脱衣躺在被窝里，心情放松浑身舒展，困意袭来昏昏欲睡，朦胧间脑子里想起了亲嘴，这时旁边熟睡的花姑娘哼了两声，我吃力地半睁开眼看了看他，只见花姑娘白净的脸上嘴唇红红的，像白牡丹，像小洋马，像草儿，像老太太……我昏昏沉沉地想，睡醒了和他亲亲嘴就知道感觉了。

下午四点我睡醒了，旁边的花姑娘早已起床出去了，只有小玉正在穿衣服。

我问小玉："花姑娘呢?"

小玉说："好像洗衣服去了。"

我说："穿上衣服叫他回来。"

小玉出去叫回花姑娘，花姑娘张着两只胳膊，手还是湿漉漉的，他问我："叫我干吗?"

我说："过来问你点儿事儿。"

花姑娘走到床前。

我说："和我亲亲嘴。"

花姑娘红着脸说："我去你的，神经病吧你!"

小玉笑着说："是有毛病，睁开俩眼要和男的亲嘴。做的什么梦，梦见娶媳妇啦?"

我说："不是说搞对象都要亲嘴的吗?我想知道亲嘴是什么滋味。"

花姑娘眼睛一亮，小声对我说："你搞对象了?谁呀?我怎么不知道?你搞对象应该先跟我说呀，我好给你出出主意。说，谁呀?"

我说："先亲嘴再说。"

说话间我搂住花姑娘的脑袋在他脸上亲起来。花姑娘费了很大的劲儿才挣脱开。

他红着脸大声说："亲我管什么用啊?要亲就亲你的女朋友去。"

我说："就是没亲过，想试试什么滋味，告诉我为什么要亲嘴?"

我又搂过花姑娘的脑袋在他脸上使劲亲。我感觉花姑娘的脸蛋儿光滑柔软，挺新鲜的感觉。

花姑娘掏了我下面一把，我立即松开他。

花姑娘说："亲我就有反应啊，你发育啦?"

小玉说："亲嘴，亲嘴，得亲嘴，你那叫亲脸蛋儿，哈哈哈……病得挺厉害。"

我说："嘴里除了唾沫就是痰，多脏啊，搞对象谈恋爱说的亲嘴就是亲脸蛋儿，不可能嘴对嘴。"

花姑娘说："快说呀，跟谁搞上了?"

我一边穿衣服一边说："你猜。"

花姑娘说："我不信。"

小玉说："听他的!他要搞对象了，新建点就没光棍了。"

花姑娘手伸进我的裤衩说："你说不说?"

我赶紧说："你松手，我说我说，快松手。"

花姑娘又加了一把劲儿说："你说完我再松手。"

我说："在家呢，邻居，我们家里给说的。松手。"

花姑娘说："没劲，我觉着你是吹牛。花姑娘又是用力一抓，看看你，没想好事吧。"

我挣扎着说："我天天这样，憋着尿呢。"

花姑娘松开手转身出去继续洗衣服。

我觉得亲嘴没意思，比起拉手差远了。拉着掸子的手时，全身跳动着快乐和甜蜜，拉着假小子的手也是同样的感觉，但亲嘴时却没有那种快乐和甜蜜，连心脏的跳动都没有变化。我穿上鞋出宿舍就往厕所跑。

今天是多云天气，风轻柔，湛蓝的天空堆着白云，太阳还没有下山。我以为时间还早，也拿着脸盆、脏衣服准备和花姑娘凑凑热闹洗衣服。

花姑娘说："别洗了，该吃饭了。"

我说："看这太阳也就三点多。"

花姑娘说："都五点了，你洗得完吗？"

我只觉得时间过得太慢，听花姑娘说五点了赶紧放回衣服刷牙洗脸。机务排规定接班的时间是六点半。我恨不得马上到半夜，继续体会和掸子独处的美好。

盖房子的人们还没有收工，男知青两人一组从木材堆放处往工地扛木头，一群老职工则负责将这些原木立起来固定住以作墙壁。这些原木在七八十米外的木材场里，一冬天的时间准备了很多，堆成了几座小山。做墙壁的原木都是直径二十厘米左右的柞木。柞木密度高，非常沉重，它们在泥水中浸泡几十年都不会腐烂。

女知青在工地四周和工地内挖排水沟引水，挖出的泥土集中在一起，女知青有的负责割草，有的负责铡草，有的则负责把铡碎的草掺土和成泥。在新建点东面还有一个工地，正在盖老职工宿舍。

机务排上夜班的人陆续到食堂吃饭，盖房子的人们也在收拾工具准备下班。

我从打饭窗口向里张望，看见掸子在里面忙碌，昨天晚上的一身白衣服换成了一身灰。

小杭州站在窗口给我们盛饭，她问我："要多少？"

我说："一小块儿。"

小杭州一刀切下一块半个饭盒大小的馒头递给我。

小杭州说："你们怎么都吃这么少？"

我说："夜班缺觉吃不下去，还有夜班饭哪。"

小玉站在我身后说："我都不想吃，给我来碗汤就行了。小白菜可以吃了吧？我看长得挺大了，老是吃萝卜！快换换吧。"

大被单儿接过话来说："小白菜快能吃了，现在小白菜儿白天长晚上不长，晚上天凉。"

小玉说："那再杀头猪啊，五一到现在也半个多月了。"

大被单儿说："五一杀了两头，估计得六月了。"

吃完饭这群上夜班的人迎着太阳的余晖向接班地点走去。我和花姑娘并肩而行，我一只手搭在花姑娘肩膀上。

小玉对老七说："妖怪交女朋友了。"

老七回头冲着我问："谁呀？"

小玉说："他家邻居。"

老七问："长得怎么样？"

我说："当然特精神。"

老七说："像新建点的哪个女知青？"

我说："没有一模一样的，有点儿像白桃。"

我脱口而出，因为我早就做过比较，假小子身高比白桃矮一些，其他方面很是接近，就是性格完全不同，一个非常温和，一个非常刚烈。

老七说："是吗？真不错。"

小玉问："哪儿不错啊？"

老七说："你钻我空子啊。"

花姑娘说："什么叫钻空子呀？你说不错，怎么不错你又不说。"

我说："你说不说？不说给你看瓜扔荒草地里。"

大家都迎合着我说："对，对，给他看瓜。"

老七撒腿就跑，逗得其他人哈哈大笑。

我和另外三台车的人分手后，远远望见老毛子和小胡子已经把车从开荒的地块开过来停在地头保养加油。交接班很简单地说了几句，我看到老毛子和小胡子都很疲倦，看来开荒遇到了不顺的地块。老毛子和小胡子走了，我跳上车开始耙地。大风和阳光让地块表面干燥，拖拉机和重耙碾压后扬起滚滚尘土。我想，今晚要变成小花脸了。

太阳刚刚落山，天还很亮，我开着拖拉机独自在这空旷的天地之间，有些孤单的感觉，想起两个人一班还有个伴，哪怕对望几眼的交流也会让人感到一些充实和安慰，而一个人的时候只有大脑的思考为伴。思考有苦有甜，那些暂时不能实现的美好期待或永远不能实现的愿望是苦还是甜？此时的我思考着已经实现的幸福和即将面临的甜美，这让我在孤独中仍然感到快乐和兴奋。

天黑下来，我打开车灯，我想今天是不是提前去地头的路边接她，那头孤狼着实可怕。对一个女知青来说胆子再大也是无用的。我想，干脆徒步回去吃饭，不会浪费柴油，只耽误一点儿时间。可这样就失去了与掸子在拖拉机上、在送她回去的路上独处的机会。想来想去还是觉得应该回去吃饭，这样我不必担心掸子有危险，和她的独处在食堂里也会很好。至于自己走夜路也会有很大危险，但是我已经远远地和这头狼打了两个晚上的照面，恐惧心理已经弱了很多。但是我没有手表，无法知道确切的时间，我心里想，要买只手表了。算了，今天还是和昨天一样吧，等着送饭，吃完饭送她回去。

我停车检查了一下车辆和重耙，没有发现异常，仰头看见繁星闪闪，与昨日相比今天的夜晚展现着静悄悄的全部。又在地里转了两圈，在南面地头调转车身往回走，看见北面地头有一点儿微弱的亮光，我知道是送饭人的马灯。我挂上二挡，接着又挂上三挡，拖拉机很吃力，发动机隆隆的声音有些呜咽。地块是北高南低，土壤是高处的干燥，低处的湿润，拖拉机三挡跑起来太吃力，我又换回二挡，把油门推到最大。

拖拉机离地头越来越近，地头的灯光越来越亮，远远望去，送饭的人晃动着马灯和我打招呼。我远远看那送饭的人，红色头巾，一身黑色衣服。我心想掸子昨天一身白色衣服高雅脱俗，犹如出水芙蓉，今天一身黑色衣服高贵典雅，好似墨色天鹅。正是风流不在着衣多，她穿什么都好看。她没有穿瘦腿裤子，两条腿仍然不掩丰满挺拔，夹克上衣束身掐腰利落大方。拖拉机又近一些，我感觉来人似乎稍矮一些，她不是掸子，她是草儿！

这让我吃惊不小，是不是因为掸子害怕和我再拉拉手的缘故找人帮忙？看来今天与掸子独处的愿望落空了，我心头飘过一缕遗憾。但来人是草儿，这又让我心头一喜，能和她独处简直是奇遇。

我停下车，跑过去问："怎么你来送饭？掸子呢？"

草儿指指地上的篮子说："饭在这儿，你拿车上去吃吧。"

我说："你不上去？这儿连个坐着的地儿都没有。"

草儿说："我在这儿站会儿，你吃饭还能用多长时间，快吃吧。"

我提着篮子上车吃饭，想把车灭了，但这样就要摸黑吃饭。

我钻出驾驶楼大声说："你上来吧，我好把车灭了，太吵了。"

草儿犹豫了一下还是走过来了。我刚要伸手拉她一把，她已经上来了，我赶紧用袖子擦拭座椅上的尘土。

草儿说："没事，这是我干活儿穿的衣服。"

我灭了车，举着马灯给她照亮。

草儿坐下，伸手接过马灯放在工具箱上说："就你自己一个人？"

我说："就我，没别人。"

她向车窗外望了一圈又看着我。

昏暗的驾驶室里，草儿的脸犹如一轮明月，照得我心里发慌。当我的眼睛与草儿的眼睛相碰时，我的心跳如鼓。她那双美丽的眼睛好像明珠一样，睫毛整齐地上翘，像一层黑色云雾把眼睛笼罩得朦胧诱惑，像在微笑，像在问候，像在忧郁，像在张望。直挺的尖鼻下薄薄的嘴唇如她的头巾一样鲜红，暗淡灯光映照着她，她那美丽的脸庞上涌动着温和、善良、甜蜜、妩媚。我不知道这时自己已经看傻，表情已经回到了人之初，可笑至极。她解下围脖，我看见夹克衫寸领环绕着她天鹅般雪白圆润的脖颈，不由得让人去联想她丰满的胸肩。她坐在座椅上，双手自然放在腿上，笔直的腰身散发着闺秀的气韵。我感觉她周身散发着无法掩盖的俊美妩媚。我一直痴痴地看着她。

草儿说："老看我干吗？快吃饭呀。"

我说："多长时间没这么近地看你了，你的长相我都快忘了。"

草儿笑着说："上食堂打饭经常遇到哇。"

我说："一闪而过，就看个大概，没法仔细看。"

草儿说："你挺怪的，跟我说这个干吗？"

我说："就是这么想的，早就想仔细看看你，就是没机会。"

草儿说："你真敢说。"

我说："先别说这个，我问你，怎么你送饭来了，不是食堂的人送饭吗？"

草儿说："明天食堂有个人去参加培训，好像是掸子，领导让我在食堂帮几天忙，今晚该她送饭，我就来了。"

我说："哦。"

草儿说："你刚才说半截，接着说。"

我说："哎，我说。你长得特别像我小学的老师，我开始以为你们是一家子，可你们不是一个姓，所以我特纳闷，怎么会有长得这么相似的人？"

草儿说："从我上车你一口没吃呢，快吃饭吧。我和你的老师长得很像？

白桃和黑牡丹也说过。”

我说：“特别像，一看见你我就想起我老师背着我送我回家的事儿。我挺想她的，去学校几次都没见到她。”

草儿说：“你怎么光说不吃啊？”

我说：“天天我一个人干活儿有点儿闷得慌，好不容易见到一个人，有点儿话多。好，我吃，你说。”

草儿问：“你母亲得的什么病啊？”

我一时语塞，我回来这么久还没有人问过，就是领导们也没问过。

我说：“肺炎，喘不过气来。”

草儿说：“肺炎一般是感冒引起的，感冒又是缺觉引起的，她是不是睡眠不好？”

我说：“神经衰弱，睡觉睡不实，一点儿响动就醒，经常感冒。”

草儿说：“像你们经常上夜班的，肯定睡眠不足，也容易感冒。”

我猛然想起去她们宿舍送糖时，她鼓动小分、谦谦搜我身的事儿。

我笑着说：“我去你们宿舍，鼓动小分、谦谦搜我身的是你吧？”

草儿笑着说：“不是我。”

我说：“不是你？还把头蒙起来，我感觉就是你。刚才你一笑，我听出来了。属野鸡的，顾头不顾腚。”

草儿又笑了：“就不是我！你也不吃亏，骂人。”

我说：“那可不是骂人，是形容。再说，野鸡腚好看。”

草儿说：“流氓，又开始臭贫啊。”

我说：“有没有这句俏皮话？又不是我编的。野鸡腚真的好看，冬天刮大烟炮，野鸡都是把脑袋钻进雪堆，把屁股露在外面。不过说是野鸡腚，其实是野鸡翎在外面竖着，五颜六色的，风一吹不停地闪动，所以特别好看。”

草儿说：“那也不许说我。”

我说：“我那天说你你不高兴了？”

草儿说：“没那么小心眼儿，你说就说呗，形容挺恰当。你亲眼见过？”

我说：“我追过野鸡，真是这样，别看刮着大烟炮，还没走到它跟前它就听见了，总是扑空。”

草儿说：“以后别再追了，我听说有个知青大烟炮天气追野鸡迷路冻死了，是哪个团的不知道。”

我哈哈笑着说：“今年我为你也还要追，追到了我把野鸡翎送给你，让你看看野鸡腚。"

草儿笑着说:"你真流氓,那天就不是我说的。"

我说:"肯定是,你说话和你的笑声儿挺特别的。我也形容不上来,好听,听一次就记住了。"

草儿说:"你还在哪里听我说笑了?"

我说:"那年在水房打热水,我在门口挡你道儿了,你从我身边挤过去的。"

草儿说:"噢,我想起来了,你那天跑得直喘。我出门你也不让让,我就故意挤你。"

我说:"是啊,你挤出去以后,我放下脸盆就往厕所跑。"

草儿哈哈大笑着说:"你……你瞎说……至于吗……你不吃饭啦……"

草儿笑得弯垂了长长的眉,眯起了大大的眼睛,露出了白白的牙尖和深深的酒窝。我一时感觉呼吸困难,心跳如同锤击。

我说:"往厕所跑是逗你,你走了我就自己打自己,这是真的。"

草儿问:"为什么呀?"

我说:"应该不让你过去,挤在那儿好好看看你,一次就把你记住了。"

草儿说:"臭德行。你还没吃呢,你是不是要天亮了再吃啊?我觉也别睡了。"

我说:"我根本不饿。就想和你聊天儿,我闷得慌啊。我不吃了,留个馒头就行了,你要困了现在就走,不过我得送你。"

草儿说:"不用你送。"

我说:"他们没告诉你这几天有一头狼总跟着送饭的?"

草儿说:"知道。打猎队的人来了,刚才我们一起来的,他和小杭州、卫生员去西边了。"

我问:"打到狼没有?"

草儿说:"没有,他们就是来放枪的。他们说孤狼不好打,在送饭时间放两枪,吓跑它就行了,以后也不敢来了。"

我问:"管用吗?

草儿说:"应该管用吧。"

我说:"那也不行,你一个女同志走夜路万一遇到野兽怎么办?"

草儿说:"没事,野兽躲着我。"

我说:"吹吧,你也带着菜刀?"

草儿说："没有。我在裤腿袖口抹了炸药面儿，野兽在几百米外就能闻到，不敢过来的，不信你闻闻。"

她把手臂伸过来，我闻着她的袖口问："谁教你的？"

草儿说："我爸来信告诉我的，他的来信里大部分内容是东北生活的基本知识。"

我说："他在东北待过？"

草儿说："没有，他是查资料，找人咨询。"

我说："哦。我闻闻裤腿上有吗？"

我心里想的不是闻草儿的裤腿，我是借机欣赏她的美腿。草儿抬腿绷直。我鼻子往裤腿方向凑，眼睛却在上下扫射草儿的双腿。

草儿问："闻到了吗？"

我笑着说："闻到了，味儿还挺窜，臭脚丫泥儿的味儿。"

草儿哈哈哈大笑说："讨厌，流氓！"

我说："以后别老流氓流氓的，叫盲流。"

草儿说："这是你说的啊，盲流，盲流，盲流。"

我看着她呵呵地笑。

草儿说："快吃，再不吃我走了。"

我说："你走吧，我留个馒头饿了吃。"

草儿说："今天有炒鸡蛋，很难得，你还是吃吧。"

我说："真不吃。"

我心里想决不当着草儿的面儿吃东西，不让她看见自己吃东西像老太太。

我说："我真不饿，你走吧。"

草儿说："这样吧，你把馒头掰开，把鸡蛋夹在里面。"

我说："好，你掰吧。"

草儿说："怎么洗手啊？"

我说："你没洗手也比我手干净，掰吧。"

草儿把馒头掰开，用勺子把鸡蛋盛起来夹在馒头里说："剩下的鸡蛋怎么办？"

我说："倒了吧。"

草儿说："那多浪费呀，要不然这样，把饭盒给你留下，明天下班还给我，放食堂就行。但是，你得保管好，这是我自己的饭盒。"

我说："食堂有饭盒，为什么用你的？"

草儿说："不够用，临时用一下。"

我说："别留，一不小心给你踩瘪了。"

草儿说："说你是盲流，什么叫把我踩瘪了？"

我说："我是说你的饭盒。"

我俩笑起来。

草儿收拾好篮子没有急着走，她探头望着窗外的天空说："坐在车里看外边感觉真好。"

我看着她一脸的向往，没有应声。

草儿接着说："满天的星星，无边的荒野，真安静。"

我说："你不说，我还真没注意，真安静。不过发动着车干起活儿来又颠又吵，就盼着下班。哪有心情欣赏。哎，听说让你上车你不愿意，有这回事吗？"

草儿说："有。我觉得机务排不适合女知青，工作时间长，又脏又累，好多活儿女的根本干不了。也有好多不方便，谁爱来谁来，反正我不来。"

我说："你说得对，真不适合，别来。馊主意。"

草儿说："你这次回家，北京有什么变化？"

我说："没看出来，我们家那儿没变化，你们家那儿不清楚原来什么样儿。我去了铁子家。"

草儿说："哎呀，我们家离铁子家很近，我家在他家后面的楼房里住，我在阳台上可以看见他们家那片平房。"

我说："铁子没说呀，他父母也没说，要是他们告诉我我肯定去你家看看。"

草儿说："你敢吗？"

我说："那有什么不敢的，他们没跟我说。"

草儿说："他们不会说的。"

我问："为什么？"

草儿说："我们那片都是七级部的。我爸爸是管技术的，他们认识我爸爸，我爸爸跟他们不熟悉。"

我说："你不着急走啦？"

草儿说："来了三年了，没跟男知青聊过天儿，同学也就是打个招呼，几句话，有的都不说话了。今天我挺高兴的，也不困了。"

我说："我也是，别着急走了，多聊会儿。"

草儿说："回去太晚了怎么说呀？"

我说："你就说我车坏了，你送饭送到地块南头了。"

我和草儿又聊了一个多小时，草儿说：“我真得走了。”

我说：“真不想让你走，今天晚上还给我送饭啊，只有今晚的机会了。”

草儿说：“想聊就有机会，不过不能和别人说啊。”

她起身哈腰半蹲着下车，昏暗的马灯照着她的背影，我脑子里闪现出那天她用被子蒙着头露着屁股顾头不顾腚的样子，一个念头一闪：草儿的腚好看。掸子的屁股也好看，她俩的很相似。

我以最快的速度发动车，我想借助拖拉机的灯光再看看草儿的背影。后半夜我满脑子都是草儿，不停地回味她的样子、她的声音、她的一切。我感觉和她好像认识了很久，又好像离她很远。我感觉这晚像是在梦中一样。我叹息，如果我俩是在聊斋里该多好！

第二节　偷窥女厕　跑马尿炕

我直到下班一丝困意都没有。早晨去食堂吃饭，看见草儿正在忙碌，她看见我时微微一笑又去干活儿了。我高兴地想，昨晚不是做梦，是真的。当天我一觉醒来看见宿舍里一个人都没有，以为自己睡过了头，赶紧穿衣服起来。心里埋怨花姑娘为什么不叫我。这时花姑娘、老七、小玉几个上夜班的人回来了，嘴里都在骂骂咧咧一脸的怒气。

我问：“几点了？你们跟谁怄气呢？”

老七说：“长脖鹿！偷看女知青，孙子的真现眼！”

长脖鹿是会唱京剧的天津女知青调走以后，调来的那个吹笛子、吹笙特别好的北京大知青。因为他长得瘦长脸，眼睛外凸，牙齿和嘴唇外凸，脖子很长，因此大家叫他长脖鹿。

我问花姑娘：“偷看女知青，谁不偷看哪？”

花姑娘说：“我去你的，他趴厕所偷看，让大皮球抓住了。”

原来下午在场院干活儿的二班女知青白桃上厕所，上到一半低头看茅坑时发现好像有双眼睛在张望，吓得她没上完就提裤子跑了出来，随后到干活儿的地方告诉了班长大皮球。大皮球拉着二姑娘来到女厕所假装解手，往下一蹲果然看见有人。

她立刻跑出来堵住男厕所门口大喊：“出来，真不要脸！”

干活儿的一排三十几个知青不知道发生了什么事儿都跑过来围观。

大皮球又喊道：“不出来，没脸见人啦？再不出来我们把你拉出来。”

小眼儿进了男厕所，看见长脖鹿背对着厕所门口站着。

小眼儿说：“你真丢人，出去吧。”

长脖鹿低着头没有动。小眼儿走出男厕所。

一本正经见小眼儿出来走到跟前问：“谁呀？”

小眼儿说：“长脖鹿。”

男知青们都走了。大皮球和几个女知青进厕所把长脖鹿揪出来拉到连部。

连长问清楚怎么回事后对大皮球说：“你们回去吧，我来处理。”

连长随后对长脖鹿说：“你先回去吧。”

机务排宿舍里很是沉闷。

我问小玉：“几点了？”

小玉说：“五点。”

我说：“该吃饭接班了。”

花姑娘说：“怎么去吃饭哪？长脖鹿把男知青的脸都丢光了。”

老七说：“我不吃了，一会儿我打丫的去。”

小玉说：“估计你今天排不上队了，一屋子人根本挤不过去。”

我说：“是吗，那还不给他打死。要打也应该是白桃男朋友打，或者她同学打，比如我，我应该打他一顿。为什么都去打呀？”

花姑娘说：“你傻呀，他丢北京知青的脸，丢所有男知青的脸。”

我看着老七说：“不知道小眼儿什么反应。”

老七说：“别提小眼儿了，他先进的厕所，都不敢拽长脖鹿出来。要是我，我就给他塞茅坑里。”

我感觉老七一反常态，反应激烈。我洗漱完招呼花姑娘吃饭，花姑娘死活不去。

我说：“他趴厕所你害什么臊啊？你等着，我给你打回来吧。”

我去食堂打饭路过工地，工地除了还有几个老职工外，男女知青都走了。

小杭州帮着盛饭，她问我：“怎么回事，今天晚了其他上夜班的人怎么还没有来啊？”

我说：“他们夜班缺觉，不想吃只想睡。”

小杭州说：“你倒是不缺觉噢，很精神，听说你一个人一班，很辛苦的呦。”

我说：“没事，我越来越精神，你这么关心我，我就更精神了，以后每天打饭时你多关心我几句啊。”

我一边和小杭州说话一边用眼睛寻找草儿，馒头正在下屉，满屋蒸汽，只能看见屋里人影晃动。我回屋吃过饭，跟上夜班的人结伴去接班，路过食堂看见男知青都是把饭打回去，没人在食堂吃。

花姑娘说：“看见了吗？男知青没有在食堂里吃饭的，都觉得没面子。”

我说：“不至于，长脖鹿趴厕所是他自己丢人，和咱们男知青有什么关系？”

小玉说：“我跟他学吹笛子半年多了，谁知道他是这样的人，我确实觉得丢人。”

老七说：“别跟他学了，回头你也学着趴厕所。”

小玉说：“去你大爷的，没得可说了，找抽啊！”

老七说：“最跟着丢人的是北京大知青，想媳妇想疯了。大笸箩师傅，是吧？”

大笸箩说：“趴厕所是有毛病，跟想媳妇是两码事。男的想女的，女的也想男的，这是天经地义，不丢人。正常人能克制，不到双方自愿的程度不会过分，不会胡来，两人愿意干什么都行。克制不准，去趴厕所，这是不正常，这小子可能有病。”

老七问：“什么病？”

大笸箩说：“可能是偷窥病。就是偷看。”

花姑娘说：“光看管什么用啊？”

大笸箩说：“看了他就一时满足了，如果再加点儿零碎，他就美了。”

老七问：“加什么零碎？”

大笸箩说：“自己想去。”

花姑娘说：“我去你的老七，装蒜装得跟真的似的，看看你那被子，一块一块的地图。”

我脱口而出：“尿炕。”

老七说：“你才尿炕呢！”

一群人在旷野中哈哈大笑起来。

等我到了干活儿的地块要与其他人分手时，我拉住花姑娘问：“好几天了想问问你，什么叫跑马？”

花姑娘说：“你不知道？我没跟你说过？”

我说：“没有。”

花姑娘说：“那你也应该知道，刚才你接我那话儿接得多好，那就是跑马。”

我问：“尿炕就是跑马？没明白。”

花姑娘说：“我得赶紧接班去，还有二里地呢。没工夫和你说，自己想去。”

花姑娘转身继续向西，去追前面的几个人。

我走到自己的拖拉机跟前，老毛子问：“今天怎么晚了半个多小时?”

我说：“长脖鹿出了点儿事儿。”

我把自己知道的情况说了一遍，老毛子说：“你们大城市人还有这种新鲜的事儿，我长这么大听都没听说过。”

小胡子说：“树林子大嘛鸟儿都有，你没听说的事儿还多着呢。要流氓嘛样儿的没有。你别抓着知青的毛病不放，知青的英勇事迹多着呢，大城市人素质高的有的是。”

老毛子说：“你看，这么丢人的事儿你都护着，就你们大城市人好，行了吧。”

小胡子说：“这是丢人现眼的事儿，我为嘛护着？你别把大城市人往里掺和，大城市还没有这样的厕所呢，拧几根草辫子就算隔开了，别说看，一伸手还能摸呢。”

我说：“咱新建点就仨厕所，都是用草编的，刚开始密封还行，现在三年多了，草辫子都松了，互相能看见对方的影子，要犯坏扒个缝什么都看见了。”

老毛子说：“长脖鹿从茅坑里边看？那脑袋怎么伸过去呀?”

我说：“谁知道啊，想象不出来，那厕所的坑儿太宽了，我们钉的厕所就没事。”

小胡子说：“身子扎进茅坑，嘛都看得见，蹲坑太宽啦。”

我说：“就跟你扎过茅坑似的。”

小胡子说：“一琢磨就是那样，错不了，你试试，趴在二层铺上探下身子往上看。”

小胡子对老毛子说：“你不下班我走了，再这么干我就累趴下了，得歇一天了，几个礼拜没休息了。让长脖鹿上车开荒来，一个礼拜就没那精神头儿了，你再让他看他都没力气看了。”

第三节 模拟朋友 拥抱草儿

农工排的知青在一起上山、下地、进森林，男男女女，欢声笑语，拥抱大自然，融入广阔天地，身心舒展。男女知青虽然很少面对面打交道，但很多时候可以远远地望见，男女的情意在这空间中孕育、膨胀和隐藏，在这里充满了新奇、快乐和幸福。这是农工排吸引知青们的魅力所在。

女知青除个别人工作岗位微调以外大部分人没有什么变化，男知青却有很大调整，主要是调整到机务排、打铁的烘炉房、木工组、养蜂房。又派出一名男知青去进行卫生员方面的学习培训。

特别是机务排抽调的几乎都是新建点里的优秀男知青，我原先的九班有一多半人进入机务排。女知青们的注意力转向机务排，是因为那里有一群优秀整齐的青年。机务排与农工排在一起的时间仍然很多，比如春种秋收要新建点全体人员参加，中耕也要抽调机务排部分人员参加，特别是割大豆时，机务排也要跟大家一起拿起镰刀，冬季机务排全体参加伐木。

女知青们都感觉到了男知青的巨大变化，他们完成了少年向青年的跨越。特别是机务排的知青又被加上技术劳动者的光环而更显风采。三年多来，他们的个子都长了不少，我、铁子、疯彪子身高都已经长到了一米八，小胡子一米七九，疖子包、瓦西里、狼牙一米七八，小玉、毛毛一米七七，花姑娘、万事通一米七六，点窝一米八四，老七最高一米八七。

晚上，草儿来到我干活儿的地块，她举着马灯晃着圈。我加大油门昂首吼叫着奔过去。草儿放下篮子踮着脚尖向拖拉机挥手。车停在了地头，灯光直射着草儿，她没有躲避拖拉机的强光，笑着招手。过了一会儿，我抱着座椅底座跳下车。

我笑着对草儿说："上下车不方便，我把底座拿下来坐外边吧。"

我脱下上衣，里儿朝上铺在底座上说："你坐这儿看星星。"

我转身熄灭发动机，来到草儿跟前。

草儿说："你的脸跟小鬼儿似的吓死人了。"

我说："天天一脸土，夏天更厉害，天天一脸泥。"

草儿说："我给你擦擦。"她掏出手绢要给我擦脸。

我说："用我的。"

我掏出手绢递给她，嘴上却说："不用擦了。"

草儿一边给我擦脸一边说："不擦我可不敢看你，真的像个鬼。"

我咧着嘴笑，草儿说："别笑，土都进嘴里了。"

我偷眼看着草儿，她就在眼前，昏暗的光线使她美丽的脸庞更加迷人，像是有一股强大的磁力，吸引我向前贴去。

草儿微笑着小声呵斥："往后，去，往后！小盲流！"

我屏住呼吸不敢出气儿，一阵晕眩，感觉像在梦中。

草儿微笑时露出洁白的牙尖，这让我想起亲嘴这档事。我想看看草儿的嘴里有没有唾沫有没有口水。我还是想不通，牙齿碰牙齿、嘴唇碰嘴唇的亲嘴有什么意思，真不如亲脸蛋儿感觉到的细腻光滑更好。草儿的脸比花姑娘的脸更加如脂如膏。

草儿刚刚坐下又站起来说："坐这儿不舒服，太低了，还是坐车里好。"

我说："好，上车，你等着。"

我以最快的速度抱着座椅底座上车安装好，又用上衣外面擦拭了座椅靠背，然后把衣服的里儿朝上铺在座椅上。我想，动作要快，争取在她上车时能有机会拉她。可没等我转身，草儿已经从另一侧车门上来了，动作之快让人吃惊。

我说："坐吧。"

草儿说："好，别管我，你先吃饭吧。"

我问："今天吃什么？"

草儿说："烙饼，面条。面条是我做的。"

我说："我也会做面条，面条不好吃，而且吃不饱。"

草儿说："得便宜卖乖，那你别吃，里边有鸡蛋。"

我说："那不行，把鸡蛋吃了，把面条剩下。"

我看着草儿的眼睛说："我晚上去食堂打饭厨房里全是蒸汽，没看见你。"

草儿说："我在把馒头下屉，你找我干什么？"

我说："特想看看你在食堂干活儿什么样儿。"

草儿笑着说："哦，想看我，现在在你眼前，看吧。"

我说："现在只能看见你的脸，我是想看你在食堂的样子，也不是。就是你活动起来，忙这忙那的样子。"

草儿说："那有什么，谁都得动。"

我说："就是昨天聊完天儿，对你更注意了，就是想看见你，感觉你和没聊天儿之前不一样了。"

草儿问："有什么不一样？"

我说："原来你像个影子一闪就没了，现在总觉得你就在附近看得见摸得着。感觉你的长相都和过去不一样了。"

草儿说："长相都变了，变好看了还是难看了？"

我说："当然是更好看了，更主要的是发现了好些以前没有发现的。"

草儿说："是吗？发现什么了？"

我说："发现近处看你和远处看你差好多。"

草儿说："我想知道差好多差在哪儿。"

我说："我说不好，反正看着更好看，我更喜欢。"

草儿笑着说："你是不是拍马屁，想和我交朋友吧？"

我说："我当然要说让你高兴的，我喜欢你就愿意让你高兴，但不是假话。特愿意和你交朋友，而且我是男你是女，咱们是男女朋友哇。"

草儿笑得更厉害了："真要和我交男女朋友啊？你个小盲流……"

我愣了一下说："你说的是搞对象谈恋爱的男女朋友？我没想过，不过我以后可以这么想啊。"

草儿说："以后也别这么想，我没这么想过，对别人我也没这么想过，你也不应该这么想，等你长大了再想吧，哈哈。"

我说："我没想，可是现在我愿意咱俩成朋友，不是搞对象谈恋爱的男女朋友，是挺好的那种男女朋友。"

草儿说："你知道搞对象谈恋爱的男女朋友和你说的男女朋友有什么区别吗？"

我说："我知道，搞对象谈恋爱的男女朋友要甜言蜜语、拉手、搂搂抱抱、亲嘴、未婚先孕。"

草儿笑着说："谁教你的？小盲流。"

我说："没人教我，东一句西一句听来的。咱俩不是这种男女朋友，是另一种。可是我觉得又挺像。"

草儿问："什么挺像？"

我说："反正说不清楚。"

我心里想：甜言蜜语、拉手、搂搂抱抱、亲嘴、未婚先孕应不应该有？还没想好。

草儿望着黑蒙蒙的窗外说："新建点，还有别的连队有我认识的，有我不认识的一些男知青要和我交朋友，我知道他们怎么想的，和你说的男女朋友不一样。"

我问："你同意了几个？"

草儿哈哈大笑起来："一个都没有，还几个，就是我同意了也只能是一个！"

草儿笑着说："我发现你是不是不饿？昨天没见你吃，今天还不吃。"

我说："夜班时间长了不想吃饭只想睡觉，你们送的饭最受欢迎的是汤，一宿没地儿喝水，渴急了得找排水沟。”

草儿把她的饭盒递给我说：“再等会儿汤就没了。”

我一口气把面条里的汤喝干了。

我放下饭盒说：“哎，在咱新建点假如你要搞对象，你觉得谁行？”

草儿说：“没有假如，我就没想这事儿，我爸妈我姐都不让我交男朋友，我姐比我大两岁，我爸妈也不让她交男朋友，他们信里经常嘱咐。”

我笑呵呵说：“我觉得也是，就交我一个就行了。”

草儿也笑了：“就交你一个，小盲流，是你说的那种男女朋友啊。你吃不吃饭啊！”

我说：“不吃。”

草儿说：“不吃？我走了。说完她就要起身。”

我一边赶紧用手臂阻拦一边说：“不吃就是为了多和你聊天儿，别着急走。”

草儿说：“聊什么？老是甜言蜜语、拉手、搂搂抱抱、亲嘴，是吧？”

我说：“可不就是这些，男知青没事总聊，你们女知青不聊？”

草儿说：“也聊呀，只是俩仨人在一起聊，你们全屋的人一起聊？”

我说：“也分什么事儿，但基本上都是大家一起聊，胡说八道。我主要是听，有些他们说的事儿我不太明白。”

草儿说：“你们屋里人的年龄不齐，相差很多，你早晚学坏了。长脖鹿的事儿你知道吗？”

我说：“我起床就听说了。”

草儿问：“你没去打他？”

我说：“没有，我为什么要打他？”

草儿说：“男知青很多都去了，把他打得不像人样，连长已经让武装班把他看护起来了。我看净是瞎起哄的。我觉得你会去打。”

我说：“我才不去呢，他又没招我，这样的人也不值得对他动手。”

草儿说：“呦，没想到你比他们成熟哇。”

我说：“我听大笸箩说他是有偷窥病，不正常的人打也没用，他自己愿意丢人。”

草儿说：“哦，好像是有偷窥这种病，这是一种不健康的心理疾病。打不能治病。听说打得挺惨的，脸肿得老大，眼睛都睁不开了。”

我说：“我看打他的人也是假正经，好像自己多正派似的。长脖鹿不就是想看姑娘的腚吗，打他的人没准心里也想看，就是不敢。”

草儿说：“哎，哎，小盲流，你也想看？”

我说：“我不敢。”

草儿说：“我没说你敢不敢，我是说你想不想看。”

我说：“我想看啊，不过没想过在厕所里看，也没想谁的都看，如果你在新建点水塘里洗澡，我肯定偷偷去看。不过……”

没等我说完，草儿用勺子狠狠地敲了我的头：“小盲流，不过什么？”

我捂着头说：“不过我不会把你的衣服抱走。”

草儿又要敲打，我护着头说：“我说实话你还打我，我可不像他们又想什么又立什么，我怎么想的就怎么说。我不光想看腚，还想看别的地方，就是没机会。”

草儿一边咬着嘴唇笑一边敲打我，打得我“哎哟哎哟”直叫。

草儿揪着我的耳朵说：“小盲流，你已经学坏了。哎呀，你耳朵上全是土。”

我笑着说：“我真的不算坏，我把什么都说出来了。好多人不说，要是把心里想的倒干净了，不定坏成什么样儿呢。”

草儿说：“想什么谁也看不见，但做什么都看得见，以后别什么都瞎说。刚才说的，也不能跟谁都说。”

草儿开始收拾饭盒，她说：“给你留一张烙饼吧，面条明天早上我吃。”

我说：“我送你吧，说不定那头狼还在附近。”

草儿说：“我不怕，我倒觉得在食堂上班更可怕。”

我问：“怎么了？”

草儿说：“晚上九点多钟，我跟着小杭州和另一个炊事员去食堂做夜班饭。路过老职工宿舍时从强奸犯家里传出几声女孩儿的尖叫和呻吟，小杭州不由自主地小声骂了句很难听的杭州话。就是个强奸犯，这外号真适合他。”

我说：“几乎天天都这样，男知青说他是个野兽。那几间老职工宿舍晚上都很恐怖，前面是赶车的山东两口子，每晚吵架。”

草儿说：“可不是吗，屋里一男一女不停地叫唤，男的叫完了女的叫，女的叫完了男的叫。一人一声：‘泥罗！’男人女人谁都不多叫，谁也不少叫，你叫完了我再叫。”

我问草儿：“他们喊的是什么？我听不懂。”

草儿笑呵呵说：“山东话，你骡儿，你骡儿！他们一直没有小孩子。前边是大洋马家，彪悍大娘的呼噜，像一台小型发动机在工作，又像一只猛虎发威。”

我说：“真够花哑巴受的。”

草儿又说：“就鱼唇两口子安静，好像很少点灯，屋里像没有人住似的，有屋子没有灯看着发毛哎。去食堂上夜班天天路过，多吓人哪。”

草儿说：“在食堂给你擀面条，突然在眼前跑过一群老鼠吓得我尖叫，个头儿也大，而且不像老鼠，老鼠是两头尖的枣核型，这儿的老鼠不是，而且腿特别长，真吓人。”

我说：“从上面看不见老鼠的腿，从侧面看腿就显得长。”

草儿说：“隔了一会儿又跑过一群，我用擀面杖在案板上横扫，三只老鼠被我扫下案板。案板旁边有一个空的大水缸，三只老鼠噼里啪啦地掉进水缸。如果就我自己天天给你们做夜班饭，多吓人哪。”

我说：“食堂老鼠太多，没办法。你不怕狼，反怕老鼠，那狼呢？”

草儿笑呵呵说：“小杭州要来给你送饭，让我去远处送，可我还是想跟你聊天儿，小盲流。”

草儿起身弯腰钻出车外。我的眼睛愣愣地追着她的腚，心想：好看的腚。草儿干净利索地跳下车，转身看见我在发愣。

她大声说：“看什么，不下车！”

我跳下车说：“你就不愿意和我多待会儿？着什么急呀。”

草儿说：“昨天回去就够晚的，今天再晚会有人瞎猜乱说啦。”

我很不高兴地说：“爱说就说呗，谁会把咱们俩拴到一起，就我这小盲流，呵呵呵……那我送你。”

草儿说：“没人和你说过？”

我问：“说什么？”

草儿笑着说：“漂亮的小伙子。”

我说：“逗我高兴，没牙老太太似的，还漂亮。”

草儿说：“你和我说实话，我也不能骗你，可惜我们没在北京。”

我说：“那你还不愿意和我交朋友？”

草儿说：“我们是朋友啊，刚才你不是都说清楚了吗？”

我说：“我愿意，什么朋友都没关系，只要是朋友就行。”

我拿过草儿手里的篮子。

草儿说：“不用送，我不害怕。”

我难过地说：“下礼拜我就白班了，再等你送饭不知道还要多久，你是我女朋友了，也没拉手。送你就是想拉拉手。”

草儿笑着说：“我知道啦。”

她把马灯放在地上，拿过我手里的篮子也放在地上。

然后双手拉着我的双手说：“好好拉拉手吧。”

我高兴起来，双手握着草儿的手不敢用力。手上的柔润之感像电流传遍全身，心里咚咚乱跳。

这时草儿挣脱双手迎面拦腰抱住我，脑门儿顶住我的下巴说：“还要搂搂抱抱。”

正当我感觉她拥抱的美妙时，草儿推开我说：“好啦，要不是你满脸是土还可以亲亲嘴。”

我愣了一下说：“我去排水沟洗脸。”

我转身就走。

草儿一把抓住我的胳膊说：“嘿！你还当真啦？你呀，拉拉手还可以，搂搂抱抱就已经不是你说的男女朋友了，还想亲嘴，你真不懂还是假不懂？”

我说：“拉手、搂搂抱抱感觉特好，就是时间太短，时间长点儿你也少不了什么，亲嘴我原来没想好，刚才想试试吧，你又晃我一下。搂抱也不对，应该是我抱你，求求你让我抱一下，好让我记住你呀。”

草儿愣了一下笑呵呵地说：“好吧，让我的男朋友搂抱。”

我猛地从她的双臂下伸进双手把她搂入怀中紧紧抱住，她的丰满和弹性像电流击得我浑身颤抖，我像要把她融化在体内，她的头靠在我的肩头，我身体在颤动，胸腹紧靠她的胸腹，使她不由自主地抱紧了我，我双手向下滑动触到她那浑圆臀部时不由自主地抓住按压，她的脚尖似要离开地面，她的唇也重重地印在我的脖颈上。我感觉在膨胀，她也感觉到了那股强大的力量。

她的双手猛地推向我的肩膀：“小盲流！醒醒！不闹了啊！”

我虽然拼命挣扎着松开了，但大口地喘着气。

草儿不自在地笑着说：“不闹了啊，等我下次给你送饭的时候再搂搂抱抱，我走了。”

我眼睛追着草儿直到看不见了还在原地站立，我没有发动拖拉机，也没有吃那张烙饼，坐在驾驶楼里使劲回忆刚才的拉手和搂抱。那种激动是从来没有过的，抱着草儿就像触电。是的，让自己从里抖到外，而且那种抑制不住的膨胀让我胆战心惊，惊得脊背凉气飕飕。我很懊悔，为什么没有想到提前把脸洗干净？今天本来是可以亲嘴的，但满脸都是泥土谁都会躲着。我想以后她再送饭，要提前洗干净，掸子送饭也要洗。我和掸子接触是最多的，但和她还没有搂搂抱抱，草儿送饭两个晚上就搂抱了，这让我既兴奋又心里没底。她好像是在敷衍或者开玩笑，我想我们这种男女朋友大概就是如此。我想，不管是敷衍还是玩笑，我已经感觉到慌乱紧张中的快乐美好，那真是无与伦比的幸福刺激。

我就这样坐在车里，过了很久才发动车。开车时，我的脑子里装满了掸子、草儿、白牡丹……这些美妙的女知青。我想，交男女朋友都这么快乐，那搞对象谈恋爱可能还会更好，卫生员、文书、小杭州他们可能都会拉手、搂抱和亲嘴了，只有大被单儿过了头，未婚先孕。想了半天，我还是觉得交男女朋友更简单幸福。有机会再试试亲嘴是什么感觉，有痰，有口水，不试也罢，还是亲脸蛋儿吧。

天逐渐明了，我大声唱起来："列车飞快奔驰，车窗的灯火辉煌，两个青年等我在山楂树两旁……"

长脖鹿的事儿出来之后的两天里，男知青在食堂吃饭的极少，有的还不愿意自己去打饭而请别人代劳。掸子外出草儿帮厨的事儿被大家知道后，来食堂打饭的男知青一下子又多起来，草儿不在窗口盛饭而是干杂活儿，在窗口有时还看不见她的身影。过了几天长脖鹿的事儿带来的风波已经过去了，但长脖鹿却病了一周，其实是被打的，每天还要武装班的人给他打饭，文书小娘儿们每天都去看望他的病情。长脖鹿刚刚能睁大眼睛看清楚东西时小娘儿们就要他去猪圈起粪。

这天晚饭的时候，疖子包凑到我旁边说："他大爷的，知青不让搞对象，老职工折腾得不像话，没人管，这叫什么事儿啊！"

我问："说谁呢？"

疖子包说："车老板啊，你不知道？"

我说："我不知道，我都不知道，领导可能就更不知道了。"

疖子包说："都说那两口子借种。我不管，我他妈搞一个，看谁管我。"

我笑着说："我肯定不管，我还可以帮忙，说吧，看上谁了？"

疖子包说："你同学，小分。管不管？"

我说："我看还是黑牡丹吧，小分多漂亮啊，好找。"

疖子包说："我是找我喜欢的，不是帮你解决困难户的，你真不够意思。"

我说："她是困难户？你仔细看看，再仔细品品，保证你喜欢，说话和铃儿似的，唱歌和笛儿似的，哭起来和鸡打鸣儿似的，特别的抓心。举手投足都好看，我现在想明白了，这叫秀美。就是个儿矮点儿，可要哪儿有哪儿，皮肤黑点儿，那也比男的白，她不会长，身上白着呢。”

疖子包说：“你怎么知道她身上白着呢?”

我说：“学校组织游泳差不多都看见啦。”

疖子包说：“照你说的她也不错，可我喜欢的是小分，你非要给我黑牡丹。”

我问：“要是小分不愿意呢?”

疖子包说：“那你就给我说黑牡丹，不过瓦西里好像看上黑牡丹了。”

我心里别提多高兴了，因为我太了解疖子包和瓦西里了，不敢说相貌堂堂，但也是杠杠的。而且，这两位都长得有点儿像苏联人。特别是这两个人心眼儿实在，没有一点儿尖滑。

我对疖子包说：“小分不愿意的话我给你说谦谦，黑牡丹你就别想了。”

我接着说：“对了，草儿是你同学，多漂亮啊，要不然我给你说她，我保证敢说。”

疖子包说：“不用了，来之前我找人说过，她不愿意，我们班的男生都盯着她呢，她谁都不愿意，可是我们班的男生还有不死心的。”

我问：“谁呀?”

疖子包说：“你不注意，以后你就知道了，他跟我关系不错，我说不合适。”

我说：“我知道了，我找碴儿打丫的，打到他死心为止。”

疖子包说：“别别别，看我面子。”

我心里想：这面子肯定不给。

我说：“今年不是要来一批小上海吗，你不等等了?”

疖子包说：“等了解他们得一年多，不到万不得已不找别的城市的，麻烦。我要求不高，喜欢就行了，到时候一起探家，有个贴心的伴儿。”

我说：“瞧你说得酸溜溜的，哪儿不对劲儿了?”

疖子包说：“我接连受打击，没有什么幻想了，来到这儿，我找人说了俩了，都不愿意，我有点儿觉得自己是困难户了。”

我说：“你可能误会了，咱们新建点精神的男知青你排在前几名，你长着黄头发，眼窝深，尖鼻子，上嘴唇向上翘着，小嘴尖下巴，像个苏联小伙儿，个儿头也有，就是和我一样瘦点儿。真的，你比我精神多了。我感觉你特别像保尔·柯察金。”

第四节 犹抱琵琶 引发骂战

又过了几天，掸子回来了，草儿又回到了原来的农工排，之后很长时间我一直没有机会单独见到她，有时偶尔远远地望见甚至都看不清楚她的五官。我本以为还会回归到原来食堂送饭的节奏，不想领导怕女知青送饭时出现意外，安排了夜间值班，由值班的人结伴送饭。这样一来，连掸子也不会再送夜班饭，我也改成了白班。我在那段日子不断地回想掸子和草儿送饭时的情景，甜言蜜语、拉手、搂抱、亲嘴、未婚先孕这些似懂非懂的男女行为让我兴奋快乐，但同时我也似乎明白了她们对我的态度是喜欢我，愿意逗我玩。

掸子对我是一种长者的宽仁，虽然有喜欢我的成分，但少有男女间的爱慕，即使掸子有对异性的向往也不过是想念她原来喜欢的同学而已。我与她可以甜言蜜语、拉手、搂抱，但下面一定是禁区。

草儿对我是玩伴之间的戏耍，就像白桃在家和我开玩笑闹着玩儿一样。引导我顺着杆儿往上爬，我爬上去了她又在下面摇晃我逗耍。当然她是友好的、善意的，甚至拉着我越过禁区冲破常规。她不反对自己快乐的同时给同伴带来快乐，也甘愿做出自己不受损失为前提的利他行为，如果那晚我的脸没有那么多泥土，她可能会与我亲嘴，她就是那么胆大。她对我这样的异性没有失去理智的冲动，只有充满好奇的兴奋。

草儿与掸子的性格很不同。掸子比较冷傲，草儿却不大好形容。我感觉她有假小子的爱打爱闹，有老太太的高贵，有白牡丹的雍容，有白桃的大方，有小洋马的严肃，有枝儿的天真，同时有叶儿的烂漫。和她在一起会让你目不暇接，并完全被她主导。

我已经隐约知道，女知青们会友好地对待男知青，源于她们善良的天性和对异性的探索，男知青会友好地对待女知青，源于对美的崇拜和对异性的渴求。他们不仅不排斥对方，还被对方深深吸引，互相躲避不是因为厌恶而是在偷偷地慢慢成熟。男知青们不是不愿意向女知青们冲锋，女知青们也不是不愿意向男知青们陷阵，而是缺少内心的解放和触碰的机遇。我因为不成熟而内心不受禁锢，因机缘巧合而让我在懵懂中体会着朦胧，在磕磕绊绊中踉跄着顺其自然。当我明白了、了解了自己的向往，我耐心地等待机会。又因为我想的是捕猎兔子而不是觊觎羔羊，这又让我在选择的兴奋中徜徉。

北大荒之春已经铺天盖地而来，天蓝如海，地绿似洲，高空白云朵朵，田野花草丛丛。今年我在不同的地方经历了两次春天。北京的春天是那么规矩，华丽；北大荒的春天是那么粗犷，绚丽。春风催动着知青们的春心，他们对男男女女的事情特别敏感。春天的美丽景色和空气的芬芳烘托着勃勃春意，没有蚊蝇叮咬，没有害虫侵袭。男女知青拥挤的宿舍里除了同屋人的自我调侃就是对异性的议论。议论是拐弯儿抹角的，都希望引导别人首先议论自己想触及的人和事儿。

晚上我们宿舍里上白班的人议论的话题是夜班饭，心照不宣地想让别人聊聊送饭的人。我不说话，只在听。他们议论给他们送饭的炊事员多么多么热情，特别是小杭州多么多么周到。又引出有关她们相貌的话题。

老七说："你别看小杭州又矮又胖，长得也一般，可一点儿不讨厌。"

小胡子说："那是矮，矮得精巧；胖，胖的是地方。将来是我们天津的媳妇，错不了。"

花姑娘说："没错，将来是秤砣的媳妇，你没看见秤砣也是横着长。"

小胡子说："横着长怎么了？人家有本事，天津市摔跤有名次，你这样的十个八个近不了身。"

花姑娘说："管屁用，禁不住妖怪一斧子。"

小胡子问我："你怎么不说话呢，没人给你送饭？"

我说："没人送我吃什么？"

老七问："都谁给你送饭了？"

我说："小娘儿们、掸子、草儿，还有值班的老职工。"

小胡子说："就你一个人吃饭，不闷得慌？也没个说话的。"

老七说："和送饭的聊呀。"

老七冲着我说："你们不聊天儿？我们那么多人还跟送饭的臭贫哪。"

我说："聊，我把车灭了和送饭的坐驾驶楼里聊。"

老七问："聊什么？"

我说："聊你呀。"

老七说："别逗了，聊我什么呀？"

我说："聊你是新建点男知青里个子最高的，个儿高帅呀。说你身材好，特匀称；皮肤好，白白嫩嫩的；长得好，是新建点最精神的男知青。"

老七说："去你大爷的，拿我开涮是吧？"

花姑娘说："这哪儿叫开涮，这是实话实说啊，是吧妖怪？"

我说："女知青都在议论，都想和你交朋友，不对，是都想和你搞对象谈恋爱。"

老七说："是你瞎编的。"

花姑娘说："老七多精神哪。"

小胡子说："个儿最高，没错吧，身条多好，两条腿长啊，水蛇腰顺溜啊。"

老七说："小胡子，你跟着起什么哄，我抽你。"

花姑娘笑嘻嘻地说："小胡子夸你你还不高兴。那应该说两条腿，蚂蚱似的；水蛇腰，小山坡似的……"

点窝也参加议论说："个儿最高没错，身材匀称也还行，白白嫩嫩的是屁股，脸跟城墙拐弯儿似的，又糙又厚。"

老七对点窝说："我没招你啊。"

点窝说："大伙夸夸你，你不高兴？"

老七说："我什么样儿我知道，夸也变不了。"

点窝说："给根烟抽。"

老七说："没了。"

点窝说："你刚还在抽，我要就没了？"

老七说："那是最后一根。"

老七说完把空烟盒攥了一把扔在不易被踩到的地方。

小胡子下床捡起空烟盒说："我看看空烟盒里还有没有。"

小胡子把褶皱的烟盒打开说："还有两根。"他自己叼在嘴里一支，递给点窝一支。

老七说："还有呢，没看见。"

点窝说："瞧你那德行，抠门儿。就你这样，还有跟你约会的？"

老七说："你别胡说八道啊。"

花姑娘说："点窝，你说人家老七得有根据啊，别造谣。"

点窝说："什么叫造谣？你问他昨晚上场院干吗去了。"

老七说："我去场院干吗？你别瞎说啊。"

点窝说："去就去了，还怕说。"

花姑娘说："去场院有什么呀，遛弯儿不行啊？"

点窝说："那得看和谁遛弯儿。"

老七说："去你大爷的，我也知道你那点儿事儿啊。"

点窝有点儿气恼地说："我什么事儿啊？你说明白。"

老七说：“你说我我就说你。”

点窝说：“我还怕你说，你说。”

老七不说话了。

花姑娘说：“看来都有事儿，谁也不敢说。”

小玉也参加了议论说：“哎，不就是和女朋友约会嘛，没人向领导报告，说说，我们帮你们参谋参谋。老七，和谁好上了？”

老七说：“别听他瞎说，没有的事儿。”

点窝对小玉说：“你不知道？长脖鹿为什么挨打？”

老七说：“找你的歪胯去吧，你俩在烘炉房谁没看见。”

我说：“我没看见，点窝和她搞上啦？”

点窝恼火地说：“听他瞎说，找打呢。”

花姑娘说：“妖怪，后悔了吧，当初你给歪胯起的外号，小心点窝报复你。”

我对花姑娘说：“你别乱说啊，当初我给歪胯起的外号叫大胯，这个你和万事通可以证明，后来怎么变成四个字的我可不知道。点窝，你得感谢我，那时他们叫她外号全称是四个字，我觉得太难听，就简化了一下，这才成了‘歪胯’。”

点窝对我说：“你装什么孙子，没有你叫她大胯哪来的歪胯，根儿上还是你太损。”

我说：“当初我要知道你会和她好上，我就应该给她起个好听的外号。不过外号不合适也叫不起来，你看我同学白桃，豁着牙说话漏气，可‘漏气’这外号没叫起来，白桃不是我起的，可叫起来了。”

花姑娘说：“说歪胯呢，跟白桃有什么关系。”

我说：“有关系呀，我觉得她俩长得差不多，个头儿也差不多，主要是，白桃的胯也不小，是不是很像？”

小胡子说：“像嘛像，她俩都不是一类人，歪胯黄头发，深眼窝，尖鼻子，尖下巴，白桃哪儿都是圆的，挨不上。你为嘛老注意人家大胯啊？”

我笑着说：“我说的差不多，是俩人都挺好看的，我没说她们是一个类型，也没说身条是一个类型，我注意她们的大胯那是因为我媳妇胯就大。”

花姑娘给了我一巴掌说：“我去你的，找抽！”

点窝说：“老七和白桃在场院约会你看见了吧？”

我说：“没有，是白桃？”

点窝说："啊，傻死你。"

我说："那是我同学，不过也是你们的校友，一个年级。老七，在学校就有一腿吧？"

老七说："没有。"

我说："没想到。白桃应该和我好啊，我们是一个学习小组的，住得也不远，隔一个院儿。我明天去问问她，为什么和你好不和我好，她在我们班可是漂亮的。"

把议论话题岔开是因为我不愿意议论送夜班饭的人，我想，送夜班饭的人应该是我自已回想品味的，决不与他人分享。

但是，小胡子又把话题转回来了，他问我："还有胯大的，你没注意？"

我说："一百多个女知青，胯大的多了，你说的是谁？"

小胡子说："给你送饭的，胯都不小。"

我说："你刚才说我注意女知青的胯，你比我更厉害，她们的胯你都注意到了，你是不是看上她们了？看上谁了，我跟她说去。"

小胡子红着脸说："谁呀谁呀，你别往我身上拐。人家谁能看上我呀。"

花姑娘说："听这口气是看上了。妖怪，你去帮他说说。说不定就成了。"

我说："行，不过有条件的，得供我烟抽。"

小玉说："供我烟抽我也会去说。"

花姑娘说："你敢吗？"

小玉说："我当然敢。你看上谁了？"

点窝说："你给他说说白牡丹。"

花姑娘满脸通红地说："我去你的，点窝，找骂是吧。"

小玉说："白牡丹是妖怪的，你别乱点鸳鸯。"

我说："白牡丹比歪胯、白桃还好，我愿意。不过如果有人看上的话，我肯定不和他争。"

花姑娘说："你别拿白牡丹和歪胯比，还差不多，差远啦！你瞧歪胯那德行。"

点窝立刻急了，怒气冲冲地对花姑娘说："瞧你那德行吧！"

花姑娘笑着说："露馅了吧。"

我也呵呵笑着说："看来是真的。挺合适，一个歪胯，一个满脸苍蝇屎，天生一对。"屋里的人也都跟着呵呵笑起来。

点窝怒骂我："装孙子是吧。想打架呀？"

我说："瞧你那德行，不识逗。你那一脸说雀子不是雀子，说痦子不是痦子，那也不是我揍的。"

点窝听我说他的短处一下被激怒了，他开始大骂我，我也不气恼，等他声音小点儿了我接着逗他，刺激他再高声大骂。点窝最不愿意听别人说他"满脸苍蝇屎"，最恨别人骂他"傻帽儿"，不管场合不管有谁他一定急眼，不是动手就是大骂。自然他不敢和我动手，不是担心打不过我，他从心里害怕我的手狠和偷袭。

我的嘴不但能臭贫，骂人也是顶尖高手，我很少骂那些脏话，感觉骂脏话没水平，自己都觉得难听。我骂人就爱直戳对方的最痛处，很多外号就是在这种情况下诞生的。只要点窝声音小点儿，我就骂他两句"苍蝇屎""大傻帽儿"点窝就又开始高声大骂。一晚上就这样，我骂两句，点窝骂一阵子，一直到点窝骂不动了，我骂两句点窝再也不吱声了才算结束这场骂战。

第五节　微妙关系　约伴探亲

我们这些知青的相互关系在三年多时间里发生了很大变化，点窝和老七变化更大。过去老七就像点窝的跟班，点窝叫干吗就干吗，现在叫干吗不干吗，找出种种理由推辞。过去没等点窝张嘴要，老七的香烟主动递上，现在点窝向老七要烟老七都不给。

过去点窝指使其他知青帮他干这干那还有人听他使唤，现在完全没人搭理他。点窝有时还想使唤万事通，万事通理都不理装作没听见，点窝只好无奈地骂几句，给自己个台阶下，这让同宿舍的人很厌烦，我遇到这种情况一定找碴儿骂他"苍蝇屎""大傻帽儿"，这让我在宿舍里很有人缘儿。

点窝与我从武力较量转变为嘴皮子和其他方面的较量。我经常去点窝工作的烘炉房，也和点窝的师傅学打铁。我抡大锤的精准度极好，与师傅的小锤配合完美，这让师傅几次找排长能耐梗，他想在烘炉房增加人手，我是第一人选。但能耐梗始终不同意。

然而师傅还是乐于传授打铁技术，耐心教授高难度技巧。但点窝始终赶不上我学得快，干得好。打铁接火掌握火候是很难的，我一次就学会了，可点窝一直掌握不了火候，遇到接火这活儿还得师傅上。打钢钎淬火我的水平超过师傅，采石场干活儿的知青都抢着用我淬火的钢钎。师傅经常叫我过去帮忙淬火。

这让点窝很是生气，但他又没办法。他知道我有比他高得多的威信，不光是因为能打架，更因为我工作积极从不偷懒耍滑，一般的工作看看就会，难点儿的教教就会，大家一起干活儿我总是冲在前面。

花姑娘原来和小玉很好，现在他与我形影不离。小瞄儿、小眼儿、耗子又有了新的好朋友。每个知青都有一两个最交心的朋友。不遇大事，老乡观念几乎看不出来。现在又有新的交友动向，那就是异性之间以及与异性相关的微妙关系的磨合。

老七与白桃交友是真的，这让我很为难，原本以为小眼儿喜欢白桃，以各种方式向白桃示好，白桃也不拒绝与小眼儿来往，我很为小眼儿高兴。但突然白桃和老七相好了，我不知道该倾向于谁。白桃若与小眼儿好，白桃有点儿委屈；白桃若与老七好，委屈了小眼儿。最终我转而倾向老七，因为我从心里希望白桃找个与她相配的男朋友。

歪胯是哈尔滨女知青，在新建点知青里人缘儿很一般，不知道她和点窝是怎么凑到一块儿的。大家因为讨厌点窝，所以背地里常贬低歪胯。其实歪胯长得不错，大有欧洲女郎的风范，只是知青们不太习惯她的欧式鼓鼻梁和大尖鼻子。但她和点窝约会还挺勤。我觉得就应该他俩相好，俗话说，什么人儿找什么人儿，夜壶找尿盆儿。新建点那么多美丽女知青，如果让点窝捞到一个，那才可气呢。

我也观察到这些有了女朋友的男知青对那些漂亮女知青仍不死心。看到她们就目不转睛，一有机会就献殷勤，他们脑子里想得最多的不见得是自己的女友。想谁最多，除了他自己鬼才知道。

疖子包这两天很沮丧，他家来信说他大爷病故。我说：“给你大妈寄些钱，写封信吧。”

我找到同学小分，小分问我：“呦，你很少找我和谦谦，有什么事儿啊？”

我说：“也没什么事儿，就想知道你想不想家。”

小分说：“你这不是废话吗，谁不想家呀。”

我说：“我能让你提前探亲，但是你得保证不和任何人说，咱同学也不行。”

小分说：“你说，我不和任何人说。”

我说：“我能回家探亲是家里来了电报，说我妈病重，连里就批了我假。你给家写封信让他们给你拍个电报试试。”

小分愣了一下说：“成了。”

小分转身就走。我追着她说："来了电报先告诉我一声再去请假。"

过了一个礼拜，一天晚上小分找到我说："电报来了。"

她掏出电报给我看，电报上写着"母病重速回"。

我说："你今晚先哭一通，明天上午拿着电报去找连长或指导员。这事儿千万别说是假的，露了馅儿咱俩都得受处分。"

小分说："我已经哭过了，拿到电报我腿都软了，别是真的吧?"

我说："你就得当成真的。"

我去找疖子包说："你大爷死了，还不趁这机会申请探亲假。"

疖子包说："不是我爹妈，是我大爷，能批我假吗?"

我说："你想不想回家吧。"

疖子包说："我要能回去，一条大前门。"

我说："明天连长要找你问你大爷的事儿，你就说，你大爷比你爸对你还好就行了。"

疖子包说："没有哇，我一直都不喜欢他，他对我一般化。"

我说："你个傻帽儿，不是真的，是说瞎话。"

疖子包说："哦，我明白了。"

我问："你大爷是什么病死的?"

疖子包说："我，我忘了。"

我说："你真差劲儿，再好好看看。"

我说着掏出信让疖子包看。

疖子包问："我信怎么在你这儿?"

我说："我怕你擦了屁股。"

疖子包说："我那天是找这信上厕所，没找着。"

我拿着信去找连长说："报告连长，有个新情况，疖子包他大爷死了，他哭了好几天了，估计他想跑。"

我把信交给连长说："疖子包和他大爷的关系不一般。"

连长看完信说："我找指导员商量一下，你等会儿。"

连长拿着信去找指导员。很快回来说："你叫疖子包明天早上来找我。我和指导员商量批假让他回家探亲，你回去马上告诉他。"

连长接着说："小分家来电报，母亲重病，估计她也会来请假，正好他们一起走互相可以照顾。小分是你同学吧?"

我说："啊。"

连长说："你顺便也去通知小分明天早上拿着电报来找我，你去吧。"

我说："哎。"

我一边往回走一边高兴地想，说瞎话成功了，疖子包喜欢小分，我喜欢疖子包，愿意他和小分交朋友，现在就看小分了。我是第一次和领导说瞎话，但我高兴的是自己说瞎话办好事，问心无愧。

我觉得自己不是诸葛亮也是小周瑜，虽然这些古人不说瞎话的时候少，但他们都把对手玩得团团转。我心里想，说瞎话自古有之，现在很盛行，将来可能更厉害，早点儿学会说瞎话就早点儿学会一门功夫。我想明白了，刚才还慌乱的心现在平静了下来。我想：对，说瞎话办好事，不害人就成。我通知小分，小分使劲拧了我的腮帮子。

我大叫："哎哟，我帮忙，你不亲我也就算了，还拧我。"

小分笑着说："臭德行。好，亲一下。"

她在刚才拧我的地方亲了一下。

我说："得了，又是唾沫又是痰的，蹭我一脸。"

我通知了疖子包，疖子包使劲亲我的腮帮子。

我摸着腮帮子说："这儿可有她的唾沫和痰。"

疖子包说："谁的唾沫和痰？"

我说："小分，批她假也是我通知的，她也是这么亲我，你俩真是一对。"

我上夜班了，一晚上都在想说瞎话的事儿，我觉得有点儿对不住连长，我一直很听连长的话，连长也信任我，我说什么，连长不用调查就信了。我又想：连长说不定愿意让这些知青都早点儿回家探亲，四年一次不是他规定的。看得出来连长、指导员他们这些领导对知青是很关爱的。我想：以后说瞎话对他们有好处就说，没有就不说。我又想起和老太太、草儿、枝儿、掸子、黑白牡丹、三排长、二姑娘、白桃、小杭州、大被单儿这些女知青没少说瞎话。还好，这些瞎话有益的多，有害的少。

疖子包、小分找连长请假的第二天，他俩结伴回北京探亲了。

走之前，我和疖子包说："二十多天时间，能追到她吗？"

疖子包说："不知道，反正我被干了好几个大包了，这回再干个大包，我就不交女朋友了。"

我说："你多去她家几趟，少说话多干活儿。"

我嘱咐小分："你请他多去看电影、逛公园，回来的时候让他帮你背东西。我回家的时候串门太多，没给自己多少玩儿的时间，亏大了。少串门。"

疖子包和小分都超假了几天才回来。

疖子包塞给我两条大前门说："一条是我给的，一条是小分给的。"

我说："不用，有两盒就够了，你用烟的地方多。"

疖子包说："小分说让你给几个男同学每人一盒，她就不再给了。我这条你必须得要。"

我说："你俩咋样？疖子包趴在我耳朵边上说，成啦，双方家长都同意了，这一个月我发现小分不但长得好，脾气什么的也特好，你去看看她，变化可大了，以前就没发现她这么漂亮，现在拿草儿跟我换我都不换。哥们，太谢谢啦。"

疖子包说完，又在我腮帮子上狠亲一口。

我说："你跟小分说说，你俩换过来折腾我。"

疖子包说："什么换过来折腾你？"

我说："她老拧我腮帮子，你老亲我腮帮子。"

疖子包笑着说："没问题，她要愿意，亲嘴我都不管。"

我说："你们都亲嘴啦？也太快了吧。"

我又说："哎，瓦西里和黑牡丹我一说他俩就成了，我太高兴了。"

自从疖子包和小分探亲回来两三个月后，小知青们也可以探亲了，一批接一批，什么都可以耽误唯独探亲不能耽误。一批五六个，关系不错的通常是约伴探亲，这个过程成全了不少男女知青。

第二十章　不甘寂寞

第一节　有盗窃犯　枝儿最阔

七月，天气并不很热，只有中午的一段时间会感觉冒汗，但空气清爽，其他时间不是很热，就是很闷。在原来烧焦的宿舍废墟上四间大宿舍盖起来了，知青们又按没失火前的住宿情况恢复原状。东面鱼唇家属宿舍后面也新盖了两间大宿舍，作为今年即将到来的上海知青的宿舍。

因为是夏季了，空气潮湿，又赶上下了几场不大不小的雨，宿舍里还没有干透，满屋潮气，白天晚上都要开窗通风。老职工宿舍还在继续盖，不过因为要中耕，只留下了几个木匠做门窗。

这一天，小杭州慌慌张张跑到食堂说："我们屋顶有人。"

大家找来副连长，几十个人围住了小杭州她们的宿舍。

小杭州说，她做完晚饭跑回宿舍，想趁大家都吃饭的时候在宿舍里洗个澡。因为她隔两三天就洗一次澡，身上不是很脏，很快就洗完了，当她擦拭身体时，突然听见顶棚里有人轻轻咳嗽了一声，并听到有人走动的咯吱声。吓得小杭州浑身暴起了一层鸡皮疙瘩。她赶忙穿上衣服，本想跑出屋子大声喊人，可又想，现在人都去吃饭了，万一附近没人让他跑了怎么办。于是，小杭州开门倒了脏水，然后很自然地放回脸盆关门走了。她没有叫喊，直接跑到了食堂叫人。

在后勤女宿舍东面顶棚出口下面有一架木梯。副连长开始喊话："谁在上面，快出来！"

喊了十几分钟没有动静，副连长说："谁上去看看？"

没有人应声。

文书小娘儿们说："谁敢上去，顶棚里是什么东西还不知道，万一是只黑瞎子怎么办？"

喊话没有效果，也没人愿意上去，大家三个一群五个一伙儿地议论是什么东西，如果是人，到顶棚干什么去了。有人听说小杭州当时正在屋里洗澡，立即断定又是一个长脖鹿。但很快否定了这种猜测，因为大家检查了一下屋顶，没有发现任何孔洞和缝隙。

天慢慢暗下来，副连长和副指导员找来手电上到顶棚，仔细寻找了两遍也没发现什么东西，这一下就提起了所有人的好奇心。连长决定今天不再上顶棚查找，由各班长清点自己班里的人员看看缺谁，另外派八个男知青值夜班守住两个顶棚出口，等天亮了再上去寻找。很快各班传来消息，五班的佳木斯大知青二比不见了。

知青们在顶棚出口下面喊话："二比，出来吧，知道是你，藏也藏不住啦，快出来！"

顶棚里还是没有动静。

后勤女宿舍里，大家小声议论着顶棚上的二比，有的女知青竖着耳朵听，没有声音。可是过了一会儿又听见了咯吱声。

女知青们一起惊叫："有人！"

大家七嘴八舌地说："这怎么睡觉啊，多吓人啊。"

胆大的女知青很气愤地大声嚷嚷："真讨厌，赶紧下来得了，让我们能睡踏实觉。"

大被单儿说："都赖小杭州，大白天洗澡。"

叶儿小声说："刚才副连长他们查了，顶棚没有洞也没有缝，怎么看？"

大被单儿说："看完了再堵上，查不出来，一群柞木疙瘩脑袋。"

枝儿小声说："偷钱的小偷。"

屋里静下来听枝儿往下说。

枝儿很气愤地说："我的钱都在顶棚的木箱子里锁着，刚来一年的时候箱子被撬开过，我丢了一百多，不知道你们有没有丢钱的。"

大家看着枝儿，听她继续说："因为没人说丢钱，我也不好意思说，只跟二姑娘说过，她还不信。"

枝儿又说："这下坏了，我箱子里有六百多还得被他偷走。"

枝儿说着说着流下了眼泪。

大被单儿说："为嘛不给家里寄钱，非得自己存着，加在一起一共多少钱？"

枝儿说："快八百了。"

大被单儿脑子转得很快，她吃惊地说："三年多，你花了不到二百块钱。"

枝儿说："我就是买点儿肥皂、洗衣粉、牙膏和卫生纸，衣服和鞋袜再过两三年都不用买。”

小杭州说：“你讲讲为什么不给家里寄钱。”

枝儿说：“我爸不让我寄钱，我妈得病去世了，他又娶了一个。他说寄钱回去就没了，我自己赚的钱自己留着，将来他们不再给我钱。”

枝儿越说越伤心，眼泪像断了线的珠子噗噗往下掉。谁也没想到平时天真快乐的枝儿还有这样的遭遇。

掸子说：“不哭了，明天抓住这个小偷可以把上次丢失的钱一起要回来。”

枝儿说：“上次在我箱子里偷了钱，这次他还会撬我的箱子，箱子里的钱肯定没了。”

掸子说：“这次抓住他了，搜他的身，钱他拿不走的。”

枝儿说：“他肯定会把钱塞在不容易发现的地方，上哪儿找去。”

叶儿说：“小点儿声，让他听见他真就把钱藏起来了。”

这一夜大部分人没有休息好，和后勤女宿舍相连的还有三间宿舍，顶棚是相通的，顶棚上都是知青们从家带来的大箱子，里面装着自己的家当。平时没有人上去，如果哪个知青要拿东西，都是结伴搬梯子上去。顶棚里空间很大，四间宿舍面积有多大顶棚面积就有多大，里面放满了各种各样的大小箱子，还有一些被褥和旧衣服。

早饭后副连长、副指导员带着武装班的人开始在两个顶棚出口喊话，喊了几分钟还是没有动静。副连长和副指导员各自带了两个人从东西两个顶棚入口向里搜寻，第一遍没有搜到，搜第二遍时才在顶棚与房顶夹角处找到了二比，这个夹角前面挡着一只木箱，因为二比瘦小才能挤进去，他用破衣服堵住两头，很难发现，如果不是他动了一下，恐怕还要搜寻第三遍。

二比被发现以后还不出来，是被一本正经和小眼儿拖出来的，看他那样子好像刚睡醒似的。他拉着脸爬下梯子，脸色铁青。

副连长说：“上连部交代问题，你要说不清楚，就送你去武装连。”

枝儿和叶儿爬上顶棚，小瞄儿参加了搜寻没有下来，他在上面检查哪些箱子被撬了。枝儿来到自己的木箱跟前看见自己的箱子又被撬了，她叹了口气打开箱子，箱子里的东西被翻得乱七八糟。

她找了一遍说：“钱又没了。”

这时陆续又上来几个知青，检查自己的箱子，枝儿、叶儿向外走。

小瞄儿对叶儿说：“你不看看你的箱子？”

叶儿说：“我看了，没撬我的。撬也白撬，我钱都寄走了。”

小瞄儿站在顶棚出口高声说："二比撬了三十多个箱子，都上来看看自己丢什么东西了。"

一本正经说："不要一下都上去，每次上六个人，一边上仨。"

连部里，副连长、副指导员正在审问二比上顶棚干什么去了。二比不说话。连长、指导员和文书在旁边听着。二比就是不说话。

连长对指导员说："他再不交代就送武装连吧。"

指导员说："让武装连来人把他押走。"

这时一班长一本正经进来把了解的情况向连长汇报了，被撬箱子三十一个，丢失现金两千多。

连长问二比："你偷的钱放哪儿了？"

二比不说话。小娘儿们对二比搜身，二比身上没有钱。

连长说："不用问了，给武装连打电话，就说咱们这儿有个盗窃犯，盗窃数额巨大，请他们协助调查。"

连长对一本正经说："叫木匠把两个出口封上，贴上封条。"

连长又补充说："这些事儿要在你们武装班监督下完成，所有梯子都收到食堂。"

二比中午前被挎着冲锋枪的武装连战士押走了，下午鼻青脸肿的又被押回来了，武装连的人跟着他爬上顶棚找到他藏起来的钱就走了，二比在武装连把他好几年的大事小事都交代了。

小瞄儿跑到喂猪房告诉枝儿和叶儿说："钱都找到了，以前偷的钱也交代了，不用着急，很快就能退回来。"

枝儿说："以前偷的弄不好他早就花完了，怎么退？不过只要这回丢的能给我我就知足了。"

叶儿问："要是连以前丢的钱都找回来，你就是新建点最有钱的知青了。"

没多久钱退回来了，枝儿以前被二比偷走的钱也由二比家里补上了。

枝儿捧着小八百块钱笑得甜甜的，叶儿问："你这么多钱放哪儿啊？"

枝儿说："还锁在我箱子里呀。反正知道谁是贼了，再丢了还找他。"

大被单儿说："一时半会儿他当不了贼了，一年半载的回不来了。"

叶儿说："还是寄给你父亲吧，让他给你存着。"

掸子说："不要寄回家，一定存不住的，你还是请假去师部把钱储蓄起来，还有利息。给你家里一定会没有的。"

果然，二比一直没回来。他被抓走后，没人谈论他，没人想起他，没人探望他，他被判刑多长时间也没人知道，也没人关心，可见他在新建点就像空气一样没滋没味。

二比算是新建点几个年龄最大的大知青之一，每天刻意打扮自己，越是当着女知青越是装腔作势，把自己的形象往汉奸上靠拢。他自我感觉良好，自认为自己很精神、很聪明，大家都喜欢他，这也是二比最可怜的地方。

第二节　白桃诱惑　小眼入梦

小瞄儿追求叶儿还是很成功的。从五月底到现在农工排基本上又恢复了星期天，休息的时候小瞄儿还是去喂猪房找叶儿。借口还是要豆饼，大家说好的要豆饼是套兔子、套野猪的约定没变，到夏天要豆饼干什么用一直没有合适的说法，好在竟然一直没有被任何人发现。我、花姑娘、万事通、小玉、小眼儿都不去了，因为除了小眼儿，其他人都在机务排干活儿，工作时间长，休息不固定，主要是因为累，一有时间总是想睡觉，要不就是洗衣服。

小眼儿和我说不去喂猪房是因为他心里只有白桃，根本没想在其他女知青身上下功夫，他一有时间就在白桃附近转悠，哪怕能远远地望她一眼也觉得很奢侈很享受。如果能走到对面打个招呼或找借口聊几句那就是最大的幸福，他要兴奋很多天，那些新建点顶尖的美女在他心里一点儿位置都没有。他脑子里始终被白桃占据，容不下任何其他女知青，他想她那双眯着的笑眼、肉肉的鼻子，就连白桃磕碰掉了半个门牙在他眼里也成了特殊的美丽。小眼儿想白桃白里透红的腮，他以为新建点女知青没有比她皮肤更好的了，看着就滑润，看着就想去亲吻。他想她像小山一样的前胸，他臆想着自己脸庞埋进去的温柔。他想她丰肥的臀部，那是他几乎不敢直视的地方，因为劳动把她的腰间收紧，夸张了扭动，平坦的小腹烘托着大腿的曲线。每当想到这些，他都会面红耳赤，心跳如钟，甚至会冲进厕所。

小瞄儿说他曾发现小眼儿偷偷发泄的冲动，不过他很是理解，他自己何尝没有冲动，只不过因为怕伤害身体而严格控制，且深觉下流肮脏而不屑。

花姑娘已经把“跑马”的知识传授给我，惊得我汗流浃背，让我感觉到新的世界一派神奇。

花姑娘对我连骂带数落：“我去你的，你以为公猪骑在母猪身上晃荡晃荡就完了……”

因为小眼儿对白桃太痴迷，小瞄儿他们不敢告诉他老七和白桃的事儿，大家心照不宣地希望小眼儿继续做梦。

第三节　赞小杭州　炸荷包蛋

小麦已经抽穗，大豆的叶子也有卫生球大小了，一切植物都在盛夏里欣欣向荣。

老职工家里的鸡鸭早就下了很多蛋，他们自己吃不完，只好腌鸡蛋，腌鸭蛋，坛坛罐罐腌满了，蛋却越来越多。老职工和家属们要求把鸡蛋卖给食堂和知青。带家属的老职工一共不超过二十家，但家家养着几十只鸡鸭，有的甚至上百只。之所以多养是因为饲料便宜，场院边边角角扫出来的小麦一分钱一斤，就跟白给一样，以至老职工家里养鸡鸭鹅成风。连里领导对买卖鸡蛋鸭蛋顾虑重重，不敢助长资本主义尾巴生长，但是一堆堆鸡蛋、鸭蛋臭掉确实可惜。最后召开排以上干部会议讨论，大多数人希望准许买卖。最后决定，禁止食堂从老职工家里买鸡蛋和鸭蛋，但知青买不买，老职工卖不卖不管，本次会议精神不正式传达，搞点儿自由主义就行了。

干部们很高兴地散会了，文书小娘儿们也跑到机务排犯自由主义，其他干部也以自己的方式透露消息，不到一天，老职工家的鸡蛋、鸭蛋就快卖光了。我和花姑娘下班回来听到消息已经晚了，找别人要了几个，没啥感觉就吃没了，很不过瘾。

万事通说："鱼唇家可能有。"

花姑娘说："有也不要他的。"

万事通说："对，知青们都是这么想的，鱼唇讨厌，他老婆更讨厌，没人搭理他。"

我跳下床说："我不讨厌他，我要他的。"

我把自己的手提帆布箱子腾空，拉着花姑娘就走。花姑娘死活不去。

我说："那我买回来你别吃。"

我来到鱼唇家门口敲门，屋里传来鱼唇媳妇的声音："哪一个？"

我高声说："买鸡蛋的。"

只听屋里一阵响动，鱼唇开门，我进去。鱼唇两口子那高兴劲儿就别提了。

鱼唇媳妇说："不要客气嘛，啥子时候想吃就来取。"

我说："把这箱子装满，能装二十斤吧？"

鱼唇媳妇说："三十斤也装得喽。"

鱼唇两口子都穿着一样的花布裤衩，鱼唇的两条腿黑黄黑黄的，鱼唇媳妇的两条腿白花花的，她扭着像绵羊尾巴样的屁股去厨房给我装鸡蛋。

鱼唇说："咱们这个，伙食太差喽，咱们这个，鸡蛋营养高，要多吃喽。"

我问他："刚几点你们就睡觉啦，睡得着吗？"

鱼唇说："咱们这个，没有啥子事情，早早就睡下喽，咱们这个，家家如此。"

鱼唇好像很紧张，不停地搓着手，他想去帮忙装鸡蛋，又觉得把我一个人撇下不礼貌。

我问他："你们三排干什么活儿呢？"

鱼唇赶忙说："中耕锄地，咱们这个，和全连一样。"

我说："这天儿多晒呀，真够你们受的。"

鱼唇说："咱们这个，快热死喽。咱们这个，男知青后背都晒得爆皮。"

他一边说一边扭过胳膊让我看，他被晒得爆皮的胳膊还红肿着。

我问："你为什么不穿长袖衣服？"

鱼唇说："咱们这个，太热喽，男知青大多数都光着膀子，咱们这个，好几个人已经晒坏了。"

鱼唇媳妇装完鸡蛋走进大屋说："我给你装了二百个，九个就有一斤多，二十多斤。"

她喘了口气接着说："一次不要拿那么多，保存不好时间长了就坏喽。"

我问："多少钱？"

鱼唇说："咱们这个……"

还没等他说完他媳妇抢着说："不要钱，你先尝尝，以后再说嘛。"

我掏出二十块钱，两口子死活不要，最后勉强收了十块钱。

我抱着箱子回到宿舍，花姑娘虽然反对我买鱼唇的鸡蛋，但当他看见鸡蛋，脸上还是忍不住笑开了花。我找柴生火准备煮鸡蛋，夏天屋里潮湿，炉子点着了就倒烟，屋里的知青骂声一片。

万事通说："煮鸡蛋都是去食堂，凑几个人一起煮，去食堂吧。"

我和花姑娘来到食堂，看见小杭州正要锁门，我说："别走哇，帮忙煮鸡蛋。"

小杭州表情痛苦地说："煮了一晚上了，我很累，明天好不好？"

我说："我就今天想吃，坚持不了一天一宿了，我分你一半。"

小杭州说："噢，好大方啊，我喜欢你。"

我立即兴奋地说："哎呀，你早说呀，我从见你的第一天就喜欢你，不敢说，得，让秤砣把你逮着了，快气死我了。"

小杭州呵呵笑个不停。

我说："秤砣就是黑了点儿，但特有男子汉大丈夫的味道，你呢，特别特别有小家碧玉的味儿，真是天生一对。是吧？花姑娘。"

花姑娘害羞地点着头。

小杭州笑着说："油嘴滑舌，死人说活，好啦好啦，我给你们做荷包蛋。你把水掏出来，花姑娘去点火。"

说完她开始拿豆油，拿铲子。

我一边掏锅里的水，一边继续臭贫："我刚来的时候以为你是个小娘儿们，咱俩年龄最合适，就是个子矮了点儿，但是长得好看，我就喜欢上了。"

小杭州一边干活儿一边呵呵地笑。

我继续说："不光长得好看，我一听你说话，老天，我就迷住了。以前我以为上海人说普通话好听，可一听你说话我才知道杭州人说普通话更好听，咱新建点女知青说话最好听的就是你。我要是天天和你在一起听你说话，不吃鸡蛋都行。"

小杭州说："为了吃鸡蛋，溜须拍马，没出息。说话声音好听我不知道，但是又矮又胖我知道。说我长得好看谁信哪。"

我说："让你帮忙肯定得溜你的须，但我说的也是实话，就是你说的又矮又胖是我最喜欢的，说你矮，可你腿不短啊，有人比你高一大块儿，是腰长了一大块儿，短腿不成比例，花姑娘你说我说的对不对？"

花姑娘说："对，对。"

我接着说："说你胖，也不是太胖，胖点儿显得特亲切，我就喜欢你说的又矮又胖。"

小杭州笑着说："叫你妖怪，你真是个妖怪，你们两个快吃吧。"

我和花姑娘下手就抓。

小杭州说："去拿勺子。"

小杭州把盐用擀面杖擀成粉末撒在荷包蛋上，这下我不说话了，荷包蛋太好吃了。我吃着荷包蛋，但眼睛却很不老实地看着小杭州忙活着炸荷包蛋的样子，突然觉得她有些像黑牡丹，她每个动作都像经过编排的舞蹈姿势，很好看，但又没有黑牡丹那样夸张。我没有说瞎话，对小杭州的评价一点儿都不夸张，虽然是开着玩笑说出来的，然而都是出于真心的赞美。

第四节　溪流涌动　讨论追谁

小杭州总是很快乐，从来感觉不到她有什么忧愁，似乎她也不知道什么是生气，对谁都是快乐爽朗。多数知青都很喜欢她，特别是男知青，把她当作大姐姐看待，和她臭贫开玩笑的很多。老职工有机会也会和她逗几句，她也高高兴兴地接招儿。也有少数女知青嫉妒男知青对她的尊敬和喜欢。她心很宽，不管别人说什么，从不计较。她的男朋友秤砣五大三粗的，按说不怎么好看，可她却喜欢，尽管秤砣总爱在她面前要大男子主义，她也乐于忍受。

我觉得是因为她的同龄人很少，选择的余地很小，如果她和我们这批来的知青同龄，她可能不会选择秤砣这样的粗鲁汉子。

靠墙的案板上偶尔有几只老鼠跑过。

我和花姑娘每人吃了十来个荷包蛋，花姑娘不让我吃了："我去……别吃了，再吃就没了。"

我一看剩下的不到十个了，赶紧停下来对小杭州说："我吃饱了，这几个是你的。"

小杭州说："我只要两个。"

我问："明天晚上你还来吗?"

小杭州说："我告诉掸子，就是你姐，还是这个时间，让她给你做，喜欢吗?"

我说："那后天，后天你还给我们做荷包蛋，真好吃，这是我长这么大吃过的最好吃的东西。我估计我得记你一辈子。"

小杭州笑着说："一定不要说出去啊，知道啦?"

我和花姑娘跑出食堂要回宿舍，花姑娘说："遛遛，吃得太多了，消化消化。"

我们两个沿着新建点主路向西散步。来到泉眼旁边，听着泉水潺潺远去，像是一群群欢快的精灵跳跃着去集会。鸣虫在草丛里唱着催眠的小曲儿，静静的夜空不时有流星划过，闪现着神秘的悠远梦幻。

花姑娘像是自言自语地说："你说，小杭州怎么就看上丫秤砣了，一朵鲜花，插在牛粪上了。"

我说："不插秤砣身上插谁身上，那几个还不如秤砣呢。"

花姑娘说："自从他搞上小杭州，一天到晚牛哄哄的，那德行，我真看不惯。"

我说："看小杭州面子，别跟他一般见识，你看我，让着他。他见了我就翻白眼，我不搭理他。"

花姑娘说："那是不服你，找碴儿跟你分个高低。"

我说："得，我认了，就冲小杭州的荷包蛋，他高我低。哎，荷包蛋怎么样，好吃吧？"

花姑娘说："主要是长时间吃不着，冷不丁吃一回当然好吃。我原以为吃煮鸡蛋就很满足了，真没想到她给炸荷包蛋。"

我说："哎，小杭州要不是比咱们大好几岁，搞对象你要不要她？"

花姑娘认真地说："要。大几岁也要，我去你的，现在我年龄不够，不让搞哇。"

我吃惊地说："真的假的？比你大好几岁也行？老七、点窝、小娘儿们你们年龄都差不多，他们不是都偷偷搞呢，你怕什么呀？你要真看上了小杭州，我跟她说去。"

花姑娘说："别，她跟秤砣都多长时间了，就秤砣那德行，他俩还不知道怎么着了呢。"

我说："我一直以为你喜欢白牡丹，今天才知道你喜欢小杭州，不行我找掸子探探小杭州。"

花姑娘说："不行，到此为止，你不许把今天说的告诉别人。白牡丹我当然喜欢，但我知道她不喜欢我，我们是一个班儿的，我能感觉出来。"

我问："那除了她俩你还看上谁了？"

花姑娘说："看上……"

他欲言又止。泉眼里咕噜噜翻出几股水花。

花姑娘说："我说了你也得说，要不你先说。"

我说："你说吧，咱俩谁跟谁呀，你还不放心我。"

花姑娘说："其实我看上的好多男知青也看上了，接触最多的就是白桃，结果老七拐跑了，二姑娘，跟一班长了……"

我说："二姑娘跟一班长了？我怎么不知道。"

花姑娘说："你不知道的多了。铁子和二排长，小瞄儿和叶儿好像也成了，还有……"

花姑娘一口气说了七八对，我吃惊不小，心里很不是滋味地说："这么多，还不算咱们不熟悉的那些知青，再过一年半载还不都对上了，我真不知道这么多搞对象的。"

花姑娘说："你不知道的多着呢，我不知道的也多着呢，我去你的，我喜欢的都快没了。"

我说："你说，我帮你。你觉着草儿、老太太还有枝儿，哪个好？"

花姑娘说："我去你的，这几个都是新建点最漂亮的，没我什么事儿。疯彪子正在追老太太，也没准儿都成了，他们俩是哈尔滨的同学，又都是高干家庭，好像疯彪子他妈还是老太太她爸的上级，多半能成。而且追老太太的不止他一个。据我所知追草儿的人更多，还有她姐姐连队的好多人都看上她了，这俩我都没戏。万事通正在和枝儿黏糊呢。"

花姑娘说的这些事儿我都听傻了，脑子里出现了一对一对的男女知青成群结队地欢笑奔跑的场面。

我有些着急地说："你说，你看上谁了？"

花姑娘说："我都看上了，有什么用，我再等等吧。"

我说："我看出来了，你是只想不动，想吃又怕烫，自己和自己较劲儿，干着急，你打光棍儿吧。你什么都懂，比他们都强，就是胆小不敢行动。"

花姑娘说："万一让人家干一大包，我还活不活，还有脸见人吗？我再等等吧。"

我说："白牡丹是你同学，我叫黑牡丹问问她，现在她不是没有男朋友吗，不行再找别人，行吗？"

花姑娘说："不行，你找她还差不多，我观察白牡丹和黑牡丹对你还行，枝儿也行，你不去喂猪房她老打听你和小玉。"

我说："按说我和枝儿年龄最合适，她比我大不了一岁，你又说女的大几岁也没事，可我不想在这儿待一辈子，要是待一辈子就按你说的大就大吧。我还是等今年要来的上海知青吧，肯定年龄都比我小。"

我想了想又说："不行，我得追老太太，要不然让疯彪子拐跑了。"

花姑娘说："我看够呛，她多傲气呀，非干你一大包不可。另外她比你得大三岁。"

我说："干就干，大就大，我不怕干大包，你不怕大我也不怕大。我先嚷嚷出去她是我女朋友，谁追她我招呼谁，把他们丫都打跑了就没人和我争了。就这么着了，明天你就帮我说出去，我自己说不真。"

花姑娘说："真的？到时候你别骂我，你当心白牡丹和黑牡丹找你。"

我说："白牡丹是你的，我给你想办法。"

花姑娘笑着说："不用你想办法，你就琢磨怎么追老太太吧。"

林中不知道什么鸟怪叫了几声，时间已经很晚了。

花姑娘说："走，回去睡觉。"

我跨一步走到泉眼边上用手捧起泉水喝起来。

花姑娘说："刚吃完油腻的东西喝这么凉的水，弄不好蹿稀啦。"

我抬头对花姑娘说："我早就渴了，回去喝缸里的水也不热乎，蹿就蹿吧。"

第五节　姐弟情意　讨论恋爱

第二天晚上，我拿着鸡蛋，按小杭州说的时间来到食堂。掸子已经来了，她把马灯亮度调到最小，见我进屋就把马灯调亮，又到案板旁边点燃另一盏马灯后重新坐下。

我见她有些不高兴的样子，问她："怎么啦，不高兴啦？"

掸子不说话，也不看我。我不知如何是好，走到她跟前，蹲下身子仰头看着她说："生我气啦？我就是好长时间吃不着鸡蛋解解馋。你就辛苦辛苦。你要是不愿意做，我……我就吃不上了。"

掸子不高兴地问："花姑娘呢？"

我赶紧说："他没在屋，我看到时间了，就没等他。"

掸子问："听说你交女朋友了？"

我面带无辜吃惊地说："哪有，谁说的？哦，要说算得上女朋友的就你一个，不过说你是我女朋友不礼貌，因为我是你弟。"

掸子神情有所缓和地问："老太太怎么回事？"

我说："老太太怎么了，她是我女朋友？谁说的我找他去。"

掸子说："好啦，好啦，没有就好啦，我也觉着你这么小的年龄就要恋爱，很可笑的。你去把炉门打开，不用加柴，油是热的。"

掸子开始做荷包蛋。

我说："我听说咱新建点好多人在搞对象，就是你说的恋爱。"

掸子说："对呀，你都听说谁啊？"

我说："你们食堂就有，小杭州和秤砣。"

掸子说："小杭州比我还大几岁，已经到了恋爱甚至可以结婚的年龄了。

秤砣比她小几岁……荷包蛋好了，来尝尝。”

我看见掸子炸了两个荷包蛋，她打开一个罐头瓶，用手在里面捏了一点儿调料撒在上面。

我们两个每人一个荷包蛋，我吃出里面有辣味有甜味，这都是我爱吃的。

我一边嚼一边说：“好吃，辣的。”

掸子说：“是不是太辣？我吃还可以。”

我说：“可以，太可以了。”

掸子说：“一会儿少放一点儿，看你脸上的痘痘。”

我笑嘻嘻地说：“没事，这是吃青辣椒吃的，青春美丽痘。”

掸子又开始炸荷包蛋，一个接一个，我也就一个接一个地吃，连续吃了十来个。

掸子把装荷包蛋的饭盆拿开，说：“够了，晚上不能吃太多东西，明天吃。还有，其他人都是来这里煮鸡蛋，炸荷包蛋有些过分，连里知道会批评，知青知道了会闹事。”

我说：“对，对，今天是最后一次，以后煮着吃。”

掸子说：“这调料是你的，煮鸡蛋没有味道，放一些调味。”

掸子把我带来的鸡蛋都炸完了，把罐头瓶盖盖上就坐下来吃了两个荷包蛋。

我说：“以后不炸了，你多吃点儿。”

掸子说：“我想吃就有，不吃了，给花姑娘带回去吧。”

我说：“太多了。你带给小杭州几个。”

掸子说：“不要，她和我一样，要吃就会有。”

掸子接着说：“现在是有一些知青在恋爱，但你一定不要学，你不是不想在这里待一辈子吗，那就不要谈恋爱。”

我说：“我真没有，我都不知道什么叫谈恋爱，别听他们瞎说。”

掸子说：“无风不起浪，一定有原因的，你现在干得很好，是先进工作者，三排长还考虑让你加入共青团，而且你在机务排开拖拉机，现在又是副驾驶员，你要谈恋爱，就很难再进步，搞不好还要处理你。”

我说：“我和她真没有谈恋爱，如果说有点儿关系就是那次吃炸鱼我管她要了两块，平时都不说话，要是将来我可以搞对象和她搞搞也行，不知道她能不能看上我。现在她要和我交朋友我愿意，不是搞对象啊，更不是谈恋爱，就是女朋友。”

掸子说:“只要不是谈恋爱搞对象,单纯交朋友我不管。因为你还不懂什么是恋爱,什么是搞对象,将来是要在一起生活的,很多事情是恋爱时没想到的。”

我说:“我要搞对象、谈恋爱第一个告诉你,我说话算话,我真没谈恋爱,也没搞对象,就是有几个女朋友。”

掸子问:“几个?都是谁?”

我说:“黑牡丹、白牡丹、二姑娘、白桃、小分、谦谦,这些又是同学又是朋友,还有三排长、小杭州,再扩大一点儿就是枝儿,套兔子老找她去要豆饼,还有就是老太太,她给过我炸鱼。卫生员也算,还有老连队的卫生员给我看过几次病,最后就是你,你是我最好的朋友,咱俩没有恋爱也没有搞对象啊。”

掸子说:“就是这种女朋友?”

我说:“啊。”

掸子说:“好像是没有搞对象、谈恋爱的女朋友,不过这些人都不坏都可以交朋友。但是,要讲分寸哦,搞对象、谈恋爱就是从交女朋友开始的。”

我说:“分寸我知道,只能到甜言蜜语、拉手、搂搂抱抱这些。亲嘴、未婚先孕就不行了。”

掸子说:“胡讲,最多只能是拉拉手,也不能为拉手而拉手,甜言蜜语也有问题。总之,最好不要交女朋友,哦,没有女朋友也不对,哎哟,和你讲不清楚啦,走吧。”

我说:“我想和你多待一会儿,和你聊聊花姑娘,你说女知青不会喜欢他,为什么?”

掸子说:“他的样子像女人,可能有喜欢他的,但是我不喜欢这样的人。”

我说:“他是我最好的朋友,不知道哪个女知青喜欢他,你帮我留意留意,我特别希望他和白牡丹交朋友,就是搞对象的那种朋友。”

掸子说:“他也不到搞对象谈恋爱的年龄,女知青里喜欢他这种类型的不会很多。”

我说:“这是我帮他想的,我觉得白牡丹、老太太、枝儿都挺好,你帮我看一下这三个人谁喜欢花姑娘。”

掸子说:“你还很有眼光,不过老太太和白牡丹都是大小姐脾气,枝儿和她俩不一样,枝儿最好,不怕吃苦,聪明能干,总是很快乐。”

掸子接着说:“过几年如果允许你搞对象了,可以考虑枝儿,老太太也可以，虽然笨手笨脚，人蛮好的，到时候我可以帮你。”

我说：“我要搞对象就在今年上海这批知青里找。哦，哦，那也要过几年。”

掸子说：“啊哟，你脑子里总想这些，是要学坏的。”

我说：“除了想家可不就想这些，没别的可想啊。”

掸子说：“你多想想加入共青团，三排长很认真的，你要常去和她谈谈心。”

我笑嘻嘻地说：“不入，入了还要开会，还要学习，还要汇报，还不让搞对象。”

掸子说：“我看你已经是落后分子了，快回去睡觉吧。”

我说：“我还想多待会儿，和你。”

掸子坐下来说：“好吧，我就讲讲对你的看法。”

我拿了一个板凳坐在她对面。她说：“你现在还很幼稚，每天没心没肺地过日子倒也快乐。虽然已经长成了小伙子，内心并没有像身体发育的那么协调，你还要经历生活。我反对你恋爱，是因为你有时候一根筋，认定的事情不管对不对都要进行到底，如果不吓唬吓唬你，说不定你会做出亲嘴、未婚先孕的事情。”掸子呵呵地笑出了声。

她问：“你知道亲嘴意味着什么？未婚先孕意味着什么？”

我看着她的眼睛摇摇头。

她说：“那意味着爱，爱得愿意把自己全身心地交给对方。当然也有为了生理需要的，这个就是大家说的学坏了，没有爱去做这种事就是坏。男女成年了，为爱去追求是对的，所以你将来够了年龄，对喜欢的可以大胆追求，我会很为你高兴的。将来我希望你可以和枝儿交朋友，草儿和枝儿是女知青里最漂亮的，草儿让人摸不透，看上去什么都不关心，什么都不在乎，谁也不招惹，谁也不得罪，明显应该生气的事儿，她会一笑了之。她不是有大家闺秀的风范就是有老谋深算的城府。枝儿却不同，她天真快乐，对人热情，是非分明，爱玩好闹，在哪里都能给周围带来快乐。枝儿个头儿略微矮点儿，但比草儿瘦一圈，两人身形很相似。老太太一身的贵气，性格傻乎乎的，如果你将来真的和她交朋友不定会出什么乱子。老太太干活儿是最笨的，姿势却是最好看的，那是一种笨拙的美，铲土不会前腿弓后腿绷，而是两腿并在一起蹲下身子，两手握着铁锹把儿的中间。割大豆也是不劈腿不弯腰，还是半蹲着。大家都知道她不会干活儿不是装出来的，所以班长尽量分配她干一些比较适合她的活儿。老太太心胸很开阔，说话直爽，办事愣头愣脑，大家喜欢她也是因为她那种没心没肺、从里到外完全敞开的性格。

“我想，要是她和你在一起成朋友可能也不错，但现在不要谈恋爱，如果你们真的谈恋爱也非乱套不可。我总觉得你要交女朋友是不好的，随着年龄增长会发展为恋爱，要是发展得太快会出事。”

我眼睛盯着她有时忘记了点头。

掸子接着说：“比如讲我自己，虽然对恋爱有渴望，但还是被对大上海五彩缤纷的向往战胜，再加上周围大龄青年的一塌糊涂，让我没有可想之人，我自己知道我可以与那些一流美女媲美争辉，我身形比咱们这里最漂亮的那几个知青都更好一些，这是我练舞蹈练田径练出来的。然而没有寻求爱情的机会是对青春的摧残，是对年华的荒废，是对美丽的绞杀。我不会像小杭州那样胡乱抓一个就行。小杭州很贤惠，她的歌声悦耳，语言动听；她洁白如玉的皮肤，干干净净；协调的身材，有小巧玲珑之美，身体每个部位都堪称经典，她应该是让男人捧在手心里的女人。但是，那个粗鲁的秤砣还殴打她，对她的态度忽冷忽热，他就是个浑蛋，但没办法，她只能在浑蛋中挑选浑蛋。他和她耍浑蛋，说明他有可能已经攻破了她的最后防线，就是你说的未婚先孕，这是非常可能的。”

掸子喘了口气说：“在浑蛋没有得手之前他会像虔诚的教徒那样顶礼膜拜他看中的女人。可是一旦得手，就会马上改换嘴脸，剩下的只是不停炫耀和贪婪索取。我只会让这些浑蛋顶礼膜拜，宁可独身亦不与之为伍。”

掸子的目光坚定，表情严肃。

我说：“你说得真好，虽然有些不太明白，但我也支持你。”

第六节 爱吃没够 被窝对饮

我回到宿舍，屋里大多数人已经睡下，我爬上床偷偷地把罐头瓶塞在脚下，再塞进花姑娘被窝里。其实花姑娘根本没有睡，他一直等着我拿回荷包蛋，他蒙上被子打开罐头瓶吃起来。我脱了衣服也钻进去，把自己的被子也蒙在头顶。

花姑娘小声说：“真好吃，比昨天的好吃多了，掸子对你真不错。你喝酒吗？我没喝过白酒，今天买了一瓶色酒，你行吗？”

我不能喝酒，但还是想试试，我说：“喝两口，在哪儿呢？”

花姑娘说："这儿呢。"

我摸到瓶子就往嘴上杵，酒还没有开盖。

我说："没开盖，怎么喝?"

花姑娘说："给我。"

只听"哧"的一声，花姑娘说："喝吧。"

我一开始不敢大口喝，感觉这酒甜丝丝的很爽口，这才试着喝了一大口，真甜啊。我忍不住又喝了一大口就不敢喝了，我知道甜酒有后劲儿，不能多喝。我忍不住又吃了三个荷包蛋，当准备吃第四个的时候，我的手和花姑娘的手碰在一起，荷包蛋没有了。

我说："你吃多少，我拿回来有十五六个，我就吃仨。"

花姑娘说："没吃够，要是有，还能吃十个。我尝尝这甜酒好喝吗。"

花姑娘拿过酒瓶喝起来。我酒量不行，过去在家喝过一口，印象深刻，感觉心口发憋，心跳加快。今天我喝了两大口，心跳没变，呼吸顺畅，我感觉自己已经变得能喝了，于是，拿过花姑娘手里的酒瓶对嘴儿又喝起来。就这样我和花姑娘轮流对着瓶嘴儿喝，一直把酒喝完。

花姑娘说："我去你的，这才叫酒足饭饱，太好了。"

我和花姑娘搂着饭盒和酒瓶睡着了。

第二十一章　渐入佳境

第一节　传言四起　连续被踹

第二天早晨我起床就问花姑娘："酒瓶呢?"

花姑娘说："扔了。"

我说："看看是什么酒，我喝了没事，下回还买这酒。"

花姑娘说："什么酒哇，小卖部光线太暗，没看清，是橘汁。"

我俩哈哈大笑起来。

机务排的早饭比农工排早半个钟点，我、花姑娘、小胡子来食堂吃饭，十几分钟就吃完了，走出食堂，远远地看见白牡丹和黑牡丹走过来。

我刚要拐弯儿回宿舍刷碗，黑牡丹高喊："妖怪！你站住！"

我赶紧站住："干吗?"

黑牡丹说："过来。"

我走到白牡丹面前，她继续向食堂走了几步才停下来，低着头用脚踢着地上的杂草。

黑牡丹仰头看着我说："没想到呀，你也长大啦，知道找女朋友啦。"

我说："又来一个，什么交女朋友，说什么呢?"

黑牡丹说："你不是和老太太那个傻帽儿交朋友吗？挺有眼光的，高干家庭，傲气凌人，走路跟跳芭蕾似的。"

我说："什么跟什么呀，我没有，你们都听谁说的呀，怎么突然冒出来这么个谣言，我没有。"

黑牡丹说："真没有?"

我说："真没有，向老人家保证。"

我笑嘻嘻地说："不过你们都这么说，肯定有原因，是不是她真看上我了？你去给我问问，要真是这样，我没意见。"

黑牡丹抬腿就是一脚，踢得我大叫着坐到地上。我始终弄不明白，明明知道她要踢我，可就是躲不开。黑牡丹追上白牡丹进了食堂。

这时白桃走到我身后弯下腰对着我耳朵说："我看是真的，需要帮什么忙告诉我啊。"

我正在揉腿，听到白桃这么说当即身体旋转九十度面对白桃说："需要帮忙。"

白桃问："帮什么忙？"

我说："抄作业。"

白桃愣了一下然后飞起一脚踢在我的大腿上。

我大叫："哎哟，看来是真的，老七我去你大爷的！"

我看见又有一群知青向食堂走来，赶紧一瘸一拐地跑了。

在上班的路上我问花姑娘："你怎么嚷嚷的？传得真快。"

花姑娘笑呵呵地说："我在食堂说的，声音特小，估计声音大了传不了这么快，你越神秘，这人就越竖着耳朵听。"

来到地头，老毛子和近期调整过来的瓦西里正在保养，原本鲜红的拖拉机机身已经完全被尘土盖住，成了黑黄色。

老毛子把我拉到一边说："你小子行啊，整个最漂亮的搞上了，咋样，到啥程度了？"

我说："谁最漂亮，你要说什么呀？"

老毛子说："你小子和老太太，嗯？有没有这回事？别胆儿小，给你保密。说说，啥程度？"

我说："怎么都这么说，根本是没有的事儿，你别跟着瞎吵吵。你觉得可能吗？"

老毛子说："可能，太可能了，你小子有女人缘儿，我早看出来了。你说这是咋地啦，这女的咋都喜欢贫嘴滑舌的呢？"

我说："等我见了老太太就和她说你喜欢她，想和她结婚。"

老毛子说："不行，不行，没人信。"

我说："说了就有人信，他们说我你不是就信了吗？"

老毛子赶紧赔笑脸，他知道我的脾气真的敢去说，便讨好地说："其实没啥，搞对象也是本事，我到现在还是光棍儿呢。"

我说："那也是你活该，给你介绍几个了，有愿意跟你的吗？见了面就聊天儿说说话，别不说话，光想着裤裆里的那点儿事儿。"

老毛子说："你小子没大没小，看我怎么收拾你。哎，该换班了，明天你们俩上夜班。"

第二节 打情骂俏 猪房聚餐

新建点完全进入了盛夏，青山绿水，蓝天白云，在这样的环境里应该很是惬意。但是对忙碌劳累的知青来说，他们无暇欣赏这夏季的繁荣与美丽。他们要应对蚊蝇抱着团滚着蛋的袭击，躲避在荒草中游走的蛇虫，警觉闪动魅影的走兽。拖拉机驾驶员有庞大的机车做伴，本可无忧，然而他们遇到的却是无法回避的煎熬。蚊子对他们来说是形影不离，无孔不入，甚至隔着衣服依然叮咬。白天开拖拉机的人最讨厌牛虻。牛虻长得像特大号的苍蝇，专门叮咬大型动物，它们趴在牛、马尾巴够不到的地方撕开坚韧的皮毛吸吮血液。有时几只甚至十几只挤在一处叮咬，鲜血不停地流淌，它们对牛马鸣叫、蹦跳的剧烈反应置之不理。那匹可怜的大白瞎马每天在那儿拴着被蚊子、牛虻围着叮咬，耗子有时间就往那儿跑，先拿扫帚给白马身上扫一阵子，掏出从卫生员那儿拿来的消炎粉撒在白马的伤口上，然后站在马头下面，白马感觉耗子来到跟前就垂下头让他抱着。这情景感动了很多人，大家路过白马身边都用扫帚给它扫一扫或赶一赶牛虻。

拖拉机驾驶员一般情况下是左手把控操向杆，右手对付扑面的蚊子和牛虻，如果是开荒，拖拉机经过的草地里蚊子和牛虻会一哄而起，如同烟雾一般压向机车。驾驶员头上都要围着妇女用的头巾，并戴着帽子，脖子上系着毛巾，身穿长袖衣裤，戴着线手套，脚穿雨靴，浑身上下只有脸露在外面。即使露在外面的脸只有巴掌大小，一只右手还是不能完全抵挡蚊子和牛虻的攻击。特别是牛虻根本不顾自己的死活猛冲猛咬，驾驶员也只好动员面部器官参加防御战。牛虻落在嘴唇上，两片嘴唇一夹就捉个活的，再用手抓住捏死或摔死。牛虻落在眼睛旁边，眼睛一闭又抓个活的。也有蹑手蹑脚的蚊子和牛虻，落在人感觉迟钝的脸和头巾的交会处，蚊子吸吮到肚子胀圆，牛虻吸吮到人的鲜血流淌。而人尚不知晓。

我和小胡子要上夜班了，夜班蚊子的密集程度更甚，呼吸时不小心都会吞进蚊子。换班一般也是几台车同时换，我和花姑娘仍然可以继续我交女朋友的阴谋。我和老太太交朋友的传言很快在知青中扩散，似乎一夜之间除了连里的领导都知道了。知青们只要碰到我，方便的就直接问，不方便的就笑笑或表情怪异地看我两眼。这天是星期天，趁着白天的空闲时间，我想去老连队找同学。约小瞄儿，小瞄儿说他和叶儿有约，找小眼儿和耗子，他俩不想动，说还有一大堆衣服要洗。

没有伴儿我也不想动了，我找花姑娘商量白天干什么。

花姑娘说："真不知道干什么好。"

最后他决定上午躺着，下午睡觉。

我说："这不是要睡一天嘛。我上午不睡，去喂猪房，跟我一块儿去吧?"

花姑娘说："不想去，枝儿不爱理我，叶儿和小瞄儿也不喜欢别人打扰，没劲，不去。"

我说："枝儿不爱理你是你自己心虚，再说，你越不去你就越没机会理她，拿着鸡蛋，走。"

我俩把鸡蛋放在书包里，把掸子给的罐头瓶也装上了。

到了喂猪房看见小瞄儿已经在那里了，屋里马上热闹起来。没有寒暄，枝儿和叶儿就开始对我狂轰滥炸。

枝儿说："呦，我兄弟，弟妹呢? 得先给大姐带来看看呀。"

叶儿说："看嘛，有了媳妇忘了娘，姐姐就更没影儿了。嘛时候当新郎官? 我们姐儿俩也凑个份子。"

枝儿说："现在正在盖家属宿舍，赶快申请，结婚不能没有婚房啊。"

叶儿哈哈笑着说："嘛新房，把这儿，哈，腾出来，抓紧先来几窝儿。"

几个人一起大笑起来，连我也忍不住跟着笑起来。

我说："小瞄儿，有嫂子和小叔子开这种玩笑的吗? 嫂子不能和小叔子随便，小叔子可以和嫂子随便，现在我得随便一下。"

叶儿说："你敢。"

枝儿问："怎么个随便法?"

我说："小瞄儿哥做的事儿我基本都能做，甜言蜜语、拉手、搂抱、亲嘴，就是不能未婚先孕，我肯定不过界。"

叶儿说："缺德吧你。"

枝儿说："有点儿道理，你敢吗?"

我说："那怎么不敢?"

我边说边去抓叶儿的肩膀，叶儿紧张地挣扎。嘴里喊着："起开，缺德呀你!"

我说："还挺有劲儿。枝儿，帮我按着，我直接封顶亲嘴。"

说完我噘着嘴就往叶儿的脸上凑，叶儿大喊："救命啊!"

枝儿一把抓住我的头发往起拽，小瞄儿、花姑娘早已经乐得人仰马翻。

我的头发虽然被枝儿用力拽着，我的嘴唇还是离叶儿的脸越来越近。

叶儿大喊："大哥，我服了。"

我听叶儿叫大哥，赶紧把手松开说："叫大哥我就不敢动了，哥哥和弟妹动手动脚就是缺德。记着啊，以后叫我大哥，我不敢动你一个手指头，你可以随便动我，直接封顶也可以，随便亲我，你要叫我弟弟，嘿嘿嘿，我就封顶。"

小瞄儿、花姑娘、枝儿已经乐得眼泪鼻涕直流了。

叶儿喘着气用浓重的天津口音说："你是我哥哥，你永远是我哥哥。"

我说："成，现在你可以直接封顶，随便亲我。"

四个人哈哈地笑个不停，我没笑，眼睛直勾勾地看着叶儿，直到叶儿捂上眼睛。

我一本正经地说："我现在郑重介绍，叶儿，我的嫂子。"

叶儿赶紧说："不对，我现在郑重介绍，妖怪，我哥哥。你别想钻空子。"

我说："反正以后不管在哪儿，叫我弟弟，我就直接封顶。"

叶儿说："得啦，大哥，我真惹不起你。"

枝儿说："可不是吗，就是个没皮没脸的无赖。"

我对着枝儿说："还有你，我不能跟姐姐动手动脚，等你有了男朋友，我看是谁，要是我哥，嘿嘿，你也跑不了，直接封顶。"

枝儿说："你别想了，我永远不找男朋友。"

我说："别介，这是我实现梦想的唯一机会，不行，我等不及了。花姑娘，她是你的女朋友啊，是我嫂子不是大姐了。"

我说完就往枝儿身边凑合，枝儿抄起土炕边上靠着的木棍照着我的大腿就是一棍子，打得我"哎哟哎哟"直叫唤。

我揉着大腿说："这棍子还没扔啊？哪天我给它烧了，看你怎么打。"

枝儿说："这根没了我换根更粗的，这棍子就是给你预备的。没皮没脸，无赖。"

我说："我说花姑娘你不要，看不上啊？"

花姑娘忍不住说："我去……我也给你一棍子。"

枝儿笑呵呵地说："我不要花姑娘，我要小伙子。"

我说："当着面还不好意思，花姑娘还看不上你呢，哈哈，我开玩笑啊，瞧你俩，还认真了。"

枝儿又举起了棍子，我赶忙躲开。

枝儿说："别往我们身上拐，你的事儿没说清楚呢，你和老太太到底是怎么回事？现在都传开了。"

小瞄儿说："我也没看出来，谁听说了都不信你们俩能跑到一块儿去。"

我说："你别信，可能有人给我造谣，我想都没想过，我和花姑娘一直想着枝儿……"

枝儿又举起棍子，我说："真的，你听我说完。要不是你们姐儿俩在这儿，我们往这儿跑什么？我和花姑娘商量，他比我大两岁，先紧着他当你的男朋友。我一直觉得他和白牡丹合适，花姑娘说他更喜欢你，没办法，谁叫他是我哥啊，为这事儿，我哭了两宿。"

枝儿笑着说："你又往我身上拐，就是不说老太太，我看肯定是真的，不老实，叶儿、小瞄儿，帮我按着。"

我说："不用，我自己趴下。"

我说完自己趴在土炕上。

枝儿站起来说："我打啦。"

叶儿拍着手说："打！打！"

小瞄儿、花姑娘也兴奋地挥着手喊打。

我说："我现在不是妖怪，是过街的耗子。打吧打吧。"

枝儿一棍子打在我的屁股上。

我大叫："啊！你真打呀，哎呀。"

枝儿打完了也觉得劲儿使大了，扔下棍子就揉我的屁股，嘴里说："对不起，对不起，没想使这么大劲儿。"

我不出声，叶儿说："真使劲啊！"

小瞄儿笑嘻嘻地说："是不是把骨头打碎了？他屁股上真没什么肉儿。"

我说："有没有肉儿枝儿知道，哈哈，别揉了，痒痒，哈哈……"

"啪！"我的屁股上挨了一巴掌。

我大叫一声翻身坐起来说："这巴掌比那一棍子还疼啊。"

枝儿说："无赖。"

这时候万事通跑进来了，他呼哧带喘地说："刚才老太太到处找你，你俩到底是怎么回事？我看她脸色挺难看的。"

我说："找我干吗？我有点儿烦了。"

枝儿说："呦呦呦，你有点儿美了吧，赶快去吧。"

我说："哎，你们说这事儿怎么办哪？老这么折腾领导该知道了，知青们也拿我当乐儿了，不知道该怎么办，给我出出主意呀。”

我心里有些嘀咕，新建点那么多搞对象的，都是静静悄悄的，隐蔽得甚至我都才刚刚知道。可我还没搞，只是造了个谣就这么大反应，恐怕不是好事。

我又想，反正事情已经弄出来了，躲是躲不了，这是两个人的事，我现在才感觉事情不是那么简单。

我问枝儿：“我在你们这儿躲到上班行吗？”

枝儿说：“行，晚上睡在这儿都行。我们现在住宿舍。”

花姑娘说：“躲什么呀？躲得了初一躲不了十五。她要找你早晚能找到你。”

我说：“我见了她说什么，怎么解释啊？”

小瞄儿说：“有人造谣呗。”

叶儿对小瞄儿说：“他不想否认所以不知道恁么说。”

我说：“嫂子，说我心里去了。”

叶儿说：“大哥。”

枝儿说：“你这样说，你说你和别人聊天儿说你喜欢她，让别人传错了，传成女朋友了。”

我说：“你说得太对了，我就这么说。中午在这儿吃饭吧，我请你们吃鸡蛋，中午你们多打回点儿饭来。”

小瞄儿、花姑娘、万事通在叶儿的指挥下干活儿，枝儿带着我煮猪食。

枝儿说：“你好长时间不来了，今天快凑齐了，你说也怪，咱们这个小团体一直没有被别人发现。”

我说：“是挺怪的，男女知青交朋友是多隐秘的事儿，好多都被发现了，咱们倒没被人发现，其实发现也没什么，就是在一起聊天儿。”

枝儿说：“现在不是了，叶儿和小瞄儿好上了。他来得太勤，你和他说说少来几次，太勤了会出事，咱们也容易被发现。”

我说：“可不是吗，你放心吧，我会告诉他。不过，我们来得也不多，好不容易休息一天只想着补觉。最近全团要进行开荒会战，星期天又休息不了了。”

枝儿说：“干吗非星期天来呀，休息就过来呗，要是你们休息错开就更好了，每天都有帮忙干活儿的。”

我说：“干活儿没事，小瞄儿、小眼儿随时可以叫他们，砸豆饼、起猪粪、锯柴火这些累活儿我们干。”

枝儿说：“这些活儿我们都能干，喂猪比在农工排舒服多了，跟你们机务排比更是天上地下，好多男知青还盼着上机务排，够傻的。”

我说：“你是在说我傻？”

枝儿赶紧说：“不是说你，你们第一批也不知道机务排这么苦，等知道了也晚了。”

我说：“苦是苦，而且又是土又是油的，太脏，工作时间也太长，累倒不是太累，熬人。但是挺有意思的，开荒是挺苦的事儿，但是赶上好地块，往大犁上一坐，感觉特痛快，就像在水里行船一样。伸手就可以采摘很多种花，黄花最多，密的地方一片一片的，野鸡蘑也特别多，你等着我给你弄几麻袋来，自己吃，往家寄都行。”

枝儿说：“听你一说我还真想体会一下。”

我说：“你什么时候去，提前告诉我啊，现在新建点附近的荒地都开完了，最近的也有四五里路，搭车去最好。”

枝儿说：“反正得找个借口再去。”

天阴下来了，阳光被云彩挡住，东南吹来凉爽的风，要下雨了。

我说：“希望这雨下大点儿，晚上就不用上夜班了，我再睡一宿，这些日子的疲倦就解了。”

我说完张开大嘴打了个哈欠，枝儿趁机用搅和猪食的勺子往我嘴里杵，我赶紧躲闪，枝儿呵呵直笑，天真快乐的样子可爱极了，我看着她也笑了。我们掏出猪食，把锅刷干净，倒上清水开始煮鸡蛋。枝儿让我看着炉子，她和叶儿去打饭，平时俩人吃一个馒头，今天拿回四大块。

我捞出鸡蛋放在桌上，把掸子给的罐头瓶打开，倒出一些调料，让大家蘸着吃鸡蛋，大家赞不绝口。

万事通问我：“这调料哪儿来的？”

我说：“回家探亲带回来的，蘸馒头、拌菜都特好吃。”

花姑娘说：“好几个月了，我怎么不知道？”

我说：“一直藏着没舍得吃。”

一共三十个鸡蛋，我怕不够吃，只吃了两个。枝儿、叶儿每人吃了五个，看样子还想吃又不好意思。小瞄儿、万事通、花姑娘每人吃了六个。

万事通说：“再煮几个，没吃够。”

枝儿说：“得啦，下次多煮几个，吃饭吧。”

第三节　有吃同享　藏进水沟

狂风骤起，大雨倾泻而下，斜斜地撞在窗子的玻璃上，发出咯咯的响声。

万事通说："下得好，今天晚上不用上夜班了。"

花姑娘说："能睡个好觉。"

我说："我现在就困了。"

我爬上土炕说："你们先聊着，我眯一会儿。"

叶儿说："身上得搭点儿嘛，要不该着凉了。"

我说："还是嫂子想着我。"

叶儿说："大哥，睡吧。"

枝儿找来一件破工作服给我搭在身上，我已经睡着了。这一觉睡到天快黑了还没醒。屋里另外五个人说说笑笑声音很大，但是对我没有一点儿影响。

万事通傍晚已经去机务排打探回消息，夜班暂停，明天白天继续休息，明天夜班等通知。雨还在下个不停，不大也不小，看样子一时半会儿还停不了。

屋里的人说笑也累了，但还是不愿意分开，我依然睡得香甜。花姑娘觉得没什么可聊的待着不走有些尴尬。

他推推我说："起来吧。该走了。"

叶儿说："吃完饭再走吧。"

万事通说："这么多人你们打两份饭肯定谁都吃不饱，也没有鸡蛋，还是回去打饭吧。"

我被花姑娘推醒了，还不愿意起来，熬猪食把炕烧得很热，越睡越不想起来。我以为天快黑了，望望窗外，雨水在玻璃窗上流淌。

我问花姑娘："雨一直在下，不用上夜班了吧？"

万事通说："明天都不用上了，白天休息，夜班听通知，这雨要下一宿，肯定得后天上班了。"

我一下高兴起来，问枝儿："该吃晚饭了吧？你们姐儿俩去打饭，万事通、小瞄儿去偷香瓜，我去采木耳，花姑娘去拿鸡蛋。"

枝儿问："天儿眼看就要黑了，上哪儿采木耳？"

我说："你别管了，我肯定让你吃够了。"

我披着那件工作服，戴着草帽，手里提着一条麻袋走了。不到一个小时，除了偷瓜的万事通和小瞄儿，其他人都回来了。我背着半麻袋木耳回来，大家很吃惊。这么一会儿工夫就采回这么多木耳，真神了。

我的工作服和里面穿的上衣都湿透了，就脱了光着膀子，把湿衣服拧干铺在土炕上，枝儿用一条干毛巾帮我擦身上的雨水。

枝儿说："就是装半麻袋木耳也得会儿啊，哪儿弄的？"

我说："就是找地儿装回来的，有白糖吗？"

枝儿说："我去拿，你们多洗几遍啊。"

我说："一个用糖拌一个用调料拌。"

枝儿从宿舍拿回白糖后万事通、小瞄儿才抬着半麻袋香瓜回来，两个人浑身是泥，身上已经湿透了。

万事通、小瞄儿拿着脸盆在屋外洗脸洗身子，花姑娘帮他们泼水，很快就洗干净了。他们到装豆饼的屋子里把衣服脱下来拧干又穿上，冷得像筛糠。他们两个爬上土炕，坐在土炕最热的地方继续发抖，连话都说不出来，脸色煞白，嘴唇发紫。

叶儿说："这样不行，非冻坏不可，我去拿毯子。"一会儿叶儿拿着一条毛毯回来了，她把万事通、小瞄儿包了起来。

其实外面下的是小雨，按说我们三个人不该浑身湿透。万事通、小瞄儿是为了躲避路过的人，潜在了排水沟里。我是因为钻林子被灌木丛和野草打湿了。

木耳拌了两盆儿，麻袋里还剩下一多半儿，鸡蛋也煮熟了，大家一边吃一边听我吹牛。

我说："从去年开始采木耳时我就把长木耳的朽木扛了回来，结果越扛越多，现在堆得像个小山似的，我就挑木耳又大又多的采，过瘾。"

叶儿说："要是那么多木头，就不止半麻袋吧？"

我说："当然不止，还能采三麻袋。等明天我都采回来，你们晾干可以给家里寄去，这是咱们这儿的特产。"

花姑娘对万事通说："你们俩是不是掉水沟里了？跟水里捞出来似的。"

万事通说："就是水里捞出来的。我们俩正抬着瓜往回走，看见西瓜地里还有几个拉秧瓜，就想找两个能吃的，却没想到大皮球和一班长从场院里走了出来。我俩赶紧滚进了排水沟，麻袋里的瓜差点儿被水冲走。"

花姑娘说："一班长？看错了吧，是不是和二姑娘啊？"

我吃惊地喊：“啊！应该是和二姑娘吧？”

万事通说：“是大皮球，你问小瞄儿。”

小瞄儿点点头。

枝儿说：“看见就看见，藏排水沟里多冷啊，你们应该把麻袋一扔回来得了。”

小瞄儿说：“我们怕他们知道我们看见他们了，以后有什么闲话我们都得背着。”

叶儿说：“你们心眼太多，反应够快的。”

万事通说：“往排水沟里滚的时候没这么想，潜意识的行为吧。一班长正在要求加入党组织，搞对象本来就已经不对，现在脚踩两只船就更不应该了。”

我对枝儿说：“好长时间没见小眼儿了，我去看看他，一会儿就回来。”

第四节　一本正经　得陇望蜀

我到一班宿舍时一班长一本正经拿着饭盆要去打饭，和我打了招呼就要出门。

小眼儿见我来了笑笑，他凑到一班长跟前问：“去哪儿了？这么半天见不着你。”

一本正经问：“有事吗？”

小眼儿说：“没事，随便问问，外边下雨，我不去打饭了，你给我带个馒头回来。”

一本正经说：“把饭盆给我，我给你带回来。”

小眼儿把饭盆交给一本正经说：“多谢了哥儿们。”

小眼儿拉我坐他床上问：“你怎么来了？有事？”

我说：“你自己打饭去，我在喂猪房等你，那有好吃的。”

小眼儿去追一本正经，我回喂猪房等他。

我回到喂猪房给小眼儿拌木耳，一个用调料拌的辣味的，一个用白糖拌的甜味的，小眼儿一边吃一边赞不绝口。

我问：“你现在和你们班长关系很好吧？”

小眼儿说：“嗯，我俩现在是铁哥儿们。他什么话都和我说，我也什么都和他说。”

万事通说："你俩有什么可说的，谁信哪。"

小眼儿笑呵呵地说："这你就不知道了，他和我同病相怜。"

花姑娘说："什么病，相思病？"

小眼儿说："你说对了，就是相思病。"

枝儿说："你相思白桃，一班长相思谁呀？大皮球？二姑娘？"

小眼儿说："你说的都不对。"

我说："那到底是谁呀？和我们说说。"

小眼儿说："你们不许乱说，他知道了肯定和我急眼。"

小眼儿打开话匣子就和讲故事似的讲了一晚上。

这个大皮球真是拿她没办法，黏着一本正经不是一年两年了，总是以聊工作为名和一本正经约会。她总是不痛不痒地说说一班和二班的事儿，再说说副连长和一排副，然后就是夸一本正经多好多好，然后再说说她自己的事儿。走路时看周围没人还总想挽着一本正经的胳膊。她的意思很明确，她喜欢一本正经。

一本正经对大皮球也不是很反感，而且觉得她有很多地方很可爱。她性格直率、干脆，东北女性的豪爽在她身上表现得淋漓尽致，这也是大多数知青喜欢她的原因，也是毛病多的人怕她的原因。一本正经始终迎合着大皮球，他既不明确表态，也不拒她于千里之外，但是他在比较之下觉得另外的追求者二姑娘比大皮球更有吸引力。

二姑娘具有深明大义、正派端庄的大家闺秀气质，她关心他人恰到好处，懂得给人留面子，为人处世温良恭俭让，面面俱到，在她面前有被呵护关怀的温暖。大皮球比二姑娘矮一些，她浑身上下各个地方都是新建点女知青当中圆得最彻底的，所以用丰乳肥臀来形容她最适合，这让一本正经也会心头撞鹿。二姑娘突出的是一个秀气，辫子垂在胸前，低头垂眼似是一身羞臊，肥瘦有度，似隐似现，这些让一本正经看得面红耳赤。但是，一本正经也没有真心追求二姑娘，更谈不上山盟海誓，他对她只是比对大皮球更认真一点儿，更主动一点儿，更小心一点儿。

在他心里，草儿、老太太、掸子、三排长那些漂亮女知青才是他想要的追求者，他希望有机会能成为她们的追求者。但是，一本正经也知道自己的分量，虽然武装班在新建点算是个响当当的单位，但现在远不如机务排耀眼，除了干活儿就是干活儿，没有特殊任务。虽然他的个人形象还不错，但比他精神的男知青比比皆是，以此吸引那些最美丽的姑娘恐怕还是欠火候。草儿的华丽、老太太的高贵、掸子的冷傲、三排长的雍容让他百爪挠心，他脑海里时常出现这些美丽女知青的身影，这时他会把二姑娘、大皮球忘得一干二净。

一本正经猜想，大皮球知道自己不在新建点最美女知青行列，这让她在寻找自己喜欢的男性时大打折扣，而且六八年以前出生和自己年龄相仿的男知青基本没得选，六八年以后的只有一班长一个大龄的，且还小她很多。她不想在爱情的旅途中滞留，她要争取幸福，绝不与新建点里那些三十多岁的大知青和老青年为伍，也不要与孤独寂寞为伴。她看到卫生员、大被单儿那些热恋中的人们脸上总是洋溢着幸福美好的神采，她羡慕她们，这使得她追求爱情的动力连绵不绝。她看中一本正经的正人君子的风度，她喜欢他国字脸上的胡须和笑容，她倾心于他健壮的体魄和充沛的精力。她以为她的竞争对手是贤淑的二姑娘，却没想到还有更加璀璨的云端，遮蔽着她的风采，淹没了她的光环。她想拿下一班长一本正经，但也隐隐约约感到一本正经对她没有敞开心扉，这让她捉摸不定，但她坚信坚持不懈，水滴石穿。

枝儿说："没发现你还真能说，跟讲故事似的。"

我笑着说："三排长都怕他讲故事。训得他差点儿尿裤子。"

我指指叶儿对枝儿说："就小眼儿说话哪回不是把你俩都扔进去呀。"

枝儿又去拿棍子，叶儿说："大哥，嘛意思？"

小瞄儿说："嗨，添枝儿加叶儿呗。"

屋里的人都哈哈大笑起来。

第五节　他俩没走　政治学习

在喂猪房里，我们三个刚才被雨淋湿的人不再发抖，但近距离光着膀子面对枝儿和叶儿总是让人感觉有些狼狈。我们砸开香瓜，香瓜的瓜香在屋中飘荡。

我说："瓜瓤好吃，比瓜肉甜。但还是没有糖拌木耳好吃。"

花姑娘说："明天你就可以种香瓜了。"

大家正在琢磨花姑娘的话，枝儿说："这儿正在吃饭，你瞎说什么呢，讨厌。"

花姑娘立刻满脸通红不敢吱声。小瞄儿、小眼儿、万事通呵呵直笑，我一脸的疑惑，不知道他们是什么意思。

我问："说什么种香瓜？你们说什么呢？"

枝儿说："平时挺聪明的，比谁都能臭贫，今天冻傻啦？"

我说："我还是困，一会儿再睡着了就天亮见了。你们待着吧，我回去睡觉了，等休息再来。"

花姑娘、小眼儿、万事通和我回宿舍了，枝儿也回去了，只有小瞄儿和叶儿还在屋子里。窗外的雨已经下透，气温也自然降下来了，土炕因为晚上又加了火，温暖无比。

花姑娘一边走一边对我和万事通说："看来小瞄儿和叶儿真的到一起了，今天晚上他俩要出事。"

万事通说："有点儿悬，下雨天留客，有一个胆儿大的就完活儿。"

花姑娘说："我去你的，俩胆儿小的也完活儿，连绵细雨就是催情的，不信？妖怪明天你问小瞄儿，我敢打赌。"

上半夜雨停了，天亮前又开始下了，这是知青们最喜欢的天气，可以打着滚地休息。连里领导也会给各排安排政治学习，各班组织学，时间说是半天，实际一个多小时就散了。组织这一个多小时的学习是最让班长头痛的，如果再有讨论内容更会让他焦头烂额，没几个正经好好发言的，不是跑题就是瞎侃。每次讨论快结束时班长都会点名让几个人正经说几句或喊几句口号了事，等汇报时班长再根据发言和口号添点儿油加点儿醋。

三排长对连里的政治空气很不满意，她总是说，政治的庸俗化，失去了政治的应有力量，留于口头不入脑。然而生产任务繁重，领导们以为上纲上线短时间可以，时间长了也起不了大的作用，还不如劳逸结合、表扬鼓励更有后劲儿。好在连长、指导员思想观点相近，工作方法统一，作风务实，班子团结，各项工作成绩都在前列。

上午连里安排学习，学习内容各排自行安排，农工排以班为单位，机务排人多，以排为单位宿舍挤不下，以机车为单位人又太少，所以分为两拨。

宿舍外稀稀拉拉地下着雨，雨声和着琅琅读书声，我没用五分钟就睡着了，接着又有几个人睡着了。今天的学习一改往日的吵闹，逐渐鼾声一片。负责组织学习的一号车车长老豆豆也不阻止。因为从春播到开荒会战，机务排早已人困马乏，每天三件大事，吃饭、干活儿、睡觉，这种情况下进行政治学习谁也精神不起来。

第六节　试探枝儿　乱点鸳鸯

我昨天下午就睡了一大觉，接着又睡了一宿，今天上午学习又来了一个回笼觉，这一下彻底精神了。学习结束后，我穿上雨衣拿着麻袋去采木耳，想兑现昨天在枝儿面前的承诺。可是来到堆放朽木的地方才发现木耳比昨天少了很多，好像被不止一个人扫荡过。我把能采的木耳装了半麻袋给枝儿送过去。

到了地方，我放下木耳就走，叶儿说："你说三麻袋，哪儿呢？"

我说："有人发现了，先采走了。"

枝儿说："下回早点儿去。"

我点点头说："我走了。"

叶儿说："着嘛急呀，待会儿。我喂猪去，枝儿你别管了。"

叶儿是有意想躲开。

我见叶儿很高兴，满脸微笑容光焕发，我问枝儿："昨天叶儿几点回去的？"

枝儿说："我没手表。"

我说："新建点你最有钱，买一块，不就一百二嘛。"

枝儿说："舍不得。"

我说："我还完账就买。"

枝儿问："还欠多少债？"

我说："一百多点儿，得还半年。"

枝儿笑着说："还债半年，攒钱买表半年多，等你戴上手表一年以后了。"

我傻笑着说："啊！可不是吗。"

枝儿说："我给你钱，你把欠人家的钱先还了。欠债多难受啊。"

我说："不用，我慢慢还吧，不过你的钱别再放顶棚上的箱子里了，要是再出个贼，先偷的还是你。"

枝儿说："顶棚上有点儿，不多，大数我存银行了。"

我问："叶儿和小瞄儿到什么程度了？"

枝儿说："我哪儿知道什么程度，你说的是什么程度？"

我说："就是甜言蜜语，这肯定有了，然后是拉手，这个我也看见过，搂抱没见过，亲嘴和未婚先孕更不知道了。"

枝儿给了我一棍子说："你怎么那么坏呀，说的都是什么呀。以后在别人面前不许说这些。"

我说："我只和你说……"

枝儿问："你还跟谁说过？"

我说："还跟花姑娘说过。"

枝儿问："谁教你的？"

我说："我自己想的。"

枝儿说："你真坏，不学好。"

我笑着说："以后除了你不会和别人说了。"

枝儿说："跟我也不许说。"

我说："哎。哎，你觉得花姑娘怎么样？"

枝儿问："什么意思啊？"

我说："我是说花姑娘长得是不是挺好看的，挺招人喜欢的，我挺喜欢他的。"

枝儿说："他的长相还行，男的长这样，女的长这样都不难看，可是他的样子让人受不了，是个男的，举手投足跟女的一样，别扭。"

我说："我挺喜欢他，甜言蜜语没有，他老骂我，拉手有，搂抱也有，亲嘴我按着他亲过一回，恶心得我吐了半个钟头。"

枝儿哈哈大笑了一会儿喘着气问："他嘴臭？"

我说："臭是不臭，就是恶心。花姑娘蒙我不懂，说男的和女的相好要亲嘴，我就想试试，我没有女朋友，就拿他试试，好什么呀，一点儿都不好，不过我亲他脸蛋儿感觉还行。未婚先孕，俩男的肯定不行。"

枝儿已经笑得满眼是泪，捂着肚子。

我说："你别笑，我得找个女的试试，要是还吐，这辈子不想亲嘴的事儿了。"

枝儿笑得更厉害了，我看着她不由心生快乐。枝儿笑得眉毛斜斜的，眼睛弯弯的，鼻子皱皱的，牙齿亮亮的，嘴唇薄薄的。

我看枝儿笑得差不多了问："你觉着花姑娘怎么样？"

枝儿问："他怎么样和我有什么关系？"

我说："交朋友哇。"

枝儿说："去你的吧，我才不想交朋友呢。"

我说："可惜了，你看，你俩口头禅都差不多，花姑娘爱说，'我去你的’，你爱说，‘去你的吧’。花姑娘人可好了，我们俩是铁哥儿们，我感觉他喜欢你，你要也喜欢他多好哇。”

枝儿说：“你别添乱啊，现在休息日你们来聊聊天儿、说说笑笑多好，要是弄得挺尴尬的就没劲了。”

我说：“我知道了，你不喜欢他，那你喜欢谁，小玉？”

枝儿说：“哎，小玉是个美男子。”

我说：“我就说吧，小玉是男知青里最漂亮的。行，我知道了。”

枝儿笑呵呵地说：“你知道什么呀你知道，告诉你别添乱。你可以跟他再亲亲嘴。”

我笑嘻嘻地说：“男的我肯定不亲了，我跟你直接封顶倒可以。”

“嘭——嘭——”枝儿的棍子落在我的头上。

我跳起来就跑，嘴里说：“我也没想好，我怕吐一个钟头！哎哟，你下手太重，真疼。”

我跑出喂猪房，不远就是武装班宿舍，想起昨天花姑娘说小瞄儿和叶儿肯定出事，刚才看见叶儿很正常，我想还是问问小瞄儿才会明白。

我找到小瞄儿问：“昨天你和叶儿亲嘴了？”

小瞄儿说：“她先亲的我。”

我紧张地说：“你们也未婚先孕了！”

小瞄儿说：“没有，亲了也就两分钟我就跑了，我怕她发现赶紧走了。”

我说：“你不是跑了，怎么又走了？哦，哦，知道了。你千万别未婚先孕啊。”

小瞄儿说：“借我个胆我也不敢哪，这都不好意思再见她了。”

我问：“亲完嘴你吐了吗？”

小瞄儿说：“吐什么？没有哇。”

我说：“又是唾沫又是痰的不恶心？”

小瞄儿说：“你真老外，没亲过，你就自然不知道有多甜美，我也形容不出来。”

我说：“哦，反正是封顶了，到头了啊，你可别未婚先孕，你看五班长和大被单儿多难堪啊。”

小瞄儿说：“不会不会，我可没那胆儿。”

小瞄儿接着说：“我追叶儿已经成功了，你现在怎么样了？你要追到老太太，我就认输。”

我说："追谁我还没确定，好几个目标呢，哪个都比叶儿强，不就是封顶吗，封就封，到时候我告诉你。"

小瞄儿说："没有时间限制也不成，也没准封顶了以后又吹了呢，所以，规定个时间。结婚的时候，看你媳妇漂亮还是我媳妇漂亮，怎么样？"

我说："一言为定，你已经和女朋友封顶了，上半场算你领先，决胜就看下半场了，我好饭不怕晚！"

后来，小瞄儿和我的这个约定谁也没有再提起，因为对小眼儿不公平，这会让他感觉很自卑。也是因为自己喜欢的才是最漂亮的，这样看，也不存在谁输谁赢的问题。

第二十二章　计谋女友

第一节　采摘木耳　偶遇奇葩

吃完饭觉得无事可做，好长时间没有看小说了，借了一圈儿也没借到一本，雨天也没法洗衣服。我又穿上雨衣，背着两个大书包去泉眼西边的森林里采木耳。我想，有人发现了自己储存的朽木堆，只好再集一堆。我知道大家都爱吃新鲜的木耳，但又不愿意吃苦受罪钻林子。我想下午运气好可以采两书包，给食堂的掸子和黑牡丹，再给三排长小洋马弄点儿。

森林里阴森森的，光线很暗，小雨落在远近不同的树叶上发出沙沙声和嗒嗒声；参天大树顶端树叶聚集的雨水形成水滴掉落发出啪啪声和嗒嗒声；山坡上汇集在坡下松软土壤里的水流冲出小溪发出哗哗声；雨滴落在枯树洞里发出叮咚声；纷纷水声咫尺连着悠远，袅袅水汽混着雾烟飘然。

我喜欢这样的场景，雨声纷乱但内心幽静，我喜欢在此时漫步游走，细心倾听，感觉这时的森林是在酣睡中的深沉呼吸，是在梦幻中的迷蒙呓语。森林边缘没有多少可采木耳的朽木，朽木最多的地方在低洼的斜坡附近。我深入到两公里处不敢再往里走了，光线太暗有迷路的危险。四处张望观察地形，我发现左边有个陡坡，顺着陡坡又走了几百米，发现了几棵倒在地上和斜搭在别的树上的朽木，它们之所以会歪斜倒地是因为上坡的水流长年冲刷掉树根的土造成的。

在老远处我就看见树干表层的浅灰，近前一瞧，满树干都是巴掌大的灰白色木耳，我咧着嘴傻笑着采摘，十几分钟就把两个大书包都装满了。这时才发现自己身处在灌木野草丛生的沟谷中，光线犹如黄昏。我有些胆寒，转身往回走。走了一会儿，眼睛的余光发现右侧有一片白色，转头望去原来是一片小杨树林，因为杨树都是手腕粗细的树苗，长得低矮，天空的亮光透进来，又在浅色的树干上微微反光。我的好奇心膨胀，为什么周围都是参天大树，唯独这里出现了一片小杨树林？这片小杨树林非常稠密，间距很近，有的挨着，有的相距十几二十厘米。

我摘下书包，寻找宽处往里挤，但没走两步就感觉雨衣会被划破，于是脱了雨衣挂在树上。又走了几步，我感觉衣服会被划破，又脱掉了上衣和裤子，身上只剩背心裤衩，而小杨树林越来越密。现在我的身材优势展现出来了，二十几厘米的缝隙侧身就能挤过去，但是走了十几米屁股上的裤衩还是被树枝刮开了一个口子。我本想脱了背心裤衩，又怕树枝刮到要害。再者，在这种条件下想脱衣服着实有难度了，我只好更加小心。再往里树苗稀疏了一些，我的胸、背和肩膀还是被划了几下，火辣辣地疼，背心也破了，裤衩成了屁股帘。

往里挤进去几十米有些慌了，因为四周都是密不透风的杨树苗，根本没法辨别方向，紧急中，我用力踩倒最细的树苗留下记号，又往里进去了几十米，还是看不到尽头，我想转身回来，这时发现右边似乎到了树林边缘。细看，果然是。当我过去时，完全被眼前的景象惊呆了。其实这不是边缘，而是中心，眼前的小杨树成片地倒在地上，足有两个篮球场那么大。每棵小杨树都是由中心方向向外倒下的，而且紧紧地贴在地上非常平坦，形成一个大大的圆的空场。奇怪的是，就在倒地的这片小杨树林的正中间，有一株茂盛的鲜花，枝叶翠绿，花朵雪白硕大。其中枝叶顶端的一朵，犹如张开的双手那么大，一层一层的花瓣向外伸展，错落有致的褶皱，弯曲协调的边缘，花朵中间的花瓣遮盖着花蕊，说明花朵还未完全开放，在这盛廾的花朵下面有两朵半开的花苞，苞的顶端张开的形状如硕大的白色石榴，又像美丽少女翘起的小嘴，在这半开的花苞下面还错落生长着四个花苞，大的超过拳头，小的如同高脚杯。

我看傻了，从来没有见过这么大的花朵，颐和园、天坛、陶然亭、龙潭湖、玉渊潭、香山、中山公园……北京所有我去过的公园里都没见过。我站着看、弯腰看、蹲着看、转圈儿看，越看越喜欢。最后，我决定把她挖回去，种在宿舍后面的草地里。我想，要是白牡丹是自己的女朋友，送给她会特别好，因为这花的名字我猜是白牡丹。但我又想只有美女才能与此花相配，我思考着新建点的女知青谁最配拥有这棵花脑子里闪现出的是老太太和掸子的面孔。对，就送给她俩，她们若是不要，我再种在草地里。

我围着这片大空场转了一圈儿，没有发现任何出口，说明没有人或动物进来，但小杨树是怎么倒下的？我观察了半天也看不明白。最奇怪的还是小杨树躺倒的方向都是向外，稍微有些偏右，角度一样，向外倒下的树干叠压成一层一层的，不知道是什么力量所致，树干厚的地方也没有比中间树干薄的地方高多少。我从这片小杨树林挤出来差点儿迷路。森林里此时变得更加昏暗，我心里想着那片奇怪的大空场，心里有些发毛。穿上衣服套上雨衣背起书包往回走，我想鲜花只能明天再挖。

我来到食堂，不觉时间已经过了开饭点，食堂的人还没有下班，我对掸子说："我给你们采的木耳。"掸子、大被单儿、小杭州围过来。

小杭州说："一书包就够了。"

大被单儿说："再有两书包明天可以吃鸡蛋炒木耳了。"

我说："这是给你们的，不是给新建点所有人吃的。"

掸子说："别听她的，满脑子都是下顿吃嘛。"

她学着大被单儿的天津话，但她的舌头不会拐天津话的弯儿，把大家都逗乐了。我摘下一个书包，正要把木耳倒在盆里，突然另一个书包被人猛地拽了一下，我差点儿摔倒，回头一看，原来是老太太。

我说："干吗，我没招你呀？"

掸子说："招了，招成女朋友了。"

老太太用力拽着我身上的书包不撒手，拧剑眉瞪凤目，一脸怒容地说："出去，我问你咋回事！"

第二节　同意交友　说普通话

我被老太太拉到食堂的大屋里，面对面坐在餐桌前。

老太太说："咋回事啊，我啥时候成你女朋友了？咋回事？你说。"

我一脸无辜地说："我也不知道啊，肯定是有人造谣。"

老太太说："无风不起浪，为啥没说别人呢？"

我说："前几天吧，我倒是聊天儿时候说了你一句。"

老太太问："你说啥了？"

我说："那天几个人聊天儿议论，新建点女知青谁最漂亮，我说老太太最漂亮。可能是有人抓住这句话，给我造谣。"

老太太愣在那里不说话了。

我说："他们说我说的不对，为这事儿我跟他们吵了一架，估计他们报复我，造谣说你是我女朋友。"

老太太问："谁呀？"

我说："好几个呢，你甭管了。不过他们说的有点儿道理。"

老太太红着脸问："有啥道理呀？"

我说："你看啊，其实说你难看吧，你又特漂亮，说你漂亮吧，你又有挺大的毛病。"

老太太问："这是咋说呀？"

我说："你看你的眉毛、眼睛，咱新建点没有一个像你这么精神漂亮的。"

我停顿了一下说："我这么说只能你一个人知道，不许传出去，要不然所有女知青都得骂我。"老太太有些腼腆地点点头。

我说："特别是你的鼻子，说不出来的那个劲儿，不高不低，不宽不窄，不肥不瘦，还亮亮的，你的小嘴更好看，反正你脸上没有不好看的地儿。"

老太太有些不好意思地说："你别砢碜我了。"

我说："这不是砢碜你，是说你好看，下边说的才是砢碜你。"

老太太问："啥呀？"

我说："你那两只大脚片子呗。"

老太太说："咋说我脚大？三十七号鞋！"

我说："这是形容你外八字，两只脚片子走起路来啪嗒啪嗒的。"

老太太说："你真不要脸，我的外号不是你起的，外八字那有啥办法，天生的。"

我说："其实我觉得好看，跳芭蕾的都这么走道儿，不是最好看的姿势能上舞台吗？反正我喜欢看，我和他们的看法不一样，你老远走过来我就一直看，然后你走过去我还看，一直到看不见你为止。"

老太太不好意思地笑着说："夸我呢，我自己都觉得不好看，我家里人、亲戚朋友都说不好看。"

我见老太太怒气全没了，便说："他们不会欣赏，外八字走路一挺一挺的，屁股翘着也一挺一挺的，我觉着好看。"

老太太说："别瞎说了，可能是我冤枉你了。"

我说："当然是冤枉，你想当我女朋友我还得考虑考虑要不要你。"

老太太说："别狂了，瘦得像头狼似的，臭美。"

我笑嘻嘻地说："开玩笑，要有你这么漂亮的女朋友，我做梦都能笑出声来。"

食堂的人下班了，她们从窗外往里望望，俏皮地笑着走了。天已经黑下来了。老太太低着头不说话，但脸上是掩饰不住的笑。

我说："我就知道你看不上我，但是，现在都传开了你是我女朋友，想说不是都难了。"

老太太说："真的假不了，假的真不了。"

我说："你还是不愿意，我跟你说，当我女朋友，对你有好处。"

"不过你也太不够意思了，探亲回来啥也没我的。"老太太噘着嘴埋怨我，她接着问，"对我有啥好处?"

我说："我能把你的外号改了。"

老太太说："改啥呀，叫就叫呗，我习惯了。"

我笑嘻嘻地说："我名字里有个二字，你就叫二太太，是不是比老太太好听?"

老太太说："美得你，说我傻呗，还要脸不?"

我说："等叫习惯了，直接叫太太。"

老太太说："天黑了，不跟你扯了，我回去了。"

我说："等会儿，天黑怕啥。"

我学着她的东北口音。

我接着说："想当我的女朋友，我有条件的。"

老太太说要走，听我这么说又停下来，笑个不停。

我说："第一，谁问你你就说是我女朋友；第二，你以后说普通话，你这么漂亮，一张嘴大楂子味太掉价。"

老太太问："还有第三吗?"

我说："下次约会说第三。你把这书包木耳带着，我刚采的，拌白糖特好吃。"

老太太接过书包对我笑笑转身走了。她那翘着的圆圆屁股一挺一挺的。

第二天早饭时二姑娘找到我问："你和老太太的事儿是真的吧?"

我说："别告诉你爸妈，没有的事儿。"

二姑娘说："开始我不信，昨天她背着你给的木耳，又听她们班的女知青逗她，我就有点儿信了。"

原来老太太回到宿舍，六班的女知青都看着她笑。

她把书包打开装了一些木耳在饭盒里说："谁要?"

她用水缸里的水洗起来。女知青蜂拥而上在饭盆和饭盒里洗木耳。

一个女知青问："他真是你男朋友？你昨天今天都不承认，他给的?"

老太太点点头。

女知青说："这么半天，你俩聊啥了？"

老太太说："他又给我起了个外号。"

女知青说："啥外号？"

老太太说："二太太。"

满屋女知青哈哈笑成一片。老太太也跟着傻笑。

那女知青问："到底怎么回事啊？"

老太太说："他也不知道，他说可能是有人造谣，现在不是造谣了，我们是朋友了。"

那女知青说："交了个男朋友改普通话了，大糙子味没了。"

老太太人缘儿很好，来了这些年没得罪过任何人，什么也不争什么也不抢，和白桃的性格有点儿像，从来不知道生气。有人欺负她，她一笑了之。若想老欺负她，不用她自己出头，周围的人就不干了。老太太确实没有坏心眼儿，有点儿傻乎乎的，从来不说瞎话，心里有什么就说什么，表面看很高傲，实际上跟谁都合得来。老太太就是不会干活儿，还是撅着屁股铲土，蹲着身子割大豆，洗几件衣服得半天。女知青们和她开玩笑说，你将来不能嫁丈夫，只能娶媳妇。

另一个女知青问："那后来怎么又成了朋友了？"

老太太说："还不太确定，他一会儿说愿意和我交朋友，一会儿又说要不要我他再考虑考虑，一会儿说生怕我不同意，一会儿又说想当他的女朋友得答应他的条件。"

一个女知青问："你可别招他，那小子没个正行。"

老太太说："我觉得他人还挺好的，他愿意我就愿意，他不愿意就算。但不是那种男女朋友，就是朋友的那种朋友。"

她接着说："平时和男知青说话的机会都没有，只能和你们这些丫头片子叽叽喳喳的。有机会和男知青说话聊天儿感觉不错。而且那小子说话可招笑了。他老有的说，胡搅蛮缠的。"

一个女知青问："他给你提的啥条件？"

老太太说："说普通话。"

屋里知青们又哈哈哈笑成一片。

女知青说："我说你今天说话拿腔拿调的，舌头硬邦邦的，东北话挺好听的，你别听他的。"

另一个女知青也笑着说："老太太的形象气质更适合普通话，我看他的条件不错，二太太这个新外号也适合你，傻乎乎的有点儿二。”

老太太说：“我先把书包给他送去，回来再唠。”

那个女知青说：“又说东北话，小心他不要你了。”

另一个女知青说：“你还真认真，等他自己来取，给他送去多掉价啊，而且你得注意保密。以后你俩约会我们给你打掩护，不过你俩说啥了，干啥了回来得和我们说说。”

屋里的女知青们都迎合着说：“对对对，回来说说，我们打掩护。”

老太太说：“我一定和你们说。让他自己来取书包，合适吗？”

二姑娘讲完她在六班宿舍听到的话，又对我说：“现在都知道了，她也愿意了，你看怎么办吧。”

第三节　枝儿归我　抱回鲜花

雨虽然停了，可天没有晴，屋外黑得伸手不见五指，除了上厕所没人出门。缸里没水了，我让花姑娘帮着提马灯，自己挑着水桶到泉眼挑水。蚊子很多，鸣虫躲避阴雨仍旧无声。

花姑娘说：“小瞄儿又去喂猪房待了一天，他来找你你不在，叫我我没去，老去太频了。”

我说：“你以后少去，枝儿让我追吧，你去了也不怎么和她说话，没等你把她追到手，她早未婚先孕了。你别想她了，她归我了。”

我已经探明枝儿不喜欢花姑娘，我又不想和花姑娘明说，但我知道应该早点儿让花姑娘死心。

花姑娘说：“我去你的，你不是不搞对象吗？你瞎掺和什么呀。”

我说：“我不搞对象，我也不能闲着呀，再说，和女知青聊天儿感觉特别快乐，不像和男知青聊天儿，没说几句就互相骂起来了。要不咱俩一块追，让她挑。但是，有时间你还得练练走路，练练举手投足，把女了吧唧的劲儿改改，要不然你就准备打光棍儿吧。”

花姑娘说：“不练，我就这样，我自己没觉得别扭，就你们这么说。”

我说：“你看老太太怎么样？”

花姑娘说：“她堵着你了，她说什么？”

我说：“聊了有一个钟头，我说让她做我的朋友，她开始说我不要脸，臭美。后来我感觉她默许了。”

花姑娘说："不可能，瞧你那德行，她能看上你。长得没得说，又是高干，多傲气清高哇，你？我不信。"

我说："哎，就是，多精神，尤其面对面地看她，就跟画儿似的，原来还没什么，就是跟她瞎逗，现在感觉老太太不但长得好，心眼儿也好，就像这一潭清水。"

我把水桶扔进泉眼，水花飞溅。

花姑娘说："还一潭清水，看了几本小说还臭转上了。"

我说："我劝你也看看书，我看书的结果是能听懂别人说话了，特别是那些高中毕业的大知青，他们说话聊天儿我现在能听得差不多了。"

花姑娘说："他们也不说外国话，我听得懂。哎，你有老太太了，还跟我争枝儿，不够意思。"

我说："我和老太太还不定怎么着呢，万一不行呢，我还是觉得我和枝儿合适，新建点女知青年龄她最小，就比我大几个月，大哥，你就靠边站吧，啊？"

我心里想：枝儿是另一种类型的漂亮，和老太太相比各有千秋，她俩的个性却几乎相反，魅力迥然不同，对我来说，要不是枝儿总是挥舞棍棒，我对她俩的评价不分伯仲。

在这一天里，我身上被雨水打湿几次，冷得不行，按说早就应该筛糠似的哆嗦，可今天没有感觉太凉，我寻思着交女朋友原来可以取暖。我匆忙地用冷水洗了个澡钻进被窝，这回身子抖得不行，可脑子里老太太的音容笑貌挥之不去，一会儿就不抖了。我寻思着，想女朋友也能取暖，嘿嘿。

花姑娘隔着被子踹了我一脚说："神经病，笑什么啊？"

我说："我太冷了，我正想着你要是老太太我就爬进去取暖。"

我说完就往花姑娘被窝里钻，花姑娘大叫起来："我去，哈哈哈……我去，哈哈哈……我去你的，太凉了！"

我想了一会儿老太太就睡着了，屋外的雨好像完全停了，可是地里太湿进不去拖拉机，看来明天机务排只好继续安排学习了。

早饭后我拿了一把斧子一把铁锹，又拣了一件破上衣藏在新建点西侧的森林边上。

我截住正要进机务排宿舍学习的一号车长老豆豆说："我有点儿闹肚子，请个假去卫生室拿药。"

老豆豆说："和你们车长请假去，你又不是我车上的人。"

我说："你比他官大，又是他师傅，还是和你请假吧。"

老豆豆说："那你也该和他说一声。"

我说："您替我说吧，我走了。"

我知道学习一个多小时也就散了，没人注意我，我要去把那株鲜花挖回来。我用斧子开路，两三斧子就能砍倒一棵小杨树，但是，几十米的距离，不知道要砍倒多少棵小杨树。我奋战一个多小时，终于开出了一条路，我浑身大汗淋漓，喘个不停。我返回入口拿来铁锹和破上衣。

那株鲜花太美了，我想起小时候回老家下地摘棉花，一朵朵棉花白白的，白得让你看不清，和眼前的白花一样，在阳光的照射下白得让你无法分辨花瓣的纹路。我把破上衣铺在地上，用铁锹挖起一大块土坨用破上衣包起来抱着走。我在宿舍后面的草地里挖了一个坑，很快坑里冒出了水，只好又挖了一条小排水沟这才勉强把鲜花种上，又去五十米外的森林里砍倒一棵小柞树扛回来，用树冠挡在鲜花向阳的方向。整整折腾了一上午，我已经累得筋疲力尽。

第四节　百无聊赖　相处和睦

雨后晴天烈日暴晒，小麦茎叶开始发黄，麦穗完全发育见棱见角又粗又长。机务排下午保养机械农具，明天可以试着耕地了。其实连里安排一天学习一天保养，但是大家都不喜欢学习，也不愿意在又闷又潮的屋子里憋着，想着还不如出来干点儿活儿舒服，可没想到太阳烤人，各个满头大汗，没干多会儿就到树荫下乘凉去了。

机务排人多聚在一起的时候就是斗嘴，今天的主角是二号车的老毛子。

老豆豆说："媒人什么时候带人来？不会得了好处就不见人了吧。"

老毛子红着脸说："提这事儿干哈呀。"

大笸箩说："你师父关心你呗，其实你早就盼着吧。"

小玉说："我说他夜里老是翻来覆去地睡不着在炕上烙饼，闹了半天是想媳妇呢，没出息。"

老毛子说："叼毛，没媳妇这么多年也过来了，有啥睡不着的。"

肥猴儿说："可以理解，他们小年轻的还不懂，光棍儿好苦，破了衣服没人补，没人给我说媳妇，所以我睡不着，要是有人给我说媳妇，我保证睡得着。"

我说："你的脸比点窝还恶心，你要把脸上的粉刺抠出来，你的脸就是筛子，媳妇你这辈子别想了。"

肥猴儿说："你怎么老和我呛着，还有完没完。"

我说："没完，一个你一个毛毛，且没完呢，你俩差点儿要了我的命，我还救了毛毛一命，你们欠我多少？说两句算什么，以后见了我躲远点儿。"

毛毛说："呦呦呦，还急眼了，你说就说呗。"

我说："我生气你俩比谁都自私，心里稍微想着别人一点儿，也不至于差点儿拖死我，今年麦收再有这事儿，我就撞死你俩。"

排长能耐梗来了，他说："撞死他是轻的，撞折他两条腿，以后让他爬着走。"

肥猴儿说："你也太损了。"

能耐梗说："损你咋地，不服？我像你这么大的时候，孩子都上学了，你现在还是做梦才能搂上媳妇。"

在场的人都起哄笑话肥猴儿。

能耐梗接着说："要我说你就不是个爷们，给你说了几个了，连句整话都没有，平时你倒是傻小子睡凉炕，全凭火力壮，一上阵就看出来了，你是吃稗子草，放的是驴屁。"

肥猴儿说："得得得，以后不用你给我说了，瞧你把我说的，一点儿面子也不留，没你这样的师父。"

我现在非常反感一群男知青或老职工在一起胡扯，这和与女知青聊天儿相比一个天上一个地上，一个是黄莺欢歌，一个是群狗狂吠。我悄悄起身离开，来到宿舍后面看那枝鲜花，鲜花没有什么变化，于是我又回到宿舍钻进蚊帐躺在了床上。

可屋里潮湿闷热，根本躺不住，我又钻出蚊帐，在屋里走走在外面走走，百无聊赖。想起昨天被树枝刮成屁股帘的裤衩，看看能不能缝起来。裤衩还没有干，我找出针线缝起来，针脚很大缝得歪歪扭扭，套着裤子试了试，一个裤腿缝细了，我想能穿就行，反正在里面没人看得见。又想起三排长小洋马缝的靴子，缝得真好，不仔细看都看不出来缝过。要是她缝裤衩，肯定不会把一条腿缝细了。我忽然觉得小洋马和我们刚来的时候不一样了，现在感觉她特别和蔼可亲。过去训人批评人的事儿没有了，她对连里领导很尊敬，就连对那个讨厌的副指导员白脸也是一样尊敬。我知道，全新建点都认为那家伙的水平表现比小洋马差远了，应该倒过来，让小洋马领导他才对。可三排长小洋马非常配合他的工作，服从他领导，从来不让他着急，这让白脸对她也非常客气。但是这个副指导员白脸，把他的斜劲儿都使在了排长班长身上，背着个手到处检查工作，发现问题就劈头盖脸地训斥。好在这些排长班长大多数是知青，没有人和他计较，大家都哄着他。

知青干部都很团结，三年多的时间，从来没有发生过脚下使绊子的事儿。这些干部当中，除了副指导员白脸总对降级使用他当副指导员不满外，其余干部，包括三排长在内没有争权夺利的人，连升官的愿望都没有。三排长小洋马这样经常外出做报告的人也没有追求升官，原本团领导许诺她到团里当副连级干事，半年以后提正连，小洋马婉言谢绝了。干部们习惯了这里的环境，习惯了这里的人，习惯了自己的岗位，他们和大多数知青一样满足于现状。他们工资收入高，比内蒙古兵团、云南农场和在农村插队要强很多倍，就是与自己家所在的城市里的同龄人相比也强得多，他们把富余的钱寄回家，让家里人生活得好一些，这就是最大的安慰，他们的思想是稳定的，情绪是高昂的，内心是沉静的，这并不是副指导员成天挂在嘴边的所谓革命的结果。

知青们是快乐的，因为他们对家里有贡献，他们对新建点有贡献，他们对身边的人有帮助，他们意识到了自己的价值。特别是，随着年龄的增长，他们迅速萌生着对异性的向往，当他们发现那些不可抗拒的美好迎面扑来时，那种不知所措的惊慌和兴奋交织在一起产生的冲动就像内心响起了滚滚春雷。

第五节　笨老太太　可爱妖怪

老太太因为被宿舍里的知青拦着始终没有把书包给我送回来，她宿舍的女知青们说：“看看那小子来不来取，如果他来取书包，说明他迫不及待地想和你见面，如果不来取，说明你在他眼里是个无所谓的角色。”这些女知青无非是闲着没事编排老太太，把事情搞得神神秘秘，想看老太太出笑话。但他们不了解我是个有时心很细很细，有时又粗得让人想不通的人。

我没有忘记老太太，一有空闲脑子里就会出现老太太的样子，我现在想明白了，老太太那么笨，那么傻，人缘儿却很好，那是因为大家都喜欢她的诚实和内心的干净，是因服气而喜欢她。我想起老太太抱怨我探亲也没给她带东西，多亏花姑娘看得紧，好像在他箱子里还有大白兔牛奶糖，想到这儿我跑到机务排扎堆聊天儿的地方对花姑娘说："你箱子钥匙呢？我使使。"

花姑娘说："你干吗？"

我说："我昨天裤衩刮烂了，我记着你有新的，给我一条。"

花姑娘从兜里拿出钥匙说："拿完了别忘了锁上。"

我拿着钥匙扭头就跑，怕花姑娘反应过来追回钥匙。我打开箱子，在箱子里角最底下，藏着十几块大白兔奶糖，这是花姑娘妈妈托我带来的，大多数被我用了，剩了不到半斤，他舍不得吃，偶尔吃一块，也顺便给我一块，我从来不好意思接。我抓了一把，拿出来一数，六块，再摸摸里面还剩五块，我又放回去一块。我想，五块少了，再拿一块，我又拿了一块。可我又想，探家回来全靠花姑娘的烟和糖让自己渡过难关，现在想讨好老太太，给花姑娘留五块不合适，太不够意思了。我脑子里这么想，可就是不把那块糖放回去，正在进行着艰难的思想斗争，花姑娘一推门进来了。

花姑娘一进门看见我拿他的大白兔奶糖，瞪着眼睛说："我去你的，拿我大白兔！"

我立刻红了脸，我在花姑娘面前从来没有这样不好意思过，就是当初花姑娘帮我洗澡也没觉得难为情。

花姑娘说："你吃就吃吧，还拿那么多，干吗呀？哦，是给谁吧？老太太？"

我点了点头。

花姑娘说："我去你的，太少了，都拿着，不过我得吃一块，你也吃一块，给她九块。"

我长出了一口气，感动得说不出话来。

花姑娘剥了一块糖，里面的糖纸已经和糖粘在一起了。

花姑娘说："时间太长了，都化了。"

糖纸很难剥，他直接把带着糖纸的糖放进嘴里说："你也这样，剥着太费劲，在嘴里一会儿就分开了。"

我说："我不吃了，我再给她拿点儿鸡蛋，还有半箱子呢，这几天抓紧吃，要不然该臭了。"

我打开自己的箱子一边装鸡蛋一边说："我摸着你箱子里还有两盒烟哪，你也不抽烟留它干吗？"

花姑娘说："我不抽烟，也想不起来，给你吧。"

我说："一盒就行，留一盒，等万一哪天没烟了我再管你要。"

我拿着装着鸡蛋的饭盒去武装班找小瞄儿，小瞄儿去找叶儿，请她帮着把老太太叫出来，我在喂猪房的路口等着。

一会儿老太太来了，老远就能看见她高高兴兴的样子，迈着外八字的小碎步，身子一挺一挺的。

老太太来到我跟问：“来取书包的吧?”

我听出她在说普通话。

老太太把书包套在我的脖子上。

我说：“不是书包的事儿。你不是说我探亲什么也没给你带吗？其实带了，就是不敢给你，怕你不要。”

老太太忍不住笑了，她问：“啥呀?”

我不说话也不动地盯着他。

老太太笑着问：“噢，什么呀?”

我也笑着说：“你还是说东北话吧，太难为你了。”

老太太说：“快给我。”

我说：“兜里呢，你自己掏。”

老太太用双手在我衣兜的外面摸，然后把手伸进我装着大白兔奶糖的裤兜。

老太太惊呼：“大白兔!”

我见老太太高兴的样子心里美极了，心里想，小卖部怎么不进点儿大白兔呢，要是有就给她买去。

老太太剥开一块，见里面的糖纸剥不下来，直接把糖塞进嘴里说：“你端着饭盒干什么?”

我说：“给你拿的鸡蛋。”

老太太说：“我也买了很多，你留着……还是给我吧。”

她接过饭盒。

我说：“还有一样东西你没拿。”

老太太说：“还有？我没摸到啊。”

她伸出一只手，弯着腰在我衣兜外摸起来。

她反复摸了两遍抬头看着我说：“没东西了，就是你的烟了。”

老太太的脸几乎碰到了我的下巴，她努着小嘴嚼着糖，眨着眼睛看着我。我一时愣住了。

老太太说：“你和我闹呢吧?”

我这才缓过神来说：“就是烟，北京带回来的恒大烟。”

老太太说："我不会抽烟，你留着吧。"

她嘴上这么说，可她的手却伸进兜里把烟拿了出来说："我还是拿着吧。"

我说："你把鸡蛋送回去，把饭盒给我，这是花姑娘的饭盒，一会儿就该吃饭了。"

老太太说："好，走吧。"

我说："你先走，咱俩一起走会被人看见。"

老太太说："看见就看见，反正很多女知青都知道了，我估计现在可能都知道了。"

我俩并肩往她宿舍走，我感觉老太太走路一挺一挺的，胸前的辫子也跟着她的步子有节奏地摆动着。

我说："我就愿意和你聊天儿，本来想这几天和你约会，可是明天我就上夜班了，换班得十天半月的了。"

老太太说："那就今天呗。"

我说："下了两天雨，天一晴蚊子就上来了，蚊子还不把咱俩吃了。"

老太太说："还是老地方，食堂。咱们都在食堂吃饭，晚点儿去。"

老太太很快从宿舍出来，她把饭盒递给我。

我说："鸡蛋还在，怎么了？"

老太太说："我们都有鸡蛋，我就是让她们看看你给我鸡蛋了，还有烟，她们糟蹋了几支，有的刚点着我又抢回来了，看看就行了，还真点着了。这支是我的。"

我说："给我，我抽。"

我掏出打火机。

老太太说："我来点。"

她接过打火机滑动打火机上的小砂轮打火，打了几下只冒火星不着火。

我说："真笨，得使劲儿。"

正说着，老太太打着了，双手捧着打火机，皱着眉头，咧着嘴笑。

我伸着脖子凑过去，还没碰到打火机的火苗，老太太哎呀一声把打火机扔了。她把刚才为打火机挡风的手的拇指含在嘴里，弯腰用另一只手捡起打火机。

我说："怎么啦？烫着啦？"

老太太点点头。

我说："我看。"

老太太从嘴里抽出手指让我看。

我说："没起泡，你真笨啊。"

老太太说："我会用火柴，没用过打火机。"

她又把打火机打着。这回她把另一只手藏在背后。我赶紧凑过来把烟点着。

我吸了一口烟说："我看看。"

老太太举起手指凑到我眼前，手指离得太近，看不清，我把饭盒放在地上伸手抓住她的手腕向后移开一些。我抓着她的手腕看她的手指，左看看右看看，又把手移到她手上握住，只露出她的拇指，左看看右看看，满脸的认真。

老太太眉心皱着，眉梢挑着，嘴巴笑着任我摆弄她的手。我看见她的表情，心里咚咚地跳着。我平时只见过她严肃的面孔，还没见过她的这种表情，十分生动美妙。我想，她皱着眉头都这么好看，可能她哭起来也会很好看。

老太太笑着问："看够了没？"

我笑嘻嘻地说："看不够。"

老太太挣开手，掏出手绢把打火机擦了擦还给我说："走吧，别忘了晚点儿去食堂。"

她转身回宿舍了。我一直看着她，外八字一顿一顿的，翘屁股一鼓一鼓地走到房角拐过弯儿去。

我回到宿舍，老毛子说："听说你约会去啦，咋样，解释清了吗？"

我说："解释清楚了，没事了。"

老毛子说："可惜了，长得贼带劲，你俩就好呗，能咋地。"

我说："我俩是好上了，她是我女朋友哇。"

大笸箩说："你没听见林子里都是布谷鸟在叫，不哭不哭。"

每当雨下完了，宿舍后面的森林里不时传来布谷鸟的叫声，空灵而悠长。

宿舍里的人都笑起来。

小胡子说："你学的不对，应该是，'不不不苦''不不不苦'。"

其实，男知青没有人相信老太太会和我交朋友，老太太气质高贵，让男知青感觉她是高不可攀的，她怎么会喜欢我这样的生瓜。所以，轰动一时的传言很快平息，尽管我还在继续，大家仍然提不起兴趣。我的真正动机只有花姑娘知道，是因为讨厌疯彪子，准备找碴儿和他干一仗。

可我没想到老太太是这么好的一个人，看来掸子看人很准，她说假如我谈女朋友，枝儿和老太太是最佳选择。我虽然没有真的想交女朋友，但我的心思已经不知不觉地向着枝儿移动。让我猝不及防的是半路杀出个老太太，她的纯净直爽、厚道温和、美丽高贵深深地吸引了我。这让我开始怀疑自己不在这里恋爱的观念，颠覆着年龄男大女小的常规。有一段时间我希望新建点最好的女知青属于我的好朋友花姑娘，当我知道花姑娘喜欢白牡丹而白牡丹对他似乎不感兴趣的时候，我有意为花姑娘与枝儿搭桥。很明显枝儿也不喜欢花姑娘的娘娘劲儿，我想，如果枝儿和花姑娘真的不行，自己就补上去也是求之不得。枝儿和老太太的美貌各领风骚，性格的区别是，一个爽朗中带着纠缠，一个是坦荡中带着缠绵。

我想起和草儿短暂接触差点儿直接封顶，虽然是潦草的玩笑式敷衍，但足以让我兴奋多年，草儿在身边的时候让人只能感觉到美丽的包围，而不会顾及其他，那是一种魔法般的降伏，咒语般的捆缚。我想，一定把花姑娘给草儿说说，再不行我还上。我想起赞美北大荒的宣传，是这片土地吸引着五湖四海的人们来这里建设边疆、保卫边疆，没说实话，如果没有这些年轻人的互相吸引谁想在这荒凉之地待下去？什么棒打狍子瓢舀鱼野鸡飞到饭锅里，都不如美丽姑娘的笑脸吸引人。

第六节　初次约会　定义朋友

要不是因为今天晚上有约会，就不去食堂吃饭了，我要抓紧时间吃鸡蛋，再不抓紧时间吃，鸡蛋就臭了。我在大家去吃饭的时候到水房去煮鸡蛋，煮了三十个，准备给花姑娘十个，老太太十个，自己十个。食堂的人走得差不多了，我把十个鸡蛋放在花姑娘的枕头下面，兜里装着二十个鸡蛋，手里拿了饭碗去食堂吃饭。

大被单儿在打饭窗口接过我的饭盆盛了两勺疙瘩汤问：“够不够？”

我说：“够了，不要馒头，我有煮鸡蛋，给你们几个。”

我掏出五个鸡蛋，看见食堂的人都在，自言自语地说：“五个少点儿，十个吧。”

大被单儿问：“你吃嘛？你带了多少？”

我说：“还有还有。你给我拿点儿咸盐。”

小杭州说：“明天早上我值班，我有早点了。哎，你为什么这么晚才来吃饭？”

我说：“我是故意的，我在等人。”

小杭州说："你今天又要在这里约会？还没解释清楚？哦，越解释越不清楚，干脆你就说，我喜欢你，想和你交朋友，就好了，她保证不会和你翻脸。"

我笑呵呵地说："解释清楚了，让她做我的朋友，她没翻脸，可高兴了，她就怕我不要她。等你当我的指导员黄花菜都凉了，你还是指导我下一步吧，我得抄你的作业。"

小杭州笑着说："吹牛吧，新建点只有马没有牛。什么抄作业？你是个坏小子，还用指导你吗？"

我心里想：只有白桃知道抄作业是什么意思，这个还不能解释给她听。

掸子说："他不像是吹牛，你看他，得意得很噢。"

我一边斗嘴，一边吃了四个鸡蛋，把疙瘩汤也喝完了。

我对掸子说："你们下班吧，给她盛点儿疙瘩汤，半个馒头就行了。"

掸子接过我手里的饭盆刷干净了说："把勺子也给我。"

我刚刚把饭盆、鸡蛋、馒头、咸盐摆好，老太太就来了。老太太有点儿不好意思。

她对大被单儿她们说："耽误你们下班了。"

掸子说："没有啊，快吃饭吧，妖怪等着急了，我们下班了。"

我一边剥着鸡蛋一边说："六个鸡蛋，不够了你再吃馒头，这儿有咸盐。"

老太太说："把你的勺儿给我，我今天不用刷碗了。"

我说："我的饭盆和勺子都没刷。"

老太太说："我没那么多事儿。"

食堂的人锁上厨房的门回宿舍了。

小杭州趴在窗户上说："太好了，和小两口子似的。"

我说："以后可能是，现在我们是朋友。"

老太太大声说："是不带'女'字的朋友。"

我说："你不是女的？你要是男的，我走了。"

老太太笑呵呵地说："我是男的你就不和我交朋友了？说朋友，就是有男有女有老有少，都包括了，为什么非要说女朋友？非要说女朋友，那就是谈恋爱，要是谈恋爱，你不走我也走。"

我说："这是你说的，不是谈恋爱只是交朋友，那咱们在一起说什么？做什么？"

老太太说："你说呢？"

我说："要是女朋友就没什么限制了，甜言蜜语、拉手、搂搂抱抱、亲嘴、未婚先孕什么的。要不是女朋友，这些都不行，只能一本正经地聊天儿，一本正经地开玩笑，一本正经地在一起吃饭，还怎么一本正经地干什么我就不知道了。"

老太太呵呵地笑着说："照你这么说，男女朋友说的话、做的事儿都不正经啦？"

我说："我是弄不清楚，我是随心所欲的那种人，你和我在一起小心我可能随时过界，这个界限你掌握，我过界了你就让我停，我就停下。"

老太太说："让我弄得很清楚，我也不行，大概的界限守住了就行了。平时有好事能想起朋友，朋友有困难能伸手帮一下，这样就行。"

我说："朋友就这么简单，没劲。我对身边的人，即使不是朋友也能做到你说的这些。这不是我想要的朋友。"

老太太说："哦，是啊，太简单了哈。其实就是你刚才说的那些乱七八糟的没有，其他都有，呵呵呵……"

我说："那咱俩就是男女朋友了。甜言蜜语昨天我说了，我喜欢你，又拉你的手，我过界了，很快就有搂搂抱抱，你信不信？"

老太太说："你敢，我不准许。"

我说："我上半个月夜班，你见不着我，只能每天想啊想啊，一旦见面你不和我搂搂抱抱？我反正从昨天就一直想到现在没闲着，昨晚觉都没睡好，半个月看不见你，我肯定要搂搂抱抱。你从昨天到现在就没想我？"

老太太一本正经地说："我想了，你没睡好觉，我几乎没睡觉。"

我问："真的？你想我啥呀？"

我学着东北话，眼睛直盯着她。

老太太说："我怕你不要我，真的，我就想，你是开个玩笑就忘了。"

我说："不会，我忘了吃饭也忘不了你呀，我没睡好是高兴的。你好好和我说说你到底是咋想的，特别想听你说实话。"

老太太一直在笑，她说："我都说了，你也得说。"

我说："那看你是不是说假话，你要说真话，我也全说。"

老太太说："我从来不说假话，和你就更不会说假话。"

老太太说："回到宿舍，我心里非常快乐，昨晚和今天女知青们都半开玩笑半认真地逗我，有的说你配不上我，有的说你不会要我。本来我是很自信的，知道自己是个美人儿，这从你们男知青和老职工的眼神里就知道。从小到大父母的同事、朋友和邻居，还有同学都说我很美，有时照着镜子挑自己的毛病，结果是找不到不喜欢的地方。我不担心失去你这个所谓的朋友，我担心的是你不喜欢我和我开个玩笑甩了我，那样别人的欣赏和夸奖有可能不是真实的，而且不被你这样一个家伙喜欢也可能是因为自己有缺点。会不会是我的外八字太难看，从小妈妈就说我撅着屁股走路。”

我笑嘻嘻地说：“大家的眼光都没错，你是太美了，我要看不上你就是傻。”

老太太接着说：“我寻思，要不就是因为我太笨了，不会干活儿，不会料理生活。今天让我把悬着的心放下了，而且给我很大的面子，送烟、糖、鸡蛋，宿舍里的人都看见了，也非常羡慕，说我傻人有傻报。我也知道你是男知青里比较帅的那种，开始还没有注意到，自从你探家回来好像变化很大，一身蓝色的中山装配上白色的回力鞋，潇洒儒雅，虽然瘦高瘦高的，但肩膀更宽了，过去一脸的稚嫩正在消退。更吸引人的是，新建点从领导到农工对你的评价是，干活儿不要命，打架不要命，为朋友不要命，这也经常成为女知青议论的话题。我更喜欢听你说话，绘声绘色，夸张邪乎，哄人、挖苦人、吓唬人是家常便饭。这下好了，不用担心是耍弄我。我得注意一下外八字，你可能是嘴上说喜欢，说不定是口是心非。不管怎么说，你是个挺可爱的妖怪。”

我说：“你看咱俩是一对吧？你是美人，我是帅小伙儿，是天生的一对，是一见钟情的一对。我看过一个外国的短篇小说，名字是《中暑》还是《晕船》我忘了，一男一女在船上，你看我我看你，然后进到包厢，直接封顶，未婚先孕，直到分手没说一句话。”

老太太问：“什么是直接封顶？”

我笑着说：“就是亲嘴，我发明的。”

老太太笑个不停，还用一只手挡着嘴巴。

我说：“你别老是笑，我说的男女朋友你不同意？非要编出一个普通朋友，这样的普通朋友太多了。你看二姑娘、白桃、黑牡丹、谦谦，这些都是我的朋友。”

老太太说：“那是你的同学。”

我说：“白牡丹、枝儿、叶儿、三排长、掸子、小杭州……都和我挺好的，算什么朋友？不是女朋友吧？”

我喘了口气说：“咱俩比她们都好，也不是都好，反正好得不一样，咱俩应该更亲近，怎么亲近？你知道吗？”

老太太捂着嘴笑着说：“不知道。”

我说：“我知道，就是……你逗我玩哪！”

老太太哈哈大笑起来。

我笑嘻嘻地说：“你是在逗小孩呢？反正不管是什么朋友，你把我招起来了，然后不管了，扭头走了。那要出人命啊。”

老太太说：“你可真够贫的，说起来一套一套的。”

我说：“我知道你话少，我再不爱说，咱俩就大眼瞪小眼地互相看着，看着看着不是过界就是散伙。”

老太太说：“我喜欢听北京人说话，喜欢听你说话，你没发现，有时候在食堂，在人多的地方你一胡说八道就有好多女知青笑，你说话挺招笑的。”

我说：“我是故意的，这好像叫哗众取宠，不好。另外语言也不干净，和你交朋友我得把那些臭毛病改喽。你监督，这个任务可能很艰巨，你说我我不会生气。”

老太太说：“你不改我也喜欢，改了说不定我就不喜欢了。”

她接着说：“我应该改一改我走路的姿势，外八字很厉害，鞋的后跟偏的特别快，我步子迈小一点儿是不是好一些？”

我说：“新建点女知青走路最好看的是掸子、二姑娘、黑牡丹，还有枝儿，但她们都不是外八字，她们走路好看是因为走起来腿很直，不是迈出腿去膝盖就弓起来。”

老太太说：“我呢？腿直吗？”

我笑嘻嘻地说：“你的腿比她们还直，你的腿要是弓起来，那就是站桩，骑马蹲裆式。”

老太太用勺子敲着我的饭盆说：“你埋汰我，我已经说了改呀，你还笑话我。”

我说：“别急，我没说完哪。你的腿比她们还直，走路特带劲儿，特有活力，我昨天就和你说了，你看过跳芭蕾舞的吧，她们走路和你一样，不好看能搬上舞台吗。”

我说：“滑冰的、游泳的都是外八字。”

老太太一下兴奋起来说：“对对对，我是滑冰闹的，小学、中学都是滑冰队的，老师教我们外八字站着，膝盖弯着，就是你说的骑马蹲裆式，就是没有骑马蹲裆式那么邪乎。我膝盖的弯法老师总是不满意，我习惯并着腿，老师要我们劈着腿。对对对，我的外八字就是这么来的。”

我说：“你会滑冰？怪不得腿粗屁股大。”

老太太又使劲敲着我的饭盆说：“你又埋汰我，这可改不了。”

我说：“又急了，我没说完哪。你说大腿小腿一般粗没屁股，就像两根筷子插肚子里，好看吗？”

老太太呵呵地笑着说：“那不是木偶吗？”

我说：“别老找自己哪儿有毛病，你哪儿都好。”

老太太说：“你说实话，什么时候开始喜欢我的？”

我说：“昨天。”

老太太说：“这可不是你说的一见钟情，三年多了，你昨天才喜欢我，没说实话，哼！”

我说：“真的，原来就知道你长得好看，新建点长得好看的也不少，也就是好看，昨天之前我一直最喜欢的是摔子和三排长。昨天和你聊天儿，我一下就喜欢得不得了。你的性格吸引我是我以前不知道的，实在得都有点儿傻，有啥说啥，高兴生气一下就表现出来，内心干净得像清水一样。”

老太太有些不好意思了，抬起胳膊用肩膀蹭蹭脸。

我说：“说实话，我注意你有一年多了，那时我在看小说，看到小说里对冬妮娅的描写，我脑子里一下蹦出你的样子。”

老太太打断我说：“我不是妖怪，怎么是蹦出来的？”

我说：“哦，是跳出来，跳出来。”

老太太又打断我说：“我又不是牛鬼蛇神，怎么是跳出来。”

我说：“哦，跳出来也不好，是闪出来，也不好，那你说怎么出来好？”

老太太笑着说：“怎么出来都行，你接着说呀。”

我说：“我喜欢把小说里的人物和现实里的人对号入座，所以，冬妮娅和你对号入座了，但是后来冬妮娅找了一个有钱有地位的人。”

老太太说：“对号到我身上，我也让人讨厌啦？”

我说：“没有，我一直喜欢冬妮娅，她找了个有钱有势的人我替她高兴，省得吃苦了，我仍然喜欢她的美。”

我接着说：“我注意你，觉得你很美是从看这本小说开始，但真喜欢你就是从昨天开始，今天比昨天还喜欢。”

老太太说：“你真虚。你还把谁对号入座了？”

我说：“那就多了。”

老太太问：“你把坐山雕对号给谁了？”

我说：“副连长啊。”

老太太问：“小炉匠呢？”

我说：“司务长啊。”

这回我俩一块儿大声笑起来。

第二十三章　花王与花相

第一节　开荒之苦　劳动之歌

夜班开荒是拖拉机手最艰苦的工作，特别是雨天过后，土地松软，拖拉机整个车身是歪斜的。没有了地表野草覆盖很容易陷车，地势若是再低洼一些，陷进去就很难出来，有时候只好把拖拉机放在那里等地干一些再爬出来。这样，从车长到排长、连长都会很不高兴，因为拖拉机停一天要耽误几十亩地甚至上百亩地的进度，开荒会战是要每天汇报战果的。

开荒的地块是经过连长、机务排长、技术员提前策划好的，晴天开什么地块，雨后开什么地块，提前都做了安排。这几天下完雨，停了两天，开荒的地块也是选在高处，但还是要步步小心，尤其是要及时调整犁刀的高度。高了就不能切开草根，犁铧就不能把土翻出来压住厚厚的野草；低了，切得太深，犁铧就会带起地表面的杂草堵住大犁。所以开拖拉机的歪斜着身子很难受，坐在大犁上的人紧忙活，两个人都不轻松。

老毛子对人员进行了调整，我和瓦西里一班，开始上夜班开荒，他和小胡子一班儿上白班开荒。瓦西里练哑铃很上瘾，有机会就练，身体练得有些走形。下身没变化，上身又宽又厚。看着也很壮实，但就是熬夜不行，不像小胡子熬一宿俩眼还跟鹰似的。

天苍苍，野茫茫，拖拉机就像行驶在一片汪洋中即将沉没的小船拼命挣扎，痛苦呻吟。蚊子，从来没有见过人类的蚊子，就像不怕虎的初生牛犊，铺天盖地地扑上来，忙活它们比忙活手里的活计还紧张。头两天瓦西里还能坚持不睡，第三天就熬不住了，后半夜困得人仰马翻的。他的本事是打着呼噜拍蚊子，自己把自己打醒，然后低头看看犁刀犁铧正常，接着再睡，直到再把自己打醒，不断重复。每天夜里，夜班的人睡不睡觉没人监督，就是停车睡觉也没人知道。但是没有停车睡觉的，这不是大家自觉性高，而是蚊子看着每个人，你要真在地里睡着了，它们能把你咬死。我有的是办法解困，后半夜困了就唱，唱完京剧唱评剧，唱完评剧唱河北梆子。样板戏从《红灯记》到《沙家浜》，到《智取威虎山》，再到《平原作战》，还有《杜鹃山》《奇袭白虎团》……唱完了老生唱小生，唱完了小生唱花脸，唱完了花脸唱老旦，也偶尔掐着脖子唱青衣。

但我不唱黄色歌曲，怕唱睡了。唱累了我就开始想，想小洋马抓住我的肩膀我挣脱不了，想掸子一脚踢出了我的屁，想黑牡丹一脚准给我踢瘸，想白牡丹在我怀中滑落像条鱼，想草儿丰满的身躯给我温暖的一抱，想枝儿棍棒之后的温柔抚摸。

我又想起二姑娘严肃的训斥和白桃的温良，以及她们浑身湿透时自觉无颜的羞愧难当。我困倦时满脑子都是女知青，而且都是最漂亮的那些女知青，很少想男知青的事儿，我怕想睡了。现在好了，整个后半夜让老太太包了，满脑子都是老太太的影子，想她那张俊俏傲气的脸，高贵典雅的神情，痛快直白的语言，像冰糖一样甜脆的笑声。想她肩胸凹凸自然流畅的曲线，想她腰臀处的拐弯儿以及健美大腿线条浑圆一体的勾撩，想她外八字的有力脚步以及她青春的活力和内心的昂扬。

我和老太太就像多年的老熟人，无话不谈，毫无拘束，多是吹捧，很少抬杠，偶尔有看法冲突，一方马上退让转向，你护着我，我护着你，不停地拍对方的马屁。我想，如果这就是交女朋友、谈恋爱那就太简单了。我觉得老太太和知青们都一样，是发育的需求和青春的寂寞使她与有同样要求的异性产生共鸣，这种共鸣冲破了封建和政治的枷锁突然释放，不管后面如何，先去满足眼前的需求，井喷式的情感往往扑向最近最先到达的另一处井喷。

老太太的直白个性鬼使神差地给了我这个半生不熟家伙的机会，我的提前喷发是弄假成真，我索性顺水推舟，顺着杆就爬，我知道不定什么时候会摔下来，但摔下来也愿意搂着疼痛回忆甜美。我想，摔下来也不要紧，还有那么多我喜欢的女知青，再者还有今年要来的上海知青可能更适合。老太太的样子也不像是要在这里度过一生的人，我也不想在这里待一辈子。现在互相给予对方快乐才是重要的，一旦她不快乐了，离开就是了。我想，摔下来就摔下来，但不会很惨，我有自己的界限，可以甜言蜜语，可以拉手，可以搂抱，这是底线。亲嘴是我的一个关卡，主观上不想突破，至于未婚先孕，根本不想，对我来说那还是个从未想要触及的迷宫。

我有些女人缘儿逐渐引起了一些男知青的反感、嫉妒，甚至是敌意。

小杭州的男友就是其一，他总是想挑起事端用他高超的摔跤技艺压一压我的得意。但是新建点的人都知道我的脾气，可怕的要么你把我弄死，要么我把你弄死的二选一。谁都怕死，谁都不愿意和我玩儿命。小杭州男友知道小杭州对我很好，我也把小杭州当成大姐，但小杭州男友终究心胸狭窄，容不得小杭州对其他男知青的呵护。小杭州男友对我横眉冷对，说话吹胡子瞪眼，冷言冷语，我看在小杭州的面子上躲让着他，但我的原则是态度不要紧，带脏字一定反击。小杭州男友曾经带着七八个知青砸夯喊号子把我编了进去。

他喊："同志们加把劲儿啊！"

大家喊："哎嗨呦哇！"

他喊："妖怪走过来呀！"

大家喊："哎嗨呦哇！"

他喊："妖怪身上瘦哇！"

大家喊："没有肉哇！"

他喊："没肉怎么站哪？"

大家喊："靠骨头哇！"

他喊："骨头能耗油哇！"

大家喊："没有四两重啊！"

他喊："哎呀哎嗨呦哇！"

大家喊："哎嗨呦哇！"

他喊："同志们加把劲啊！"

大家喊："哎嗨呦哇！"

他喊："妖怪走过去呀！"

大家喊："不回头啊！"

……

一群男知青浑厚嘹亮的中音和高音形成两个声部甚是好听，如果不是小杭州男友在，我也会加入亮亮嗓子。我微笑着向他们挥挥手，但我的眼睛已经看见旁边有一根一米长的角钢，如果那浑蛋唱出脏字，我会毫不犹豫地跳过去，抄起角钢劈向他。我想，现在攻击，理由不充分，将校呢女同学告诉过我，打架就要理由充分，这叫出师有名，小瞄儿也是和她学的。将校呢女同学死了，但这句话却印在了我和小瞄儿的脑子里，我们受益匪浅，这让我在每次斗殴中没有任何心理负担。

第二节　分配女友　玉指纤纤

现在的我比刚来时大不相同，刚来时身高一米七七，体重一百零四斤，现在身高一米八〇，体重一百三十三斤。新长出来的二十九斤都是肌肉，这得益于干活儿从不偷懒。这些肌肉分散在身体的各个部位，力量和爆发力极大地增强，这让我奔跑如飞，跳跃似猿，斗殴如狼，这也是那些男知青轻易不敢冒犯的原因。在打麦场一些有力气的男知青和老职工曾经抠磅秤斗过力。强奸犯力气最大，他抠起了八百斤，八百五十斤秤杆动了动没起来，小杭州男友抠起了七百五十斤，八百斤秤杆没动，我抠起了七百斤，秤杆撞得上面铛铛响，到七百五十斤我不抠了，这一斗力，我镇住了所有人，那些有力气的都笨得像狗熊，我力气虽然稍差，但敏捷异常，手又黑。从那以后，小杭州男友每遇我都和颜悦色地打招呼。

全新建点，我只服一人，那就是大洋马。装卡车我勉强抱起满包麻袋扔上车，扔不了几袋就扔不动了，而大洋马一只胳膊夹一个麻袋，左右开弓扔上卡车，而且可以不停地扔，直到把卡车装满。我很少单独遇见大洋马，偶尔遇上了，大洋马一定是咧着嘴笑，她这时可能又回忆起我刚来时，光着腚在泉眼边上洗澡让她看见，把她吓了一个大屁股蹲的情景。调整住房后她家搬到了南面新房。大洋马现在再也不打他男人了，两口子好得不行，天黑了就关灯。

强奸犯家夜里还是小媳妇叫声不断。鱼唇家夜里黑暗依旧。赶大车的车老板两口子夜里“你骡！你骡！”的喊声没有了，据说是车老板让和他关系特好的一个哈尔滨男知青经常住在他家，谁也不知道是怎么回事，但那个知青一天到晚总是无精打采睡不醒的样子。这让很多人想起他两口子曾经借种的闹剧，是不是还没死心？因为没有人看见，也没有证据，更没有苦主，所以都是猜测。可是车老板那个强壮的娘儿们成天红光满面，像开了花一样妖艳。三个多月过去了，那个强壮娘们蔫了，开始受车老板的压迫，晚上“你骡！你骡！”的喊声永远消失了。那个哈尔滨知青也一蹶不振，眼皮只能睁开一半，半张着嘴喘气，走路摇摇晃晃，踉踉跄跄。

夜班饭吃完，大家抽起烟来，瓦西里帮着收拾碗筷。正南方向有闪电在空中闪动。

疖子包说：“好哎，又要下雨了。”

花姑娘走过来说：“我去你的，你没看有多远，你听得见雷声吗?”

疖子包说：“雷声得走一会儿呢。”

花姑娘说：“过了多半天啦，听见了吗？千里不同风，百里不同雨。超过一百里，没戏，干活儿吧。”转头又说：“你们刚才说什么呢，还背着我们。”

我说：“我们说这样上夜班不行，两个礼拜倒班忍受不了，回去得提意见，一个礼拜一倒班，再就是赶紧上新人，人配齐了好三班倒。”

花姑娘说：“总说三班倒，几年了，谁三班倒过？人好配，师父不够，谁带班啊?”

我说：“让谁带班谁就能带，得敢用。”

我转头对瓦西里说：“你平常少练会儿哑铃，多看看《发动机原理》《故障维修与保养》，光跟着干活儿不学习，提高太慢。你以为我们都是熬时间起来的？我们刚上车的时候这些书差不多都背下来了，你们这批太没心没肺了，就没见你们看过书。”

花姑娘说：“夜班一个礼拜一倒和俩礼拜一倒一个样儿，俩鸡子儿熬汤一个味儿，都是受罪，提不提意见都没意思。”

我小声和花姑娘说：“夜班没法约会，过半个月再约，她就把我忘了。”

花姑娘问：“过半个月你忘得了她吗?”

我说：“过半年我也忘不了呀。”

花姑娘说：“这不就得了，赶紧干活儿吧，蚊子快把我吃了。我去你的，咱们吃饭，蚊子也会餐，吃人。”

拖拉机又开始吼叫起来。颠簸中车灯的光柱上下晃动。不时有野鸡噗噜噜从拖拉机前面飞起，若是平时地块干爽，我会停车寻找野鸡蛋，但现在不成，地块太湿，虽然雨后一周了，大部分地块已经没事了，可剩下的这些地是整块地里最低的地方，不敢大意，停车再起步有可能就陷住，而且后面的车也要停下来。

天蒙蒙亮起来，荒草地里的色彩活跃起来，黄花到处都是，牵牛花一串串一行行，野黄菊一簇簇一缕缕，有翠绿的青草围绕鲜花更加抢眼。

我发现拖拉机水温过高要开锅，我把车开到地头，让瓦西里摘了大犁，把车开到排水沟旁边。拖拉机的保温帘已经放到底了，温度还是居高不下。我灭了车拿来水桶让瓦西里从沟里提水冲洗拖拉机的水箱，水从散热网流下来，带出来的是成团的死蚊子，蚊子的尸体把散热网堵得严严实实。冲了十几桶水，蚊子尸体还不见少，这时老毛子和小胡子来接班了。

老毛子问："开锅了？"

我说："差点儿。"

老毛子说："开荒应该一天一冲，才能保持水温，你俩走吧，我俩冲。"

我说："我们冲完吧，省得你们弄一身泥水，保养你俩自己干吧。"

我和瓦西里又冲了十几桶水，总算冲得差不多了，瓦西里放下水桶，不停地打着哈欠。

我对老毛子说："俩礼拜一换班，时间太长了，能不能一个礼拜一倒班？"

老毛子说："倒班咱们自己说了算，明天换班吧。"

我突然想起来和老太太说的话，半个月见不着，一见面就会搂抱。

我对老毛子说："再过一个礼拜，我试试……"

我本想说，看看能不能抱抱。

老毛子问："试啥呀？"

我说："试试什么感觉，试完了再一周一倒班。"

老毛子说："再过一周该麦收了。"

我说："那就不倒班了，麦收再说吧。"

老毛子说："那还得看天气，要是雨大，干什么不好说，你们回去吧。"

我和瓦西里走到泉眼拐过弯的地方，眼看就快到食堂了，老太太迎面走过来。

老太太走到我跟前皱着眉头问："咋地啦？掉沟里啦？"

我这个后悔呀，刚才路过泉眼为什么没洗洗，就是洗把脸也好哇。

我说："冲车来着，要掉沟里我就干净了。"

老太太说："车干净了，人埋汰了，哪个重要？真没注意，你们机务排的人这么遭罪。看看你俩，脸像小鬼儿似的。把衣服脱了我给你们洗洗。"

我立刻假装解裤子，笑着说："我可没穿裤衩。"

老太太赶紧转身说："别在这儿脱，回宿舍再脱，真不嫌砢碜哪。"

我笑着说："逗你呢。你别管了，我们天天这样，习惯了。"

老太太说："你们回宿舍，我去给你们打饭，一会儿我给你们洗衣服。"老太太说完就快步往食堂走。

我和瓦西里回宿舍赶快洗脸，刚刚洗完，老太太就进屋了。

她放下饭盒和馒头说："你俩吃饭我洗衣服，把鞋和裤子都脱了。"

我说："不用，我们俩吃完饭再脱，脱完了洗澡，然后把湿衣服晾在外面，晚上上班时就干了，再穿上上班。你该上班去了，要不然说你旷工。"

我说完就坐下来吃饭。

老太太说："我不会旷工，我请事假，每人每月可以请两天事假，以后我一个星期请半天假，给你洗衣服。"

我说："事假扣钱，再说，你是个娇小姐，是我太太，哪能让你给我洗衣服，我给你洗还差不多。"

老太太说："不要脸谁是你太太，你不听话我生气了啊。"

说完老太太皱起了眉头。

我不理她，以为她会走掉，那样就以后找机会再加点儿甜言蜜语去解释。可是老太太没走，她看我不理她，便转到我前面，伸出一根手指到我眼前说："就一次，咋样？"

我看着她那认真急切的样子深受感动，心咚咚跳着，要不是瓦西里在旁边，我肯定要和她搂搂抱抱。

我盯着她的手指左看看右看看，像是自言自语地轻声说："天哪，玉指纤纤啊。"

老太太对着自己伸出的手指也左看看右看看："说，我手指咋地啦，好看？"

我说："你让瓦西里说说好看不好看。"

瓦西里说："好看，像小葱似的。"

我说："哎，就这意思。你走吧，再不走我忍不住了。"

老太太问："干哈呀？"

我笑着说："小葱蘸酱啊，哎，你说我能让这样的手给我洗衣服吗？你看，我这是劳动布裤子，沾上水就跟三合板那么硬，我洗都磨手，你洗我舍不得，这样吧，以后有针织的衣服归你洗行不？"

老太太看着自己的手指说："没关系吧。好，说话算话。把没吃完的饭倒你们自己的饭盆里，我走了。"

老太太刚走一会儿，其他几台车上的人也回来了，我和瓦西里已经草草地洗完澡，把湿衣服晾在了屋外的晾衣绳上。

第三节　裤子丢了　芍药花开

这一觉，大家睡得昏天黑地，直到下午四点才有人醒过来。我和瓦西里是最能睡的自然没有醒，四点半，花姑娘一只手掐着我的鼻子，用另一只手捂住我的嘴才把我憋醒。

我冲着花姑娘笑笑，刚想穿衣服，想起裤子晾在屋外。

我对花姑娘说：“哥儿们，帮着把裤子拿进来。”

花姑娘打开房门，但没有出去，他回头问我：“你裤子在哪儿呢？”

我说：“就在外头晒着呢。”

瓦西里说：“还有我的。”

花姑娘说：“没有，你们自己看看。”

我从窗户望出去，果然衣服没有了，我说：“没错是晾在绳儿上的。”

瓦西里说：“我知道了，肯定是……”

我打断他说：“知道就知道，先穿别的衣服吧。”

花姑娘问：“怎么回事？”

我说：“吃饭时再和你说吧。”

真不巧我没有干净的工作服了，脏衣服都扔在床下还没有洗，这怎么办？总不能穿着中山装去上班。

我对花姑娘说：“哥们儿，帮我把脏衣服从床下掏出来挑一件干净点儿的裤子我穿。”

花姑娘说：“不管，你自己挑。你干吗？”

我指指下边说：“憋尿犯劲儿呢。”

花姑娘说：“我看。”

他伸手摸摸说：“我去你的，看来你也发育了，是天天的吗？”

我说：“差不多，你想哪儿去了，尿憋的。”

花姑娘赶紧帮我拿了条裤子说：“穿上赶紧去撒尿，要不然半个小时下不去。”

我从宿舍后面的厕所回来，我种的那株鲜花旁边有五六个女知青正围着观看，其中有黑白牡丹，还有草儿。我走过去看那鲜花，最上面的那朵花瓣已经落地，下面的两朵正在盛开，直径像小饭盆那么大，太阳还没有掉下西面的山坡，光线还很强地照在白色的花朵身上，耀眼的白色晃得眼睛不得不眯起来才能看个大概。

我说：“谁把树枝搬开了，会晒死。”

黑牡丹说：“我搬开的，没事，你看，开得多好，是你种的？”

我说：“是我从树林里挖回来的。”

草儿说：“树林里还有这花儿？太美了。”

黑牡丹问：“这叫什么花儿？”

我说："牡丹。"

我说完向后退了两步躲开黑牡丹说："是她不是你。"

我向白牡丹努努嘴。几个女知青呵呵地笑起来。

黑牡丹翻了我一眼，凑过来，我赶紧躲开，抬头看见自己的位置正对着草儿。草儿正弯下腰把脸凑到花前闭着眼睛贪婪地闻着花香。白色的鲜花映照着她的脸，整齐的眼睫毛又黑又长，红红的嘴唇抿出微笑。我看直了眼。突然，膝盖后面挨了一脚，那条腿一下跪倒，差点儿来个大马趴。我皱着眉头"哎呀"一声大叫。女知青们哈哈笑成一片。

黑牡丹说："让你拜拜花仙子。"

草儿赶紧躲开我的正面，走到我身边扶我起来。

我对黑牡丹说："你报复心理太强，这牡丹是不是白的？就因为我说实话你踢我。"

白牡丹说："黑牡丹更稀有，你们谁见过？"在场的人没有人应答。

白牡丹接着说："这么大这么白的牡丹我没见过，只见过红色的。黑色的只听说过。"

草儿说："这不是牡丹，这是芍药。牡丹为花王，芍药为花相。形容美女，立如芍药，坐如牡丹，多是说雍容华贵，美丽大方。"

草儿说得真好，把我镇住了，其他几个女知青也听傻了。

草儿接着说："东北不适宜长这种花，南方多，可又亲眼看见了，不能不信。"

草儿对我说："刚才你说是从树林里挖回来的，我想去看看，哦，我看看周围可能还有。"

我说："哦，明白了，这是野芍药，靠近树林的坡地上好像很多，但是没有这么大的。这花周围都是小杨树，全都齐刷刷地倒了，形成一个大的圈圈挺奇怪的。想看我带你们去。"

白牡丹说："明天休息，吃完中午饭一点钟，谁去就在泉眼边上集合。"

我说："好。"

我回屋洗脸漱口，拿饭盆和花姑娘、瓦西里、疖子包去食堂吃饭。

瓦西里对我说："你没发现牙膏下去得这么快，刚来时一管用两三个月，现在一个月不到就没了。"

我问："你发现什么了？"

瓦西里说："你看见过点窝、老七、毛毛、肥猴儿他们几个买过牙膏吗？

你的、花姑娘的他们轻易不敢动。我、小胡子、狼牙，我们几个的牙膏就像他们自己的，你要看见了他们就说忘了买了。还有洗衣粉、肥皂、手纸，他们从来不买，都是张嘴要。”

我说：“那你以后别买了，用我的。”

瓦西里问：“那为嘛？”

我说：“我买一管你买一管。回头把空的牙膏袋给我。”

瓦西里问：“要空袋干吗？”

我不耐烦地说：“我弄点儿东西放里。”

瓦西里问：“咱俩的裤子是老太太拿去洗了吧？”

我说：“那还用说，肯定是她。可现在都这时候了该晾干了。”

花姑娘说：“越是这天越不爱干。老太太还真不错，都开始给你洗衣服了。不过她可不像干活儿的人，两条裤子现在还没送来。”

我说：“她比画一下我就感动不已，别说真洗了，我不知道怎么办好，以后老是这样可不行，怎么办？”

花姑娘说：“很正常的事儿，越洗越亲密。”

第四节　连搂带靠　连摸带抱

晚上接班时太阳还没有下山，我们迎着夕阳向西边的荒野走去。阳光刺眼，我们把帽檐压得很低，而且不敢抬头，天气还是闷热，还没走到接班的地点就出了一身汗。我没有睡到自然醒，是被憋醒的，所以困劲儿老是过不去，天还没黑就困得坚持不住了。

我停车，从座椅下拿出一根绳子，绑在大犁的升降扳手上，让瓦西里上车，我把拖拉机开到地头一拉绳子，“哐当”一声大犁落下来了。大犁上没有坐人，地翻得也很好，就是有时遇高处翻得深，低的地方翻得浅。车开到地块下头儿，我一拉绳子，大犁就升起来了。

我转过弯停下车对瓦西里说：“就这么干，我先睡会儿觉，一会儿蚊子更多睡不了了。”

我在头上蒙了一件破褂子，戴上手套睡着了，醒来的时候天已经黑透了。

我问瓦西里：“跑了几圈了？”

瓦西里说：“大概有五圈了。”

我说：“那差不多半夜了，我睡了这么长时间。”

瓦西里说："这圈回去差不多该吃夜班饭了。"

这时，我感觉脸和手肿胀得厉害，眼睛有点儿睁不开，双手握不上拳。我知道，一定是睡觉时让蚊子咬了很多次。想到这里，脸和手奇痒难熬，但我咬牙忍住了没有挠痒痒。我知道，如果挠痒痒，就会把脸挠肿，明天中午要是消不了肿，见了草儿、白牡丹她们多寒碜。后半夜，我一直开车，瓦西里睡觉，他总是被蚊子咬醒，然后挠一阵痒痒接着又睡。

天亮了，我站在拖拉机履带上向东张望，东面全是麦田，金黄金黄的，在初升的太阳照耀下黄色泛着光在麦田里微微荡漾。

这几天，烘炉房已经准备好了镰刀，下周一农工排就开始挥镰割晒并为拖拉机进田开道。我下班没有吃饭洗了洗就睡了，为的是不耽误下午准时到泉眼与草儿她们会合。我嘱咐花姑娘一定要在十二点叫醒我，可花姑娘生生叫了一个小时我才醒来，要迟到了，饭没吃、脸没洗就往泉眼跑，还是晚到了几分钟。我看见只有草儿、白牡丹和黑牡丹三个人。

我问："就你们三个？其他几个人呢？"

黑牡丹说："就我们三个。你就这么来了，脸都没洗吧？"

我虽然没有睡醒，但见到她们立刻精神起来，我说："睡觉前洗的，我没脱衣服，到宿舍躺下就睡，我怕中午醒不了让你们白等。走吧。"

白牡丹说："你还是洗把脸吧，精神精神，一看你就没睡醒。"

我说："没带毛巾，也没有肥皂，洗不干净，回来再洗。"

草儿说："还是洗洗吧，不着急，我们等你。"

我只好蹲在泉眼边上洗脸。泉水不停地往外流，清凉洁净，索性我脱了上衣，连脖子带臂膀都洗了一遍，直洗到肉皮发涩。我没有接过她们递过来的手绢而是用上衣的里面擦拭。

我们来到那片小杨树林旁边，我指着自己开辟的小路说："从这儿进去，我用斧子开出来的路，别的地方进不去。"

黑牡丹说："得挤着进去，这哪儿是路啊，有多远？"

我说："大概不到一百米，跟着我，能挤进去。"

草儿紧跟着我往里挤，白牡丹跟在草儿后面，黑牡丹没走几步就被卡住了，这是因为她身体比她们两个更厚实一些。她要挤进去，衣服不但会被剐破，肉皮儿也会伤着。

黑牡丹说："我不进去了，在外面等你们。"

白牡丹说："我也不进去了，咱俩一起等他们两个出来。"

白牡丹比黑牡丹高很多，但身体并不比黑牡丹瘦，她挤进去也会被剐得很惨。

我应了一声："别乱走，原地等着我们。"

其实，草儿比白牡丹和黑牡丹身体也薄不了多少，遇到太窄的地方她就用双手推大缝隙以免小杨树剐蹭。我和草儿挤进去十几米，稠密的小杨树林就挡住了视线，看不见黑白牡丹了，黑白牡丹也看不见我和草儿了。我见接近草儿的机会来了。遇到窄的地方就用两手撑开小杨树让草儿通过，但我的身体又挡在草儿的前面，草儿只能先挤进我的怀里靠在我身上。遇到这种时候草儿也不犹豫就钻进我怀里，有时草儿的胯或屁股顶在我的身上，这让我既害怕又惊喜，心里总是怦怦乱跳。

我说："歇会儿。"

我们两个停下来。我在草儿的脸上仔细观看，她每个地方长得都是无法描述的美丽，而且组合在一起完美至极，让人忍不住想去触摸，但我脑子里闪现着我那位敬爱的老师。和我的老师相比，简直无法区分，但我知道老师和眼前的草儿完全不是一个人。草儿脸上比老师少了师长的慈祥，多了少女的妩媚；少了师长的沉稳，多了美女的活泼；少了师长的认真，多了姑娘的羞涩。

我说："太难走了，还有几十米远哪，要不然咱回去吧？花儿肯定没有了，我找过两遍。"

草儿说："我知道花儿没有了，我只想看看你说的大圆圈圈，还有那些倒了的小杨树，你说的东西很神奇，我有点儿不相信。"

我说："是真的，好吧，那咱们接着走。遇到太窄的地方别着急，我那天没砍树就轻松挤进来了，你知道为什么？"

草儿笑呵呵地说："你太瘦了。"

我说："不是，我脱了衣服你看我瘦吗？"

我边说边脱上衣。草儿用一根手指扶着鼻子笑着看我脱衣服。她说："刚才看见了不用脱。"

我脱掉上衣把肩膀凑到草儿眼前说："你看瘦吗？不但不瘦，还很硬，你摸。"

草儿用扶着鼻子的手指按了按我的肩膀和胳膊，笑呵呵地说："不算瘦。"

我说："屁股和腿上也有肉了，不信……"

草儿有点儿紧张地说："我信，裤子就别脱了，我隔着裤子也能摸出来。"

草儿没等我同意，又用那根手指按了按我的胯和大腿说，“有有有，有肉。”

我说：“我那天几乎是光着屁股进来的，只穿一条裤衩，最后还是剐烂了，裤衩变屁股帘儿，狼狈到家了。”

草儿由呵呵轻笑变成了哈哈大笑。一边笑她一边说：“快，快穿上吧。”

我说：“我脱上衣是用来把你屁股包上，一会儿不小心把裤子剐破了，露着腚怎么回去啊。”

我把上衣围在草儿的屁股上，用袖子在草儿腰间打了个结，又把扣子扣上两个，这样草儿的臀和大腿外侧都被包了起来。

我说：“这就没事了。”

我很自然地拉起草儿的手继续往里走。草儿很配合地握着我的手。就这样，又是拉手又是拽胳膊，又是搂又是抱地往里走。我一直很紧张，生怕拉得不对，拽得不对，搂得不对，抱得不对会让草儿拒绝。我知道，草儿难以琢磨，她那么多同学竟然没有一个她喜欢的，她那些同学里正经有几个漂亮小伙儿，还特有知识青年的风度，和他们比起来，我自叹弗如。

我心里对草儿喜欢得要命，这种喜欢可能有我老师的影响，这种影响让我不敢造次，更多的是尊敬，更多的是我少年学生时代对女神般老师的美好回忆。我不知道草儿是不是喜欢自己，她对我的意思像对待一个小兄弟，更多的是容忍、不计较，还有些无所谓的纵容。

我提醒自己要有自知之明，就像和老太太一样，喜欢归喜欢，那是自己的事儿，她喜欢不喜欢，那是她的事儿，不能把自己的喜欢强加在人家身上。她若喜欢，我更喜欢；她若不喜欢，我就躲到一边悄悄地喜欢，虽然苦涩但还是会有兴奋和快乐。现在老太太和草儿谁都不属于自己，将来是不是属于自己，将来才知道。只要现在能有机会和她们在一起甜言蜜语、拉拉手、搂搂抱抱就是幸福快乐，有这种幸福快乐夫复何求啊。

我很是得意，我和草儿已经达到了我对幸福的认可高度——甜言蜜语，拉手，搂抱。虽然上次她的搂抱很是随意敷衍，但今天已经得到了弥补。我感受了真实的丰若有肌、柔若无骨，感受了乌发轻拂的柔曼婆娑，感受到娇嗔嗲嘤跌宕摇曳的揪心抓肺。我感觉年轻姑娘的美好简直是无穷无尽，无以言表。

我正美的时候，“啪”的一声，肩头挨了一巴掌。这一巴掌吓了我一跳，我回头看草儿，草儿伸着拍我的那只手掌让我看：“蚊子。”

我说：“咬，没感觉，拍，吓我一跳。昨天我在车上睡了一觉，脸和手都咬肿了。”

草儿说：“我看见了，脸上和手上有很多红点，消肿很快呀。”

我说：“肿不起来，我被蚊子咬了从来不挠，一会儿就好了，只留个红点。”

草儿说：“蚊子咬了多痒啊，你能忍住不挠，你太厉害了。”

我说：“你要忍也能忍住，就看你想不想忍，你拍打我的地儿现在很痒，我不挠，它不起包，一挠就一个大包，而且它会痒到晚上。”

其实，蚊子咬了我好几下了，我脱了工作服上衣，里边只剩一件跨栏背心，两肩和双臂裸露着，只是和草儿缠绵着前行转移了注意力。我们终于挤出了小杨树林，那个大圆圈圈展现在眼前。

我说：“我没骗你吧？”

草儿面露惊讶没有说话，过了一会儿她说：“这不是人力所及，也不是动物，这是怎么回事啊？我猜不出。”

我拉着她的手说：“到中间看看长芍药的地方。”

来到圆圈中间，草儿四处看了看说：“你真不该把芍药挖回去，在这里明年有可能还会生长，挖回去可能过不了冬天。”

我问：“怎么活不了？”

草儿说：“牡丹花是木本花，芍药花是草本花，生命力不一样，东北这么冷，挖回去伤了根，很难缓过来。”

我说：“我不知道，我要知道就不挖了。你懂这花？”

草儿说：“最纯的芍药是白色，是原种，你挖回去的就是最纯的，非常少。芍药也叫别离草、将离、离草，又叫将离草、婪尾春、犁食、没骨花，中医药用有降火、消炎、镇痛作用。我把自己叫草儿也是这花儿的意思，所以我才这么好奇。”

我听得有点儿傻了，从来没有听说过，我立刻觉得草儿非同一般。

我说：“你懂得太多了，我看咱新建点没有一个人能知道你说的这些。”

草儿说：“那可不见得，人外有人，天外有天。这是看书知道的，我妈妈是医生。我爸爸写信教给我在东北生活的常识，我妈妈写信教给我防病治病的常识，所以我的家信特别长，经常超重。”

草儿接着笑呵呵地说：“我的信都装订起来，就是生活百科。”

草儿又说：“我现在正在学习号脉。”

我说：“你给我号脉，看我有什么病没有。”

草儿笑着说：“你能有什么病，最多也就是睡眠不足。”

我说："能看出来？"

草儿说："能，你伸出舌头我看看。"

我伸出舌头，草儿看了看，又扒开我的下眼皮说："很健康，就是有湿火，吃几丸牛黄解毒丸，有时间多补觉，少吃辣椒。看你脸上起的痘，现在刚刚开始，如果不注意再有一两年满脸都是，多难看。再有，你们上班尘土太大，每天至少洗三次脸，保持毛孔透气。"

草儿说："芍药特别美，是花仙、花相，与牡丹并称'花中二绝'。我最喜欢的是白色芍药。有关牡丹和芍药的诗词歌赋都喜欢写红啊紫啊的。比如，'牡丹落尽正凄凉，红药开时醉一场'。为什么不说白药开时醉一场？"

我说："为什么你那么喜欢白色的芍药？"

草儿想了想说："芍药代表着爱情，爱情可贵在纯洁，白色能代表纯洁，芍药又有离别、相思的意思，红通通就没有了离别、相思的意境。《诗经》你看过吗？"

我说："没看过，也没听说过。"

草儿说："我也没看过，我妈妈给我姐姐讲过《诗经》里有关芍药的诗，'维士与女，伊其相谑，赠之以勺药'。就是说年轻男女快乐相约互赠芍药。还有古人作诗，'休将薜荔为青琐，好与玫瑰作近邻。零落若教随暮雨，又应愁杀别离人'。这好像是说离别相思之苦。"

我本是能说会道、臭贫矫情的高手，可在草儿如莺歌燕语般的一番挥洒后，瞠目结舌，无话可说。

草儿问："想什么呢？"

我说："你直接叫芍药得了，为什么非叫草儿，拐个大弯儿。叫将离草也好听。"

草儿笑着说："人贵直文贵曲，低调。"

我说："我在想你是牡丹还是芍药。你的外貌像牡丹华丽富贵，是花王。老太太外表俏丽高贵，是花相。你喜欢芍药我就把你俩调过来。"

草儿笑嘻嘻地说："我是芍药，我喜欢芍药。"

我说："你们两个一个花王一个花相，谁是花王谁是花相都行，是新建点最美女知青。"

草儿说："我们两个长相完全不一样，怎么能并列在一起？"

我说："不知道，长相不一样，可都美得无法再美，给我美的感觉是一样的。"

草儿笑着说："你在拍我马屁。"

我说："没有，是真的。不过上次摸过，感觉特好，我回想起来心里就咚咚跳。"

我说到这里忍不住又像那天晚上一样地抱住草儿。

草儿笑着说："哎呀，你又来了，小盲流。"

我没有说话，已经窒息在草儿丰满躯体的美妙中，我的心跳让胸中膨胀，我的神经让我全身僵硬，忘了呼吸，忘了自己。草儿的双手紧扣，草儿的双臂紧收，草儿的呼吸加剧，草儿的双唇热热地贴在我的肩头。

突然草儿要推开我，但没有推动，她用一根手指在我肩头蚊子咬过的地方挠了两下，我暴起一身鸡皮疙瘩，我的劲儿泄了很多，但仍不放开。草儿有机会从我的怀中挣扎出来，她靠在我背上平复着激动的情绪。

过了一会儿她笑着说："看见你一身鸡皮疙瘩，我也起了一身。"

我像刚刚做完剧烈运动似的大口呼吸。

草儿说："我们该走了，一会儿她们等急了。"

她牵着我往外走，我像傻了一样跟着她。

钻进狭窄的林间通道后我看着草儿说："我有机会再和你这样吗？"

草儿说："不知道，好像我们还不是时候，别想了，快走啊。"

她又用那根手指轻轻在我肩背上被蚊子咬过的地方挠了几下，我浑身抖，刷地起了一身鸡皮疙瘩。

草儿哈哈地大笑着说："我……我看见你这鸡皮疙瘩我也起鸡皮疙瘩，你看。"

她撸起袖子让我看。

草儿笑着说："你后背是不是痒？想挠又够不着哈。我帮你。"

草儿把手伸进我的背心，在我后背上连抓带挠。我感觉飞进了云里雾里，不由自主地抓她的另一只手。我一有机会也不忘抚摸她下身的浑圆诱惑，草儿只是笑着并不气恼。

我们在小杨树林里，还像刚进来时那样拉手，拽胳膊，又搂又抱，每种触碰我都在感受她的美好，我现在感觉她更加尊贵，她身上的每一处都是无价之宝，而且我对她的尊贵又多了一些崇拜。

挤了半个多小时，快挤出来的时候，草儿解下她腰间我的上衣让我穿上，她是怕让黑白牡丹看见。我们出了小杨树林，发现黑白牡丹不见了。

草儿说："差不多两个小时了，她们等得不耐烦走了。"

我说："肯定是。咱们也赶紧走吧。"

我又很自然地拉起草儿的手。

草儿说："还没拉够？现在不行，万一她们在附近看见了，怎么解释？"

我说："拉你的手没够，我也真是拉习惯了，到树林边上。"

草儿说："哎，你有女朋友了，再跟我拉手就不好了。"

我说："不对，我是说让她做我的女朋友，可她非要把'女'字去掉，说是普通朋友，我没弄明白她是什么意思。"

草儿说："你爱不，不是，你喜不喜欢她？"

我说："喜欢，以前没什么接触，现在接触两回，我就感觉特别喜欢，就像喜欢你一样的喜欢。"

我接着说："她要不喜欢，我也不会耍赖，嘿嘿。"

我说："我现在特别高兴。"

草儿说："高兴什么？"

我说："花王或者花相是我朋友，花相或者花王和我拉着手。"

草儿有些兴奋地问："她是花王我是花相？我有那么漂亮吗？"

我说："你们都漂亮，应该都是花王，但我也喜欢芍药，所以就想着你是花相，你看见了，我挖回去的芍药，多漂亮啊。花王雍容高贵，花相靓丽纯洁。你们俩，新建点女知青中的'二绝'。说心里话，你们俩我都喜欢，可我和她还没拉过手呢。"

我感觉草儿的手握得紧了一些。快要走出树林了，草儿扭头望着我说："该放手了吧？"

我说："再待一会儿，上次你给我送饭到现在多长时间了，我一直想着那天晚上和你在一起的情景，一直盼着再有这样的机会，今天就是，可时间过得太快了。"

我有些后悔刚才应该在小杨树林里多磨蹭一会儿，再来几次那种令人眩晕的搂抱。

我和草儿面对面站着，草儿又拉起我的另一只手轻声说："时间不短了，该回去了，小盲流。"

我猛地放开她的手，用力将她抱住说："抱会儿就走。"

草儿没有反抗，顺势也抱住了我。我感觉浑身僵硬，每一块肌肉在收紧，神经飞散成一缕缕温暖的气流冲向对方，我浑身颤抖紧箍着草儿的身体，草儿紧贴着我的身体，她双臂由搂变抱，双手由扶变抓。我的身心在融化，恨不得把草儿吸进自己的身体，我的身心在膨胀，恨不得挤进草儿的全身。我感觉到要为她献出自己，同时又感觉到在索取她的全部。不知过了多久，可能很久，也可能不久，我感觉到自己出现了不礼貌的地方，那正是和草儿紧贴的地方，我放开草儿转过身子大口地喘气。

草儿两只手抓着我的一只手，微微低着头也在急促呼吸。

我嘟囔说："没抱够。"

草儿笑呵呵地说："还要继续？没完啦！"

我说："抱到天黑也抱不够，能天天抱着多好。咱俩约会吧。"

草儿说："不，不和你约会。"

我看草儿说得很坚决，只好说："那好吧。"

草儿说："有机会单独见面就让你抱，没机会就等着，再过一两年会更好，得等到我姐姐准许，我爸爸妈妈准许了才可以，你能等吗？在北京可以交往，那也有不确定性。"

我似懂非懂地点头又摇摇头说："我以前没想在这里找女朋友，现在你和老太太把我弄晕了，找还是不找，我也不敢肯定了。"

草儿说："我家也……不过，你想走我想走，只是想想，如果真走了就要先分开，谁先离开谁，还是一起离开，然后再到一起，没在一起再找到一起，反正路还长着呢，我不想过早地自寻烦恼，我会想着你，你也会想着我，这也很甜蜜。我觉得你和老太太很合适，她没有我这么多顾虑，人很简单，简单也是美，所以她是从里到外的美。这一点你和她是一样的，从里到外都是女孩子喜欢的，我断定你们俩更合适，也一定能成，我愿意你和一个好女孩儿在一起。"

我笑眯眯地说："我好像明白点儿了，我现在就有你说的将离草的感觉，相思。我现在对你们两个都喜欢，就看你们谁喜欢我了。"

草儿伸手抓着我的屁股说："哦，你还挺有灵性啊，我们都喜欢你，但是离你最近的是她，好好爱她吧。小盲流，你摸我半天了，我也得摸摸你。小盲流，谁说没有肉？嘿嘿，我走了，过十分钟你再走，小盲流。"

森林里一片幽静。望着草儿离去的背影，我脑子里回荡着：两个青年等我在山楂树两旁……

回到宿舍已经三点多了，我还沉浸在那死缠烂抱连抓带摸的震撼中，我知道已经没有时间睡觉了。脑子里反复琢磨着草儿的话：我们都喜欢你，但是离你最近的是她，好好爱她吧。

第五节 傻实花相 最纯芍药

我无事可做，想借这点儿时间把床下的脏衣服洗一洗，还有身上穿着的裤子。老太太帮自己洗的裤子，拿走已经一天一夜了，估计应该干了。我低头在床下掏衣服，发现那堆脏衣服没有了。我看花姑娘、瓦西里、疖子包他们还在睡觉，便也躺在床上。我脑子里翻滚着今天下午和草儿在一起的情景，兴奋得一点儿困意都没有。和草儿在一起很快乐，因为她的愉快感染了身边的人，她有枝儿爱开玩笑的一面，但她的玩笑也是互动性的，不光为满足自己，她的玩笑更能娱乐别人。草儿的想法不好捉摸，为什么她们同来的男知青她都不喜欢，那些男知青从外表来说哪方面都不输给我，可草儿却和我有两次亲密。我搞不清楚，或许她对男知青都这样吧，那就看谁有这样的机会和她单独相处。

我后背有些痒，那是让草儿抓挠过的地方，我想挠几下，可又够不着，我翻了个身面朝着窗户，屋里有些闷热，快立秋了，那时就凉快了。对面女宿舍的窗户开着，不时传来女知青的嬉笑声。我回想着刚才抱着草儿的感觉，似乎记不起来了，为什么仅仅是抱着就有那么大的冲动，为什么自己没想起来抚摸她其他地方，那是我曾经不断幻想过的，怎么有了机会时反倒忘了？我回想她用力抓住我的屁股，我怎么也只是抓抓她美妙的屁股，没有探秘她极富弹性的前胸？我又想起自己不礼貌的地方，但那又是反应最强烈的地方，如果不是草儿及时控制，我一定会跑……我不由得满脸发烧，心里暗骂自己，色棍一个！可能是因为这儿，她不想和自己约会？

突然，窗外出现了老太太，她抱着一堆衣服走来，我赶紧跳下床，怕老太太敲门吵醒睡觉的人。我正要拉开门，门开了，老太太没有敲门推门就进来了。

老太太见我在门口站着，先是吓了一跳，接着很沮丧地说：“你的衣服我洗不了，太难洗了。”

我接过衣服放在桌上，拉着她的胳膊出了宿舍来到屋后说：“你进男宿舍怎么不敲门啊？他们会胡说八道的。”

老太太说：“昨天我就没敲门，屋里没人。”

接着她很别扭地说：“你的衣服我洗不动，一条裤子我洗了一天都没洗干净，我看没洗的又都是再生布的，我不洗了给你送回来了。”

我说：“我不是说了吗，你的手就不是洗衣服的手，我看看。”

老太太把手藏在身后，我强行拉过来看，她的双手发红。

我凑到嘴边吹吹问："没有搓板？"

老太太说："有，我不会用，用手搓洗了好几遍，可上面一块一块的油就是洗不掉，洗衣粉用了一袋。"

我说："汽油，洗衣粉能洗掉；柴油，洗衣粉洗着费劲；机油，洗衣粉洗不掉。要先用汽油洗柴油，再用柴油洗机油。齿轮油就更难洗，要用机油洗，再用柴油洗，再用汽油洗，很麻烦的。"

老太太转身要走，被我拉住："你干吗去？"

老太太笑了，她高兴地说："我知道怎么洗了，我去试试。"

我说："汽油、柴油、机油都烧手，以后再提给我洗衣服我就跟你急。"

老太太说："没啥，我以前不会，现在知道了，就不费劲了。"

我说："女朋友给男朋友洗衣服多俗气，干点儿别的。"

老太太说："我看她们都这样。"

我说："这样？哪样啊？"

老太太问："那干哈呀？"

我问："咱干这个哈。你看，这花好看吗？"

老太太看见那棵芍药花一时呆住了，她走到花前傻笑："真好看，真好看。"

我问："喜欢哪一朵？"

老太太说："开的没开的我都喜欢。"

我伸手揪下开得最好的一朵放在老太太手里说："喜欢就是你的。"

老太太双手捧着那朵盛开的鲜花，满脸光芒，瞪大了丹凤眼，挑起了细长的眉梢，绽开红唇。我想，老太太比起草儿，另有一番韵致。她的心纯净得就像这芍药，没有一点儿斑点，白净得无以复加。我原本以为老太太可称花王，但现在看来这番纯净又胜于花王。那些脏臭的衣服洗不了就是洗不了，她就当着你的面儿直说，没有丝毫遮掩和虚荣。

我问："知道这是什么花吗？"

老太太摇摇头。

我问："知道这花是表示什么意思吗？"

老太太还是摇摇头。

她猛抬头问我："叫啥？表示啥？"

我说："我也不知道。你最配这花。"

我又揪下一个大花骨朵插在老太太兜里说："泡在瓶子里，看能开花吗。"

第二十四章　苦中的幸福

第一节　臭虫肆虐　干死它们

一宿夜班，我一点儿不困，一直让瓦西里在一旁睡觉，直到瓦西里的脸被蚊子咬变了形。

我说：“你要不睡了就开车，我坐大犁上。”

瓦西里说：“我眼睛睁不开，我坐大犁上。”

我看见瓦西里的两只眼睛都肿起来了，说：“你太经不住叮咬了。那你还是在边上坐着吧。”

我兴奋于女知青二绝的美艳，回想着她们的样子、说话的声音，幻想着再度相逢，大胆地设计可能的情形。还有让我高兴的是，今天是最后一个夜班，明天机务排休息一天，然后开始麦收的准备工作，短时间内停止开荒。

下了夜班，我很快睡了，一觉醒来已是傍晚，吃饭时间已经过去，好在花姑娘给我把饭打回来了。

瓦西里在抱怨：“这是嘛玩意儿，咬得我睡不着。”

狼牙说：“昨晚我们也没睡好，都被咬了，隔壁宿舍也闹好几天了，是他们那边的臭虫跑过来了。”

我吃完饭和几个人聊了一会儿就又睡了。

半夜屋里像是发生了什么事儿，整个屋子里的人都乱了。我也被闹醒了。睁开眼翻身钻进花姑娘的蚊帐，看看他在闹什么。花姑娘已经脱光，坐在蚊帐里，双手在身上乱抓乱挠。

我问花姑娘：“干吗呢，疯啦？”

花姑娘说：“快，快帮忙，帮我挠挠痒，我够不着。”

说完，他一边挠着两肋一边趴下身子。

我问：“挠哪儿？”

花姑娘说：“后背，屁股，大腿，我去你的全挠。哎——哟，快，使劲啊。”

我看到花姑娘痛苦到了极点，坐在他的小腿上，弯下身子伸出双手，弓着手指从他的肩膀往下挠，一直挠到大腿。

花姑娘哼哼着说：“太好了，使劲。”

我就像磨刀似的在花姑娘身上来回抓挠。花姑娘不断发出痛苦的呻吟。

小胡子也嚷起来：“大哥，该我了，帮帮忙，我快死了。”

我又钻进小胡子的蚊帐，开始在他后背上、屁股上、大腿上“磨刀”。

狼牙也哼哼着说：“大哥，帮我挠挠吧，几下就行。”

我又帮狼牙挠。

疖子包说：“外边是蚊子，里边是臭虫，还让人活吗？妖怪，平时咱哥们儿多好，你他妈也不帮我。”

我说：“来了，来了。”

我又钻进疖子包的蚊帐帮他挠。

疖子包哼哼着说：“你不是我哥们儿，你是我爹，哎哟，我爹，我亲爹，哎哟，太舒服了。”

二层铺上的老七呜呜地哭了起来。

我说：“你下来，我帮你挠。”

老七说：“不用了。”

他解下裤子上的皮带向后抡，皮带落在后背上发出啪啪的声响，其他人开始模仿，屋里一片啪啪声。我又帮老毛子挠，老毛子皮肤很白，没挠几下后背上就出现了血印一样的鲜红。

突然小胡子问：“你怎么不痒呢？”

这时我才想起来自己一点儿都不痒。

我说：“我没你们那么痒，我能忍着。花姑娘，还挠吗？”

花姑娘说：“你刚才太使劲了，现在有点儿疼，不是，是又疼又痒，哎哟，真是活受罪呀。”

我钻进花姑娘蚊帐用手电照他的后背、屁股、大腿，我看见，这些地方铜钱厚的包连成一片一片的，我不由起了一身鸡皮疙瘩。

我说：“我去给你弄点儿热水闷闷，可能会好点儿。”

我提着水桶到水房，好在水房大锅里还有热水，我提了半桶，又把锅里续满。我把花姑娘的毛巾和自己的毛巾浸湿拧干，盖在花姑娘后面，一会儿，花姑娘睡着了。

第二天，很多人吃完饭就趴在食堂的桌子上睡着了。机务排应该有一部分人上班，但没有人去，机务排长能耐梗来宿舍找人，听到骂声一片，了解清楚情况后他也没什么好办法。直到下午才有人陆续上班，能耐梗也不好批评大家。

这回花姑娘走路扬着头把胸膛也挺起来了。

我说："真精神，像个大老爷们了。"

花姑娘说："我去你的，后背皮拉得疼，不敢弯腰。"

我笑嘻嘻地说："等你好了我再给你挠，用不了几回就没人叫你花姑娘了。"

花姑娘说："这样就是大老爷们，多别扭啊，我觉得特别扭。"

晚上下班，肥猴儿抱着一大堆大豆秧回来了。

他对大家说："每人的蚊帐上面都铺上大豆叶子，咱们今晚抓臭虫。"

小胡子问："抓臭虫用大豆叶？管用吗？"

毛毛在角落里抽烟，他皱着眉头说："要是管用，我给你买一条迎春。"

肥猴儿说："当然管用，肯定能抓住臭虫，你的烟买定了。"

毛毛说："管用就是我不再挨咬。"

肥猴儿说："那我可管不了，我只管抓住臭虫叫你们看看什么样儿。"

毛毛说："这样啊，只要你抓住臭虫，我就给你买一盒烟。"

大家一起动手在蚊帐上面铺上大豆叶，少的几十片，多的上百片。半夜了大家还是睡不着，只有我呼呼大睡。

花姑娘把我叫醒说："你不挨咬哇？起来抓臭虫。"

我把手电筒递给花姑娘说："用手电找。"

我翻身又睡。

花姑娘说："我去你的，跑得太快，我一个人根本抓不着。"

我翻身坐起来说："你看见臭虫了，什么样儿？我看。"

花姑娘说："你帮我照着，我抓，我非掐死丫的。"

停了一会儿，花姑娘突然掀开被子，我打开手电一照，大声喊着："我的妈呀，这么多。"

花姑娘紧拍慢拍，还是一只没打着。但我看到了，那些臭虫就像半个黑芝麻粒那么大，一下就不见了。

花姑娘带着哭腔说："哎哟，这可怎么办啊。你怎么还睡得着？"

我说："好像臭虫不咬我。"

疖子包笑呵呵地说："本来是咬四个人的臭虫，现在都冲你们仨去了，我说你们怎么咬得比我厉害呢。"

花姑娘说："你真是个妖怪，我得躲开你。"

花姑娘抱着枕头钻进万事通的蚊帐。狼牙抱着枕头钻进瓦西里的蚊帐，小胡子也想钻进别人的蚊帐，没人欢迎他，他只好抱着枕头跑出宿舍去找他弟弟。这张四个人的大床就剩我一个人了。

我继续睡觉，直到清晨才醒，这两天我的觉补得差不多了，另外这床上就我自己，臭虫也开始向我进攻，我感觉腰腿胯背，凡是肉多的地方都被咬了，刺痒难当，挠了几下，身上立刻鼓起一片一片的包，这回我也尝到了臭虫的厉害。宿舍里睡觉的知青们没有睡得安稳的，不时听到呻吟声，手指挠痒声和烦躁的翻身声。我起来看自己的蚊帐顶上铺的大豆叶子，这下吓着了我，每片大豆叶子上密密麻麻趴满了臭虫，少则几十只多则一两百只。我浑身鸡皮疙瘩暴起，连脑门都觉得发紧。

臭虫一般个子很小，没有半个芝麻粒大，看上去表面灰白色，背是圆的，头呈圆三角形，身子左右两侧长了很多脚。它们在大豆叶上不停地动。

我大喊："大豆叶子上全是臭虫。"屋里的人听见喊声都起来了，看见自己蚊帐上的大豆叶，吃惊地喊妈叫爹。

肥猴儿说："都捡到脸盆里烧死。"

大家动手拿着脸盆装臭虫。

疖子包哭着说："我他妈不在这儿待了，我他妈跑。有愿意跟我跑的吗？"

狼牙说："我跟你跑。"

疖子包说："我再去那几个宿舍问问，今天就跑。"

花姑娘说："能跑我也跑，关键是跑得了吗？没有介绍信，买不了票，过不了检查站。"

疖子包去邻屋找愿意和他跑的人。

臭虫好像从西边的宿舍出现，逐渐蔓延到机务排宿舍，西边的三间宿舍是最厉害的，机务排还算受灾最轻的。

我把自己的脸盆装满带臭虫的大豆叶说："我找连长去，花姑娘、瓦西里，看住疖子包，别让他真跑了。"

我来到连部旁边连长的宿舍敲门，连长还没起来，隔着屋子连长问："啥事儿啊，起这么早。"

我说："您快看看吧，臭虫成灾了，咬得受不了，有人要跑。"

连长开门出来一眼看见我手里的脸盆吃惊地问："我的妈呀，哪来这么多臭虫?"

连长叫文书通知指导员、副连长、副指导员到机务排宿舍。新建点的领导都来了，谁也没有见过臭虫，个个看傻了眼，不知如何是好。

大家很奇怪，问肥猴儿为什么大豆叶子能逮住臭虫。

肥猴儿说："臭虫被大豆叶子的味道吸引就爬上去了，大豆叶子上有很多绒毛，刚摘下来的大豆叶子绒毛是软的，臭虫能顺利地爬上去，慢慢儿的大豆叶子水分蒸发，叶子上的绒毛就硬了，绒毛就把臭虫支起来了，臭虫的脚着不了地儿，使不上劲儿，身子又被硬了的绒毛挂住，所以你们看这些臭虫都活着呢，在上面干蹬腿动不了。臭虫的繁殖能力特别强，而且小臭虫生下来就能跑，一只臭虫每次能产几百只小臭虫，肉眼几乎看不见。"

肥猴儿找了一根缝被子的大针插进墙上的裂缝中，针拔出来时针尖上面扎着四只臭虫。肥猴儿不停地在墙缝上把针插进去拔出来，每次都有几只臭虫被插出来，这让在场的人全都目瞪口呆。

肥猴儿说："现在这屋里到处都是臭虫，墙上的裂缝数不清，每个墙缝里的臭虫也数不清，你们说有多少臭虫吧。"

肥猴儿咽了口唾沫继续说："臭虫特别聪明，它们天黑前都爬上屋顶，屋里一熄灯它们就往下跳，钻进被窝就咬，你打开灯时它们就跑了，根本抓不住。它们不像虱子，虱子不离人，在人身上藏着，臭虫只在被窝里咬人，然后躲在你睡觉的附近，你睡了它来找你。"

肥猴儿直说得满嘴唾沫星子乱飞，兴致勃勃。

毛毛说："看来你没少和臭虫打交道，你家肯定臭虫不少。"

肥猴儿说："你们家才有臭虫呢，我们家没有。"

毛毛笑着说："那你怎么知道得这么清楚？虱子跟人臭虫不跟人，你家没臭虫肯定有虱子。你他妈露馅了，还佳木斯市里的，我看你就是农村的。"

毛毛平时说话声音很小，但每次都是挑别人最不爱听的说，阴阳怪气，就会在人伤口上撒盐，很多人恨得他咬牙切齿。但是，拿他没办法，他很瘦，看上去很弱，如果有谁要揍他，他马上说："咋地，欺负第三世界呀?"

肥猴儿说："农村的怎么了？连长、指导员、副连长、副指导员都是农村的，现在是领导，你不听啊?"

毛毛说："我没看不起农村的，我就看不上往自己脸上贴金的。"

连长说："肥猴儿，你告诉我怎么治。"

肥猴儿说：“我不知道怎么治，毛毛知道。”

连长说：“毛毛，别在那阴阳怪气的，以前有人说你说话不着调，我还不信，一个大学教授的孩子应该有点儿与众不同，现在看你的与众不同是偏了，你得给自己留点儿口德。”

连长对肥猴儿说：“现在就你对臭虫了解得多，应该知道治臭虫的办法，你说说。”

肥猴儿说：“这两天我们被臭虫折腾惨了，还有这么多夜班，人都折腾得不行了，白天上班夜里不睡觉，你看我们身上，怎么上班啊。”

肥猴儿对同屋的人说：“大伙把衣服脱了让领导们看看。”

宿舍里的人有的撩起背心，有的脱下裤子，每个人身上都是一片一片的红肿，几乎没有正常的皮肤颜色，看了就觉得惨不忍睹。

指导员说：“哎呀，这样下去不行，得解决。”

连长对文书小娘儿们说：“你通知另外三个宿舍的排长，住在这几间宿舍的人休息，什么时候解决了臭虫什么时候上班。”

肥猴儿说：“我有办法，用六六六农药熏。”

连长问：“怎么熏，管用吗?”

肥猴儿说：“每间宿舍里都有炉子，先点着去去潮气，火烧旺了，把六六六放在铁板上摊开，再放在炉子上烧，把门窗关上，把窗户缝门缝用纸糊上，一天就能把臭虫都熏死。”

肥猴儿接着说：“不过要把吃的东西、碗筷、牙具、毛巾这些东西拿出来，但是得检查上面有没有臭虫，最好能泡水里的就泡水里。这样就行。”

连长说：“我看行，副连长，不管多难今天必须找到六六六。副指导员，你准备纸条和糨糊，明天一大早开始熏，熏到太阳落山再开门窗。怎么样肥猴儿?”

肥猴儿说：“行，行，行，一天就干死它们。”

连长说：“今天都别上班了，休息。”

连长又对我说：“一大早你端着一脸盆臭虫膈应我，走，我帮你去烧臭虫。”

我端着脸盆跟着出了宿舍。

连长趴在我耳朵边上问：“你说谁要跑?”

我小声说：“疖子包，后来疖子包一说跑，狼牙也说跟着他跑。疖子包又去其他宿舍问谁愿意跑，那我就不知道了。”

连长说："千万不能跑，他们一跑就出大事了。"

我说："没事，我和花姑娘劝劝他，我再问问还有谁要跟他跑，我挨个去劝，您放心吧。"

连长说："好好好，最后把结果告诉我。"

我找到疖子包说："你要跑的事儿我告诉连长了，现在连长让我找几个人看着你，我找的人正在暗中盯着你呢。"

疖子包说："我就是说说，往哪儿跑，我才不受那个罪，你爱看不看。"

我说："没人看着你，逗你玩儿。可我看见你联络人准备东西了，你就一傻帽儿，要跑就春天或秋天跑，现在跑，躲了臭虫喂了蚊子，冬天跑冻成冰棍儿。"

疖子包问："你真和连长说了?"

我说："啊。怕你出事，我少一哥们儿。"

疖子包说："那我不跑了，可臭虫咬得我真受不了，我他妈真想死。"疖子包有点儿眼泪汪汪的。

我说："就一晚上，明天就好了，今晚上不睡了咱们打百分，明天白天在食堂睡会儿就行了。"

疖子包说："行行。"

第二节　差点封顶　猪房笑声

不光副连长到处找六六六，其他领导也通过各种途径找六六六，几个领导围着电话找熟人，下午才找到，副连长跟疯彪子开车去取，天黑了才回来。第二天，按肥猴儿说的办法开始灭臭虫。窗户缝、门缝都糊上了，六六六的刺鼻药味弥漫在宿舍附近，大家都躲得远远的。四间宿舍里的知青都到自己同学宿舍去闲聊，打扑克。

我、花姑娘、万事通、小玉到喂猪房找枝儿和叶儿。

我们刚要进门，枝儿大叫："别进来，臭虫也跟你们进来了，害我们哪!"

万事通赶紧解释臭虫不跟人。

叶儿说："心理作用，见你们就觉着浑身有东西爬，没准我们宿舍里也有，这两天大伙儿睡觉也不舒服。"

小玉说："那我们去装豆饼的屋子待着去。"

枝儿说："开玩笑呢，来这屋吧。"

小玉说："我们先去砸豆饼。"

不到半个小时，豆饼砸了一大堆，枝儿说："你们歇歇吧，我们俩收拾。"

几个男知青也没再客气，来到有土炕的屋子躺下就睡，几天来臭虫的困扰让大家疲倦至极。

我不困，帮着枝儿和叶儿收拾。

枝儿说："你怎么不去睡觉，我看臭虫越咬你你越精神。"

我笑嘻嘻地说："也有点儿邪，臭虫不咬我，奔我来的臭虫都去招呼花姑娘了。"

叶儿说："那是为嘛？"

枝儿哈哈笑着说："他的肉更臭，把臭虫熏跑了呗。"

我说："也咬，花姑娘他们跑别人床上去了，就剩我一个人，也挨咬了。"

枝儿说："那是啊，臭点儿就臭点儿，也比饿着强啊，没想到吃完你的血回去全中毒了，上吐下泻，哈哈哈……"

枝儿和叶儿都笑得弯下腰，浑身乱颤。

我哈哈笑着说："好像你咬过我似的，你咬我哪儿啦？肯定是屁股。"

枝儿也笑得停不住，她说："你以为我不敢，趴下！爱臭不臭，我敢咬。"

我说："我真不臭，不信？你过来闻闻。"

枝儿仍在笑不停，她说："我……咬可以……闻不行……我怕熏死。"

我冲着枝儿走过去，枝儿后退，我把枝儿逼到墙角。

枝儿双手推着我的肩膀喊："啊，救命！"

我一边使劲往前探身子，一边说："你闻你闻。"

枝儿说："我不闻，太臭啦。叶儿，快去给我拿棍子。"

叶儿在旁边笑着说："吻就吻吧，就我一个人看见，没嘛关系。"

我说："什么吻就吻？我让她闻。"

叶儿说："你不知道接吻？我不信。"

我说："我知道，就是亲嘴呗，我还没试过，今天试试。你先把唾沫和痰清干净，我和你亲嘴。"

说着我就把嘴唇凑过去。

枝儿大叫："啊——，讨厌！"

枝儿满脸通红，她在我腋窝处用力拧了一下。

我大叫："哎哟！"身子一躲，枝儿钻出墙角去拿棍子。我赶紧把叶儿推出屋，把门关上。

枝儿举着棍子在门口说："今天你就别出来，出来我就棒你。"

叶儿在旁边呵呵地笑个不停。见我不开门她俩离开了。

一会儿，枝儿回来说："开门，拿几条围裙给睡觉的盖上头，有蚊子。"

我开开门，枝儿进屋找围裙，好像把刚才的事儿完全忘了。喂猪房炕上没有蚊帐，但屋里蚊子不多，零星几个蚊子在花姑娘他们睡觉时有了机会，枝儿及时发现，给他们头上蒙了围裙。几个蚊子放肆的叮咬也没整醒这些睡觉的，只有万事通不时用手挠挠脸。东北这地方大动物不可怕，它们躲着人，轻易不会遇到，可蚊子之类的小虫子太可怕，它们追着咬，躲也躲不开。

我一直帮着她俩干活儿，说说笑笑。

我说："枝儿，你再说我肉臭，我就不顾唾沫和痰了，直接封顶。"

枝儿也真怕我突然袭击，不敢再说我肉臭。屋里睡觉的人，中午都没醒，直睡到下午才起来，迷迷瞪瞪地找东西吃。枝儿和叶儿把锅刷了，炒了半盆黄豆，大家嘎嘣嘎嘣地嚼起来。炒黄豆是越嚼越香，这下堵住了嘴，只听见屋里一片嚼黄豆的声音。女士没了矜持，男士没了儒雅。小瞄儿传来消息，下午五点熏臭虫的屋子开门窗放味，最好晾晾被褥，晚上九点才准许进屋。

花姑娘说："我去你……我不晾，味大点儿就大点儿，没死的臭虫离我远点儿。"

万事通说："六六六可是剧毒，臭虫没了，人中毒了。"

小玉说："不会那么倒霉吧，我去晾晾。"

花姑娘说："瞧你……至于吗？"

花姑娘似乎知道枝儿不愿意和他交朋友，说话也不像以前那样放不开，但在女知青面前说话骂人还是不合适，所以刚要说脏话就忍回去了。

小瞄儿带来了几瓶罐头，有沙丁鱼，有红烧肉。

枝儿笑呵呵地说："叶儿，我又跟着你沾光了。"

我说："谁跟我打饭去？别都去。"

吃完饭，枝儿拿着棍子递给我说："你去，拿这棍子敲敲你的被子和褥子，散散味儿。"

我接过棍子问："管用吗？"

枝儿说："被子里的六六六味能敲出来，晾被子为什么要敲敲，就是把尘土敲出来，可能敲不干净，但大部分药味能敲出来。"

我拿着棍子出门，花姑娘、万事通、小玉都嚷嚷着："给我的也敲敲！"

门窗刚打开不久，屋里的味儿就散得差不多了，我进屋用棍子敲被子敲褥子，这下六六六的味道出来了，直呛鼻子，我心想枝儿让自己来敲被褥算是对了。我含着手绢在屋里一通乱敲，花姑娘他们几个的被褥也都敲了一遍，呛得受不了了，我冲出屋大口地喘气。

我找到瓦西里说："你告诉大家伙儿，拿棍子敲敲被褥，里边残留的六六六不敲出来能熏死人。"

我又冲进去把刚敲过的被褥又敲了一遍，味道还是很明显，但味道减轻了很多。我拿着棍子去喂猪房。

当天晚上，四间被熏过的宿舍一直敞着门窗到天亮，大多数人把蚊帐也都卷起来了，竟然没有一个蚊子，臭虫也没了，就连天天都在闹的耗子也消停了，俗话说："一公一母一年二百五。"恐怕因为六六六一熏，耗子也要停产两窝。

夜在呼噜声中显得悠长，在鸣虫吵闹中显得幽静。一切又恢复到闹臭虫之前的状态。

第三节　麦收时节　大白屁股

第二天全新建点都投入到紧张的麦收准备工作当中，农工排和一台自动收割机到麦地里割晒，机务排的人保养拖拉机和牵引式收割机。连长和能耐梗指挥着哪块地割晒，哪块地直接收割。每天早晨人和机械在地头等着，只要露水一干就开始收割，每天天黑了才下班。

麦收一星期后，连里通知，明天上午除了机务排的人继续收割小麦，其他人员夹道欢迎上海知青，还要敲锣打鼓。上海知青来了，但我们在地里干活儿，晚上天黑才下班，没机会看见新来的小上海们。机务排的知青们也盼着能看见新来的这些知青，可是连续披星戴月地工作，吃饭时间也对不上，在食堂看不见，上班时间是错开的也看不见。偶尔有一两个小上海到麦地里看收割机收麦子，但他们往麦地里走不了几十米就赶紧跑了，因为地里的蚊子太多，他们不敢停留。

我第一次看见新来的上海知青是在麦收基本结束后，那时机务排大部分人也被调到场院干扛包的活儿。这群小上海让我们很是失望，这些知青里就没有一个高个子。每个知青都穿得花花绿绿的，衣服上不是格子就是条子，好像是一群天真烂漫的少先队员。

花姑娘说：“我去你的，是不是个儿高的不让来呀，怎么都这么矮呀。”

我说：“按说上海人生活条件好，应该高个儿多呀，你看那批上海的大知青个个人高马大的，哪有矮个儿。这是怎么回事啊？”

万事通说：“好像个儿高的都被挑走了，欺负新建点。”

我找各种机会仔细观察他们，我发现，看不出这些小上海哪个好看哪个难看，好像都没有长开。这群小上海三个一群五个一伙在场院上聊天儿，就像一群在场院寻食的麻雀，叽叽喳喳，像争着说话，又像是一群人在吵架，整个场院就听他们的了。

新建点杀了两头大猪，一是欢迎新来的知青，同时也为辛苦麦收的职工改善伙食。枝儿和叶儿养猪很有起色，不但能保证每月杀两头猪，年节和特别情况还可以多杀两头。每次杀猪枝儿都不让他们在喂猪房杀，她说：会吓着其他的猪不吃食不长个儿。其实枝儿是和这些自己养的猪有感情，那些猪见了她就走到她跟前冲着她哼哼。每次放猪，猪都围着她，她一动猪群就挪窝，不离她的前后左右。有的大猪有时站在她跟前，枝儿就用手里的小木棍给它们挠痒，挠着挠着猪就往她腿上靠过来，她就用脚把它们踢开。她看见大公猪欺负小母猪就用棍儿把大公猪赶开，小公猪犯坏了，她就告诉排长把那批猪崽儿骟了。

因为枝儿会放猪，所以从来不为打猪草费力出汗，还能节约粮食。小麦收割时节，枝儿要放猪一个多月，收割机撒在地里的小麦猪根本吃不过来，她和叶儿每次放猪还带着口袋，把收割机停车时漏下的小麦装在袋子里背回来，一个月下来能捡回两千多斤，她们的这种表现受到多次表扬。两个女知青喂着几十头猪，一点儿不费劲，每天就像玩儿一样。她们不管起猪粪，不管锯柴火，不管搬运豆饼和粮食，这些力气活儿只要告诉排长就行了，排长马上会派人来干。这时的枝儿对来干活儿的人特别热情，这样她又指挥他们干很多分外的活儿。

叶儿告诉小瞄儿：“枝儿最近心里有些长草，她觉得咱俩经常在一起，互相问候关心，甜甜蜜蜜的很温暖，觉得我每天高高兴兴的，好像很是幸福。有时咱俩在一起的时候，她感到莫名的孤单，原来即使自己一个人在喂猪房的时候也没有这种感觉。她心里老是翻腾着新建点里的一些男知青。她说有些男知青她是喜欢的，常来她这里接触比较多的是小玉、妖怪和万事通，她不喜欢花姑娘，她总感觉花姑娘看上去像个姑娘，没有男子汉气质，另外她感觉花姑娘有点儿蔫坏，不够痛快。有一阵子她喜欢小玉的美貌，小玉确实是新建点里很出色的俊男，但是随着不断的了解，发现小玉是个很不痛快的人，心情总是很忧郁，和他在一起感觉不到快乐，而且他好像随时能把你带去郁闷之中。万事通人挺好，就是脸太长了，又是平足，走起路来啪嗒啪嗒的，难看死了。

“枝儿好像喜欢妖怪，她说妖怪倒是越来越像个男子汉，长得挺精神，工作表现又好，每年不是先进工作者就是受嘉奖。但是有些浑，做事很愣，贫了吧唧，特别是和女知青，逮谁和谁闹，虽然不让人讨厌但也不让人放心。这小子竟然和老太太交朋友，都说是造谣不是真的，可他们又有约会。枝儿糊涂了。”

小瞄儿说：“她是想交朋友了，小玉、妖怪她看上谁了？”

叶儿说：“我也没闹明白，反正我觉得就像你说的，她想交朋友了。”

今年麦收很顺利，没怎么下雨，地块很干，很平坦，收割机故障也少，麦收比以往年份提前了好几天，也没有人工奋战的辛苦，机械化的优势发挥到了极致。场院上小麦堆积如山，有晾晒的，有扬场的，有装袋的，有扛包的，一派热火朝天的景象。

新来的小上海们在这样的环境中也不得不干一点儿活儿，但很明显他们干什么不像什么，老职工们、大知青们没有冷眼相对的，还是很热情地教他们，护着他们。他们看上去太年轻了，就是一群学生。老职工的家属今年也不再往鱼唇裤裆里塞小麦了，因为着火时他的表现让所有人厌恶，他彻底没了人缘儿，他这个副排长已经名存实亡。那些家属们在场院干活儿都很卖力气，因为她们更知道丰收的意义，那就是新建点存在的意义，她们中的很多人就是为此领到她们从来没有领到过的工资，而且还要继续领下去。

大洋马还是那样少言寡语，低头干活儿，老职工不愿意让她干扛包之类的力气活儿，觉得对她不公平，可能也是觉得干不过她丢面子。但老职工和知青们都愿意看她干活儿，木锨在她手中就像一根小木棍儿，扬麦子时一锨一锨的麦子飞向天空划出一道道金黄的彩带。他们不光喜欢看她劳动，也喜欢看她的身形，虎背熊肩，坚挺的胸膛，如山样的大屁股，变换着不同的模样，让人惊叹女性还有这种高大威猛的英俊。老职工和知青们对她都很尊重，不像过去那样欺负她的男人，她的男人现在也变得温和含蓄，礼貌谦恭。

我在场院干活儿总是往三排那儿凑，我是从三排出来的，人都很熟，特别是三排长小洋马、草儿、黑白牡丹，这些漂亮女知青都在三排，我感觉和她们在一起就像回到家一样。场院干活儿也不分哪个排，哪个班，哪儿需要人了就有人喊：来几个人！在附近的人就过去几个。这样往往比较要好的人总是凑在一堆儿干活儿。我自然会和花姑娘、瓦西里、疖子包、狼牙、万事通凑在一起。我一点儿一点儿地往三排凑过去，这几个人也跟着凑过去。虽然和三排凑在一起，可是能和女知青打招呼、说句话的机会很少，当然，只要在一起，即使一句话没说心里也是快乐的。

我有时也想往老太太所在的二排旁边凑，但还是有些心虚，十几天没有和她约会，心里老是想着，她那天手捧鲜花时的灿烂笑容。我一边干活儿一边不时向她那里望望。老太太和一些女知青握着木锨来回翻腾晾晒着麦子，她一挺一挺地来回走，我找不到靠近她的机会，除非我也去翻腾麦子，那样就太明显了，翻腾麦子可以说是老弱病残才干的活儿。有时候凑到一排，没多会儿二姑娘就把我瞪回来，二姑娘太了解我了，知道我是找机会和白桃臭贫。不论我怎么到处乱窜，但只要开始扛包，从不落下，扛包对我已经不是事儿了。

场院的活儿基本干完了，场院大棚里一排排粮囤装满了小麦，只留下二排和家属封袋缝包。农工排其他人开始到麦田里烧荒。机务排开始在麦田里翻地。收完麦子的地里收割机甩出的麦秸秆和一拃多高的麦茬都被烧得差不多了，过去金黄的麦田现在是一片焦黑，翻地的拖拉机手，每人脸上都是黑的，个个都像摇煤球儿的。每台车都挂的是五铧大犁，翻出的新土宽宽的，翻地的速度很快，要在国庆节前翻完麦田，再用重耙耙一遍，大豆地要在大豆割完后尽量翻完，不能全翻完也要翻个差不多。快中午了，铁子在地头停下车。

他对我大喊："你们先走吧，我拉屎。"

铁子是三号车的，车长调走之后他当了副驾驶员，领导暂时没有安排车长，铁子实际是三号车的老大。

我听他说要拉屎，就想看看，我灭了车说："我尿尿，等着你，我也歇会儿。"

铁子蹲在拖拉机履带上开拉，我们几个看着他大笑。铁子的拖拉机是横着停在地头，屁股正对着大道，正在他拉得面红耳赤之时，从东边走来一个女知青。

我小声喊："铁子，有女的！"

铁子一慌，掀起褂子蒙上了头，这下子不要紧又露出了后背。铁子在男知青里属于皮肤最白的，大屁股白花花的又和后背的雪白连在一起，在焦黑的地里耀眼夺目。那个女知青可能是被晃到了，向这边望了一眼，赶紧转脸低头快步离开。

我说："走了。"

铁子说："没看见我的脸就行，谁呀？"

我说："二排长，你同学。"

铁子说："我操，丢人。没事，有手纸吗？"

瓦西里和另外几个人都说没带。

铁子对我说："把你烟盒给我，回去我给你买盒烟。"

我说："给你找块擦车布吧，软和。"

我笑呵呵地对瓦西里小声说："晚上让他洗吧，上面全是油。"

晚上二排长来找铁子，俩人站在宿舍后面，二排长训斥铁子："你这毛病怎么还没改？多丢人啊。旁边就有排水沟。"

铁子说："排水沟里蚊子太多。"

二排长说："现在哪儿还有那么多蚊子，那你为什么不在南边的地头拉？"

铁子说："在那边还没有，到这头就憋不住了。"

二排长说："你总是有理。"

铁子说："你们领导应该研究一下在地头盖个厕所，有时候一两百人在地里干活儿找不到上厕所的地方。"

二排长说："没听说过地头盖厕所，你就是新鲜的。"

铁子说："原来没有不见得以后也没有，我觉得知识青年和农民的区别就是地头有没有厕所的问题。"

二排长说："别臭贫了。"

她跷着脚用手揪住铁子的耳朵说："脸洗得挺白，你看这耳朵，全是黑的，哎呀！"

铁子说："我就是吃饭前先洗一把，睡觉前再彻底洗一遍。"

二排长说："洗的时候都要抹肥皂。"

我和花姑娘一直趴在后窗户偷看铁子和二排长，我问："他俩吵架？"

花姑娘说："他俩约会呢，笨蛋。"

我说："排长还搞对象，他俩和你差不多大吧？让人知道了，还能当排长吗？"

花姑娘说："他俩死不承认，就这么大大方方地见面，疖了包说过，在学校他俩就好，现在没人对搞对象说三道四，都想着自己说不定什么时候也搞上了，排长当不当的没劲，哪有搞对象重要啊。老职工都帮着瞒着，其实领导们也都假装看不见，他们就是提醒别出事，我看不出事，爱怎么搞就怎么搞。哎，你知道吗，有人给你们车长老毛子说了个对象，最近要来，好像是哪个连一个山东支边青年的妹妹。这回差不多。"

我问："没见面怎么知道差不多?"

花姑娘说："据说那女的挺漂亮的，个头儿比老毛子高一大块，还挺壮实的，人家提出条件，结婚就得让她上班，连长、指导员为解决老毛子这个老大难问题就答应了。"

我说："不会和大洋马似的吧，行，有人治他了。她上班还不容易?能干活儿就行呗。"

花姑娘说："没那么简单，你看强奸犯他小媳妇上班了吗?好像得申请指标，上边同意了才行。"

第四节　黑瞎子来　蜂蜜降价

这晚，劳累一天的人们都睡了，半夜时分，副连长和文书挨个宿舍小声说："谁也别出屋，来黑瞎子了，都安静点儿，别整出什么动静来。这只黑瞎子是奔着蜂箱来的。"

机务排宿舍后面二十多米是厕所，再往后二十多米就是森林的边缘，养蜂就选在了这森林的边缘。林子边上盖了一间木屋，木屋前面摆放着四十多个蜂箱，养蜂人是卫生员的未婚夫，那个天津的大知青。今年蜂蜜也是大丰收，卫生员未婚夫现在正忙着出第三茬蜂蜜，蜂蜜结晶体金黄色，蜂浆紫红色。蜂蜜酿出来可以卖给知青，一个罐头瓶装满有一斤多重，一瓶一块钱。我们经常去那里看养蜂人干活儿，总是在他正忙的时候买蜂蜜，养蜂人就说，自己舀去。我们就到装蜂蜜的大缸里舀起来就喝，喝饱了再装瓶子。有的知青拿了装满蜂蜜的瓶子也不给钱就走了，害得养蜂人还得追他们。

我总是喝饱了就不买了，打着饱嗝走了。黑瞎子来吃蜂蜜这事儿提醒了我应该给老太太弄点儿蜂蜜。这时我听见厕所后面传来咔嚓咔嚓的木板碎裂之声，这声音在寂静的深夜显得特别响亮。宿舍里的知青们大气都不敢出，他们害怕黑瞎子对几间宿舍产生好奇，宿舍的门窗根本挡不住它。无论是知青还是老职工都害怕黑瞎子，因为黑瞎子很傻，不像狼心眼儿多，可以被吓跑。黑瞎子什么都不怕，而且它害怕时，攻击性会更强。关于黑瞎子的传说很多，对人的攻击很惨烈。传说一个女知青遇到黑瞎子，双腿被黑瞎子坐断几节，脸被黑瞎子舔去半张。那女知青是个排长，高呼口号，表现了一不怕苦二不怕死的精神，面对生死不忘革命。

还有一个女知青去别的连队看望同学回来晚了，为了少走十里路，没走大路，穿林子抄近道时遇上了黑瞎子，在没膝盖的深雪中和黑瞎子绕树，一声没哼全神贯注，从傍晚绕到凌晨。当连里几十个男知青举着几十把火把找到她时，黑瞎子才跑了。让所有人吃惊的是方圆几里的范围都是黑瞎子和她绕树蹚雪的痕迹。她以为和黑瞎子绕树不过十几分钟，当她看见一望无际的脚印才瘫倒在地。可见黑瞎子的执着，这也是黑瞎子最让人恐惧的地方。苏联小说《真正的人》里苏联飞行员也是被黑瞎子坐断了腿感染而截肢的。

这里的人都恐惧黑瞎子，可没过多久就真遇上了。黑瞎子如入无人之境拍碎蜂箱抓起蜂巢狂吃，折腾了半宿才离去。黑瞎子毁了二十多个蜂箱，木屋的门也被撞开，屋里一片狼藉。蜂蜜也被糟蹋了很多，卫生员未婚夫心疼得一个劲儿说："真是糟践，真是糟践，为嘛不便宜点儿，我说五毛，非卖一块，非一块。"

第二天，蜂蜜降价了，由一块降到了五毛。

我喝饱了蜂蜜又买了一瓶，准备给老太太，可每天下班回来都很晚，饭点一过没法碰面，只能传话。我只好找小瞄儿帮忙把蜂蜜交叶儿带去，并带话晚饭后在食堂我等她，哪天都行。过了几天老太太没有出现，我心里犯嘀咕，我想，草儿拿我逗着玩儿，老太太也和我逗着玩？逗就逗吧，确实挺好玩儿，只要好玩儿快乐就行了。

第二天晚上我下班去食堂吃饭时看见老太太在食堂坐着。我坐在老太太对面说："太太，是等我？美死了。"

老太太拿起我的饭盆说："先逮饭，你等会儿，我给你打饭去。"

我看着老太太一挺一挺地往打饭窗口走去，像在走台步，好看极了。掸子在打饭窗口向我摆摆手。掸子对老太太非常热情，看得出来，她很喜欢老太太。

老太太把饭放在我面前说："逮吧。"

然后她微笑着看着我。老太太眼睛不大，眯起眼睛成了一条缝，向下弯着，妩媚甜蜜，这和平时的高傲表情反差太大，我看直了眼。

老太太说："逮呀。看啥呀。"

我说："不想逮饭，想逮你。"

老太太说："想吃人肉咋地。"

我笑嘻嘻地说："不吃，含着。我让叶儿带话每天在食堂等你，你怎么没来?"

老太太说："没有哇。她就把蜂蜜给我了，我问她你在哪儿，她说你回宿舍了，我问她你说啥了，她说你没说啥。这两天我太憋得慌，才想起来你们下班晚碰不上，就在这儿等你呀。"

我说："哦，我让她带话她可能没听见，当时有人喊她。那朵花骨朵开了吗?"

老太太说："开了，开了，贼好看。宿舍里的人天天围着看，没有不喜欢的，可惜开了几天就凋谢了。"

我说："明年，明年开了都给你。今年只翻麦地不开荒了，要是开荒我能采很多野花给你，但那些野花都没有芍药大，没有芍药这么漂亮。"老太太不说话，眼睛眯成一条缝看着我。

我说："现在蚊子太多，想和你约会吧，没地方待，只能在食堂，食堂里天一黑蚊子也不少。哎，他们约会都去哪儿你知道吗?"

老太太说："去老职工家，去场院，去遛弯儿。"

我说："去老职工家不好，去场院蚊子更多，那儿怎么待呀?"

老太太说："蒙着头啊。"

我说："俩人对面坐着，还蒙着头？多瘆得慌。"

老太太大笑："俩头蒙成一个头。"

我说："那更吓人啊。"

我表情惊恐，老太太也吓一跳不敢再笑。愣了片刻俩人突然"哈哈哈"大笑起来。

我问："你知道他们约会都干什么吗?"

老太太还是眯着眼睛看着我说："不知道。他们干哈呀?"

我说："我要知道还问你，要不咱俩想办法偷偷看看?"

老太太还是眯着眼睛看着我摇摇头。

我说："我想和他们学学，抄抄作业，你不干，那就按我想的做吧。"

老太太笑着问："你想干哈?"

我笑嘻嘻地说："你知道，甜言蜜语、拉手、搂搂抱抱、亲嘴、未婚先孕呗。"

老太太还是眯着眼睛笑着摇摇头。

我说：“别老这样看着我，我怕忍不住开始动手了。”

老太太说：“窗外有人，食堂的也没下班，你敢吗？”

我要起身，嘴里说着：“你看我敢不敢。”

我被老太太按住了。

老太太笑眯眯地说：“你还是想想约会在哪儿没蚊子，我可不想俩头整成一个头。”

我笑呵呵地说：“那只能再等一个月，蚊子就没有了。不过时间太长，我得疯了。”

老太太说：“我看遛弯儿不错，你吃饭晚，要是看见我等着你，咱俩就去遛弯儿。”

我说：“好。马上就要割大豆了，那时蚊子会明显减少。”

老太太说：“我最怕割大豆了，真累呀。”

我说：“你的姿势不对，我看见你割大豆的姿势，撅着屁股弯着腿，总像蹲着，一天一天地蹲着，能不累吗？你得把两腿叉开，膝盖稍微弯曲，主要是把腰弯下去。你的姿势和站桩没什么区别，我看比站桩还累。不过挺好看的。”

老太太说：“好多人教我，可我按他们说的样子更累，我只能坚持几分钟。”

我说：“你割一天大豆哪儿最累让我猜猜，大腿和屁股，对不对？”

老太太说：“是啊。”

我说：“别人都是腰疼。割大豆不到一个月，这段时间下来你的腿肯定是硬邦邦的，特别有劲儿吧？”

老太太说：“是啊，割完大豆，我两条腿可有劲儿了。”

我说：“那时你要滑冰能飞起来，哎，你就不是干活儿的料儿，想起你的姿势我就发愁。到时候还是让你们排长安排你干点儿别的活儿吧。”

我又说：“今年我帮你，到地头我接应你去。”

老太太说：“每年都有人接应我，不过没有男知青接应过，不许反悔啊。”

第五节　高干子弟　爱不释手

九月中旬，我上白班第一天，晚上去食堂吃饭，一进食堂就看见了老太太。

我说：“真不容易啊。”

老太太伸手拿过我的饭盆，转身一挺一挺地去了打饭窗口。

我没等老太太把饭盆放桌上就说：“咱俩遛弯儿去，饭先不吃了。”

老太太说：“吃了再去，不差这一会儿。”

我低头狼吞虎咽，老太太又是眯着眼睛看着我，并不时皱起眉头，用手指把挂在我嘴边的馒头渣子塞进我嘴里。

我说：“我最快，五分钟吃仨馒头。”

我把饭盆放桌儿上说：“回来我再取。”

我掏出手绢擦嘴，被老太太抢过来说：“没洗过吧？真埋汰，还没擦桌布干净。”

老太太掏出自己的手绢递给我说：“先用我的，这块擦桌布我给你洗洗。”

我笑嘻嘻地说：“咱俩换，见一面换一回，我的手绢从来不擦鼻涕。”

老太太也笑，她说：“哎，我也是这么想的，你先说出来了。”

我们去泉眼方向，因为走几十米就能被山包挡住，这个方向相对隐蔽。刚拐过弯俩人又是拉手又是搂胳膊，肩膀靠着肩膀。

我说：“听说你们高干子弟知青比我们一般知青更亲，咱们新建点有几个高干子弟?”

老太太说：“好像十来个，但真正有行政级别的只有三四个。”

我问：“什么行政级别?”

老太太说：“行政一共二十三级，咱们连长、指导员可能是二十二级。二十三级最小，是排级。高级干部应该是行政十三级以上。”

我说：“听说你爸是高干，多少级?”

老太太说：“我爸爸是高干里级别最小的，十三级。”

我说：“那疯彪子呢，他妈多少级？听说他妈管着你爸。”

老太太说：“他妈现在官可大了，但他妈没有级，是飞上去的。”

我说：“真不知道，表面看你傻乎乎的，其实你懂的真多，这些我都不知道。”

老太太说：“今天他们叫我去别的连队，高干子弟有时聚会互相提供消息，我没去，不是啥好事。”

我说：“听听也没什么，弄不懂不说话就得了呗。”

老太太说：“我爸爸说人多时不扎堆，遇见矛盾时站中间，说我年龄太小，不懂政治，遇事不要乱表态。”

我说：“对，逼急了就说瞎话呗。”

老太太说："不许说瞎话，你是不是也和我说瞎话啦？"

我说："没有，我和谁说瞎话也不会和你说瞎话，我最怕你不喜欢我，还敢和你说瞎话，和你说的都是实得不能再实的实话了。"

老太太歪过头眯着眼睛看看我，使劲攥攥我的手，笑呵呵地说："我不信。"

我说："不信？我告诉你我的感觉，自从你真的成了我的女朋友，我……"

老太太笑着打断我说："是朋友，没有女。"

我说："噢，对，是朋友。我就感觉北大荒，天蓝水美，草绿花香的，每天工作不觉累，上夜班一点儿都不困。一困了就想你，想你立马就精神。每天都觉得高高兴兴的，就想着和你在一起。"

老太太笑眯眯地说："花言巧语……我也是。"

我说："你知道我为什么这么高兴吗？我告诉你吧，你特别好看，凭你的相貌男知青你随便挑，没有拒绝你的。最重要的是我喜欢你的性格，特别宽厚干净，怎么说来着，叫玉壶冰心。"

老太太笑呵呵地说："用词不当，我的心一点儿都不冰啊。"

我说："不是，是冰清玉洁的意思。"

老太太笑呵呵地说："哎，对啦。"

我说："一个意思吧？"

老太太说："我更喜欢后面的冰清玉洁。"

我说："知道你冰清玉洁的少，知道你傻乎乎的多，我是都看出来的极少数，你的傻乎乎把我迷住了，你的冰清玉洁把我镇住了。"

老太太说："我就是傻乎乎的，用东北话说就是彪乎乎的。啥清啊洁的，我就是我就妥了，别装。"

我说："我看疯彪子一直在追你，喜欢你喜欢得不行，你不喜欢他？"

老太太说："不喜欢，他和他妈一样，总唱高调，装。烦人，少勒他。"

我见二太太一脸的不高兴，不敢接着说疯彪子的事儿了。

我转开话题说："割大豆有人接应你吗？"

老太太笑呵呵地说："没有，他们割两行，我割一行。"

我说："割一行也是站了一天的桩，又得腿疼屁股疼啦。"

老太太说："割了几天了，现在最难受，要不是想和你遛弯儿我早就躺下了。"

我说："我帮你治治啊。"

我在老太太大腿上捏捏，老太太猛地躲开，“哎哟”了一声说：“更疼了。”

我又用手连揉带抓她的屁股，这回老太太没有躲。我觉得她的屁股比草儿的屁股更有弹性，更有弧度，更大，让人爱不释手。

第六节　秋收季节　小嘴封顶

今年大豆抢收也很顺利，地块平坦的都是收割机上阵，地块差的用人工。机务排抽下来参加大豆抢收的只有几个人，到了最后几天才全体参加。那是一块去年开出来的地块，因为开荒时地块很湿，又加上地块里分布着很多灌木，地表荒草茂盛，地翻得不好，重耙耙了多少遍，地表仍然凹凸不平。虽然又长出很多野草，但大豆生长得很好，这样的地块收割机用不上，只能采取人海战术。

天气转凉，蚊子好像一夜之间就消失得无影无踪。早晨大豆地里覆盖着一层白霜，大豆的叶子早已掉光，干透的豆荚呈棕褐色挂在豆秆上。秋风吹过，大豆像摇铃似的哗哗作响。我就盼着抢收大豆，希望有机会接应不会干活儿的老太太，没想到老太太被二排长安排去干别的工作，我从心里感谢二排长。我想，对，我去接应二排长。我一猫腰飞快地割起来，把机务排的很多人落在后面，到了地头我向二排长方向走去，可是离得老远就看见二排长在接应别人。我觉得挺好笑，转身去接应黑牡丹，我知道黑白牡丹形影不离，干什么都在一起，于是我瞧准了抱着四行大豆往前割。我和黑白牡丹碰头了，我冲她俩笑笑转身要走。

黑牡丹说：“等会儿。”

我说：“干吗，想踢我？”

黑牡丹说：“哪能啊。看你头上的草子，我给你掸掸。”

我说：“你应该给瓦西里去掸，白牡丹给我掸还差不多。”

白牡丹笑着说：“老太太掸，老太太掸，这是女朋友干的事儿。”

我说：“她没来，我是想她做我女朋友，可她不是我女朋友，她让我去掉女字，只是朋友。”

白牡丹说：“那不是一样吗？”

我说：“不一样，她说我可以再找个女朋友。”

黑牡丹说：“臭不要脸。”

我没有躲开，腿肚子上随即挨了一脚。

大豆割完了，场院的活儿也很简单，大豆晾晒时间短，很快入粮囤。剩下少量人工抢收的大豆还在地里没有脱粒，安排了一台拖拉机牵引着一台收割机，分黑白两班在地里脱粒。机务排取消了夜班，白班只是耙地。翻地的工作也基本停下来，剩下的人一部分保养维修车辆和农具，一小部分人参加场院工作。

国庆节前后新建点热闹起来，不停地杀猪，杀得枝儿天天黑着脸，见谁和谁吵。老职工家属们陆续来了，他们搬进新盖的老职工宿舍。计划老职工宿舍要给卫生员一套，她和天津的大知青准备结婚，现在就等着卫生员学成赤脚医生结业后完婚，卫生员的工作由新培训回来的一个北京小知青接手。房子还给小杭州准备了一套，小杭州没要，因为她和秤砣还没有打算结婚。这样老职工宿舍就剩下了一套，这套宿舍早就被老毛子盯上了，还没有和对象见面就经常跑去看这套房子。

新来的上海知青们被分到各班，机务排也挑了几个。被挑上的几个小上海都很高兴，这些南方人不像北方人那样稀里糊涂的，他们对学技术特别重视，不用督促就主动学习有关书籍，虚心求教，无论老职工还是大知青都很喜欢他们。铁子、疯彪子，还有一个哈尔滨的知青当了车长。现在花姑娘、老七、万事通、小玉也和我一样了，都当上了副驾驶员。狼牙有点儿委屈，还是顶班驾驶员，和小胡子、瓦西里一样了。

过了国庆节屋子里有些冷了，有的屋子晚上就烧把火，各宿舍都到处找劈柴。新建点安排马车进林子拉去年冬天没有拉完的木头给各宿舍送，给家属送。

枝儿噘着嘴和副连长说："不能再杀猪了，再杀，春节就没有了。"

副连长问："元旦还能杀几头？"

枝儿说："元旦没有！"

副连长说："那就吃鱼吧。这几天打鱼队分给咱们一车鱼，少吃点儿，剩下的冻起来元旦吃。"

枝儿问："都什么鱼？"

副连长说："鲶鱼、狗鱼、鲫鱼、鲤鱼，还有两条大马哈鱼。"

枝儿说："您给我几条狗鱼。"

副连长说："元旦你要能有猪可杀，我给你一盆。"

枝儿说："这是您说的，不许反悔啊。"

副连长说："你看，还是有猪可杀。"

枝儿说："我去借。"

副连长说："哎，我怎么没想到，行，行，元旦借两头来。"

自从老职工家属来了以后，知青们经常去串门，有的老职工家里做了什么好吃的，也来叫和他们关系好的知青。一来二去，大部分老职工家都有几个常去的知青。知青中也有不受欢迎的，但他们脸皮也厚，经常要吃要喝的，越是这样老职工越是不睬。

有一天，花哑巴找我说："今天晚上到我家吃饺子吧。"

我问："什么馅儿？"

花哑巴说："两种，一种是猪肉馅儿，一种是鸡蛋馅儿。"

我说："我带一个人。"

花哑巴说："知道，知道，带吧，带吧。"

有两个老职工家没什么人去串门，一个是鱼唇家，一个是花哑巴家。鱼唇家没人去是因为他两口子太令人生厌，花哑巴家没人去是因为大洋马太可怕。我从来没有害怕过大洋马，而且从心里佩服她，所以对花哑巴的邀请非常高兴。我兜里装上两盒大前门去找老太太，老太太也很高兴，让我先去，她一会儿就到。我敲门进屋，两口子让座，我递给花哑巴一盒大前门。

花哑巴问我："老太太呢？"

我说："马上就到，唉，你怎么知道我带老太太来？"

两口子呵呵直笑，大洋马的笑声好像是从瓮里发出来的声音。

老太太敲门进屋，怀里搂着一瓶白酒，我问："你能喝酒？"

老太太笑着点点头。她把酒瓶放桌上说："我不会煮饺子，你们谁煮？"

大洋马说："我煮，你们等着。"

大洋马一说话屋里便回荡着嗡嗡之声。

鸡蛋馅儿饺子上来了，大洋马又端上一盘儿炸黄豆，一盘儿炸鱼。花哑巴拿来四个大碗放上醋和蒜汁，拿出四个小杯子倒上酒。

花哑巴对大洋马说："我煮饺子，你来喝酒。"

大洋马端起杯子碰碰我和老太太的杯子后把自己杯子里的酒一饮而尽。老太太也一饮而尽。她俩都看着我。

我说："我可能不会喝。"

大洋马咧着嘴冲我笑，眼睛盯着我看。

老太太说："以前没喝过酒？你试试，不能喝就别喝。"

我端起杯子喝了一小口，只觉得口腔里辣乎乎的，酒进了嗓子眼烧着往下走。

我说："你俩别等我，我喝不了。"

老太太说："不能喝就不喝了，姐，咱俩喝。"

一会儿工夫，她俩把一瓶老白干喝完了。花哑巴也不能喝酒，大洋马把花哑巴剩在杯子里的酒喝了，老太太把我剩在杯子里的酒喝了。这时的我脸红得像猪肝，呼吸急促，歪在椅子上。

老太太摸摸我的脸说："就一小口儿咋就成这样了呢？"

我说："我想躺会儿。"

此时，大洋马满脸通红，咧嘴笑着看我。老太太面不改色，也眯着眼睛歪头看着我微笑。我睁着眼睛有点儿费劲，自觉心在狂跳，似要蹦出胸膛，两腮发紧似有呕吐之意。大洋马看看我，看看老太太，嘴咧得更大，一个劲儿地笑。

老太太站起来弯下腰，一手拉着我的手，一手在我的脸上抚摸着说："这么难受，没喝多少呀，姐，让他在你家炕上躺会儿。"

大洋马一个劲儿点头。老太太把我扶起来，扛着胳膊搂着腰把我架到炕上，她拽过被子垫在我脑后。

我说："你数数我心跳。"

老太太一手按在我脉搏上，一手翻腕看表。

她突然叫起来："妈呀，一百三十三，你是过敏吧，吐出来。"

老太太把一根手指伸进我嘴里，然后继续往我嗓子眼里伸。

我一阵恶心赶紧把头扭开说："躺会儿就好了，我能忍着。"

老太太说："要知道你这么难受，一点儿不让你沾，怨我。"

我笑笑说："我不难受，就是心跳太快。"

我抬手摸摸老太太的脸说："你喝了半瓶，没事？"

老太太说："没事，上学时候喝过一瓶。"

花哑巴说："你姐，两瓶没咋地。"

大洋马呵呵地笑了，嗡嗡的声音在屋里回荡。老太太趴在我胸前，双手捧着我的脸。大洋马拎起花哑巴去厨房了。

老太太在我脸上、嘴唇上轻轻亲吻，来回扫荡，我感觉心脏像发动机的活塞猛烈冲撞，太阳穴像要随时爆裂，呼吸像疾速奔驰的列车一样急促，我条件反射般揽住她的腰，寻找她的弹性、弧度、面积。我感觉周身被温柔、芬芳和肥沃淹没。炙热的扫荡停留在了唇边，我听到她颤抖的呼吸声，我几近晕厥，全身的神经肌肉全部收紧。突然，我感觉自己某个地方不对劲儿了。

我拼尽最后一点儿意志说："我想抽烟。"

老太太点了一支烟，抽了两口放在我嘴上说："抽吧。"

她走到厨房说："姐，做碗汤。"

花哑巴说："做完了。"

厨房已经收拾利落，花哑巴又做了酸辣汤，大洋马已经喝完了，还有一大碗放在锅里热着。他们坐在屋里聊天儿，我和老太太喝着那碗酸辣汤。

我说："饺子挺好吃，哪天还做?"

花哑巴说："哪天都行，过几天一下雪就没什么活儿了，有时间了做啥都行。"

大洋马就是咧着嘴笑，看看老太太，看看我，高兴得不行。以前我没有见大洋马笑过，今天算是看够了。她不怎么说话，一说话屋里就嗡嗡地震动。她好像非常喜欢老太太，老太太也不客气，指挥得他们两口子团团转。

我拿出一支烟递给大洋马笑呵呵地说："抽一支，没抽过吧？学学，夏天熏蚊子，冬天取暖。"

大洋马伸出两只蒲扇大的双手把烟接在手里，烟在她手心儿里像个火柴棍。花哑巴赶紧划火柴给她点烟，大洋马乐得合不拢嘴，吧嗒吧嗒地抽起来。

我点着一支烟，放在老太太嘴边说："你也抽，你嘴小，抽烟的样子一定特好看。"

老太太用手指夹着烟，摆出一副特熟练的样子抽起来。

我说："以前我把冬妮娅套你身上，今天我又给你套上一个人。"

老太太问："谁呀？干哈的?"

我笑嘻嘻地说："蝴蝶迷。"

老太太说："土匪呀!"

我笑嘻嘻地说："女土匪里最漂亮的。"

老太太说："好，以后叫我蝴蝶迷，比老太太好听。"

我说："不行，你不能叫别人叫过的名字，老太太好听，慢慢儿把老去了，就叫太太。"

老太太说："太太，是资本主义的东西，小心挨批斗。"

我说："什么都是资本主义，太是太阳的太，谁批斗你，我批他是反革命。不就是个名字吗，谁不会胡搅蛮缠啊。"

这一晚上，四个人真是太高兴了，我觉得大洋马最高兴，甩掉了没有朋友的寂寞，可能她很多年没有这样和花哑巴以外的人在一起了。再有最高兴的就是我，被老太太封顶扫荡，我没想到被老太太封顶这样美妙，就那么一点点小嘴却震撼着我的全部身心，我想下回要扫荡她一次。我放心了，知道老太太是真心喜欢我，嘴上说是去掉女字的朋友，但行动上不光证明了是带女字的朋友，还证明了是恋爱的女朋友。我第一次和女性嘴对嘴又是唾沫又是痰地搅和在一起，感觉是香香的甜甜的，比喝蜂蜜还享受。

我们两个人从大洋马家出来，老太太说："回宿舍吗？"

我说："我不想回去，可是，还是回去吧，要不然……"

老太太说："要不然咋地？"

我说："要不然会受不了啦。"

第二十五章　奇闻轶事

第一节　争夺媳妇　狍肉大餐

今冬的第一场小雪纷纷扬扬，树叶和野草被风吹得满地乱滚，气温骤降。

给老毛子说的对象来了，两个人在能耐梗家见面，一些老职工和知青前去偷看起哄。但谁也没有想到这姑娘还挺漂亮，看上去比老毛子高出半头，细眉毛大眼睛，嘴唇厚厚的，年龄比老毛子小七八岁。老毛子看傻了，紧张得浑身发抖。女方说什么他都是说，好，好，妥，妥。一句整话说不出来，幸亏排长能耐梗从中斡旋。双方说好元旦结婚，女方在新的一年开始上班。女方不走了就住在剩下的那套老职工宿舍里，这套宿舍就分配给了老毛子。

开始两天，老毛子每顿饭都打回去给他的未婚妻吃，第三天他们就自己起火做饭了，把老毛子高兴得逢人就说："大锅饭就是没有小锅饭好吃。那姑娘可巧了，做饭好吃。"

老毛子找我说："我家该锯劈柴了，叫着他们几个帮我干活儿去。"

我说："哪儿是你家？没结婚就有家啦。不去，你也太快了，希特勒的闪电战啊。"

老毛子说："不去哈，你嫂子做好吃的东西你就别想了。"

我笑嘻嘻地说："她是我嫂子哈，嗯，是嫂子，那小叔子对嫂子就什么都可以干，就是不干活儿。"

老毛子拦腰抱起我说："我看你是欠收拾，去不去？"

我说："我去，我去，你留着劲儿，收拾我嫂子吧。"

我带着瓦西里、小胡子和新上车的那个小上海到老毛子家锯劈柴，干了一个钟头，够他俩烧一个月的了。老毛子未婚妻出来给了每个人一支烟道了谢，让大家去屋里坐坐。我没有进去，带着这几个人往回走。

瓦西里把烟递给小胡子说："这人挺讲究的，没法和她闹啊。"

小胡子说："她讲究就不好意思闹啦？对新人就是无理取闹，她越讲究你越闹那才对呢。你等着，他们结婚那天，我找几个能闹的，你们看看我们是怎么闹的，让你们好好长点儿见识。”

我笑着说：“这儿要是不兴闹洞房怎么办。我看你还是别闹了，到时候老毛子给你小鞋穿。”

进入冬天，新建点的工作又分成了三大块：伐木，采石，锯木材。零碎的工作是场院装车，把剩下的粮食陆续拉走。冬季的工作很松散，没什么硬指标，星期天照常休息，天气太恶劣也休息，每周学习一天。知青们有时间互串，有时间聊天儿，有时间打扑克，有时间去老职工家串门，有时间约会。我们几个还是经常去枝儿和叶儿的养猪房找豆饼，小瞄儿更是三天两头地往那儿跑，他经常带着叶儿钻林子，弄得枝儿很孤单，枝儿更愿意很多人在屋里一起聊天儿，再弄点儿吃的。炒黄豆是最常见的小吃，还有烧老玉米，烤土豆，最受欢迎的是炒榛子，这要来回跑六十里才能采回来。榛子最多的地方只有我、花姑娘、万事通我们七八个人知道。雪下了有二十多厘米厚的时候我们拉着爬犁去过一回，弄回来两麻袋，让枝儿藏了起来。

万事通有个同学和打鱼队的人有关系，我、花姑娘和万事通去了一趟，耗了两天，又给他们三条迎春烟，弄回来两麻袋狗鱼和一麻袋鲫鱼。天亮着的时候没敢进新建点，怕被人看见，在新建点外面冻了两个多小时，等天黑了才送到枝儿的喂猪房，枝儿高兴得蹦了起来。趁天黑枝儿指挥着我们把鱼藏在了顶棚上。

万事通说：“礼拜天咱们多找几个人伏击几头野猪，今年冬天吃的东西就够丰盛了。我再多下点儿套，套兔子、狍子、野猪。”

我说：“你有本事套个黑瞎子回来，大伙都没吃过熊掌，你行吗？”

万事通说：“不好说，不好说。”

我说：“你爱套什么你就套什么，反正我不吃，多给我留儿条鱼就行了。”

我给大洋马家送去两捆狗鱼，大洋马笑个不停，屋里嗡嗡震动。

花哑巴说：“老太太把家里寄来的腊肉、香肠都拿来了，还有五斤大米，都放顶棚上挂起来了。”

我说：“干吗挂起来？”

花哑巴说：“挂起来就一直冻着，要是挨着顶棚下边就化了，还招耗子。”

我说：“噢，那我的鱼得挂起来。”

花哑巴问：“你哪儿来的鱼，是偷场院里挂着的鱼？”

我说：“你放心吧，咱的鱼不是偷的。”

花哑巴经常叫我和老太太去家里，老太太找碴儿就扫荡我，每当这个时候，大洋马就拎着花哑巴去厨房。我也带着老太太钻过林子鼓足勇气扫荡了她一回，可是，我感觉老太太脸上冰凉，嘴唇冰凉，比老太太扫荡我的感觉差远了，扫荡还是在屋里好。我更喜欢老太太对我的扫荡，要命的是老太太每次扫荡我，我半天走不了道儿，难受得不行。过去我从来不做梦，现在经常做很多奇怪的梦，都特别尴尬，经常梦到和老太太一起扫荡，扫荡的范围不断扩大，有时还很吓人。越是这样我越是希望有更多这样的梦。我做梦也有很难受的时候，那就是找厕所。人很多，找不到厕所，好不容易找了一个合适的地方，刚要尿就有女的出现，还得拼命憋回去，有时候尿半截又有情况出现，也非得憋回去，我从来没有噩梦，有尿尿不出来对我来说就是噩梦。

每当被老太太扫荡，我就会沉浸在激动、快乐、幸福的海洋之中，但我不敢在这汪洋之中任意起伏飘飞，忘我荡漾激情，我不敢攀登激动、快乐、幸福的顶峰，每次都用尽最后的毅力从中挣扎而出，进入即将登顶而又放弃的痛苦之中。每逢此刻老太太就会给我点一支烟，眯起眼睛看着我抽烟，这时我更是难以镇定，头脑中闪动着的不是扫荡而是吞并。

老毛子准备在元旦前结婚，已经没几天了，能耐梗和老豆豆的媳妇赶着为老毛子做被褥枕头。

天气越来越冷，经过两天大风降温，室外温度已是零下三十多度，大雪不停地落下来，很快达到半米来深。疯彪子在大雪前拉回两车东西，有小卖部进的货，有食堂必备的调料食盐等。拉完货，疯彪子把车送到修理连进行大保养和故障修理。履带式拖拉机只留老毛子的车拉大爬犁，其他车都放水封车。老毛子把车交给了我，他什么都不管了，一心就是娶媳妇。

大雪停下来的那天晚上，铁子带着万事通从水房提着热水，把这台车发动着了，偷偷开跑了，半夜十二点多他俩回来了，铁子背上背着一只大狍子。

大狍子有百十斤，铁子把狍子扔在地上说：“都起来，炖狍子肉。”

宿舍的人都兴奋起来，老毛子说：“你小子行啊，每年都能整到狍子，给我留条腿。”

我说：“你的两条腿都给你留着，狍子腿不留。”

老毛子笑呵呵地说：“给你嫂子尝尝。”

肥猴儿说：“铁子，这张狍子皮给我吧，我腰不好。”

万事通说：“铁子想吃狍子肉，我帮他逮的，早说好了，他吃肉，我要皮。”

肥猴儿说：“你年轻轻的铺皮褥子上火。”

毛毛说："我看你火最大，没地方出火。老毛子现在天天出火，你也整个媳妇出出火。"

老毛子笑呵呵地说："皮褥子不如火炕。"

毛毛也笑个不停，他说："你看人家老毛子，火炕、皮褥子都有了，你他妈没火炕也没皮褥子，你也整一个，整一个。"

老毛子得便宜卖乖地说："是啊，你也整一个，让我们看看。"

肥猴儿气愤地说："你嘚瑟啥呀，最先是要说给我的，谁知道你和能耐梗咋捏鼓的，反倒和你见面了，要和我见面还是我的呢。"

老毛子一听这话立刻急了："我捏鼓啥啦？我捏鼓啥啦？咱们现在就去问问。"

肥猴儿说："不用问，这不是明摆着吗，只要有工作、能挣钱她就同意。"

老毛子说："没工作、不挣钱我也同意。"

肥猴儿说："你同意人家不同意，人家就为找工作挣钱。"

花姑娘说："这话不对，没工作就不结婚啦？"

小胡子说："就是，城市里还有好多没工作的，我妈妈就是家庭妇女。"

肥猴儿说："她们老家穷着呢，她就想找工作上班挣钱。"

老毛子说："她没工作不挣钱我也要。"

肥猴儿说："咱们一个人一年挣的钱比她们全村儿人一年挣的钱都多。"

老毛子说："你听不明白呀，我不嫌她穷。"

大笸箩说："什么跟什么呀，你说你的，他说他的，说一宿都说不清楚。"

疖子包说："裤裆放屁，两岔了。"

毛毛说："你咋知道那么清楚，人家村儿里挣多少钱你都知道？"

肥猴儿说："哼，要不说呢，他老毛子知道的我都知道，你们就明白怎么回事了。"

毛毛笑嘻嘻地说："不对吧，老毛子现在可比你知道得多，没媳妇你就永远不知道。"

肥猴儿语塞，老毛子眼珠发亮，有点儿飘飘然。

铁子也不说话，往脸盆里倒上水，放在炉子上，用刀割下狍子的一条前腿，扒开皮，把狍子腿上的肉一块一块割下来扔进盆里。

万事通说："你这么急呀，毁了一张好皮。"

铁子说："你懂什么呀，过后再缝上，你看皮货店里哪张皮子不是拼起来的？"

铁子冲着我笑嘻嘻地说："把你的皮袄，还有你家新寄来的皮裤拆开给他们看看。"

我说："去你大爷的，我拆开了，谁给我缝上啊，二排长？"

铁子说："没问题，我让她干吗她干吗，听话。"

花姑娘笑着说："是，忘了揪耳朵了。"

老七用饭盆化开一块酱油膏，放到炉子上，疖子包、小玉、狼牙、点窝、小胡子、瓦西里几个人围到炉子边上吃狍子肉，他们捞起一块肉，在酱油膏化成的酱油里蘸一下，个个吃得有滋有味。

花姑娘说："刚放进去就吃，熟了吗？"

狼牙说："可嫩了。"

万事通说："大笸箩，你不吃啊？"

大笸箩这才起床下地用刀子在万事通剥完皮的狍子身上割肉，他把肉割成薄片放在他的饭盒里说："花姑娘，化块儿酱油膏，一会儿和万事通咱仨涮羊肉。"

花姑娘说："还是你聪明，开锅就能吃。"

老毛子见没人理他，他割下狍子另一条前腿用毛巾包起来。

万事通说："前腿上的皮别扔了，你先给我，把皮剥了你再拿走。"

老毛子一边穿衣服一边说："忘不了，保证给你。"

老毛子拿着那条狍子前腿出去了。

我见老毛子出去了问铁子："这狍子是怎么抓住的？"

铁子说："狍子追亮儿，我们见到狍子群就开着车在地里转圈，傻袍子就跟着我们转，有腿脚不利索的或者被同伴撞倒的就齐活。"

我说："开车逮狍子谁也别说出去啊，就说是万事通套住的。"

肥猴儿问毛毛："你怎么不吃啊？"

毛毛笑呵呵地说："你们先吃吧，再能吃也吃不了半只，一会儿我自己吃个后腿，好饭不怕晚。"

肥猴儿说："好，一会儿咱俩一块儿吃。"

毛毛说："你别和我一起吃，看你那一脸粉刺，谁看了也吃不下饭去。你这辈子都娶不上媳妇，还和老毛子较劲儿，看着上火去吧。"

肥猴儿说："开始我没往心里去，我以为到时候就见面了，没想到，没过几天又说不见了，谁知道她会和老毛子见面。老毛子准是给能耐梗送酒了。"

我也穿上衣服起来了，用刀子割下狍子的两条后腿出了宿舍。

万事通在后面喊着："我这张皮子算是完了。"

我来到大洋马家，找来梯子把狍子腿放上顶棚，脚踩得顶棚咚咚响。我顺着梯子下来时，脚一落地看见有个巨人站在旁边，吓了我一大跳。仔细一看是大洋马。

我说："弄了两条狍子腿，没事，把梯子收起来，我走了。"

我转身跑了。身后传来大洋马"呵呵呵"的笑声。

铁子他们几个人吃完睡觉了，大笸箩他们几个又开始涮狍子肉，大笸箩他们吃完了，肥猴儿、老毛子、老七、小上海他们又吃。毛毛一直在角落里看着他们，等所有人都吃完躺下了，他才在炉子里加好柴，放上水盆开始在狍子身上找他想吃的地方。

他一边找一边自言自语："你们都吃完了，能吃你们接着吃啊，吃不下了吧，哈哈哈，该我啦，你们一群傻子，为啥不吃鞭？"

万事通在被窝里叹了口气："哎，怎么把这事儿给忘了。"

屋里一阵骚动。

毛毛更是得意："狍子其实就是鹿的一种，狍子鞭就是鹿鞭啊，买都买不着哇。"

毛毛把鞭扔进盆里说："哈！还有蛋，相当于鹿蛋，嘿嘿嘿，都是我的。"

毛毛手里晃着刀子，扭着屁股，围着狍子转圈："呵呵呵，还有哪儿？哈哈！还有心和肝，哈哈，都是好东西。"

点窝说："你再叨叨个没完我给你扣了。"

毛毛说："你们吃的时候我说啥了，你们折腾了半宿吵得我睡不了觉，现在你们吃饱了，我捡点儿剩的都不行，太霸道了吧。"

万事通哈哈大笑起来："心肝是好东西，还有肺、腰子、胃，你自己开膛找吧。"

毛毛说："开就开，你以为我找不着啊。"

我迷迷糊糊的也没睡着，跳下床，在床下拿起斧子，向狍子走过去，毛毛吓坏了。

他说："我不叨叨了，我不叨叨了。"

我举斧子几下就把狍子的头砍下来，扔在劈柴堆上说："这犄角是我的。"

我扔下斧子上床钻进被窝。

大笸箩说："哎，这才是最值钱的。"

毛毛说："我是说最后再整鹿茸，他先整去了。"

点窝对我说："干脆都说是你的得了。"

我说："我一口没吃还不许我挑点儿什么？"

点窝说："两条后腿没了，要是给我两条后腿，我也可以一口不吃。"

我说："可惜，你吃了，还是第一拨吃的，不过你现在再挑点儿什么也行。"

毛毛果然自己给狍子开膛，这回他不叨叨叨了，认真地找狍子的心肝。

花姑娘趴在我耳朵上说："我去你的，没洗，呵呵呵，等他吃完了再告诉他。这是老人吃的，年轻人吃了得顺着鼻子蹿血。"

毛毛一直不出声，把狍子的肠子肚子弄了一地，他连吃带折腾的一直到天亮。

早晨旁边宿舍的知青知道有狍子，眨眼工夫就抢光了。

花姑娘问我："你把后腿藏哪儿了？"

我说："没藏，给大洋马啦。"

花姑娘问："给她干吗？"

我说："大洋马好像从来没吃饱过，你知道她多能吃？"

花姑娘问："多能吃？"

我笑着说："她家从来没有剩饭，这回我看她能不能吃掉一条狍子腿。"

我对铁子说："犄角是你的。"

铁子说："有什么用，真以为能顶鹿茸啊。"

我说："好看啊，挂起来做个纪念。"

铁子说："这个犄角太小了，将来我弄个大的。"

第二节　食物中毒　誓不两立

毛毛上午去林子里转了转就回宿舍睡觉了，中午没有吃饭，下午该上班了还不起床。

肥猴儿说："下午不上班啦？给你算啥，病假还是事假？"

毛毛说："病假，你帮我把卫生员找来，我肚子疼，哎呀，真疼。"

肥猴儿说："你自己去吧，装病还摆谱。"

毛毛说："谁给我叫卫生员，我给谁买一盒烟。"

没有人理他，大家陆续上班了。下午下班时毛毛还没有起来，他躺在床上哼哼唧唧说肚子疼，谁帮他叫卫生员他给买三盒烟，看来他真是病了。

花姑娘说："肥猴儿，你太差劲了，你是毛毛的车长，他生病你不管，你不配当这个车长。”

肥猴儿说：“昨天他怎么埋汰我的你们都听见了，现在用着我了，平时从来也没把我当车长，自己忍着吧。”

我说：“老七，你给叫一下去，卫生员是你同学，和我们不太熟，毛毛还给你买烟哪。”

老七说：“这天多冷啊，我刚暖和过来。”

我说：“行，小子，将来你要有事，这屋里谁帮你谁是孙子，去你妈的，我去。”

花姑娘也跟着说：“对，我也去。”

我到卫生员住的宿舍看见卫生员正在照镜子。卫生员是老七、点窝的同学，虽然和我是一个学校的，但在学校时不认识。来到东北认识了，没几天我就给他起个外号叫春喜儿，因为春喜儿长着小鼻子、小眼儿、小嘴、白净脸，比文书小娘儿们还像小娘儿们，可惜就是有些少白头。他的外号传出来以后他也知道是我给起的，不但不生气，好像还挺喜欢。春喜儿就是爱臭美，自恋得厉害，每天的习惯动作就是掏出镜子照啊照，另一只手摆弄头发，一会儿左分，一会儿右分。

我说：“臭美呢，有病号啦，跟我去看看。”

春喜儿把小镜子装进上衣口袋问：“谁呀？怎么啦？”

我说：“毛毛，肚子疼，一天没上班了，好像挺厉害。”

春喜儿说：“走，看看去。”

春喜儿对卫生员的工作还是很喜欢的，只要说看病，他就笑脸相迎。

春喜儿给毛毛看了看说：“这病我看不了，我去叫老卫生员，她要看不了就得送医院了。”

春喜儿去叫老卫生员，毛毛开始疼得哭起来，不停地号叫：“哎呀——，妈呀——，我要死啦——，啊——嚯，嚯——！”

听毛毛叫得如此悲惨，没有人再说笑了。老卫生员来了，她按按这儿，按按那儿，毛毛疼得又号叫起来。

老卫生员对春喜儿说：“是食物中毒，我给他扎一针试试。”

她掏出一个针灸包，拿出一根十几厘米的长针，春喜儿递给她一个酒精棉球，老卫生员擦完酒精，把那根长针直刺进毛毛肚子里，毛毛没有太大反应，老卫生员两个手指猛搓了几下针柄，毛毛啊啊大叫起来，老卫生员猛地把针拔出，毛毛一侧身趴在床边，喷射性狂吐起来。

我看毛毛还想吐又吐不出来的样子，就在他后背上拍起来，花姑娘把毛巾递给他，瓦西里又给他倒了一碗温水。

过了一会儿，老卫生员问毛毛："好点儿了吗?"

毛毛说："谢谢，没事了，我也知道，吐出来就好了，我就是吐不出来，干疼。你真高。"

老卫生员对春喜儿说："给他来点儿消炎药就行了。多喝水，别喝冷水啊。"

老卫生员说："我走了，有事再叫我。"

我说："谢谢啊，你啥时候结婚?"

老卫生员脸一下红了，她笑笑说："快了，也没准。"

我把劈柴堆上的犄角拿起来说："这是毛毛的，算是他送你结婚的礼物。"

老卫生员高兴地说："太好看了，谢谢毛毛，我拿走了。"

我说："你别拿了，让他来，外边这么冷，这东西又挺沉，要不我给你送去。"

老卫生员说："对，让他来取，他就喜欢这类东西。"

老卫生员走了，春喜儿坐在桌子旁边给毛毛找药，瓦西里、小胡子、小上海帮着清理毛毛的呕吐物，又垫上炉灰。

春喜儿走了，毛毛冲我招招手说："大哥，你过来。"

我坐在毛毛床边问："干啥呀?"

毛毛说："大哥，你又救我一回，你是我救命恩人。"

我说："是卫生员救的你，跟我没关系。"

毛毛说："我心里有数，烟我就不买了。"

我笑着说："没指望你能说话算话，你接着用我的牙膏。"

毛毛说："我没说完呢，我三盒烟不买了，我叫我家给寄一条太阳岛给你。"

我说："行啊，不过你是第二次叫我大哥，你可比我大好几岁，叫大哥不合适，你叫我大哥再买烟就更不合适了，烟可以不买。"

毛毛语气一转说："我去你妈的肥猴儿，你是我的仇人。明天我就找连长，我不干了，连长不同意我离开你，我就想办法弄死你，我要弄不死你，我管你叫爷。"

毛毛说这些话的时候铿锵有力，严肃认真，惊呆了所有在场的人。

肥猴儿说："我……我不知道你真病了，我……我以为你是想歇一天。"

毛毛拉着我的手哭着说："大哥，今天我才知道什么是叫天天不应叫地地不灵啊，遇上这么个车长倒霉呀，渴了我给他找水喝，饿了我给他打饭去，脏活儿累活儿都是我的，技术从来不教。我要造反，你死我活！"

毛毛圆瞪着小眼睛，脸拉得比鞋底子都长，鼻孔呼呼喷着气。

瓦西里说："消消火，喝点儿水，别虚脱了。"

疖子包说："要这么说，肥猴儿，你还真不是人。"

点窝说："我早看他不顺眼了。"

狼牙说："软的欺负硬的怕，什么东西。"

万事通说："就是欠抽，你以为我们平常不注意你的屁事儿？不爱搭理你！"

这时的气氛很是紧张，只要有一个人冲肥猴儿走过去，其他人就会扑上去暴揍他。吓得小胡子、瓦西里、小上海他们大气不敢出。

花姑娘摸摸毛毛的头说："算啦算啦，以后再招你，我们给你出气。"

肥猴儿低着头一句话不敢说。老毛子也不敢言语。

花姑娘说："毛毛，你知道你为什么中毒吗？"

毛毛问："为啥？"

花姑娘说："我告诉你吧，是那根鞭闹的，你没洗吧，那里边全是尿碱，农药里叫尿素。"

毛毛"哇"的一声差点儿又呕吐出来。屋里的知青们哈哈大笑起来。毛毛花了几个小时在身边的这只大狍子身上这儿割一块，那儿剥一块，煮了一大盆都吃了。虽然食物中毒让他死去活来，但他还是很享受那种没有任何顾忌的自由自在的饕餮大餐。

第二天，毛毛到连部向连长、指导员哭诉一番并扬言，不让他离开肥猴儿，他就要用耗子药药死肥猴儿。这引起了连领导的重视，派机务排长能耐梗调查此事。调查结果是食物中毒会死人，肥猴儿知情不管，对同志没有阶级感情，存在旧社会的师徒压迫。最后领导决定，免去肥猴儿的车长职务并让他做出深刻检讨。

第三节　送强奸犯　烟炮肆虐

十二月下旬，老毛子结婚，连里杀了一头猪，卖给了老毛子一点儿，剩下的冻起来元旦用。非常简单的仪式，只有连领导、机务排长、老豆豆、大管篓和双方亲戚。仪式过后，连领导走了，其他人在一起喝了点儿酒，吃了顿饭。

这一天出奇的冷。傍晚强奸犯和车老板打起来了。原因是：上午杀猪接了一盆猪血，强奸犯在没杀猪之前就和杀猪的说好他要猪血，但一直到下午强奸犯也没来取，车老板也想要这盆猪血，他对杀猪的说："这么长时间还不来取，一定是不要了。车老板扔下一毛钱端起猪血就走。正在此时强奸犯来取猪血，见车老板要端走猪血，他拦住车老板说理。他俩正是捡橡子时的两个老职工，被大黑瞎子吓尿裤子的正是强奸犯。仇人见面分外眼红，言语不和，大打出手。两个人谁也不会武功，只凭蛮力，嗷嗷吼叫着滚在一起。车老板一米八几的大个儿，力大无比，强奸犯虽然比车老板矮了一头，但力大如牛。两个人简直是棋逢对手，不分胜负。车老板抓住强奸犯身子一拧，"嗨"的一声就把强奸犯扔出一个滚儿，强奸犯站起来把车老板贴身抱起，"嘿"的一声就把车老板摔在地上。他们打架没有你一拳我一脚，而是不停地你摔我我摔你。要不然就是抱住对方压在身下。最后，车老板耐力明显不如强奸犯，处于下风。他被强奸犯压在身下挣扎不起，顺手抓起一块劈柴板子砸在强奸犯头顶。强奸犯一下瘫软下来，猪血洒光了，人血打出来了。强奸犯的头被车老板砸了个大窟窿，不停地往外冒血。

有人把强奸犯扶回家，车老板骂骂咧咧也回家了。强奸犯的小媳妇先是吓傻了，哭了一会儿想起来得找人，她跑去找了副连长。

副连长说："我让卫生员去看看。"

春喜儿看了强奸犯的伤说："这伤我治不了，我只能给你包一下。"

强奸犯说："好，好，包一下就行了。"

春喜儿说："你的头得缝针，还是去医院吧。"

强奸犯说："不用了，挺一挺就好了。"

强奸犯的小媳妇说："天黑了，明天一早去。"

春喜儿从强奸犯家里出来直接去找连长说："强奸犯伤口很深，失血过多，今天不去医院有危险。"

指导员说："让他受点儿教训也好，王八犊子，太不是东西，上回杀猪他就要了一盆，这次又要，便宜都让他占了。"

连长说："那就送医院，疯彪子的车没在，只有老毛子的拖拉机了，老毛子今天结婚，让妖怪和你去吧，你和他说是我说的，你俩多穿点儿，让强奸犯家属给他带床被子，这天太冷了。"

卫生员向我传达连长指示，还没有说完，连长、指导员也来了。

连长问："车没问题吧？"

我说："没问题。"

指导员问："车里油够吗?"

我说："今天加的油，油箱是满的。"

连长问："多少号的?"

我说："三十五号油。连长说，现在差不多零下三十五度，车跑起来咣当咣当能扛零下四十度。路上小心点儿，走，去强奸犯家看看。"

我说："瓦西里、小胡子，帮我去发动车。"

我们三个人来到拖拉机旁边，我发动车。

小胡子说："还没加水呢。"

我说："刚加完，万事通和铁子又要去逮狍子，多亏还没走，赶上这事儿。"

连长、指导员把强奸犯扶上车坐在我旁边，春喜儿坐在强奸犯对面的工具箱上，我挂挡加油，拖拉机奔跑起来。路上积雪很厚，拖拉机跑起来很平稳，因为不是公路，路面不是很平坦，只能跑四挡。没走多大一会儿，春喜儿就抬起屁股不坐了。

我哈哈笑着大声问："怎么啦，太凉?"

春喜儿说："啊，疼!"

我把右手的棉手套递给他："把手套垫底下。"

车外面白雪茫茫，看不见一点儿杂色儿，旁边森林里的树干、树枝都被包上了厚厚的积雪和冰霜，只能看见白色的树影，看不见树身，仿佛拖拉机置身于童话中的冰雪世界。春喜儿不停地向车外张望，咧着小嘴，像是惊诧又像是欢喜，一脸的孩童之气。走了一会儿，从家里带出的热气散光了，只觉浑身凉透，脚冻得生疼，我开始用脚趾抓挠儿，春喜儿开始跺脚。强奸犯脚肯定不冷，他穿的是一双毡疙瘩。

八里的土路跑了一个小时，上了公路立刻就不颠簸了。我还是第一次开着履带式拖拉机在公路上奔跑，挂上五挡加大油门猛跑，十七里路，跑了一个半小时。

外面起风了。我把车停在医院旁边的公路上，帮着春喜儿扶强奸犯下车。强奸犯已经处于半昏迷状态，头上还在流血。我后悔跑得太快了，应该慢点儿，让强奸犯的血多流点儿，最好把他流傻了，那就省得他的小媳妇天天夜里叫唤了。

春喜儿试着要背强奸犯，我说："让他自己走。"

春喜儿说："昏迷了。"

我说："你扶着，我背。"

我这一背，差点儿让强奸犯压趴下，这小子有二百来斤，我想：他的小媳妇和这样一个野兽在一起，不叫唤才怪。我咬咬牙背着他走进医院。

门诊、走廊空无一人，春喜儿说："你坚持会儿，我去找人。"

我大喊："来人哪！"

声音震得走廊里嗡嗡响。

从屋里跑出两个护士，她们跑过来问："怎么啦？怎么啦？"

我喘着粗气说："脑袋上有个大窟窿。"

护士说："是吗，哎哟，怎么弄的呀？"

我说："赶紧找地方，我背不动啦。"

小护士好像没有听见，继续追问怎么弄的。我突然邪火冲顶，不知道是背着强奸犯太沉，还是背着他感到耻辱。

我大怒起来："我让你找地儿，听见没有！再不找地儿我把他扔喽！"

一个小护士说："跟我来。"

来到一张病床前。小护士说："放这儿吧。"

我一侧身，屁股一使劲，把强奸犯像卸麻袋一样扔在床上，然后拉着春喜儿就走。

小护士说："别走呀，得说说呀。"

我说："说他妈什么呀，打架打的，别给他好好治，最好给他治傻喽，我给你买大白兔奶糖。"

小护士说："这叫什么呀？啊？"

春喜儿说："等会儿，是应该交代交代。"

我说："交代什么呀，没看见变天啦，走！"

我拉着春喜儿跑出医院。寒风呼啸，地上的积雪被卷起，满天望去不是飞雪胜似飞雪，远处已是迷茫一片。

我说："坏了，大烟炮，几点啦？"

春喜儿说："十点多。"

我说："咱住招待所吧，明天再回去。"

春喜儿说："没有介绍信不让住。还是回去吧。"

我说："好，那就不住了，住下车还得放水。走，回家。"

我把发动机的保温帘提到最高，温度还是上不去，把油门踩到最大，温度仍然上不去五十度。公路上没有一个人，没有一辆车，风越刮越大，积雪成团地卷上天空。

第四节 搏命八里 木头耳朵

平时再大的风都是看不见的，而大烟炮让你能看见风的身影，它裹携着雪团雪花展示着它的风姿。风骤时它横冲直撞，风缓时它斜飘歪荡，打着旋儿，转着弯儿，带出吱儿吱儿的哨响。多亏公路高出地面很多，隐约可以看见它的轮廓，只有大风卷起更多的雪时才会挡住近在咫尺的前方。每当这时我只能把头探出窗外仔细分辨。我把速度降至三挡，因为怕万一看错会掉进路边的深沟里。车里和外面温度一样，在车里坐着只是稍微避点儿风，我的脚无论怎样抓挠还是生疼，春喜儿跺脚的频率越来越高。

我们的车下了公路，离家还有八里，再有一个多小时就到了，但是我们没有想到，大烟炮在路面上堆砌了一堵一堵的雪墙，车只能跑一挡，像是蜗牛在风雪中爬行，拖拉机一会儿举头望天，一会儿屁股朝上。土路不像公路那么高，土路是推土机推出来的，路就像在沟底，很容易积雪。大烟炮直刮得天昏地暗，眼前几乎什么都看不见，只能隐约感觉到路边的电线杆。车灯明亮也是白费，它只会让眼前的白茫茫更加晃眼。没走多远，拖拉机灭火了。我跳下车打开机盖子，拧开放水龙头给发动机放水。

春喜儿说："干吗呢？快发动车呀！"

我说："快下来吧，油冻了。"

春喜儿说："三十五号油不是零下四十度都冻不了吗？超过零下四十度啦？"

我笑呵呵地说："肯定超过了，告诉你，别尿尿啊，冰棍把你支起来。"

春喜儿问："那咱怎么回家呀？"

我说："听你的，顺风七里到老连队同学那住一宿，顶风八里回新建点宿舍。"

春喜儿问："你说呢？"

我说："我说顺风走，大烟炮天气应该顺风走安全。"

春喜儿说："到同学那儿还得挤一张床，多别扭啊，咱回新建点吧。"

我说："好，听你的。"

我怕水放不干净，又转了转起动机，盖上机盖子，关上车门。我把狗皮帽子的帽耳朵放下来，挂上挂钩，围好围脖，戴上棉手套说："走吧。"

春喜儿说："这风太大啦，睁不开眼，看不见路。"

春喜儿戴的是二十四元一顶的黑皮羊剪绒帽子，这是当时最贵的棉帽子，很厚，很有型，就是帽耳朵翘着盖不到脸上。他穿着一件军大衣，很合身，从后面看就是个军人，可惜前面没有领章帽徽。

我帮他把大衣领子竖起来说："用手扶住，能挡风。"

春喜儿说："脸怎么办？雪粒儿吹脸上疼着呢。"

我说："左手扶着领子，右手挡着脸。快走吧，走热乎了就好了。"

说是走，顶着风就像推着一辆车，身子用力前倾才能迈开步子。

春喜儿说："不行，我走不动。"

我说："你跟我后边，你就别娇气啦，再磨蹭就回不去啦！"

风小了一点儿，但脚下都是高矮不等的雪埂，一不小心就会被绊倒。我们两个人连滚带爬地往前走。走着走着看不见路了，弥漫的大雪挡住了十几米外的视线。

春喜儿说："咱走哪儿去啦，我觉得好像没在路上，歇会儿找找路吧。"

我说："别歇着，只要咱们在沟里走就没事。"

春喜儿说："我怎么看着哪儿都是沟啊。"

我四处瞧瞧，也觉得到处都是沟。

我说："你找左边，我找右边，找到电线杆就行了。咱俩得互相看得见，看不见就完了。"

我俩刚要分开，一阵强风刮过来，我和春喜儿的脚都离了地。

春喜儿"啊"的叫了一声，我俩都摔在了地上。

春喜儿说："刚才是不是让风刮起来了？"

我说："咱俩别分开了，我抓着你。"

我为了鼓励春喜儿，说："听你的就对了，要是顺风走，咱俩就飞走了，赶紧找电线杆子。"

我们向右走了十几米看见了电线杆，我说："我往前走，看见我停下你再过来。"

电线杆很矮，间隔二十五米，但颜色是沥青黑，比较显眼。我俩就这样以电线杆为基准目标，交替捯换着前进。

我们走了一个多小时，春喜儿喘着粗气说："我实在走不动了，咱歇会儿吧。"

我说："你没听说过，大烟炮天气冻死的都是歇着不动的？快走。"

横在路上的雪墙高的有一米五左右，想爬过去要先把雪墙上推开一个豁口，翻过去时不是大头朝下栽下去就是横着摔下去，因为雪墙的另一侧也有一定的坡度，即使摔下去也不会伤。但是，费体力费时间。每当春喜儿没爬过去又出溜回原地时，他就趴着不动了，我喊几声他也不动，只说休息一会儿。没办法，我又爬回来把他拉起来推过雪墙，后来我干脆先把他推过去自己再爬。

又走了一个来小时，春喜儿趴在雪墙下说什么也不走了，不管我怎样用死亡威胁，他就是不走了。

春喜儿说："歇十分钟，就十分钟，你趴下，我不骗你，在这儿趴着一点儿都不冷。"

我说："不行，越觉着暖和越说明快完蛋啦，你丫走不走？"

春喜儿说："我不走。"

我说："我自己走了，不管你了，冻死活该。"

我翻过雪墙假装走了。等了一分多钟春喜儿仍然没有动静。我赶紧又翻雪墙回来。

我拽着春喜儿的衣服大喊："快起来！"

春喜儿小声说："我真没劲儿了，真舒服啊。"

我一听春喜儿这么说，吓得差点儿尿了裤子，我蹲下身子在春喜儿的身上乱打，嘴里不停地大骂，随后又站起来在他身上乱踢，骂着最难听的话，把他祖宗十八代的女性全骂了个遍，还捎上了几个男性。就这样，我暴打狂骂了五分钟，自己筋疲力尽，也趴在地上。

我趴在地上说："原来我觉着你长得比花姑娘、小娘儿们都好看，又比他们更像老爷们，我觉得你会比他们更招女知青喜欢，没想到更尿。"

我接着说："我给花姑娘说白牡丹，人家就觉着他不像老爷们不同意。要是花姑娘在这儿，哼，肯定是他帮我。"

春喜儿问："白牡丹不是花姑娘的？"

我说："我给花姑娘说了俩，都是一个原因——人家不同意。"

春喜儿说："那个是谁呀？"

我说："枝儿啊。"

春喜儿一下子就跳起来了，他把我拉起来说："走吧，我歇过来了。"

我简直喜出望外，高兴地说："走。"

春喜儿说："你给我挡点儿风，我先尿泡尿。"

我说："不行，那不是把暖水袋扔了？尿了你就完蛋了。"

我们接着翻越雪墙，速度明显加快。

春喜儿一边走一边说："刚才我的两条腿没知觉了，你打我一顿挺管用，我腿能动了。从车上下来也就是五分钟，我的棉裤绒裤就让风打透了，大衣棉袄也不管用了。"

我听了这话立刻觉得刚才自己对春喜儿有点儿过分了，打还说得过去，可骂得太难听了。自己到现在除了脸被风刮得刺痛，双脚有点儿凉以外，身上没有进风的地方，没有太冷的感觉，特别是两条腿，根本没有春喜儿说的那种麻木，我心里想是皮袄皮裤起作用了，皮袄皮裤救了我们俩。春喜儿又摔了一个跟头，我把他扶起来。

春喜儿说："你摸我耳朵。"

我摘下手套摸他的耳朵，把我吓坏了，他的耳朵像木头一样硬。

我说："你怎么不早说呀？"

春喜儿说："我也是刚发现，我耳朵早就冻得没知觉了。"

我摘下围脖给春喜儿围好，我又和春喜儿换了帽子。我的帽子是狗皮的，花了九块钱，狗毛是卷着的，有五六厘米长，风一刮就贴脸上，暖和极了。

我们又走了半个多小时，春喜儿高兴地说："我耳朵有知觉了，咱俩换过来吧。"

我真想换，因为我的脸和半个耳朵毫无遮拦，我怕冻伤，隔一会就用双手捂一捂。

我说："别动，别把耳朵碰掉了。不换了。"

春喜儿说："你看，快到家了。"

真是快到了，应该还有二里路。这段路背风，路北紧挨着森林，所以，路面没有雪墙，只有一些很低的雪埂。我和春喜儿立马来了精神，十几分钟就走完了这两里路。

我说："先去我们屋给你搓雪。"

第五节　皮袄皮裤　温暖问候

来到机务排宿舍，屋里人一片欢呼，我说："赶快弄两盆雪，给春喜儿搓腿。春喜儿，把裤子脱了。"

屋里有人去弄雪，有人把春喜儿架到床上帮他脱衣服。

花姑娘问我："你没事吧？"

我说："我得搓搓脚，没什么知觉，发木，老摔跟头。"

毛毛给我端来一盆雪。

老毛子说："车冻了吧？我没猜错吧。离这儿多远?"

我说："八里。"

老毛子走了，去报告连长我们回来了。

春喜儿的两条腿已经没有了温度，老七、点窝、疖子包、狼牙围着他用雪给他搓。

毛毛对我说："你自己搓搓脸，这儿，有块白。冻了。"

我抓了把雪就往脸上搓。花姑娘、毛毛一人抱着我的一只脚搓。

老七问："春喜儿，你的耳朵搓吗?"

春喜儿说："别碰，不能搓，现在火烧火燎的，说明血液循环了，一会儿该起泡了。"

老七说："现在好像已经起泡了，后边一层白的。"

春喜儿说："多亏我兄弟的围脖和帽子，要不然准冻掉了，刚才还是硬的。"

这时连长、指导员来了，连长问："有冻伤吗?"

春喜儿说："就我俩耳朵，现在腿和脚也缓过来了。"

连长、指导员观察春喜儿的耳朵，连长说："起泡了。"

我说："啊，刚才和木头一样，掐不动，吓我一大跳。"

春喜儿说："今天要不是妖怪，我非死不可，两条腿没知觉了，后来他又打又骂可能踢着我哪儿了，知道疼了才能动。他又把围脖给我了，帽子和我换了，要不然我耳朵肯定保不住了。"

我说："不是我，是我爸救咱俩一命，全靠这条皮裤，我没有它，比你还得㞞。我两条腿就没觉得冷，风一直没打透。"

指导员说："你小子皮袄皮裤的肯定没事，连长一点儿都不担心你，他就说你没事。皮袄皮裤就是沉点儿。"

我说："皮袄稍微有点儿沉，皮裤比棉裤还轻。"

连长说："那就不是羊皮，我看看。"

连长拿起皮裤认真看起来。

他说："看不出来，这么薄，风打不透，好像是狐狸皮。回头我也得买一条，我腿不行。"

瓦西里给我和春喜儿每人冲了一碗麦乳精。

指导员说："你们好好休息，我们走了。"

毛毛说："那两个老东西打仗，让妖怪他们冒险，他俩是回来了，要是冻死了这账怎么算？"

花姑娘说："对，我们知青都不打架了，多听话，他们倒打起来了，向他们学习什么呀？还教育我们呢，必须严肃处理。"

连长说："他们两个要严肃处理。妖怪、春喜儿要表扬。"

快天亮了，春喜儿要回自己宿舍，我说："你耳朵好得差不多了你再出屋，如果再冻一下，估计就烂掉了。"

疖子包说："你就在我床上睡吧，我上花姑娘他们床上睡，几天都没事。"

老七说："天亮了我给你找个油桶撒尿用，这两天别出去。"

春喜儿说："我现在就憋着呢。"

毛毛说："用老毛子的，他家里都是新脸盆，旧的他还没拿走。给你。"

春喜儿笑呵呵地对我说："暖水袋放水啦。"

我也笑："三十七度。"

天快亮时我睡着了，春喜儿可睡不了，只能头靠着墙斜坐着打盹儿。一会儿，大家都睡着了，春喜儿只觉得两耳火辣辣地疼，双耳带得太阳穴和整个头顶、腮帮子都疼，他无论如何也睡不着。

早饭时，大被单儿、掸子、小杭州端着病号饭敲门，春喜儿让他们进来。她们把饭放在炉子上。

大被单儿说："连长让做的，有肉的是你的，没肉的是妖怪的。"

小杭州问："冻坏什么地方啦？"

春喜儿说："耳朵。"

大被单儿她们三个围着春喜儿看他的耳朵，吃惊不小。

大被单儿说："这俩大泡，跟灯泡似的，恁么治啊？"

春喜儿说："只能慢慢吸收。"

大被单儿说："这下受罪了，他恁么样？"

大被单儿指指我。春喜儿说："他？他哪儿都没事。"

大被单儿说："你冻这样，他没事？"

春喜儿说："他还把围脖给我了，帽子和我换了，要不然我耳朵肯定保不住，他什么事儿没有，不信你们去看看。"

三个人来到我床前，看我的耳朵，小杭州用两个手指捏着我的耳朵抻了抻。

掸子拍了小杭州一下说："别吵醒他。"

我听见有人进来，小杭州抻我耳朵很舒服，我说：“揉揉更舒服。”

掸子说：“看看，弄醒了。”

小杭州说：“我去抓把雪给你揉揉?”

我说：“可不要，你是我姑奶奶。”

小杭州、掸子笑起来。

大被单儿对春喜儿说：“给你们做两天病号饭，我们给你们送。”

春喜儿说：“不用啦，谢谢班长。”

大被单儿她们走了，没几分钟又有人敲门，没等春喜儿应声，人已经进来了，是老太太。我假装睡着了。

她看见就春喜儿一个人醒着，对春喜儿说：“昨天晚上你俩去医院的?”

春喜儿说：“啊。”

老太太问：“耳朵是昨天冻的?”

春喜儿说：“啊。”

说话的工夫，老太太已经来到我床前，她走过来捧着我脑袋来回扭转，看看有没有冻伤，她又检查我的手。她还想看看我的脚，可我们的大床太高爬不上去，她搬来一个板凳爬了上来。

她看了我的脚嘟囔着说：“这脚可不冻了咋地，今年冻，年年冻。”老太太用手按按我的脚，我感觉到了刺痒，用一只脚为另一只脚解痒。老太太用手使劲攥住我的脚，接着又松开，又攥住，又松开。我不动，假装呼呼大睡。

老太太攥了一会儿下床对春喜儿说：“他醒了告诉他晚饭时候去找我。”

春喜儿说：“哎，请你帮个忙，让我们宿舍的人帮我把药箱送来。”

老太太说：“我去拿，你等着。”

我真的睡着了。

第六节　妖怪吃肉　探索高傲

下午传来消息，昨夜最低气温零下四十七度，最大风力十级，为几十年未遇。虽然大烟炮停下了，最冷寒流已过，但白天的气温依然很低，仍旧接近零下四十摄氏度。人们还是团缩在屋里烧火，不到非出门不可，谁也不出屋。下午，白桃、小分、黑牡丹、二姑娘、谦谦来了，我还在呼呼大睡，我累过劲儿了，顶风八里比走八十里还累。她们一来乐坏了疖子包和老七，她们坐了一会儿，大家聊得很高兴。小瞄儿、小眼儿、耗子也来转了一圈，还有几个排长、班长，还有炊事班，还有一些老职工和知青们，他们都想看看这两个死里逃生的人，心里很是服气。后来又陆续来了一些人，有看春喜儿的，有看我的，像是过节串门似的。

下午四点，我还没醒，花姑娘摇晃着我说："还没睡醒，晚上还睡不睡了？"

我醒了，觉得浑身的筋骨都揪着疼，我对花姑娘说："我浑身都疼，再躺会儿。"

春喜儿说："老太太来看你，她说让你晚饭时去找她。"

我说："真的假的？"

我似乎记起了老太太临走时是这么说的。

春喜儿说："真的。她还翻腾你半天。你刚睡着她就进来了。"

我问："翻腾我干什么？"

春喜儿笑嘻嘻地说："看你有没有冻伤，两头是翻遍了，中间翻没翻我没注意，反正上炕了。"

我问瓦西里："真的假的？"

没等瓦西里说话，春喜儿说："他们睡得都跟死猪似的，就我知道。"

我问："你一直没睡？"

春喜儿说："我怎么睡呀，疼晕我了。后来又来了好多人看咱俩是不是真活着。"

瓦西里说："我迷迷糊糊的，老太太是上炕了，一直抓挠你的脚丫子。"

我赶紧穿衣服，刷牙洗脸后拿着饭盆往食堂跑，我觉得屋子外面比昨天还冷。

掸子说："把饭盆给我。"

她转身去给我盛病号饭，我乘机在怀里揣了两大块馒头。

掸子把饭端过来说："你不用来的，我们会送去。"

我说："两顿没吃了，刚醒。"

掸子说："你最爱吃的炸鱼，还有烙饼。"

我高兴地学着掸子的口气说："谢谢侬。"

掸子笑着说："夏夏侬。"

我说："噢对，瞎瞎侬。我再拿块馒头晚上吃。"我又抄起一块一尺多长的馒头从厨房小门跑了。

我来到大洋马家，老太太已经来了，桌子上摆着很多菜，还有老太太打的饭，还有一个黑面包。我放下饭盆从怀里往外掏馒头，大洋马笑个不停，屋里回荡着嗡嗡之声。

我说："我还是昨天晚上吃的饭，早饿了。"

我掰了一块烙饼就要吃。

老太太说："你尝尝面包。"

她拿了一片黑面包递给我。我咬了一口嚼起来。

老太太问："咋样？好吃吗？"

我说："没吃过这样的面包，好吃，有一股味儿，是不是有肉，鱼肉？"

老太太说："没有肉，想吃肉啦？姐炖的狍子腿，你尝尝。"

我说："我不吃，有炸鱼，我吃鱼。"

老太太用筷子夹起一小块狍子肉说："就尝一小点儿。"

我怕老太太不高兴，皱着眉头张嘴，老太太把肉放进我嘴里。我觉得还好，主要是很辣，把肉味儿盖住了很多。

老太太问："还行吧？"

我点点头。

老太太说："最好吃是这样。"

她用勺子把炖狍子的汤盛了一勺给我说："用面包蘸汤。"

我说："别光我吃，你们也吃啊。"

我们一起吃起来，老太太也用面包蘸狍子汤。我用面包蘸汤，又用烙饼蘸汤，又吃了很多鱼。

老太太说："姐，拿酒去。"

大洋马哈哈大笑着站起来去拿酒。

我说："我不喝啊。"

老太太问："想喝都不给你。"

我对老太太说："你今天给我破戒了。吃了这么多肉汤。"

老太太问："香不香？"

我说："辣。"

大家都笑了起来。这顿饭恐怕是我们来东北后吃的最丰盛的，有炖狍子肉、炖猪肉、香肠、腊肉汤、炸鲶鱼、烤狗鱼、炸黄豆、炸花生豆、馒头、烙饼和黑面包。

我说："老毛子结婚也就这样吧。"

花哑巴摆着手说："没有，他们就有炖猪肉、炖鱼、炸黄豆、炸花生豆，还有两个炖菜。"

老太太喝酒不怎么吃菜，大洋马一边喝酒一边狼吞虎咽，她吃干净了桌上所有的剩菜，还有两个一尺来长的馒头、半个烙饼、少半个黑面包，她面前的桌子上除了几块狍子腿上的大骨头，连鱼刺她都嚼着吃了。我心里很高兴，觉得她就应该吃这么多，这么多她才能吃饱。

老太太喊起来："姐，你给我留几个豆，一瓶不够喝，我还想喝。"

老太太和大洋马一人一瓶平顶山老白干，这是老连队自己用小麦酿制的，我的同学老四就在酒坊干活儿。

我说："你们这么喜欢喝酒，我给你们弄去，得找个桶。"

老太太和大洋马又一人一瓶老白干，花哑巴说："你俩喝一瓶，两瓶太多了。"

我说："喝吧，喜欢喝就喝，喝没了，星期天我去拿，找个桶。你再给她俩弄点儿菜去。"

花哑巴炸了花生豆刚端上来，她俩已经半瓶酒下肚。大洋马的脸红红的，老太太面不改色。

老太太把盛花生豆的盘子推到大洋马面前，用勺子装了几个花生豆给自己说："我有这几个就够了，剩下的都是你的。"

屋里很暖和，花哑巴又往炉子里加了一些柴。平时屋里的火墙是不烧的，只有最冷的日子才会点。火炕，火墙，烧得整个屋子暖洋洋的。老太太脱了罩衣，只有一件薄薄的深黄色皮坎肩箍在咖啡色毛衣外面，皮坎肩短不及腰，像个小肚兜，上面鼓鼓地包出了胸，下面紧紧地掐出了腰。我看着她，越看越喜欢，有点儿像掸子，又有点儿像苏联人，白白的皮肤配上黄色的头发，太像冬妮娅了，我觉得冬妮娅就是这个样子。

老太太对大洋马说："来整一下。"

我还是第一次仔细看两个女人喝酒。大洋马端起白碗像喝凉水一样把酒倒进嘴里。老太太抿着嘴靠在碗边轻轻吸吮。我上下左右地欣赏着老太太，脑子里不停地想着各种借口去扫荡她的隐秘。

我说："你的皮坎肩上没有绒毛，坐山雕的坎肩和你的不一样。"

老太太说："制作方法不一样。"

我用手摸着老太太的皮坎肩问："哪种制作方法更暖和？"

老太太说："皮鞋里有的带毛，有的不带毛，你说哪种暖和？"

我说："当然是带毛的暖和。"

老太太说："我这种皮坎肩只挡风，保暖作用不及带毛的。"

老太太和大洋马喝完了第二瓶酒，我说："我喝了一口酒，心跳一百三十三，你们每人喝了两瓶酒，心跳估计得一千三百三，我得听听。"

我把自己的凳子拉近老太太，一头扎进老太太怀里听心跳。

老太太左手抬起，露出腕上的手表，右手搂着我的头说："我说开始，你查数。"

我用力在老太太胸前拱了几下。

老太太说："开始!"

我又开始拱。

老太太呵呵笑着问："干哈啊?"

我抬起头说："听不见，我得把拉锁拉开。"

老太太把皮坎肩拉锁拉开，我把头扎进去，大洋马"呵呵呵"地笑。

老太太说："开始!"我没有听见老太太的心跳，反而听见自己的心跳如鼓。我感觉她胸部起伏间把我带入一个全新迷醉的空间，我没有扫荡过这里，因为不敢，我以为这是她那种高傲的本源，神圣不可侵犯。

老太太笑呵呵地说："在左边，你编排我。"

我抬起头说："我趴这儿怎么就犯困了？我先睡会儿。"

我又把头扎进去。

老太太搂着我的头说："我也是。"

她把脸枕在我的头上，她似乎真的要睡。

我说："上火炕上睡吧。"

老太太说："我回宿舍，在这儿睡我就起不来了。"

大洋马站起来说："让花哑巴睡厨房。"

老太太推开我说："我回去，一会儿真睁不开眼了。"

老太太把衣服都穿起来，戴上棉帽子往外走，我也穿上大衣戴上帽子追出来。老太太一挺一挺地往宿舍方向走去，天太冷，地上被踩实的积雪很滑，老太太脚下打滑，我追上去搂着她的胳膊扶着她。

老太太笑着说："我没事，地滑。你编排我，明天收拾……收拾……"

两人一起滑了一下，差点儿摔倒。这时，大洋马"噔噔噔"地追上来。

她把我拉开说："你走吧。"

大洋马身子一蹲，一只胳膊把老太太抄起来，像抱婴儿一样把她扛上肩膀，走了。我心想，上哪儿找个桶给老太太她们装酒啊，对，去枝儿那儿看看，不知道冻死了多少小猪。

我从大路刚刚拐进去喂猪房的小路时，枝儿和叶儿迎面过来了。

我问："昨天没事吧？"

枝儿说："还行，冻死了三头小猪崽儿，其他的没事，有的单位整圈的猪都冻死了。你昨天冻坏了吧？"

我说："没有，一点儿事儿没有。喂猪房灯还亮着，有人？"

叶儿说："排长安排人晚上值班烧火，我们俩昨天熬了一宿，冻坏了。走吧，太冷了。"

路很滑，枝儿和叶儿怕摔倒，一人揪着我的一只胳膊。

我问："你们这儿有桶吗？"

枝儿说："没有。"

叶儿问："干吗用？"

我说："装酒……"

没等我说完，脚下一滑，三个人先后倒地。

枝儿说："啊！哎哟，摔死我了。你成心！"

第七节　跋涉寻酒　人仗狗势

春喜儿的罪受大了。晚上我在大洋马家吃饭的时候，老卫生员来给春喜儿做了处理，她用针吸出春喜儿耳朵里的黄色液体，在针眼处粘上医用棉球，告诉春喜儿吃消炎药。春喜儿一天没有吃东西，只是喝了几口汤，因为嚼东西会让他耳朵疼痛，他还觉得耳朵老动不利于恢复。最让他难受的是不能睡觉，害怕头压到耳朵，现在他的耳朵是最脆弱的时候，一旦穿孔，难看终身，这是他最害怕的。他只能靠在墙上打盹，或是坐在床上低着头睡一会儿。春喜儿嘱咐老七："我睡觉时一定看着我，别躺下，别用手摸耳朵。"春喜儿打盹时老七就在边上看着。

老毛子知道他的脸盆儿当了尿盆儿很不高兴，春喜儿说："我好了买个新的给你。"

老毛子说："我结婚大家送了一堆脸盆儿，买什么以后再说吧。"

春喜儿能下地活动，洗洗涮涮基本不受影响。春喜儿上衣兜里装着的小镜子，开始还照了两回，后来干脆不照了，还不如和大家说说笑笑忘了疼痛好。

元旦春喜儿也在机务排过的，但全新建点总结大会他不能参加。春喜儿成了全年先进，我除了先进还闹了一个营通令嘉奖，这是全新建点唯一的大奖，奖品是部队士兵用的绿色搪瓷小把儿缸子。

我几天来一直在找装酒的桶，在小卖部找到了，那是便携式油桶。小卖部也用它装酒，桶口盖子上有胶皮垫圈，封闭好，酒蒸发不出去。小卖部有两个这样的桶，我向售货员借桶，一只桶是满的，一只桶剩个底儿，还有三四斤酒，售货员让我给了一块钱。我拉着一个小爬犁去找老四，一路上不停地爬雪墙，我觉得拉着爬犁比带着春喜儿轻松得多。我知道要抓紧时间，寒流过后会有狼或狼群出没。我在有雪墙的路上行进了三四里，突然，前面变得一马平川，路上的雪墙已经被推土机推开了，我太高兴了，这样可以节省一个多小时。

我找到老四，老四说："这天儿还往这里跑，不要命啦?"

我说："过年啦，给你们送酒喝来了。"

老四说："我们就是出酒的，还用你送酒?"

老四同屋的天津知青说："瓜子不饱是人心，对吧，哥哥?"

这个天津知青出奇的漂亮，宽宽的脑门被一头长长的卷发盖住三分之一，两道黑眉如剑指向鬓角，深陷的大眼睛，高高的鼻梁，唇线如刀刻的一般。他喜欢健美，浑身腱子肉，夏天在酒坊一群脱光上衣干活儿的小伙子当中最是拔萃，宽肩虎头处浑圆，胸肌宽阔隆起，腹肌块大成串。我第一次看见他就喜欢。我觉得他像画册《燕青打擂》里的浪子燕青，所以，我叫他浪子儿。

我说："浪子儿，尝尝。"

浪子儿拿来饭盆倒了三盆儿才倒干净，浪子儿端起来就喝，其他人也你一口我一口地喝起来。

老四说："这酒就是我们这儿出的，我一闻就知道。"

浪子儿一口气把自己盆里的酒喝完，他擦擦嘴说："痛快。"

我对老四说："我这回找到比你们能喝酒的人了。"

我此话一出引来满屋笑声。

浪子儿说："哥哥，你说嘛我都信，就是喝酒能比过我们的，我不信。"

我说："我知道你们能喝，夏天看见过你们用水舀子喝白酒解渴，那你们也不成，咱们这样，你和老四当代表，咱们赛一场，怎么样?"

老四说："行啊，春节我们俩去。"

我说："好，先给我灌桶酒，我让她们好好练练。"

老四说："这桶，得装三四十斤。"

我说："一礼拜就喝完了。"

屋里的人又笑开了。

我说："人外有人，天外有天，春节你们就知道了。"

浪子儿说："四哥，找排长拿钥匙灌酒。"

老四说："得连长批。"

浪子儿说："批嘛批，我去。"

浪子儿拉着爬犁走了。我拿出烟来和大家一起抽烟。半个多小时后，浪子儿回来了。

他把一个军用水壶挂在我肩上说："桶灌满了，给你捆爬犁上了，这是陈酒，你自己喝。"

我问："多少钱？"

老四说："你别管了，我给，先还你的一屁股账吧。"

我说："借我把斧子或镰刀，走得急忘带了。"

有人递给我一把镰刀。

我说："谢谢哥们儿。走啦。"

老四说："马上开饭啦，吃完再走。"

我说："不吃啦，别忘了春节，我给你们打电话，多给你们准备肉吃。"

我高高兴兴地往回走，我想着老太太喝酒时抿着嘴靠在碗边轻轻吸酒的样子，还有她眯着眼睛看人的样子，心里美极了。我想着大洋马豪放地把酒倒在嘴里的样子，咧着大嘴傻笑的样子，心里快乐极了。自从有了老太太这个朋友，我感觉一切都变了，看谁都顺眼，看谁都可爱，没有了艰苦，没有了困难。蚊虫叮咬、臭虫侵袭，都变得苦中有乐。老太太不时对我的扫荡，让我乐此不疲，每次我对老太太的扫荡也让我激动不已。这些美好的刺激，快乐的碰撞，幸福的延伸把我不断托向云端，我飘着，荡着，笑着……

走了一个来小时，又开始爬那些已经爬过两次的雪墙，四五里的路程用了一个多小时，我又来到离森林最近的那段路上，路很平坦，我放慢脚步缓解刚才的体力透支。离新建点大约还有二百米，我心里想着先把酒送到大洋马家，然后再找点儿东西吃。突然，我感觉身后有动静，猛地回头，看见五六头狼正在向我靠近。我还是第一次白天看见狼，还是一群。每头狼都比新建点里的大个儿柴狗大一些，浑身土灰色，身上的绒毛很厚，尾巴很长，蓬松粗壮，头不大，小耳朵，小眼睛，长嘴巴，眼角唇边胡须上挂着肮脏的冰溜。它们皱着鼻子龇着牙，嘴里“嗯嗯嗯”地哼着。我立时汗毛炸起，感觉浑身像是没了衣裳，裸露在寒冬里。我摘下帽子，举着镰刀双手挥舞，嘴里大叫。狼群停下来，“嗯嗯嗯”的哼声更甚，这是马上就要攻击的信号。我感觉它们就要扑上来，显然镰刀不起作用，我想起狼的疑心大，要搞点儿小动作。

我打开军用水壶的盖子把酒向四面八方洒去，果然有效，群狼开始后退。它们有的仰着头闻，有的伏在地上闻。我边洒酒边迅速后退，我又想起耗子的宿舍在最东边，离这里最近，那里有小母狗小白。

我拼命大喊：“小白！小白！”

有几头狼不见了，我感觉它们似乎是迂回包抄，正面的三头狼走走停停，仍在继续靠近。

我变了声地号叫：“小白！小白！”

我距离新建点最近的房子不足一百米了，我继续迅速后退，虽然忘了砍断拴在腰里的爬犁绳子，但我的后退速度没有减慢。身后突然有狗吠之声，群狼有些迟疑。

我更是大声呼唤着：“小白！小白！”

狗叫声由一条变成两条，由两条变成一群，我感觉得救了，我继续呼唤。小白带着她的一群子孙冲过来向恶狼扑去，我也大喊着追出几步。小白看我奋勇向前似乎更加英勇，狂叫着扑向一头掉队的狼，群狗围住了它，这时从新建点里飞奔出一群公狗，狼群也掉过头来解救那头被围攻的狼。十几条狗对六头狼，我以为会有一番恶战，但是形势并不乐观，小狗们只是伸着头狂叫，不敢上前，大狗们也是扑到狼的跟前立刻停止，不敢真正攻击。

我想，狗仗人势，自己如果跑了，狗可能也会跟着自己逃跑。无论和狗比，还是和狼比，跑起来一定是自己最慢，狼肯定要吃那个跑得最慢的，它才不管你是人还是狗。想到这儿，我解开爬犁绳索，举着镰刀冲向狼群，这群狗也来了精神，公狗们这回可是真扑真咬，狼顶不住了一起溃逃，狗群不依不饶地追了下去。我看到群狼真的掉头逃走了，我也掉头就跑。我人仗了一回狗势得救了，我把酒放到大洋马家里就跑到连部报告连长，新建点周围有狼群。连长立即叫副连长、文书到各排各班清点人数，看有没有外出的。查了半天，只有我外出了。连长又进行了一番布置，重点是喂猪房，原来夜班安排的一个人值班烧火增至三人，夜班给各屋加柴的男女知青原本各二人改成每屋一人。同时严令，离开居住地要请假。

我来到喂猪房告诉枝儿我遇到狼群的事儿。小瞄儿也在屋里。

我说："你们俩离宿舍有段距离，每天趁天亮回宿舍，别忘了拿上镰刀。"

枝儿说："天亮着夜班的人还没来，怎么也得等夜班的人来了再走。"

我说："女知青里你是最聪明的，怎么这事儿那么死心眼儿啊，和夜班说好四点你们就走，他们六点来，各走各的。"

枝儿说："中间两个小时没人，狼来了咬死猪怎么办？"

我说："狼来了，你俩在管什么用，还不是把你们搭上？你们这儿和其他房子距离远，孤零零的，再加上猪崽儿一叫唤，最招狼了。"

小瞄儿说："我每天接你们。"

叶儿说："你天天早退也不行啊。就按妖怪说的办，五点之前回宿舍。"

我把枝儿拉到一边问："你喝酒怎么样？"

枝儿说："会喝，问这干吗？"

我说："你一次能喝多少？"

枝儿说："可能一瓶白酒吧，我也说不好能喝多少，到底干吗？"

我说："我请你喝酒，不过不是现在，是春节。对了，没吃饭呢，前胸贴后背了，有吃的吗？"

枝儿说："炉子上有个烤馒头，还有凉馒头，我给你切成片，一会儿就好。"

我坐在炉子前吃烤馒头，枝儿又切了几片馒头说："慢点儿吃，等着我。"

枝儿上顶棚拿来两条狗鱼放在炉子上烤，她说："副连长给了我俩一盆鱼，让我借猪我没借来，赶上寒流，冻死好多，哪个单位都不够用了。"

我问："值夜班的知道顶棚上有鱼吗？"

枝儿说："不知道。"

第八节　想吃狼肉　狗都不吃

我回到宿舍，大家已经知道了狼群的事儿，万事通正在动员大家跟他去套狼，万事通见没人理他，便说："谁和我去套着狼，狼皮就归谁，我就想尝尝狼肉。"

万事通问肥猴儿："狼肉能吃吗？"

肥猴儿说："能吃，但必须会做，狼肉和狗肉差不多。就凭你的铁丝想套狼，门也没有呀，得使打狼的夹子，你有吗？"

万事通说："我没有，强奸犯家有，我去借。"

大笸箩说："你招惹他干吗，没事找事。"

毛毛说："可不咋地，就小媳妇在家，还不留你过夜，你把她整叫唤了不行，不整叫唤也不行。"

疖子包笑嘻嘻地说："没事，他高烧不退，说不定就烧傻了，他在屋也没事，多个叫唤的。"

小胡子说："听说他出院回来，要给他们两个每人一个处分。"

大笸箩说："处分有什么用，不疼不痒。"

肥猴儿说："就是，处分不挡吃不挡喝，就是扣钱。没上班扣工资，医药费住院费自己掏。"

花姑娘说："还有呢，送他去医院，拖拉机耗油，妖怪他们俩加班都得算钱。"

瓦西里说："还有呢，春喜儿的耳朵得赔钱，我们几个半天才把车弄回来也得算钱。"

大笸箩说："要是这么处理，得把他们疼死。"

铁子说："就应该这么处理，下回就没人打架了。"

万事通问："谁和我去下狼套?"

我说："你又不是没得吃，非吃狼肉，现在是狼没得吃，到处找食，饿着肚子再让你勒死，你太损了。"

万事通说："我损，你忘了狼群吓得咱们尿裤子啦?"

毛毛说："这回说实话了，这几年你尿了几回裤子了?"

我说："遇到多少回狼了，你看见狼把谁吃了？狼有狗看着。我们都多长时间吃不上肉了，可新建点这么多知青，你见谁家丢狗了？就连点窝那么不是东西都没说过想吃狗肉，就你想法多，想起吃狼肉来了，哪天狼真把你吃了。"

铁子说："我陪他去，要不然一晚上谁也消停不了。"

第二十六章　春　曲

第一节　一眼通天　狂亲白桃

元旦过后，气温有所回升，但仍然在零下二十几度，团里要求各营、各连做出排水规划，解决夏秋水大机械不能发挥应有作用的问题。新建点重拾去年已有的粗线条排水方案进行细化，做出实施规划，挖纵横排水沟十五公里。主排水沟渠由西向东约八公里，此排水沟上口宽五米，底口宽两米，深两米。新建点一开始就突击挖这条主渠，这条主渠离新建点大约三公里的路程，上班走到地方就将近一个小时，中午回来吃饭又要将近一小时，上下午各一个来回，占用了很多时间，中午送饭又解决不了保温问题，所以每天干活儿时间不到五个小时。

天寒地冻，需要先清开积雪，再用洋镐刨开冻土。冻土有一米多厚，一刨一个白点，这种活儿让人心情急躁。团里通知，每刨一方土补助一元钱，即使有补助，全新建点每人每天平均一方。搞宣传的副指导员传来消息，有一个单位的老职工最快的进度一天刨六十方土，成为全团典型。此消息一出，招来骂声一片，没有人相信。机务排的人都是很能干活儿的，每天每人平均不到两方土。

抡洋镐是最苦的活儿，用力握着镐把使劲太大会把两手震开，手会又疼又麻，不用大力气，只能刨出个白点，力气掌握得好，每刨一下两手虎口生疼。刨开了冻土层，第二天就又冻上了，还要继续刨，基本是两人一镐，从早到晚就是刨。新建点伐木的、木料场的、打石头的工作全停了，参加挖排水沟的超过一百五十人。虽然人多，进度还是很慢，要想加快进度只有打眼放炮。机务排进度还是领先，但领先的不是很多，农工排也慢慢追上来了。

万事通说："农工排那么多女知青，进度也没落下多少，这是怎么回事?"

大笸箩笑嘻嘻地说："男女搭配干活儿不累。"

排水沟的工作线路很长，机务排三十多人就拉开一百米，新建点一百多人拉开长度五六百米，机务排的人想看一眼女知青都难，而农工排男女是混在一起干活儿的。这是小眼儿最喜欢的，这让他有机会帮助白桃、二姑娘这些女知青，大皮球也非常愿意男女搭配着挖沟，这样她就有借口经常和一本正经沟通工作。一本正经反倒经常往二姑娘身边凑，二姑娘也不像过去那样躲避他了。小眼儿已经知道了白桃和老七成了朋友，心里很难受，他和小瞄儿、耗子谈论此事时很是郁闷，但是小眼儿对白桃依旧热情，甚至比过去更好。他心里也不怨恨老七，他知道自己比起老七来差了很多。老七一米八几的大个子，他这辈子是没有希望追上了；老七的眼睛比他的大一倍还多，这辈子也是改不了的。既然不如人家，那就认了，珍惜现在的每一次接触，幸福一会儿是一会儿。

白桃对小眼儿说："你看谁还不错，我看合适就给你说说。"

小眼儿说："不用，我不会影响你和老七，老七还行。"

白桃说："我们也是交往，互相了解，你也了解了解其他人。二姑娘已经和一本正经好上了，二姑娘的意思是，先看看吧，他好像最喜欢的不是自己。黑牡丹和瓦西里是妖怪穿的线，小分和疖子包已经好得分不开了。现在就剩谦谦，可谦谦个子比你还高，可能不适合你，你再想想。哎，最难办的是耗子。"

我问耗子："你怎么办啊，本来条件不好也不知道主动，挑个差不多的猛追一气，没准能成。"

耗子说："你看谁成我就追。"

我说："新建点女知青还真没有比你还矮的。"

耗子笑呵呵地说："知道我为什么不搭理女知青了吧，谁笑话我个儿矮难看，我就臭骂丫一顿。你看小眼儿多惨，追半天跑了。"

我说："那你就打光棍儿吧。"

耗子笑嘻嘻地说："打光棍儿不至于，等将来没人要的我划拉一个就行了，我不挑。"

我现在虽然不反对白桃和老七交往，但心里还是别扭。我觉得白桃很漂亮可爱，她应该找个更精神的男知青。我明白，小眼儿确实配不上白桃，也知道小眼儿在白忙活。但听了小眼儿的话觉得很心酸，加上老七爱占小便宜、心眼儿小、干活儿偷奸耍滑的这些毛病，我心里很矛盾。论外表老七好，论人品小眼儿好。我想，找机会让老七出出丑，搅和搅和他。可是老七就好像猜到了我的想法，对我总是笑脸，这让我没好意思下决心整他。不但老七对我总是笑脸，现在点窝见了我也是主动打招呼，过去那种剑拔弩张的态度有了一百八十度的大转弯，这让我很是想不通。后来才知道，点窝正在追的这个哈尔滨女知青歪胯是老太太的同学，我听说以后别提多高兴了。那个女知青长得百分之九十像法国人或英国人，大脑门，眉骨突出，眼窝深陷，瘪嘴，尖下巴上翘，特别是那个大鹰钩鼻子，看着都碍事。我高兴的是无论点窝从什么角度封顶，那大鼻子都会顶着他，搞不好再蹭了一脸鼻涕。

自从用炸药炸排水沟冻土以来，挖沟速度明显提高了几倍。开始放炮的都是武装班的人，速度太慢，最后决定各排管各排自己的打眼放炮工作，然后统一时间点火。放炮最重要的是点火，要由手脚麻利的人完成，其他人数爆炸声，如果有哑炮，要等十分钟以后再过去。机务排装炮点火由万事通带着我、小胡子、狼牙几个人完成。这天上午，机务排打了六十多个炮眼，其他各排也不少于五十个炮眼。两百多个炮眼分布在一条五六百米长的地带。副连长摇旗开始点燃导火索，万事通我们几个人每人要点十五六根导火索。我用烟头点，很快点完自己该点的导火索，又顺路帮小胡子点了两个，我和小胡子互相拉扯着爬上沟沿，向安全区猛跑。在没膝盖的雪地里蹚着雪跑很费劲，还没跑到安全区身后的炮就响了，我俩赶紧停步望向天空，躲避飞落的冻土块。二百多个爆炸点在几百米距离内连成一线，先后在一分钟内炸完，看上去非常壮观，听起来惊心动魄。爆炸把冻土射向四面八方，最后划着弧线落下来。

有人喊："万事通没出来！"炮声连成一片，震天动地，冻土块冲天而起。万事通果然不见了，能耐梗脸上的汗都吓出来了。

老七说："这回成万眼通了。"

花姑娘说："我去你的，一个眼儿就完蛋了，还万眼。"

炮声停了，没等到返回工地的规定时间，机务排的人就往回跑。

大家嘴里喊着："万事通！万事通！……"

大家还没跑到沟边，就见万事通从沟里伸出半个脑袋说："还活着呢！"

原来，万事通点火的烟灭了，他掏火点烟耽误了时间，还有两个导火索没点着，我们最先点的炮已经响了，有两个炮万事通来不及点着就趴在了沟底。好在他没点着的两个炮地势高，他趴在中间冻土横飞的死角里，但是他躲不过上面掉下来的冻土，有几块冻土砸在了他的后背和屁股上。等大家围上来的时候，万事通又还原刚才躲避爆炸时的姿势，头拱在最低的地方，屁股朝天，大家看见他的姿势都笑起来。

万事通说："我就这姿势，看明白了？省得费好多口舌解释。"

能耐梗问："有受伤吗?"

万事通说："屁股后背都砸了几下，屁股最疼。"

毛毛说："脱了裤子看看咋样了。"

万事通说："亏了没脱大衣，管用了。"

他脱下棉裤让花姑娘看，花姑娘看了一眼说："提上吧，一个屁股蛋儿上一块瘀青，中间还有一块圆的。"

万事通说："去你大爷的，我中间不疼。"

老七笑嘻嘻地说："花姑娘有预见，说你一眼通，看来你要开天眼。"

花姑娘说："我去你的，你更损，还说万眼通。"

万事通说："行，你们还真行，还不知道我死活就抢着给我起新名。"

老毛子说："熊样儿，你现在仨名了。"

万事通说："排长，这几天我干点儿别的，别再让我负责放炮了，吓着我了，真的。"

能耐梗说："那好，妖怪你负责吧。"

我说："我不行，让老七负责，老七心细。我丢三落四的容易出事。"

老七说："我不行，我真不行。"

能耐梗说："老七，你先试试再说。"

老七说："这么重要的事儿应该派个老职工，别都是我们知青啊。"

能耐梗的脸一下沉了下来，他对老七说："干不干？不干就回去。"

老七不敢说话了，过了一会儿他还掉了两滴眼泪。

万事通第二天请了病假，后背被冻土砸了后一直腰疼，看来砸得不轻，屁股反倒不怎么疼了。枝儿和叶儿第三天才来看他。

万事通高兴得不得了，受宠若惊，一个劲儿说："没事。"

这天下班的时候，我堵住老太太问："放炮的时候你在哪儿?"

老太太说："安全区。"

我问："眼睛往哪儿看?"

老太太说："哪儿也不看，哦，看见哪儿算哪儿，咋地啦?"

我说："看天，看天上有没有飞过来的冻土块好躲着点儿。"

老太太说："没事，我躲得远，要求一百米，我每回都走一百米，她们就走五十米。"

我说："对，按要求办，我就怕你和平常走路似的不抬眼皮，你要是能走一百米不看天也行，一定要一百米啊。”

我和老太太正说着，看见白桃在前面站着，我问：“等我呢?”

白桃说：“啊，就是等你呢。”

我说：“我有女朋友了，别追了，死心吧，你找老七去吧。”

白桃说：“我跟老七吹了，让你帮我介绍一个。”

老太太问：“为啥呀?”

白桃说：“我怕他炸个缺胳膊少腿的，成了残废，我还得伺候他。”

我们三个并排走着，我在中间。

我说：“不可能，老七比猴儿还精，能炸得着他?”

白桃说：“你是听不明白还是装糊涂，你别让他负责放炮，他胆儿小着呢，你负责吧，啊?”

我说：“谁负责是排长说了算，我听你这话，我都想哭，怕他炸残了，就不怕我炸残了?”

白桃说：“嗯，不是。我觉得你比他灵活，比他反应快。”

我说：“哎，谁家的谁护着。也成，你得答应我一个条件。”

白桃毫不犹豫地说：“行，我答应，说吧。”

我说：“不许反悔，让我封顶。”

白桃问：“什么封顶?”

我对老太太说：“你跟她解释解释。”

老太太呵呵笑着说：“亲嘴。”

白桃说：“别讨厌啊。”

但是已经来不及了，我搂过白桃的头伸嘴就亲，白桃“啊”地叫了一声，伸手捂住了嘴。我在白桃腮帮子上狠狠地嘬了一口。白桃扔了肩上的铁锹，身子往下一蹲，我臂弯只剩下了白桃的棉帽子。

白桃捡起铁锹举起来要拍我，我说：“拍吧，你反悔我也反悔，老七的事儿不管了。”

白桃说：“老太太，你也不管?”

老太太早已笑得弯下了腰。

她喘着气笑个不停：“谁让你脸蛋儿白呀，我都想亲。”

白桃说：“你呀，你傻吧。”

白桃的脸红红的，腮帮子上有一块红得发紫。

我笑嘻嘻地说：“我盯你腮帮子好几年了，今天如愿以偿，再有机会老太太上，中间又是唾沫又是痰的给老七留着。”

白桃说：“你说什么呢，乱七八糟的。”

我哈哈大笑着说：“我是说你的脸蛋儿我和老太太包了，中间给老七。不过你脸蛋儿太软了，没有我们老太太的筋道。”

白桃用手揉着腮帮子说：“你什么时候有点儿正行，等着我告诉二姑娘，就她能治你。”

我说：“别，她得把眼珠子瞪出来，我是真怕她那双大眼瞪我。”

我歪头看着白桃说：“我是嫉妒，你找谁不行啊，全新建点随你挑，非看上老七了。瞧你那肉皮儿，跟缎子被面儿似的，瞧你那肉儿，跟团粉做的凉粉儿似的，这么好的东西得有我的。”

白桃笑着说：“缺德吧你。”

老太太问：“他说的真是那回事，谁都没你皮肤细嫩白净。”

我说：“反正你要和老七就得有我的。”

老太太问：“有你啥呀？”

我不假思索地说：“封顶，未婚先孕。”

老太太哈哈大笑。

白桃一脸的问号。她问老太太：“什么未婚先孕？”

老太太趴在白桃耳朵上说了几句，俩人哈哈笑弯了腰。白桃在我屁股上狠狠地拍了一铁锹。

白桃摇着头说：“你说，这几年你还是没改，满肚子都是坏水！”

我说：“我跟你们俩在一起，脑子里想到哪儿就说到哪儿，都是真的。”

白桃说：“再折腾老七我跟你没完。”

我说：“那你先走吧，我们俩还要约会去呢。”

白桃加快步子走了。

老太太问：“去哪儿啊？”

我把老太太扛着的铁锹拿过来扛在自己肩上，在老太太脸上亲了一下，挽着老太太的一只胳膊说：“咱走慢点儿，聊会儿天儿。”

我问：“以你的眼光看，老七比小玉精神？”

老太太说：“不如小玉。”

我问：“那白桃为什么不找小玉？”

老太太说：“没相中呗。要不就是他俩没机会。”

我说：“对了，就是老七赖皮赖脸地死追，小玉那人吧，脸皮儿特薄，喜欢谁，他也不说。”

老太太说：“哦，看着这人不大方，有点儿肉。”

我说：“明白了，先下手为强。我还没弄明白男女咋回事，我就对你下手了，先霸占了再说。怎么样，新建点的花王？哦，我喜欢芍药，还是花相吧，嘿嘿，我的！”

老太太说：“啥花王花相？你也说新建点里白桃随便挑，草儿也随便挑，虚伪。”

我说：“我是说男知青都会喜欢她们，找谁谁愿意，没说谁第一。原来我觉得草儿是花王，你是花相，现在我觉得你是花王，没有比你更漂亮、更可爱的。但是那芍药干净得玉壶冰心的……”

老太太说：“那叫冰清玉洁，小妖怪。”

我说：“对，冰清玉洁。所以，牡丹花王咱让了，咱当芍药花相。”

老太太说：“你给我的花儿叫芍药？我记住了。”

我说：“我太喜欢你了，你就是我的大白芍药。”

说到这儿，我的声音有些颤抖，两人的胳膊挽得更紧。

我想扫荡老太太，又想老太太扫荡我。

我突然问老太太：“你趴白桃耳边说什么了？把她笑成那样。”

老太太眯着眼睛看着我说：“我说，未婚先孕就是妖怪想和你睡觉。”

这回是我笑得弯下了腰。

我情不自禁地唱起来：“哦，那茂密的山楂树，白花开满枝头。”

老太太也和我一起唱起来：“哦，你可爱的山楂树，为何要发愁？当那嘹亮的汽笛声刚刚停息，我就沿着小路向树下走去……”

晚上花姑娘为万事通砸伤的后背擦酒，万事通说：“春喜儿说了，那天多亏我屁股朝天，那块冻土才斜着砸我后背，要是平趴着，我脊椎很可能被砸断，那我就瘫了。”

万事通接着又说：“那天我有点儿冷，犹豫半天没脱大衣，要脱了大衣也完了。”

老七歪在床上看着万事通说：“你逃了，怎么就非让我去点炮，我手老哆嗦，半天点不着，早晚我得挨炸。妖怪，我他妈也没得罪过你，你却出馊主意让我负责。”

狼牙说：“你说，现在实际上是谁在负责，得便宜卖乖。”

我说：“我就没觉得点炮有多难，按万事通说的，先把导火线撕开一点儿，火药露在外面，用烟一碰就点着了，你太懒。”

老七说：“我把导火索的头撕开了。”

我说：“明天我帮你看看。”

第二节　挖沟完成　妖怪被戏

第二天上班我和老七一起走，我说：“你要不想点炮了，今天就说你脚崴了，不过昨天白桃和我说了。”

老七问：“说什么？”

我说：“她说你胆儿有点儿小，现在能耐梗让你负责点炮，说明你进步了。她还问我你和小玉谁胆儿更大点儿。”

老七问：“问这干吗？你怎么说的？”

我说：“我说半斤对八两。你们俩谁胆儿大谁胆儿小还不好说，反正小玉比你大气多了，今儿让小玉、瓦西里上，你去一百米以外安全区吧。”

老七说：“排长就听你的，说换就换？”

我说：“我要说你耽误事儿，立马就换你。”

快到工地时，老七说：“别换了，我再试试吧。点炮咱俩挨着，你帮着我点儿。”

我说：“你想好了，这是你自己不想换，别说我没替你着想。不过你要不换，小玉就没机会了。”

主渠挖了不到七公里，就和纵向的排水沟联通了，领导决定不挖了，还按八公里上报，这个情况只有连长、指导员和技术员知道。纵向的排水沟，去年挖得比较认真，只是清理了一下，把塌方的地方和堵塞的地方收拾好就行了。这样，用了一个月零几天的时间，这项冬季挖排水沟的工作结束了。再有几天就是春节了，放假休息两天。

我带老太太来到那年我滑雪的地方说：“我用打猎队的滑雪板在这儿练滑雪，差点儿没摔死我。”

老太太说：“滑雪和滑冰道理一样，要掌握平衡，我教你。”

我问：“你会滑雪？”

老太太说：“会，要在哈尔滨我教你滑冰，一会儿就能学会，要想滑好就不容易了。来我教你滑雪。”

我按照老太太给我摆的姿势在坡上站好，老太太在后面推。

滑了两趟老太太说："你自己从上面往下跑，然后保持我教你的姿势。"

我上到最陡的地方往下滑，脚变成了一前一后。

老太太笑呵呵说："这是打冰出溜，还是我推你吧。"

我摆好姿势等着老太太推，老太太猛力一推，我猝不及防，一头栽进雪里，灌了一脖子雪。我刚要站起来，老太太扑上来按住我，抓了把雪就往我领子里塞，凉得我哇哇大叫。

我费了很大的力气挣扎，我俩在雪地里从坡上滚到坡底，我这才翻过身来面对面地把老太太压在身下，我抓起雪来想往她脖子里塞，可我比画了几下终于舍不得，看见她满脸是雪，我高兴地说："你脸上都是雪，我帮你嘬干净。"

老太太大叫："不行！又是唾沫又是痰！"

老太太的两只手伸到我的腰间，猛地塞了一把雪，我"嗷"地叫了一声跳起来。

老太太坐起来，一边哈哈大笑一边说："又……又是……唾沫……又是……痰……"

老太太浑身都滚成了雪人，一边抓雪洗脸一边笑，十分开心。这一场景深深地印记在我的脑海里，每到冬季白雪皑皑的时候，这个场景就会不停地在我面前闪现。

我抖了下裤腰说："我闹不过你，别再塞了，我服了。"

老太太说："该换手绢了。"

第三节 白雪红灯 歪联工整

休息过后各排又干回老本行。比较起来伐木简直就是最幸福的工作。森林无风，大树参天，白雪如银，景物幽静，每个角度看，都如画卷一般。

黑牡丹拉着爬犁来了，我喊着她的名字说："快过节了，有你节目吗？我们彩排一下。"

黑牡丹说："去，没有。你演一个，我们彩排。"

白牡丹和陆续拉着爬犁过来的女知青应和着黑牡丹："对，妖怪，你们男知青演一个，黑牡丹就演一个。"

我说："好啊，不许反悔，我们一个人，你们就一个人，我们一群人你们也一群人。弟兄们唱歌，《山楂树》。勺子，词是你教的，小果子，曲是跟你学的，你俩带头。”

勺子说：“怎么带头？要唱一块儿唱。”

我说：“就是你起头。”

黑牡丹说：“那是我们女生唱的歌，不害臊。”

我说：“好听的歌不分男女。勺子，快点儿，咱不能认㞞啊。”

勺子小声起了个头，机务排、三排的男知青都轻声唱起来，越唱声音越浑厚，有的女知青不由得拍了几下巴掌，也跟着哼唱。大筐箩向分散的男知青招手，大家围成一个圆圈。男知青的声音越来越整齐，越来越奔放，女知青的哼唱衬托出男知青歌声的深沉悠扬：“他们勇敢和可爱呀，全都一个样，亲爱的山楂树呀，要请你帮忙，哦，最勇敢最可爱呀到底是哪一个？哦，我亲爱的山楂树，请你告诉我……”

我看见三排长和小上海没有过来，远远地站着。

女知青都鼓起掌来。男知青七嘴八舌地说：“该你们啦！该你们啦！”

白牡丹说：“黑牡丹，你来，震他们一个。”

黑牡丹说：“我唱，你们跳。”

“北风那个吹，雪花儿那个飘，雪花儿那个飘飘，年来到……”

都知道黑牡丹唱歌好听，但谁也没听她放开嗓子唱过，今天这一唱，把我们震住了，特别是把万事通震住了，他一个劲儿地说：“跟笛儿似的，跟笛儿似的。”

我又想起了在火车站时黑牡丹的那声“妈”和那声“啊”。

我小声说：“一会儿她唱完了，咱们唱她爹。”

黑牡丹唱到最后一句：“……欢欢喜喜过个年，哎，过呀过个年。”

男知青看勺子一挥手，一起唱起来：“人家的闺女有花戴，你爹我钱少不能买，扯上了二尺红头绳儿，我给我喜儿扎起来，哎，扎起来。”

男知青哈哈大笑。

我上前一步举起手在空中挥了三下，嘴里模仿敲门声：“咣咣咣！”

白牡丹说：“捣什么乱！”

我说：“敲门哪，爹回来啦！”

女知青骂着：“你个妖怪，缺德！”

紧接着雪球雨点般飞向我，男知青也趁机用雪球向我砸来，我抱头鼠窜。

三排长已经过来了，她说：“这个节目很精彩，上春节晚会。”

女知青七嘴八舌地说：“男知青演得好，刚才的小合唱多好听。”

三排长说："我没听见，就让他们演杨白劳。"

三排长小洋马和排里一个最弱小的上海女知青搭伙一起拉爬犁，小洋马大步流星地走，小上海连蹦带跳地跟着，绳子还是拉不直。爬犁上装的木头比其他女知青爬犁上装的木头总是多一根，这样她拉的爬犁总是吱吱呀呀地响，还总是把爬犁压坏。装爬犁是男知青最乐意干的活儿，有机会和女知青近距离接触。机务排的男知青更是觉得机会难得，他们总是把前来装爬犁的女知青照顾得好好的。只要女知青把空爬犁拉过来交给他们，他们就把爬犁装得好好的，捆得牢牢的，并且把爬犁拉到积雪压实的路上，等女知青拉起绳子的时候他们再推一把。女知青们都愿意往机务排的伐木场跑，小洋马也不例外。

我总是在靠里的地方锯木头、砍树枝，有女知青拉爬犁过来，除非人手不够我才上手，但只要看见小洋马，我就提前等在那里帮她装爬犁。小洋马以前是不戴口罩的，今年也开始戴了。她戴口罩露出的眼睛最好看，又黑又亮，眼睫毛上翘，又黑又长。

我就是不给她多装，我说："把爬犁都压坏了修理误工，不如少装多跑两趟。"

她后来也默认了我的说法。

我对那个小上海说："你别总跟着她跑，你去后边，上坡你就推，下坡你就上去。"小上海拼命点头。

新来的这些小上海，就像一群听话的孩子，分到各班以后从来不闹事，服从领导听指挥，大知青们都很喜欢他们。

我从心里觉得小洋马不应该老是和农工们一样干活儿，她就应该是管大事的人，起码她应该在副指导员的位子上领导指挥。副指导员没等过春节就走了，据说得了什么病，回老家看中医去了。他的工作临时交给了小洋马。小洋马不像过去老是外出做报告了，团里调她几回都被她找借口谢绝了。她抓三排的工作，抓团支部工作，现在又加上副指导员的工作，竟然一天都不脱产。最近她晚上组织共青团员准备过春节的一些事务。最让我高兴的是，她弄来四个大红灯笼，把写着"春节"的两个灯笼挂在食堂屋外，写着"欢度"的两个灯笼挂在屋内。

我几次跑到几十米外的场院，远远地观赏那两个大红灯笼。我觉得绵延起伏的山林厚重起来，浑身披挂，如同高大雄伟的屏障；一幢幢房舍精巧起来，屋顶和周围包裹着厚厚的积雪，像一堆堆白色蘑菇。在红色灯笼映衬下，新建点里的一桩、一柱、一沟、一路都饱含着艺术，整个世界活了起来。我带着老太太欣赏这一素雅景色时，老太太也看呆了。

她说："平时没见这里有什么好看，有了这两个灯笼，像是全变了。"

我问："这像不像一幅画？"

老太太说："像，就是一幅画。"

我说："那我就给它起个外号。"

老太太问："叫啥？"

我说："活命。"

老太太问："啥意思？"

我笑嘻嘻地说："这两个红灯笼让整个新建点活了，就像有了生命。"

老太太说："还行吧。要我，就叫它'白雪点红'。"

我说："好听，那我叫它'雪白红点'。"

老太太说："和我学。我叫它'画龙点睛'。"

我说："那我叫它'二妖守洞'。"

老太太问："啥？啥叫二妖守洞？"

我笑嘻嘻地说："你在家是老二，我是妖怪，咱俩在食堂门口守着，二妖守洞。"

老太太笑着说："这个好，可是没有了雪景。"

我说："那你就往上加。"

老太太说："我加'傲雪凌霜'。"

我说："傲雪凌霜二妖守洞，好，你真有水平，但糟践了。二妖守洞终究不是好词儿。去掉'二妖守洞'，我加'杏眼桃腮'。"

老太太笑呵呵地说："杏眼桃腮。你是杏还是桃？不行，就叫'傲雪凌霜二妖守洞'。"

我说："左边是你还是右边是你？"

老太太说："我是'春'，左边；你是'节'，右边。"

我问："屋里呢？"

老太太说："我还是左边'欢'，你是右边'度'。"

我问："'度'为啥没有三点水呢？"

老太太说："这你都不知道，嘿嘿，我也不知道。好像'度'是过，经过。'渡'好像是从这儿到那儿。"

我们两个盘腿坐在雪地里，露着脑袋欣赏这如画般的雪景。

我说："有道理，你比我强。我总觉得应该加上三点水更热闹。'欢度'，你欢喜的时候我度过去，是吧。你现在欢喜吗？我想度过去。"

老太太笑呵呵地说："现在不欢喜，不能度过。"

我说："只有灯笼没有对联，我们家过年，我们老家过年都有对联，你们哈尔滨没有？"

老太太说："我们哈尔滨也有，这是中国的习俗。"

我说："那你说贴什么对联？"

老太太说："我最喜欢'爆竹声中一岁除，春风送暖入屠苏'。后面还有，我记不住了。"

我说："你真有学问，这两句好听，一听就是春节的意思。横批呢？"

老太太笑呵呵说："'欢度春节'呀，什么都行，只要喜欢。"

我笑嘻嘻地说："你现在欢喜啦，我度过吧。"

老太太说："不行，你说个对联，我欢喜了，你就度过。"

我说："我不会，没写过呀，你告诉我怎么写。"

老太太说："对仗的两句话，把春节说出来就行。"

我笑嘻嘻地说："那就写咱俩欢度春节，你听着啊。'老太太杏眼桃腮傲雪凌霜……'不对，'老太太杏眼桃腮宽肩细腰大屁股'。"

老太太拍着手哈哈大笑说："还……还行，说你。"

我说："现在说我，'小妖怪尖嘴猴腮溜肩拱背无臀部'。"

老太太再次哈哈大笑，笑了一阵后说："这不是对联，不对仗，'杏眼桃腮''尖嘴猴腮'都有'腮'，重了，'宽肩''溜肩'也重了。"

我说："把你的'杏眼桃腮'去掉，换成'人面桃花'，我的'肩'换成'膀'，太对仗了。"

老太太笑着说："好，好，但是还不行，没有春节的意思啊。"

我说："那后边再加，你后边加'坐雪迎春'。我后边加……"

老太太笑呵呵说："你可没臀部啊，你不能坐着。"

我说："那我蹲着，对，'蹲着放炮'。太好了，我顺一遍，'老太太人面桃花宽肩细腰大屁股坐雪迎春，小妖怪尖嘴猴腮溜膀拱背无臀部蹲着放炮'。"

我俩人在雪地里打着滚乐个不停。

一会儿老太太说："哎哟，不能再笑了，肚子疼。横……批……横批。"

我说："'你欢我度'，不好，应该是，'欢喜度过'。"

老太太骑在我身上抓雪往我脖子里塞，笑着说："欢喜度过！"

老太太双手抓住我的耳朵开始封顶扫荡。

我从老太太的扫荡中挣扎出来说："我又给你写对联，又让你欢喜度过，你给我唱首歌吧。"

老太太问："你想听我唱啥歌？"

我说："苏联的，《山楂树》。"

老太太说："行，但是现在不唱。"

我和老太太商量大年初一中午吃饭的事儿。

我对老太太说："我约一个同学和一个天津知青，都是男的啊，初一来和你俩斗酒，吃什么呀？"

老太太说："有啥吃啥，别吃大洋马家的东西就行。"

我说："这回人多，叫上掸子和枝儿，这就八个人啦。"

老太太问："干哈呀，介绍对象啊？"

我说："不明说，先在一起接触一下，掸子和枝儿愿意才行。"

老太太问："你向着谁呀？"

我说："我当然向着掸子和枝儿啊。"

老太太说："我家给我寄来了酱肉，是我的，还有熏鱼，是你的。咱俩贡献出来呗？"

我说："鱼有的是，就缺点儿肉。"

老太太说："不在吃啥，有酒就行啦。"

腊月三十下午，小洋马把我叫去，笑呵呵地问我："你交女朋友了？老太太？"

我说："你才知道，快半年了，不过她把女字去掉了，说是朋友，不是女朋友。"

小洋马说："这是嘛意思，男女交朋友不就是男朋友女朋友吗，你们到底是怎么回事？"

我说："我就当她是我女朋友。"

小洋马说："我一直想培养你入团，再推荐你当副排长，你一交女朋友，这就全完了，赖我，早点儿发展你入团可能就没这事儿了。能和她分手吗？"

我说："不成，团我就不入了，以后我直接入党。副排长我更不行，我好好干活儿就行了，保证不偷奸耍滑。"

小洋马说："你才多大呀，怎么就搞上了？"

我说："过了元旦我就十九，元旦已经过了。很快就二十了。"

我想起铁子和二排长，一说搞对象，他俩就是不承认。

我说："我们俩没搞上，她不让加女字就说明她没同意。"

小洋马说："我今天就是了解情况，连领导不知道，男知青相信的少，女知青传开了。把我也弄糊涂了。"

我说："你别总想着别人忘了自己，你比我大几岁？四岁五岁？六岁吧？你还不着急，我真想给你找一个，可找不着配得上你的。"

小洋马笑着说："又来了。油嘴滑舌，我不用你找。"

小洋马凑到我身边说："我们家给我找了一个，保密。你前些日子给我的榛子我给他寄回去了，来信可高兴了。"

我问："他精神吗？"

小洋马拿出他的照片给我看，我惊呼："部队的，太棒了，两个兜还是四个兜？"

小洋马说："是个参谋，不带长。"

我笑嘻嘻地说："那放屁也响。"

小洋马也呵呵直笑："你个死孩子，缺德带冒烟儿。"

我心想：她的心飞走了。

我问："什么时候可以结婚？"

小洋马说："他比我大两岁，现在就可以结婚。"

我问："万一你要不喜欢怎么办？"

小洋马叹了口气说："哎，我也害怕不了解，太盲目。见了面再说吧。也没准他看不上我呢。"

我说："不可能，半个中国的小伙子你随便挑，你特像《奇袭白虎团》里给杨排长带路的朝鲜大姐，你还没化妆。真的，不骗你。"

小洋马笑着说："你知道嘛，拣好听的说。"

我说："反正新建点男知青没有配得上你的，也就是我还凑合，那参谋不要你，我和你结婚。"

小洋马捂着脸笑得浑身乱颤地说："你个……你个死孩子，你……你知道嘛……嘛叫结婚！缺德带冒烟儿。"

我说："以前我以为男的必须比女的大，闹了半天谁大都行，你看卫生员、小杭州都是女的大。现在我想开了，不等以后再来的小知青了，只要我喜欢大就大。"

小洋马笑出了眼泪："缺德带冒烟儿。你快走吧。"

我说："没说完呢。结了婚是你去还是他来呀？"

小洋马笑呵呵地说："带家属他不够条件，上这儿来还得转业，两地分居吧。"

我本想说几天看不见老太太心里就着急，何况一两年见一次。但又怕小洋马笑话我。

我说："两地分居多难受，不好。"

小洋马说："两地分居的多了，咱新建点老职工有的两地分居快二十年了，差不多是半辈子。"

我们又聊了很长时间，小洋马不停地说呀说，就像遇到了多年未见的知己，又像是自言自语。我看着她一闪一闪的眼睛、一闪一闪的酒窝、一闪一闪的牙尖。我耳畔响起那首《山楂树》："他们谁更适合于我的心愿，我却没法分辨，我终日不安。"

第四节　一箭双雕　水准不齐

大年初一，我又给小洋马送去一大包榛子，还拿了几条狗鱼。初一中午，大洋马家桌子上摆满了好吃的东西，掸子和枝儿也来了，就差老四和浪子儿，我出去几趟没有接到，正在着急之际，小瞄儿把他俩带来了。我挨个进行了仔细介绍，大家互相握手，小瞄儿也想坐下。

我说："没地儿了，找你的叶儿闷得儿蜜去吧，拿点儿鱼什么的给她。"

老太太对老四和浪子儿说："欢迎你们来，倒酒。我们姐四个，先敬三杯。"

酒杯是招待所常用的白瓷杯，很厚，可以装三两多酒。花哑巴把装酒的大铝壶放在火墙上温着，他专门负责倒酒，他知道这个大铝壶里的酒很快就会被喝干，他又把酒桶放到了火墙上。

大洋马第一个端起杯子笑着说："我先。"

她把酒倒进嘴里，花哑巴给她又满上酒，她又倒进嘴里，花哑巴再满上。老四和浪子儿瞪大了眼睛看着大洋马把第三杯酒倒进嘴里。

老太太说："该我了。"

她把嘴靠在杯沿上慢慢吸杯子里的酒，连吸三杯。

掸子说："好的。"她端起酒杯像喝水一样连喝三杯。

枝儿说："不会喝，别笑话我。"

她端起杯子抿着嘴皱着眉头往嘴里嘬，等把酒嘬干了，腮帮子鼓鼓的，酒都含在嘴里，咕嘟就咽了。

她挥着小手说："太辣，我得吃菜，别笑话我。"

老四和浪子儿已经看傻，互相望望，愣在那里不知说什么好。

老太太说："四哥，该你们了。"

老四说："不行，不行，不行。喝不过你们，不喘气连着三杯。"

老太太说："不用三杯，我们欢迎客人敬三杯，你们回敬一杯就行，但是，你们今天迟到了，要罚一杯，所以是两杯。"

老四说："两杯也受不了，不能喝酒。"

老太太说："不实在，你们在酒坊，用水舀子喝酒，我都听说了，喝吧。"

老四和浪子儿没办法拒绝，把酒倒进嘴里，大洋马呵呵笑起来，屋里发出嗡嗡之声。

枝儿拍起了巴掌，老太太眯起了眼睛，掸子端起杯子说："一起来，大家春节快乐。"

我说："我和花哑巴不能喝。"

老太太说："你俩喝鸡汤。掸子姐弄来的。"她往我碗里、花哑巴碗里都盛了一勺。

我说："我喝水。"

我倒了半碗凉水，大家举杯相碰，都干了。

老四说："没这么喝过酒，还没怎么着呢，一斤酒下肚了。"

浪子儿说："几位姐姐我服了，我看出来了，我们喝不过你们，今天自便得了。"

掸子笑呵呵说："自便，自便，能喝多少喝多少。不过，出于礼貌，你们也要敬我们的，敬多少你们自己定。"

掸子笑的时候右手遮着嘴巴。

枝儿说："敬一双吧，啊，好不好？我说好。"

老四说："行，我敬姐姐妹妹。"

他往嘴里倒了两杯酒。

浪子儿也说："我敬几位姐姐。"

他也把酒倒进嘴里。

老太太说："别姐姐妹妹的，先弄明白了，大洋马、花哑巴肯定比咱们都大，不用唠了，掸子姐你属啥呀？"

掸子笑着说："除了他们夫妻就我大，属牛。"

老太太说："还有属虎的吗？没有。有属兔的吗？没有。有属大龙的吗？"

老四说："我属大龙。"

老太太说："那我和枝儿是你妹子，我俩属蛇。"

浪子儿说："我属小龙儿的。"

老太太说："那我和枝儿也是你妹子。"

浪子儿说："别价，还没盘月份恁么就我大。"

枝儿说："你是小龙儿啊，蛇再大也没有龙大呀。"

大家笑起来。

老太太说："不唠月份，你就是我俩的大哥，从妖怪那论你也是哥呗。"

浪子儿说："不行啊，凭你们姐俩的本事、模样，哪点都是我姐姐。来，几位姐姐，我敬你们。"

他把酒倒进嘴里。

枝儿说："好好，妹妹陪你喝。"她把酒嘬进嘴里，咕嘟咽了。

枝儿放下酒杯说："我去方便一下。"

大洋马、掸子、老太太也把酒喝了。

老太太说："四哥喝。"

老四也把酒端起来喝了。

老四放下酒杯说："姐，妹，提……提个意见行吗？"

掸子说："可以呀。"

老四说："从坐这儿开始就是让酒，没……没让过菜，你们也不吃菜，我们不好意思动筷子，空腹喝酒。"

掸子用右手遮着嘴巴笑着说："忘记了，忘记了，吃……"

老太太拦住掸子说："菜有的是，还有饺子，都是你们的，我们都是先喝酒，酒喝好了，饭菜才香呢。来，该我敬二位大哥了。"

老太太把杯子里的酒吸进嘴里，把杯子口冲下举着，眯着眼睛看着老四和浪子儿。大洋马、掸子也喝了。老四和浪子儿端着酒杯你看我我看你，犹豫了。

这时枝儿回来了，她伸手端起杯子说："别把我落下。"

她咕嘟一下把酒喝了。

浪子儿说："我的妈妈，我这是最后一杯。"

浪子儿和老四把酒喝了。

掸子说："吃菜，枝儿，把鸡腿给他们。"

枝儿把鸡腿揪下来递给老四和浪子儿，他俩拿着鸡腿终究没好意思啃，又放在碗里，用筷子夹了块酱牛肉嚼起来。

老太太对大洋马说："姐，你是主人，你还没给客人敬酒呢。"

大洋马呵呵笑了起来："我敬。"

她端起酒杯冲老四、浪子儿举了举，然后把酒倒进嘴里。

浪子儿举着酒杯说："兄弟最后一杯，几位姐姐，我服了。"

他把酒倒进嘴里。

老四说："我也是最后一杯，我真服了。"

他把酒也倒进嘴里。

浪子儿对老四说："哥哥，我喝了几杯了？二斤多了。"

老四说："我……我数数，最先她们三杯，咱们两杯，然后春节快乐一杯，三杯啦，然后回敬两杯，五杯啦，然后盘属相一杯，六杯，刚刚主人敬一杯，七杯，啊，有二斤了。"

浪子儿说："不对，刚才这姐姐还敬了一杯。"

他用手指指老太太。

老四说："噢，对，八杯，不行了，我们认输了。"

掸子说："早就不比了，自便。"

老太太说："你们不比也行，你们比我们少喝一杯，刚开始我们三杯，你们两杯，你们还得补一杯。"

老四说："不对，好像我们比你们多喝了一杯，浪子儿，是不是？我就是想不起来在哪儿了，你想想。"

浪子儿说："好像是少喝了一杯。"

枝儿笑嘻嘻地说："那得补上，你们男的比女的少喝，丢人。"

浪子儿说："姐姐，今天这人丢大啦，我补上。"

浪子儿和老四又每人喝了一杯。

老太太说："两位大哥，你们别睡啊，吃菜，歇会儿咱们再喝。来，过年了，咱们四姐妹喝一杯。"

四个人的酒杯碰得叮当乱响。

老四、浪子儿张着嘴强睁着眼看着，身子已经往下出溜了半截。

掸子说："他们还空腹呢，我去煮饺子，两位弟弟，醒一醒，准备吃饺子。"

花哑巴说："我去煮。"

掸子说："够你累的，倒酒可不轻松噢。"

我看见花哑巴已经满头是汗，他倒酒很熟练，也知道该给谁倒酒，这是个高水平的服务员。我一直坐着，不喝酒，自然也没有说话的权利，老太太嘱咐不让我吃菜，让吃的时候告诉我。我成了看热闹的，但我明白谁喝的多。我不为任何人担心，希望他们都喝多，那才叫热闹。我见老四和浪子儿先顶不住了，心里很高兴老太太她们赢了。

我还没见过掸子这么快乐过，我追到厨房说："我煮吧，你晕晕乎乎的别烫着你。"

掸子笑呵呵说："没事，没事。"

老太太也来到厨房笑着说："姐，别让他煮，那咱们就等着吃片汤了。"

老太太靠在掸子身上说："姐，前天我俩对对联，他写了一副，我给你学学。"

我一听老太太要说对联，赶紧跑出厨房，心想，老太太就是什么都不知道藏着，傻。

厨房传来两个人的哈哈大笑声。

一会儿老太太从厨房出来对我说："姐叫你。"

我进厨房，掸子把我拉过身旁说："你是第一次对对联?"

我说："第一次，老太太教我的，什么对仗之类的。"

掸子说："小学都没有毕业，就写出这样的对联，不得了。"

我说："小学没毕业是真的，可这几年我没少看书，有几十本了，你给我的就有十几本。"

掸子说："哦，是的，是的。"

我说："我看书快，一两个晚上就能看一本。看故事。"

掸子说："不好，要慢慢地读，逐字逐句地去想，以后我可以辅导你们两个。你的对联，哈哈哈，很有意思，不错啊，我修改一下。"

掸子微笑着说："改坐雪迎春为戏雪迎春。改蹲着放炮为舞香弄炮，怎么样?"

老太太说："太好了，这才叫文学语言，姐，你再把大屁股改改。"

掸子弯着腰哈哈笑个不停，她喘着气说："这个不……不能改，这才是他写的。"

老太太说："姐，我今天太高兴了，我给妖怪唱歌，一块儿唱！歌声轻轻荡漾在黄昏水面上，暮色中的工厂在远处闪着光。”

掸子也唱起来：“列车飞快奔驰，车窗的灯火辉煌。”

枝儿跑到厨房来大声唱起来：“两个青年等我在山楂树两旁，哦，那茂密的山楂树，白花开满枝头，哦，你可爱的山楂树，为何要发愁？……”

她们美丽的脸庞呈现出平时没有过的另一种俏丽，她们那动人的歌喉飘荡着平时没有过的音频。我看得心花怒放，听得心潮翻滚，内心出现一种从未有过的幸福震颤。掸子一脸的娇羞妩媚，老太太一脸的春光明媚，枝儿一脸的彩云霞飞。

掸子指指锅示意我捞饺子。

她们拉着手把歌唱完又拉着手走出厨房，我说：“原来你们唱歌这么厉害，都像歌唱家。我差点儿昏过去。”

老太太问：“为啥呀？”

我说：“你们的样子、声音钻心，全像我妹妹。”

枝儿笑嘻嘻地说：“全是你姐。”

我问老太太：“你刚才盘大小怎么属蛇了？”

老太太说：“我说瞎话。你不是说逼急了就说瞎话吗？”

掸子说：“喝酒的时候没有人讲实话，小妖怪。吃饺子。”

老四已经歪在桌角睡着了，枝儿把浪子儿捅起来俩人又喝了一杯。

浪子儿哭丧着脸说：“姐姐，你放了我得啦，放了我得啦，再喝我就桌子底下了。谁唱的，太好听了。”

枝儿学着浪子儿的天津话说：“哥哥，你没四，别装啊，我刚敬你，你也得敬我，来，敬我，坐直了，敬我。”

掸子和老太太把饺子放桌上说：“初一饺子初二面，今天初一，吃饺子。”

老太太对大洋马说：“不吃菜喝酒难受哈。”

大洋马说：“烧心。”

她的声音像是从缸里传出来的。

掸子说：“这大碗里的饺子是你的。凉了一会儿了，正合适。”

大洋马接过大碗，用筷子像划拉米饭似的往嘴里划拉饺子。

掸子对枝儿说：“枝儿，把他们弄醒，吃饺子。”

枝儿用小指挖老四、浪子儿的耳朵眼儿说：“你看，我掏他们耳朵眼儿都不动，估计睡死了，醒不了。”

掸子说：“不能这样睡，坐不稳会摔的，姐，给他们搬床上去。”

大洋马呵呵笑着站起来。

老太太也笑，她说："轻点儿，他们醒了会吓一跳。"

老四，一米八四的大个儿，大洋马把他轻轻托起放在炕上。浪子儿，也有一米七六，膀大腰圆，大洋马像抱婴儿一般。

老太太问我："你咋啥都不吃呢？"

我说："你没说让我吃啊。"

老太太笑着说："哎呀，我忘了，他俩喝趴下你就能吃啦，快吃吧，喝碗鸡汤吧，几年了你见谁喝着鸡汤了？"

老太太对大洋马说："姐，这只鸡都是你的，鸡汤是我们的。"

我说："鸡汤我不喝，有鱼汤我喝。"

老太太说："等着，马上就好。"

老太太用饭盒盛了些鸡汤，去厨房把洗好的鲫鱼切了几块放在里面，她把饭盒放在炉子上说："开锅五分钟就熟。"

我说："你喝了那么多酒不困，你们都不困哪？"

掸子说："有点儿，坚持一会儿就过去了。"

我说："你们太厉害了，把酒坊的打败了，服了。"

老太太说："我们和他们拼的是空腹，就是她们三个都不行了，我也没事，我喝酒只要有几个黄豆就行，藏手心里他们也看不见。"

老太太对枝儿说："你吐了几回？"

枝儿说："三回，我留了一半，过年，哪能都吐了，怎么也得留点儿，我肚子小装不了那些酒，撑得慌，你看我肚子。"

枝儿脱了罩衣露出紧身的红毛衣。

我突然发现枝儿只是脸瘦，也是宽肩细腰。我的眼睛只是扫了一眼她的肚子，就停在枝儿圆挺的双乳上。

老太太手伸进我的腰眼儿捏住一块肉儿说："好看吗？"

我说："还行。"

我觉得腰眼里的肉儿在转，赶紧说："不过比你的小一半。"

老太太揉揉那块肉儿把手抽出来说："枝儿，他说你的比我的小一半。"

枝儿问："什么小一半？"

我说："肚子，肚子。"

老太太说："不是……"

我顺手抓过浪子儿碗里没吃的鸡腿往老太太嘴里塞，嘴上说："是小一半，是小一半，肚子，肚子。”

枝儿笑着说：“不是肚子吧？”

老太太拼命点头。

枝儿说：“等着我用棍子捶你。”

老四侧身卧着，伸着胳膊曲着腿，像是猿猴上树，浪子儿平躺，四肢摊开像个大字。两个人呼吸深沉，睡得很死。

我问枝儿：“浪子儿是不是挺精神的？”

枝儿小声说：“太漂亮了，像个演员，是不是个老毛子串？”

老太太笑嘻嘻地说：“不太像老毛子串，串也是往西串或往南串。”

我说：“长相是真的，卷毛是假的，每天早晨两把火剪，十几分钟烫完。”

掸子问：“自己给自己烫？”

我说：“啊。他体型比小眼儿、瓦西里还棒，除了上班，每天至少练两个小时健美，夏天在酒坊赤背干活儿，浑身都是肌肉块。”

枝儿说：“看出来了，他上身看着像在衣服里套着盔甲，胳膊好像比妖怪的腿还粗，脖子比腰粗。刚才我试了试，搂了他一下，不舒服，像搂着个麻袋似的。”

大洋马呵呵地笑了起来。

枝儿说：“那小子看着得一百六七十斤。”

我说：“我还一百三十多斤哪，他才比我重三十斤，不多。”

老太太说：“我也一百三十多斤。”

掸子说：“咱们三个一样。枝儿在一百斤左右吧？”

枝儿说：“我一百一十左右，不过我长得慢，刚来时不到九十斤，长了五六斤，然后就不动了。”

老太太说：“我也是第一年长肉，然后就稳定了。”

掸子说：“我也是。”

我说：“要是经常鸡鸭鱼肉，就稳定不了。”

老太太说：“你的鱼汤好了。”

我说：“那是鸡汤，你喝吧，我吃烤鱼，有馒头吗？烤两个。”

枝儿从喂猪房带来一大摞狗鱼，一书包炸黄豆。

枝儿说：“我也想吃烤鱼。”

花哑巴拿来一个篮子，里面全是圆的馒头。我坐在炉子边上烤起馒头和狗鱼来。老太太、掸子也围过来吃烤鱼。

老太太说："你先喝鱼汤，不喝鱼汤不许吃烤鱼。"

她递给我一个小勺。没办法，我皱着眉头喝汤，喝着是鱼汤味，越喝越香。

我说："好喝，你喝吧，我不喝了。"

掸子说："给我，鸡汤里放鲫鱼，没这么做过。"

掸子一勺一勺品尝，她把汤喝光了说："很好，很好喝。"

狗鱼的味出来了，我把烤熟的肉一层一层地撕下来。

掸子说："等一等，我有好东西。"

她从大衣口袋里拿出一个纸包，是她自制的调料。

她把调料倒在饭盒盖里说："蘸一蘸。"

枝儿说："太好吃了，有辣椒面儿、花椒面儿、盐、芝麻、糖。哈，好辣。"

掸子把撕下的鱼肉蘸好调料夹在馒头里说："姐，你也尝尝。"

大洋马走过来，两三口就吃了，站在旁边还是不走，掸子又给她一个。

老太太说："姐，你等会儿，我们可供不上你，这儿一大摞呢，我们走了你慢慢儿烤吧。"

大洋马呵呵笑着坐回原处。

屋里的烟越来越大，把两个醉汉呛醒了。

浪子儿揉揉眼睛说："嘛玩意儿这么呛，鱼！"

枝儿说："姐，开开窗户。"

花哑巴说："窗户冻着呢，开门吧。"

他开开门，冷风直灌进厨房，冲进大屋，立刻满屋蒸汽。

老太太说："关上吧，留个缝就行了。"

我说："哥俩饿了吧，赶紧吃点儿东西。"

花哑巴说："我去煮饺子。"

浪子儿说："我吃烤鱼，你们真有好东西。"

我说："坐我这儿，我吃完了，仨馒头。"

老太太也站起来让老四坐。桌上的菜都剩了一点儿，大洋马知道还有两个人没有吃饭，还不到打扫战场的时候。

下午三点老四和浪子儿走了，枝儿给他们带了一捆狗鱼，把吃剩的酱牛肉、熏鱼和炸黄豆也给他们带上了。

浪子儿说："几位姐姐想喝酒就说一声，我就送来。"

送走老四和浪子儿，掸子、老太太、枝儿抢着爬上炕睡了。大洋马呵呵笑了起来，她把桌上的剩菜剩饭吃光，又坐在炉子旁边烤鱼吃。花哑巴把剩的饺子收起来也跟着烤鱼吃。

我回到宿舍问花姑娘：“中午吃的饺子？”

花姑娘说：“别提了，真他妈乱，刚吃完。食堂和好面，做好馅儿，还来了几个女知青，帮着包饺子，然后去厨房煮，排半天队，两点才煮。”

我说：“谁来帮着包饺子了？”

花姑娘说：“黑白牡丹、谦谦、小分、歪胯，还有两个小上海，包得挺快的。”

我问：“白桃没来？”

花姑娘说：“没有，不过老七刚出去了。”

我在宿舍待了一会儿，不放心老太太她们，又回到大洋马家。三个人还在睡着，掸子侧着身子，并着的双腿稍微弯曲，双手抱在胸前，脸上仍然是高傲冷峻的神情。老太太规规矩矩地平躺着，双手扶在肚子上。枝儿一条腿弯曲着趴在炕上，一只胳膊弯曲着枕在头下，另一只胳膊平伸，像是在拉弓射箭。我心里感叹，人漂亮，怎么待着都好看，看了还想看。

天黑了，三个人陆续醒来，下了炕就找大洋马要水喝。

枝儿说：“我回去了，今天是叶儿盯着喂猪，有小瞄儿帮忙，我去看看。”

掸子说：“我也回去睡觉，明天我上早班。”

我问：“明天你们还来吗？”

掸子说：“明天我不休息，再休息得过了年了。”

枝儿说：“得过几天了。”

我本想问问掸子，枝儿对老四和浪子儿的态度，我又一想，还是单独问比较好。

我跟着掸子出来，小声说：“姐，今天实际上不是斗酒，我是想让你看看我同学老四，我想着挺好，可你俩碰一起，我觉得我同学不行，还是配不上你。”

掸子说：“哦，你是一箭双雕，很关心姐呀，帮我介绍男朋友？瞎瞎侬，他们两个都很好，但不适合我。回去吧。”

老太太对我说：“我还想睡，回宿舍肯定太吵，在这儿睡还得醒一回，咋整啊？”

我笑嘻嘻说：“上雪地里睡，我给你站岗。”

老太太说：“对呀，好主意，走。”

我和老太太又来到对对联的地方躺在雪地里，食堂门前的两个大红灯笼点上了蜡烛，灯笼很红，把周围的雪景也映红了一片，明显没有白天好看。

老太太问：“你冷不冷？”

我说：“不冷，你冷啊？”

老太太说：“酒后寒，我冷。”

我说：“把我皮袄给你。”

老太太笑嘻嘻说：“不用，你就当我的皮褥子就行了。”

我解开皮袄扣子。

老太太说完就往我身上爬。我想把她包上，结果只包住两人之间的缝隙。

她趴在我身上笑呵呵说：“你说，我咋喝了酒就想封顶扫荡啊……”

我也笑着说：“我随时欢迎，但我也及时进行反扫荡。”

扫荡了一会儿，老太太说：“我忘了酒味儿，你不适应吧？”

我说：“好香，真的，在碗里是酒味，在你嘴里是香味儿。”

老太太说：“今天来的这俩知青也能喝，可以当喝酒的哥们儿。”

我说：“可惜，掸子看不上老四，以前他俩不在一起我觉得挺合适，可凑一块儿怎么都觉得不合适，你说差哪儿了？”

老太太说：“差在……差在不一般高。”

我说：“当然是老四高。”

老太太说：“不是，我是说，他们不在一个水准上，掸子姐高。一说话就感觉出来了。我告诉你啊，女人在男人面前像个妹就合适，要像个姐，像个姨，就不好说。不过，也没准，反正他俩好像不合适。”

我说：“那我呢？比你小三岁吧，你是姐我觉得挺好啊。”

老太太说：“岁数是这样，可我觉得你有时候是我弟有时候是我哥，是哥的时候多。你呢？”

我说：“我也是，可和你的感觉是反的，我觉得你是我姐的时候多，该弟弟扫荡姐姐了。”

第五节 手法残忍 小神仙出

晚上大家都躺下了，万事通才满脸冰霜地回来。

我问他：“大年初一你干吗去啦？”

万事通说：“累死我了，有什么吃的？”

花姑娘问："抓住几只水耗子呀？"

我问："什么水耗子？"

花姑娘说："万事通好套个兔子，打个狍子什么的，这让秤砣盯上了，非撺掇万事通和他去抓水耗子。说一张水耗子皮能卖三块五。"

我问："他知道哪儿有水耗子？"

花姑娘说："他不知道，他只是听说，有当地的兄弟俩，经常礼拜天去抓水耗子，礼拜六晚上走，星期天半夜回，能抓一百多只。这就是说，一天一宿赚咱们一年的钱，秤砣财迷心窍，非要拉万事通一块儿发财去。"

万事通说："说得容易，今天地儿都没找着。"

我说："那还去？放着年不过。"

万事通说："我们是按照秤砣打听的方法去抓的。先找到一个水泡子，把水泡子周围的塔头墩子清理出来，四周打上雪墙，用火把把雪墙内侧的雪烧化再冻上，然后就用洋镐刨塔头墩子，每个塔头墩子里面都应该有一对儿水耗子，一公一母。"

花姑娘问："你们没刨出来吧？"

万事通说："狗屁，刨了几十个塔头墩子，比挖排水沟还累，一只都没刨出来。"

小胡子问："弄雪墙干嘛？"

万事通说："怕刨出来的水耗子钻雪里找不着，打上雪墙冻着冰，水耗子钻不进去，跑不了。"

万事通接着说："然后用铁丝穿进眼睛，这样不伤皮子，伤了皮子就不值钱了。"

我脑子里出现了一串眼睛被穿了铁丝、在寒风中奄奄一息、拼命挣扎的水耗子。

我说："这也太残忍了，别跟他去了，这太损，缺德。"

万事通说："我是不想去，可不好意思拒绝。"

疖子包说："你就是财迷，你就跟他学吧。"

万事通说："你财迷。"

我说："财迷不财迷的，赚这钱，心太毒，不得好死。当地那哥俩死无全尸，起码缺胳膊少腿，不信你就去吧。"

屋里知青都笑起来。

我心里想：今天老太太又让自己破了荤，没办法谁叫自己喜欢她。今天喝了她做的鸡汤没有吐，反而觉得挺香。我本不是因为迷信不吃荤，而是吃不了荤，现在能吃荤是好事。但不杀生是自己给自己规定的，今天的鸡不是自己杀的，估计是大洋马干的，以后要是遇到老太太让自己去杀生，那可怎么办？

小胡子说："在我们天津，秤砣这样的就是个地痞流氓，仗着有点儿摔跤的功夫，干坏事没人敢管，你们说小杭州多好，恁么就跟了他呢？"

花姑娘说："吹了。"

小胡子说："真的，为嘛？听谁说的？"

花姑娘说："吹了就吹了，管他为嘛？那天听大被单儿说的，大伙都为小杭州高兴。"

万事通说："是真的，今天听秤砣说，小杭州不听他的话吹了，可他又后悔了，找了小杭州几次，小杭州死活不干了。"

小胡子说："别看小杭州个儿矮，看着挺匀称，肉皮儿多细乎，猛地看长得一般，可越看越耐看，要嘛有嘛。说话，哎，像广播喇叭里的播音员，秤砣真配不上她。"

毛毛说："小胡子说得真好，发自内心，你们谁给他介绍介绍。"

小胡子说："我们年龄差太多，大三岁我都同意，可她比我大六七岁，大笸箩车长和他合适。"

狼牙问："车长，你愿意吗？"

大笸箩说："要是过去我愿意，现在晚了。"

小胡子说："为嘛？为嘛？你比秤砣强百倍。小杭州得乐坏了，为嘛现在晚了？"

大笸箩只笑不语。

秤砣没有和小杭州交往的时候，我一直觉得小杭州是个文静淑女，又像快乐黄莺，走到哪儿都受到欢迎，不管男女老少都喜欢她。可是，秤砣和她交往以后，我脑海里总是浮现出羊脂球的形象，屈辱、无奈，美丽、善良被无情践踏。我感觉她经常被烦恼笼罩，快乐越来越少，很多人为她揪心。

我就是一个为小杭州担忧的人，我感觉小杭州是好人，秤砣是坏人，好人和坏人怎么会走到一起呢？这是不应该的。唯有他们的年龄还算合适，难道年龄会冲淡好人和坏人的界限？

我问大笸箩："大笸箩车长，你说人的手脚哪儿最重要？"

大笸箩说："当然是手，没了手可以说就不是人了。问这干吗？"

我说："我准备打烂他一只手。小胡子你刚才说秤砣的话，你就不怕他找你？"

小胡子声音提高了八度说："我怕他？我有亲兄弟，我还有拜把子兄弟，我怕他？"

我说："行，够爷们，明天你找你那些兄弟，让他们帮我嚷嚷出去，我要秤砣一只爪子，敢吗？"

小胡子说："这有嘛不敢？"

狼牙说："这话谁都敢说，就是传个话呗。"

花姑娘说："你哪天动手告诉我，我叫着小瞄儿、小眼儿、耗子给你观敌瞭阵。"

小胡子说："为嘛？我估计你打不过他。"

我说："为什么还不知道，只要让我逮住理，俩也不是我的个儿。"

我要秤砣一只手的话很快传出来，连长、指导员委托小洋马找我谈话，掸子也和我说了半天，我死不承认。老太太对我问都不问，她在琢磨着如何对付老四和浪子儿的第二次斗酒挑战。

老四来电话说，他和浪子儿初一回去以后把被几个女人打败的事儿向排长和酒坊的人说了，竟然没有人相信。

排长说："你们都是三四斤的酒量，能败给几个女人，真现眼。"

排长又说："再和她们约，派出咱们最强阵容，一定要找回面子。"

掸子对老太太说："我们女人和男人斗酒传出去不好，可不可以想办法把这事儿平息掉，平息不掉，也要尽量悄悄进行。"

老太太说："那有啥办法？跟他们斗呗。你有啥办法啊？"

掸子说："告诉他们来三个最能喝的，大洋马姐，你，枝儿与他们一对一，三局两胜，不许搞什么孙膑赛马之类的把戏，让他们最能喝的对大洋马姐，第二能喝的对你，你俩胜了，枝儿就不用上了。"

老太太说："好好好。礼拜天吧。你不用露面，我们仨就把他们收拾了。"

秤砣知道了我要他一只手的叫嚣理都不理，一心一意地制作各种工具，每星期天都去抓水耗子，这让我很是无奈，两年多了我看在小杭州的面子上忍受着秤砣的白眼和目光的挑战，现在好了，我要替自己和小杭州出出气。

秤砣就像着了魔一样去抓水耗子，第二个礼拜有了收获，他自己抓了二十多只水耗子。他叫了两次万事通，万事通都借故推掉了。秤砣把抓来的水耗子用铁丝穿起来，手法和万事通描述的一样，铁丝从一个眼睛穿进，另一个眼睛穿出。二十多个水耗子血淋淋地被穿起来挂在屋檐下，无论男知青还是女知青，从屋檐下路过时，都感觉毛骨悚然。第三周秤砣抓了十几只水耗子，累得筋疲力尽，坐下来休息，喝了半瓶白酒取暖，没留神睡着了，拿着酒瓶的右手严重冻伤，硬邦邦的像块木头。小医院治不了，最后去哈尔滨截肢，连小臂也锯掉了一段。

秤砣出事，按照大家对他的反感应该很出气，但好像谁也高兴不起来。而且我曾传出话要秤砣一只手这件事也使这一切显得有点儿诡异。

花姑娘说："我去你的，你不是妖怪，简直就是小神仙哪。"

小胡子说："大哥，以后轻易别诅咒，你太神了。"

没过多久，又传来消息，当地抓水耗子的那哥俩失踪了。从此，有人叫我小神仙，也有人继续叫我妖怪，说："妖怪也有让人缺胳膊少腿的本事。"

老毛子听说我有了新外号说："熊样儿，也仨名了。"

第六节　男女斗酒　三局两胜

星期天酒坊斗酒的来了五个人，拉着一个爬犁，爬犁上装了两桶酒，外加五六个大号军用水壶。老四和浪子儿是裁判也是观众，另外三个人是他们排长北京的大知青、酒坊厂长佳木斯知青和本地一个二十多岁的小伙子。大家互相认识以后，老太太让花哑巴把酒温上后不紧不慢地介绍了规则，那语气，那态度不容反驳，酒坊的人提出要边喝边吃菜。

老太太说："斗酒比的是喝酒，不是比吃菜，还有就是要节省时间，有个时间限制。每个人喝酒的时间不能超过十分钟。"

老太太接着说："不是不舍得给你们吃菜，给你们准备了一捆鱼，走时带着。"

老太太又说："我们这边最能喝的是大洋马姐，她先上，你们谁最能喝先上。怎么喝你俩商量。"

酒坊厂长说："我上。"

他指指火墙上摆着的军用水壶说："就用水壶喝，一人一壶。"

大洋马笑呵呵地说："行。"

屋里回荡着嗡嗡之声。她拿起水壶拧开盖就往嘴里倒。一壶喝完又喝第二壶，两壶喝完了，厂长一壶还没有喝完。

大洋马抓起第三壶的时候，厂长摆手说："我认输。"

大洋马呵呵笑了起来。

老太太说："第一局，大洋马姐胜。下一个是我，你们谁上？"

那小伙子二话不说拿起水壶就要喝。

老太太说："等等，先把这几个空壶灌满，一会儿喝没了再灌时间不好算。"

他们灌完酒，老太太说："用酒壶喝，我喝不惯，我倒碗里行吗？"

小伙子点点头。

老太太说："我就用妖怪的大花碗，枝儿给我帮个忙，我喝的时候，你用水壶往里续酒。"

老太太说："开始吧。"

她把嘴靠在大花碗边上往嘴里吸，枝儿拿着水壶往大花碗里续。小伙子仰着头用水壶往嘴里倒。老太太吸完一壶，枝儿又续第二壶。小伙子喝完一壶又喝第二壶。屋里非常安静，只能听见老太太吸酒的吱吱声和小伙子嘟嘟的咽酒之声。当枝儿往大花碗里续第三壶酒的时候，老太太鼻子里哼出了声。我说，不成就别喝了。老太太摆摆手，鼻子里哼个不停。

小伙子拿起第三壶酒的时候有些磨蹭，有些犹豫，但他还是往嘴里倒，但他咽一半从嘴角流出一半。老太太把凳子蹬开，双腿站立起来，碗没离开桌子，继续弯腰吸酒，伸出一根手指指着小伙子哼哼。小伙子终于放下水壶认输。

我说："别喝啦，人家认输了。"

老太太抬起头说："不管咋地，你先认输了。二比零，比赛结束。"

一群大老爷们臊得无地自容。

老太太晃着走进厨房，我赶紧跟进去，老太太示意我关门，我回身关门之际，老太太的嗓子眼儿像打开了水龙头，哗哗地往灶坑里吐酒。老太太不吐了，迅速从灶台上拿起事先准备好的毛巾擦嘴，然后端起灶台上的一盘儿炸鱼、一盘儿炸黄豆，让我开门。

老太太说："不是不舍得让你们吃菜，菜来了，等着，还有呢。"

排长说："不用了，让他们抽支烟，醒醒酒就走了。"

枝儿看着浪子儿用天津话说："几位哥哥，着嘛急呀，吃了晚饭再走吧。给你们做鱼汤喝。"

一屋子人兴奋地议论刚才的斗酒，都说老太太和小伙子每人喝了至少有四斤多。小伙子坐在椅子上一直不动，不停地打饱嗝，使劲往下吞咽从胃里翻上来的酒。

老四一直在四处寻找，最后实在忍不住问老太太：“那天一块儿喝酒的上海姐们儿没来？我……我看她的酒量深不可测。”

浪子儿也是没话找话地与枝儿搭讪。

我对老太太说：“刚才开始倒第三壶酒的时候，你哼哼什么呀？”

老太太趴在我耳朵上说：“我是兴奋，有人能和我拼第五斤白酒，没喝过这么多，给自己加油呢。”

老太太又说：“另外也是撑的，肚子胀得不行。”

我说：“现在呢？”

老太太说：“吐了一多半，没事啦。”

这么一斗酒，双方成了好朋友。

酒坊厂长对老太太说：“以后你们要喝酒，保证提供陈酒，不要钱。”

第二十七章　将　离

第一节　舍小杭州　朋友翻脸

三月中旬，伐木工作即将结束，老太太的女同学，外号瞎迷糊，出事了，她被一抱粗的大树砸伤。瞎迷糊眼睛高度近视，看东西总是眯着眼睛。装爬犁的时候，臭袜子、小果子、老实人正在旁边伐树，本来树倒的方向砸不到瞎迷糊这里，没想到锯口偏了，倒下的大树撞在一棵柞树上弹过来砸在了她的背上。七八个人抱不动那棵压在瞎迷糊身上的大树，赶紧拿来撬杠，才把她拉出来，瞎迷糊的叫声撕心裂肺。爬犁太短大家在爬犁上装上三根原木，所有人的大衣都铺在上面，七八个人一起把她托举到爬犁上，瞎迷糊的号叫传出很远。瞎迷糊被送到团卫生队确诊为脊椎粉碎性骨折，后又被送往哈尔滨。不久传来消息，瞎迷糊这辈子永远起不来了，高位截瘫。

新建点领导研究决定派两个人去医院照顾瞎迷糊，老太太是人选之一。哈尔滨的女知青都希望选中自己，也好有机会回家看看。

我问老太太："你想去吗？"

老太太说："我不想去，我跟她不熟，虽然是同学。我爸调动工作，我跟着转学过来的，在学校还没熟悉就来兵团了，我和我的同学都不熟悉，照顾起来很别扭。"

老太太接着说："不想去的主要原因是不愿意看见身边的人天天生活在痛苦之中，每天听她叫喊多难受，我不去。我把挖排水沟发的四十块钱补助给她了。"

挖排水沟每人发了四十，只发了这一次就没信儿了，可能是这个政策有问题，按一方一块计算，新建点要补助好几万。后来瞎迷糊病情稳定以后转回兵团总院，再后来家里人把她接回了家又住进哈尔滨的医院。

秤砣出院后被安排在库房，从此一蹶不振，他的工资都用来买酒了。小杭州想和秤砣恢复关系，便找掸子商量。

掸子说："你要爱他就去找他，你要同情他就不要理他，你自己决定好了。"

最后小杭州决定不再搭理秤砣，秤砣对小杭州也总是躲着。

我打心底不愿意让老太太去照顾瞎迷糊，我一天都不想离开她。

当我知道老太太也是真的不愿意去以后，找到小洋马说："老太太笨手笨脚，让她照顾病人，要是出错就是大麻烦。"

小洋马问："她不想借这个机会回家看看？"

我说："她不在乎。"

小洋马说："那这事儿就好办了。"

最后确定由点窝的女友歪胯和老太太的另一个同学去哈尔滨照顾瞎迷糊，歪胯走时，点窝送了又送，一直送到师部才回来。

春节后的一段时间里，老四和浪子儿每星期天都来新建点找我，他们不但看上了掸子和枝儿，而且可说是痴迷了，他们在新建点见到的每一个女知青都能成为他们连队的花魁。我不愿老四受到打击，总想暗示老四放弃，可老四总催着我去请掸子一起喝酒，弄得我很难受。

我问老太太："老四和掸子的事儿咋办呀？"

老太太说："实话实说，总不能说瞎话啊。"

老太太一说不能说瞎话反倒提醒我了，我说："原来没想到说瞎话，现在只能说瞎话了。"

我对老四说："掸子有男朋友，现在叫未婚夫，再有一年就结婚了，原来我不知道，想把她介绍给你，看来没戏了，有合适的我再给你介绍。"

老四虽然很惋惜，但仍然问个不停，我就一直顺着他的追问往下编，后来老四还是想与掸子有经常喝酒的机会。对老四的没完没了，我厌烦极了，也气得没办法，不停地编故事，没想到老四听故事上了瘾，星期天来了也不张罗着和掸子喝酒，开门见山地让我讲她的事儿。

我忍无可忍，对老四说："你他妈就没听出来，我故事编得都快成中篇小说了，就一点儿没有破绽？下礼拜别来了，我写出来给你寄去，省得你每周日跑三十里路。"

老四说："我已经放手，但还没有死心，我好像中了魔，看不到她听她的故事也快乐。"

浪子儿一进新建点就钻进喂猪房找枝儿，见到枝儿就说："姐姐，别烦我，我又来看你了。

枝儿也学着他说天津话："哥哥，辛苦了，屋歇着去吧。自个儿照顾自个儿啊。"

两人对话完了枝儿就该干吗干吗，浪子儿就跟在后头帮忙。这让新建点的很多女知青很羡慕，都说这小伙儿太漂亮了。可枝儿为这事儿用棍子打了我好几回。

她皱着眉头说："别让他来了，咱们在一块儿多好，他一来咱们这小团伙就散了。"

老四和浪子儿的表现让我完全证实了自己的眼光，掸子和枝儿都是人见人爱的美人。但是，这两个美人不喜欢他们这两个美男。

我和老四、浪子儿翻脸了："你大爷的，再来我砍你们丫的。"

我问枝儿："这么漂亮的小伙儿你怎么就看不上？"

枝儿说："长得好看没看头，越看越普通，块儿太大像犀牛，还像穿山甲。"

我嘟囔着说："双眼皮大眼睛多好看哪。"

枝儿"啪"的一棍子打在我肩上说："我圈里的都是双眼皮大眼睛。"

枝儿、老太太和我一起哈哈大笑起来。

第二节 举旗投降 保媒拉纤

春天，副指导员白脸回来了，他得了红斑狼疮，怕风吹日晒，据说严重时见不得光，他没了过去的革命精神，申请长期病休。新建点领导早就知道这件事，原想先让白脸回家治病，治不好就提拔三排长小洋马接替他的职务。却不想三排出了大事故，瞎迷糊被砸伤，虽然没有给予任何人行政处分，但上级领导严厉批评了新建点领导。现在提拔小洋马不合时宜，只好暂且放下，名义上仍由白脸担着副指导员职务，工作则是由小洋马完成。小洋马没有任何情绪，每天仍然快快乐乐地工作，这让很多人想不明白，她为什么总能情绪乐观精神饱满。我知道小洋马的动力来自那个四个兜儿的参谋，她准备今年探亲与那个参谋见面，如果两情相悦，明年就可以解决终身大事。

春播时机务排忙得像打仗一样，凌晨四五点就下地，半夜十一二点回来，个个累得七窍生烟，魂不附体。本来是约会的大好季节，反倒成了备受煎熬的时光。我平时再狡猾，遇到这个时节也只能熬着。我对老太太的回忆、思念、遐想成了顽强坚守岗位的动力。甚至上下班经过她的宿舍时精神都为之一振，我想她可能正在梦乡，在梦乡里她正在与我甜言蜜语、拉手、搂抱、亲嘴……我想到这里困倦消失了，我真想过去敲门把她叫起来，来个激情封顶，疯狂扫荡。我回到宿舍满脑子还是老太太，我没有吃饭，没有洗脸，没有脱衣，躺下就睡，盼望能在梦里见到她。

冬季排水沟挖得好，地里没有泥潭，大规模机械作业尽情挥洒，但同时尘土飞扬犹如下着土雨，每个人牙齿缝里都是泥渍。扛着麻袋追播种机，不张嘴呼吸气就不够用，肺对空气是否干净已经不挑不拣，只要给足就行，等实在不能忍受时再把泥土咳出来。每一天，都是土人儿。

小白又生了一窝儿小狗，耗子高兴得不得了，不管下班多晚，他都要去喂小白，抱抱那些小狗，看着小白把东西吃完，他才离开它们，回屋休息。小白一开始就是新建点的一只漂亮的小母狗，到了二八月，新建点的公狗不分昼夜成群地围着她。所以，新建点里，小白的家族特别兴旺，成群结队地寻找耗子，耗子无论进山还是下地，总有一群狗追着他，这也成了新建点的一景。

有人反映耗子养的这群狗都是用食堂的馒头喂大的，耗子抱着铁锹到处寻找告状的人，吓得告状的人不敢吱声。小瞄儿、小眼儿又不停地宣传说，耗子各宿舍捡剩馒头，是好事，不浪费，还打扫了卫生，饿死了老鼠。后来也就没人再提耗子浪费馒头的事了。万事通冬天下的狼套，没有套住狼，雪化了反倒套住一条小母狗，小母狗拼命挣扎，小白在新建点里狂奔狂吠，引来几十条狗围观狂叫。后来还是小白找到了耗子，解救了那条小狗。耗子找万事通，吓得万事通一个劲儿说“好的”。

耗子说：“以后下套在五里以外，再套着狗剁你一只手。”

耗子知道自己几斤几两，不去讨好任何女性，所有时间都用在照顾狗群和跟狗群玩耍上。

春播一过，男女知青交朋友的传言就像雨后春笋般突然、迅速。一些漂亮女知青是男知青追逐的梦想，但她们像是有意把自己包裹得很严，让男知青机会寥寥。于是，男知青给中意女知青写信成风。草儿收到了很多求爱信，她都默默烧掉了。不过，有时别的女知青先发现了这些信，常常会不守规矩地拆开取笑。这样，写这信的男知青会觉得很没面子，大骂草儿人品太差，没劲。相比之下一些女知青很机灵，她们接近有男朋友的女知青，渐进式了解自己喜欢的男知青，请她们帮忙牵线搭桥。

春播以后第一次休息，吃完早饭我就来到大洋马家，大洋马和花哑巴也想趁休息盖个猪圈，他们去准备盖猪圈的材料。一会儿老太太来了，我搂住她就不撒开了。

我们互相扫荡过了一会儿。我说："我困了，陪我睡觉。"

老太太吃惊地说："啊？说什么呢！"

我不由分说抱着老太太上炕躺下，搂着老太太不松手，老太太挣扎了几下不动了，不到两分钟我睡着了。老太太好像受到传染，后来也睡着了。我俩这一觉睡得昏天黑地，醒来时已经是下午三点多钟。我先醒了，发现老太太还抱着我，她睡得满脸沉静，就像一幅工笔丹青，又像羊脂玉雕。我用嘴唇贴在她的嘴唇上轻轻吻住，她的小嘴也轻轻地吸吮了几下，好像饮酒正酣。我把老太太的小手拿在唇边抚弄，看着她熟睡的样子。感觉不能再继续，否则要出状况。

我刚刚坐起就被老太太拉倒，老太太醒了，她努力笑笑："干哈呀，搂着。"

她又闭上眼睛还要接着睡。

我说："我去方便。"

老太太笑了，猛地趴在我身上说："先扫荡一会儿。"

我刚要说什么，嘴被老太太的嘴唇堵住，我一边哼哼一边把老太太的手拉下来。

老太太猛然坐直身子吃惊地说："咋刚开始扫荡就举旗投降了呢？"

我说："看着你睡觉我就投降啦。放手，快憋死我了。"

我下了炕没穿鞋就往外跑。身后传来老太太银铃般的笑声。

老太太也有了任务，受人所托了解小玉、狼牙和小胡子。

我说："不行，小玉是给枝儿留的，狼牙、小胡子给白牡丹留的，有看上花姑娘、看上万事通的我才管。"

老太太说："你不去问我怎么交差？他们不同意还可以继续留着。"

我说："你忘了先下手为强。"

我拉着老太太说："走，找枝儿问问，她要再不同意小玉，就把小玉说给别人。"

我和老太太来到喂猪房，枝儿、叶儿还有小瞄儿都在。

枝儿对老太太说："稀客，怎么想起到这儿来了？"

老太太笑笑，我接话说："想喝酒了呗。"

枝儿说："过了春节就一直素食，不想喝酒，现在这儿只有黄豆，还有点儿干的木耳黄花，也有小瞄儿弄来的几个猴头菇，还有一包野鸡蘑，没有肉就没法吃。”

老太太说：“不喝酒，唠嗑来了。”

小瞄儿说：“你们唠嗑，我们溜溜去。”

小瞄儿拉着叶儿进了装豆饼的屋子就没声儿了。我想，肯定是封顶扫荡去了。我看看老太太，老太太会意地笑了，我又看看枝儿，枝儿也似乎注意着隔壁。

我说：“小玉没来，他跑哪儿去了？”

枝儿说：“刚才走了。”

我说：“你俩还没挑明？”

枝儿说：“这样挺好的，为什么非挑明啊？”

老太太说：“喜欢就明说，磨叽啥呀？”

我说：“现在好几个女知青打听小玉，也有写信的，你再磨叽真让人抢跑了，我的经验是先下手为强，等好小伙儿都让人抢没了，你就后悔去吧。”

枝儿说：“抢没了就抢没了呗，还都能抢没了？我才不着急呢。”

我说：“我知道你觉得小玉有点儿蔫儿，没到手呢，到手以后你就会发现他到底是不是可爱。别老看他的毛病。真不喜欢就给他蹬了，现在先占上。啊？”

我接着说：“老太太，没到手的时候只觉得她好看，可走路外八字，啪叽啪叽的，我对她就那么回事，让谁逮住无所谓。等我逮住她才发现，哪儿哪儿都可爱，而且越来越可爱，就是她啪叽啪叽地走路都没人比得了，就像在舞台上走台步，看得我心头痒痒的，我现在满脑子都是她，每天想的是怎么把她吃了、化了。”

我又说：“可能当初我先逮住你、逮住叶儿、逮住草儿、逮住白牡丹也会是这样的感觉，但我先逮住了老太太，然后我就觉得谁也没法和她比，不信你试试。”

我接着说：“你先试试，不行我再给你换。”

老太太说：“我也是这感觉，你就试试吧。”

老太太坐在我旁边，一只手拽着我的一只胳膊，另一只手摸着我的耳朵、脖子和头发。

枝儿笑了笑说：“好，听你们的，我试试。”

我说：“同意啦？”

枝儿点点头。

我说：“一会儿吃饭的时候我告诉他。晚上让他过来，你们是天生一对，最漂亮的一对。”

我对老太太说：“是不是？”

老太太说：“可不是咋地。”

我对枝儿说：“你得报答我，怎么谢我吧？”

枝儿说：“这还用谢？你说怎么谢。”

我笑嘻嘻地说：“不许再用棍子打我，把那棍子扔了。”

枝儿说：“不行，这是防着你这个妖怪的。”

我说：“现在他们好多人叫我小神仙，妖怪没了。”

枝儿说：“我觉得妖怪好听，所以我还叫你妖怪。”

老太太说：“我也是。”

我说：“反正你现在有主儿了，从小玉那儿论你是我嫂子，你知道小叔子和嫂子可以……再加上一条拿棍子打我，就等同于承认我这个小叔子。”

枝儿举起棍子说：“敢！”

老太太说：“小叔子怎么啦？”

我说：“你不知道，在这屋里小叔子除了未婚先孕，干什么都行。”

枝儿问老太太说：“你知道什么是妖怪？”

老太太说：“啥呀？”

枝儿说：“神仙里的流氓就是妖怪。”

老太太也跟着笑起来。

我说：“不是流氓，是神仙里的盲流，你们俩帮我看看，小胡子和狼牙谁精神？”

老太太说：“俩人差不多，小胡子更精神点儿。”

枝儿说：“嗯，小胡子有一米八，狼牙有一米七六，狼牙性格有点儿内向，没有小胡子开朗。”

我说：“狼牙是你家小玉的徒弟，跟他师傅学的。”

枝儿说：“你想干吗？”

我说：“我怕白牡丹让人抢走。小胡子是我徒弟，我得帮帮他，虽然是个滑头，可人不错。”

枝儿说：“他们怎么想的你知道吗？”

我说：“白牡丹我不知道，小胡子得乐晕了。”

我看着老太太说：“没你我肯定会追她，她也够漂亮，就是比你矮点儿，比你肥点儿。”

我看老太太眯着眼睛笑，心里直扑腾，我对她说："吃完饭去大洋马家，该我了。"

老太太说："不行，明天该你。"

第三节　啤酒送行　抓紧追求

五一放假，勺子来机务排串门。他说："过几天我就走了，我报考了河北一所师范学院。我先回家复习。"

万事通说："这是好事，值得庆祝，我们这儿没什么好吃的，可能疖子包床下还有一瓶啤酒。"

勺子说："疖子包不在，合适吗？"

老七说："那有什么不合适，你都要走了，这点儿面子应该给。"

勺子从疖子包床下拿出一个啤酒瓶，用牙啃开瓶盖说："从来了就没喝过啤酒，都忘了什么味儿了。"

他喝了几口停下来说："啤酒就这味儿，臊不臊馊不馊的。"

勺子一口气把啤酒喝完说："晚上和哥儿几个说一声，我就不过来了，后会有期。"

勺子走了，屋里人笑翻了。

晚上交接班儿时，万事通在地头和大家说这件事，乐得疖子包坐在地上直蹬腿。

他说："那是我的尿，好像有一个多月了。"

大馇篓说："万事通你们太损了，勺子都要走了还开这种玩笑，他得多伤心哪，他走之前，谁也别把这事儿说出去。"

我吃完晚饭去找勺子，把营通令嘉奖的缸子送给了他，又聊了聊报考的事儿就回来了。勺子刚走没几天，铁子又要走，他报考东北一所铁路学院，如果考上毕业后就去开火车。铁子走前和机务排白班的人聊了一晚上。

小胡子说："学开火车有女的吗？"

铁子说："听说有，少。"

小胡子哈哈大笑着说："你就注意，别爬树上解手。"

大家把铁子买的几盒烟抽得差不多了才睡。

黑白班的人都挤时间打个招呼给铁子送行，二排长跟车送铁子到团部。

哈尔滨的大眼儿，像疯了一样弹月琴，后来又换成琵琶，班也不上了，白天在宿舍弹，晚上在食堂弹。他报考了一所音乐学院。领导也做他的思想工作，让他注意影响。

他说："勺子、铁子比我考试都晚，他们都回家复习，我不回家在这儿复习没啥区别，我不要工资，别算我旷工就行。"

经过协商，大眼儿同意每天上班，考试前一个月算事假。

这天晚上，黑牡丹到食堂打饭，我说："白牡丹呢？你们俩整天在一起，今天怎么啦？"

黑牡丹说："白牡丹病了，发烧四十度，我给她打饭。"

我问黑牡丹："什么病啊，为什么不送医院？别说四十度，我三十八度就起不来了。"

黑牡丹说："她发烧这么厉害还上班，她说没事，吃点儿药就好了。"

正说着白牡丹来了，她对黑牡丹说："别给我打饭了，炊事班给我做了面条让我来端回去。"

我说："四十度得什么样儿啊，还不烫手？"

我用手捂住白牡丹的脑门，白牡丹闭上了眼睛。

我突然甩着手说："起泡了，起泡了。"

黑牡丹说："去，还闹。"

我对黑牡丹说："晚上需要送医院，你叫我一声。"

我跑到喂猪房找枝儿要来干木耳泡上，又找来白糖，对小胡子说："一会儿木耳泡开了，连白糖一起给白牡丹送去，她发高烧了。"

小胡子说："为嘛让我送？"

我说："你看不上白牡丹？"

小胡子说："没有。"

我说："看得上就抓紧追呀。不过你别直接给白牡丹，你先给黑牡丹，让她转交白牡丹，说白糖拌木耳退烧很灵。黑牡丹要问是谁送的，你就说是你的。"

小胡子走了，花姑娘说："我去你的，我怎么办？你太不够意思啦。"

我说："我他妈给你说了多少回了，人家不愿意，我有什么办法。"

花姑娘说："慢慢来啊，你把她说给小胡子，他们要真好了，我他妈更没戏了，你瞧小胡子那样儿，还不够他嘚瑟的。"

我说："你知道有多少男知青给她写信吗？我知道的就有七八个，慢慢来，要让人追跑了，那帮孙子还不如小胡子呢。先下手为强，现在都有点儿晚了。"

小胡子回来了，两撇小胡子翘着。他说：“黑牡丹：‘是妖怪送的吧？’我说：‘是我送的，本来要给家里寄的，还没寄，正好用上了。’”

我说：“就是聪明哈。”

花姑娘沉着脸很不高兴。

上床睡觉时我钻进花姑娘被窝小声说：“除了白牡丹还看上谁了？哥们儿两肋插刀，你指哪儿，我打哪儿。”

花姑娘吭哧半天没说出来，他嘟囔着说：“我看上了也白搭，人家不愿意也没辙。”

我抓着花姑娘的屁股说：“你倒是让我知道啊。”

花姑娘说：“嗯……我说了你别笑话我。”

我说：“咱俩谁跟谁呀，你对我还不放心？”

花姑娘说：“掸子。”

我差点儿没背过气去，心想，这下瞎了，掸子连老四都看不上，更何况……

我说：“行，你不嫌她年龄大？”

花姑娘说：“她也就比我大个四五岁？没事。”

我说：“那还不如小杭州，掸子显得比你个儿还高，小杭州个头儿合适，你觉得小杭州的胸脯和屁股是不是女知青里最漂亮的？”

我把手伸进花姑娘裤衩抓他的屁股，我觉得花姑娘的屁股比老太太的硬。

花姑娘说：“她比掸子还大，估计她嫌我小。”

我说：“你发现没有，小杭州说话太好听了，声音很特别，听她说话我心里就揪得慌，这一条就震了。我先试试掸子，要不行就小杭州，怎么样？”

花姑娘说：“你怎么试？”

我笑着说：“老办法，造谣啊。”

花姑娘也笑了，说：“不行，我没你脸皮厚，要是不成以后新建点甭待了。”

我说：“好，我用别的办法试，保证没人知道。俩一块儿试？”

花姑娘说：“行，俩一块儿试。”

我说：“要是掸子不同意，小杭州同意也算完成任务？”

花姑娘说：“算。”

第四节　放下架子　蚊帐藏娇

开荒的活儿又开始了，新建点已经有两万五千亩良田，人均一百多亩地。

周边地区尚有大面积荒地可开垦。年年开荒是铁定的规律。

我对小胡子说："看见野鸡飞起来，马上停车，一定要找到野鸡蛋。"

小胡子说："那后边的车也得跟着停。"

我说："别管他，野鸡蛋更重要。"

我们一天捡了四堆，有五十多个，每捡一堆都用手绢包上扔在水箱里煮熟再收起来。后面跟的车上是疖子包。

疖子包找我说："哥们儿给几个，给小分。"

我说："不行，这是给病号的。"

疖子包说："我看你们捡了好多了，给我五个，小分也是你同学，不够意思。"

没办法，给了疖子包五个。没想到，只要我一停车，疖子包和他徒弟也跑过来找野鸡蛋，谁捡了是谁的。下班时我和小胡子各分一半。我给了掸子，掸子自然知道与谁分享，小胡子送给黑白牡丹。

掸子自从斗酒以后也成了大洋马家的常客，她和老太太、大洋马非常合得来，三个人就像亲姐妹一样要好。我有时带回生的野鸡蛋，她们就煮熟后边吃边喝酒。酒坊厂长很有信用，每月送酒，老太太一定给钱否则不要。我给过秤砣一大桶酒，秤砣很不好意思，不敢正眼看我。我的心思一是同情，二是纵容，同情他这辈子完蛋了，纵容就是让他成个酒鬼，让小杭州看清他的本性。

老太太和掸子知道我送酒给秤砣的目的后，都骂我："真是妖怪。"

掸子说："心机超过年龄，有时又不如儿童，妖精，怪物。"

又到了挂蚊帐的季节，我找出蚊帐抱在怀里去找二姑娘。

二姑娘说："抱着蚊帐干吗，破啦？"

我说："从来了就没洗过，太黑了，我现在开荒，回来天就黑了，又不好请假，你帮我洗洗。"

二姑娘说："嘿，你怎么不找老太太，她不是你女朋友吗？"

我说："我倒是想加上'女'字，她不让，就说是朋友，她哪是干活儿的人哪，这蚊帐沾了水，她也拧不动啊。"

二姑娘生气地说："她拧不动，我就拧得动啊？"

我说："你不是有一本正经吗？"

二姑娘说："你和她到底怎么回事？"

我说："我这不是玩儿命追呢嘛。"

二姑娘说："我提醒你啊，别出圈儿，老太太人挺好的，别欺负人家。"

我说："放心吧，从来没让她洗过衣服。"

二姑娘请了一天假，洗了三个蚊帐，一本正经中午帮她拧干，晾晒，傍晚帮着悬挂起来，我把今天捡的野鸡蛋给了二姑娘。

二姑娘问："还有酬谢呀？"

我说："这不是酬谢，真正的酬谢是告诉你个秘密。"

二姑娘说："什么秘密？"

我说："一本正经人挺好的，你和他交朋友我双手赞成，但是你留神他是吃着碗里的看着锅里的，明白吗？"

二姑娘说："他看上谁了？你别造谣，我和你没完。"

我看二姑娘真急了，笑笑说："当然看上比你漂亮的了。这不赖他，赖你自己。"

二姑娘说："快说，谁比我……当然，比我漂亮的人多了。"

我说："也没两三个，也不是比你漂亮，反正比你可爱。对，不是比你漂亮，而是比你可爱。"

二姑娘说："你说什么呢，乱七八糟的。我可爱不可爱跟你有关系吗？"

我说："你看，你看，没法儿和你聊天儿，跟我没关系，跟一本正经有关系，我今天豁出去了跟你说清楚。你在大庭广众之下，总是那么严肃，回到宿舍见到同学、见到朋友还是那么严肃，你能不能放下架子和群众打成一片？和你在一起除了害怕就是紧张，你给我点儿快乐和温柔行不行？"

我把二姑娘说傻了，她半天说不出话来。

二姑娘用手搓搓脸蛋儿说："你说的有点儿道理，我是不爱说笑，对人冷淡。"

我说："你要是有了快乐的另一面，你严肃的一面也可爱。你跟老太太学学，她在大庭广众之下比你还严肃，可换个场合又像小孩儿，又像傻丫头，和她在一起特快乐，特放松。论长相，你的眼睛像葡萄珠似的，眼睫毛布娃娃似的，多好看。"

二姑娘若有所思，对我苦笑了一下说："别拍马屁，你发现的问题，大知青可能都说不明白。"

我高兴地说："那当然，我满脑子都是你们这些漂亮女知青，我的心机又与年龄不符，什么时候，你能甜言蜜语地和我聊天儿，能和我拉拉手，搂搂抱抱不急眼，冷不丁地亲亲嘴，你就可爱了。"

二姑娘说："我就知道你没憋着什么好儿……滚吧，讨厌鬼。"

我说："你看白桃和老七好了多长时间了，还有好多人惦记着呢，白桃比你强哪儿了？你比她长得还漂亮一点儿，身条你俩一模一样，割草衣服湿了贴身上我都看得清清楚楚，屁股都那么……"

二姑娘给了我一巴掌："还说!"

我躲开几步说："她叫大白桃，你应该叫大鸭梨。"

我笑着跑了。

大笸箩跟排长能耐梗、老豆豆、老毛子发生了矛盾，大笸箩内向认死理，主要错误在他身上，他又不肯低头，矛盾很难调和。于是大笸箩主动要求调到另一个去年才设立的新建点工作，那里又缺少技术骨干，这是他自己联系的，他没有遇到阻拦，大笸箩走了。

但是，每到星期天他都回来，来了以后哪儿都不去，直接去找一个上海女知青，这个小上海，梳运动头，细眉大眼，有点儿黑，透着干练。原来他们已经是男女朋友了，并且已经到了分不开的程度，那个小上海铁了心跟着大笸箩，大笸箩对她也喜欢得不得了。大笸箩找了个小上海的事儿，新建点的人没有不吃惊的，不到一年时间，追到一个比他小六七岁的小上海也算是个奇迹。（后来大笸箩又把她调了过去，四年后结婚，三年生了两个儿子，据说小上海不干，还要生两个女儿，刚生了一个女儿，赶上计划生育，不让她生了，她不听劝，没办法大笸箩联合管事的把她结扎了才算罢休。）

歪胯从哈尔滨回来了，给瞎迷糊开有关证明，自己取些衣物。

点窝跟他师傅说："几个月不见，我陪她两天。"

这两天，白天歪胯就在点窝的蚊帐里和点窝黏糊，晚上俩人又跑出去找清静地儿待着，点窝总是半夜才回来。后来传出蚊帐藏娇的闲话。

花姑娘问万事通说："他俩折腾你睡得着吗？"

万事通说："困得我跟前有光屁溜美人都睁不开眼，隔着蚊帐就更不睁眼了。"

花姑娘说："我去你的，你不会听啊。"

万事通说："听他妈什么呀，开荒拖拉机声儿多大呀，躺被窝里，耳朵还隆隆的。"

花姑娘说："行啦，行啦，你小子就是不想说。"

第五节 成双成对 掸子脸红

今年农工排盖房子的任务不重，集体宿舍不用盖了，没有新知青要来，只盖了几套职工宿舍，准备给大知青结婚用，但那些大龄的知青个个单着，这些房子一时也用不上。

农工排的人被大量地安排去种菜，特别是大面积地种倭瓜、卞萝卜、土豆、大白菜，这些是过冬的宝贝。平常吃的菜也很丰富，西红柿、黄瓜、柿子椒、茄子都吃不完。

另外又抽调很多人收拾场院，今年还要修建一块儿水泥场院。

我找到掸子说："这几天白天送饭，想办法让小杭州去。"

掸子说："为什么？"

我说："给我帮忙，让她去就是了，放心不是坏事。"

中午小杭州问我："你让我来有什么事儿吗？"

我说："有事啊，和你一起玩耍呀。"

小杭州说："低下头。"

我把头低下说："低头干吗？"

小杭州揪住我耳朵说："你不低头我够不到你，讲，什么事儿？"

我弯着腰用手摸着她胖乎乎的小手说："这儿野鸡蛋太多，我们干活儿顾不过来，我想让你捡点儿回去给掸子几个。"

小杭州说："哦，我来了这么多年，还没有捡过哎，好的，怎么捡啊？"

小杭州放开我的耳朵。我还握着她的手不放，小杭州翻了我一眼，甩开我的手。

我说："你坐拖拉机里，看见有野鸡飞起来就去那个方向找，准有一堆野鸡蛋，雪白雪白的，个个像乒乓球。"

小杭州高兴地点头。我说："不过你先上花姑娘的车，我的车得加油去，一会儿回来再上我的车。"

小杭州说："都一样，都一样。"

小胡子很会来事，白牡丹病好了以后，又给她买了几次水果罐头，白牡丹也给小胡子买过两条烟。

黑牡丹找到我说："小胡子怎么回事啊？对白牡丹有意思吧。"

我说："这还看不出来，白牡丹愿意吗？"

黑牡丹说："她没说，我看还犹豫呢。"

我说："你帮她拿主意，小胡子天津的，瓦西里天津的，你和白牡丹那么好，男朋友都是一个地方的，一块儿去天津，一块儿去北京，多好啊。你能拿一半主意。"

黑牡丹说："行，我知道了，你和老太太真好上了，到什么程度啦？"

我说："那还有假，真好上了，看不见就想。"

黑牡丹说："哦，你当初为什么不追求白牡丹，白牡丹没有老太太漂亮，还是怎么的？"

我说："她俩差不多，我就是在白牡丹旁边老紧张，摸不准她什么时候高兴，什么时候生气。也不完全是，我还没敢追她就碰上老太太了，当初我胆儿大点儿可能就追白牡丹了。"

黑牡丹说："你胆儿还不大，还有比你胆儿大的吗？"

我说："我就是心机大。"

黑牡丹说："什么心机大？"

我说："就是心机比年龄大。"

黑牡丹说："你们要能一直好下去，我也觉得挺好，别半截出毛病，关键是你，我看你老是长不大似的，到时候别后悔。"

我说："无怨无悔，地久天长，海枯石烂，百年好合……"

黑牡丹哈哈大笑起来"嘭"一脚踢在我腿上，我又没躲开。

小洋马探亲了，往返共计二十四天。三排暂时由副连长代管。我和花姑娘几个又轮到了暗无天日的夜班，最让我不爽的是没有时间约会，见不到老太太吃饭都不香。老太太中午给我打饭，把我脸上画得乱七八糟的我都没醒，后来又在我一边胸脯上画了一只小王八，另一边画了一堆王八蛋，过了两三天我才发现。我不敢声张，赶紧检查肚子上有没有被画上什么。

勺子考上了河北那所师范学院，他考试写的那篇作文成了学院的范文，被陈列在展馆，作文的开头是，有个北京小知青叫妖怪……拉屎不揩腚的大眼儿考上了音乐学院，主修民族乐器。铁子学习三个月就上了火车，当了一名司炉，抡大板锹给火车加煤。消息不断传来，知青们也没怎么议论，似乎都想着什么心事。

我还是那么激情、快乐，我为勺子、大眼儿、铁子他们高兴，我为瓦西里、小玉、花姑娘、小胡子他们高兴，即使开荒越来越艰苦，仍然踏实工作，精神乐观。我、花姑娘几个又轮回白班，几个人来到泉眼下游的水泡子洗澡，这个水泡子与泉眼相通成了活水，水很凉，我们脱衣下水。

花姑娘惊呼："你屁股上什么呀？我看看。"

我赶紧跳到水里说："我屁股痒痒够不着，用笔当痒痒挠，谁知道画成什么了，看它干吗？"

花姑娘说："就在腰下边还够不着，好像是一只脚丫子。"

我问花姑娘："和小杭州怎么样了，还没封顶？"

花姑娘说："我去，以后不能骂人了，小杭州该说我了。封什么顶啊，她嫌我岁数小，她喜欢开车，你带她去的两三回，每次她都开差不多两个钟头。"

我说："她嫌你太小，那就找撣子？"

花姑娘说："别，我现在觉得她比撣子好，我就死追她了，你给我想想办法。"

我说："我帮你封顶去，你有点儿杵窝子，动真格的就㞞了。你喜欢她还舍不得把自己献出去。"

花姑娘说："现在这么多蚊子，也没个合适的地方，在车上，后边还有我徒弟呢。"

我说："再赶上她送饭，你开车送她回去，到没人的地方，见机行事。直接封顶。"

花姑娘说："对对对，我见机行事，直接封顶。"

我端着晚饭到大洋马家，老太太也端着饭来了，我抱着老太太狂亲，亲了有一支烟的工夫。

老太太说："还亲哪，别动，该我啦。"

大洋马在一边呵呵直笑，声音嗡嗡作响，她喜欢看我们两个闹，看我们封顶，不敢看我们扫荡。我双手扫荡着弹性、弧度、面积，尽情感受她的丰满身躯。

突然，我一通挣扎摆脱老太太的纠缠说："我歇会儿，我歇会儿。"

老太太笑着说："咋地，又扛不住啦，举旗投降。"

我只觉得血液在全身狂奔，心脏扑腾得要蹦出来。我坐在椅子上急促呼吸。老太太点了一支烟塞进我嘴里挤到椅子上坐下，头靠着我的肩，搂着胳膊，握着手。

半个小时，我感觉那股劲儿还没过去。

老太太说："先吃饭吧？"

我说："不想吃，想喝水。"

老太太端给我一碗水，我咕咚咕咚地喝了。

老太太问大洋马说："掸子姐还来不来？"

大洋马说："可能得来，她得收拾完了。"

又过了一会儿，掸子来了，手里拿着一个罐头瓶子。屋里的人都叫她二姐。

她坐下来说："还没吃饭？我腌了一瓶咸菜你们尝尝，黄瓜辣椒。"

掸子拿来一个小碗倒出一些咸菜。

老太太说："二姐，你吃完啦？"

掸子说："是啊。"

她看着我说："你少吃一点儿，很辣的，长痘痘。"

我说："我爱吃辣的，下饭。"

老太太呵呵笑了起来，她说："让他长几个痘痘，我把它们变成小地雷。"

我听见这话站到掸子旁边解开裤子说："二姐你看看，他在我屁股上画的。"

几个人都笑。

掸子一只手挡在嘴前说："没有呀。"

她伸出一根手指，勾住我的裤子往下拉，裤子被拉下一大截，几个人哈哈大笑。

我赶紧提上裤子说："全露了。画的什么，看见了吗？"

掸子笑着说："好像是豆豆，玉米豆豆。"

老太太也笑个不停，她说："二姐，你太聪明，真是豆豆，是脚趾豆豆，我在他屁股上画了一只脚，他把脚掌洗掉了，把脚豆豆留下了。"

我说："你画一只脚是啥意思啊？"

老太太说："踢你呗。"

我对掸子说："二姐……"

掸子打断我说："我什么时候当的二姐，怎么排的？"

老太太指指大洋马说："这是大姐，你是二姐，我排老三。"

掸子对老太太说："在家你不也是二姐吗？叫我大二姐，叫你小二姐。"

老太太说："好好好，我喜欢。"

我说："大二姐，我上夜班一个礼拜，她在我身上乱画了一个礼拜，把我脸画得像张飞，满脸全是胡子，我用肥皂洗了五遍才洗干净。"

屋里的几个人一个劲儿笑。

我说："我的脸从来没有洗得那么白过。然后，在我胸脯上，左边画一只小王八，右边画一堆小王八蛋。”

几个人笑得前仰后合的。

我说：“又过了两天，我发现，她用笔围着我肚脐眼儿画圈，画了一个大烧饼。”

几个人笑得眼泪横飞。

我没笑，很严肃地说：“画屁股上我看不见啊，要不是今天和花姑娘在水泡子里洗澡，我还不知道。大姐，大二姐，大哥，你们说她有多坏。”

几个人笑得前仰后合。

我站在老太太身后，两手架着她胳膊说：“小二姐，你站起来。”

老太太站起来说：“你干哈呀？”

我在老太太身后拦腰把她抱起来说：“该我画了。”

老太太也不挣扎，她笑着说：“你给我画个啥呀？”

我把老太太放在炕上解开她大胯上的裤扣，扒开裤子露出臀窝。

我张着一只手按在老太太屁股上说：“大二姐给我笔，我给小二姐屁股上描一个大巴掌，我手的形状，别的我不会。”

大洋马拎着花哑巴去了厨房。

掸子举着钢笔迈着小碎步跑过来说：“轻一点儿，划破了就永远洗不掉了”。

老太太说：“大二姐，你帮他。你给他笔，你也得帮我洗。”

我拿着笔，没摘笔帽围着手指在老太太屁股上画了一圈说：“跟缎子被面儿似的，我可舍不得，亲一下就行了。”

我们围着桌子又坐下，大洋马两口子也回来了，大家继续吃饭。

老太太说：“大二姐，你这支笔不错，英雄牌钢笔！哪儿来的，你上海有男朋友？”

掸子说：“算是吧，原来在学校很好，后来另一个女生追他很厉害，他们好了。”

我说：“你那个男同学有点儿瞎。”

掸子说：“不知道为什么，最近来信说让我好好复习，明年和我一起考大学，钢笔是他寄来的，还有复习用的几本书。”

老太太说：“你考吗？”

掸子说：“当然要考，这是我离开这里的唯一机会。而且很有把握，他父亲是那个学校的领导，又是高级教授，他会帮我安排好一切的。”

说到这里，掸子的脸红红的。

老太太和我一起拍手欢呼。

掸子笑着说："不过，要替我保密呦。"

第六节　她去当兵　依依难舍

一周白班的最后一天，下午大约两点，老太太来到我开荒的地头，我停下车，老太太一挺一挺地走过来。

我说："这么老远，来干吗，有事吧？"

老太太说："我要走了，去当兵。"

我回头对徒弟说："我有事，你保养吧。"

我拉着老太太往回走，我看老太太一脸的不高兴。

我说："怎么回事？"

老太太说："今天上午来了三个当兵的，一个是团里的干事，两个是我爸部队上的，来给我办特招手续，团里的手续昨天办完了，今天来新建点开个证明，要个鉴定，取走档案，我现在已经不是这儿的人了，太快了。"

我说："这是好事啊，当兵就能离开这地方，谁不想离开这儿，就是你将来不当兵了也别再回来。"

老太太说："可我真的不想去，特招我去体工大队，我都二十三了，已经过了搞竞技体育的年龄，是滥竽充数。"

我说："让你练什么项目？"

老太太说："不是滑冰就是滑雪，可苦了。"

晚上在大洋马家，掸子、枝儿也来了，大家都很高兴，我也强装笑脸，唯独老太太高兴不起来。

枝儿说："当女兵，多好呀，你没看见团部里的女兵个个精神，她们哪个有你漂亮？就靠那身军装，你要穿上军装得震倒一大片。"

我说："就是，真想看你穿上军装的样子。"

老太太说："我有啊，十五岁穿军装照过，可看着照片上的我特傻。不咋地。"

掸子说："现在照一定好看，过去照的还没有成年，现在成年了也成熟了，味道肯定不一样的。到部队照了照片给我们每人一张好吧？"

老太太点点头说："你们有了好照片也要给我。"

花哑巴说：“滑雪咋比？”

老太太说：“比谁快，平时就要拼命练，可苦了，每天泡在汗水里，腰酸腿痛的可受罪了。”

我说：“在这儿也受罪啊，割大豆腿疼屁股疼，今年你就当去部队割大豆了。在部队出汗了可以洗澡，在这儿不行，在部队没有蚊子咬，在部队伙食比这儿好，在部队比这儿住得好。部队要什么有什么。”

老太太说：“在部队没有你们哪。”

老太太低下头流出了两行泪水。

我从来没有见过老太太流泪，有点儿不知所措。我说：“没……没……没有我们，还有别人，你会有新的好朋友。”

掸子说：“是啊，你的性格谁都喜欢，会有新的好朋友。不要难过应该高兴，有我们这些老朋友，再有很多新朋友多好啊。”

掸子眼里也已经饱含泪花，她说：“明天我们送你，你和妖怪再坐一会儿，我们先走了。”

掸子和枝儿走了。

老太太头靠在我胸前说：“没有你我对什么都没兴趣。”

我说：“我也是，可那我也愿意让你走，我觉着没意思的时候就想你，刚开始我不知道你真的喜欢我，有段时间天天想你，一想你夜班都不困了，又揪心又甜蜜。”

老太太站起来，搂着我来到火炕边，她脱鞋上炕，放下大洋马两口子的双人蚊帐钻进去，她撩开一个豁口示意我进入。

我擦着眼泪高兴地说：“和我睡觉？”

我钻进去说：“上次和你睡觉永生难忘，我真后悔，应该多睡几次……”

老太太热喷喷的呼吸吹在我的脸上，嘴里轻声细语：“妖怪，妖怪，我爱你……”

她在我的脸上、眼睛上、鼻子上、嘴唇上狂吻。

我用力拥抱着她，颤抖地说：“小二姐，我也爱你，我更爱你。”

我迎着她的吻吸住她的唇。老太太的热泪顺着她的脸往下奔流，她没有抓着我的耳朵，而是双手捧着我的脸。我也忘记了弹性、弧度、面积，紧紧地抱着她。我们第一次向对方说出“我爱你”，这是我们此时共同的心声。“我爱你”，是我们一年多以来培育出的璀璨花朵，鲜艳芬芳，我们为璀璨而欢欣，为芬芳而迷醉。我感觉没有了自己，已经融化在她的双唇里，融化在她的身体里，我在她的热情中激荡飘扬。

老太太小声嘟囔："想未婚先孕？"

我轻声说："想，想过多少次。"

我翻身伏在老太太身上说："想也不能，花姑娘说会留下记号。"

老太太说："留就留，我愿意让你留下记号，我是你的。"

我给老太太深深一吻说："有了你的拥抱和亲吻，我就得到了全世界，再要拥有你全部的爱或许还要几年，你先带走，把想念留给我吧。"

我们死死地对视，好像永远看不够；我们长长地亲吻，好像永远不满足；我们紧紧地拥抱，好像怕对方飞走。我们就这样迟迟不愿分开。

实在太晚了，不愿影响大洋马两口子，我们还是起来走了。我执意要送老太太到宿舍门口，几十米的距离，我们俩走了一个多小时，还是死死地对视，长长地亲吻，紧紧地拥抱。要不是该死的蚊子，我们可能会磨蹭到天亮。

老太太说："明天不要送我，我不想在大家面前流泪。"

她转身走开，留下几声哭泣。我呆立很久，第一次尝到了心如刀绞的滋味。

我在流泪，我的心在低吟着那首歌：白天在车间见面我们多亲密，可是晚上相会却沉默不语……亲爱的山楂树请你告诉我……

第二天上午，老太太被一辆吉普接走了，我在床上翻来覆去，感觉脑子里空荡荡的，心里烦躁不安。我一夜无眠，仍不困倦，我起来去食堂，食堂没有人，我愣愣地在食堂坐着，不知过了多久，炊事员们上班了。

掸子走过来说："在等我？"

我说："是，她真的走啦？"

掸子说："真走了，很多人送她。"

我说："她没有流泪吗？"

掸子说："没有，和平常一样。"

我说："她刚走我就想得不行，以后怎么办啊？"

掸子说："我去上班，晚上去大姐那里，我有话和你说。"

我走出食堂，不知去哪儿。我想起了去年屋后的芍药花，我来到宿舍后面，只见一片翠草，不见芍药。我想去那片杨树林看看有没有新长出的芍药，我回屋拿了一把斧子进入森林。

我来到熟悉的小杨树林旁边，找到去年被开辟出的窄道，我钻了进去，想起在这里拉着、抱着草儿的情景。我想为什么从那以后很少想起这里的情景，很少想起和草儿的情景，现在回忆当时拉草儿、抱草儿，甚至抚摸草儿的细节都那样模糊，有时甚至产生错觉，像是和老太太在这里钻过一趟，当初要是老太太多好。如果是她，我会经常来这里钻一趟，我能回忆起老太太的一切，甚至她的喘息，她的心跳。

我向里挤了半个小时，窄道已经走到了尽头，但是再也进不去了，去年那些躺倒的小杨树已经慢慢向上升起四十五度。我又花了半个小时的时间挤出来回宿舍了。我早晨没有吃饭，中午也没有食欲，又躺在床上放下蚊帐，满脑子里都是昨晚的情景，满脑子都是老太太的面庞。我迷迷糊糊地睡着了，梦见老太太眯着眼睛看着我，伸着手抓住我的耳朵摇晃，我同她热烈亲吻，我感觉口中咸涩，呼吸急促。老太太带着微笑走开，我拼命追赶，但总是离抓住她差那么一点点，急得我大声呼喊。

在大洋马家，掸子交给我二百块钱说："这是老太太给你留下的，她说当面给你怕你不要，让我转交。一是让你还清八十元欠账，二是给家里寄去一百二十元。"

我说："这么多钱我不能要，你想办法还给她。"

掸子说："她就知道你这样说，她说将来你再还给她，她希望你欠她的而不是欠别人的。"

我说："我已经还清欠债了。那好吧，我先拿着。"

掸子说："她把她的欧米茄坤表和我的小上海手表交换了。"

掸子举着手腕让我看。她说："坤表你没法戴，要不然她就送给你了。这只手表要三四百块的。我给了她两百块，她就是不要，我悄悄放在她箱子里了，可我还是觉得不合适。"

我说："你戴着吧，我看见你戴着心里还有些热乎乎的。"

掸子说："她让我好好照顾你，将来把你的情况写信如实告诉她，你要好好表现噢。"

大洋马说："她说让你们上我这儿来，让我别嫌烦。"

掸子说："我天天要来，在这里才好复习功课。老太太不怎么会干活儿，没给你洗过衣服，以后我给你洗。"

我说："别，你的时间很宝贵，有什么耽误时间的事儿交给我，你抓紧时间复习，再有十个月你也要走了，她走了我就剩下一口气了，你要是再走了，我就没气儿了。哎，想念太痛苦了。不过我从心里高兴她离开这儿，你也是，我从心里希望你考上大学。"

掸子说："考大学我是有把握的，我的学习成绩一直排在前面。你有时间就到这里来，我辅导你考大学，这也是你离开这里的唯一出路。"

我说："我考大学？我连小学都没毕业，太难了。"

掸子说："我不强迫你，想学了就来这里看书，我也不见得能辅导你，我只想培养你看书学习的好习惯。"

第七节 不见书信 大病一场

再有一个月就要麦收了，接下来是每年最难熬的两个月，因为机务排配了新人，所以每周倒班都能保证休息一天，机务排的人有事也能请假，这样一来大家感觉幸福多了。在两个礼拜的时间里，我整天晕晕乎乎的，总是打不起精神来，花姑娘反倒异常活跃。

我问他："是不是进展顺利？"

花姑娘说："不光是顺利，而且是相当顺利。"

我说："你用了什么怪招儿，封顶啦，也扫荡啦？"

花姑娘说："按你的办法，把车开到蚊子少的地方就成了，不过最重要的是我答应明年和她结婚，我要食言天打雷劈，她就什么都答应我了。"

我说："你也未婚先孕了？"

花姑娘说："蚊帐藏娇好几回了，你睡得跟死猪似的，反正早晚避不开你，你知道就知道了。你跟老太太没有吧？"

我说："没有。"

花姑娘说："小杭州都猜着了，肯定是你不干，你太傻。"

我说："你以为我不想啊，你说的留下记号，我就觉得不结婚就别做，你他妈都留记号啦。你还是花姑娘吗！我怎么突然觉得不认识你了。"

花姑娘说："我早就想找一个女朋友，谁都不喜欢我，好不容易找一个，我又喜欢，所以就这样了，要不然每天除了干活儿就是蚊子咬，弄得跟土猴似的，活着什么劲儿呢。"

我说："你真不嫌她大？你家呢？写信了？"

花姑娘说："我就喜欢比我大的，你看她比白牡丹还显年轻，我们俩在一起，你看是不是我显得比他大？"

我点点头。

花姑娘说："我不和我们家说，等结了婚再回去，不同意也没辙了。"

我说："你别再未婚先孕了，万一怀孕怎么办，不怕大家笑话，不怕领导处理?"

花姑娘说："不怕，小杭州说了，要是怀孕了，是去是留听我的，我说肯定得留下，要不让留，我就带她跑，生完了再回来。"

我张着嘴看着花姑娘，脑子完全蒙了。我想，这就是从小到大和他妈一被窝睡出来的少爷，完全惯坏了。这回好了，别再往我被窝钻了。

我说："以后再往我被窝钻，等小杭州来了，我也往你们俩那儿钻，你要睡着了，我就把她偷过来。"

花姑娘呵呵笑着说："咱俩谁和谁呀，偷就偷，到时候我也偷你媳妇，你没听说这边有换媳妇的，哎，咱是不是把床改了吧，大通铺有点儿不方便。"

我说："行，星期天吧。用不了一天就能改完。"

花姑娘说："这回咱们把床钉宽点儿，我睡你上头，我怕睡着了找不着你掉下来，她不在的时候我上你床上睡也行，反正钉宽点儿。"

二十多天过去了，掸子每天到大洋马家学习，从晚上七点半到十点，非常规律，到点来，到点走，大洋马两口子困了就睡，他家也从不插门。我也几乎每天去，我做的第一件事是准备好两盏马灯，灌好柴油，擦亮灯罩，加上大洋马家的马灯，三盏马灯，屋里很亮。掸子拿来很多书，大家为了不影响掸子学习，很快收拾完家务也坐下来看书。我、大洋马、花哑巴都看小说。掸子看的都是各种教材、复习材料，手边还有草稿纸、笔记本。隔两天掸子就要检查我读书的情况，如果我看完了一本书，掸子就让我讲讲作者，讲讲书的中心思想、写作手法、人物特性等。然后表扬一通，她又讲讲她的理解，提示一些思考。

我以前看书就看故事，没有故事的书不看，看故事也是情节。现在我感觉掸子指点我在脑子里打开一扇门，是思想的大门，我开始思考故事的时代、故事的意义、人物的内心，我感觉越来越有意思，每天读书的时间越来越多，随时提问，不认识的字就去问掸子，掸子说："你要学会查字典。"我让掸子教，学会了查偏旁部首，拼音没有学。

掸子说："以后必须学会拼音，你要用一辈子的。"

一个月了，老太太没有来信，我问掸子，掸子也没有收到过老太太的来信，我刚刚缓过来的神经又开始进入错乱。我想无论如何也应该有信来，多远的路程也应该到了。即使信从云南、新疆边远地区寄过来也应该差不多了，更何况滑雪滑冰的项目不会跑出东三省，这个距离也就是一个星期的事儿，是什么事儿把写信都耽误了。

掸子说："肯定是有原因的，该来的时候就来了，再等一等。"

自由活动的时间宿舍里经常空荡荡的，领导给了肥猴儿和另外两个年龄大的老职工一套老职工宿舍，这是给他们提高一点儿待遇，年龄太大了结不了婚喜欢清静，这样也避免和知青们闹矛盾。我也很少去喂猪房，那里有枝儿和小玉，叶儿和小瞄儿，我和万事通再去会影响他们。枝儿经常邀请我过去，也不时打听老太太的消息，我觉得无法回答，也只好躲着不去。

小胡子还在努力追求白牡丹，因为他们进展很慢，即使黑牡丹极力撮合，关系仍不明朗，急得小胡子整天运用他的聪明才智想各种办法讨白牡丹欢心。

小胡子说："媳妇是一辈子的事儿，费多大劲儿都值。"

我们四个睡通铺的人一起动手，把通铺改为两个上下铺，花姑娘和我的上下铺在靠墙角的地方，比别人的床铺都宽出四十厘米，床的高度也降下来了，现在不用担心闹老鼠，万事通向耗子要了一只小狗养了三个月了，晚上小狗没事干就抓老鼠玩，所以屋里的老鼠不敢轻易出来。床铺加宽加大后，只要塞好蚊帐在里面很舒服，也不用担心睡着了胳膊腿贴到蚊帐上被外面的蚊子咬。花姑娘像是变了一个人，只要不高兴就要争论几句，对小杭州也很横，小杭州也很听他的话。

我对花姑娘说："你现在跟他妈滚刀肉似的，有了小杭州应该更温和、更可爱，现在有点儿讨厌。"

花姑娘说："我去你的，温和可爱受欺负，在这儿就得厉害点儿。强奸犯他媳妇说十八岁了，说结婚就结婚了，她他妈哪有十八岁呀，他们结婚谁管了？我明年二十一，小杭州明年二十八，不批准。不讲理呀。"

我说："那你也别对小杭州那么横，多老实的人啊，你忍心。"

花姑娘说："我没有，我对她没得说，我对她厉害不就是因为你给我起的外号吗？我得让她觉得我是个大老爷们儿，我也完全了解她是什么人，你知道当初秤砣为什么打她？秤砣提出过分要求她不干，宁可分手她都不干。跟我就没有，特听话，够意思吧？"

我说："那你过分她怎么就听话啦？"

花姑娘说："她爱我呗。"

我说："是你爱她吧？爱得死去活来的，人家没办法。你他妈也是个强奸犯。"

花姑娘笑着说："哎，你说对了，就是我爱她，她没辙了。"

我说："真准备明年结婚?"

花姑娘说："真的，她和指导员谈了，指导员说我年龄太小。我本来想领导同意了要一套房子，我们就有地儿待了，省得跟小偷似的。妈的，不同意房子就没戏。原来她和秤砣的时候，领导同意给他们房子，现在是我了，他们不同意了，这帮孙子。我得找他们丫的折腾折腾。"

新建点还像往年一样地收麦子、扬场、扛包，还像往年一样烧荒、翻地、耙地，表面上什么都没变，农业生产周而复始，一年一度。新建点里的人却不一样了，他们的年龄在增长，他们的思想在丰富，他们的内心在成熟，他们从单纯的想家变成了想家及由此引发的想未来。嬉笑打闹的少了，躺在床上看房梁的多了，起哄架秧子的少了，与知己深聊的多了，凑堆儿打牌的少了，与异性朋友私下约会的多了。

我问掸子："大二姐，你们大知青都探家了你为什么不申请探亲，你不想家吗?"

掸子说："明年考试前再申请，利用探亲假去考试，即使考不上，后年再考，反正要考上为止。"

我找到机会问小洋马："那个参谋你喜欢吗?"

小洋马不好意思地说："大人的事儿，小孩儿少打听，等着吃喜糖吧。"

我说："等到嘛时候吃喜糖?"

小洋马说："春节!"

九月上旬也正是每年开始抢收大豆的时候，但今年割大豆正常上下班，不用加班加点。

两个月没有老太太的来信，我痛苦不堪，看书无法集中精力，心情烦躁。我以为掸子也会着急，但掸子依然还在认真学习。我拿着书坐在掸子身边，掸子理都不理，我只好看着她做数学题，看着她记笔记。掸子偶尔推开我的头，揪我的耳朵示意我去一边干自己的事儿，我走开了，过一会儿就又回来了。

我拽拽她的胳膊说："跟我聊聊小二姐，她到底怎么了?"

掸子叹了口气说："我也猜不到，按说早应该有信来，再耐心地等一等啊。"

我一会儿又转回来说："现在有传言说她不要我了，谁会好不容易蹦出去了还在这儿留个尾巴。听了这话我就像被刀子捅心那么难受。"

掸子说："现在说小二姐把你甩了我不相信，因为我知道当她知道要走时比你现在还难受，她是真的不想去，她问我可不可以给你，我说，你爱他就可以给他，他要了你，那样以后你就可以忘了他。你给他，他不要，他是君子，将来找他。我一直担心你是个混球，看来你不是。”

掸子接着说：“她说她爱你，和你的说法一样，嘿嘿，恨不得吃了你。”

我听着，激动着。

掸子说：“既然命运有坎坷，就要听从命运的安排，假如真的有一天你们不能在一起，也要服从生活的需要，追求美好的明天，我不是喊口号，生活就是这样，你努力就光明，你消沉就昏暗。”

第二天晚上，我拿来一本信纸，要给老太太写信。掸子进来看见我正在认真写信便问我：“给谁写信？”

我说：“给小二姐写信。”

掸子眼睛一亮说：“她有信来？我看看。”

我说：“没来信，她不来信，我给她写信。”

掸子说：“你有她地址吗？”

我说：“没有，但是部队的体工队能有多少，我想了，东三省的部队体工队我都寄，军区的、军分区的，反正能想起来的单位都寄。我今天找连长指导员了，让他们帮我到团部打听是什么部队调她走的。”

掸子说：“对，对，这个办法好，你最好让三排长帮忙，这方面她可能更有办法。”

我说：“对呀。”

我夺门而出。

一会儿，我回来了，高兴地说：“三排长答应了，开始她不相信，后来问我到什么程度了，我说差点儿未婚先孕，你不知道她的眼瞪得有多大，她说我：‘你个死孩子，不管。’我说：‘你要不管，我明天就走，我找她去，她给我留了二百块钱，正好用上，花几个月都够了。’我掏出小二姐的钱让她看，她都傻了。”

掸子说：“你怎么把钱带在身上？”

我说：“我就等着她来信，有地址了我马上给她寄去，她们女兵每月才六块五毛钱。”

掸子拿着刚才我没写好扔在一边的纸团说：“为什么不继续写啊？”

我说：“我总觉得写不好，什么都想说，又说不出来。”

掸子说：“你读一读刚才写的，读出声来自己感受一下。”

我开始读信：“小二姐，两个月没收到你的信，我难受死了，我想像狼一样大声号叫，不知道你能不能听到。我经常泪流如雨，不知道能不能淹了大地。我因为见不到你的来信捶胸顿足，焦急万分。没有你在我身边，我剩了半条命，如果再没有你的信，我可能活不成了……”我的声音在颤抖。

掸子说：“再念另一封。”

我又拿起一张被掸子舒平的半截子信读起来：“小二姐，你不来信，我难受死了，你怎么啦？生病啦？我放心不下。你摘走了我的心，牵去了我的情，带走了我的爱，剪断了我的神经。留下的只有碎心的疼痛，失情的迷空，迷途的饥渴，神经的悸动。你怎么啦，生病啦？我放心不下……”

两封半截子信读完了。掸子叹了口气说：“我可以看懂你的心，她也能看懂，但你写的不是信，不是诗词，也不是歌赋，四不像。要想写好诗词歌赋还早着呢。先写好文章，就从写信开始。不过孺子可教也，刚才写的第一封信很大气，第二封很细腻，不管对仗和平仄关系，有的句子很震撼。有的话写得很好，就像两个人聊天儿，比如，‘我难受死了，你怎么啦，生病啦？我放心不下’。写信就用这些土得掉渣的家常话，先问候再告诉她你的情况，你的想法，你在关心她什么，嘱咐她什么，然后祝她健康快乐。凡是引起她担心的话少说或不说，在结尾写几句想念的话。当然，可以在最后写上‘我爱你’。注意，不要让她为你担心，语言太过激烈会让她情绪不稳，进而影响她的工作。要互相鼓励，为光明的未来奋斗。按我说的写，写完我看。”

连长指导员没有找到任何有价值的单位和地址，三排长找来的地址不具体。

她说：“凡是特招的兵都是保密的，另外也是尽量消除影响，现在有的知青思想很不稳定，长期保卫边疆、建设边疆的思想不牢固，想门路离开的大有人在。”

我只好瞎蒙着写地址，第一封信写完了，掸子帮着修改，修改完了我抄写了几封寄出，盼望着有个回音。第一批信寄出以后我才发现自己写字很难看，和掸子的字比起来，简直没法看，写字的速度也很慢。于是，我开始练写字，每天晚上除了看掸子让我看的写作书之外就是练字。老太太走了大约一个月以后我收到了十几张女知青的纸条，纸条表明要和我交朋友，我脑子很乱，不知道怎么处理。

我问掸子：“你收到过男知青写的要和你交朋友的纸条吗？”

掸子说：“收到过，很多。”

我说：“多少？”

掸子说：“有二十几个。”

她看着我笑了笑说：“你也收到了？”

我很吃惊地说：“老天，这么多知青看上你，没看见过你给他们写纸条啊。”

掸子说：“你收到女知青的纸条怎么处理的？”

我说：“有十来个，想回信告诉她们我有女朋友了，又不知道怎么写，我不想她们没面子。”

掸子说：“那就不写，我就没写，有的给我写了几次，大笸箩就给我写过几次纸条，我还是不写，不写就是态度，不傻就应该明白的。”

黑白牡丹，枝儿，二姑娘，白桃，小洋马和一些女知青，见了我就问老太太有没有信，还有花姑娘他们这些男知青也经常打听，包括疯彪子也时常打听。

我对疯彪子说：“每次都是你去取信，有没有信你还不知道？你们几个老太太的同学，就没有知道她家地址的？”

疯彪子说：“我帮你找找看。”

我寄出的信陆续都被打了回来，我前几天还信心满满，现在就像被当头泼了一盆凉水。

九月下旬，割大豆工作已近尾声，机务排也全体参加了这项工作。这一天，我感觉浑身无力，不停出汗，落在了最后边。我实在坚持不了了。

我和接应我的瓦西里说：“我生病了，告诉老毛子，我请假了。”

我往回走，四里路，踉踉跄跄几次差点儿摔倒。

中午，春喜儿来了，给我试体温表，三十八度五。

春喜儿诊断是感冒，开了退烧药和感冒药说：“多喝水，休息两天可能就没事了。”

春喜儿通知食堂晚上给我送病号饭。病号饭是掸子送的，小杭州也来了，她抱着一个暖瓶。

掸子摸摸我的头说：“还在发高烧。”

小杭州也摸摸我的头说：“我看可能很严重，体温烫手哎。”

我说：“我太难受了，浑身难受，这两天你再来，我，我就躲不开了，呵呵。”

小杭州说：“当着你大二姐，不要乱讲。”

我说：“我和大……大二姐什么……也……没说，就是和花姑娘说你……

说你的……屁股，是最漂亮……的，呵呵……”

小杭州说：“还有精神想这种事情，你还是没有病。”

小杭州在我腿上砸了一拳。

掸子扶起我，强迫我喝了一点儿片儿汤，又帮我服了药说：“卫生员说你要多喝水。”

我感觉睁眼都费劲，嘟囔着说：“我发烧，三十……七度五，就……就受不了了，别说三十八度，浑身酸痛。”

掸子弯曲着手指在我头顶按压，我感觉很疼痛但又很舒服，她揉我的肩膀、胳膊，抻我的手指，我慢慢睡着了。

第二天、第三天，我的高烧还是没有退下来，这两天顿顿病号饭都是掸子来送，她强迫我吃东西，然后喂我吃药，然后按压我的头顶，用双手按摩我的脑门和身体。

掸子把春喜儿叫来说：“送医院吧，高烧已经三天了，会有危险。”

春喜儿说：“刚才试表，体温四十度，明天送团卫生队吧，我去安排，多给他喝水，得排尿。”

我已经处于迷迷糊糊的状态，没有力气多说话，没有力气睁开眼，没有力气闭上嘴，只是一个劲儿呼吸着，我感觉自己的意识在飞散，让我还有些模糊记忆的是掸子的手在我头上、脸上、手上、身上的摩擦按压。

我一会儿觉得身边是小二姐，一会儿又觉得是大二姐，我嘟囔着：“小……小……二姐，大……大二姐，我快……死了，我……真的……快死了。”

我的手无力地碰了碰掸子的手，我想抓住她的手。

我已经没有力气去喝掸子喂我的汤和水。掸子用小勺不停地喂我喝水。掸子知道，我三天没尿过尿，每天夜里和下午都出一身大汗，她听春喜儿说我排尿太少，现在又不喝汤，也不怎么喝水，这样肯定不行，无论如何要多喝水，即使每勺水有一半从嘴边流出来，她仍然往我嘴里喂。

我被上唇的疼痛唤醒，睁了睁眼睛，鼻子里哼了一声，有人往我嘴里喂水，我没有力气喝。

这时，有人对着我的耳朵说：“喝水，咋不喝水呢？小二姐喂你，张嘴。”

我听见小二姐的呼唤，感觉浑身一热，我张开嘴努力把水喝进去。

她说：“这点儿够干哈啊。再喝点儿，我生气了。听话。”

我有些清醒了，我觉得小二姐说话有些生硬。她生气了。

我怕她生气说：“我……我……喝。”

有人轻轻往我嘴里喂水，我就不停地喝，我嘴里有点儿知觉了，水有些咸还有些苦味儿。我也不知道自己喝了多少水，喂水的人不停下来我就喝，我脑子里就想着，不喝水她会生气。我实在喝不进去了，水顺着嘴角流出来，她赶紧放下水碗，用毛巾擦干我的下巴和脖子。

她伏在我耳边说："休息一下再喝。"

我微微点点头。

她抱着我的头慢慢放下，把枕头给我垫了垫，她站起身又从暖瓶里倒了一碗水凉上。她回到床前用手触摸我的额头，又摸摸自己的脑门，长长地叹了一口气。

她伏着身子说："小妖怪，醒一醒……"

我吃力地睁开眼睛，我模模糊糊看见她的脸就在眼前，我抬手搂住她的脖子，让她的脸贴在自己的脸上说："没……写……信。"

我亲了一下她的脸，突然感觉我搂着的脖子不是老太太的，我立刻清醒了，想起了自己在生病，掸子一直在照顾我，我用力睁开眼睛仔细看，看见了掸子含泪的双眼。

我嘟囔着说："大二姐。"

我使出自己最后的一点儿力气抬起另一只手臂抱住她的肩膀，扭动绵软无力的头寻找她的双唇紧紧贴住。掸子的双唇热烈地亲吻着我的双唇，她松开双唇，用毛巾擦干泪水，继续亲吻，我越吻她头脑越精神，越吻她我的双臂搂抱越有力。我们亲吻了很长时间，直到我通身大汗，汗珠满脸滚流。

掸子吓了一跳，她说："怎么啦呀？"

我说："我……我好像好了。我……我要尿尿。"

掸子说："太好了，我……我帮你。"

…………

掸子把刚才倒的开水端过来说："快喝水，不会脱水吧。还要多喝水，喝到再尿尿啊。"

掸子转身出去了。

一会儿，掸子打来一桶热水，她坚持要给我洗洗头，擦擦身子，我拧不过，只好听她的。我头痛欲裂的感觉消失了，晕晕乎乎只剩一点点，只是身体发虚，脚下像踩着棉花，浑身没有力气。这几天我几乎都是躺着，我坐在床边靠在掸子身上，感觉亲切、温暖。我抱着她的身体，熟悉又陌生，她和老太太十分接近，我抬头看她的脸，隐约看到了老太太的风韵，她的眼角嘴角流淌着温和慈爱，就像老太太眯起眼睛看我的样子。

我说：“你太像小二姐了，你们就是一个人。”

第二天，领导安排疯彪子送我去医院，春喜儿给我量了体温，三十七度五。

我说：“我不去医院了，再吃点儿药就好了，现在除了头还有点儿晕，没有其他不好的感觉。”

春喜儿说：“那好吧，再等等看，坚持吃药，多喝水。”

掸子送来病号饭，我接过来放在桌上，回身抱住掸子疯狂亲吻，我的身体死死地顶住她的身体，就这样我直到上气不接下气还是恋恋不舍。我又休息了两天，每天掸子送来三餐，我吃饭前先吃饱她的亲吻、搂遍她的全身。每次掸子也是同样亢奋地迎接我的亲吻和搂抱，扫荡我的激情。

日子又恢复到了从前的样子，我们晚上依旧到大洋马家去看书、写信、练字。我总是百爪挠心地希望有机会狂“吃”掸子。掸子也不避讳大洋马两口子在旁边。

我小声说：“去外边吧，我怕大姐揍我一顿。”

掸子小声说：“没关系，她知道，嘿嘿。”

我明白了为什么会对掸子爱到疯狂。我刚来不久就喜欢她，慢慢地连我自己都不知道已经爱上了她。因为爱掸子，也喜欢上了与掸子很是相像的老太太，然后我和老太太发生了近乎一见钟情的倾心，我发现她的美丽、她的纯净、她的一切，都是无法抵抗的魅力，吸引着我，我对老太太的爱迅速达到了顶峰，我的潜意识里，很多时候把她们融为一体。我在重病中短暂的意识迷失，对老太太想念至极，与我潜意识中爱恋的掸子发生碰撞，我对掸子的爱像大堤决口，像山洪暴发一样宣泄而出。

掸子问我：“还想小二姐吗?”

我说：“想，想得更厉害了。”

掸子说：“嗯，小二姐会很高兴的，想她什么?”

我说：“我想和她聊天儿，告诉她我心里是怎么想的。”

掸子说：“告诉她想什么?”

我说：“告诉她，我是怎么爱上她的，同时我也告诉她，我也爱你。”

没有平静几天，我又出现了想念老太太的那种苦涩、难过、揪心、疼痛。

我问掸子：“大二姐，小二姐为什么没有信?”

掸子说：“我真的想不出。没办法，只有等待。”

我说："万一等不来呢。不行，我得去找她，先离开这个地方，才能去找。你教我学习，我明年也考大学。"

掸子看看我叹了口气说："你后年考算是早的，不过只要坚持就能考上。我全力支持你，你还有时间。但是，你还得要让你家找关系，没有关系也不行的。"

掸子伏在我耳边说："勺子、铁子、大眼儿都是找了关系才能去考学。"

我说："那你呢，也是找了关系？"

掸子说："这个不用我操心。千万不要讲出去哦。"

从那天开始，我按照掸子列出的学习计划开始了刻苦学习。

第八节　应征入伍　追寻梦想

寒冷的冬天又来了，西北风拉着笛儿吹着哨儿扑向每个角落。十二月初的一天，我正在洗脚，文书小娘儿们来了。

他大声说："有想参军当兵的吗？"

瓦西里说："嘛参军当兵？"

小娘儿们说："参军当兵就是应征入伍，当解放军。谁报名？"

我说："我报名。现在都谁报名了？"

小娘儿们说："就你一个。"

我说："别的宿舍没人报名？"

小娘儿们说："我是最后来你们宿舍的。就你一个。肯定报名啦？"

我说："肯定。"

小娘儿们说："明天领导要是同意你去，你就填表，后天去检查身体。"

隔天上午文书小娘儿们来找我，他说："新建点领导同意，现在是营长不同意。"

我找到连长说："我想去当兵，全靠您了，帮我想想办法啊。"

连长说："当兵很艰苦，可能比咱们这儿还苦，每月六块钱，你可想好了？"

我说："我想好了，这是个机会，我太需要这个机会了。"

我想的是：当了兵和老太太一样都是解放军，那就好找多了，为了找她，什么苦都能吃。

连长说："好吧，我找营长说去，你明天先去检查身体。"

第二天，我按时间赶到团部检查身体。在医院门口一块黑板上写着“体检后回原单位等候通知”，我体检后匆匆回到新建点去找连长。

连长说：“电话里没说通，明天我亲自跑一趟。”

晚上我告诉了掸子，掸子高兴地问：“体检有结果吗？”

我说：“等通知。”

掸子笑呵呵地说：“我要检查一下噢。”

她把手伸进我的皮袄里。我一点儿也扛不住大二姐的扫荡，我立即抱着她开始反扫荡。

又过了一天，连长告诉我说：“营长同意了，明天你还要去检查身体。”

我又去体检，这才知道上次体检筛掉了几百人。医院门口还是挂着那块小黑板。体检后我搭了一辆大卡车往回走。就这样，十几天工夫连续六次去团里检查身体，每一趟来回五十里，我已经练成了飞毛腿。

晚上我对掸子说：“大二姐，好像今天是最后一次，他们招的是特种兵。”

掸子说：“今天体检还有多少人？”

我说：“二十来个，可他们就招几个兵，让回来等通知。”

掸子笑着说：“没关系，有小二姐在召唤你。”

我双手合十说：“小二姐保佑，小二姐保佑，小二姐保佑，小……”

掸子说：“小二姐既不是神仙也不是妖怪，有这个机会，就是她在召唤你，不用念经。”

我说：“对，有她召唤就够了，我他妈又是神仙又是妖怪，我自己保佑自己。”

过了三天，又来通知，还是检查身体。这次体检很细。

一个医生问我说：“以前得过什么病没有？”

我说：“除了得过感冒，没得过什么病。”

医生说：“你肺上有钙化点，说明你得过肺结核。”

旁边一个也是来体检的天津知青说：“得，又淘汰一个。”

我对医生说：“您不说我真不知道，我就是前两个月，发过几天高烧，那是我生病最厉害的一回。”

那个天津知青小声对旁边的同伴说：“肺上有毛病，肯定没戏啦。”

医生用眼睛翻了一眼那个知青，她手里的钢笔迟疑了一下，她终于什么也没写，在表格中印有“肺叶”的一栏内盖了章，“未见异常”。

体检后，一个个子不高的军人，把这次体检剩下的十多个人召集在一起，他手里拿着一叠表格，按照表格念名字，被念到名字的人站起来，军人就和他聊几句。

轮到我时，军人问："除了开拖拉机还有什么特长？"

我说："没有了。"

军人问："你这么高的个子，会打篮球吗？"

我说："在学校打篮球，算会一点儿，打不好。"

军人问："校队的？"

我说："勉强算替补。"

军人笑了："怎么勉强算替补啊？"

我说："那时候比现在矮，体重一百斤，怕把我撞坏了，轻易不让我上。"

军人呵呵地笑着说："要是我当教练就不要你了，你上场有啥用啊！"

我也笑了："我是专门防守，偷球。"

军人哈哈大笑了起来："嗯，嗯，字写得不错。"

我回来后告诉掸子："今天去了二十来人，最后就留下十多个，部队的一个干部和我们一起聊了会儿就让我们回来等通知了。"

掸子说："还要体检吗？"

我说："估计不会了，今天检查得太细了，连屁眼儿都检查了。"

屋里的几个人都笑起来，大洋马的笑声引来屋里嗡嗡的震动之声。

我说："还检查前边，还是个解放军阿姨，摆弄半天。"

掸子说："羞死人啦！"

我说："别提了，把解放军阿姨逗笑了。"

隔了一天，新建点收到通知，让我去领入伍通知书和服装，一周后去团部集合。

我去找连长风流，我抱起连长转了一圈说："连长，这辈子忘不了你，没你我当不了兵，谢谢连长。"

连长说："是你运气好，其他连队报名的都是几十人，咱们这儿就你一个报名的，你小子身体也好啊，七次都没把你淘汰了，好，好啊。到部队好好干。"

我说："我把皮袄皮裤送你，你腿不是有毛病吗。"

连长说："皮裤我要，皮袄我有。"

快过元旦了，连里提前杀了一头猪。

司务长猴三儿说："你需要同学朋友聚餐我们食堂随时帮忙，但是猪肉用多少要自己付钱。”

我说：“好，谢谢啊。”

聚餐由花姑娘、万事通、狼牙、老六、小胡子、瓦西里、毛毛几个人张罗，时间定在走的前两天。

花姑娘说：“应该临走头一天聚餐好。”

我说：“临走头一天我有重要的事儿。”

每天晚上机务排宿舍里的人满满的，有男有女，一直聊到很晚才散去。聚餐是在晚上，领导和班、排长都来了，还有同学、机务排的，还有平时关系不错的，有五六十人。其中有十几个女知青，她们一个比一个漂亮，最漂亮的几个女知青除了草儿，差不多都来了。我给每一个男知青和老职工敬烟，给每个女知青拥抱，我每抱一个女知青，屋里“噢”声一片。当我拥抱大洋马时，大洋马把我抱了起来，食堂里一片哈哈大笑声。

我抱着三排长小洋马说：“排长，我够意思吧，你的外号我一直保密没有任何人知道。”

小洋马说：“以后写信也不许说。”

我紧紧抱着她，感受着她的温柔和丰满，我声音有些颤抖地说：“放心吧，我一直把你当姐姐，你真的很美，我会想你。对了，四个兜儿的参谋不要你还有我，嘿嘿。”

小洋马脸红红的，她也紧紧地拥抱我说：“嗯，我找你缺德带冒烟儿的去。”

我拉着花姑娘说：“走，去厨房，谢谢炊事员。”

我最后拥抱小杭州，我伏在她耳边说：“明年真结婚？”

小杭州点点头。

我说：“本来我跟他说好了，你是我们俩的，这下便宜他了，最好看的屁股，最好听的声音，都是他的了。”

我一边说一边伸手胡噜小杭州翘翘的臀部，小杭州哼哼着反抗。

我的手被花姑娘抓住，花姑娘喊着说：“我去你的，干什么呢！”

我说：“我跟嫂子亲热呢，早就说好了，只要不是未婚先孕什么都成，说话不算话？不让摸那儿我直接封顶。”

花姑娘无奈地说：“好好好，摸两下就得了，不许封顶！”

小杭州听花姑娘这么一说，立刻不反抗了，她笑着说：“你们都很坏啊。”

我说：“这么厚的裤子我也摸不着，花姑娘，让我把手伸进去吧。”

花姑娘一把将小杭州拉开说："我去……我给枝儿拿棍子去。"

我说："好，不摸了。等你们结婚，我回来和你们一起拜天地再摸，我是真的喜欢嫂子。"

聚餐没有多少菜，最后只剩下酒和炸黄豆，掸子她们又给每个桌上了一大盘糖拌萝卜丝。

酒一直喝到半夜，女知青在枝儿和二姑娘的领导下，靠着大洋马的虎威，干倒一大片男知青，真没想到阴盛阳衰，女知青个个海量。

在新建点的最后一天，上午我收拾好行李，午饭后小瞄儿、小眼儿、耗子、花姑娘、万事通、小玉、疖子包、狼牙、老实人、点窝、老七、毛毛几个人没有上班聚在机务排。

我说："我想出去走走，再看看这里的风景。"

我们来到泉眼旁边，我说："我还记得刚来时捞麻，在那儿洗澡，就像昨天似的。"

花姑娘说："可不是吗，那时你瘦得皮包骨头，我摸你的肋骨都觉得瘆得慌。"

我们又往西走了走，我说："还记得刚来的第一个冬天我们去买罐头，一天一宿走了有二百里。"

万事通说："那回，咱们的小命差点儿没了，要不是狼群逮住了狍子，咱们能活几个就不好说了。"

我看着面前一望无际的雪原，想起了拖拉机拉着宽大的爬犁，去水泡子旁边割草，白桃、二姑娘她们浑身湿透的尴尬情景，想起开荒老七被蚊子咬哭的情景，想起教白牡丹挑水和黑牡丹踢我的情景，想起掸子和草儿两人送夜班饭的情景。我们几个又来到北面的森林边上，我想起了那片小杨树林里的野芍药，想起了和草儿的两次拥抱，是她告诉我芍药又叫将离草、没骨花，象征着爱情、离别、思念。我想起和老太太坐在雪地里作对联，她趴在我身上揪着耳朵吻遍我脸上的每个地方，我趴在她身上捧着她的脸闭目长吻……

我多么希望老太太看见我身穿绿色军装的样子，渴望着我和她两个军人并肩而立。

在雪中，一条小路蜿蜒曲折伸向森林深处，我眼前又出现了那个已经逝去的挺拔女知青吹着口琴、白牡丹唱着《小路》，她们两人并肩而行的身影。我眼睛发胀，似有热泪盈眶。

晚上，不知道掸子从哪儿弄来的一只鸡、一条鱼炖了一锅，掸子逼着我喝汤，她也喝了很多。大洋马、花哑巴吃了鸡和鱼。我觉得没有食欲，喝了一碗汤没有再吃其他的东西，掸子也只是喝汤。吃完饭，大洋马和花哑巴提着马灯去厨房看书。我拉过椅子坐到掸子对面，我握着她的手，看着她的眼睛。我好像有很多话要对她说，但又不知道先说什么，每当我要说话，总是感觉如鲠在喉。我们对望了很久。掸子拉我坐在她的大腿上把我斜抱在怀里。

掸子终于开口了，她说："我真的很高兴，小二姐参军走了，你也参军走了，明年我也考学，也会走的，我们三个最好的朋友，都离开这里了，很幸运，剩下的人还不知道将来会怎么样，希望他们也有机会离开。"

我说："你一定要考上，我觉得你将来一定是个人人喜欢的老师。"

掸子说："是的，是的，我很喜欢当一名老师。"

掸子兴奋起来亲吻着我，我热烈地迎接着掸子的亲吻。我一手伸进她的腰间一手伸进她的怀里。掸子浑身颤抖。深深吸住我的唇。

过了一会儿掸子用力扶正我的身体，我转身面对掸子骑坐在她双腿上抱着她的头，抚弄着她的短发。掸子紧紧抱着我。

就这样好一会儿，掸子仰起头用热辣的眼光望着我，我低下头又狂吻起来。有些透不过气来，我站起来大口喘气。

掸子拉我坐在身边，搂着我说："你要走了，大二姐想嘱咐你两件事情，一个是信守不杀生，我有点儿迷信，你几次大难不死，我觉得就是神灵保护你。在这儿你吃了不少苦，但是，你也很快乐，第一个参军的幸运就落在你头上了。后来我才知道，你检查身体那天，很多人去连部报名，可是太晚了，为什么报名的当天除了你一个人，没有第二个人报名？怎么解释啊。还有七次检查身体你都通过了，也太幸运了。"

掸子接着说："你不杀生要坚持，吃不吃肉看你自己的身体情况而定，我看吃一点儿还是可以的，对身体有好处。"

掸子又说："第二件事情，要坚持学习，有机会还是要上学，只要坚持，自学也可以，学习好了才有更好的前途。"

我说："这次我能当兵也多亏你督促我学习，那个部队干部夸我字写得好，我当时就感觉出来他很喜欢我。还有那个女医生，她想在体检表里写我肺上有钙化点，她没写，给我盖了合格的章。"

掸子笑着问："就是那个解放军阿姨？"

我说："不是，是另一个年龄更大一点儿的阿姨。"

我接着说："我肺上的钙化点可能是那几天发高烧闹的，那次没有你我真的会死，你是掐我嘴唇把我掐活了。你装小二姐喂我水，我才拼着最后的力气喝水，我才有了意识。”我激动地说，“我想亲吻你，可没有力气，你的亲吻一下把我激活了。”

我说到这儿，把掸子的双手拿起来贴在自己的唇边亲吻。

我拉起掸子说：“几个月光顾着学习了，忘了和你一起睡觉。”

我们躺在火炕上搂抱在一起。

掸子捏着我的鼻子说：“大二姐、小二姐更爱谁？快说不许想。”

我说：“更想小二姐。”

大二姐说：“我是问你更爱谁？不是更想谁。我就在你面前，你当然不想我，偷换概念。”

我说：“偷什么，我说不清更爱谁，你是爱的源头，她是爱的奔头。因为我爱你才能爱上小二姐，因为爱上小二姐，才明白我最先爱上的是你，两个我都爱。有一个我就高兴一辈子，快乐一辈子，幸福一辈子。”

我用力搂着掸子，身体紧贴着她的身体。

大二姐接着说：“是，在你没有爱上小二姐的时候我就知道你喜欢我，因为年龄你没有注意，小二姐早就感觉到了，她也明白我对你的喜爱，所以她走的时候希望我代替她，只要我愿意怎样都可以，甚至不还给她，永远和你在一起。我向她保证绝不占有你。”

我说：“大二姐，我……我爱你。”

掸子说：“我晓得你爱我，可你不晓得我多么爱你，我的吻第一个给了你，恐怕我一生都不会忘记，我的小妖怪。”

我把侧身躺着的大二姐放平之后爬了上去。

掸子说：“喂，喂，侬要怎样？”

我说：“什么都想要。”

掸子说：“你又在冲动，也想未婚先孕？”

我说：“想，做梦都想，小二姐的时候就特别想，现在比小二姐的时候更厉害。”

掸子说：“我晓得，我晓得，但是，大二姐听你的。”

我说：“我的小肚子像是岔气了，好难受，千万别碰。大二姐还是让我想吧，我的命苦，也幸运，要同时想两个，我最害怕的是要想一辈子了。”

掸子说：“很有可能的，说不定我们是最后一面。”

我说：“我不想是最后一面，就是小二姐也不想，等我找到她了，我们一起去找你，你教课，我们听课，做你的好学生。”

掸子高兴得眼睛发亮。

我说：“大二姐，给我唱首歌，以后再想听不容易了。”

掸子说：“唱哪一首？”

我说：“《小路》。”

掸子轻声唱起来：“一条小路曲曲弯弯细又长，一直通向迷雾的远方，我要沿着这条细长的小路呀，跟着我的爱人上战场……”

我支起身子把掸子的手背贴在我的唇上，四目相对，歌声呜咽，热泪奔流。

我们说呀说呀，说累了就互相看着，看累了就闭上眼睛长长地亲吻着，紧紧地拥抱着，甜甜的微笑，热热的泪水，依依的不舍。

快半夜了，掸子起来了，她说：“该回去了。”

我说：“明天开欢送会，让我说几句。我说什么，你教教我。”

掸子说：“你就说留恋这里的战友们，留恋这里的山林大地，离开这里是为了保卫祖国，穿上军装拿起枪，练好杀敌本领，当祖国需要的时候，勇敢向前。”

掸子双手抚摸着我的脸说：“我会想你的，来信。”

掸子说完转身头也不回地走了。

第二天早饭后，新建点的人都站在食堂门外的雪地上开欢送会。三排长小洋马给我披上大红花，然后连长讲话。掌声之后连长让我讲话，我心情激动，声音颤抖，我把掸子教的话说了。我停顿一下，觉得还应该说点儿什么。

我提高了嗓门说：“最后，我想说北大荒抚育我成长，北大荒教育我成熟，北大荒鞭策我进步，北大荒期望我追求，追求美好的梦想，为了追求梦想，不怕艰难困苦，不怕遥远征程，哪怕是天涯海角！”

掌声热烈。

大家簇拥着我上了疯彪子的拖拉机。拖拉机走起来了，我回头从后窗向外张望，人群正在散去，还有一些人仍然在原地向我挥手。

那支美妙的旋律响起：“他们勇敢和可爱呀，全都一个样，亲爱的山楂树呀要请你帮忙，哦，最勇敢最可爱呀到底是哪一个，我亲爱的山楂树请你告诉我……”